赵建成《先贤录——弘一法师》，纸本水墨，260cm × 126cm

陈醉《香山魂·古松》，纸本，46cm×34cm

王天胜《春晖》，纸本，188cm×178cm

马海方《永定门前风筝高》，纸本，
180cm×49cm

刘克宁《苏东坡儋州授书图》，纸本，70cm×42cm

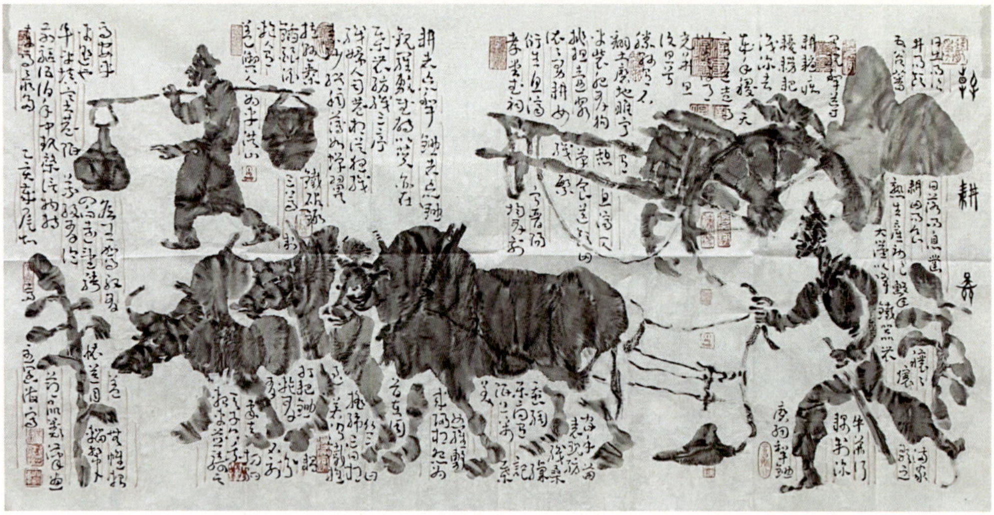

王阔海《春耕图》，纸本新汉画，138cm×68cm

杨晓洋《梧桐揽胜》，纸本水墨，90cm×180cm

周武发《开拓者》，油画，300cm×500cm

穆家善《风云起惊涛拍岸》，纸本焦墨，51cm×98cm

桑建国《白塔》，纸本，136cm×68cm

颜晓萍《彼岸花开》，纸本，174.5cm×281cm

张艺《文明之约》，纸本，224cm×173m

丁秀琴《一念之间》，绢本，240cm×140cm

王佩伟《守望家园》，油画，196cm×164cm

张闯、黄宙《塔吉克之舞之六、七》，油画，200cm×200cm×2

海岩宿千《金色家园·鹏城八景》，纸本水墨岩彩，50cm×218cm×8；水墨书艺，50cm×35cm×8

巴秋《水乡一隅》，纸本，70cm×90cm

孟庆占《春江水暖》，纸本，227cm×227cm

王家训《玉声一曲寄情远》，纸本，136cm×68cm

古往今来，无论为人为文，敢为人先者，善抵至境人，需兼具非凡智慧与勇猛，皆是那些甘愿为纯真良善和不朽灵魂开道的人，可谓集民智之大成，融希望之所在，都凭借卓绝才情遂成传世风范。

——刘远江

撫慰人心

刘远江 著

羊城晚报出版社

·广州·

图书在版编目（CIP）数据
抚慰人心 / 刘远江著. -- 广州 : 羊城晚报出版社,
2025. 3. -- ISBN 978-7-5543-1377-0
Ⅰ. I247.5
中国国家版本馆 CIP 数据核字第 2024CN9156 号

抚慰人心

Fuwei Renxin

责任编辑 王晓娜
责任技编 张广生
装帧设计 友间文化
出版发行 羊城晚报出版社
（广州市天河区黄埔大道中309号羊城创意产业园3-13B　邮编：510665）
发行部电话：（020）87133053
出 版 人 陶　勇
经　　销 广东新华发行集团股份有限公司
印　　刷 广州小明数码印刷有限公司
规　　格 889毫米×1194毫米　1/16　印张22.25　彩插8　字数400千
版　　次 2025年3月第1版　2025年3月第1次印刷
书　　号 ISBN 978-7-5543-1377-0
定　　价 79.00元

一个神奇美妙的故事，一部与众不同的作品

——读刘远江长篇小说《抚慰人心》

张 陵

一

作家刘远江新近创作了一部长篇小说，嘱我一读。其实，我这些年读得较多的是报告文学作品和一些纪实类作品，小说读得少，也有些陌生。不过刘远江这部小说《抚慰人心》还是令我震惊，产生一种新奇之感。一开始，看题目和文内小标题的设定，感觉可能是一部哲理性较强的小说，读进去，果不其然，这部小说确实很有哲理，但我把它归类为一部文化小说。

故事并不复杂。久居深圳的著名文化学者魏明心，也是一个社会活动家和文化项目策划人。他很懂现代思想，却守望传统文化。他了解当代世界艺术，却对中华民族艺术情有独钟。这在深圳这座现代化程度相当高的城市里，显得很有个性，也得到社会的尊重。可以说，他是社会的良知，代表了一股觉醒的力量。有一天，他为一位不幸成为“植物人”的民间发明家赵冬青事迹所感慨，动了恻隐之心，决定组织一次以“大爱”为主题的大型社会公益活动，动员几位有成就的艺术家、文化人成立一支“粤港澳大湾区公益文艺先锋队”，沿着中华民族重要的传统文化诞生地和重要文化地标行进，一路搞创作，一路做慈善，一路讲文化。其根本的目的，就是用爱心和艺术，唤醒沉睡的“植物人”赵冬青，并提醒世人要看重和发挥好人文与科技的价值。这个看似天方夜谭的创意，居然被深

圳的一位富有爱心的大企业家“张总”所看好，他决定赞助几部房车，让“植物人”躺到其中一辆房车上，其他人分别坐上其他房车一路护送。于是，这个项目成为整个大湾区最引人注目的文化公益项目。

和所有的人一样，我为“文化唤醒植物人”这个项目核心创意感到不可思议，也为小说把它作为故事的主要线索而颇感兴趣。艺术活动真的有这么神奇的功能吗？文化真的能唤醒人的大脑吗？小说选择这样的内容作为中心情节合理吗？世界医学界是否有过成功的先例，还是作家脑子里的突发浪漫奇想，或是小说独有的艺术虚构？一连串的问题，很容易让我们对故事的真实性产生怀疑。可能小说家一度也有与我们共同的忧虑，所以花了相当多的篇幅去研究这种现象，讨论患者赵冬青作为一个特殊个案被唤醒的可能性。

赵冬青是个发明“森林空气法”，为生态环境建设作过贡献的民间发明家。他在做发明的同时，还不得不长期和一种奇怪的疾病做艰苦的斗争。这种疾病一发作，整个人就会进入昏迷状态，有时昏迷会长达多天。此前病人接受过多方治疗，有一定的效果。其中一位中医“高人”根据病人喜爱大自然的习性，制定的一套“旅游解压健身法”最为有效。然而，这个医治过程发生了事故：赵冬青过度兴奋从高处摔下，再度昏迷，医生判定，病人将长时间处于昏迷状态。如果没有找到有效治疗方法的话，病人只能持续昏迷，直到生命终止。魏明心根据赵冬青的实际情况，参考了许多医学、科学方面的资料，坚持认定有可能“唤醒”他，才下决心安排了这场看上去是自然旅游的项目。不过魏明心加了一味药——“人文艺术”，比原有的旅游解压更具想象力。

尽管作品做了合理化的解释，我们可能还会将信将疑，很希望作品提供更多的证据加大力度支持故事的合理性。但我们还是承认，就赵冬青个人的实际情况看，他的病并非不治之症，也就存在各种被治愈的可能性。这就是说，他还是有可能苏醒的。而且世间确实有过“植物人”被唤醒的先例。小说进行这样的情节设计，有叙事风险却在可控范围之内。这也为小说蒙上了一层神秘的色彩。我们相信作家和他的作品。

二

实际上，我更多地被小说的立意所吸引。坦率地说，我很少读到从文化层面写深圳社会生活的作品。以往读深圳题材的小说，通常更多地从经济社会特别是经济发展的层面介入小说故事，述说的都是深圳的创业史、奋斗史、开拓史，表现的都是经济社会发展中的深圳精神。深圳身为经济特区，是一座很年轻的城市，才四十多年，比生活在深圳的许许多多的人年纪还小。作为一个改革开放的窗口城市，深圳一开始对标的，就是发达国家的现代化城市。具体地讲，就是当时经济发达繁荣，且位处世界金融中心的香港。这个建设和发展思路，决定了深圳要在经济上高速发展、弯道超车，财富快速积累，赶超世界先进水平的方向。因此，才会产生“时间就是金钱，效率就是生命”这样充满时代精神的口号。多年前，批评深圳的人说这里资本发达，文化贫弱，甚至没有文化。深圳并不是没有文化，而是早年在文化上较多地受到资本文化、商业文化、现代竞争文化的深刻影响，在一个历史时期里，呈现出特殊的城市文化形态，与传统文化形成较为鲜明的对比，有时还呈现一定的冲突性。

文化的这个走向，必定引导文学创作把目光聚焦在这个思想层面上，所以我们读到的深圳题材的作品，多数是生存故事、创业故事、奋斗故事、财富故事，揭示的社会矛盾冲突也都围绕着生存斗争而展开，创业者、打工者、外来者、投机者、资产者、金融家、企业家、穷人、富人等不同社会地位的人们之间的复杂关系，一度构成了深圳文学思想的基本倾向，也构成深圳故事的主流和形象群的特点。

经过几十年奋斗，深圳已经建设成为一座在世界上举足轻重的现代国际大都市，某种意义上说，在许多方面超过了曾经作为学习样板的香港，不再只是扮演学生的角色。深圳在大湾区的经济引领作用正在超过香港等地。这很可能意味着，深圳城市文化也在发生根本上的调整，不再是当年那种以竞争的、财富的、商业的文化为主流的城市文化，而是在政治建设、经济建设、文化建设、社会建设、生态文明建设“五位一体”的国家战略指引下，服务国家发展大局，全面发展的城市形态，建构为中国式现代化的城市样板。深圳城市正在更新。深圳多年来吸引了大批文化艺术的高端人才，为深圳这座城市注入了先进思想和先进文化，他们积极参与和建设，凝聚出一座城市的精神，我们称之为“深圳精神”。然而，多数作品特别是小说作品，并没有注意到城市时代精神的变化，仍然停留在以往的思维上，满足于几十年来流行的那种故事的模式。

作家刘远江显然注意到了这种历史性的变化。他敏感地发现，坚持中国特色社会主义道路，紧跟中华民族伟大复兴的前进步伐，深圳这座国际大都市，已经摆脱香港文化的影响，开始建立起自己具有先进思想支撑的价值观、道德观、财富观、社会观和文化观，也就是有了自己的专有的城市文化。而这种城市文化与我们国家我们民族的传统和现代文化一脉相承，不断发扬光大。一直以来，有些人一直担心，深圳开放，吸收了大量西方发达国家先进技术、先进产业、先进发展模式，会不会把西方那种生活方式、意识形态和文化也带进来？历史事实证明，这种担心有道理，但不必过度。今天的“深圳精神”就是在和西方文化碰撞较量和冲突中建设起来，发展起来的。深圳赢了，赢在经济，赢在社会，赢在时代，也赢在文化。

这个激动人心的历史进程，激活了作家内心深处的创作灵感。他有意识地把思考重点放在深圳乃至整个大湾区的文化建设和发展方向上，并着手创作一部反映深圳以及大湾区文化人生活的小说作品。刘远江本身就是一个文化人，了解中西方美术，在中国书法方面也有相当造诣，对深圳文化人生活非常熟悉，处理文化题材得心应手，构思准确到位，一下子就能抓住时代的大主题。当然，他没有想到的是，他的这个创作冲动，居然开辟了深圳文学创作的一个新领域，使“文化”本身也成为文学的表现对象，由此翻开了深圳生活描写新的一面。《抚慰人心》也许不是第一部吃“文化”螃蟹的小说，却是第一次如此正面描写深圳文化，揭示城市文化内涵，塑造文化人形象的作品。

小说主人公魏明心关于“粤港澳大湾区公益文艺先锋队”的创意至少从几个方面展现了深圳文化的时代风貌：其一，在新时代背景下，深圳城市文化正在谋求与自己民族传统文化更加深刻的关系。先锋队的房车所到之处，都是历史上的文化重镇，积淀相当深厚的中华民族文化。这条线路设计得很用心，意图相当明确，先锋队在这些地方顶礼膜拜，学习思考，汲取文化精华，把深厚的传统文化传递给现代城市，也向全国传播深圳城市的先进思想和进步文化。其二，深圳城市那种敢想敢干、敢为天下先的精神，已经深深渗透在文化之中，化为具体拥有探索精神的文化创意。其中，“文化唤醒植物人”就是具有探索意味的慈善思路。在我们担心这个创意有哗众取宠之嫌，得不到社会支持时，作品却写道，企业家“张总”非常看好，和策划人产生强烈共鸣，愿意出巨资来赞助。他并非要推销自己的产品，给自己的企业做广告，而是真心实意、不讲回报地做公益慈善。这可以看作是深圳文化中非功利因素在增加，在拓展。其三，通过这次全国文化之旅，创造大湾区文化建设一个历史性的机会，使深圳及大湾区文化体现文艺的“大道”，构建新的文艺思想，创新文艺创作，从而形成新的文化风貌。作品选择了也许不算学贯中西，却很有先进思想、很有文化见识的魏明心来当领队，与担当的文化大任非常相称。其四，“大爱”是深圳文化的一个硬核。以往的竞争文化、商业文化和财富文化，使人向经济动物异化，人际关系、社会关系日益功利无情和紧张冲突。这在过去许多小说里已被描写得非常深入，表现得非常深刻，在哲学上表述为人性的扭曲、人的异化，人不成为人。然而，这种关系在《抚慰人心》里，却得到良好的和解，社会矛盾冲突得到调和——“大爱”成为化解社会矛盾、缓和人际关系最好的良药。正因如此，魏明心的创意实施得顺风顺水，公益先锋队的房车开向远方，一路坦途。一句话：拯救人心！

三

小说特意把“粤港澳大湾区公益文艺先锋队”第一场活动安排在首都北京，让这次文化之旅故事有了一个醒目的开头，有一个高的立意，有一个明确的方向。车队声势浩大，参与的艺术家不少，连工作人员加起来不下几十个。主要成员有总指挥魏明心，盲人朗诵家郝姑娘和盲文翻译余佳丽；坐轮椅的赵冬青的母亲施勋美，她已经92岁高龄了，而且双腿有残疾；在移动睡椅上未醒的民间发明家赵冬青；以及国画家巴人、“丑书大王”小曾猴子、助理上官步莲、艺品拍卖师兼主持人李玲珑、哲学家邓思奇等。从主要人员构成看，这支公益队伍构成挺复杂，并不好带，“唤醒”任务相当艰巨。不过，第一场线上线下直播，由于郝姑娘美妙的朗诵而大获成功，引起了网上的热议，给先锋队的行程开了个好头，让大家增强了信心。在魏明心带领下，公益先锋队拜访了当地的书画家王飞燕和马爷。后者以创作北京民俗文化系列作品成名，现在正在集中精力创作北京中轴线的风景人文作品，助力“申遗”。中轴线文化也因此成为“唤醒”行程的一个文化亮点。

接下去的行程就特别顺利。重要的城市之旅吸引全网的高度关注，引发了一个个关于社会的、文化的话题，掀起了一个个文化展示的热潮。在河北，他们参观了邯郸的磁州窑，为这座千年瓷都的文化所吸引。在内蒙古寻找红山文化遗址，聆听远古的回声。在山西大同的云冈石窟，感受历史的风云。在洛阳的“中原客家先民南迁纪念碑”前，悼念自己的先人，当然没有忘记欣赏龙门石窟的艺术魅力。在曲阜孔庙“朝圣”，接受孔子文化的洗礼。在湖北黄冈，领略了苏东坡“大江东去，浪淘尽，千古风流人物”的波澜壮阔。在安徽安庆的“西来禅寺”，拜访了禅宗的一个道场，感悟参禅的状态。在六朝古都南京，游览了人文底蕴深厚的秦淮河。在大上海，走过黄浦江边和南京路，回望十里洋场的繁华与屈辱。在长沙的“岳麓书院”，仿佛听到大儒朱熹还在激烈辩论的声音。在杭州，公益先锋队直奔西湖，走进天下第一名社——西泠印社，感受美不胜收的吴越文化。而后又重点拜谒了“徐渭故居”等地。公益先锋队的房车车队还走过南昌、福州，接着转向广州、深圳、南宁、海口、昆明、遵义、成都、重庆、兰州等地方，并且不可思议地把车开进了西藏、新疆大片区域。光看这张来回辗转复杂的路线图，就可以读出魏明心策划案的良苦用心，同时也看出了此次公益之旅的时代风貌。

《抚慰人心》在描写轰轰烈烈的文化之旅的同时，穿插其间，讲述着“植物人”赵冬青的人生故事。虽然作家从他少年时候写起，看似有些冗长，但我们读下去，能发现，他的一生，大部分时间是痛苦的。少年时代历经生活的磨难，长大后则长时间与疾病作斗争，花去了大量时间和精力，也因此失去了考大学的机会。然而，就是这个看上去被时代遗忘的一个人，坚决不向命运低头屈服，而以抗争的精神，自学成才，成为一个励志的青年，成为一个民间的发明家。长时间的孤独，会让一些人沉沦，也会让一些人奋发。赵冬青属于后者。他化孤独为励志的力量，用孤独激活他心灵深处潜伏着的创造的潜能，使自己超越了一般人，成为一个对社会有用的人才，得到了社会的认可和高度评价。然而，如果要进一步破解赵冬青的生活密码的话，一定要注意一个人，那就是赵冬青的母亲施勋美。这位从人生苦难中走出来的女性，用一种超乎寻常的大爱，呵护着自己的儿子。她不光把儿子养大，更为重要的是，她信任自己的儿子，坚定地相信儿子生命力的顽强，坚定地相信自己的儿子拥有非凡的生命力量。同时，相信自己能够时时刻刻感觉到儿子生命的存在。她和儿子心灵有着神一样的感应。小说写了一个细节，赵冬青一次长时间休克，医生都认为赵冬青死亡了，在推向火葬场那一刻，母亲突然感觉自己听到了儿子的心跳，马上扑上去，在推入火葬之前，把儿子救下来了。这个细节，把母亲的性格凸显出来了。这是一个历经苦难、痴心不变的女人。这种奇迹只有在心灵完全沟通了的人之间才会发生。学者魏明心在很大程度上感动于老太太的执着，同时，也相信爱的心灵能够创造奇迹，才坚定了“唤醒”行动的信心，产生了坚定的意志。而母亲也认定，这样的艺术活动一定会让儿子苏醒。因此，她不顾自己90多岁的高龄，也要全程参加，听着好心人的祈祷和祝福，等待着儿子睁开眼睛看世界的那一天。两个人想到一处，心碰撞在一起，能产生化学反应，能改变一切。与其说魏明心是唤醒的策划人，不如说母亲才是唤醒的“大魔法师”。

令人深感神奇的是，赵冬青居然也收到了“爱”的信息。他躺在房车里，坐在移动睡椅上，看上去没有任何知觉。实际上，公益车队所到之处，每一个公益活动，都在触动着他，都能传递给他信息，刺激着他的沉睡麻木的神经，都给他带来暖意和活力。时间长了，在一个特定的条件下，就见效了。小说写到，车入重庆时，母亲在他耳边说，你最熟悉的重庆到了，看看重庆吧。他的眼皮突然就动了一下，很轻微，但真的动了。从那个时候起，每当经过历史文化名城，他的眼皮都会动，仿佛感受到文化的力量。终于有一天，他醒过来了。文艺唤醒植物人的策划实现了。

作品显然通过公益车队引导读者相信，感受自然美和艺术美是每一个健康的心灵所不可或缺的能量。因此，每一个参加公益车队的人，都在祖国的大好河山中感受到自然之美，吸收了天地之灵气；都在民族创造的伟大艺术当中感悟到文化之美，获得历史之力量。他们每一个人把这种灵气，把这种力量聚集在一起，助力赵冬青的母亲，通过母亲之爱输送社会之爱，传递到赵冬青冰冷的身体里，产生了热量和能量，触动了生命的活力，抚慰了一个对社会作过贡献的科技人，让他的生命渐次绽放出光彩。一次普通的文化之旅，就是这样发生了化学反应，产生了神奇而美妙的功效。由此，作品的主题得以展开，小说的思想得以升华。

四

《抚慰人心》的人物形象塑造值得重点说一说。任何一部小说作品，都会有一个怎样写人物的问题。小说不写人物，不塑造形象，就不叫小说。可是，今天的小说，却离人物越来越远，看似在写人，其实人物形象立不起来。有一度，理论家们还主张小说“三无”：无主题、无情节、无人物。人物形象塑造弱化已成趋势，中国当代人物形象画廊已多年没有新的人物。不知为何，每年产生上万部小说，而产生不了具有典型性的小说人物。不知中国当代作家是怎么了，写不出好的小说人物。因此，笔者只要一说到小说创作，必定要呼唤人物塑造，希望有一天，人物真正成为小说的中心。不是说《抚慰人心》已经写出了多么生动的、可进入当代文学人物画廊的人物了，而是说，《抚慰人心》的人物形象塑造可以成为值得讨论的话题。当然，《抚慰人心》塑造的人物形象众多，展现了作家具有较强的塑造各色人物形象的文本意识，及重在揭示人物命运走向的强大的语言艺术驾驭能力，这在当下是难能可贵的。至于该书所塑造的人物形象的价值和意义如何界定的问题，尚需经过时间的检验方能予以论定，这是任何优质作品走向文学经典的必经之途。

坦率地说，起初我以为，尽管作品对赵冬青这个人物是下了相当大的笔力的，但这个人物形象的塑造还是留有一定的展开空间的，似乎还可以继续向前推进。由此可见，小说的人物形象塑造问题确实是较难把握的一件事情，有时非人力所能及。但作家偏爱这个民间发明家，所以下大力气想去写好他。可是想要跳出励志人物的框架谈何容易？直觉告诉我，这个人物还需要在别开生面上做文章，还可以追求独标高格的新意。不过，可以理解的是，赵冬青在整个艺术之旅过程中，一直就处于植物人状态，作品很难全面展开，这是有所掣肘的，只能用倒叙的方式，讲他生病前的故事。有意思的是，当他终于被“唤醒”时，仿佛奇迹般突如其来一样，作品爆炸出一种在对赵冬青描写过程中前所未有的绚丽和力量。所有人期待的那一刻终于到来，所有人的合力都得到回报！于是整个文化之旅来到了高潮，作品主题表达也得到华彩的高光时刻。这个高潮部分的成功描写，完全克服在赵冬青形象塑造上的难度，使这个形象与他的人生命运自然融合在一起而焕发出光芒。更让我意想不到的是，这个人物形象仍在继续往深里刻画，小说不仅在公益之旅途中成功“唤醒”了人们对科技发明群体的关注和爱护，更是在赵冬青被唤醒后使他成为深圳科技界有望持续发力的一位代表，这也预示着科技力量将在深圳乃至大湾区的未来发展版图中占据核心位置，使其与人文力量一道，成为面向世界展示我国超级城市群落的内驱“双子座”。这就使得赵冬青这个人物形象实现了较为完满的逆转，从而跳脱出早已陷入窠臼的励志模式。

作者用比较简约的笔墨去写的赵冬青的母亲施勋美，其形象塑造得很成功。母亲这个形象写得非常感人，与众不同。笔墨不多，却给人印象很深。她性格中不光有深沉之爱，还有一种对爱的感应的本能。她只是一个普通的妇女，也没有受过什么心理学的训练，她就是靠着自己天然的直觉和独特的信念，来信任生命，信任奇迹。而且，她的意志力超乎我们想象的强。以她的高龄，一般人无法完成公益活动，而她却坐着轮椅挺下来了，还跟着上青藏高原，戈壁沙漠。尽管房车条件好，大家对她的照料也细心，但对一个老人来说，要适应各种气候的变化，要长途旅行，本身就是一种严峻的考验。而这一切困难，她默默地顶住了，一直坚持到儿子醒过来。因为她的爱，她的信念，她的意志确实超强。作品从这角度去写母亲个性，塑造母亲形象，确实有新意，至少作家写这个人物时，用心用情，寄托了对伟大母爱、伟大人性的理想。这个女性形象，在当代深圳题材的作品里，还很鲜见，也很独特。

公益文艺先锋队的主要成员之一的“丑书大王”小曾猴子写得很有意思，也可以说写得比较鲜活，是一个不多见的人物。这是一个在网上出名的青年艺术家，因为他的创作以所谓的“丑书”为主，网友给起了个外号，叫“丑书大王”。其实，他的艺术功力并不深，艺术思考也很零散，受流行时尚的艺术观念影响较深。一看“丑书”很有些市场，写起来也很随意任性，不需要太多规范，也就跟着玩。加入魏明心先生的公益团队，可能一开始动机也没有那么纯粹，“玩”性还是很重。不过，这一步很重要，算是小曾猴子从线上走到线下，走到大自然里，走到真正的艺术传统里，最为根本的，是走到老百姓生活里，接近真实，接了地气。因此，他感受到真正的生活，也感受到了真正的艺术。在参观西安的碑林时，在师叔魏明心的指点下，他似乎茅塞顿开，一下子就认识到中国书法的博大精深，也一下子知道了自己的肤浅，体现出他具有较高的艺术悟性。于是，下决心好好学习古人，继承民族的文化传统，不再炫耀他的所谓的“丑书”。美学上要求艺术要坚持美的追求，而在具体的创作上，其实非常灵活，可以美为美，亦可以“丑”为美，把“丑”化为美，特别是在书法这种形式感比较强的艺术表现上，空间其实还很大。写“丑书”并不是什么艺术上的大逆不道，反而可以在艺术上突破创新，前提是要懂得继承民族艺术传统，懂得化“丑”为美。“丑书大王”小曾猴子思想的进步，也必将带来艺术上的飞跃。这个人物性格有较大的变化，前后形成鲜明的反差，在相当程度上反映了一代青年艺术家进步的特点规律，有一定的典型性。

另外，在淋漓表现颇具道德情怀和担当精神的民营企业家张为民先生的无私善举、对盲人朗诵家郝姑娘内心世界的精妙描绘、刻画盲文翻译家余佳丽朴实善良的人性形象及对古灵精怪的助理上官步莲的多变性格勾勒等方面亦有不俗表现。与此同时，对于诸多文艺家的形象塑造，总体来说虽着墨不多，也都在各自出场时不乏鲜明之处和出彩之笔，这考验的是作家对这一群体的共性与个性的深入认知和发掘的能力。

《抚慰人心》的主人公魏明心的性格形象有很多亮点，是作品重点塑造的人物。无须我们有多么深刻的判断力，就可以读出，作品所描写的魏明心，是一个思想家、学问家，一个很有功底的文化人。小说一开头，展示魏明心的内心世界，我们知道，虽然他还不算第一流的哲学家，但他对中国传统哲学具有很深厚的认知，从先秦诸子，一直到宋代的朱子和明代王阳明新儒学，以及现当代的中国哲学，都有相当深入的学习，有着自己独特的看法。他对中国文学也有较系统的积累，对诗经楚辞、唐诗宋词、明清小说都很熟悉，自己也不时作诗填词，颇有雅兴。他看家的本领——在中国书画艺术造诣，可以说更是达到了大家的高度。不仅写得一手好书法，而且很有自己的艺术理论见解，是学界公认的艺术理论家，也是深圳大湾区具有代表性的文化人。

在我看来，魏明心能在深圳这样一座日益现代化、国际化的城市里站住脚，得到认可，受到尊重，并不完全因为他是一个大学问家、大艺术家，而因为他不僵化、不守旧、不迂腐、不封闭，更不躲在书斋里做死学问。很显然，他把自己当成城市建设者，很自觉把自己融入深圳社会里，用自己的本领参与到一座城市的文化建构中去，也因此，深得这座城市之魂——创造与务实。因为务实，他深知生活在这里的人们在想什么，需要什么，在创造着什么，需要往哪里去，所以他能够时时调好他的文化焦距，对准这座城市的文化需求。对于深圳这座务实的城市来说，最为需要的就是能够生产出最佳的文化产品，魏明心正是社会需要的优秀文化产品的制造者。他有务实精神，又有创造实力。这样的人，才是深圳最具代表性的文化人，才是根植于这块土地的思想家、艺术家。

正因有这样的文化思想，魏明心才能策划出成立“粤港澳大湾区公益文艺先锋队”，以及用“文艺唤醒植物人”的高端的文化创意，也就是文化产品。他显然把握了城市的精神，创意一出来，就得到了社会的共鸣。画家陈立人不理解，那么多文化创意都无人理睬，可魏明心老师的创意一出，企业家们就自己找上门。命门就在这里。他把握住了时代精神，深知文化是一个国家一个民族的灵魂。实现中国式现代化，必然要大力传承中华民族的优秀传统文化，发展中国当代的先进文化。因此，他的文化策划的立意超越了城市的文化格局，而站到了时代思想的制高点上。他抓住了艺术的精神，要传递出美，用美感染人，感化人，用美来使这个世界更美好。他本人就是一个有成就的艺术家，看家的本领就是创造艺术，得心应手的就是创造高质量的文化产品。几个条件累积在一起，催生了魏明心这样一个城市文化创意人。

作品深入刻画魏明心的性格，揭示出他个性里一个重要的品质，显然就是有着强烈的历史使命感和自觉的现实责任感——“修齐治平”传统知识分子最宝贵的良知和品格。他不仅做中国文化的学问，也做西方文化的学问，也许还不算学贯中西，却也深刻认识到，西方思想文化到中国来必须有一个中国化的过程，否则就会给中国的意识形态和文化带来负面影响。中国改革开放以后，西方很多思潮、思想和观念进来以后，与我们传统的价值观、道德观、人生观产生剧烈的碰撞，发生了冲突，一度造成社会思想的迷惘、社会道德的滑坡，价值取向的混乱，理想信念的失衡，世道人心的浮动。深圳是中国最开放的城市，要挺立在风口浪尖上，首当其冲经受最猛烈的冲击。作为一个知识分子的魏明心，不可能无视这种时代的挑战，必然坚定站在国家民族立场上，顶住西方的潮流风浪。从这个思想层面看，深圳的大胆吸收西方文化，更坚决把西方文化进行“中国化”处理，打造成为我所用的先进文化和先进思想。魏明心的思想和艺术观就是这样建构起来的，有传统的文化基因，又有当代先进思想的特质。作品通过对主人公心态的细致描写，大篇幅地全面地展开对魏明心的艺术思想、艺术理念和艺术理想的一个个华彩的思考，目的就是要凸显魏明心性格的内涵，从而突出作品的主题：“唤醒”。魏明心的艺术要唤醒的不光是赵冬青这样的“植物人”，更要唤醒世道人心，唤醒迷惘麻木的心灵，唤醒真正的艺术。当我们意识到这一点的时候，魏明心的性格也完成了塑造，得以升华，小说也因此实现了思想艺术的追求。应该调整纠正我之前的说法，这是一部写文化的小说，更是一部哲理小说。

五

风景描写是小说独有的本事；风景描写也是小说的尊严。长篇小说，风景描写必不可少。传统小说，特别是受西方经典小说影响的作品，没有不重视景物描写的。西方风景画源远流长，也深深影响了文学，影响了小说中的风景。通过细致入微的刻画描写，让自然神的光彩透过高山、大海、森林、河流，透过风和云、雷和电表达出来，反映出艺术家们、作家们对自然神的顶礼膜拜。尽管绘画与文学表达风景的方式不一样，但内在的人文情感却是一致的。令人不解的是，进入当代以后，风景画依然在发展，文学风景描写却在衰萎，甚至成为小说的负担。小说家们越来越不看好风景的描写，不知不觉就放弃了这门本事，也就放弃了小说独特而高贵的尊严。

正因此，我们才会更加关注刘远江小说的风景描写。他的这部小说，写文化之旅，跨过大江大河，翻越崇山峻岭，看尽自然好风光，一定需要把这些风景描写出来。风景不光是文化之旅的重要组成部分，也是融进赵冬青心里，拯救赵冬青生命的神灵。例如车队来到青海湖，眼前的景色为“冬天里的青海湖已经封冻，湖边的冰层绿中透白，颜色略浅，中间深层的大部像极了一枚硕大无朋的绿宝石，表面覆盖有一层薄薄的雪白的冰花，煞是好看，在阳光下发出幽光，犹如雕刻大师精心雕琢而成，自然而规整，真乃天工之作”。作品描写了“兴化垛田”“原本是片湖荡沼泽地带，由于上游来水的冲击和下游海湖的顶托，逐渐形成了一个个大小不等，形状各异且四周环水、高低错落的水中土丘，当地先民们为了抵御洪水，垒土成垛，在垛上耕种，遂有了垛田”。这样的自然风光的描写，在作品中很多。作家的视线停留到哪里，就会引出一段自然的描写，让读者感受到大江大河、壮丽高原、大漠荒原、连绵群山的美，也能感受到风带着天地之气，吹拂过车队，也吹进赵冬青的心里。

当然，作品的注意力，更多的是放在历史文化、风土人情的描写上。车队按既定线路，每到一处，都强烈地传递出我们民族古老的文明文化信息，这些地方都是历史名城和文化重镇。作品写道：“位于岳麓山脚下的岳麓书院，确实容易予人这一震撼之相：刚入山门就给人先来个‘下马威’，山门的牌额‘岳麓书院’四字由宋真宗御笔赐书；正门两侧的一副对联‘惟楚有材，于斯为甚’则自诞生之日起逾两百年来早已广为流传。”几句话，就写出了儒家讲坛的神圣之气派。作品写南京“有‘六朝胜地，十代都会’之美誉，历史人文底蕴如其母亲河——秦淮河一样深邃绵长，不仅是江南佳丽地，亦是南国文曲场，是个集人文生机与历史悲情于一身的多难之地”。写“三坊七巷”：“只见步行街两边排列着规划齐整的二层营商店铺，诸多厚重醒目的牌匾散发着传统的馨香，看上去古雅别致，尤其是随处可见的一株株古老苍劲的榕树，不仅是‘三坊七巷’历史的鲜活‘见证者’，而且还是名副其实的‘独木成林’。”实际上，作品对魏明心故乡的描写更为生动深入：“来到一个叫作‘丁屋岭’的原始山林古寨时，那些依山而建、高低错落的客家民居，犹如‘陆上吊脚楼’一样奇特，再细看都是黄泥墙、黑灰瓦、木房子、石台阶，唯独不见现代社会常见的水泥制品。走在这样苍古的街上，当踏着泛出历史光泽的老旧青石板路面，似乎每一脚下去都会氤氲回响着沧桑岁月打磨过的久远气息，街角屋边随处散落的闲适无虞的村民，感觉就像从远古走来的，那种强烈的隔世感尤令人称奇，好像他们和我们身处的世界没有任何关系，俨然自成世界，犹如四周茂密的草木一样宁静而自洽。”

大量的人文历史描写，不仅使作品的内容更加丰厚，而且也使整个文化之旅充满乡愁之情。

六

各种各样的小说，各种各样的写法。写小说无一定之规。读者愿意读就是好小说。《抚慰人心》的写法可能会引起争议，不过，作为一种有着强烈创新意识的小说艺术探索，应该得到尊重，因为倘若缺失了不懈的探索追求，也就没有了文学艺术的发展进步。再者，争议讨论本身也是对作品的一种尊重：其一，艺术真的有这么强的"唤醒"作用吗？爱真的有如此神奇的功效吗？对此，主人公魏明心是坚信不疑的！如果他不信，小说内容就不成立了，主题也无法凝聚。可实际上，真正具有"唤醒"作用的，归根结底不单是艺术力量，而是更为关键的经济社会力量。当然了，这里所说的艺术力量包含更为宽广的领域，它的背后实际上是历史力量、现实力量和人文智慧的总和，因此我们在表现和关注传统文化的力量与作用时，应该注意到这个内在逻辑关系，该书对此已有较深触及，实属不易，或许这也成为"唤醒植物人"的重要神秘力量之一。其二，作品塑造魏明心的形象，非常用心，重点写他的哲学思想、文艺思想、文化思想。应该说，写出了有担当、有使命感的当代中国知识分子精神，成功塑造了一个深圳特色的文化人的形象，很有意义，很有价值。同时，可能是作家想把这个人物写成文化明灯式的人物，具有形而上的高度，也就让他承载了似乎过多的历史责任、社会责任、文化道德责任，也不免会给人一种沉重之感，多多少少会妨碍人物个性心理的丰富性、生动性、可信性。所幸，作家在塑造魏明心这个特殊人物形象时，对他的通透心性着墨较多，这很好地冲淡了重重责任和使命所带来的压抑感，更何况现实当中确实也存在这样一些人，我们也应该允许每个人选择自己心向往之的活法，只要是符合人性向善发展方向的人生之道，都是值得尊重的。应该说，北宋张载所倡导的"为天地立心，为生民立命，为往圣继绝学，为万世开太平"的具有传统文人风骨的理想主义人格形象，在许多时代都曾涌现过。从这层意义上说，魏明心这个人物形象的塑造，不失为一位血肉丰满且充满人文情怀、使命意识和担当精神的当代文人新形象！

（本文作者张陵系著名文学评论家、作家出版社原总编辑）

目录
Contents

上部　世情云涌图

中部　人性探求谱

下部　实相真空录

上部

世情云涌图

第一章 虚空无尽

人生总在不断变化中前行，并且在生命的不同节点显现出迥异的变化频率，但无论是静若深渊，还是动如浮云，生活的气象都在一刻不停地加以演化。不仅如此，世间万物往往以“变化”来诠释永恒不变的宇宙规则，正如“杞人忧天”不同于“替古人担忧”一样，时过境迁，原来看似天方夜谭的事情已悄然有了现实意义，非无稽之谈了，而且从某种程度上说，人类在时空问题上始终是思接千载视通万里的，正是这种在思维上所具有的超拔时空的同一性，使得人们完全可以有能力打通“独与天地精神相往来”的沉睡的神思。魏明心的人生就进入到这样微妙的人生阶段，此时正端坐于书房的他，想到这里又来了兴致，遂把思绪投向无垠的苍穹。他时常就这样将满腔心事从人间拉往浩瀚长空，以此平衡人世的纷扰喧嚣。魏明心的这一自我意识觉醒似乎和“积极入世说”稍显格格不入，但他自认为不是为着逃避现实之故，而恰恰是深度入世之后，意欲为远未到来的现实忧虑找个理想出路的浪漫之举。此举，于他不是虑及眼前之安危，而是替灵魂的终极归途深谋远虑，纯属风骨和情怀所系。所以人生在世，从来不是单一的现实主义者，倘若缺失了相伴而生的浪漫主义色彩，他注定是悲惨而无助的。因此，美好的人生应是哲学的，是有足够能力加以自我平衡的，如同每个人都有一个隐性的“本我”，平常或许并不显山露水，但不等于不存在，而只是在关键的时候才会蹦出来与感性的自己“对话”，这就是所谓的急中生智，乃至如有神助般陪我们度过难熬的非常时期。

这些或好或坏的对于生命的思悟，当然是以人类栖息的星球无恙为前提的。可是，一旦这个前提不再维系的时候，连是好是坏的体悟也是奢求。待到那一天，一切就都重归混沌一片。但这是不是就意味着一切就此结束了呢？于是当魏明心意外关注到现实版的“灵魂纠缠说”的时候，他对于物质世界的终将消亡的担忧就彻底放下了，那和人类肉身的“成住坏空”的禅悟不就吻合了吗？这不就是物我如一的真实印鉴吗？这也是孔子所彻悟的“朝闻道夕死可矣”的真切心声。何也？因为心外无道，无有形迹，并无生灭，万古如斯。至此，当魏明心完成和自我的一番彻天遍地的“深谈”之后，他忽然发现身心从未如此清爽过。于是他凭依豁然之境，恣意挥写下如是言辞以表心迹：

沁园春·东升西落

魏明心

世相氤氲，异域形嚣，吾土呈祥。
叹人间取舍，多为攘攘；天庭盛覆，始自惶惶。
泥染顽思，空飘垢秽，惧与先贤论短长。
尚安定，驭绵延慧智，载誉翱翔。

今朝笃显心光，为万世儿孙立纪纲。
观神州上下，文明起挫；世情跌宕，历史兴亡。
济世标杆，英明润泽，俯瞰群雄贯莽苍。
悟嬗变，继东方伟圣，尽现殊章。

确切说，这首词作是魏明心在半醉半醒的时候即兴创作的，犹如喜忧参半的人生。已甚少向外交际的他，印象中很久没有沾酒了，同样许久未做之事，尚有他原先一度钟情的古诗词的创作雅兴。可在书房闭关养心的当天，待到心空澄澈清朗之际，魏明心却同时做了这两件久已远他而去的事情。但远去不等于消失！魏明心只有在为个体意识深处的重大事件抒怀时，才会重拾古诗词的谨严之风和深阔情怀。同理，他也只有在感怀世事重大变迁之际，才会允许自己“借酒浇愁”。而当今之世就发生了一件举世瞩目的重大事件，可谓同时满足了魏明心所认可的自愿破除“诗酒禁忌”的两大前提：那就是“史无前例的人类灵魂大觉醒”，而且现在更是处于“人类觉知力加速演进”的宽博时代背景下。当这句含括了中华数千年深厚人文底蕴在内的人类共有话语首次如惊雷震响般在国际时空交汇的时候，魏明心以为只是个寻常的“历史变现”，不承想世界思想洪流的急剧演变不断印证着这句“预言”的无比正确性，不仅令世人折服，也让魏明心颇感自洽和崇敬，他认为如此高远的洞见，只有深度浸淫了人类公共智慧的杰出人物才有可能形成并适时提出，不啻是对当今全球人心走向最伟大的“预判”。诚如斯言，魏明心既信服于智慧之语对当世心理情势的精准“把脉”，又痛心于变乱交织的“世界棋局”中基于丛林法则的人性卑劣之举，而在世界并不太平的纷乱时局之下，又进一步反衬出中国传统人文认知的不可或缺性，及中国自觉承担起的对于人类社会应有的职责、使命和担当的和平发展壮举。并在“天下大同”的世界观和价值观精诚织造的鲜明旗帜下，无私倡导推进人类命运共同体建设，生发同体共悲之念想，使之成为世界人民互通有无、同建共荣的经济命脉和国家间人文互鉴民心相通的桥梁纽带。正是有感于我国从先秦坐拥“天下大同”思想到新时代忧戚“人类命运共同体”走向的睿智而悲悯的人文心理，魏明心在汹涌的情绪波动和炽热的情感冲撞中就着几分醉意即兴挥写一己憧想下的心灵词作——《沁园春・东升西落》，以表对祖国当仁不让成为世界和平“压舱石”的欣慰和对域外不断上演“人间悲剧”的深切扼腕。

与此同时，魏明心亦对中华民族历经逾百年的屈辱史而后践行的时代梦想抱持同等的深切体悟。事实上，我们所言说的时代梦想同样是太阳底下的事物，曾被史上的太阳照耀过无数次，简明说就是一个时代的公共价值观，魏明心时常以这样的人文标尺去梳理和丈量过往时代的各自梦想，因为时代之梦是对所属时代价值走向的博大而敏锐的导引，至于能演绎出怎样的高度和声势，具体则由身处时代洪流下的个体梦想所汇聚成的合力决定，既有造化之功，也有人力之成，所谓尽人事听天命者是也。时至今日，魏明心已深刻领悟到每个时代的梦想其实皆是对现实社会所作的高屋建瓴且深具人文理想倾向的体系化思想工程的高度提炼与概括，是深敛温度和共情的每个人自己的“理想之梦”，从而由众人之梦自然叠合成排山倒海般的新时代梦想，进而在世界的东方伫立起一个可资仿效的瑰丽而圆融的梦想，同样的情景也可以出现在世界的其他地方，原因在于时代梦想是人心自觉祭出的共同愿景，是世道人心熔铸出的时代重器。这种体会近年带给魏明心愈发强烈的感受，深感“日月如梭”不再是个形容词，而是对生命飞快流逝的无情的现实指认。因此魏明心反倒觉着自己心中的梦想才是更具真实意味的另一个“真实世界”，有种“生活在别处”的梦幻之感，人心的价值和随之而来的梦想，似乎从未像现在这样显得如此重要而具体可感，亦好像生活中的一切障碍皆是未重视人心的“警醒”造成的，一切的顺遂又是因为顺心而为收获的，可谓天理存于人心。

这一人类心性与周遭世界关系的最新变化，极大触动了魏明心的敏感心思，已甚少撰写古典诗词的魏明心，决定以更具时代特色的白话小说和当代新诗的形式介入自己的“心梦之旅”。魏明心当然不认为古典诗词不重要，而是认为每个时代在承古的同时更重要的是“出新”，也就是优质的文艺要有自己的时代追求和人文理想，关键要有能力表达自己和时代之间的本质关系。正因如此，苏东坡在《潮州韩文公庙碑》一文中如是赞誉韩愈“文起八代之衰，而道济天下之溺”，赞扬了韩愈一改自东汉、魏晋、南北朝以来骈体文盛行的浮华之风，而韩愈努力倡导的“古文运动”，重在“文以明道”，主张继承先秦、两汉的散文传统，不仅使时代文风变得“言之有物”，而且有利于复兴儒学的仁义和道统精神，实现“文以载道”的“人性”教化功能，此为千古不易之文道，乃文道中之大道。唐代文史学家刘知几亦曾在《史通》中提出“言必近真，不尚雕彩”的主张。当然，在“明理载道”之外，明代的袁宏道则既反对李梦阳、何景明等前后七子临摹秦汉古文，亦反对唐顺之、归有光临摹唐宋古文，他认为文章与时代有密切关系，反对“文必秦汉，诗必盛唐”的逆世文风，提出“独抒性灵，不拘格套”的性灵说。但所有这些都印证了孔子所言说的关于“形式与内容”关系的智慧论断：“质胜文则野，文胜质则史。文质彬彬，然后君子。”

所以魏明心认为学古鉴古是为了将古人优秀的风骨精神悄然融于时代文艺的浩瀚实践中。而当前，他尤为看重挖掘“人心”的潜质，经由“度己度人”的共情心理去践行新时代的文艺观。现在最大的问题在于，试图挖掘包含“人心”品质的行为是容易的，但“人心”须有“品质”可供挖掘才行。而“培育人心”是最难的，魏明心非常认同韩愈在《答李翊书》中的观点：“养其根而俟其实，加其膏而希其光。根之茂者其实遂，膏之沃者其光晔。仁义之人，其言蔼如也。”这是“本和末”的关系问题，是解决一切问题的前提和基础。然如今本末倒置现象严重，着实堪忧。而外，他又想起了明末顾炎武在《日知录·正始》中率先提出“保天下者，匹夫之贱，与有责焉耳矣！”的家国观念。魏明心将理想付诸实践的动机，非欲逞匹夫之勇，而是要担匹夫之责。魏明心有自己的处世理念，他认为王阳明提出的“知行合一”的新儒学观点是对传统儒学“知行分离”的一次高品质的飞跃，是“儒释道”相融互鉴后所抵达的一个高点。但为了更易于理解不同思想层次的知行方式，魏明心还是把“儒释道”归结为三种生命状态：入世者聪，出世者慧，以出世之心行入世之事者觉。魏明心当然最欣赏“觉”之状态，但他又认为三者并无高低之分，关键在于取舍，要能明晰何种“方便法门”更适宜自己身体力行，择其善者而从之。为忠实记录自己的思想行为“心迹”供日后遵循，魏明心了悟“时代之梦”后抒写了如下诗情心语：

不管是否愿意，人类终其一生
在寻求生存发展中
于内圣外王觅寻里
隐现交错着两条奋争路线
与天斗，与地斗，与人斗
表象繁杂，终有尽处

看似热烈，实则羸弱
唯与自身缠斗，绵延无有绝期
无形无迹，难解难分
真我假我，无从辨析
前世今生，颠倒梦想
故人之一生，功名利禄，过眼云烟
却从不怀疑在死生之地用错了心力
于是，失重痴愚的生命
瞬时堕入无底的深渊而不自知矣
直到惨然跌出梦境惊出一身冷汗
始知，人生若梦并非虚言
原来，那宛若剜心的细节
只不过是噩梦一场
于梦下蓦然惊醒的人们
领悟到无知无觉的人生
可不就是那个令人窒息的梦境吗
然而，大梦谁先觉
即便，平生我自知
但早被知见所缚的人们又能觉悟几多
人生是场与自己的赛跑
却不见赛道，亦无规则
古称至人无梦，独言善人有梦
实属偏颇之语，痴人说梦
天地不仁，以万物为刍狗
道不远人，堪比祸福无门
梦者，人类异类皆有之也
只是心性掣肘，确难一举解之
倘能遥请周公，即使握发吐哺
也万难解今人之奇梦
时移世易，古今异梦
谁能为天地立心，为生民解梦
世间可有奇人得解时人众梦乎

奇巧的是，历史总是惊人地相似，相似的世情源于千古不易之人心。人类命运共同体非人世的执念，实乃历史的规律和天地的至理在无声牵引着人类命运的走向，力促天下大同之发展，这一人类有史以来最具深谋远虑和宏大抱负的人性光辉，犹如明镜高悬般感召着一介书生魏明心，他为之热血沸腾跃跃欲试，依此参悟了“用心若镜”之理，试图以小博大，问道民心，凭借数千年民族文化留存下的“根与魂”，去斗胆解开人类的“心之梦”。他自称已在小范围内提出了一个从无始劫以来被反复印证了颠扑不灭的观点：心梦不解，人生难安。因此为让人们收获恒久安定之人生，魏明心义无反顾地做出了许多改变和牺牲，他不知从何时起习惯于孤独，确切说，他很喜欢孤独，遂使离群索居成了常态，喜欢孤独时呈现的那种“我即自然”“世界即我”的自适的感觉。他甚至感觉不到孤独的存在，就如鱼游水中和人活空气中一样浑然不觉。所不同的是，水和空气是实有，然而孤独是什么？为心之幻象，亦如人之身影，这两者都受外力影响，绝非本有，如能光明遍照，正心正身，一切虚妄之物皆可自行消除。所以当魏明心听闻别人说出要超越孤独之类的话语时，他从来都不以为然。他不认为孤独需要超越，他觉得孤独就是一种恒定而自洽的生活状态，往深里说是种生活境界，是清醒者和另一个自己和谐相处，既然是自己和自己相处，那当然应该是件很快乐、很自我的事情才对，为何要将之描述成孤苦伶仃的样子呢？因此世人多半把孤独曲解为“寂寞无助”的代名词，而非人类在俗世与自我和解的一个难得的契机。

事实上，人只有在真正孤独自得的情境下才会真正显得轻松惬意，所谓静能生定，定而后生慧，智慧生成才能深切感知到整个世界都属于自己的“无我之境”，犹如陆九渊所言，“宇宙便是吾心，吾心即是宇宙”，亦即王阳明先生说的“万古一心，万物一体”，因此欲从“心外觅物”，恰似道外寻孤独，何以得见孤独寂寞之情，唯有遭逢智慧彻照之时，整个世界才无可争辩地自动围绕自己而存在，犹如太阳系行星在椭圆轨道上同向围绕太阳运动一样，事实上每个人都是自己的“太阳”，只不过需要“心灯”点亮而已。所以正如现今所知的宇宙构成一样，回望无限遥远的时空之前，迄今已知的宇宙，肯定不是那时的模样。想想蜉蝣，朝生暮死，虽短暂，却绚烂了时光，至于消亡本身则是辉煌之外的虚妄，与畏惧和寂寞毫不沾边。世间事，唯一可以确定的是，和无数动植物的生灭一样，这个世界的来源或本来面目充满了不确定性，无限时空之后的去向，也充满了未知。于是魏明心的脑中时常萦绕这样一个问题：偏于物质的茫茫宇宙尚且如此，然偏于虚渺的人性宇宙，我们又怎能偏执地界定人类的心性到底隶属何种性状？对此，他甚至执拗而恳切地认为，我心是恒定自足的，这个世界就不该发明所谓的“孤独”一词，而应该替之以“自处”更为恰当，因为这个世上，没有人是真正孤独的，只是有时自性被尘念遮蔽而不自知，好比“日食现象”，在未知时代是“日食”，而在已知时代，人人皆知太阳还是那个太阳，人类所看到的现象于它毫发无损。

可以想见，无论是避世而居的鬼谷子缘何要再度下山救赎人世，还是老子出关后的行踪杳然，个体生命运行轨迹自有其逻辑，所谓“天之道利而不害，人之道为而不争”，即便圣贤也是依据大道而行的，个中甘苦俗人焉能知之以详，常人所能做的，就是安抚好自己的本心，找准自我平衡点，与外界达成和解，因此每个人都以自己独有的方式在实现着自我疗愈，而非贤能之人所独有。这就说明真正意义上的人的内心是足够丰沛的，无关凡圣，足以应对一切毫没来由的孤寂之义，所以才会有“本自具足，不假外物”的灵魂启示说。但由于世人对“孤独”的偏见和滥用，各层面的世说孤独，无端惊扰了许多思想懵懂的生命，使得他们的生命无端抑郁了，甚至为之付出了生命的代价。其实，那些无辜的人，原本完全可以安然无恙地与子虚乌有却被人为定义的所谓“孤独”相安无事的。因此魏明心决意为这个世界做点什么，在能做成事之前，需要经年累月地静养圣贤气象，在这方面，魏明心对自己的要求极为严苛，多年来，他积极淬炼自己，由内到外始终把自己看成一个“自成体系”的完整世界，乃实至名归的内外兼修，他身心行经之地，那里既非常热闹，亦极为静谧，可谓阴阳调和，又何来通常意义上的孤独一说？魏明心对人生是早已深思熟虑的，他认为其实每个个体都可以是一个独立存在的世界，至少在某一时刻或某个阶段可以如此，彼此无须攀附，甚至可以无须交集，这样人和人之间才能真正实现与人为善。当然，尽管人生不如意事十之八九，这也许是人类莫名累积下的宿业所致，魏明心也愿意为此出谋划策尽己所能去利益众生，但已知的人间不幸，大多源于人们一再任自心肆意荒芜的结果。

魏明心对人间的矛盾始终是抱持悲悯之情的。他觉得要想解决自我冷漠问题，唯有真诚地朝真实的自性走去，去和自己好好对话，舍此，别无他途矣。这比什么都重要，也最管用！他宽慰说，现实中如果由于种种原因做不到正确看待自己，起码也得有这个纯粹的自我意识加持自己吧，有了这等觉知的基础，人生就不会空落落地衬显出无聊和寂寞，就能成为一个有灵魂的人。原因全然在于，人类在自处时，只要简单闲坐在那里，想想人生之快犹如白驹过隙，想想人生之变幻莫测，既虚无又充实，甚或什么也不想，如流水样自在，像白云般悠然，宛若陶潜在《归去来兮辞》中所言：“云无心以出岫，鸟倦飞而知还。”无数事实表明，越是无心无为之事，越是无用之功，其效果往往相反，所谓“有之以为利，无之以为用”。所以当一个人无心可用时，恰恰说明有做不完的事和说不尽的话，至于结局如何，谋事在人，成事在天，成败无碍如如之心，千古皆然，这就是灵魂于现实中“隐逸出尘”的自洽丰盈。于是这些自给自足的从容安心之要素，悠然间自然生成了重要而有意义的人生。这样的人生是最令魏明心艳羡向往的，他时常反复浮想诸葛孔明躬耕于南阳郡坐望天下大势风云演化的成竹在胸之境、苏东坡于宦海沉浮之间洒脱俊逸的智者气度和汪曾祺在西南联大学习期间为写小说而勤于“泡茶馆”的美好务虚，这些外化的传奇形象是否反映了他们彼时的真实情状？外人当然无从得知，但起码通过史实研究有迹可循，那些鲜明人生状态的形成，在特定历史时期显然是最适合他们的生活应对之策，有时深入想想或许又非人力所能决定，一切都归于是上天最好的安排吧，所以也就无所谓好坏了，魏明心研究古今林林总总的个案，它们皆表征了：“心安是归处”的心灵醒语无论身处何时何地都适合于任何人。

那么，什么才是我们真正需要的？人生究竟该是什么样子的？生命的意义到底是什么？我们的灵魂由谁来主宰？……一长串的疑问，时常莫名地困扰着凡事爱弄个水落石出的魏明心，对此，他多年来一直在孜孜以求，不仅阅读天地万物，更重视审视自己，就像从旁观察一个陌生人那样公允客观。因为他深知“行有不得，反求诸己”的重要性，而且确定破译这些“人生密码”是自己此生最重要的“事业”，只待何时把自己看明白了，想清楚了，人生的一切问题也就迎刃而解了。近年来，魏明心有个重大发现：人这辈子什么都不可怕，即便再大的困难也都不可怕，一切苦厄是注定要经历的。可怕的是有些人活着活着居然忘了自己，一辈子都不愿意看自己一眼，或者偶尔瞟上一眼，却又形同陌路地错过了自己，硬生生把自己活成了“空心人”。如果人类不能从自己本心中获得寻找光明的力量，那么，人类所谓的幸福就只能是水中月镜中花，所谓“心外无道”正暗合了此理，由此可见，那如“梦幻泡影”般的幸福，作为人们闲暇时光清议的谈资是可以的，却无法成为人生的有益经验。魏明心不想成为这样的人，他要像“如影随形”那样忠诚，即使光明无处不在，“身心灵”也是合一的，这需一刻不停地把自己看在眼里，只有把自己“了无死角”地看在了眼里，才能让自己的人生视野能澄澈地进入“无我”之境，确保最后望见的是通透的慈悲——物我一如之悲悯。

自此，魏明心的人生之路豁然开朗，他不禁在自己的日记中这样写道：“时常思考自己人生的人，虽未必就能成功，但不思考自己人生的人，此生注定一事无成！”写日记是魏明心每天的必修课，但他与今人大多贪图便利用硬笔写字不同，他学古人用毛笔书写，书写过程满载感情和味道，极具仪式感。他以此砥砺书艺，涵养性情，希望自己做每件事时都能慢下来，祛除躁气，平复俗情，且要充盈着审美节奏感，把生活过成值得品鉴的艺术品。他不喜欢现代人过于现实的忙碌与懈怠：忙碌时，即便走过了漫漫人生路都无暇回头望望真实的自己；懈怠时，同样因为无休止的功利化忙碌而无心旁顾，恨不得连吃饭的时间都不想丝毫“浪费”，就像在生命中自主过滤掉许多毫无回报的事情一样，总想把与人生相伴而生的“三餐四季”也一并省略掉。于是，生活变成了一趟不得不为之的负重之旅，人生从此再无快乐可言。

人生的道路从未有休止符，一旦启程，就一刻不停地朝着生命的终点匀速延展，途中无一例外散落着各个关乎命运走向的转折性驿站，倘若加以细细回味，便产生了不同的节奏与韵味，这一变化，顺势诞生了人生的无常，而且正是因了祸福无常，总让人生充盈着令人难以置信的梦幻色彩，人们因此习惯于在人生的某个关键节点，或回望过去，或前瞻未来，无论如愿与否，都是对生命的凝视和尊重。魏明心就是这样一个心性异常敏感之人，他打小就莫名觉得自己定是条志在远洋深海的蛟龙，他不愿像他的先辈们那样世世代代甘于在偏安一隅的小山村，生于兹长于兹殁于兹，一生就那么落寞孤寂地与世隔绝，如同虾蟹之类，只落得一生就范于薄凉浅滩，结果一辈子走下来，犹如偶然飞过的大雁，却连个声响都没能留下。

魏明心每每思虑至此就觉得无比郁闷，乃至几要窒息。所幸老天爷赐予他乐观通达之天性，相较于同龄人，他显得自信而忘我，总能自觉而忠实地继承客家人“耕读传家”的优良传统。在不好好读书就只能“脸朝黄土背朝天”的民间古训熏染下，尤其把“读书”视作通往外部世界的唯一“正途”，他亦因之拥有了走出去的勇气和力量。当他从懂事起就“散养”于乡野，并一路跌跌撞撞地前行，就像一个生长于田间地头的“野小子”，毫没来由地自然疯长。终到弱冠之年，他方才有机会一站式朝北逃离悲苦的乡村生活，是时，他回味过往的懵懂生活，首次舔舐到苦涩的人生滋味，于是望着与他渐行渐远、足足装载了他整个年少时光的“困兽之笼”，身心顿觉如虎添翼般快活，此时所谓的乡愁是不存在的，或许客家人深入骨髓的宗族意识和家国情怀尚未在年轻生命身上得到具有实践意义的继承。可多年养育他的难言的“悲苦”之地，正是他的客家先祖在人类有史以来较大规模的迁徙中一路往南筚路蓝缕踩踏出的“保命福地”，尽管大多处于偏僻之所，但显然寻获了得以“安身立命”的最大公约数。

如同数次“衣冠南渡”的逃亡流向表明，大多迁徙者沿长江岸边或择取近旁便利之地暂居下来，这是无数先人在生死边缘摸爬滚打后总结出来的生存之道。又好比客家先民在五至六次大规模迁徙中，每次都将族裔渴求更好生存发展的种子播散到了更适宜生存的人间热土，这一趋利避害的人性本然之举，恰如大自然的向阳植物，总是迎着阳光洒落的方向努力生长着，在汲取天地灵气的过程中成为最好的自己。于是有着东方世界的“吉普赛人”之称的客家人，由此将生命之花开遍世界的每个洒满阳光的角落。魏明心的祖辈，当年亦是庞大客家逃亡大军的一分子，他们在辗转迁徙里来到闽粤赣交界的汀江岸边落地生根。因此当他首次乘车离开家乡北上京城就读时，这是他平生第一次坐火车，尽管心情不免雀跃，但他不禁浮想联翩，脑中掠过先祖举族南下的逃亡景象，内心不由戚戚然起来。他暗自哀叹：是啊，人类无论何时都被各自的命运推着往前走，南来北往，相隔千年，同是逃离自己不想要的生活现状，但折射出命运在不同历史阶段下呈现的迥异情状。

与客家先民朝不保夕的生死逃窜不同，身为客家彭成堂后裔的魏明心，尽管他的童年缺衣少食，但回想起来无疑也是万般美好的，所谓少年不知愁滋味即是如此，及至他到了稍微有点思考能力的年龄，身边日益敏感的人情世故迫使他“睁眼看生活”，这才似懂非懂地感受到了外来压力，原来命运总在不断偏离他想要的人生轨迹。有时甚至有意捉弄他，这使他顿生恐惧之心，尤其当读书机会有可能早早被打断时，他想到了身边最亲的奶奶，以及许许多多像奶奶一样穷尽一生都没能走出小山村的庄稼人。如是，年少的他惊恐地瞪着自己周遭的一切，首次感到无边的绝望瞬时在心湖汹涌澎湃开来，宛若狂风在死寂般的山谷呼啸不止。他终究不敢断除继续读书的念想，就算死缠烂打也要接着上学，否则像时钟一样，一旦停摆，后果不堪设想，自己这一生很可能如山沟的一潭死水，毫无价值地臭在无人问津的不毛之地。思虑至此，小小的魏明心紧张地闭上了双眼，他怕被人发现自己的失态之举而遭至耻笑，他干脆蹲到一个犄角旮旯拨弄着泥土玩儿，在本不该多愁善感的年龄，他不得不开始思考自己的未来。因为若要想跳出农门，想改变命运的方向，在如此闭塞难行的小山村，唯有一条道儿可走——那就是拼命学习文化知识。除此之外，他实在想不出还有什么更好的办法从小山村跳脱出来。所以当他经由学习终于可以挣脱日益沉沦的人生时，很快，他又发现自己重蹈先人覆辙，终究陷入背井离乡的艰难之中。如是，那种无论朝夕如何努力皆在背离内心初衷的苦难始终如影随形。

魏明心的心思愈来愈敏感，时常莫名感觉到来自生活的“压迫式”的烦恼。他觉着，来到人世间，人人都是“苦行僧”，谁都想追逐着什么，却又似乎什么都得不到，不止如此，活到最后，内外皆无所得。无论是何出身，人类都在不断历经世事痛彻心扉的淬炼，只有到一切都归于云淡风轻方可刹住人性的弱点。人和人之间，人与世界之间，个人跟自我之间，注定是个相互走进或互为背离的关系，完全单向不可逆地行进着，只是不同阶段，可鉴照出不一样的人生况味和境遇价值。而觉悟与和解，犹如沧海横流中的“渡船”，适时将不幸遭遇“洪荒危机”的被困者送往幸福的彼岸，只是各人的“渡船”自是不同罢了，或自度，或他度，或度人，或度众，如此而已。在日益喧嚣浮躁的客观世界面前，魏明心早已习惯于独自静享这样一种彻底放下身心的生活状态：常在一天的某个时辰，要么栖息于富含禅意的茶室，要么悄然隐身于堆满了中外经典书目的书斋，试图为灵魂辟得一方舒心净土，以期反求诸己，洞达己意，彻悟天理，既和自己对话，又与天地精神相往来。这是魏明心近年寻觅生命本我的惯常方式，意欲超脱本我，力求心无挂碍，落得一副悠悠然置身事外的清闲样子，此种无我之境，超拔时空之境，利于笃定而天马行空地思悟历史、现在与未来，亦利于和古圣先贤开展“灵魂与灵魂”间的对话。然而，所谓的心心念念，往往无所依凭，不期而来，凌空而往，即便似曾相识的思绪中也近乎物我无别，每每这样的时刻涌现，一切就都远他而去了，又或者什么都没有失去，也未曾有什么到来，已知未知的万千物事，变得缥缈无垠起来，乃至无关人类现有的三维关系和现实隐忧，那是一段模糊得近乎完美无瑕的自在思忖时光，是对人世一切生灵的，一切物质非物质的，有形无形的，乃至天地万物的无差别、无善恶、无美丑、无真假之人文关怀，绝不停留于确切的一山半水，宛似飘零的落叶，不恋天空，不择大地，却能在飘摇中自成风景，且于任意时空下皆可零落成泥更护花，甚或什么都不为，却无生灭之谓，永世如如不动，亦非常寂不动，性本空相，却也实有。每陷此情境之时，如钟摆效应般回过神来的魏明心，亦仅是于故作不经意间触碰一下恍如生命“容器般”的荏苒光阴，那种感觉，仿若一阵清净的远风，不期然淡淡拂过大地与心灵，倏忽间便难觅影踪了，人们唯见眼前的草木仍一如既往生动舒展着枝叶，即便是见证了历史风云的千年古树亦是如此，只是屹立且岿然不动，宛若苏东坡艳羡长江之水那样：“哀吾生之须臾，羡长江之无穷。”又如杜甫蔑视彼世守旧文人所发出的颇具前瞻性的历史定论：“尔曹身与名俱灭，不废江河万古流。”这说明人类在大自然面前要么短暂，要么天人合一。同时也说明人类的世界观乃至宇宙观是不断进阶的，那时的“长江之无穷”和“不废江河”应被视作当今意义上的能量守恒宇宙体，是人与万物同体共悲的无我之境。然而，这样外在于人心且随着岁月轮转却能千秋万代始终盛开着的美好图景，在魏明心的心里激不起哪怕丝毫的情绪波澜，他望见了自己的真心，生生世世一如流水般清澈透亮的真心，于是再不囿于客观环境的变化。此时的他，犹如浩瀚深邃的天宇般散发着袅袅宁静祥和的光芒，一切内外的缘起缘灭、动静好恶，皆从容消弭于永恒之上的和风细雨之中……

正因如此，素以“平常心”行道的魏明心，常常忽略自己初涉社会时萌生的稚拙的人文理想追求，即便自己的言行愈来愈受到现实和虚拟世界的双重关注，他仍对身边事物表现出一种不愠不火的超理性态度，据说这是人类心性历经淬炼和渐次修行后所能达到的顿悟后的理想状态。对于他者的人世执念，魏明心或许毫不在意这些，他当然也无意为自己贴上任何外来标签，那不仅无益，而且贻害无穷！他只想活出自己想要的状态，唯愿忠实地践行老祖宗遗留下的文化精髓，那早已久经考验屡试不爽的入世之思、千百年来一种被誉为“不偏不倚”的处世哲学——中和之道，以及自主吸纳人类一切可资利用的优秀文明成果，让人类真正成为人类该有的样子，而不是相互倾轧。魏明心深以为，为解决现实的隐忧，人类有必要在世界范围内从文化源头及其所衍生的价值予以考证和阐释，他遂想起潘天寿先生在《中国绘画史》的绪论中对中西绘画的源头在思想文化层面给予深度梳理和眷清："尝考世界文化发源地，在西方为意大利半岛，在东方为中国。意大利吸收埃及与中央亚细亚古代文明之素养，启发希腊、罗马两时代，分枝布叶，荫蔽全欧，移植美洲；中国则采纳美索不达米亚和印度文明之灌溉，汇成东方特殊统系之泉源，波翻浪涌，沿朝鲜及我国台湾一带泛滥于琉球、日本诸域。"世界文明的发展进步正在国与国之间的相融共生中得到可持续保障，人和人之间的关系又何尝不是如此？所谓"三人行，必有我师焉"，人生的点滴进步都是在不同圈层的人际关系中缓步实现的。这是因为无论是世界、国家、民族，还是个体，都必须作用于人心，并解开心灵的秘密，交由人心去实现我们所能想到的人世的各种目标。因此，"人心"的锤炼，人情的"练达"，以及世事的"洞明"，无疑都是至关重要的人生节点，正如南宋王应麟所言："玉不琢，不成器。人不学，不知义。"

由是，当魏明心经历的世事越多越芜杂，他就越是反向逼近自我意识，他猛然想起叔本华对人类悲剧的精准概括："世上最大的监狱，是人的思想意识。"这是经典的以无形驭有形的对现实意涵的本质提炼。于是每当他遭遇生活挫折时，他就不断想起中国传统哲学的源头——辩证之至的《易经》，想起虚静至极的老庄哲学，想起中正至大的孔孟之道。而自此而降，魏晋玄学对儒学的补益之功，唐代的引释入儒，直至北宋五子之一的张载，推动了"儒释道"在互证互鉴中走向圆融合一，连同朱熹与陆九渊的论辩，促使"陆王心学"共同缔造者的明代王守仁成为陆王心学之集大成者，成为中国传统哲学实现融合创新之后在思想本质及心学层面的一座至高丰碑；另外，亦让魏明心横向忆起将哲学从天上拉回到人间并使西方哲学从研究自然转向研究社会伦理和人类自身心灵本源的西方哲学奠基者苏格拉底，其学生柏拉图携《理想国》揭开了寓意"世界二重化"理论的客观唯心主义哲学序幕，以及柏拉图的学生亚里士多德身为古希腊哲学集大成者所建构起的广博而稳妥的百科全书式的系统学说、类同"实践出真知"的探索理想，虽时隔千年，却为文艺复兴时期竞相涌现众多空前绝后的"全才"文艺家植入了人文思想基因。其中，以《歌集》著称于世的彼特拉克就被誉为欧洲文艺复兴人文主义之父，其对文学中关于人性和人学的研究及影响具有广泛的世界意义。而欧洲文艺复兴的盛行，则使得哲学分别与自然科学和人文主义思想紧密结合，促使人的价值和人性需求得到空前重视，但由于过分强调人的价值，也为"人性欲望"的无节制膨胀埋下了无穷祸根。及至大西洋另一边的爱默生横空出世，他从欧洲唯心主义先验论中获取灵感，发展成为极具个人英雄主义色彩的超验主义哲学，向大众发出了"相信你自己"的灵魂提醒。最大程度反映爱默生哲学观的《论自然》一书，不仅填补了美国对"人与自然”关系的认知空白，更是一举奠定了美国此后的哲学思维范式，开创性地成为美国文化精神的象征。同时也影响了梭罗的哲学思想，让他认同了人类最好“回归本心，亲近自然”这一超验态度，他以实际行动在瓦尔登湖畔自建木屋，躬耕田园，过起了两年多真正离群索居、清心寡欲的生活，他所给出的极简的返璞归真式的生活态度，对他身处的世界起到了反向消解物质主义侵蚀人心的危害，并对“人与自然”所应葆有的谐美关系作出了表率性的引领，他的生活理念及自然美学在其极具实证体验意味的散文集《瓦尔登湖》中得到淋漓尽致的叙说与印证。

基于现实需求，魏明心的神思经常在古今中外的哲思中纵横驰骋，那些飞扬的闪光思想，常如定海神针安抚他躁动的情绪，恰似一剂剂“良药”专治他的心病，而后他开始明了事物变化的本质，体悟到制造人类一切悲喜剧的根源，更直观地洞悉了生活矛盾大抵源于自我心灵受限的本体认知。因此那些中外哲人的多元思维方式逐渐使魏明心的自我认识通透了，他最终意识到，上述先哲尽管思维方式千差万别，却殊途同归，无不将人生的本质问题统统指向无边浩瀚的“人心”，尤其将认识本我之心放在重中之重的位置进行思考比对。但他始终认为中华优秀传统文化中的“儒释道”思想是最通透的一门闭合学问，处于世界领先地位，出于开拓视域的需要，以及人类文明唯有融合互鉴才能可持续发展的深度需求，仍然有必要了解和吸纳域外的优秀文明成果。他认为柏拉图关于在这个世界的表象背后必然存在一个永恒不变的真相的“世界二重”言论是正确的，遗憾的是，柏拉图未能进一步言明这个伫立于现象背后的永恒不变的真相到底是什么。爱默生的超验主义学说倒是明确了一个方向，但所谓的“超灵”与“超验”，最终也没有完成真正意义上的超越，过于看重人的超灵存在和超验感觉的爱默生，尽管寻获发现了柏拉图宣称的现象背后存在真相的可靠方向，但仍处于发现人心真相的浅层阶段，因为当他希冀人们主动去超越物质和精神的时候，这超越的动念，本身就意味着超越者尚未触及世界本源的真相。古往今来，无数哲人贤士试图破译这一人间最具玄妙色彩的千古谜题，意欲投石问路，抑或憧想给出真正的答案，但大多只能给出渡向彼岸的方法或路径，而无缘上岸，所以自然无法照见岸上的真实风景。事实上，真相只有一个，但路径可以有万千条，故谓之殊途同归。只不过，刹那间破门而入的顿悟之门只有一个，那就是放下，不如此，不足以照见智慧，也就无法聆听心灵的声音，无缘目睹人心的真颜，无意把握真理的律动，因此无力洞悉人世的实相。魏明心就是据此放下了人心的负累，从此他的自心可以随心所欲地沉浸在清明之境而无所羁绊，不仅可以望见真实的自己，亦可窥见天理的真容，并且在自我和天理之间，仅隔着无形无迹的真心一片，如同柳永笔下的“良辰美景虚设”，这虚设的良辰美景却是世间最真实的存在，也是人类一切价值生发的源头活水。可自度并非魏明心的终极目标，他觉着人生的价值不是为了找到淡出俗世的路子，然后去过独属自个儿的清凉世界，而是当你看明白世界的真相后仍要敢于逆向、坦荡生活，要勇于解决生存矛盾，也要善于平衡人生感受，更要精于导入生活哲学，以便更好在红尘浊世苦行大修，于人前人后禁受住俗世规则和人类德性的双重考验。否则所谓的“独善其身”只会丧失人之为人的意义与价值。所以魏明心并不满足于从容无忧的一己生活，他期望寻找一个能在灵魂层面能与之同频共振惺惺相惜的群体，以便共同实现各自的生命价值。但找寻的过程远没有想象的那么简单，着实是个漫长而孤寂的等待。换而言之，那等待，犹如爱恋般煎熬，又恰似文艺创作里的灵光乍现，非天时地利人和齐聚而不能实现。至此，魏明心从“度己”迈向“度众”之途，灵魂动向顺势开启了“心外无物”般漫无边际的等待模式……

诚然，魏明心思维方式的改变，当然不是一蹴而就可以完成的，没有什么是突然之间转向的，绝大多数人穷其一生都无法摆脱童年生活及所处环境对自身的影响。在自我思想开悟之前，身为“凡夫俗子”的魏明心亦毫不例外，同样吃尽了生活的苦头，曾经也是不到黄河心不死的主儿，甚至撞了南墙只落得头破血流仍不愿回头，表现出对俗世观念的极度执念。譬如，魏明心大学毕业后为实现买车买房的梦想，他所经历的艰苦卓绝的奋斗史令他苦不堪言，他既要减轻原生家庭带给他的拖累，又要积极攒钱，为此放弃了一切理想追求，什么赚钱就干什么，理想与现实自此渐行渐远。客观说，那不是他想要的生活，是被周围环境逼迫所致，家庭的、社会的，听闻到的、看在眼里的，过往的、未来的，诸如此类的种种外来压力不由分说朝他涌来，似乎他不完成人们眼中应该完成的那些任务，他就不是个受人尊敬的人，起码不是个世俗意义上的成功人士。他一度看上去似乎完全被生活驯服了，毫无还手之力。当然了，这些所谓在大众渲染下约定俗成的成功准则，要想作用于人类个体并取得预期效果，是与感受主体的懦弱和愚痴分不开的。不可否认，真正强大通透的人的内心是一切外力皆无可奈何的，是密不透风、疏朗有致的，犹如铜墙铁壁般坚硬稳固。正是不成熟的心智使然，修为浅薄者才会轻易掉入世俗功利的泥淖而不可自拔。于是“人在江湖，身不由己”遂成为随波逐流者的最佳借口。不承想，等到那些世俗的愿望基本实现之后，魏明心这才发觉自己竟然活错了方向，自己成了名副其实的时代“受害者”，因为无知和妥协，无端被外在物质生活“压迫”了多年却无法释怀，更无力放下，他只能被动地生活着，常常活在别人的眼光下，活在别人的世界里，活在别人的认知内，活在别人的言论中，自个儿的生命似乎从不属于自己，不经意间活成了“风筝”一样的工具人，那根无形的牵线似乎总攥在别人的手里而自己无力挣脱。就这样，魏明心时常被一股莫名的社会洪流裹挟着往前冲，至于要冲往哪里去，则无人过问和予以明示。在巨大的社会纷乱表象背后，每个人都可能成为无人问津的“弃子”，因为每个人的生活其实又都是属于自己的，结局意义上的好坏喜忧又与他人何干呢？只不过，当人们置身人生价值研判相对单一的社会氛围中时，又都不可避免常被外力暗示要和他人比着过日子，至于到底比什么？又为何非比不可？说千道万，比拼的重点无非就是那几样众所周知的“面子工程”：如工作是否体面？工资高低？是否已安居乐业？房车品质如何？事业前景是否喜人？社会地位怎样？家庭是何出身？儿女有无出息？如此等等，不一而足。但衡量的标准却是偏于简单粗暴的，无非还是以物质丰盛与否或金钱多寡的程度决出胜负。当然，关于俗人势利眼那些事儿，大概没人会过于直白地表现出来，毕竟在我们这样底蕴深厚的礼仪之邦，国人的含蓄委婉是举世闻名的，不过务实趋利的所谓实用主义价值观在当下表现得更胜一筹。所以从人性心理层面而论，绝大多数人难以从某段时期的社会公共隐性价值圈层分离出来。在很长一段时期内，魏明心亦难免俗，所幸兜了一大圈子后，他经由自身的惨痛经历终究勇敢地从中跳脱了出来，他再也不想活给谁看了，他不想把自己用来和任何人作比较，他只想做真正的自己，做自己想做的事情，意识到人生一世只有专注地在自己的世界尽情飞舞，才能立起自我形象，以便实现属于自己的生命价值。正如阳明先生在《传习录·卷上·门人薛侃录》中如是说：“持志如心痛。一心在痛上，岂有功夫说闲语、管闲事？”当然，当坚守一旦成为习惯，也就内化成了生命的一部分，有了专注持久的惯性力，不成功都难。而当人拥有了灵魂自觉力，相较生命的恣意绽放，即使失意了，没能接收到阳光雨露，那也是冷暖自知，无关成败，仍不失为上苍对完整丰盈生命的馈赠。他不想像许多人那样活来活去居然轻易活丢了自己而不自知，直到生命的尽头才蓦然惊觉：原来，自己从未按照自己的愿望去真正生活过；原来，自己的人生尚未开始就仓促结束了；原来，别人眼中所谓的成功其实什么都不是；原来，真正的人生竟是那么简单快乐，然而自己却一再错过无所觉察……

因此当他看到身边越来越多的年轻人为追求体面的物质生活和别人眼中的“成功人士”而被迫放弃自我理想时，他不免为那个尚未觉醒的年轻群体之草率行为而扼腕痛惜不已。同时他也为当代年轻人的喧嚣处境感到痛心疾首，亦为过往曾经一度迷失的自我贻误了太多美好青春时光而深感悔悟。不过，又经历多重心灵的磨炼后，魏明心不再对错失的时光感到惋惜，世间的许多事情都印证着他的观念的渐次改变是有迹可循的，是不断蜕变的，直至有朝一日猛然顿悟，破蛹成蝶。于是他终于明白人生没有白走的路，每走一步，都有它该走的道理，皆有存在的价值，魏明心谓之为善缘或天理。有时回望人生来时路，忆及原生家庭的苦寒日子，魏明心甚至认为苦难的童年是件很有意思的事情，那段岁月盛产的不是苦涩，而是无穷的乐趣，亦是从艰难困苦中获取精神支撑的力量之源，所以人们才会说，苦难是一座取之不竭的宝藏，无论何时都不要忘记来时路，不要忽视自己要走向何方。同理，历经岁月层层打磨，魏明心对年轻人的处境和遭遇也不再一味愤世嫉俗，他认为人生所经历的一切因人而异，都是个人累积下的造化和因果所致，没有人天生就是什么或凭空就能成为什么。年轻人走弯路并不可怕，何况有些弯路还是人生成长的必要历练，是完全可以修正的，尤其那些经历了磨难仍能负重前行的人，或许还会因此站得更高，走得更远。但年轻人的三观务必要端正，否则所谓的“走弯路”就是名副其实的误入歧途了，一旦背道而驰走错了方向，无异缘木求鱼，永远走在“磨砖成镜”的路上，从惜时如命的角度而论，宝贵的人生将因年华虚度而陷于万劫不复之境。尽管现在的魏明心放下了无谓的攀比心态和自傲心理，他变得不喜过问世事了。只不过，不喜过问世事不等于不做事，不等于没有使命意识与担当精神。他只是不想把宝贵的时间浪费在无谓的人和事上面，而只想自由自在地活在自己构建且拥有独立追求的理想世界里。但在某些人眼中，魏明心无疑又是极具生存智慧的，他曾经跌倒过无数次，但每次都在别人认为他会从此一蹶不振的时候又重新站了起来，而且每跌倒一次都让他变得更强大了，他因此在文艺界赢得了“不倒翁”的赞誉。由于发生在他身上的曲折人生故事实在太多了，加之他近年又在文艺界制造了众多值得争鸣的热点文艺事件，因此他逐渐受到追捧，并引发广泛争鸣，成为当代语境下的“网红文艺家”。当然，这一“网红”的定义，有别于“网红娱乐明星”或“网红带货主播”的娱乐或商业功能属性，与魏明心对应的“网红”属性仅限于空间概念，只为表明他是近年在虚拟网络空间受到较多关注的文艺评论家。

人生就是这样，往往福祸相倚，当你收获鲜花掌声的时候，或许还伴随着谩骂讥讽。而当你得到幸福并感到心灵的畅快之时，往往相伴而生的还有因失去而滋生的痛苦。魏明心已然看清了生活的本质。他不再患得患失，不再随波逐流。他也懂得任何事物都具“双刃剑”的特质，根据环境及语境之变化，皆有可能展现其两面性甚至多面性的事实。但最终如何应对的终极决策——决定人生方向的定海神针，则始终掌握在自己手上。正如明朝文学家陈继儒在《小窗幽记》中如是说：“闭门即是深山，读书随处净土。”常言说“欲戴王冠，必承其重”，当魏明心意外走红网络后，身为“公众人物”的他近乎成了透明人，原本所谓的隐私，慢慢也就不成为其隐私了，正应了《圣经·传道书》所言“太阳底下无新事”。所以当不怀好意者无法在学术上将他拉下“神坛”，便自行站上道德制高点，意欲操纵网络舆论对准他的私生活，以便在他“离婚”一事上大做文章，试图激起满城风雨，从而破坏他的公众“人设”时，魏明心可谓心知肚明，他根本不予回应，他明白当外界图谋“拿捏”某个人时，往往善于因时顺势掀起舆论攻势，善于借题发挥编织种种可能，所以无论你怎么说都是错的，都会授人以柄，进而落入他们的圈套。何况魏明心极不喜欢动辄拿婚姻说事，他觉得婚姻不是可以用来品头论足的对象，仅是“围城”中的人们应该认真对待之事，既敏感又私密，外人不应横加指责。因为无论结局如何，事实本身往往与道德无关，却与人类复杂的心性有关，迄今仍是个未解之谜。所以对于未知之事，还是留存口德为好，未经他人苦，莫劝他人善。此外，当魏明心有感于当下青少年所处的人文环境不尽人意。比如有些青少年喜欢沉湎于虚拟的网络游戏，严重者直玩得昏天黑地，新闻常曝出青少年因通宵沉迷网游而导致猝死的不幸案例；而更多青少年则喜欢没完没了地追星，盲目地对自己喜欢的明星顶礼膜拜，天真地把他们视作人生努力的最高目标，论及喜欢的原因根本说不出所以然，被大众戏称为“脑残粉”；还有些青少年表面上也喜欢学习，却成天都被网络上那些毫无营养的碎片化阅读所包围，知识来源紊乱而模糊，本该缜密系统的知识结构被反复肢解与切割，呈现星星点点的斑驳之状和撕裂之情，阅读习惯也表现出随机、断续、拼凑的随性模式，大多只能吸收一些鸡汤文化和肤浅的表象知识；另有些青少年早早就被灌输强烈的赚钱欲望和唯金钱至上的单一观念，关键是，缺失正确的理想追求，而且过早浸淫在完全物化的功利思想上面，这对青少年的精神品格是致命的伤害，亦对他们形成奉献精神、使命意识与责任担当毫无益处。

正是基于这些对未来社会的潜在隐忧，加之为引领当代青少年树立正确的处世“三观”，魏明心不仅连发数篇评论文章，以期深度反映当今青少年的兴趣爱好、志向追求、人文心理和精神生态，意在纠偏正心，树立正面榜样，培育儒学浩然之正气，筑牢德行根基，尤其不惜倾力摄制了一期客观反映平民科学家赵冬青先生为继续践行科学精神和发明使命而与无情病魔苦苦鏖战的励志纪录片。该片播出后引起热烈反响，首肯赞誉者居多，但贬损讥讽者亦有之，更有甚者以“对抗”为能事，习惯了沿用有罪推定逻辑，被网友“册封”为无所不能的“键盘侠”“杠精圣手”，无论对错一律不容分说予以主观否定，其蛮横无理、睥睨天下之态度，犹如“失心疯”患者所为之事。当今人文生态的情势之扭曲由此可见一斑。网络舆情在经历一番势均力敌的拉锯战后，不怀好意者遂谋得了机会，再次将矛头对准了魏明心，认为他说得多做得少，希望他从自己做起，率先以人格为引导，为广大青少年提供好榜样的力量。而后更是玩起了“以子之矛，攻子之盾”的把戏，开始拿魏明心和他笔下的受访对象做文章，很快他们找准了一个靶标：赵冬青是你魏明心重点关注和挖掘的榜样形象和弱势群体中的优秀代表，那么，既然你笔下倾情关怀的人物形象有那么多困难，你为何不亲自为赵冬青做更多的事情，以帮助早已身心羸弱的他战胜疾病、重拾健康？

魏明心深谙舆论影响的传播之道，当他自主往内里收缩的时候，也就意味着为不引起周遭世界的争议和误解，其采取了“内松外紧”的攻守之策，以谨言慎行之姿应对外部世界，可谓变相自主偃息了外界对他个人世界的“窥探欲”，他践行的主要方式是：始终避免在社交平台发布任何个人动态信息及有关亲友的私人生活信息，尤其是对赵冬青的近况更守口如瓶，未有点滴纰漏之处，以免无端授人以柄，令自己及亲友陷入不合“情理与法度”的无谓口舌纷争之中。

可世事就是这样不可捉摸，当魏明心越担心赵冬青的身体会否进一步出状况的时候，事情似乎就越是往坏的方向加速发展。由于魏明心近期心事重重，未敢主动探问于心心念念间装载的忧虑之事，是故尽管他神色凝重，但仍一如既往地镇定如初。不过他的身体表现得更为诚实，也许来自某种心灵感应，抑或类似“量子纠缠”的相互作用力，以致他的眼皮不时弹跳一下，有时左眼，有时右眼，有时双眼皆跳，不好据此预测是祸是福，唯一可以确定的是，魏明心预感到即将会有什么事情发生。果不其然，就在魏明心眼皮频繁跳动引得暗自猜想不断之时，他就接到了赵冬青的母亲打来的一通长长的电话。她这次来电不像以往那么清晰明快，话语显得低沉冗长，声音略显暗哑，但在说话时尽量调整得不那么直截了当。总结下来，她大概说明了三层意思：首先，她声明冬青又一次陷入了昏迷，但这一次相当可怕，与此前的任何一次都不一样，甚至比昏迷了几天几夜的那次还要严重得多，因为这次是外出爬山不慎坠崖，头部受到了外力严重撞击所致；其次，她很后悔自己当初的决定，要不是自己支持冬青随一位中医养生大师外出游历治病，也不会发生这种致命性意外；最后，她始终认为儿子无论如何不会离她而去，因为在她的印象里，冬青是最孝顺的了，他绝不会以令人悲伤的方式“不辞而别”。她深信儿子有朝一日终究会醒过来的。

魏明心已从电话里听出这次变故的确非同小可，为了不在老人伤口上撒盐，他努力避开可能的敏感话题，转而细心地迂回，从宽慰处着眼，在和风细雨中对当前详情作了进一步的深入了解。

原来，前不久冬青再度犯病并陷入深度昏迷，施勋美望着昏迷中的爱子，联想到自小聪慧乖巧的儿子中学期间不单被迫休学在家，且近年仍反反复复遭遇病痛折磨，思虑至此她几近绝望了，极度希望能有一个“一劳永逸”的治疗方案能让冬青彻底告别病痛，重获健康，以便去从事他所热衷的科技发明和文学事业。于是针对儿子的病况，她满世界打听当世是否有妙手神医，期待能有奇迹诞生。所幸，几经周折，终有机缘结识了一位当世“高人”，是个老中医，也是个养生专家，据说经他调理治好了不少患有“疑难杂症”的患者。特别是他近年推出的一套“旅游解压健身法”更是受到特殊患者的热烈欢迎，正是通过这种看似“荒唐”的救治方法，不承想却令有些现代医学无可奈何的患者得到康复，可谓具有“妙手回春”之功效。当赵冬青的母亲了解到对方过往治愈患者的成功案例后，她心头的希望瞬间得以点燃，救子心切的她，如在危急之时抓住了一根救命稻草，她凭直觉坚决做出抉择：必须让冬青跟着这位老先生试试成效，万一成功治愈了呢？要果真能梦想成真，不仅冬青的顽疾从此成为历史，而且自己这一生的最大心病也就同时得治了！而此时，赵冬青的母亲早在几年前就因意外摔跤不得不做了截肢手术，现在只能在轮椅和拐杖的帮助下勉强自理，她是无法陪伴儿子外出旅行治病的。因此当冬青即将远行时，她唯有千叮咛万嘱咐，生怕儿子只身上路会出啥差错。冬青听说后倒是很兴奋，对此行充满了期待，他认同放空身心、回归自然的疗养理念，成住坏空，当我们了脱了“生死心”的时候，当我们放下了妄念之时，许多莫名的疾病自然远我们而去，这就是“因心造病”的由来。人类的磁场是与宇宙磁场密切关联的，尚有许多未究内涵，在义理上与天地万物应是相通相契的，此前有过许多成功特例，当一个人放下俗世负累，进而彻底融入大自然之后，确实有可能在游山玩水中达到去除疾病之目的。由于冬青平常也钻研传统中医药理学及病理学，略懂辨证施治之理，他尚能领悟本心因情绪所起的微妙的“负值”变化，就是心病的来源，也是人类肉身的大多病症“病灶”的根源所在，于是这“心病”就外化为各种显性病症，所以治病要对症下药，追根溯源以治“心病”为上，但“心病”无形无迹，如何格物治疗？冬青显然明了“心病还需心药医”的道理，因此他确信那位老中医的治疗理念是正确的，他揣摩着：当我们真正回归到天人合一的境界中去的时候，我们的心就不再被迫负重前行，而当心无挂碍自在安然的时候，一切的病皆会随之消散殆尽。加之冬青原本就喜欢亲近自然，他想借此机会遍访祖国的名山大川，尤其想一路往南朝着大海的方向走去，最后去到祖国的南海边，去到“面朝大海春暖花开”的地方，在那个开风气之先的胸襟开阔之地，到那个华裔先民率先漂洋过海走向世界的出发地好好看看。在冬青看来，水是生命之源，水性是哲思的化身，从高山大川一路奔涌向前，择低而往，有容乃大，无坚不摧，利他不争。届时若真有缘品味那一望无际的神秘之海，必定能壮阔自己的心胸，从而激发澎湃高妙的创造灵感。

遗憾的是，冬青追随杨姓中医大师启动的户外“养生之旅”并不顺利，刚在出游首站即遭遇不测事件，这是始料未及的。应该说，杨大夫于旅游一事既有经验又有号召力，以前就有过多次组织患者旅行治病的成功经验，据说因此治好了多位连国家三甲大医院都无可奈何的疑难杂症患者。这次更是志在必得，他似乎有把握将冬青的顽疾永远清除。为了摊薄出行成本，他另外组织了数位也是久治不愈的患者一道同行，目的都是一样，皆期待通过这次特殊之旅换取久违的健康。因此他们此行的口号是：“取天地精华，走健康之路。”杨大夫着实是个有心人，不仅把口号做成了横幅，以便在旅途站点中激励队员，暗示他们心头要时时涌起健康无碍的意识，经由忘记疾病的方式来远离疾病，而且还特意安排随行的摄影师对冬青的旅途安全多加关照。由于杨大夫很喜欢冬青的为人，此番出游路线基本是为冬青量身打造的，就重点选定游览他最爱的南国的海滨，冬青对此甚是满意。首站是杨大夫最熟悉的景点——著名三大砂岩地貌之一的嶂石岩，所有此行人员统一到杨大夫位于石家庄市区的养生会所集合，然后一同前往嶂石岩游玩。出于健康原因，冬青几乎没有独自离开北京到外地玩耍的经历，这次算是遂了心愿，而且还是个连环游览计划。这是他首次零距离亲近太行山这片热土，当他随队登顶嶂石岩的时候，真真切切感受到了太行山的平朴壮观，尤其是宛若成排屏风状朝天竖起的丹霞赤壁，一眼望去，甚是气度恢宏，仿佛亿万年来就无怨无悔地伫立在那里供世人观摩一样。起初虑及冬青的健康现状，杨大夫不许他登上九女峰一米崖游玩，基于他还是个特殊的病人，去那里还是会面临安全风险的。可是，现场的氛围忽然激发出了冬青的童真童趣，他很快变得像个快乐的孩子似的，且不管不顾地径自朝九女峰一米崖走去，负责监管冬青安全的摄影小哥见状神色大变，他见冬青执意要去凑热闹，只能紧紧咬住冬青的身影不放，生怕他出啥意外。不过摄影小哥此行的首要任务还是拍摄，不仅要为队员照相，还要拍摄有价值的风景照及摄录相关小视频，以便为后续宣传活动积累素材。

正因如此，耽于专精职责的摄影小哥，一旦拍起照来就疏忽了杨大夫临时加塞给他的安全监管职责。同样疏忽自身安危意识的还有冬青，此时此刻，他感觉自己已完全消融在了逶迤峥嵘的群山之中，正当他沉浸在无边的兴奋中时，瞬时的晕眩极速朝他袭来，他几乎来不及反应就从一米崖上栽了下去。突如其来的变故令亲历者无不惊惧失色，现场顿时乱作一团，各种喊叫惊呼之声不绝于耳。待救援人员将冬青找到时，只见他满头满脸皆是鲜血，显然是头部撞击山石受到重创，尽管仍有生命体征，人却早已昏厥过去。于是救援人员十万火急地把冬青送到附近医院，由于伤势过重，经医生必要处理后立马转运至市重点医院急救科。结果，经过医护人员紧张不懈的救治过后，尽管从死神手里抢回了一条命，但冬青再也没能苏醒过来，院方经过缜密的医学检查及动态监测，结果表明患者呈现大脑半球功能严重受损，但是脑干功能相对保留的一种状态，以及其他所具备的一些显著特征，遂将他判定为“植物人”，院方耐心解释道：“我们的古人也有这种医学现象的认知，他们将之称为“木僵”，承认患者的生命状况陷入一种持续性的植物状态。”

当冬青的母亲匆急赶来看到院方给出的这一最终结论时，不啻晴天霹雳，她瞬时犹如被极寒天的霜斗败的茄子一样，恨不得整个人瘫死在冬青面前，她只觉得自己浑身已无一丝一毫的力气可用，感觉本就残疾的身体再不属于自己了。待她理性稍微回归时，她就意识到身为冬青的母亲应该尽快处理此事。相较最坏的结果，她当然更愿意接受眼前的这个结果，起码每天还可以静静地陪护儿子等待苏醒的那一天，即便希望渺茫也总比死心来得有希望。杨大夫当然始终是陪在冬青母亲身旁的，整个入院的手续也都是由他一手操办的。对于冬青的意外事故，他深知自己难逃监管失责之责，他不知该如何向冬青的母亲解释和请罪，他真想给老人家下跪以求得她的宽恕。冬青母亲自然明察杨大夫的心思，为解除他的思想负担，她直截了当说："这件事谁也不怪，都是冬青自己的命，或许命该如此吧。如果要怪，也是怪我自己，是我准许冬青去的，我相信您杨大夫是个好人，是位好医生，您的初衷是好的，我能感觉到您确实是想一劳永逸地把冬青的怪病给治好的。我想，您有这个能力，只是我家冬青没这份福气承受。"因为冬青的这场意外，从始至终都精神高度紧张的杨大夫听闻此言心头承压的巨石终于落地了，他忽然双膝一软终究还是朝冬青母亲跪了下去："您真是个活菩萨，我太对不住您了，我彻底辜负了您的重托和信赖。冬青的意外也有我的责任，是我没能把队员的安全监管到位。虽然您虚怀大度，谅解了我的严重过失，但我并不是个没有担当的人，从今往后，我愿意义务承担起冬青个人的保健工作，只要跟中医有关的康复任务都可以由我来负责实施，且相关费用我自行承担。"冬青母亲欣慰地点点头，她已估摸到冬青的康复之路任重道远，杨大夫又是当世中医高人，冬青未来的康复进程自然少不了他的帮衬与支持。冬青出事故后，杨大夫组织的本期旅行活动就自动停止了，别的患者带着一丝忐忑各回各家，唯有摄影小哥自感有愧，始终跟在杨大夫身边帮忙做些跑腿的工作。冬青母亲来到医院后，摄影小哥像个犯了错的小孩子一样，多数时候都是静立一旁低头不语。可这次当杨大夫话音刚落，他就自觉接了话茬；"我也有责任，以后只要有用得着我的地方，我愿意尽己所能效犬马之劳。"冬青母亲见这个始终默然不语的年轻人如此懂事，不仅没有半点责怪的意思，反倒开导他说："我先替冬青感谢你们不离不弃，相信冬青能感应到你们的善意，只要我们大家力往一处使，我也确信情况一定会好起来的。"杨大夫也被摄影小哥的真挚话语所感染，他虽再未表态，却极具深意地拍了拍摄影小哥的肩膀，可谓一切尽在不言中……

冬青母亲在爱子突遭变故后之所以把最重要的电话打给了魏明心，除了一以贯之的信任，还有更深层的希望，她预感只有魏明心能帮助冬青完成他的心愿，而且杨大夫给出的拯救条件，也只有魏明心能够且愿意照章去办。这是一位耄耋老人在绝望中渗透出的希望的曙光，她本不想给魏明心添麻烦，但苦于求贤无门，实乃不得已而为之。此时，即使平日里温和镇定的她，也不免心乱如麻，加之冬青能否康复的前景难料，如此反复权衡思虑，促使她精神濒临崩溃，烦躁的情绪显得无处宣泄，整个人的精气神遂由此黯淡开去，趋赴黎明前的暗夜，她苦涩的心声凭靠她悲戚的话语所传达出，恰似寒冬里冷冽北风呼啸着裸露的脸面一样，直凉了个透心入骨。

虽说电话中交谈不似面谈那般直观厚重，但魏明心还是基本了解了事故始末及冬青的真实处境，待冬青母亲挂断电话后，他仍长时间保留接电话的姿态，整个人呆滞得如同雕塑般久久伫立于地动弹不得，但与身形的板滞不同，内心思绪万千心潮澎湃。魏明心深知，自己无力拒绝一位老人的生死求援，何况人命关天，求援方不仅是志同道合却性命危在旦夕的好友赵冬青，对方还是位很有潜力的发明家，因此心里暗暗下定决心，无论付出何种代价都在所不惜，岂忍见死不救？如是，责无旁贷的心情，在魏明心体内掀起一波又一波翻江倒海似的压力……

历经这一横生枝节的变故，魏明心自知无力独善其身，于是自我思想的短暂交锋后，他终于愿意依心而行，不仅主动调整自己的创作计划，同时亦再无顾忌地在自己的实名微博下发布了一条为赵冬青祈祷身心安然回归的温情博文，并附文倡议召集一个公益文艺团队，以合乎时局情势的行进方式，对当前类似赵冬青这样的具体濒危个人或今后的某一弱势群体合力展开“身心灵”拯救之旅。眼下最要紧的是如何促使赵冬青及早苏醒，使其得以继续完成他未竟之人生事业。可以想见，在对赵冬青开展紧张有序之拯救过程的同时，也可寻机对沿路那些亟须帮扶的普罗大众施以必要援手。只是在这一时刻，魏明心才分明感受到自己确乎融入了所身处的世界。他的这则出于人之常情的日常动态信息一经发布，原本以为它仅为供人茶余饭后谈资的街谈巷议，其实并无什么特殊之处，可令其始料未及的是，这则博文却意外掀起了轩然大波。这不，在他的祈愿信息下面，无数的跟帖如影随形紧盯不舍，倘若把他的这条有感而发的博文视作信息海洋中一艘劈波斩浪的航船的话，那么，这艘其貌不扬的孤舟所经之处，便于不经意中乘势溅起汹涌不息的浪花，甚至绵延不绝地朝四下里波及开去。因为诸多“有心人”故意在背后推高声浪和激化这一事件的矛盾点，刻意将相关虚妄言论大肆放大并转发到令人眼花缭乱的博客、微博、个人微信朋友圈、微信群等各色网络平台，甚至还被改编成短视频等多版本多形式的网络段子在近年炙手可热的新兴自媒体平台流传，可谓圈粉无数，动辄冲上热搜，获得超高流量的浏览、点赞和转发。网上持续发酵的结果，直接促使舆情迅捷萌生出两大独立且极具现实意味的矛盾对立体，这两对矛盾体内部相互碰撞，凸显出当代文艺走向和大众的审美需求之间所产生的裂痕已大若鸿沟，是到了该作出最终正确抉择的十字路口了。何况我们身处的伟大时代正朝着民族复兴之路坚定前行，在如此恢宏壮阔的征途中，又怎能缺失民族文化的勃兴与强大呢？因为文化是灵魂，是品格，是方向，是生命觉醒的前提和基因，是骨子里流淌的旨趣与认知。魏明心是位有心的学者型作家、评论家，他很认真地将耸立于网络空域的两大矛盾对立体梳理如下，以便自己明察，也为了更好思谋应对之策：

其一，世风日下与文以载道的矛盾。跟帖评论中的第一对矛盾的争议焦点，集中彰显如下诉求：在中国人文传统中，自古及今，文学都是真正具有经世致用价值的载道利器，对世道人心的引领和人文心理的建设，拥有无可替代的教化功能，此为千古不易的益世之举。这与西方所谓纯粹文艺的提法不尽相同。正因如此，中华民族的人性进化相较西方文艺复兴才真正觉醒何止提前了千年？可是，文艺复兴矫枉过正的弊病又将人性推向另一个可怕的极端，而非像中华道统精神所倡导的那样，言行贯彻中和思想，力求做到不偏不倚。此为人世最高明的处世哲学。但现如今，人心不古，世风日下，世人的精神日益缺钙，行为缺魂少魄，说明文学的入世能力日益减弱，文学对人心的调剂作用正陷于日渐式微的边缘化的境地。虽说，这不是某个人的错，也不是时代之错，因为颠倒妄想本就是人世的常态，只不过，当有了显而易见的错误与偏差之时，身为当代作家、批评家的你们，面对当世越来越多人格不健全的人们，理应以文学为抓手为武器，施展灵魂层面的“治病救人”之术，用以拯救部分价值观严重扭曲的现代人于水深火热之中，而不是胡乱编造一些历史堆里的陈年旧事喋喋不休，那些陈芝麻烂谷子的事儿乃拾人牙慧之物，试问有什么地方值得长篇大论去叙说的？另外，如果你们真到了良心发现的时候，真有意愿对现实予以修正和澄清，难道不应该以大局为重？而非无端生起分别心，优先关注自己个别亲友的生离死别，如此这般，利小众，舍大众，如何服众？因此，掌握话语权的“贵圈”的做派，让我们似乎迟迟看不到当代文学能够行进在“文以载道”的正确道路上，没能使创作经由承载“灵性和文心”的文学形象，去真正展现人类“灵魂工程师”的济世魅力，以便给“不复良善”之人事踩准急刹车，从而引导人心向善、向上，还世界一片清明净静。

其二，传统风骨情怀和空心文艺的矛盾。评论区跟帖的第二对矛盾，似乎更为宽泛而尖锐，所聚焦的解决方向也不在矛盾本体上，而是有意无意地指向了当代文艺的批评生态缺陷。表面看来，其核心观点的锋芒确实刺向了创作主体，但批判的板子却无情地落在了当代评论家们的身上。舆论认为，中华优质文艺素以承载坚不可摧的风骨情怀著称，在文艺创作中秉持不偏不倚的价值准绳，以“立象以尽意，致广大而尽精微”的表情达意之能力为终极诉求，处处衬显厚重的人文底蕴，时时展现同体共悲之灵魂馨香，那是“德与艺”与“才和情”的琴瑟和鸣。但反观当代文艺，传统人文风骨多已远去，或至踪迹杳然，重形表而轻文质，文艺空心现象严重，渐呈尾大不掉之势，当代书画界、音乐界及影视界尤其如此。譬如粗头乱服、浮躁、匠气的书画作品、词不达意、无病呻吟的音乐作品和恶搞成风、浮夸炫耀的影视作品大量充斥在我们的生活中，这就是每当我们刚鉴赏完史上经典文艺作品时留给我们的这一感受尤其强烈的缘故。对此，我们时常忍不住思考比对，为何古人的物质条件远不如今人丰富，却能创造出令我们汗颜的、可与天地精神相往来的神圣文艺精品？由此可见，古人在思想境界、道德品行和精神饱满度方面是要更胜一筹的。不过，这一现状倘若仅发生在当代文艺家身上倒也情有可原，毕竟不同历史时期文化大面积断层现象早已是不争事实，说明文艺的培育和创作土壤已然发生了根本性的改变，导致人们对文艺生发的本质规律产生了不同程度的认知误区。但是，身为当代文艺评论家群体，其中的大多数人，或许对中国文艺发展的古今脉络是洞若观火的，可遗憾的是，却没能很好地坚持应有的职业操守，没能从思想审美、人格操守及学术风气层面引领当代文艺真正走向光明灿烂之前途。很多时候，文艺评论家不幸沦为某些商业活动的“吹鼓手”，并不惜为人情评论推波助澜、摇旗呐喊，成为特定利益团体的获利工具，不敢也不愿做出客观公正的批评。由此导致当代文艺现状乱象丛生，文艺评论家根本无力也并无意愿修正不足，走出恶性循环的泥淖，从而失去了对文艺的剖析力、引领力、举荐力和解读力，也失去了大众的基本信任，进而弱化了文艺的传播效应与普及可能。因为文艺究其本质是性灵艺术，设若艺术家缺失了不该缺失的底蕴和风骨，也就毫无灵魂可言了，自然无法凭借灵魂影响灵魂，无法假艺术之象铸造魂魄，进而惠及万千物事。最终，部分评论家也因了自身的渎职和不作为而使整个评论家群体遭池鱼之殃。事实上，生活永远没有看上去的那么糟糕，也永远没有看上去的那么美好。生活的幸与不幸，完全取决于自我的心态。所以当我们批评时要同时看到它值得褒扬的地方，而当我们褒奖时也要能够看到其存在的不足之处。因此“良与莠”是文艺的两面，要摆明不偏不倚的中正立场，而不是非黑即白的关系。秉持如是文艺大观，当代还是有许多值得称许的优质文艺作品涌现的，无论文学、书画、音乐，还是影视，无不如此。当然，批评界同样也有许多优秀评论家公允不阿地推动当代文艺的有序健康发展。虽说在一个健康理性的时代要允许批评的声音存在，因为正义的批评同样是前行的助力，但同时也要看到，正向的赞誉往往比负面的批评来得更其艰难，也更为卓有成效，因此是赞美还是批评应酌情而定，是一体之两面，极端化“恶评”常耽于进退失据，绝不能成为“为批评而批评”者所找的正当理由。魏明心是个有包容心的人，他认为心善之人多看到灿烂的阳光，而心阴之人多看到晦暗之处，此为心相外化之故，所以他更愿意把目光看向表现积极正面的文艺成果，认为这样才能更好激发隐藏在人类天性深处的潜能和美好，让心灵生发光亮，从而照亮人性天空潜行数千年的无明与暗黑。

显而易见，无论哪对矛盾体捉对厮杀，其目标无一例外皆指向魏明心所属的文艺群体，盖因他时常跨界行走，在文学与文艺评论之间自如切换，因此虽未直接点名道姓抨击他的“私德”，但弦外之音所包藏的凌厉用心，却具有无可辩驳的指向性和针对性。对于此等听风就是雨的浅陋偏见，魏明心当然心知肚明，但又觉得不宜力战，只可智取。其实，对于网络上的言论，魏明心的态度始终保持足够端正，因为他的心态十分清醒，所以他能够始终抱持谨言慎行的行为习惯，这是他的性格在保守中趋于开放的姿态。自媒体时代嘛，面对泥沙俱下的粉丝言辞不必过于在意，说得对的地方无疑值得吸纳，说得偏激的地方则无须理会，只需交给时间，一切自有公论，毕竟网络亦非法外之地。比如网络舆论对当代文学和艺术的理解和观感是有失偏颇的，因为任何时代都有自己独属的文学艺术的相应品格，皆是不可替代的，亦都具有各自难以逾越的时代局限和个性视野，只是侧重点及价值取向有所不同罢了。

所以我们要做一个与时代同进退的“有心人”，要爱惜属于一个时代的羽毛，以及身为时代个体的独立思考能力，而不是撇开时代背景对人的影响在其上轻率自负地涂抹光怪陆离的色彩。不可否认，网络监督也有其正当性、时效性与必要性，就像此次网媒舆情对文学价值影响及当代文艺乱象的批评还是有其合理性的，只是不能以偏概全，即便以旁观者公正无私的名义也不可以。因为，文艺创作有其特殊性，批评也要因时应势而变，要讲求合乎时代精神导向的方式方法。这也提醒魏明心在即将组织公益文艺团队及开展灵魂拯救之旅过程中，要格外注重对当代文学艺术现状的知识普及、规律把握和价值彰显，而且更应秉持中华优秀传统人文思想中的“中正平和”之谨严精神，还原文艺真相，守护人文尊严。

魏明心向来生性敏感，虽然这个世界越来越喧嚣浮泛，并有许多被认为是浮躁的事情不断逼近他的身边，但他窃以为轻率的东西并不可怕，无论如何甚嚣尘上仍是属于外界的，唯有内心的安宁与澄明，以及安宁和澄明背后所蕴含的无尽虚空，才是真正属于自己的真空妙有，抑或说是妙用，这才是人心冀望抵达的物我如一之真心实相。因此魏明心常在喧嚣的人群里沉静清醒地张望着自己，他根本无意他顾，仿佛自己就是世界的全部，仿佛那个孤寂的自己永远是喧嚣中的安静存在；与此同时，他亦常于超拔时空下专注地打量自己，似乎隐形的那个“自己”始终是静谧之处的热闹源泉。原来，心灵是可以实现自给自足的，心中有光，自予光芒，一切心本自具足，又何劳盲目外求？可古往今来络绎不绝的熙攘之声，却不动声色地湮没了无数的人心，令人类的虚妄之象，惨淡如白云，千载空悠悠。所以魏明心在不同情境下审视自己及与自我对话时，总会不经意间浮想联翩，联想到某个过往时光切面下的古今中外的诸多关联事物，以及顺延至未来世界中的种种合乎逻辑抑或漫无边际的有意味的猜想。

当然，魏明心畅想得最多的，还是与当下密切相关的世事变迁。特别是眼下，多年知己赵冬青的生命安危无时无刻不牵动着他的敏感神经。更为关键的是，这不单攸关赵冬青的个人性命存亡，而且关乎魏明心一己本心所追寻之文艺事业的兴衰荣辱。过去那些或静或动、时远时近的思考片段，均有极强的画面感呈现于他的脑海，使他甚至诞生了奇思妙想，因此萌生了邀约一众文艺家为祖国大美河山立传的念想。与此同时，结合赵冬青的过往人生历程，二者情景交融、文以载道，依此画将出来，这对于唤醒沉睡的赵冬青或许亦是一着妙棋，也算是思想与艺术无间融合的产物，顺势让文艺思想成为人间震醒灵魂的一剂“良药”；而且若有能力将如此抽象游离的想法予以精妙具象的表现的画家，也必定是位足以唤醒尚依托肉身存活而使灵魂“沉睡”的画家，亦是位了不起的能够深深根植传统人文土壤并坐拥不俗才情的性灵艺术家，所谓他山之石可以攻玉也；再者，如若自身这座宝藏得以发掘完全的话，那么，即便行有不得，亦可反求诸己，如是而已。

魏明心由此及彼，想起王阳明言明的至理之语：“心定，则万事可成。”魏明心曾深研中华传统哲学，他认为中华文脉绵延至北魏时，自孝文帝始，中华文化真正走向“大包容”格局，到了宋代，“儒释道”实现了真正意义上的融合为一，自此以降，中华文化进一步朝着“至为通透”的方向演进，而王阳明则站在了心学最高的位置。在魏明心看来，所谓的“心定”就是释家所指称的“不动心”。当然了，王阳明所阐释的“心定”，并不是消极的啥事不做的“枯死之定”，而是谋定之后的“大定”“大清净”。王阳明始终建议世人：“人须在事上磨，方能立得住；方能静亦定、动亦定。”对此，王阳明从源头上赋诗予以明证：“人人自有定盘针，万化根源总在心。”可谓一语中的，心是温暖的地方，是活水之源头，更是“良知”的栖息地，只有为道日损，虚以应物，才能将养“内圣”。只此还不够，只有遵循“天时、地利、人和”之大道，实现内外一统，方可蜕变为“外王”。这也是魏明心多年践行“谋定而后动，知止而有得”的内在原因。他觉着，人要想成事，必须由内而外去“破局”，这个“内”，指的就是“内心”，但使内心丰盈无虞了，才能“因心造境”，而后大功可成矣。因此他对“磨刀不误砍柴工”作了进一步的总结，认为人生真正应磨的是“心刀”，是“心智”，只有不断砥砺“人心”，才可精准因应万千物事，与“操千曲而后晓声，观千剑而后识器”具有同等妙理。

第二章 心与物齐

人生就是这样，尚处思想阶段的时候总是踌躇满志，可一旦要付诸行动了，却觉难比登天。知易行难，一语成谶，既是人世的宿命，也是对人生处世哲学的一个简括提醒，正因如此，王守仁“知行合一”新儒学观点的提出立时准确命中了“理论与实践”到底是何种关系的“标靶”，首次将长期羁绊人们言行的“知行问题”引向人类的本来心性上面，这就从源头上过澄清了史上争执不下的认知误区。那么，下一步该如何组建一个合规的公益文艺团队？又该倚靠何种平台以便登高而呼呢？魏明心想到这里一时犯难起来，他因此把自己“囚”在自家茶室泡了整整一天。其间，他甚至像古人那样煞有介事地把自己视为知己，特意搞了个仪式为自己焚香侍茶，为的就是希望通过犒劳自己，以求获得一个令难题迎刃而解的即兴灵感，但遗憾的是终究一无所获。于是“欲速则不达”这几个字眼像根无影的鞭子不时抽打一下魏明心焦躁不安的心。次日，还是在“万能的朋友圈”，有位小伙伴点醒他：“这是好事，为什么不把你的想法发到网络上呢？现在可是网络时代，没有虚拟世界搞不定的事情！”

魏明心这才首次尝试在网络空间面向全网发出拯救赵冬青的呼吁，并结合时代人文之公益需求，期待为此组建一个真正意义上的“公益文艺队”。这时，这一吁请，仅得到少量文艺家的响应和支持，有个别名重当代的文艺家虽说也同意参与，但毫不含糊地向魏明心提了两个要求：一是提出了令人咋舌的出场费；二是明确拒绝为本次公益活动提供任何作品。魏明心听闻后识趣地放弃了已知的邀请，心想，要真如你们所言，敢情我们公益团队钱多得烧手了，才会花钱雇来几位随队看热闹的“大爷”，这种做派还做哪门子的“公益”，就这种觉悟层次，也不知这些个在金钱堆里厮混的所谓“艺术家”是靠什么混得这么风生水起的？魏明心一气之下，他选择了彻底无视那些人的要求。如此一来，他只能另作打算。但事后，魏明心主动检讨自己对他人过于苛刻的想法，别人显然没有义务追随自己去做公益，支持是人情，不支持是本分，谈不上对错，公益本质上是个自觉自愿的行为，自己没理由对任何人进行“道德绑架”，即便他人提出一些要求，制订一些准则，那也是人之常情。如三观不合，道不同不相与为谋就是了，大可不必去责备他人。反省至此，魏明心对自己的“嗔恨心”由衷地进行了一番忏悔，无比真诚地对自我发出的错误意识表达了深切的歉意。

或许是魏明心的诚意感动了上苍，未曾料想这次灵感主动找上门来，当他沏了一杯热茶不经意间浏览大湾区的新闻时，他忽然重重地拍了下自己的大腿，然后蹦起来惊呼出声：“有了！”所幸，周围空无一人，他环视了一圈后自顾自傻笑了起来。想到就要做到，于是魏明心立马着手筹备，他以“粤港澳大湾区”的名义，临时起意准备成立一支“粤港澳大湾区公益文艺先锋队”，并即刻面向“大湾区”所属广东省广州市、深圳市、珠海市、佛山市、惠州市、东莞市、中山市、江门市、肇庆市和香港特别行政区、澳门特别行政区等11个城市，撰写了一篇“关于组织粤港澳大湾区公益文艺先锋队”的帖子，这篇帖文写得深具公益感召力，可谓是一篇充满大爱的优美“檄文”，战斗力杠杠的。魏明心有种预感，在这样有感觉、有能量、有抱负、有理想的地区，这次自己的关于奉献大爱的呼唤定能如己所愿，得到众多的回应，也一定能从中遴选出自己想要的“大湾区公益文艺先锋队”。果然，报名者甚是踊跃，很快就报满了。魏明心亲自进行把关筛选，参与人员的品质令他满意，而且他们都是无条件支持公益的。这样的结果，让魏明心的好友陈立人连呼不可思议，这位经常为别人“出谋划策”、被业界誉为“大头”的艺术界的海归智者，他搜肠刮肚地对魏明心帖子上的那篇“感召雄文”研究了无数遍，但仍然无法得出里面到底藏着何种玄机，以至让那么多想请都请不来的报名者无怨无悔地追随而来。陈立人想不通后，他就坐不住了，主动把魏明心请到沙头角海鲜一条街吃饭，而且特意安排了一个餐位可观海景、在当地最负盛名的海滨酒店。

魏明心和陈立人在一个小包间落座后，魏明心瞟了一眼微微涌动的海面，打趣道：“说，你这只精明的‘海龟’，什么时候变得这么温情了，在我印象中，这是你第一次主动请我吃饭吧，而且还算是雅座，有什么需要我做的呢？要是无能为力之事，怎好劳你破费？”陈立人闻言半认真地说：“天地良心，如有半分不诚之心，老天还是让我回归海洋生活去吧。”魏明心闻言不由哈哈大笑起来：“你小子在海外把西方那一套没少装，但幽默的成色还是分毫不减。对了，好不容易请次客，怎么就我们俩？”陈立人说：“单请你不是显得诚意更足嘛。反正就你这个性，横竖都挑理儿。再说，花钱买智慧的事情，我从来不愿意让别人跟着沾光的。这是每个人自己该有的成长道德。”魏明心微微笑了笑，说：“都走向世界的人了，就这点格局。说吧，趁现在菜品未上，我的思路还比较集中，知无不言。”陈立人不再绕弯了，单刀直入说：“你实话告诉我，你发的那篇‘求贤帖’在我看来也是寻常之物，里面没半个字不识，但我不明白的是，哪来的那么大的魅力？”这时，服务员陆续摆上了许多精致的佳肴。魏明心即兴以丰盛的菜品作比，他说：“有次，北方的一位朋友来深圳出差，我请他喝早茶，当服务员上了满桌精致的菜品时，对方傻眼了，低声对我说：‘会不会搞错了？我们不是喝早茶吗？怎么转眼的工夫上了这么多正菜？’我说，深圳说的‘喝早茶’，就是这个样子的，相当于较为讲究的早点。当然，菜品层次跟酒店的档次有关。对方这才恍然大悟，就又感叹地补了一句：‘不瞒您说，我平常下馆子吃正餐也比不上这里的早茶丰盛。’”魏明心顿了顿，然后又接着说，“你提的问题就包含在我刚才举的例子里。”陈立人说：“经你这么一说，似乎明白了一点，但还是没太明白！”魏明心说：“咱们深圳人务实呀，但并非实心眼子，实中还务着虚呢，所以往往出人意料呢。”陈立人似乎醒悟了，说：“孤阴不长，独阳不生，是这么回事吗？”魏明心放声说：“对对对，就这点事。一阴一阳谓之道，走在‘道’上了，也就万事大吉了。反之，一旦偏离了‘道’，也就万事休矣！”陈立人继续说：“理上好像懂了，个中真意仍未可知啊，如之奈何？”魏明心只好耐着性子更进一步说：“就这点理解能力，也不知你们平常怎么画画的？”陈立人讪笑说：“你大概忘了吧，我可是画油画的，书法不好正常，传统国学底子薄弱岂不更正常吗？而且我的文化能力还算好的呢，我自信比国内的很多国画家都强，大家相互通鉴一下，画技本身不说了，书法和国学都比我强的不会太多吧？”

魏明心只给自己点了根烟，他在烟雾升腾而起的那刻皱了皱眉，而后随着最浓重的烟圈散去，其眉头又舒展了开去，恰似衣领上的一道皱褶瞬时被熨平那样。他紧接着又吸了几口，过了好半晌才说：“你刚才不是已经说到根子上了吗，就这个问题。我本不想好为人师，既然你反复追问，我也就给你说个全乎的吧。作为职业画家的话，画技应该都是可以的，但缺的是什么？技上面是什么？很显然是‘道’嘛，这也是我们这个时代的文艺家最稀缺的东西。‘道’这东西并不玄乎，更不是故弄玄虚，而是实实在在的支撑，缺少了这东西还真不行，楼起得越高，坍塌得也就越快。其实，无论是国画家，还是油画家，身为一个中国人，一个中国的艺术家，书法和国学都是基本的修养。我在关于组织大湾区公益文艺先锋队的帖文里算是卖了个关子，只抛诱饵，未点明收益是什么。此前，我在多个场合讲课时说得更为明确，这次报名的文艺家基本是听过我课的人，他们就是冲着这个来的。当然，你没听过我的课自是不知，但你脚踏中西文化，我以为你是能猜想到的。”陈立人闻言拉长了声调“哦”了一声，他立马躬身和我击掌，说：“得，就这么着了，也算我一个吧。我必须得跟着魏老师把短板给补上，否则，原先落在我后面的人都得踩我头上了。”魏明心只是笑了笑，没搭理他。陈立人接着又补了句：“对了，我记得你以前不抽烟的，怎么突然抽起烟来了。失恋了？还是工作压力大？”魏明心说：“谁说我不抽烟了？你没见过的事情不等于没有。”陈立人大笑道：“我可是老烟民了，你知道的。我一看你就是新手，连给我散烟的意识都没有，新手一般都是眼里只有自己。另外，烟雾大一点，把你呛得连眼都睁不开，不是新手又是啥？”魏明心见露馅了，只得承认：“失恋这个说法太过遥远了，离婚了倒是真的，不然也不会有‘大湾区公益文艺先锋队’这回事了，要还是原来的样子，我根本出不去的。”

陈立人见戳到了人家的痛点，有点不好意思接续这个话题了，但又不能充耳不闻，只是避重就轻说：“原因呢？是因为你爱上别的女人了吗？”魏明心说：“不是那个方向的事，‘爱’这东西既沉重又美好，不能轻易说的，严苛一点说，我们身处的时代都不配说这个字。是三观的问题，简直无法沟通，除了挣钱那点事，对方不允许我有别的梦想和追求。你想想，我们好歹也算是个有点文化的人，那种毫无灵魂的日子如何过？”陈立人说：“唉，我理解贤弟的苦衷。有道是家家有本难念的经，婚姻的事更是扯不清楚，实在过不下去了，好聚好散也不失为明智之举，只是要把相关事情处理妥当。”他说到这里，怕破坏了本该有的餐叙氛围，就顺势从手提袋里摸出一瓶白酒来，然后在魏明心面前晃了晃说，“来来来，全国最好的酱香白酒，让愚兄敬你几杯，权当预祝咱们‘粤港澳大湾区公益文艺先锋队’旗开得胜！”魏明心说：“我可不像你们这些‘酒鬼’，到了我这里啥香都一个味。但既然是为了庆祝我们的公益之行，我就舍命陪君子，就像市场上‘待价而沽’的虾子，只要不死，总还是值钱的。”陈立人说：“贤弟言重了，啥死不死的，就算借酒浇愁愁更愁，也得说点吉祥话。你看好了，满杯，愚兄先干为敬！”他说完果真仰仰脖子一口闷了，还特意把已是底朝天的杯子朝魏明心扬了扬。魏明心说：“还先干为敬呢，别说得那么动听，干脆直说你酒瘾又上来了……”于是两人相视不禁大笑起来，气氛一下子又回到了轻松的叙谈里。

人生有时确实妙如“棋局”，一步对了，满盘皆活。魏明心筹备“粤港澳大湾区公益文艺先锋队”的事情就是如此。既然此番那么多有爱心的文艺家热烈响应，他就想到应该朝着另一个方向去努力了，因为不能光把队伍拉出去而不考虑“粮草”之事，虽说“君子谋道不谋食”，但这次是民间自发组建的公益活动，自己又是召集人，只能谋道又谋粮了，两者不可偏废，否则再怎么公益都很可能“无疾而终”。所以魏明心打算主动出击，想以某种对等回报的方式找几个私交较好的企业家“化化缘”。打定主意之后，他就在纸上写下了几个企业家的名字，他比较了解那几人需求，对于注重企业品牌宣传的，他就注明“形象包装”；对于追寻个人IP品牌价值的，他就标注“人物专访”；对于喜好艺术文化的，他就写明“回报书画”字样，如此等等，极尽翔实。为了生活，魏明心有时也会参与少量市场运作的媒体或艺术活动，但他骨子里还是更像个文人，自己能用钱解决的事情，他从不愿意跟人家谈钱，在这个金钱观较为强烈的时代，魏明心自感这是个“缺点”，不过要是生活允许的话，他愿意这个缺点伴随自己一生。这次为了启动和顺利开展“大湾区公益文艺先锋队”的巡回活动，他决定豁出去搏一回，就算硬着头皮也要上。他觉着现在正是祖国全面吹响文化复兴号角的关键时刻，需要每个有文化良知的人都发出力所能及的光和热，为此他甚至已准备好付出一切代价。

或许上天不愿意为难一个愿意为时代付出的人，正当魏明心在心中反复盘算：万一那些企业家情怀不足无意合作怎么办？如果别的路也被堵死了，面对一大笔开支，自己这个谋划者又该作何打算？是放弃，还是凭一己之力扛起来？就这样，举棋不定的魏明心不由重重叹了口气，可是还没等他继续忧心下去，他就接到一个陌生电话，正是这个电话让魏明心由原先的叹气变成长长地舒了口气。但他有点不敢相信此事是真的，难道真有好事自己找上门的？难道“心想事成”就这么轻而易举地来了？所以当魏明心按对方邀约的时间地点如期赴约时，他特意把陈立人也叫上了，他知道陈立人对于和人打交道的事情还是非常老成持重的。

那是深秋的一个正午，深圳依然炎热的气候却突然飘起了细雨，像粉丝那么纤细，下落时空中可见道道细微的白光在闪烁，落地后就不见了踪迹。魏明心并未打伞，他经常奔波于北京和深圳之间，似乎尚未形成出门带伞的习惯。主要生活在深圳的人就不一样了，他们出门带伞的意识很强，晴天可防晒，雨天可防雨，在深圳，不晒不雨的天气并不多见。所以当魏明心走在街上的时候，大多数人手里都是举着一把伞的，而他却任由绵绵不断的雨丝飘落他的脖颈上。街上的每个人似乎都更专注于自己的事情，没人会多看一眼雨中的魏明心。他感觉甚是自在，他也不拒绝雨丝融入他的皮肤，这里的空气很干净，他觉得从这样的空中下来的雨水应是洁净，因此他把“出门见雨”视作祥瑞之兆，他尤其希望今天这场雨是专为中午的见面会而降的，期待这会是个良好的开端。

魏明心到达罗湖悦城酒店时，陈立人也紧随其后到了。他们两人几乎都是踩着点来的，陈立人见只有魏明心一人，便开门见山问道：“高贵气息如此浓重，从一进门开始就感觉到处都是富丽堂皇的，让人怪不自在的，你约的啥级别的贵客？”魏明心说：“好歹也是一线城市啊，不就环境好点嘛，有啥大惊小怪的。”

陈立人说：“我的意思是，这不符合我们的行事风格啊。事出反常必有妖，会不会是约了哪个美女过来，趁便把我调来照亮一下，要不我们来这种地方干啥？”

魏明心忍俊不禁："你小子不去讲相声可惜了，思想觉悟能不能纯净一些。除了美女，你还能想点别的事吗？是对方预订酒店，至于让你生出这么多的歪心思吗？"陈立人说："这就对了，我就说嘛，这不像是我们的主场。"他说完看了看表，接着说，"超时快半小时了，对方不会放你鸽子吧？"魏明心说："对方说话听上去蛮真诚的，应该不会的。少安毋躁！"

果不其然，魏明心话音未落就见一位六十开外、高高胖胖的男人推门进来，后面跟着一位三十出头的小个子青年。中年男子进来后径直走向魏明心，边走边说："魏老师好！我就是电话中邀约您的老张，让您久等了！"说完紧紧握住魏明心的手。魏明心也是久经沙场之人，对方一伸手就知道是什么性格的人。魏明心说："不用客气，领导一般都来得晚，理解理解！"和老张简单寒暄后，本想在原来的地方落座，不料对方说啥也要把他请到正对门的主座上。待大家重新坐定后，高胖的老张率先发话："首先重申一下，因接我这位朋友路上有所耽搁，迟到了半小时绝无不敬之意。为什么这么说呢，因为我是魏老师多年的忠实粉丝，他是我的偶像，这么多年我一直追着他的文章看，毫不夸张说，我的事业是在一路追读魏老师的过程中发展起来的，不知为什么，只要他写的文章，我都爱看。没有恭维的意思，事实的确如此，我看他的文章总感觉字里行间洋溢着温度，同时又不失高度和厚度，我经常在事业迷茫的时候我就找来魏老师的文章认真看，总能从中获得温暖启示，于是整个人又满血复活了。这么说吧，有几次我都想把魏老师单独约出来聆听您的教诲。但由于机缘不到，我怕给魏老师留下冒昧的印象。直到这次无意中看到魏老师发的关于组建'粤港澳大湾区公益文艺先锋队'的帖文，我知道机会终于来了，我相信魏老师肯定需要我这样的铁粉予以支持的。我看魏老师早些年多在北京，近年会不时在深圳出没，不知是否与'大湾区'的相关事业有关？"

魏明心越听心里也就越安定，他在心里暗暗告诉自己："这下好了，我再不要厚着脸皮四处求人了。"

待老张把话题递过来时，魏明心毫不含糊说："太好了，难得张总这么知心！您在电话中说是我的读者，这点我通过你的声音大概能感觉出来，但您对于别的信息只字不提，因此我也没敢往深处想，万没想到咱俩的缘分还那么深呢。至于近年我常到深圳参与一些文艺活动，除了与大湾区的概念有关外，现在我本身也是深圳人，自然也想为当地的文艺事业做些力所能及之事。"

张总说："原来如此，那就更好了，大家都是深圳人，未来可以更密切地互动。说到北京，我也设立了分公司，也常过去打理一些事情。虽然我很早就崇拜魏老师，但因为从没见过面，电话中我不敢多说细节，我怕魏老师把我当成骗子，那岂不事与愿违。所以为了慎重起见，我想，还是先把您成功约出来再说吧，见面后，很多无谓的误会自然不复存在了。”

魏明心说：“我第一次听到张总声音的时候，就感觉很亲切很真诚，我当然不会往坏处想。不过您说的原因似乎更符合现实常理。从这里也可以看出，张总的事业肯定做得很大，格局眼界也不是一般人可比。只是不知您是喜欢我的文学，还是艺术评论？”

张总说：“不止您说的这些，只要您在做的事情，恰好都是我喜欢做而无法做的事情，所以我只能做一个忠实的粉丝，做一个可以在旁边鼓掌的欣赏者。不瞒魏老师说，我从小就喜欢文艺，但家父硬逼我学了理工科，原因您应该懂的：学会数理化，走遍天下都不怕！这几乎成了我们那个时代最务实可信的梦想蓝图了。可我自己并不喜欢啊，我内心深处还是偏好传统文人的烂漫气质的，平常自己也喜欢读书及欣赏艺术，于是大学毕业后，干了小几年的对口工作，慢慢自己能做主了，我就毫不留恋地下海经商了，然后一路跌跌撞撞走到现在。商业上嘛，不能说做得有多大，也算小有成就吧。”

魏明心说：“这么说来，我们的经历还有点相似，所不同的是，您是弃理从商，我是弃理从文。我当初也是父亲认为学理工比较好就业，所以选择了土木工程专业。后来也是作为甲方的质检工长在几栋住宅工程中历练，然后我就转行到一家报社做了记者，而后又转向文学创作及文艺批评，但始终未脱离文艺这个圈层。不过，个人的过往经历更多的是基于个人喜好，但从人类社会的长远发展来看，必须紧紧围绕‘文艺与科技’两大方向去深度探求。换句话说，当我们右手紧抓文艺复兴的时候，千万别忘了腾出左手来抓紧科技发展，否则，历史的悲剧必然重演。也就是说，要把‘崇文尚武’精神深深嵌入民族的思想血液中而毫不松懈。像宋代从文艺高峰跌落、晚清的丧权辱国等都是没有危机意识导致的惨痛教训。所以这次筹备‘粤港澳大湾区公益文艺先锋队’的初衷有三：首先，以‘唤醒’已成‘植物人’的民间科技发明家赵冬青为活动主体，在全国巡回式的团队努力中彰显我国对科技人才的爱惜与推崇，借此不断激发人们对科技事业的热情、投入和支持，宣扬科学发展观，前瞻人类社会未来出路，重塑泛娱乐化的价值观，为民族复兴伟业注入认知活力；其次，这次‘粤港澳大湾区公益文艺先锋队’的成员大多来自粤港澳大湾区，目的是要在巡回过程中历练真知，贯通文艺边界，回到符合传统文艺精神和天地大道的新时代文艺正道上来，为大湾区打造一支过硬的、能在全国率先突围的文艺先锋队，其核心成员结构包含老中青三代文艺家，但未来的目标是要使大湾区成为中外文艺交流互鉴的‘桥头堡’，大湾区得天独厚的内外部条件让它有这个实力，将来必成世界文艺版图中的重要一极；最后，利用这次大范围的全国公益之行，全面贴近民众的思想感情，真正践行‘以人民为中心’的文艺理念，以期创作出不负时代重托的文艺精品力作，为民族复兴把好文艺关，为大众提供喜闻乐见的精神食粮。”

张总闻言亦激情满怀说：“我就知道魏老师做的事情从不令人失望，您描绘的公益愿景太高妙了，但愿能如您所愿，这不仅是我们大湾区所应追求的文艺理想，我相信也是我们这个时代所该履行的文艺职责。”

魏明心说：“对了，不能光听我们两人说话。我给你们隆重介绍一位朋友，坐我身边的这位叫陈立人，是我们大湾区的知名油画家，在海外也享有盛誉，他也报名参加我们这次公益活动。”

张总听闻魏明心的介绍后朝陈立人微微点了点头，但看得出来热情并不高。但毕竟是见多识广之人，他仍接过话茬说：“听说过，有所耳闻。只是网上有留言说是海外回来的‘公知’，不知是否属实？”

听话听音，魏明心知道其中必有误会，赶忙出面澄清说：“张总百忙中还有心关注这些讯息，说明您肯定是位极其爱国的企业家，这一家国情怀绝对是值得尊重和学习的。但对于陈兄的情况您可能还不太了解，我可以人格做担保，立人兄绝对不是网上所认为的‘公知’，我对他可谓知根知底了，我只能说‘鸟是好鸟，就是话多’，‘君子无罪，怀璧其罪’，他的某些言论或许极端了点，但更多是源于个人性格，本质上绝对是位爱国的艺术家，从他的作品也能看得出来。现在网络上的东西也是泥沙俱下，确实难辨真假，所以我们才说，网络绝非净土，也不是法外之地，不知为什么，就有那样一批‘键盘侠’在不加调查和核实的情形下，就可以对他人言论随意曲解或断章取义。所以进一步影响当今的网络舆论风向使之转向良性互动正轨，也是我们此行的使命之一。再说了，凡加入我们这次先锋队的文艺家都必须是爱国的，这是个起码的前提，就连混血且西学背景深厚的辜鸿铭都能高举爱国旗帜，而且持续深研中华传统文化，并用英文写出了《中国人的精神》等令西方人景仰的顶级文化著作，使得毛姆等享誉世界的作家都对中国‘道儒之学’产生了浓厚兴趣，彼时在西方文坛，其与同时代的泰戈尔近乎拥有同等地位。”

张总刚才瘪下去的情绪似乎又被调动了起来，他声若洪钟说：“不是就好！我就愿意和爱国的人打交道，想想我们这么大一个国家，能有今天如此安定和平的发展环境多不容易啊，这就促使我们每个人要更加爱国，更要团结一致，共同维护来之不易的良好局面。刚才魏老师所言极是，受教了！我这是修为不足闹了笑话了，也是对这位兄弟的不敬。这样好了，我为自己的冒失之语自罚三杯！”他说完还真以迅雷不及掩耳之势自罚了三杯。当在座之人反应过来时，他已经三杯下肚了却仍神态自若，足见变通能力之好和交际能力之强。

陈立人刚听到张总无端给他贴上“公知”的标签时，他的脸色当即一沉，正想发作时他又想起自己是魏明心邀请来的，担心自己没必要的恼怒，导致小不忍则乱大谋，从而破坏了人家的合作氛围。因此只能隐忍不言，他只顾自己吃菜，似乎生气的人胃口反而更好了，但他滴酒未沾，他虑及酒后控制不住情绪，要是脾气因此莫名爆发就糟了。后来见张总当面道歉了，而且还自罚了三杯，他也就顺坡下驴说：“不知者不怪！您也是出于道听途说，并非有意侮我，事情说开了就好了。”

张总说：“有道是不打不成交！您既然是魏老师的好友，也就是我张某人的好友。来，再次致歉，敬您！”言毕，又是一口干了个杯底朝天。然后仍不忘关照魏明心，他不断用公筷给魏明心夹菜，并关心地问道：“怎么样，魏老师，我安排的菜品还算合您口味吧？对了，这里是我经常宴请贵客的地方，不知环境是否能让您舒心？”

魏明心笑说：“环境真的感觉非常棒，只是太高级的地方多少会感觉到拘束。正如泰戈尔在一首诗中描绘的那样：小孩子在不穿新衣的时候本来玩得既开心又自如，可一旦让他换上盛装后，他反而不敢跑动了，总担心会弄脏衣服。另外，我正想问张总呢，您是怎么知道我们爱吃客家菜的？”

张总满脸豪气说：“那是必须的，不然怎配说是您的忠实粉丝呢？环境好更是必需的，要不怎么对得起您那么多年对我的‘精神供养’。我还知道，没有客家人不爱吃客家菜的。我是梅州客家人。刚才忘了介绍，这位小兄弟是河源客家人。我们也是生意场上的合作伙伴。因为知道魏老师是客家人，加上我和他今天正好想谈点生意上的事，所以顺便把他叫来作陪。”

魏明心：“哦，太巧了，陈兄也是惠州客家人，这次报名参加公益之行的文艺家也基本是客家人，一来都有个梦想，想回到祖先当年一路南下的地方去感受历史的沧桑和人类的情怀；二来我们客家人确实都比较具有家国情怀，这是个众所周知的传统，也许是先祖们在生死大迁徙的苦难中传承下来的。天下客家一家亲，道不尽的客家情。来来来，为我们几位客家乡亲相聚深圳干杯！”

至此，气氛一下子变得更其热烈和温暖了，他们甚至还用自己地方的客家话互相交流，结果发现基本能听懂，只是音调略微有所不同。这也不难理解，为什么客家话能成为全国七大方言之一和为何客家菜能成为中国八大菜系之一。

酒至半酣，张总边向魏明心敬酒边许诺说：“这次公益之行需要用的车辆可从北京分公司的房车俱乐部调用，到时把活动名单发我，管够！另外，涉及活动的所有现金开支也由我们公司实报实销。至于以什么方式便于活动开展工作，我们随时沟通。魏老师这样安排可好？”

魏明心稍作迟疑说：“我们初次见面您就送上如此厚礼，实在让我有点受宠若惊。针对张总的提议，我想申明两个观点：其一，都用房车的话，虽然旅途更为安全舒适，但也是蛮大的一笔开支，作为公益之行是否合适？其二，如真像张总所言，物力财力加一块所付出的成本就更大了，我想知道是否可用书画作品作为回馈？”

张总听完乐了，他正色道：“我也想明确两个结论：一、所有活动用车都用我们公司的优质房车，我们的司机也都是高度复合型的，既是司机，也是保镖，还可以做好旅途中的生活服务。我们要确保所有参与公益之行人员的安全和体面，是向他们公益之心的礼赞，同时他们也是中华优秀传统文化的继承和传扬者，借此良机一并向我们的优秀传统文化和新时代的文艺精神致敬。二、我们这次赞助完全是公益慈善性质的，不会允许收取任何形式的回报！所以请魏老师放心，这些杂务就交给我了，您应该考虑的，是如何确保本次公益活动取得圆满成功！唯一颇感遗憾的是，本人由于工作原因，没办法随队同行，不然我也很想有机会跟着魏老师学习精进。但我会随时关注你们公益之行的直播活动。”

魏明心瞬时觉得心中压着的一块石头顿然卸除，身体明显松快了许多。他说：“张总商务繁忙，您本人因时间问题不能参与进来完全可以理解。只是活动成本都让您一人承担了，我们于心不忍。感谢肯定是要的，到时另行商议，这样吧，让我这个牵头人先代表活动组委会向张总致以诚挚的谢意。”他说完站起身来朝张总深深鞠了一躬。

张总见状赶忙还了一礼，说：“魏老师莫要多礼，事情就这么定了。大家的目标都是一致的，各自都是在付出，再者说能为我国的公益文化事业做点力所能及的事情也是我的荣幸！”他说完就偏过头去和他的朋友谈事情。两人三言两语似乎就把事情谈妥了，于是从身上掏出合同当场就挥笔签了。

魏明心和陈立人自然知道广东的老板都是务实高效的，所以也都见怪不怪。见对方旁若无人地谈生意、签合同，魏明心他们两个也在一道攀谈着什么，看上去像两拨人坐一张桌上共享空间。

既然万事俱备，剩下的也就只欠择取黄道吉日了。但魏明心显然对最后一步棋看得格外慎重。他非常认同这样一个观点：当我们试图做好一件事情的时候，务必要先把自己搞明白，一切人文艺术尤其如此。起码对魏明心自己来说是这样的，他也一直是这样要求自己的，如要认清自己，必先把自己这颗心弄明白了，才可能由己及人，推心置腹，乃至由己及于万物，直至和大千世界融合为一，与天地精神相往来。因此当魏明心追忆往昔史迹和展望未知世界之时，他总是紧盯着自己这颗心，以及与之有关的任何些微颤动他都要适时观照一番，以达观止之目的。这时，其顿感这颗心驱使着双手缓慢而深情地抚过所有人世间的文明城墙与人生荆棘，让幸福和辛酸交织成温润的情绪，朝向静寂的方向无声流淌着，宛如自己已然在人世沧桑了数千年之久，而且一直将沧桑下去，不复消弭。所以当魏明心独享孤寂时，他喜欢体悟灵魂的微妙感觉并看懂其真实的样貌，仿佛骤然间，人类往事就在脑中纷至沓来，又不期然退去，直如潮起潮落，只是未见端倪。这种悟想，令他时而体会到如临深渊般的孤独，但这是他喜欢的那种感觉；时而又品尝到似切肤般的疼痛，可也抑制不住阵阵快乐翻涌而出，不止于此，他甚至分明感觉到灵魂飘逸地穿过无边暗夜的闲适与超然，觉着自己又真切地往后苟活了数千年漫漫时光。为此，他笃定那个“真我”将万古如如，以眼前的世相作比，恰似太阳每天都会东升西落。有鉴于此，人世后事又似万马奔腾般在心内跃动不已，动静之间，他越发体察到了孤悬苍天之上的无垠寂寞和苍凉。只是，随心所欲而不逾矩的思虑过后，一切就又变得平静乃至陌生起来，深觉自己原来的确踩踏在了一个“真实和虚幻”且满布“荆棘与平坦”的犬牙交错的欲望星球。那么，世事纷繁芜杂，人性千奇百态，到底何为世之真相？似乎唯有藏于自我“灵山”脚下至为深邃的真心实意，在辩证之至处方可寻得，至大无外，至小无内，那是一个隐秘得几无可辨的虚空无尽之地，仅有顿悟之心方能触及。可那又如何呢？太阳的光辉从不厚此薄彼，毕竟这个星球承载了每个旅居者的家国情怀，犹如茫茫暗夜里的孤灯，谁又愿意舍光明而去？于是那些因光明而觉悟的旅居者，便不再是世俗意义的旅居者，而是从当下即刻觉醒成永恒的智者。人类如能在精神层面从实有的地球剥离出来，那就无异于生活在“平行宇宙”，人类的精神内耗和自相残杀将因此锐减。

可是，在当今浮华之世，一个人如何才能专注于内心世界的启悟和潜行呢？特别是当我们牵念时下要紧事件之时刻，以及来自当下世界的那些迫在眉睫的难题一刻不停地朝我们急速翻卷而来的时候，我们怎样才可以剔除杂念呵护自心，以使身心清明无恙？这就犹如驱车于高速路突遇险情那样，需要驾驶员当机立断作出正确反应。魏明心当下所遇问题与上述问题如出一辙，因之他即时以万分决绝之姿态作出了一个无悔的抉择，为全力推进自己所钟情的人文理想，他甘愿放下世俗拥有的一切，去做一件有生以来从未做过的公益壮举。对这一变化，此前他甚至从未想过，可事情一旦找上门来，他却也表现得义无反顾，顺势成为梦想中的时代“弄潮儿”，大事当前，能身拥如此坚定信念连他自己都感到不可思议。也许是“每临大事有静气”的传统人文熏染，因此忽遭变故来袭的魏明心，依然保持了足够的镇定和理智，当他再三确认无法与另一半就某些事取得有效沟通时，他便醒悟过来，知道不是一家人却错进了一家门，最终婚姻破裂的那一天迟早会到来，与其无谓地煎熬，长痛不如短痛，于是他不顾一切自主突破了生活的暂时平静。他那段为了保护孩子而勉强维系了十余年之久表象的婚姻，就此宣告破灭，如同一切心外之相，瞬间遁入虚无之境那样，深水潜流，再无波澜起伏。魏明心作出放下婚姻的决定之后，他忽然忆起了弘一法师，他知道那不是仿效，而是智者之间的灵魂相通。如是，“爱即慈悲”的开示之语，久久在他耳畔回荡。但人之为人，再硬的心肠，再大彻大悟的转身，当他的灵魂即将脱离肉身修成永恒之际，“悲欣交集”的人世结语仍旧温润如初，令人唏嘘不已。人生就是这样，是一个由无数变幻瞬间组成的单向旅程，亦如阿根廷作家博尔赫斯在《你不是别人》中所言：“你的肉体只是时光，不停流逝的时光，你不过是每一个孤独的瞬息。”是的，人生就是这样一个矛盾体，因为你不是别人，所以你不得不面对每一个流逝的瞬间，并且要有智慧从不断流逝的瞬间中获取安宁，当你有能力将瞬间的安宁还原成永恒时，人类的肉体与灵魂就实现了“灵和肉”的二元合一，而当你真正认清了什么才是真正的自我时，所谓的“灵和肉”也就升华为万物的规律。很多时候，明明还是刚发生在自己身上的鲜活可触的事物，转瞬就化为梦幻泡影，由真切可感，到缥缈虚妄，再到似幻若真，那种不确定性，时常有一蹴而就之感，于是心灵的体验亦由此生发了神奇转换，似乎那些在生命中“失真”的，以及即将和注定将要“失真”的景象，才是人心深处最真实可靠的永恒之存在。正所谓虚空实相，性相本空，是为无生，若能证悟无生灭见，即得无生法忍，然得亦无得，是为真得。换而言之，只有当我们放下世间执念和人性贪欲，让本来清净的心灵回归自在之所，应无所住，而生其心，由此自在无碍地沉淀下无边幻灭与恒定孤寂，才是颠扑不破的人生实相和命途真理，才能成为人类赋予天地万物以灵魂的有情大道，也才能真正为天地立心。

在得知赵冬青遭遇的惨痛不幸之前，魏明心已开始谋划创作一部反映中国当代人文心理现状的长篇小说，可赵冬青母亲近乎哀号的一通电话却立马改变了他的写作计划。他开始意识到自己的小说应该无限贴近具有灵魂觉知力的人物行进，这样塑造出来的形象才能有益于社会人生的发展进步，而非为写小说而写小说。魏明心始终认为，一位真正的作家要敢于为自己的时代代言，要勇于直面自己身处的时代，特别是要有足够的能力和智慧去反映与表达所生活时代的现状及需求。如今，人算不如天算，面对好友已成“植物人”的残酷现实，迫使魏明心对此前的创作做出调整。因为赵冬青的母亲知道魏明心了解她儿子最想要什么，她期待通过魏明心的不懈努力，最终能唤醒她儿子。魏明心思忖再三，最理想的结果无疑是这样的：他希望能深度采访他母亲，并将赵冬青的人生往事写出来，然后在不同时空下，既有顶流书画名家现场挥毫泼墨将冬青喜欢的诗文书画熔铸一炉，用以激魂扬魄感应同道；又有魏明心自己依序将一篇篇写就的与冬青的生命历程相关的纪实小说读给他听，以此不断刺激冬青的感官知觉，也许在团队的共同努力下，终能创造生命奇迹也未可定。另外，尚可将此和他固有的创作理想融合为一，进行整体有机创作，真正实现个人价值和利他思想无缝衔接，实际上也是一次关爱生命、利益大众的善心义举。

撇开新近增添的职责使命，身为一位人文心理研究型作家、评论家，魏明心最感兴趣的话题，就是借文学故事深入探讨人们如何在何种人文语境和社会心理下才能更好地生活下去，以便真正依循内心的需求去生活与工作，然后创造自己最想要的犹如大自然之朝霞夕照一样带有诗情画意的人生篇章。为此，他常以参鉴之心将目光投向历史的纵深处，许是因了历史事件多已尘埃落定的缘故，因此审视历史变得犹如察看物件一样，心如明镜，事理昭昭，故优劣成败一览无遗。当然了，也有部分史实因蒙垢太深而仍难见天日。有时，他偶尔也会以智慧之心将目光放眼未来，试图曲尽人类未知心性与德相的本来样貌及演变之道。不过，由于未来终归由当下延展衍变而成，然而当下又是过往历史的未来，因此，当下就成了承前启后的关键支点，我们既可从当下回溯历史，又可从当下推演未来，所以当下才是最不容忽视的宝贵存在，它实在是人类社会解决一切问题的最佳切入点和突破口。基于此，他的视域主要还是锁定当下所发生的一切，因为当下既是历史沉淀的“百宝箱”，又是统领未来的“活金矿”，一如活在当下永远是人们迸发出的最佳生命状态那样。

正因如此，如何更好地把握当下，自古及今皆是头等大事，其复杂玄奥的程度实乃浩瀚寰宇之最。不过，每一历史时期都会溢显各自主要矛盾，如能在特定历史条件下成功加以驾驭和解决，社会便可渐呈进步向好之态势。

那么，在转换写作思路之前，作为一个经年浸淫在人文艺术领域的文字工作者，自己为何要以这种视角关注社会人生呢？我们当下的主要矛盾又是什么呢？魏明心时常这样问自己，也因此养成了一种自问自答的方式去与万物交会，去和社会人生对接。显而易见，一方面是多年经济社会发展的蓬勃景象令人印象深刻，另一方面因公众道德风尚滑坡加剧及价值标准紊乱亦足堪忧，原本协同发展的两者不幸成了整体社会现象的对立面，“仓廪实而知礼节，衣食足而知荣辱”的传统观念丧失殆尽。从表象来说，人们的物质生活达到了前所未有的丰足，但从内里而言，人们的道德情操追求却几近被无视，物质财富追求成了人们日常生活中谈论最多且最受欢迎的焦点话题，对物欲的追求常常被认为能实现真正意义上的完全“独立”，甚至能“独立”成一头人格缺陷却所向披靡的“庞然大物”。这个问题也许很多人都想过，或多或少地都能感觉到什么地方活得不太对劲，但具体又说不上来什么地方出了问题，就像人类的亚健康一样，常感不适却又常被无端忽视。因此，很多时候，绝大多数人可能只是想想生活偶露的诡异端倪后便主动放弃了继续思考，抑或没能往本源上想，甚或即便触及了问题的本质却无力给出正确的解决之道。

于是人们明显感知到了来自内心深处的烦躁与不安。毋庸置疑的是，相信多数人都想为这个社会做点什么，但苦于被时代大潮所裹挟而无力动弹。处于同世的魏明心自然也不例外，只是他庆幸自己由于工作便利之故，尚有余力腾出一支笔来支援自己身处的时代，因为不解决灵魂走向问题，人类绝无可能收获真正的幸福感觉，犹如习惯了径直前行的我们，倘若突然被要求背对前进方向行走一样，不仅羁绊丛生、备感难受，摔跤恐怕也是在所难免的吧。于是出于职业习惯，魏明心的眼睛常下意识在不同灵魂之间穿梭逡巡，当他越来越多地看到人们处之泰然地做着忤逆良心的事情的时候，特别是当愈来愈多原本不该发生而且明显超越人际道德底线的不幸事件却令人扼腕地发生了时，他不禁想，自人类文明诞生以来，人们的思想道德意识始终在主动或被动地接受着现有文明的濡染。可人类行走至今，常以文明人自居且以此炫耀的我们，道德水准到底是进步了，还是退化了？答案似乎很难一锤定音，也不宜一概而论。但有一点是明确的，一方面，人类文明看似在不断地成长和超越；而另一方面，人类掌管灵魂的道德意识，却不同程度地借文明赋予的能力，无差别地掩护纵容自己做着与文明背道而驰的事情，这种躲在“文明羽翼”下的非文明行为正深度困扰着难以数计的世人，几要把人类逼近人性的死胡同而无罢休迹象。那么，以至魏明心不禁要问，人类的道德觉悟在历经了数千年文明濡染后到底遭遇了什么？人类社会需要怎样的终极文明成果来为当代人的生活走向进行纠偏和引领，以便抵达诗意恬适之境，乃至以禅定之思超越物我之别。

如是，当魏明心不得不调整既定创作倾向之前，实际上他已耗费了许多心血，尝试拓展更广泛的深入思索，力求静观人生，透视灵魂，以便为世人寻获人生向好的“济世良方”。可观照的结果，是他时常瞥见一条条原本鲜活的生命卑微地坍塌在不堪一击的命途中就此一蹶不振。那些无可奈何的不幸生命啊，尽管并非一己所愿，但有许多辛酸已然彻底隐匿在了历史尘埃深处，而有好些不幸者的身影，则正风雨飘摇地呈现在与他相处的同一片天空下，或许还有更多命运的弃儿会更其凄惨地迷失在可预见的未来及遥远的未知里，如果人类对于上天赐予的生命仍无力读懂与善待的话！

因此，魏明心需要一个足够强大鲜活的人文故事去影响有需求的人们，助推他们胜利走出人生的困境。多年来，他以作家特有的敏锐心思潜藏于人世细细搜寻，搜寻一个有灵魂的温情人生案例来佐证和诠释他理解的人间至臻况味。

灵魂，灵魂吗？魏明心时常这样问自己及身处的世界，我们果真由此鲜明指向了人类的灵魂吗？诚然，身为天地万物中的“一分子”，人类的确已经到了必须从灵魂深处去深刻反省自己的“生存地位”与“生存价值”的时候了。因为当我们的社会人生莫名失去了应有的平衡时，我们的物质生活越往前走，可能我们就会越发惊心地发现：我们业已走上了一条看似幸福的不归路！可是，上苍绝不会对人类的“自以为是”发出好言规劝，顶多只会对人类的蛮横无知默然亮起“红灯”，要是仍不知悔改一味硬闯，那么，等待我们的将是暗无天日的无尽的惩罚。

因此，关于人类的问题还是要积极从源头上寻找，那个所谓的源头，便是我们人类自身看似所向披靡的、不成熟的心智，这种历经数千年文明洗礼却仍懵懂无明的心智，让我们对外索求无度，对内熟视无睹。这一沿袭数千年的有意无意的“战略失误”，绝非某个人，抑或某一群人的错谬，而是一个个时代叠合发展的产物。但不管怎样，时代毕竟是由人推动的。既然如此，似乎人人都是可以有所改变、有所作为的，每个人都有“生活原罪”，这种正向的改变与作为，其实和一个人的身份贵贱无关，也与一个人的文凭高低无涉，而且同样跟一个人的健康与否毫不沾边。

那么，这和一个人身上什么样的人性特质密切关联呢？此种特质又是如何形成的呢？基于上述考量，偶然闯入魏明心创作视域的赵冬青的生命历程彻底点燃了他的创作激情，使他希望自己千谋万虑而后豁然贯通的这个性灵故事，可在抚慰一位老人心灵创伤的同时，亦能为世人揭秘有关“文明与道德”“存在和虚空”之间明里暗里互映的玄妙人文密码。

事实上，中华优秀传统文化所衍生的人类智慧有能力解决这一由来已久的社会弊病问题，只是由于人性的弱点和难填之欲壑，即便是有幸被如此智慧笼罩下的时代，似乎也无法被有效践行。这让魏明心想起了庄子在《齐物论》中所言说的：“天下莫大于秋毫之末，而太山为小；莫寿乎殇子，而彭祖为夭。天地与我并生，而万物与我为一。”此乃庄子齐物、齐心思想催生出我和万物浑然合一的至高处世境界。无独有偶，北宋五子之一的张载，在通研互鉴“儒释道”之后，亦于《西铭》中提出“民吾同胞，物吾与也”的仁者爱人与爱及苍生的哲学理念。由此可见，对于“人与人”“人和自然”之间的相处之道，中华传统道儒精神是一脉相承的，具有坚不可摧的人文根基和厚实的民意支撑，中华文明的薪火始终在明灭中燃烧，影影绰绰，似燃非燃，只是需要薪火相传的更广泛的助燃者而已。

在魏明心看来，赵冬青正是这样一位典型的民间薪火助燃者的形象，他甚至敢于燃烧自己而无一己私欲。他的承古续今的传奇的奉献故事，倒是给了魏明心一个形象化破译“天地人”如何相融共生的机会。赵冬青是一位爱国诗人，一位立志倾尽生命也要改善人类呼吸和洁净人居饮水工程的生态发明家。到此，万事俱备，只欠东风。整个团队已经“整装完毕”，只待魏明心一声令下便可开拔前往，而奠基之战，当然首选京城了。

但与赵冬青关联的物事是此行的重中之重，为确保万无一失，必须充分做好活动前的各项筹备工作，那些有形的藩篱、无形的障碍、可见的言行、无影的德智，桩桩件件，林林总总，无不需要躬亲省察，知无守有。

第三章 君子之风

待一切筹备就绪，“粤港澳大湾区公益文艺先锋队”在魏明心带领下很快就择定了首站出行的日子。由于此行志在“唤醒”意外成为“植物人”的民间科技发明家、诗人赵冬青，因此择日标的便以赵冬青的生辰八字为准，并交由通晓《周易》的哲学家邓思奇测定，即安排在初冬的一个被认为万事皆可圆满的日子。如是，由张总提供的七辆红旗品牌定制版房车载着数十人的公益先锋队成员浩浩汤汤地朝北京通州进发，这七辆房车不仅外形统一，而且因特殊需求都加装了强大的防震功能，就连车身也全都选择庄重的黑色，在阳光照耀下泛出漆黑的光亮，老子说五色令人目盲，黑色所映带出的玄妙之象，既梦幻又显得很有质感，充满了蓬勃向上的朝气和力量，恰似祖国蒸蒸日上的无垠气象。

此前，他们刚刚完成在北京最后一天的参访活动。确切说，他们上午先后游览了曹雪芹故居所在的北京植物园和百变的香山公园，顺带出席了当代著名书画家、理论评论家陈酿先生于香山脚下寒山阁内举办的“香山情·陈酿花鸟画个展”。

当天下午则先到北京天桥一家古色古香的画室拜会了著名京味儿画家马爷，他恰好刚完成“北京中轴线”系列画作。为印证艺术源于生活的切身感悟，他们之后又顺藤摸瓜地参观了已正式申报世界文化遗产项目的北京中轴线沿线景观。结束一天的行程后，先锋队一行遂马不停蹄地赶往已于2014年就已成功进入“世遗大家庭”的中国大运河北京段的通惠河域内地区，他们就那样风尘仆仆地沿着东长安街延长线一路驱车东去，渐渐将六朝古都的人文辉煌化作此行的底色。当然，先锋队此行不是为了参观通惠河而去的，而是前往位于通惠河边上的一家名为“飞燕生态”的美术馆，它是国际知名生态画家王飞燕女士的私人美术馆，已在大运河边上静静伫立了二十余年之久。可当他们到达目的地，目视着大片的荷塘、成群的鹭鸟和远处星星点点叠加出的水空幻象，以及一抹通天彻地的夕阳斜照在水面上泛起无尽粼粼金光时，便忍不住驻足饱览这大运河的朴茂风光。魏明心静观着眼前这一幕幕无比惬意的景致，他忆起了儿时在河里野泳的情景，恨不能一头扎进去游个畅快。因此他羡慕极了，心想：“大自然天然具有鬼斧神工的神力，而人类则拥有因地制宜和化腐朽为神奇的伟力，天人合力之后，就成就了山河中的杰作，这真是个不可多得的好地方啊，艺术家在这样的环境熏染下创作，简直灵感爆棚啊，焉有不出成绩之理？”

王飞燕是位蜚声海外的中国生态画家，多以中国艺术形象大使的身份出现在中外生态艺术交流第一线，常年穿梭在国际生态安全合作活动中，与各国使领馆均保持密切交往，为中国艺术文化和生态理念的传播与交流贡献聪明才智，她和她的生态绘画艺术广受国际友人喜爱。有时，世事就是这么奇妙，她人如其名，每每在人前自喻为一只心无挂碍的飞燕，愿意为呵护人世间的生态之美而快乐地自由飞翔。近年，恰遇百年未有之大变局，国际局势动荡，她较少参与国际活动了，于是干脆蛰伏于中国北京通州通惠河岸沿的这块较为静谧开阔的艺术宝地，沉静地绘制北京近些年在改善生态环境方面所取得的成就，借生态文明的“名义”，以点带面地表达与弘扬“人类命运共同体”从每个人自己身边做起的人文艺术篇章。生活中的王飞燕是位爱笑的艺术家，所有反映其动态生活的照片都是她笑容可掬的生动场景。俗话说，爱笑的人运气都不会太差。果然，她的人生一路走来确实较为顺坦，唯一美中不足的是，已过谈婚论嫁年龄的她如今仍孑然一身。由于内心的丰盈往往不易察觉，在外人看来她或许是孤独的，可当她早早守候在工作室门口迎接先锋队一行的时候，魏明心发现她总是满脸含笑，笑意里面绝没有丝毫伪善习性，这显然不是一个所谓的孤独者该有的和善面容。此前，魏明心和王飞燕是网友，但并未在线下见过面，线上也仅是泛泛之交。由于事先联系的场地不够理想，魏明心临时想起生态画家王飞燕在通州有个很大的美术馆，这才联系她的，没想到一位未曾谋面的网友竟能如此热情地接待他们，使他想起了“清末怪杰”辜鸿铭的一句名言：“要估价一个文明，我们最终必须问的问题是，它能够生产什么样子的人，什么样的男人和女人。”眼前的这位，大概就是我们中华文明才能生产的女人吧。因此当魏明心率领队员和她甫一见面，便觉其人甚是坦诚随和，他心里也就笃定地认为她确实是位颇具大爱之心和使命情怀的生态画家。为聊表叨扰之心，他趋前一小步对她说：“这次真是麻烦您了！我们虽然联系不多，但常听朋友谈起您的事迹，知晓您是位声名在外且葆有爱心的生态画家，今日得见果然名不虚传啊！”王飞燕说：“魏老师过誉了，今天这么多文艺名家光临寒舍，不仅是我的荣幸，也是一次难得的学习机会呢。所以既然魏老师能想到我，并且还愿意给我学习的机会，我岂有错过之理？麻烦谈不上，大家都是同行嘛，如有照顾不周之处，还请大家多多包涵才是，这可是我打着灯笼也难找的好事呵。”

“飞燕生态美术馆”是先锋队北京之行的最后一站，他们需要在这家生态美术馆合力完成三个环节的常规活动：首先，要对当天走访的内容进行相关创作活动；其次，创作的文稿以极具仪式感的形式由朗诵家现场予以诵读；最后，和线上线下的观众共同交流探讨当地的人文特色。所有环节皆以现场直播的形式全程对外开放。

此番公益之旅启动之前，先锋队的直播号就提前一周对外开放，并附上了本次公益行程的概况，吸引了大批爱好文艺、喜欢旅行、钟情国学和关心祖国文化复兴进程的粉丝。

魏明心和队员们紧随王飞燕进入她的美术馆后，按业界惯例，自然先要参观一下人家美术馆内陈列的展品，以示对艺术家辛勤创作的尊重。

王飞燕显然明白行业规矩，但她并不急于介绍馆内的情况，而是低声询问魏明心：“魏老师，我早就注意到了里面有几位特殊的访客，我看都有专人照顾并没有特意前去打招呼，因为不了解情况，我怕万一言语不慎得罪了贵客，那就不好了！我的意思是，哪些方面需要我特殊安排的？”

魏明心说：“并不需要的，谢谢您的细心！不好意思，由于电话中不便细说这些，我也就没有特别予以说明。请放心，都不碍事的。在移动睡椅上的那人，是位民间科技发明家、诗人，他叫赵冬青，由于意外坠崖成了植物人，是那位坐轮椅上的老奶奶的儿子，老人已经92岁高龄了，自己也是双腿有残疾。不过他们都配有专人照顾的，不需要我们操心的。另外，那位盲人女孩是位朗诵家，也有专人关照她的。您还是先带我们参观下美术馆的佳作，而后再布置活动所需的场景。”

王飞燕理解地朝魏明心点点头，说：“那好吧。”然后大声对大家说，“我叫王飞燕，是个志在用画笔反映国内外生态现状的普通绘画工作者。今天来了这么多高朋，可谓蓬荜生辉，本人甚感荣幸！接下来由我为大家解读我的绘画艺术，希望大家不吝指教！”说完她就一幅幅介绍过去，其中不乏她随国际生态安全组织去往南北极、太平洋岛国、非洲大陆、欧亚大陆等数十个国家和地区考察时的写生作品，她把每幅画的创作背景、初衷、题材、主旨和表现手段等都做了精准解读，使大家对艺术家的创作过程和画技之外的准备及构思都有个清晰的了解，并因此对她为全球生态安全而奔走宣扬的努力留下深刻印象。但在解说过程中为了“避讳”，她始终未说半个“看”字，她担心因此无意中伤害盲人女孩的自尊，尽管她认为或许盲人女孩得到的“心灵之眼”比正常人还要“明亮”许多。而且，由于现场有不便上楼的特殊人员，原本二楼还有展品，可她识趣地没再引大家上楼参观，甚至没有提及二楼的任何情况，一楼解读结束后，她就戛然而止了，让大家自由参观。魏明心看在眼里，暗暗朝王飞燕竖起了大拇指。

魏明心是本次公益之行的总指挥，现场的一切自是需要他来统筹安排。他找来摄影小哥、“丑书大王”小曾猴子和几位较为年轻力壮的文艺家一块帮着布置会场。说是布置，其实很简单，魏明心对此甚是有经验，他因地制宜，迅速将一楼偌大的展览空间改造成了线下粉丝见面会的会场，他只是找王飞燕协调来一套桌椅，是专供盲人女孩朗诵时用的。然后他就招呼所有文艺家说：“接下来是我们本次北京之行需要开展的第一个环节，根据我们今天参访的内容，大家从自己的所见、所闻、所思、所悟中作出取舍去表达，每人至少创作一幅书画作品。我也跟大家一样有自己的任务，我需要即兴撰写一篇文章交由朗诵家郝姑娘现场诵读，面向线上线下所有关注我们此次公益之行的朋友，当然还有我们的‘主角’赵冬青先生，他是位受人尊敬的民间科技发明家、诗人，希望我们优秀朗诵家的精彩朗诵能够感天动地，让我们这位特殊的‘听众’能够感知到大家的辛勤付出！谢谢大家对本次活动的大力支持和无私奉献！”魏明心尚未说完，现场就爆发雷鸣般的掌声。魏明心听到如此热烈的掌声，知道大家是用掌声表明了自己的支持态度。他原先略有忐忑的心情也就安定多了，于是他朝众人深深鞠了一躬，而后便自行飞快地离去。他在王飞燕的引领下走进展厅后门另一空间的一间办公室内。那是王飞燕平常处理文件的地方，今天临时交给魏明心使用，他要在此完成诵读稿件。

王飞燕安排好魏明心的写作空间当即告辞出去，她还需要出去协助文艺家们完成创作，所幸，她自己也是位画家，所以现场几乎不用额外准备什么，可谓一应俱全。当然，为了不让自己显得突兀，她也选择和他们一道创作，看起来她俨然已是公益先锋队的一员了。可正是这一举动给了她灵感，以至她因此做出了一个决定，而这个决定在日后几乎改变了她的生命走向。

而就在王飞燕离开魏明心写作的房间不久，魏明心此行的工作助理上官步莲悄然而至。

魏明心见她来了似乎并不意外，只是问她：“你不去陪老奶奶说说话，来这里干吗呢？”

上官步莲说：“老奶奶正在聚精会神地看他们现场创作，她平常应该难得一见吧，她看得正起劲儿呢，我不想打扰她的雅兴。再说了，我是您的工作助理，不应该来商讨下一步的工作内容吗？”

魏明心说：“既是工作上的事情，自是可以说的。说吧，有啥好的建议尽管说，我现在满脑子都是写作上的事，茫无头绪的。”

上官步莲说：“我刚才听您说每人至少创作一幅书画作品，后面还有那么多巡回站点，那得积累多少作品呀，是赞助方张总那里突然改变主意了，想来个狮子大开口吗？”

魏明心说：“不了解的事情可别在人前瞎说啊！对此，活动启动之前我再次和张总确认过，他是真不求回报的，是真正意义上的公益赞助，我听了非常感动，人家确实是名副其实的慈善企业家。但他有个建议，希望在巡回中产生的佳作可以在线举行公开‘义拍’，然后把实际所得悉数用来帮扶沿途有困难的民众和当地有生活困难的文艺家，以帮助他们度过生活的燃眉之急。他还说，我们国家有个非常伟大的号召：在扶危济困的路上不落下任何一个人！这在任何国家和时代都是个了不起的宏大心愿，需要每位公民守望相助方能成其久远。我觉得张总说得非常在理，所以想激励我们公益先锋队的文艺家们多创作一些具有真情实感的文艺作品，尽可能多地去帮衬真正需要帮助的有缘人！古有‘旧时王谢堂前燕，飞入寻常百姓家’，而作为今天生活在新时代的人们，我们也要让承载中华优秀文化基因的书画作品进入大众家庭，满足民众的精神需要和审美追求，让文艺家释放真正‘为人民服务’，而不是在无休止地追逐个人私利，以满足庸俗扭曲的物质欲望的创作动力。”

上官步莲说：“真好！看来并非所有的慈善赞助背后都是需要变相交易的。真是位有情怀的企业家，企业界不多的一股清流，令人钦敬！透露下，北京的朗诵稿打算写冬青的什么内容？我也想跟您学习写作，也好做点有深度和高度的事情，省得每天吹来吹去，一不小心还被人投诉扰民。”

魏明心说：“首站和末站的朗诵内容根据网友的互动建议临时有大的变动，变为以评论开局，再以评论压轴。其他站点的诵读内容，还是以冬青的生活历程为原型，伴随站点的行进节奏去分节创作小说，可能终了也会涉及些许必要的创作事由。冬青的关联创作是个重中之重，是最贴近他灵魂的‘灵丹妙药’，最有可能起到灵魂安抚和按摩的作用，所以也最具‘唤醒’冬青的概率，对于我们此次公益之行的核心使命而言，这是最大公约数了。具体情况，你可以咨询那位协助盲人女孩开展工作的盲文翻译家，全国各地的粉丝互动与联络由她分管负责。至于首站朗诵内容，由于近年北京中轴线申遗讯息不断‘火出圈’，已成为全国文艺界来京的网红打卡点，所以我们先锋队已明确对和北京中轴线相关的艺术展开评论，这叫名副其实的‘评古论今’，我们参观北京中轴线之前对‘马爷’画室的造访就是这个原因。”

上官步莲哼了一声，说：“咋了，嫌我能力不够吗？什么都不跟我说明，这还是首站，我就走得懵懵懂懂的，而且到现在也还没给我安排一项像样的任务呢。”

魏明心笑说：“看来你是急于‘立功’啊！有这样的愿望是好事，毕竟是在为大家付出努力，但看待任务的轻重问题不能只看表象，要看对全局的影响！比如让你从旁调剂好老奶奶的情绪，这个任务就很艰巨，而且非常重要。因为你是搞乐器的，对情绪变化很敏感，情感色彩也浓郁，所以这个任务非你莫属。从老奶奶的反馈来看，她很喜欢你，很快就和你打成一片，像是她的亲孙女，说明你的工作做得很出彩，这难道不是很不错的成就吗？何况你还要吹箫为每场朗诵伴奏，那很难的，箫音高了不行，低了也不行，那种拿捏的精准度是需要智慧去把握的。另外，你作为我的工作助理，随时还会有许多看似琐碎却很紧要的事情需要你去处理。”

上官步莲听得把脸扬得越来越高：“这么说，我也算是不比人家差啰。”

上官步莲话音未落，“丑书大王”小曾猴子就冒失地冲了进来。他见上官步莲正和魏明心说话，就朝她打了个撵人的手势，说：“去去去，小女孩家家的，出去陪你奶奶看画，别在这里添乱，我们大人之间有要事相商！”上官步莲见“冒失鬼”来了，不想搭理他，于是深深地白了他一眼就嫌弃地走开了。

魏明心说：“有啥要事？值得你这样大呼小叫的？”

“丑书大王”小曾猴子说：“大事不好了！我偶然听说今晚为冬青朗诵的是那个瞎子，而且以后负责朗诵任务的一直都是她。这事还不够大吗？这多丢人啊，我们这可是直播活动，是向海内外直播的，那丢人就丢到国际了。人家会说难道我们十四亿的大中国就没人才了吗？怎么连个朗诵者都选不出来，还要弄个瞎子在那里摸摸索索地糊弄人。我都很难想象，她双眼连大路都看不见，怎么会看字呢？不可见那就只能硬背了，要是一紧张把你写的词全都忘光了，岂不让人笑掉大牙？”

魏明心严肃回说：“简直胡说八道！道听途说的东西你也信？我可警告你啊，跟人说话时，不许再口无遮拦。动辄瞎子长瞎子短的，对人还有点尊重没有？知道这么信口胡说会产生怎样的伤害吗？谁愿意双目失明呢？是她的错吗？还有我想奉劝你的是，对于自己不了解的事情不要随意臆测。那位盲人女孩是位新近才声名鹊起的朗诵家，我只能说非常非常棒！就业务能力来说，她绝不逊色于当今任何朗诵家，等你听完她的朗诵你再下结论也不迟。更关键的是，你要明白自己此行的目标是什么！要时刻提醒自己修正那些乌七八糟的‘坏习气’，要是让我发现你写字时的毛病还是老样子，我可决不轻饶！”魏明心说完从公文包里取出一把竹制“戒尺”朝“丑书大王”小曾猴子扬了扬，接着说，“看到了没，这是什么？”

“丑书大王”小曾猴子说：“我又不眼瞎，瞧不起人是吧，不就是一把竹子制作的尺子吗？”

魏明心说：“知道就好！这可是有人专为你准备的‘尚方宝剑’，有啥功能你自己掂量掂量！知道这是谁给我的吗？”

“丑书大王”小曾猴子觉得奇怪，遂问道：“对呀，您是使笔杆子的人，谁给您这玩意儿？干吗使？”

魏明心说：“实话告诉你吧，是你恩师邱老爷子给我的，他还特意嘱托我，要是你在旅途中不听话，或那些在网上学来的书写毛病仍不知悔改，就让我替他用这把‘戒尺’狠狠地教育你！”

“丑书大王”小曾猴子一听立马慌不择路地抱头鼠窜而去，但很快就又去而复返。只见他涎皮赖脸说：“刚才说的事情我记住了。以后我不惹您，您也别找我麻烦，就像一页纸那样一掀而过。但我还有个不情之请，希望你给我一个满意的答案。我说的就是那个高个子的女模特儿，据说是您邀请来的，这我就纳闷了，我们这次活动又不搞T台秀，她来这里干吗？难不成是您的老相好，您假公济私夹了个私货，好带着她招摇过市？”

魏明心闻言简直哭笑不得，心想：“真是朽木，不可雕也！”他这次可不想再跟他浪费唇舌了，只见他眼疾手快地猛然朝空中挥了挥那把竹戒尺，这种尺子韧性极好，在空中闪出一道如白练般的白光，那束白光像闪电般快速掠过“丑书大王”小曾猴子的头部。迟疑之间，“丑书大王”小曾猴子以为被戒尺击中，吓得他再次慌乱地抱头鼠窜而去。

上官步莲见“丑书大王”小曾猴子再次像小丑般逃离魏明心所在的写字间，她这才笑意盈盈地又一次出现在魏明心面前。她未开口前，自己不禁先吃吃地笑了一通，而后才说：“唉，这世界也真是有意思极了，管他再怎么赖皮的人，总有一物降一物的人来管束他。活该！这种人也只有你才能制住他。只是不知像您这么温柔的人，他怎么就怕了您了呢？”

魏明心说：“每个人都有自己的绝招儿。我创作灵感来了，你先出去，帮我把门带上！”

上官步莲知道人家这是下“逐客令”了，只好悻悻地回到展厅的创作区静候。她搬了把椅子坐在老奶奶的旁边，嫩声地和老人家攀谈些家常。这时，正值创作的间隙期，也就是到了大家可以短暂地进行自由交流的时间了。于是有文艺家提议：希望哲学家邓思奇和史学家韩古观分别给大家介绍介绍，为何学术繁忙的史哲之家愿意百忙中抽空参与公益之行。

哲学家邓思奇率先发言：“首先我想说的是，每个人都有公益之心，都想能够为他人做些力所能及的事情。这是源自心灵深处的利他与自足之心所能达到的一种完美的平衡。我是魏明心老师的朋友，他希望通过我的加盟，可以让先锋队的文艺家在朝夕相处的耳濡目染中能够更具哲学思辨能力。如果拿你们的创作来说的话，哲学的价值在于，可以对你们的绘画思想产生更具深度的持久影响。它是一种神奇的平衡力，让你对巧拙、快慢、美丑、曲直、长短、大小等审美感觉产生一种近乎折中的微妙认知，而且不容易产生绝对化的审美认知。这点是非常重要的。另外，我从魏明心身上也感觉到打破文艺边界的重要性。因此，我来到这里，除了我和大家交流时输出一些哲学理念和思维方式之外，我也想向大家学习一些书画知识和技法，以便提高自己的传统审美素养，陶冶情操，开阔视野。所以期待在未来的公益之行中和大家互学互鉴、共同进步！谢谢大家！”

紧随其后，史学家韩古观接着发言，他说：“其实，我也是魏明心老师文艺跨界理念的受益者，他说，我们的史学家不能片面地迷信这个世间会有所谓绝对客观的真实。他说，毫无疑问，我们要真诚地向古圣先贤学习，学习他们竭力通达古今之变的大智慧，更要学习他们从文学中找到世界真实的本源真相。文学里之所以有我们所需要的真实，是因为它里面包含了人性最伟大的真实，而这一真实是人世间一切真实的前提和基础。比如司马迁笔下的历史真实就是依托其强大的文学力量获得的，所以这种根植于人性光辉的艺术上的真实才具有穿透古今的力量，也是一种比客观世界本身更其真实的存在。因为我们知道，天地万物都是变化不羁的，只有触摸到它们之间的绝对共性，才有可能抵达永恒不变的大道。这也是魏老师经常倡导‘诗书画印文史哲’要合于一家的根本原因。我很认可这样一种回归传统而又超越传统的极具现实张力的学问之道。我希望在接下来的巡回之旅中和大家共同践行这一大文艺观！”

当线下预约的逾百位粉丝陆续到达飞燕美术馆准备现场观摩“粤港澳大湾区公益文艺先锋队”的首场直播时，文艺家们的书画创作任务和魏明心的撰稿任务几乎同步完成，以及相关的准备也都迅捷到位，充分体现了这支公益团队的素质和高效。

很快，最高光的时刻来了：本场直播朗诵者——盲人女孩身着一袭黄色的传统中式旗袍端坐在最醒目的位置。那种古雅脱俗的气质中透显出的镇定之美，立时镇住了全场，那一瞬间，可谓惊艳了时光，无论线上还是线下的观众，大概都早已忘了这是一位盲人姑娘。特别是当她亮开嗓子朗诵的那一刻，她那情感饱满、真气充沛的声音，以及抑扬顿挫中极富韵味的节奏感，让她的控场能力显得出类拔萃，观者闻之无不佩服得五体投地，并迅速被她极具代入感的声音所牵引，心甘情愿地循着她的声音静静地聆听她娓娓而诵。

我们“粤港澳大湾区公益文艺先锋队”一行新近走访了京城马爷的个人画室，尽管创作任务繁重，但马爷仍旧天真纯粹，见访者一行来了，他就笑呵呵地迎将过来和大家依序寒暄。礼毕，只见他的画墙上挂满了一溜儿的崭新画作，色彩依旧如印象中的那样缤纷绚烂，艳而不俗，体现了画家应物象形、随类赋彩却繁而不杂的强大驾驭能力。马爷为人热情直率，他始终一旁作陪，暗自打量访客们的言谈举止，见我们看得异常认真，他憨厚笃定的脸上不禁漾出开心的笑容，可以想见他内心应是颇为欣慰的。于是趁我们眼中闪出欢喜之情时，他不无自嘲地说：“我们画家都是‘好色之徒’，从来都是如此，有色彩的跟没色彩的比就是不一样，不仅是好不好看的问题，价格自己会说话。”马爷说话时表情很平静，看不出态度偏向，话音未落他就顺势自顾自大笑着：“老朋友来了，少不得把新作品拿出来让你们瞧瞧，给指导指导。”我们造访的人群中确实有几位是他的老朋友，但从他的话里分明让人感觉到，似乎人人都已是他的老朋友了。这就是一位优秀艺术家惯有的谦逊品格和好客姿态。我们一看他抱出来两幅大画没有往画案靠近的意思，目测一下就知画案显然不够摆放，于是赶紧帮着把画纸慢慢摊地上并排着铺展开去。其后，我们远观近察，这两幅画画的都是荷花，虽是传统题材，却画出了独有的气韵和才情，用色大胆新奇，笔法厚重圆通，仍然是他所精熟的表现脉络。只是，我们很快又把目光投向墙上那一长排密密匝匝的新作上。我们知道，那些才是马爷正在紧锣密鼓创作的最新力作。因为那些作品一看过去就很醒目，不仅色彩更为丰富沉稳，而且内容也跟以往大相径庭，出现了许多颇为眼熟的建筑造型。果不其然，马爷眼尖，一眼看出我们心中存疑，他遂一语中的：“我以前总画人物，这突然画了这么多建筑，感觉还是有些手生。”作为科班出身的绘画名家，马爷的这番表态，我们显然不能用惯常思维去解读。一方面，这或许是他的自谦之语，如同齐白石常以“老眼昏花”自我戏谑一样；另一方面，也说明他对新作所要表现的内容存有敬畏之心和谦恭之态。他接着说，“最近画的这些全是北京中轴线申遗人文古迹，这些遗产是老北京最值得说道的地方。很多年前我就想把这块绘画空缺给补上，但想法太多了，总感觉还欠缺什么，所以我一直在寻找与等待，一直在调研和印证，直到最近才找到感觉，每一笔下去都自带灵感，这才觉得现在的创作心态和素材储备算是基本趋于成熟了。但画了一部分后才又意识到，其实再充分的准备都不如动手去画来得有效和直观，只有在不断的创作中去砥砺，才能将作品逐渐打磨成熟或画成自己想要的样子。所以在画的过程中对于有些不满意的作品我就多画上几遍，最后，再从中精心挑选一组最满意的北京中轴线申遗人文景观系列画作献给国内外所有关心北京中轴线申遗活动的朋友们，希望大家能喜欢，也想给时代和历史留下点我自认为满意的东西。”此前很少听说马爷对同一题材的作品需要画上几遍的，从他自己嘴里说出来更是极为鲜见，这足以说明他对此番新创有多严谨和重视了。仔细思量，这种状态是自由中的严谨，乃严谨中的自由，所谓“随心所欲而不逾矩”即是如此。恰如孟子所言：“君子深造之以道，欲其自得之也。自得之，则居之安。居之安，则资之深。资之深，则取之左右逢其原，故君子欲其自得之也。”因此，真正的艺术家唯有持德游于艺道，才能自内而外散发璀璨的艺术魅力。

由于职业原因，我对北京中轴线并不陌生，却也从未真正从城市形象和中轴概念层面去认真审视过它。此前，身为在京生活了二十多年的人文学者，想到这里不由让我略感汗颜，一个天天在“城市和人”联结纽带处摸爬滚打的专业文人尚且如此，其他对“人与事”更不敏感的群体如何能够真心面对所谓的“北京中轴线”呢？因此，北京中轴线申遗不啻是个利在当代、功垂千秋的人文壮举，有利于经由“世遗”平台，将“北京中轴线”这个世界城市中轴线之最，真真正正地展露在世界人民的面前，不仅便于人类人文遗产的协同保护，更是对人类共有文化资源的丰富与壮大；同时也有利于更好地展示中华悠久深厚的人文底蕴和历史脉络，以更为传神有力的方式向世界讲好中国故事，体现中国精神。

我们缘何对马爷开笔绘制北京中轴线申遗人文景观抱持非常大的信心呢？这是因为马爷是名副其实的、最具代表性的京味儿画家。京味儿画家不是一个画派，这与“京津画派”有本质区别。京味儿是个地域人文现象，具有强烈的观感和鲜明的标签，是地域人文土壤开出的璀璨的花朵，乃镶嵌在区域人文桂冠上的明珠。比如，说到京味儿作家，我们自然就会联想到老舍先生，会忆起出自他笔下的《骆驼祥子》《猫城记》《茶馆》《四世同堂》等经典名篇，因为小说语言最能反映市井百态，最具时代特质，最易彰显时代人物的生命活力与精神状态，特别是极具地域色彩的鲜活的人物对话，让小说人物形象的“性格与命运”跃然纸上，呼之欲出，恒久镌刻在读者脑海中而不可磨灭。这就是京味儿代表作家老舍先生的成功之处，他紧攥时代灵魂和把握驾驭住了时代之下的人物命运走向，成为一个关注人物命运和生存状态的灵魂作家，他通过对质朴人性的深度关怀以及他的天才想象力，两次征服了世界文坛。这就是为什么老舍之后虽有多位作家被认为是京味儿作家的代表，但实际上根本触摸不到北京城市的灵魂和京味儿文化的内核，这是由作家的综合人文底蕴决定的。众所周知，老舍先生还非常喜欢鉴赏书画且审美能力不俗，他甚至拥有较高的艺术评论水平，专业水准虽不及傅雷，却远胜许多职业美术评论家，由他择取清人查慎行诗句出题，请齐白石先生为他绘制的《蛙声十里出山泉》最终成为齐白石先生最令人动容、最具人文传播价值和诗意想象的代表画作；同理，论及京味儿画家，我们就会想到马爷及其笔下的老北京人物系列绘画。和文学语言重在塑造鲜活深刻的灵魂人物形象一样，绘画语言同样贵在确立禁得住时间和历史检验的具化形象和鲜活意象，所以正是经由对历史事实的大量挖掘、整理、提炼和再创造，马爷才能成功再现老北京在特定历史阶段呈现的趣味盎然的生命样态和浓郁深情的市井烟火气息，因此我们才会觉着马爷凭借画笔画活了老北京过往的那段已然尘封的历史真实，才心意相通地领悟到他确实精准地画出了属于特定历史阶段老北京独有的人文味道和审美感受。这些颇具人文标签的与一个时代相称的人文艺术成就，当然和创造主体独异于众的个体经历息息相关。王国维曾铿锵有力地在《人间词话》中如是界定何为名家大作：“大家之作，其言情也必沁人心脾，其写景也必豁人耳目。其辞脱口而出，无矫揉妆束之态。以其所见者真，所知者深也。”据此相对照，“人与艺”的关系问题也就一览无遗了。

马爷素以画家形象驰名当代画坛，尤以老北京系列风情人物绘画著称于世。如果说凭借大快朵颐的没骨技法便能精妙表现老北京人物活灵活现的生命状态是其一绝的话，那么，无论走到哪里都能确保笔不离手且能伺机定格速写对象精彩动态瞬间则是他的另一绝活儿。也许正是天赋异禀和超常勤奋这两种能力成就了身为画家的马爷的绘画高度与坚实技艺。在我印象中，马爷自京味儿风情人物绘画系列在当代画坛崛起并稳固其学术地位后，他就发挥了自己永远在线的竞技状态和进取精神，不断拓宽表现内容和题材。首先让他大获成功的是“僧侣”系列，这是他除老北京人物系列之外，迄今最受关注和好评的另一人物系列绘画，据说“僧侣”系列尚囊括“圣贤高士”系列，待到真正成体系落定时，将会是马爷人物绘画中的另一大系列。几乎每一次见到马爷，他要么在开掘新的绘画疆域，要么在夯实已然确立的新的表现领域。譬如，他继成功开创两大人物系列绘画之后，他还将绘画题材延伸到山水写生及花鸟画的创作，尤为值得一提的是，他近年的书法水平大为长进，可谓突飞猛进，不仅以独具面貌的“马氏书法”受到市场追捧，而且日益与其绘画浑然一体、相得益彰，显现格高品正、古意盎然之大家气象。那么，马爷为何能屡屡大获成功呢？《道德经》云：“人法地，地法天，天法道，道法自然。”古往今来，无数成功的艺术家都是在遵循天地恒定的大道中收获惊人成就的。

正因马爷的知名度和美誉度早已坐实了圈内一线大家的“行业地位”，而且渐有出圈的势头和生成爆款的潜质，于是近年多家在业内极具慧眼和运营实力的资深泛艺术高端衍生品文创单位开始大胆锁定马爷的艺术衍生品市场，那么，既然那些深谙市场之道的“伯乐”打定主意要和马爷强强联合，共同创造惠民利国的市场佳绩，就要共同找准那个最佳切入点，以此撬动光明的合作前景。于是那些个对文创市场走向颇为敏锐的机构开始频频出手，可谓你方唱罢我登场。作为一种值得关注的热点艺术现象，以及一个难得可以一叶知秋的文创价值试点，笔者试图从理论与实践的关系层面予以观照，遂主动请缨，有幸近距离参与了双方合作团队的整个谈判过程。有意思的是，在双方未事先预设谈判点的情形下，彼此居然不谋而合地将最能体现主观意愿的合作产品指向了“北京中轴线”，真可谓英雄所见略同。这样简明高效的结果令我大吃一惊，“北京中轴线”的时代影响不单挑动了聪慧者的商业神经，而且其人文影响也到了深度昭示的时候了。特别是马爷有备而来的对“北京中轴线”申遗人文景观的成体系创作，必将以美术形象易于实现跨越种族和国界的独特造型手段和审美理想，有力扩大“北京中轴线”相关人文景观作为申遗项目在海内外的整体影响力、向心力、解读力和凝聚力，引发人们对“北京中轴线”这一概念产生深层次的探究、明晰、联想与演绎，进而助推“北京中轴线”申遗进展取得圆满成功！

继长城、明清故宫、周口店北京人遗址、颐和园、天坛、明十三陵、大运河等七大人文古迹申遗成功后，“北京中轴线”作为北京又一即将进入世遗大家庭的申遗项目，七百多年来尽管天天抛头露面、栉风沐雨，却大有“养在深闺人未识”的既视感，那么，“北京中轴线”的前世今生到底是什么样子的呢？它的来龙去脉又是怎样的？

北京城市中轴的有形建设雏形源自元代。我们如今所指称的“北京中轴线”，是指北京自元大都、明清北京城以来北京城市呈东西对称布局建筑物所依凭的对称轴，北京市诸多其他建筑物亦位于此条轴线上。明清北京城的中轴线南起永定门，北至钟楼，直线距离长约7.8公里。于是发轫于元代、修正完善于明清的北京城市中轴线，此后在不同历史阶段历经多次局部建筑兴替，才最终形成今日之格局。

建筑是一座城市的灵魂据点，核心建筑尤其如此，因此杰出的建筑被誉为凝固的音乐。古代北京城市建设中最突出的成就，就是北京以宫城为中心的向心式格局和自永定门到钟楼长达7.8公里的城市中轴线，这是世界城市建设历史上最杰出的城市设计范例之一。身为最早提出北京城市规划中轴线理念的中国建筑大师，梁思成曾盛赞这条中轴线：“一根长达八公里，全世界最长，也最伟大的南北中轴线穿过全城。北京独有的壮美秩序就由这条中轴的建立而产生；前后起伏、左右对称的体形或空间的分配都是以这条中轴线的走向为依据的；气魄之雄伟就在这个南北引伸、一贯到底的规模。”这番毫不吝惜的感慨和赞誉是梁思成和林徽因夫妇实地考察大量中外优质建筑成果后得出的中肯评价。

为何马爷笔下的北京中轴线系列人文景观画会令笔者叹为观止？因为在中国当代画坛，论及京味儿画家的风采及成就，说到哪位画家的画风能代表老北京市井风情和俗世烟火气息，那么，自当首推马爷无疑了。他那满载老北京风土人情意味的没骨人物画系列，一举奠定了他在中国当代画坛的学术地位，成为当代京味儿画家中名副其实的领军人物。马爷的成功，是中国画界古老的传统没骨技法和老北京的特色人文风物有机融合的结果，从而开创出自成一格的绘画新风。马爷就像一位神奇的绘画“魔术师”，他将东方古老的绘画精神和北京三千多年人文积淀下的六朝古都底蕴，神奇地熔于一炉，化历史为鲜活，变凡朴为艺术，不仅酣畅淋漓地再现了老天桥满含张力、多姿多彩的市井百态，更创造性地调动和激发了人们对老北京风俗人情的兴趣和合理想象，对讲好北京故事，乃至向世界讲好中国故事，具有不可替代的地域人文优势。这一优势既来自近水楼台土生土长的先天条件，也源于马爷个人卓越的艺术天赋和不达目的不罢休的钻研精神。

如今，马爷更是将业已出神入化的没骨表现触角审慎伸向北京中轴线相关人文景观。尤值重点关注的是，面对这一北京城的核心城市灵魂与深厚人文依托，他该如何尽己所能去表达和塑造呢？子曰：“不患人之不己知，患不知人也。”做人如此，从艺亦如此。为彻底吃透表现对象的内在神韵，他一次次地带着无数的想法走向“北京中轴线”沿线各遗留古迹，他不像大多数人那样去那些地方只是走马观花地瞧瞧，他每到一地，对于目之所及，都要静静地追古思今，并对照自己之前在有关古籍和地方志上所了解到的建筑史实和相应历史阶段上演的民俗风情与人文风貌，深味每一段历史赋予这片土地的深情与智慧，从中所体悟到的历史感觉、人文深邃、人情冷暖和人格优劣，简直令他难以言传，其间的感悟，让他犹如醍醐灌顶，茅塞顿开。这种深入一座城市灵魂深处的思悟所得，使得他真正明白：再现一座城市的历史遗迹总是简单的，难的是如何去描绘历史中的人们的生活情状与生命状态，怎样展现人文精神和历史真相，乃至深刻雕琢出藏匿于历史最深处的中华道统精神。

由此，马爷领悟出“大中至正之道，中正平和之理”，这就是中华民族垂范数千载而屡试不爽的不偏不倚的处世秘诀。所以马爷力求做到刘勰在《文心雕龙·明诗》中言及的“情必极貌以写物，辞必穷力而追新”，他希望为这个伟大的时代奉献出自己的倾情之思、心血之作，希望这样的作品是崭新的存在，既不重复他人，也不重复自己。正如石鲁所言：“以意作画，万幅万个样。”但以意作画何其难矣！就连绘画大师齐白石也不得不承认：“画粗笔写意画，能表达物象的精神，是极难的工作。”然而，马爷所擅长的没骨技法具有正类于齐白石老人所言说的粗笔写意画的特征。因此这是一项极难掌控的绘画技法，个中的哲理思辨恰如孔子所说：“质胜文则野，文胜质则史。文质彬彬，然后君子。”因此无论文理，还是画理，都应遵循这一“中正平和”之道，马爷亦深谙此理，有感于斯，故他在新近绘制系列“北京中轴线”申遗人文景观画时巧妙融入了道儒哲思，这得益他的全情投入和持续不断的冥思苦想，他就像活在了自己的画作中一样，纯粹得像个孩子，因此时常混淆了历史与现实，因此“入戏太深”的他，也让自己吃尽了生活的苦头。从他已创作好的“北京中轴线”部分画作来看，确实令人耳目一新，今古相融，动静相宜，予人举重若轻深入浅出之感，在一幅幅以“北京中轴线”申遗人文景观为背景的画作中，我们仿佛能听到画中人如风轻云淡的嬉笑怒骂，似乎能揣测出画中人恬淡如菊的悲欢离合，那种闲适，那般疏淡，显然是画者自在心性的直观反映。比如他在新画就的《前门一景　棋乐无穷》《永定门前风筝高》《四面钟下戏迷多》《天桥桥畔耍中幡图》《天坛写地书》等画作中将当时百姓闲适喜乐的生活场景刻画得惟妙惟肖，具有极强的叙事性和表现力，予人无尽的想象空间，仅凭一己之力就将北京中轴线的传统建筑美学和地域人文风俗结合得天衣无缝妙到毫颠，完全没有力有未逮之感。

正如梁思成所言，西方绘画自有他们的人文传统，受自然主义、人文主义等哲学思维影响，以写实再现为主，追求造型上的所谓科学与精准，表现得恢宏而一览无余。诚然，在一定程度上受东方哲学思想影响后，西方印象派、后印象派等绘画派别的表现手段有所改观；而中国绘画则不然，深深根植于中国哲学土壤，含蓄凝练，意味隽永，层层剥开，渐入佳境，直到最后才顿然开朗却又戛然而止，令人回味无穷。所以中国画的优势是悄然将“诗书画印文史哲”有序穿插叠合、互为辉映，以期“立象以尽意，致广大而尽精微”，希冀让司空图在《与极浦书》中所论及的“象外之象，景外之景”成为可能。

“北京中轴线”的无形空域从哲学内涵上来说实际可上溯至上古之时的夏朝初始，古人根据天体和自然现象的运行变化规律，确立了“立杆测影”的结果对因应农耕和掌握节令变化的有效性，从而认定正南正北轴线最为重要，其城市“中轴”之义，也与中国古代文化“不偏为中，不变为庸”的儒学文化内理和“中央之国”的民族宇宙观相契合。因此，由于传承失度的问题，今人很容易把“中庸之道”理解为“和稀泥”，这是大错特错的，中庸之道实际指的是遵循永恒的“天地大道”。正是沿袭了这一中华正统文脉的古今走向，我们才能真正理解北京城市中轴线的“前世今生”，以及未来的终极寓意，它既是古都北京的象征，也是中国文化最具核心意味的至高无上的象征。

正因如此，我们对“北京中轴线”既尊重又好奇，经由深入了解才获知：它从整体概念的提出，到申遗工作的开展与推进，无疑凝聚了国家有关部门、北京申遗相关机构及北京全体市民的集体智慧和辛勤耕耘，其中的一幕幕分阶段地在我们脑中呈现如斯：

2017年，“积极推进中轴线申遗工作”写入《北京城市总体规划（2016年—2035年）》。同年，北京市推进全国文化中心建设领导小组批准成立了中轴线申遗保护专项工作组，全面启动北京中轴线申遗保护工作。

2018年7月4日，北京中轴线申遗最终确定了永定门、先农坛、天坛、正阳门及箭楼、毛主席纪念堂、人民英雄纪念碑、天安门广场、天安门、社稷坛、太庙、故宫、景山、万宁桥、鼓楼及钟楼等14处遗产点，力争在2030年基本达到申遗要求，确保到2035年前完满实现申遗目标。

2022年5月25日，《北京中轴线文化遗产保护条例》获通过，自2022年10月1日起施行。也是在这年，中轴线申遗名录文本宣告完成。至此，一切申遗筹备工作尘埃落定：2022年10月，经习近平总书记批示同意，“北京中轴线”作为我国2024年世界文化遗产申报项目。

当我们的神思抚触着一项项艰巨的任务的时候，当我们憧想着“北京中轴线”最终申遗成功时，“北京中轴线”也就粲然从数千年的历史深处走来，并稳健走向世遗人文大舞台。于是，当这项工作以一种“舍我其谁”的气势如期大功告成之日，这对于北京、中国乃至世界的意义是不言而喻的。而马爷不遗余力创作的系列北京中轴线人文景观图可谓合乎时宜，应运而生，犹如《周易》所阐释的：“夫‘大人’者，与天地合其德，与日月合其明，与四时合其序，与鬼神合其吉凶，先天而天弗违，后天而奉天时。天且弗违，而况于人乎，况于鬼神乎？”因此当艺术家清醒地从小我走向大我，乃至达于无我，能和天地万物相融合一时，故可与天地精神相往来。唯其如此，艺术之树才能自然地成长，从而有序开花结果，进而芬芳人世间。可以想见，随着时间推移，马爷笔下这批别开生面的妙笔生花之作，亦将伴随相关申遗项目的尘埃落定而声名远播，这是北京中轴线的历史地位和人文影响在传统艺术领域的深层延展和直观反映，也是一位生于斯长于斯的艺术家对生养他的这片热土的最高礼赞！

盲人女孩叫郝姑娘，她在整个朗诵过程中，她的手指在盲文上沉稳自如地移动着，几乎与她的朗读速度保持着惊人的一致。她的手就是她的“眼睛”，甚至要远胜于正常人看稿诵读的那种默契感。而且要是不注意观察的话，根本感觉不到她是通过触摸盲文朗诵的。她纯净无染的诵读声里所彰显的那种自然流畅的节律之美征服了所有听众。随着她的手指移开盲文的瞬间，她的朗诵就在人们意犹未尽的倾听中戛然而止了。随之而起的，是现场爆发出的经久不息的掌声。而直播互动平台更是热闹非凡，各种溢美之词纷至沓来，令人目不暇接。可以肯定地说，郝姑娘的表现堪称完美，她经由今晚的直播朗诵“一炮而红”，成为本场最了不起的“英雄”。

上官步莲始终陪着施勋美老人一同坐于会场西侧的冬青睡椅旁边。与平时有所不同的是，这次她坐在一把高高的咖啡椅上，着装亦换成了淡雅的传统服饰，身前则竖着一管六孔洞箫，看上去自成一幅“美人吹箫图”。她就那样一边旁若无人地吹着箫，一边还有余力不时通过眼神和坐在身边的老奶奶交流。箫音清婉悠扬，仿佛专为朗诵而设，丝丝入扣地成为朗诵的一抹鲜亮的底色，将郝姑娘如夜莺歌唱般的天籁烘托得无以复加。这场朗诵让老人听得“老泪纵横”，她越听越觉着这位盲人姑娘美丽非凡，特别是她的声音更是无比动听，比鸟儿的声音还要脆亮三分。她甚至执拗地认为，她的眼睛失明不算是缺点，还因此为她的美丽蒙上了一层神秘的面纱，使她越发显得楚楚动人了。同样，老人对上官步莲的表现亦赞誉有加。朗诵一完成，老人就拉着上官步莲的手让她重新坐在和自己平齐的椅子上，就像拉着自己的亲孙女那样亲切，并反复交代她要多喝水，说那样有助于恢复嗓音的清润。上官步莲则告诉老人这点工作量不碍事的，吹箫是她的专业，早已经习惯了。如果这场朗诵让老人沐浴着无边的感动的话，那么，接踵而来的则是惊喜了。细心的护工轻声告诉老人："施老，刚才冬青的眼皮跳动了几次，这是表皮神经有知觉的征兆，是个良好的开端。"施勋美老人听后又是一阵喜极而泣，上官步莲则默默拿出一块早已备好的绣花小手绢替老人轻轻拭去眼泪。这当然是个天大的喜讯，义务随队帮助冬青康复的杨大夫针对这一最新变化马上着手制订了一套可行的康复计划。

人文互动交流环节则由艺品拍卖师李玲珑担纲主持，此时，会场安排略微作了调整，公益先锋队的核心队员分坐在那张长长的画案两侧，李玲珑居中而坐，魏明心则和她遥遥相对。李玲珑是位业界驰名的拍卖师，经验相对丰富，主持各种活动时可用中英文双语自如切换而不露痕迹。此次公益之行是面向全球直播的，她自然需要采用双语模式服务尽可能多的受众。她的出场，以及她那拥有无穷魅力且极具国际范儿的言谈举止又一次将活动推向了新的高潮。她首先以铿锵之声开启了本环节的序幕："直到现在，我还沉浸在刚才沁人心脾的朗诵声中，我真想象不到世间还有如此坚强感人的奇女子！亲爱的朋友们，我叫李玲珑，生在台湾，成长在香港，我的主业是古董鉴赏，但也经常主持国内外的一些重要拍卖活动。很荣幸能主持今晚的交流会，首先我想把本次公益先锋队的核心团队成员及公益行首站的嘉宾介绍给国内外的观众朋友认识，我提到的成员和嘉宾请起身示意，他们是：本次'粤港澳大湾区公益文艺先锋队'的组织者、作家、评论家魏明心先生；科技发明家、诗人赵冬青先生的伟大母亲施勋美老人，施老您请坐好；朗诵家郝姑娘；国际友人新斯诺，这里我想多说一句，他是位美国人，在深圳生活多年了，为了更好地传递中美民间友谊，他特改名为新斯诺，以此向他的同胞前辈斯诺致敬，我们向这位中美友好使者新斯诺致敬；哲学家邓思奇；史学家韩古观；盲文翻译家余佳丽；来自粤港澳大湾区的国画花鸟画家霍朝阳、国画人物画家何国英、国画禅意人物画家田老庄、新汉画创始人王大海、国画山水画家贾多福、国画人物画家范知己、国画人物画家史自良、国画人物画家刘徐州、国画焦墨山水画家穆为善、国画田园山水画家巴人、海归油画家陈立人、国际生态画家王飞燕、'丑书大王'小曾猴子和香港的山水画家袁山居、澳门的花鸟画家孟吉庆，以及随队服务的中医保健专家杨大夫和摄影小哥。"李玲珑介绍到这里起身接着说，"让我们用热烈的掌声向他们的大爱之心致以最崇高的敬意！"待山呼海啸般的掌声渐渐减弱，李玲珑遂重新起身邀请魏明心为公益之行的首场交流会致辞！

一场梦寐以求的文艺公益之行就这么盛大而如期地启幕了，魏明心无疑是今晚最激动的主角之一，但他强忍住激动之情，仍异常平静地接过主持人的话茬："谢谢主持人李玲珑女士令人惊艳的亮相，您的每次出场总是那么令人难忘，正是有您的加持，我们本期公益之行的文化含金量和受众覆盖率都大大提升，特此向您致敬！接下来我想隆重介绍一位企业家，他是我们这次公益之行的最大功臣，是支撑我们开展这次公益服务的幕后‘英雄’，这是位真正的慈善企业家，直到现在我仍不知道他叫什么名字，只知道他姓张，我相信此时此刻，他也肯定在屏幕前持续关注我们的首场直播活动，现在我谨代表本次公益先锋队的全体成员向张总致以由衷的敬意！同时由我视频连线张总，请他亲自出面和广大网友说几句话。”

事实的确如魏明心所料，张总从活动伊始一直守候在屏幕前耐心观看，像个普通的忠实观众那样生怕错过了哪个细节。可他万万没想到魏明心会突然联系他并让他讲话，所以有那么几秒钟的愣神，张总似乎尚未从刚才观看活动的状态中走出来。但毕竟是位商海搏击高手，口才和反应也都是一流的，他很快就镇定自若说：“感谢‘粤港澳大湾区公益文艺先锋队’所有成员的信任和理解，我其实只是做了些力所能及的事情，你们不辞辛劳奔走在公益一线，全力以赴为广大民众带去艺术和爱心，同时也利用自己的聪明才智为他们答疑解惑，你们才是真正的英雄。这么多年，我在慈善之途一路走来，很少看到在文艺领域开展巡回布施的，以灵魂影响灵魂是人性教化的高点，是道德情怀的净地，这是‘授人以渔’的大善！我们中国的网友是最温良可亲的，希望大家对先锋队此行多加支持与宣扬，始终保持‘群众的眼睛是雪亮的’这一优良传统，从而形成良性互动，共同为新时代文艺事业的普及和推广，为祖国文化复兴伟业略尽绵薄之力。预祝先锋队公益巡回之旅取得圆满成功！谢谢大家！”

魏明心说：“感谢张总的精彩发言和鼓励！顺带说明一下，刚才有位认识张总的热心网友帮忙‘填补’了空白，留言告诉我们：张总叫张为民，是位低调的慈善家。我们这个时代就需要这样低调做人、高调做事的实干家。我对大湾区文艺先锋队这次公益文艺之行有几个明确的希望：1. 经过这次公益之旅的深度历练后，能从当代文艺本末有所颠倒的文艺现状中率先破局，使大湾区成为承载文艺大道的中外文明互鉴的桥头堡；2. 通过对我国民间科技发明家、诗人赵冬青的巡回式‘唤醒’服务，让广大民众关心我国广大基层科技发明家的生存现状和理想追求，进而支持、呵护他们的身心健康，为我国科学技术事业的可持续发展贡献应有的力量；3. 经由文艺巡回交流产生的对‘人心’的培育及影响，有望逐渐扭转日趋狂躁和失智的网络舆论风向，为祖国文化复兴营造一个天朗气清的人文环境。”

活动现场，国内直播由摄影小哥负责，海外直播则由新斯诺负责。新斯诺最喜欢李玲珑掌控的内容，她全程都是双语，他只需转播就行。若是别人呈现的内容，他还得根据需要进行取舍和解读。

魏明心致辞结束后，李玲珑说："魏老师好！各位老师好！到了和网友的互动环节了，针对较为集中的三个问题，我想分别提请相关人员予以回答。首先有请郝姑娘，网友对您的情况非常好奇，对您提的问题是：想知道您的名字是否是真名？为什么不戴墨镜？靠什么能把一手坏牌打得如此精妙？"

郝姑娘在听李玲珑提问时，脸上始终挂着淡淡的微笑，她说："首先感谢广大网友一直以来对我的关心和支持！我的名字是真名。其实我小时候的姓名叫郝姑，后来人家总感觉后面是不是少了一个字，所以我爸爸干脆到派出所把它改成了郝姑娘，不了解的人确实容易理解为是对郝姓姑娘的尊称。我不戴墨镜纯属个人习惯问题。以前也有人好意提醒过我，希望我戴上墨镜，这样人家就看不出来什么了。我明白这是别人对我的爱护，内心里自然是充满感激的。可真正了解我的人就都明白，我已经放下了很多东西，该经历的苦难也都经历了，不会在意任何表象的东西，所以我希望自己要活得像个正常人，而不是人家认为我该活成什么样子。至于最后一个问题，我觉得跟第二个问题有点类似，我的眼疾是后天的，我见过这个世界曾经的样子，只是到了九岁才双目致盲。大家之所以还能看到我现在这个样子，那是我矢志不移拼命争取和努力的结果。原来我报考传媒大学本科时，人家认为我的身体有缺陷，剥夺了我的报名资格。但我不甘心，据理力争，经过不懈努力终于为自己争取到了报名资格并成功考取了播音主持专业。毕业后，继续考取了本校播音主持专业的硕士研究生，并顺利完成学业。我希望通过自己的努力，用声音去影响更多像我一样曾经身处困境的人。"

郝姑娘在线解答问题时，网友的留言非常积极，许多人都对她的能力和努力表示祝贺和鼓励！还有一条热评是这样说的："我们就喜欢您现在的样子，耐看，您偶尔努力向上翻起的眼白，是世上最亮眼的明眸！"当主持人李玲珑把这句热评读给郝姑娘听时，她的脸上在原先笑意的基础上又平添了几许羞涩。

李玲珑说："第二个问题，有请魏老师为网友解惑：有网友问，关注到了何国英先生画的曹雪芹在《红楼梦》成书前批阅十载、增删五次的动人画面，这幅画塑造的曹雪芹形象，可以说鲜活可感，造型手段亦今古相融，画出了曹雪芹的灵魂样貌。但围绕该书故事展开的书里书外研究，可谓是中国文学史上迄今最多的一部，但直到现在学术界仍争议不断，请问它的意义到底在哪里？"

魏明心说："文学的复杂性本身就是世界复杂性的一部分。但如果是想从小说里寻找绝对的真实，那是无解的，即便想从史书里寻找历史真实也是不现实的。我认为《红楼梦》的主要价值有三点：其一，它本身所承载的文学营养足够丰厚，写出了世事无常而人生有态的深切人文关怀，是作者怀有的悲悯之心与世情百态高度碰撞的结果；其二，它具有历史演变的逻辑上的真实，同时与人性的变迁相映衬，更为重要的是，透过它，可以折射出人性丰饶的世界及其不幸的根源；其三，无论这部书的作者是谁，或者书中描绘对象的真实性怎样，其最大的价值全然在于——当作者读懂了这个世界的真相之后，仍然愿意尽最大努力为这个世界留下点什么，该书品质所承载的难以估量的艰巨性就是最好的例证。”

李玲珑说：“最后一个问题，想请教一下博士生导师霍朝阳先生。网友很喜欢范知己先生画的齐白石画像，就人物造像本身来说，显得水墨淋漓，颇具高古之意，但齐白石作为一个没上过学的木匠，最终却几乎取得了中国近现代美术界的最辉煌成就，这是什么原因？”

霍朝阳解释说：“首先我想说的是，艺术和人生一样都充满了不确定性，在接受这个现实的前提下，我们探讨一些个案才有实际意义。由于家庭和社会的原因，齐白石虽然没上过学，但他个人是很有想法的，而且有股向上走的韧劲儿。他刚到北京时，其实是被主流画坛所排挤的，后来受到陈师曾的点拨和徐悲鸿的提携，这才慢慢步入正轨。当然这一切有机缘存在，也有个人的才情助推，他的画不仅大俗大雅，而且诗书画印俱佳，具备了文人画的许多属性，这或许才是他取得成功的最主要的原因吧。”

作为大湾区公益之旅的首场活动，各个细节都已格外受到重视，但不免会有许多疏忽之处。因此当今晚的活动到9点多散场时，大家才发现已经饥肠辘辘了，一回想才知道大家都还没吃晚饭呢。尤其“丑书大王”小曾猴子更是大呼小叫起来，说他本来就血糖低，怕饿，身为组织者的魏明心是有意为难他的。上官步莲紧走几步撵上魏明心扯了扯他的衣角，压低声说：“我的哥哥，他真低血糖吗？真要饿不得，可别出啥事啊。”魏明心说：“没有的事。你瞧他说话中气十足的样子，像低血糖的状态吗？不要接他的话茬儿，一会儿就好了。”果然，“丑书大王”小曾猴子的胡言乱语不受大家待见，谁都知道没人比他更轻松的了。他见没人搭理他，嚎叫了几声也就自行消停了。上官步莲发现后想起魏明心说的话，又自个儿偷着乐了一阵。

虽然过了饭点，但未及尽地主之谊的王飞燕主动请缨：“虽说我们美术馆现在主要是内部使用，但前面生活区也设有厨房，我去给大家做几道菜将就将就呗。外卖嘛，倒是可以考虑让他们送几个硬菜过来。”

魏明心知道大家都累了，亦主动接招说：“你们艺术家的手金贵着呢，是用来美化世界、装饰灵魂的，跟做饭可不沾边儿啊。还是我来吧，正好大多是客家人，我给大家做几个地道客家菜，首战告捷，也算是犒劳犒劳同志们。”

王飞燕心照不宣说：“我这人最喜欢让贤了，不争功。”她掩嘴笑了笑，又接着说，“我所知道的许多画家是不爱做饭，也确实不太会做饭，比如我，只能说做熟是没问题了。可我也有些好奇，难道你们作家的手就适合做饭吗？”

魏明心说：“那必须适合的。作家首先必须是生活家，而后是思想家，再后是哲学家，又后是史学家，然后是心理学家，之后是社会学家，随后是美学家，最后才是作家！没有那些浩瀚人生的层层历练与锤炼，如何能诞生真正意义上的作家？如果随随便便、懵懵懂懂就能成为作家，那肯定是‘假作家’无疑了。不信你好好比对比对那些众所周知的‘作家’，绝大多数都是境界不高的‘码字匠’，几乎看不到他们的言行在引领世道人心方面有所作为。因为现在的各种称谓和荣誉受到诸如资历、背景、平台、人脉等众多因素影响，而真正意义上的作家需要有终极载道精神和强烈的使命担当意识，要忠实地通过作品和自我德行，去修正与完善人性，从而引领人心向上、向善，而远非讲几个故事、获几个奖那么肤浅与世俗。与文学较为类似的是书法艺术，要想成为真正的书法家，就必须具备深厚的文史哲底蕴，通透的书论学养，对笔法、字法、章法有澄澈的认知和精熟的实践能力，拥有较好的美学修养等，最后，也是最为关键的是，要成为弘一法师口中所说的‘字以人传’的书家，反之，‘人以字传’是种耻辱，也就是说人格要决定艺格！”他说到这里自己都笑了，遂自嘲说，“我这也是老毛病了，逮谁都说，尽听我胡说八道了，可能我自己也想成为像古圣先贤那样的作家吧，一个能与作家本义相对应的作家。”

上官步莲听闻后亦笑得直不起腰来，她不时抹眼睛，大概连眼泪都笑出来了。她虽然不能完全听懂，但大意也能估摸个八九不离十。

王飞燕也是笑得不行，赶紧背转身去冷静冷静情绪。好半天她才又回转身来，问：“那需要我准备什么食材？”魏明心说：“客家菜嘛，既然是地道客家菜，你去哪里弄食材？我的食材都是从老家寄来的，我们房车的冰箱里都是客家的食材，司机一会儿就送来了。”

魏明心在厨房做饭时真有好几人挤进去看他做饭，一方面真是好奇，很难想象那么一位文质彬彬的书生，会做饭，大概率是吹牛，这世道吹牛大王遍地都是；另一方面，他们确实也有心想学上两手，就算不能因此做得更好吃，起码下次也可以跟别人吹吹牛吧，反正只要你不当着人家的面下厨掌勺，你擅不擅长做饭，别人是看不出来的。魏明心见自己一番话还真管用，真跑来几位“有心人”，心想，你们不就是想来看我出丑的吗？怎么也得治治你们这些毫无眼力见儿的家伙。他首先问他们：“我们常说色香味俱全，知道这个‘色’指的是什么吗？”他们都说：“当然是指菜做出来之后的颜色好不好看了，只有颜色好看了才会有食欲。”魏明心说：“你们说的答案很正确，但又不完全是，只是拾人牙慧的大众化认知，从你们的结论来看，我可以因此倒推出你们之中没一人的切菜刀工是过硬的，不信的话，谁敢来试试？”魏明心说完麻利地将一段胡萝卜切得齐齐整整后摆放一边，无论厚薄还是形状几乎一样，像是机器切出来的。他们一看都面面相觑，没人敢站出来应战，只能笑说，我们又不是厨师，自己做饭自己吃，都是随便乱切一通即可，反正扔锅里能做熟不就结了。魏明心说：“好吧，我告诉你们，如果你们的刀工不过关，你们做的菜永远不可能色香味俱全，知道为什么吗？因为所谓的‘色’，其实也包含食材的形状，比方说‘色身’的说法，其实就是我们说的肉身，也就说所谓的‘色’，是有载体的，身形颜色必须是合一的一个整体的观感，如果外形不佳，不仅影响视觉感受，也影响食材入味和食客品菜时的感觉。而且还要有能力根据烹饪方式的不同，随之调整切菜时的形状，比如炒菜要切成薄片，炖汤要切成厚实的。”

“另外，从健康饮食来说，烹饪时尽量减少煎炒炸的方式，可以多采用蒸煮煲等更为科学的饮食加工手段。如果非要吃炒菜怎么才能更健康？”魏明心炒菜时就现场演示说，“你们看，现在油锅已经热了，应该很快就会达到高温，许多人通常喜欢把食盐撒进去炝一下锅，认为这样出来的菜品更香更可口，包括我们客家人也有很多人这样炒菜。但是，这样炒菜是很不健康的，食盐在高温的热油中容易产生亚硝酸盐，这是一种致癌物，经常吃这种菜会埋下健康隐患。就像我们的水墨画家要学会使用水一样，因为了解水性之于水墨的价值是非常重要的。所以我们炒菜时也要学会用水，用水来调节温度和加工的进度，炒青菜一般不用盖锅盖，不仅容易变色，还容易流失营养，食盐往往等到临起锅前再加入，它是一个有规律、有韵律的行进过程，否则菜容易焦煳或无法做到色香味俱全。”亲眼看到魏明心的实操和解读，几位旁观者信服了，异口同声说：“我们以为您吹牛，原来，魏老师是懂烹饪艺术的。”魏明心微笑说：“那是当然！在学生们面前没必要谦虚的吧，这点自信还是要有的。就像我们搞艺术评论一样，要是我们自己都不懂相关艺术本质与规律却硬要去评论，除了勇气可嘉，也只能为了混点名利拼命胡说八道了。这还是要回到新儒学倡导者阳明先生的‘知行合一’上面，没有经历相关‘理论与实践’的反复锤炼，想要更进一步抵达释家的‘理无碍，事无碍，事理无碍，事事无碍’的境界谈何容易？没有独到的实践能力和实践智慧，何来的真知灼见？再给你们示范一个菜，如何煲汤？就拿我们今晚做的客家煲鸡汤来做案例，食材是我们老家的正宗河田鸡，为何要强调‘正宗’呢？一方面，因为河田鸡是排名世界第二的名鸡，所以冒充‘河田鸡’进行售卖的非常多；另一方面，河田鸡由于品种、饲养方式及养殖环境等诸多原因，正宗的河田鸡产量并不是很大，所以市面上行销的‘河田鸡’并非总是名副其实的。那么，当我们拿到了正宗食材的时候，如何才能煲出鲜美可口的鸡汤？关键是首先要对原始食材进行恰当处理，如果不加处理直接清炖，出来的鸡汤肯定既油腻又滚烫，也谈不上可口，从哪方面来说都是不利于健康的，也缺乏享用美食的乐趣。所以要给原鸡做一个‘焯水’的处理，这个要把握一个度，若在热水里煮得太久，营养会流失殆尽，口感也会大为弱化，一般从水凉时放入到水开时至原鸡半熟即可，然后捞出来处理干净，这样就可进入正式煲汤流程了。除了可加入一些姜片去除腥味外，还可加入一些说不上名字的草药树根，品种繁多，功能各异，有祛湿除燥的，有疏肝明目的，有通筋活络的，有安神助眠的，可谓不一而足，可根据需要和饮食习惯酌情择取，都是客家人千百年来自行摸索出来的辅助性保健根草，而后先旺火再文火，这样就能煲出一锅鲜美养人的鸡汤了。”可怜魏明心讲得苦口婆心，但听众都说：“听不会听不会，根本听不会，学会吃就行了。”魏明心于是朝他们挥挥手，说：“去，都出去，准备好心情等着吃。这总会吧？”

此次大湾区公益文艺先锋队的核心队员多是客家人，他们都没想到还能在异乡吃到正宗的客家菜，心情犹如京城冬日的晴空，室内瞬时温暖了不少，就待大快朵颐了。魏明心首先给施勋美老人打了一碗客家煲鸡汤，并详细讲解了特色所在。

老人家感动说：“不用说，看看就知道是很可口的。只是魏老师辛苦了一天却还要给我们做饭，真是难为您了。”

魏明心说：“施老客气了！您老是福星，要不我们大家哪有机缘相聚在这里？您看看我们相聚一堂的文艺界的老师们都是一副意气风发的样子，冬青之所以能得到这么多素不相识的文艺家的大力支持，除了他是位招人喜欢的、具有朴素家国情怀的民间科技发明家之外，也是仰赖您老修来的福气。所谓吉人自有天相，我从冬青首日接受我们公益活动的‘洗礼’就有反应来看，他的唤醒概率是呈不断累积态势发展的，据说这么多人的公益义举所汇聚成的能量是很大的，不然我们的祖先怎么会发明‘感天动地’这个词呢？这绝不是空穴来风，我确信那些无形无迹的能量是存在的，正如我们身体的四围，除了空气还存在大量暗物质一样，不可见，不等于不存在。”

施勋美说：“那也是托大家的福气冬青才有今天，这是我想都没想过的事情，我现在的心情每天都像过年，又像过去年代小孩子盼过年，每天都充满了希望。”

“我们静待希望成真的那一天。”魏明心边说边给新斯诺也盛了一碗客家煲鸡汤，接着又说，“我们的这位国际友人也是很有爱心的，我们国家正面临中华民族文化复兴的重要节点，我们需要更多像新斯诺一样的国际友人和我们一道将中国故事、中国文化、中国精神、中国理念传播到世界更其宽广的地方。”

新斯诺的普通话说得很好，他说：“客家菜我很喜欢的，只是不是很常见。我老婆也是深圳人，中国是我的第二故乡，魏老师说的都是分内之事。”

魏明心自然知晓大家都饿了，于是他给施勋美斟满一杯客家米酒，然后就举杯说：“自己动手丰衣足食。有了客家菜哪能缺少客家米酒，大家都为自己斟满一杯吧，让我们共同举杯祝福施勋美老人永远幸福安康！祝愿她永不放弃的精神能感动天地，让冬青尽快从梦中醒来和我们大家一块共享欢声笑语。同时也祝愿我们此行能够顺利完成既定目标！朋友们，为梦想干杯！为祖国及早在‘百年未有之大变局’中逆势崛起而干杯！”

热烈友善的氛围有助于人性像芬芳深敛的花蕾那样，只会在合适的阳光雨露中无声地绽放开去。当女性同胞们听魏明心说客家米酒具有养颜保健功能时，她们的胆量被客家米酒甜美的表象所迷惑，终究忘乎所以地豪气了一把。

如是，大多数人于酒酣耳热之际，酒越喝话语越多，王飞燕首先打破了“闷局”，她几近宣誓道：“我明天也跟着大家一块跑公益，冬青的发明跟空气和水都有关，是跟人类关系最为密切的生存、安全与生态的一部分。我也是宣扬生态文化的，大家目标都一致，我期待我的加盟能为冬青多带去一份福气和好运！”

魏明心朝王飞燕竖了竖拇指，说：“我起初了解您那会儿，以为您是生活在海外的华裔画家呢，谁知竟是生活在北京的画家，只是为了追逐一份生态梦想，才迫使自己像一朵“女人花”摇曳在世界各地的生态现场。”

王飞燕说：“魏老师有所不知，真正说来我也是深圳人，是属于我们大深圳山海盐田的生态绘画工作者。我的生辰八字日柱显‘身弱’，或许这决定了我就是一个喜欢不断付出的人，无论对亲人还是朋友都是如此。另外，我的日主属甲木，需要壬水生之，而按五行方位来说北方‘主水’，我又落脚在通州大运河边，而北京的十三条河流都汇聚到通州，四围又有大运河森林公园，我所感受到的都是生我或帮我的，从能量层面来说正好可以平衡一下。”

魏明心说：“您日主属甲木的话，身上可以搭配一些水晶类材质的饰品，还可以在笔名或字号上做些文章，含义上带大水寓意的就可以。”

王飞燕说：“是的！我相信，越完善就会越好，改天请魏老师赐名，原来您才是专家。以前我也不信，后来经历的事情多了，才明白这可不是迷信，用易学体系测算的，是我们老祖宗流传下来的命理智慧。做了一些改变和调整后，结果还真时来运转了，一个机缘巧合让我走向了国际舞台。有幸的是，现在又找到了回家的路！我想，‘粤港澳大湾区公益文艺先锋队’会是我振翅飞翔的一个心仪的平台，我喜欢付出的感觉，它会让我活得更像自己。谢谢这么多有缘人！我敬大家一杯，权当是加盟酒！北京是此行拔地而起的始发站，也是为我们共同的公益梦想的扬帆起航干杯！”

既然王飞燕说出这么美好的祝酒词，哪有不干之理？于是但凡能喝的都一饮而尽。魏明心酒量有限，本来沾酒就脸红的他，此时更是红得发涨，每根血管似乎都鼓涨着想造反。

魏明心本想吃点菜把下肚的酒压一压，不料却见“丑书大王”小曾猴子端着一大碗酒出现在他面前。魏明心知道他是冲着自己来的，再不能喝也不能在人前示弱吧，于是他也主动给自己满上一大碗客家米酒，静候对方发出“挑战令”。“丑书大王”小曾猴子的来意算是被魏明心猜了个正着。他端起一大碗酒说：“魏老师是我恩师的好友，总是承蒙您关照，我借花献佛实实在在地敬您一碗！”旁边的人都看在眼里，哪有这么敬酒的，明知对方不胜酒力仍故意加码施压，简直是霸王硬上弓。但人家的敬酒词说得也没错，谁都不便从中阻拦。这时只见上官步莲走到魏明心身边对“丑书大王”小曾猴子说：“据说客家米酒喝了主要对女人有好处，这酒甜甜的，口感甚好，本人就好这口，魏老师能否先让给我喝，省得我亲自动手？”魏明心装作充耳不闻，只是朝上官步莲匆匆使了个眼色，他仍对“丑书大王”小曾猴子说：“我和你恩师是忘年交，受人之托忠人之事，如有不到之处请多见谅！”说完一大口下去就见了碗底。王飞燕用眼角余光快速扫了上官飞燕一眼，心想：“人家这分明是给魏明心挡酒呢，大庭广众之下，够关心的啊。”

“丑书大王”小曾猴子见状双腿不禁一哆嗦，他本来酒量也一般，而且喝得几乎见顶了，以为耍耍小聪明，只要自己端上一大碗酒准能把魏明心吓退求饶。不承想，没把对方吓倒，却把自己逼到了尴尬境地。无路可退的他，只能咬咬牙硬撑着往嘴里送，结果同样一大口下去，他却只喝了一小半，只好又连着喝了几口才顺利喝完。很快，他就觉得头脑发蒙。又过了一会儿，他不知为何突然扇了自己两耳光，紧接着朝魏明心跪了下去。他哭得莫名伤心，只听他絮絮叨叨哭诉：“说千道万，我不该嘲笑盲人女孩，不该无端羞辱女拍卖师，更不该处处与魏明心作对！我该打！我该死！我不是人！”

魏明心叫来陈立人和摄影小哥，说：“他喝醉了！你们辛苦一下，把他安全送回房车内休息。还没到尽兴的时候，省得他在这里耍酒疯。”

魏明心目送他们俩把“丑书大王”小曾猴子架走后，继续逐个向先锋队的成员敬酒，以感谢大家对他倡议组建“粤港澳大湾区公益文艺先锋队”的无私支持！盲人朗诵家郝姑娘和拍卖师李玲珑也都将“丑书大王”小曾猴子的“醉话”一字不落地听进了心里，可她们听得有些丈二和尚摸不着头脑，虽然“醉话”的具体内容不得而知，但肯定也不是什么好话，所以自然不方便贸然“认领”。所幸，她们也都知道那是个十足的“冒失鬼”，实在不值得和这种人对质。

上官步莲眼看魏明心越喝越精神，就打趣道：“行啊，平常还装得挺像的嘛，不是滴酒不沾的吗，这下露馅了吧！人家好意担心您喝多了出丑，没承想却是不倒翁一个。”魏明心还是佯装没听见，继续与众人畅饮，一副不醉不休的架势。王飞燕又是从旁似乎不经意地深深打量了上官步莲一眼。

第四章 祸福相倚

“粤港澳大湾区公益文艺先锋队”在冬日暖阳笼罩下朝天津静海进发之前，魏明心着意嘱托领头的司机说：“我们以后在旅途中时尽量保持匀速前进，总之以一种舒适的速度进发即可。”然后他又将同样的话语向另外几位司机作了交代，希望他们与自己前方的车辆保持默契距离。如影随形而来的上官步莲闻言直眨巴着眼睛，她试图一语道破魏明心这么做的理由，可看似灵活的眼珠子转悠了半天仍一无所获。上官步莲在心里纠结了半晌最终以欲言又止之状作罢。

于是，不甘心的上官步莲待行程过半时，她终于忍不住问魏明心：“我们每站都有特定的任务，在保证行车安全的前提下，难道不是越快越好吗？”

魏明心说：“你来之前我就跟你说了，你此行除了做好本职工作外，最大的任务就是主动寻找能够历练自己的机会。公益之行，又是公益的文艺之行，岂是一个‘快’字了得？首先，我们的公益出行状态都是要直播的，这是承诺了的，就是要让大众了解文艺家们此行的生活状态。由于现在的人们生活节奏普遍偏快，我们就是要以一种诗意般的节奏示人，以此对冲不得已而高速前进的生活，从而治愈人们早已疲惫焦躁的心灵。而我们此后到目的地之后的行动将确保简洁生动，让艺术灵魂和民众的生活灵魂保持必要的同频共振，这也是我们此行收获大批粉丝的主要原因之一。其次，舒缓的节奏既有助于文艺家们调整创作心态和情绪，又给他们留足了饱览各地风光的机会，亦有助于粉丝们同步欣赏祖国的大好河山，收获如临其境的美妙心情，可谓一举多得。最后，我们此行以‘公益’之名行世，重在对人心的安抚和启迪，先锋队内本就有老人、盲人和患者，这也是公益爱心的题中应有之义。”

上官步莲先是撇撇嘴，有点不以为然，后来越听越没了脾气，尴尬之余干脆岔开了话题：“那你说说，到了天津站总得朗诵冬青的故事了吧，这可是您自己说过的事。我想了解了解您是怎么写冬青的；我还想知道，我们此行真有那个‘魔力’将他‘唤醒’吗？”

魏明心说：“无论结果如何，我们都要坚定地信奉‘精诚所至，金石为开’这一理想信念背后蕴含的天人大道。至于天津站涉及冬青的小说朗诵稿，我已经构思成熟了，可以像古人那样倚马千言一挥而就。”

上官步莲说：“话说是这个理，你们作家真好，连坐个车都不会浪费时间。那就说说呗，此次写冬青的哪段经历，我吹箫时也好有个心理基调不是。”

魏明心说：“简单说是关于人类幼崽的懵懂心理。你的箫声和郝姑娘的朗诵可谓绝配，我当时听得如梦似幻，在心里把你们这一组极具表演天赋的‘玉女’归为天人！”

上官步莲说：“技术上的东西嘛，您懂的！‘我亦无他，惟手熟尔’，就这么回事。不仅书画家需要文化通关，我们也一样有此需求。我倒是想跟着魏老师多学点文化智慧，唯其如此，才打开‘技进乎道’的‘天窗’。我发觉跟魏老师接触多了，也就耳濡目染了一些智慧启示，感觉自己较从前聪明了不少。”

魏明心说：“以你的年龄能明白此理，说明确实是进步了！‘技与道’实际是一体两面，是不可分的合一的理想形态。好比‘天道和人道’在本质上是一回事一样……”

魏明心首先带领大家去了位于南开区的古文化街，在街上“偶遇”了手持译作《天演论》的严复雕像，正是这位清末的启蒙思想家、翻译家在《天演论》中发出了“与天争胜，强国保种”的呐喊，以及“优胜劣汰，适者生存”的智慧言论，为中国近现代的救国图强开思想变革之先河。目的地是已有600多年历史的天津天后宫，这是我国北方地区最大的妈祖庙，与福建莆田湄洲妈祖祖庙和中国台湾北港朝天宫并称为中国三大妈祖庙。从妈祖娘娘林默身上彰显的“救危扶困”就能看出，中国人的良善品德是有传统的，自古皆然。

当先锋队到达天津静海区西双塘村时，恰遇当地正在开展的一个欢乐庆典。只见一位身材矮小的罗锅男人正在快乐地给广大村民分发物品。其中有个生动的细节被国画人物画家史自良以精妙之笔“速写”了下来，画面内容呈现的是那位罗锅男人双手稳稳地捧着一条大鱼笑容满面地递给一位村民，而那条大鱼的块头看上去和捧鱼人的体型差不多大小。更巧的是，这位罗锅男人正是西双塘村的致富带头人——赵志坚书记。西双塘村在赵志坚书记的带领下，已率先成为社会主义新农村中的“中国十大名村”之一。据说该村走出了一条颇具“村办集体经济”的特色发展之路，全村村民都在村办企业上班，每户村民居住的私家别墅，都是村里出资统一规划建造的。全村所有村民的子女教育从幼儿园到博士再到出国留学等所有经费，亦皆由村里承担。而外，日常生活及逢年过节涉及的柴米油盐酱醋茶等生活物资也都是村里统一分发，年终还有分红。一言以蔽之，当地村民获得了自己想要的幸福生活，他们的脸上写满了难以言状的幸福，而这在绝大多数人眼里只能想想而已。

蛰伏深圳三十余年的著名国画人物大家王子武先生是史自良的绘画偶像，他尤其喜欢王老所画人物的眼睛所承载的精神内涵，特别是眼神中折射出的那种神韵与恬淡，曾一度令他倾倒。因此他曾反复临摹王老的作品，后来不断内化变通，师法自心，这才逐渐走出了自己的风格。

而国画家巴人则喜欢画田园山水，天津静海区西双塘村800亩烟波浩渺的“凤凰湖”、具有西班牙异域风情的村民别墅群、方兴未艾的乡村生态游景观等都是巴人热爱表现的绘画题材，他不厌其烦地跑遍了整个村落，看了又看，想了又想，恨不得在这里住下来好好画它一阵子。他特别佩服赵志坚书记身残志坚的逆袭精神，已承诺离开村子之前一定会留下点什么。

当魏明心代表先锋队把史自良那幅颇具生活喜感的人物“速写”送给赵志坚书记时，他喜欢得爱不释手，当即表态要尽快装裱出来挂在自己办公室最醒目的位置，以此激励自己更好地为村民服务。好事当然要成双，魏明心接着又展开一幅巴人用心绘制的西双塘村的诗意田园风光图，画中把“凤凰湖”和依山而建的欧式别墅群等村里的核心元素悉数纳入画面中予以精彩绝伦的表现。赵志坚见了又是两眼放光，同样毫不吝惜赞誉之情。只是，他有点不敢相信这幅画也是送给他们村的，在他心目中，艺术的价值是不能用金钱去衡量的，他把它们看得很神圣。当得到魏明心确认此行是真正的公益之旅以后，他喜不自禁，说村里一定会好好珍惜这份情谊，要挂在大会议室供大家陶冶情操。

欣喜之余，赵志坚告诉魏明心，他特别敬重那些为了推动文化艺术发展而不计得失的文艺家，他们是真正的灵魂工程师，代表了社会的道德风向标，是人类良知的集中体现。他甚至当场吩咐办公室张主任，让他把装修一新却从未对外开放的西双塘“大礼堂”交给先锋队作为直播场地。

于是西双塘“大礼堂”就此迎来了首批客人，盲人朗诵家郝姑娘这次穿着一套纯而又纯的“中国红”汉服，看上去犹如万绿丛中一点红，显得独树一帜而又简单大方，活像我们的民族性格。她端坐在可容纳数百人的西双塘“大礼堂”内，村民和广大粉丝见了都觉得赏心悦目，其着装红红火火的看着就喜庆，不必远行，无须寻找，目之所及就能为生活讨个好彩头哩。

特别是待场下的人声慢慢安静下来后，在电光石火之间，当郝姑娘洋溢着生命气息的朗诵声如天外来音般响起时，所有人都被感动得几要忘了呼吸——

我循着质地坚如磐石的生命所散发的光亮，于幽微处照见了赵冬青人生命运的时间节点，就着那个节点的微弱光芒我辨认出的警戒生命刻度为1982年。也就是说，1982年以前的赵冬青的人生，应是健康有序且充满生机活力的，然1982年往后的赵冬青，则开始陷入了身为“残疾人”的紊乱乃至绝望的生存态势中，但这种不为常人所接受和理解的个体命运两极化安排，无疑是残酷和冰冷的，尤其是当不幸莫名降临在像赵冬青这样对家国两者均无限赤诚和热爱并拥有灵魂自觉的优秀青年身上的时候，它所映照出的无畏抗争精神，尤显强烈与深刻。当我把思绪再一次网住沉睡不醒的赵冬青之时，我竟然惊怖地想到了一个问题：人之垂死的最后时刻将会闪现怎样的生命时刻？据说将死之人的脑中会产生频率起伏断续但趋于集中完整的脑电波，于是人一生中重要的生命经历，如同放电影那般，一幕幕重现于脑中，而且每一幕情景的再现，都会在肉体即将消亡的将逝之人的脸上催生相应的复杂情感变化。于是我突然想到了赵冬青，突然丧失意识的他如果回天无力，应无缘体验那样的奇妙无比的生死时刻。当然，即便可以，他也不该那么早体悟人世最后一程的生命光华。但为了把准赵冬青重要的生命历程，我仍然含泪把他想象成一位临死之人，而我正是那位观测他“临终”之际脑电波系统变化的忠实记录者。我似乎由此掌握了他一生中最后时刻的灵魂密码，那些最是多彩的高光画面，那些令人琢磨不透的高能场景，或许也是他的灵魂脱离肉身之前最为留恋的人间幻象。我不禁再度浮想弘一法师绝命书中最为醒目的“悲欣交集”四字，就这几个并不神秘的字眼却在弘一身后引发无限猜想，面对所有解读，似乎对，又似乎不对，最终成为横亘在世俗与化外之间的无解之谜。

所幸，赵冬青尚有机会解开所隶属于他的人生谜题，从这个层面说，他的最终苏醒，有望为人类的终极谜题贡献智慧力量及破题之法。重要的是，无论是1982年以前的赵冬青，还是1982年以降的赵冬青，赵冬青只要神志清醒，他都极力且一丝不苟地进行泛着大爱光芒的生命实践，去努力诠释他作为一位好人的灵魂高洁性和专注性。在人生百年中，这会是赵冬青借有生之年能够遗留给人类最宝贵的励志基因，亦是人类数千年来千金不换、赖以生生不息的人文智慧支撑！

与赵冬青相关的小说创作规划蓝图基本架设完成后，我终于审慎地从大湾区大量报名的文艺志愿者中遴选出此番周游全国的最佳公益文艺先锋队——粤港澳大湾区公益文艺先锋队。活动初期的筹备，无疑是冗长和繁杂的，在这过程中，网络上曾出现许多让人焦虑与烦躁的声音，但均被我无视了。我明了，未知全局者犯了急躁症情有可原，可我自己得沉住气啊，绝不能草草行事，否则很可能于不经意间被虚拟网络的言论无端带了节奏。老天总是公平的，每个人做事之初，抑或每件事发轫之际，上苍都会一视同仁地布设各种障碍，既为考验，也是磨砺，由此事情往往显得千头万绪，让人无所适从，所以我们看到了许多半途而废的人们，也看到了太多排除万难、矢志不渝的成功者，因此才有了“行百里者半九十”的说法，所谓万事开头难即作如是解。

1982年之前的赵冬青的人生历程，既然是井然有序、满溢生机活力的，身为一位长期关注灵魂建设并致力于引领人心向善的作家，我自然是愿意以正常人的眼光来看待他的生命存在状态的，而且亦能感知到他纯粹灵魂透显出的蓬勃向上的力量，尽管他的身体的确要较常人来得羸弱一些。像所有天真可爱的孩子一样，赵冬青从小就爱笑，时常像只小猪猪那样不分昼夜地爱睡大觉，很知道让父母省心。不过，要是有谁无端把他给惹急了，哭起来也是很厉害的，遇此情景，家人们就像无意中骑上了虎背，再想哄他安生可不容易。在他母亲的印象中，赵冬青自小身体不算好，确切说是比较娇弱，原因是同样的病发生在他身上大多情况下他要比别的同龄孩子好得慢些，为此，父母对他格外宠爱，总以为孩子从小体弱多病并无大碍，待长大后身体强壮了，免疫力自然也就水涨船高地随之增强，爱生病的毛病或许也就慢慢自行消除了。因此，他们一边无私疼爱赵冬青的体弱多病之躯，一边对他的未来成长岁月充满着天下父母都怀有的那股殷殷期待之情！

其实，赵冬青的父母对他寄予厚望并非没有道理，一来赵冬青是家里唯一的男孩，男孩要在未来成为家庭的顶梁柱是千百年来中国家庭的传统价值观念；二来赵冬青打小聪慧过人善解人意，经常会在不经意中表现出天才迹象，所以我们常常才会在评价一个孩子未来是否有出息时煞有介事说上一句“三岁看老”的评语，即在孩子长到三岁左右光景时察其言行便可预见他未来可否有大出息。但这一评价体系搁赵冬青身上，可以“观老”的时间似乎要早得多，早在赵冬青七个月大时，他父母无意中发现他有时总把小胳膊曲里拐弯地朝着某个特定方向努力往上抬举，起初弄得他父母皆感莫名其妙，到后来经过多次比对，才最终发现他高举小胳膊的规律。原来，小冬青一看见墙上贴着的毛主席像就不自觉地想将小胳膊向上举，似乎想给毛主席敬礼，灵气得很呐。当然了，年仅七个月大的孩子显然不会知道墙上贴着的是什么人的画像，更可能的原因，是他看着墙上的毛爷爷貌相慈祥可亲，所以甚想有所表现，也想借此引起父母的注意，以期讨得欢心，因此依此推测这个孩子的悟性奇高应该是说得通的。其实，正如许多优秀人才在出生时都有天降祥瑞一样，赵冬青也是如此，据他母亲吐露实情，在分娩前夕，她就做了一个奇怪的梦，梦见一只金色的鸟儿在熟练地筑巢，速度之快，技艺之高，令人叹为观止，几乎以迅雷不及掩耳之势就将一座美轮美奂的鸟界“城堡”筑造得无比稳固细密，似乎足以遮挡一切的雨雪风霜，予人一种温暖牢靠之感。而当小冬青呱呱坠地之后，冬青爸爸发现不知从哪里飞来一只通体金色的鸟儿，不停在房前屋后绕飞，他甚觉新奇，却也没去惊扰鸟儿，只是来到床前悄悄和冬青母亲说了此事，她听闻后便心中有数了，遂把分娩前夕的梦境说给冬青爸爸让他知晓，于是就为冬青取了个“金巢”的小名，寄望给新生儿的未来生活带去好运和安宁。

无论幸与不幸，出生未满十月的赵冬青就要和家人共同面对遽然而至的特殊历史阶段。由于虑及老人和孩子遭受惊吓，他母亲就用她的转业费买了两张软卧票——当时据说火车上只有软卧稍好一点——让他姥姥、他姥爷和赵冬青一块回重庆去躲躲不安定的时局。虽说是让他们找个更安稳的去处暂时躲躲，但当他们祖孙仨动身后，他母亲的心始终是悬着的，她又如何能放心呢？在那个瞬息万变的特殊年代！加之当年没有现代通信工具，所以只能望穿秋水般一直煎熬着算计，以便估摸他们安全回到家乡的时间，然后如坐针毡地等待亲人的来信，直到收信了才知他们一路很好，信中介绍说一路上许多戴红袖标的安检人员及列车上的旅人喜欢小冬青，都争着抱他玩儿，有买火烧的同志还善意地喂他吃，不承想，他这一吃歪打正着，原来在北京患下的慢性腹泻反倒不治而愈了。这是他母亲万万没有想到的事情，历经这一番折腾，他母亲原本悬着的心才算踏踏实实地安放了下来。

往后的生活情势则继续朝着恶化的一面一泻千里地发展，他母亲有几次不得不上街时会遭遇某些不明身份人士的辱骂或殴打，每当这时，他母亲的心里却是宽慰的，她理解每个时代都有各自难言的苦痛，皆可能诞生不和谐的插曲，但一切都会过去的，她仅暗自庆幸冬青没留在自己身边，要不，准会把他吓坏的！可是，此时的赵冬青在重庆的生活又是何种光景？据赵冬青的二老子（带他的像男人一样能干的阿姨）事后回忆，记得那一时期她每天背赵冬青到解放碑去耍，每每在来回的路上他都像个怕生的孩子默然不语的，可有次在回家的路上，刚刚牙牙学语的赵冬青却一反常态兴致勃勃地伏在二老子背上不停稚嫩喊叫道：“飞……飞……飞，抢……抢……抢……”二老子明显感觉到背上的孩子对某件事做出的激烈反应，他像是随时可能从她背上挣脱开去似的。而此时的赵冬青才一岁三个月左右，二老子起先不明白到底发生了什么，就纳着闷小心翼翼地背着他，等她回转身来一看，原来是大楼上有位手箍红色袖标的年轻女孩正朝下播散传单，那景象活像“天女散花”一般，楼下边则有许多人在纷乱地哄抢传单，二老子觉着这孩子真好玩，她回家后就把这桩趣事说给大家听，大家听后也都觉得十分好玩有趣，皆言赵冬青这孩子小小年纪就能洞悉变化，尤敏感于世事变迁，将来前途必定不可限量！

上官步莲的惊艳的箫声再次发挥了神奇的功效，让郝姑娘的朗诵声不失时机地穿透了人心！听众们无不感慨真是造化弄人啊，上苍为你关闭一扇门时，或许也同时为你推开了一道窗，但珍如救命稻草般的“生命之窗”能否被开启，潜藏其中的玄机妙理，只待局中人自己去品味与寻觅。

津门的互动交流环节亦显别开生面，开局由西双塘村的“义务歌舞团”率先登台亮相，为众人献上了热烈奔放载歌载舞的“暖场节目”，这支暖场舞蹈由该村“义务鼓舞团”团队孟小妮自主编排。孟小妮也是本村村民，大学毕业后立志回村报答父老乡亲，主抓村里的精神文明建设。然暖场的歌曲的词曲作者都是赵志坚书记，可见他还是位多才多艺的致富带头人，难怪邻村的村民都羡慕西双塘村民的冲天福气。实际上，西双塘村跻身全国社会主义新农村的“中国十大名村”之一，赵志坚书记在全国拥有众多的粉丝，许多兄弟村庄都曾来这里“取经”，从中汲取了不竭的精神动力。因为赵志坚书记本身就是一部“活教材”，许多人都说他都能取得如此巨大的成功，体貌健全的人有什么理由不奋起直追呢?

全场主持活动的人还是李玲珑，她也身着浅黄的汉服，于亭亭玉立中尽显淑女气质。“粤港澳大湾区公益文艺先锋队”核心成员的服装都是事先统一定制好的，由于全程公益直播，队员出场时必须换装传统服饰，女士有汉服、唐装、旗袍和新时代“中国梦”系列国服，男士则是汉服、唐装和新时代“中国梦”系列国服，服装色彩应有尽有，具体场次的服装根据地域、气候、情绪及活动主体等随机确定，目的就是要向国内外充分展示中国元素、中国精神及中国传统服饰文化，这是活动组织者魏明心和赞助方张为民先生共同商定的结果。他们英雄所见略同，一拍即合，体现了对本民族服饰文化和精神气象的喜爱与自信。

李玲珑目视着“暖场歌舞”如潮水般迅捷退去后，她说：“首先，我想借在场所有人的掌声向西双塘村的赵志坚书记表达敬意！并邀请他讲几句话。”

于是赵志坚书记在雷鸣般的致敬声中激情满怀说：“说实话，此时的我非常激动，也非常荣幸！因为有那么多我喜欢的文艺家愿意听我说话，而且还对我如此友爱和呵护，这是我从来都不敢奢望的，但在今天居然意外实现了。在主持人邀请我讲话之前，我都没想过在这样具有庄严文艺气息的场所，会留给我一个发言的机会。我曾经听人说过，当你不相信一件喜事发生在自己身上时，你不妨掐掐自己肌肉，如果感觉到了痛感，那就证明不是在做梦了。我照做了，结果证明是真的，我感动之余，我首先想到的，其实还是我们国家推行的利国利民的‘三农政策’，不仅为民纾困，而且功利惠及千秋万代。我在各种场合人们问得最多的是，我们西双塘村到底是如何取得现在的成绩的？对此，我自认为一直以来我都没能说清楚，但今天我终于想明白了，在这样一个特殊场合，我想用一个类比来说明：我们之所以能走到今天这个地方，如果以‘粤港澳大湾区公益文艺先锋队’作比的话，那么，是这个队把所有队员的优势，都极富统筹调度精神地整合了起来，因此他们才能合作无间、无坚不摧！而如果把它看作是你们队里的某一个队员的话，这会是一个什么样的情形呢？我想起和魏明心老师聊天时的情景，我聆听他的高见后得到了一个启迪，就是说每个人都要有主动打通文艺边界的意识，这样‘武装’起来的个体是无敌的存在，才能以一当十地应对人生发生的一切顺境逆境，这就是个人走向成功的先决条件！另外，我还想说句感谢的话，你们公益文艺先锋队送给我们村的两幅画，我们全体村民都非常非常喜欢，这是我们村有史以来收到的最好的礼物！再次让我对你们全体队员的大爱无疆的奉献精神表示最诚挚的谢意！最后，我也想借助现场大家的掌声，送给我国民间科技发明家赵冬青先生和他的母亲，致敬他为推进人类呼吸和饮用水安全所作的舍生忘死的努力！也为他早日苏醒祈福！”

李玲珑说：“感谢赵志坚书记真诚而朴实的讲话。接下来我想邀请哲学家邓思奇先生为大家现场剖析一个颇具思想辩证意味的‘定向主题’。”

邓思奇此番不像做学术报告那样需要大量铺陈，他开门见山地说：“人生总是充满了奇幻色彩，时间是位天生的最具公正价值的‘哲学家’和‘裁判家’。所以不管是个人还是集体，既要有仰望星空的理想信念，也要有脚踏实地的务实精神。而在虚实之上，存在一股统御全局的神秘力量。因此，老子在《道德经》中阐释道：‘有物混成，先天地生……人法地，地法天，天法道，道法自然。’这就是人与自然万物的真实关系。”

魏明心旗帜鲜明地支持说：“邓老师的宏论，所言极是！持相似观点的还有清末鸿儒辜鸿铭先生，他就认为：中国人的心灵和理智达到了完美结合的境地。这些论点阐明，从人性发展层面来说，中国人的人性进化程度是非常充分的，中华民族也是努力践行良知的民族，颇具天下情怀观，此乃人类之幸，世界之福！”

先锋队主讲人的观点得到众多网友的一致推崇，有条精彩评论认为：“欧洲在经历漫长的‘中世纪禁锢’之后，尽管从他们的祖先苏格拉底那里找到了一些关于‘人文’的影子，但真正点燃意大利的文艺复兴的思想火种还是《马可·波罗游记》，西方文艺复兴时，东方的中国已经进入汉族统治的最后一个大一统的封建王朝，此时业已发展了近两千年的儒学行进到‘宋明理学’的高峰阶段，最后在欧洲文艺复兴尚未结束时，即由王阳明登上新儒学的心学巅峰。可欧洲文艺复兴所倚重的‘人文主义’好景不长，很快又堕入到极端个人主义的漩涡。遗憾的是，东方中国‘致良知’的呐喊，并未能唤醒他们的‘良知’。没想到，终究还是中国的道统精神参与‘唤醒’了历经两次世界大战已是满目疮痍的人心！”

伴随着对民族文化的趋同认知的阐述，奇迹再次发生，护工再次观察到冬青的嘴角有了微弱的“翕动”，似乎他也想参与交流，难道沉睡中的冬青此时也被强大的民族文化认同感所震撼？陪伴一旁的冬青的母亲听护工言明细节后再次激动得老泪纵横，上官步莲慌得赶紧安抚老人的情绪，因为魏明心早已交代她务必管理好老人的情绪，不能让她过度悲喜。陈立人似乎是位有心的画家，他在北京的活动现场就已为冬青和盲女郝姑娘造像，试图把他们每站最经典的瞬间塑造出来，届时，如冬青真被成功唤醒的话，那么，他的这一系列动态组画无疑就会成为最具灵魂震撼价值的“神作”。“丑书大王”小曾猴子变得眼里有活了，他时而帮帮摄影小哥拿器材，时而帮帮陈立人移动画架，他的变化魏明心看在眼里，心想：“这小子醉酒一次，前后判若两人，莫非‘酒下顿悟’了？真是孺子可教也！”

与此同时，网友的留言如潮水般涌动，他们大多认为这种有助于理解民族精神的智慧宣讲，此前闻所未闻，他们对个中精神理念的理解也是一知半解的，日后应该加大倡导力度才对，多多益善！

第五章 人生如梦

燕赵大地自古为兵家逐鹿重镇、人文栖息乐园，及今仍是个妙趣横生的人类生息之所。由于邯郸是中国古代北方最大的著名民间瓷窑体系——磁州窑的所在地，其起源于北朝的磁州地区，后经过漫长的岁月浸润，逐渐吸收了传统水墨画和书法艺术的技法，成为中国传统制瓷工艺的珍品，具有极为丰厚的历史文化内涵，深值一探究竟。故在多位文艺家的建议下，“粤港澳大湾区公益文艺先锋队”决定前往磁州窑，有意思的是，途经磁州窑路时，他们有幸欣赏了全长约千米，整体均高二十余米，具有“千年瓷都，中国非遗”美誉的“磁州窑山体浮雕”，该山体浮雕千姿百态、气势恢宏，由逾百位能工巧匠耗时一年精心雕琢而成，反映了包括磁州窑创烧历史、彭城古镇的市井风情、磁州窑制作的72道工序等20余幅浮雕画面，让早已消隐在时空深处的彼时繁忙景象重新拉回到我们眼前，立体而鲜活地重现了“西走沙漠、东出大海”的昔日盛景，磁州窑山体浮雕已成为当下众多网红的重要打卡地。越过磁州窑路，先锋队之后才实地观摩了以生产白釉黑彩瓷器著称的磁州窑，该窑创烧于北宋中期，开创了汉族瓷器绘画装饰的新途径，为宋以降景德镇元青花和彩绘瓷器的发展繁荣奠定了坚实基础，有“南有景德，北有彭城”之说。

而外，先秦时期“邯郸学步”的人文典故自有其魅力，他们又来到位于邯郸市区北关街的“学步桥”，领略2000多年前“邯郸学步”的主角——那位燕国少年坐在桥边冥思苦想如何才能学会赵人潇洒走姿的情景。结果他成功忘记了自己原来走路的姿势，算是彻底清空了自己原有的走路“库存”，可是无论他再怎么努力，即便勤学苦练数月后仍学不会赵人的优雅走姿，最后学无所得、血本无归，只能爬回燕国。

最后，他们重点游历了“黄粱梦吕仙祠”，感同身受地思悟了《枕中记》中卢生从迷恋世俗功名到人生如梦后幡然醒悟之脱胎换骨的重生之旅。

这一路走下来，跨越数千年时空的历史思悟激发了国画家王大海的创作灵感，他期待用自己开创的新汉画技法去着重表现深度嵌入燕赵大地血脉的那些历史题材，尤其要画好《枕中记》那个“大梦已醒”的至理妙境。新汉画技法主要由汉画像石刻转化而来，辅以民间剪纸、皮影等多种技艺，以笔代刀，用当代崭新的水墨技法去表现大汉浑厚古朴的刀刻艺术。所谓的“汉画像石刻”艺术，就是鲁迅先生直到生命最后阶段仍然惦记的艺术样态，他常委托朋友从河南南阳帮他购买“汉画像石刻拓片”，以便从学术层面供他深入研究镌刻在“秦砖汉瓦”上充满生命张力的雄强风范。可惜天不假年，先生的宏愿未及启动便已自行消解了。王大海先生是军旅画家，体型高大勇武，胆识过人，但他的艺术感觉却极其细腻敏感，传统笔墨技法锤炼得出神入化，加之做事风格雷厉风行，助他在艺术求索道路上游刃有余。他遍访了徐州、南阳等全国较大规模的汉画像石刻艺术展馆，历经数十年的反复实验终于首创了“新汉画”技法的当代画风，甚至将其在国家商标局成功注册，成为业界首个具有绘画“商标权”的画家。从实践层面而言，王大海成功创造的新汉画艺术，可谓变相替鲁迅先生完成了他的未竟夙愿。王大海先生笔下的新汉画艺术，让和我们渐行渐远的汉画像石刻艺术实现了当代语境下的“新生”，是一次古今艺术的“变奏曲”，亦是汉画像石刻艺术超拔时空的艺术形态的灵魂置换。

魏明心一边构思朗诵专用的小说，一边为郝姑娘绘声绘色地描绘沿途景象和历史变迁，让她也触摸到了“历史灵魂与时代新象”之间的岁月之手的巨大魔力。这也间接触发了郝姑娘与超时空体悟两相契合的朗诵灵感。

郝姑娘此行多亏了盲文翻译家余佳丽，出行的时候她就充当郝姑娘的眼睛，有她形影不离地领着郝姑娘，去哪儿都畅通无阻，不知道的人还以为她们配合了多年呢，其实不然，她俩也是因为这次公益活动才组成的“临时搭档”。余佳丽是位性情温和沉静的姑娘，貌相清秀可人，可谓人美心慈，她非常敬佩郝姑娘不屈服命运安排的抗争精神。她们彼此年龄相仿，余佳丽甚至比郝姑娘还略小几岁，但她把郝姑娘当作妹妹来疼爱。余佳丽为人也格外低调，郝姑娘感动于她的无私帮助和关照，希望朗诵时她们两人能作为一个整体同时亮相，但余佳丽无论如何都不答应，她说那样会喧宾夺主，她还说自己是郝姑娘的忠实粉丝，只想坐在观众席聆听她天籁般的诵读声。这样的表达，郝姑娘自然知道人家是为了鼓励和温暖自己才有意放低姿态的。因此她甚为感动，连连翻动她已然什么也看不见的眼眸，比平常露出更多的眼白，表明她似乎想努力睁开眼睛，以便好好看看眼前这位善良的姑娘长着怎样一副菩萨的容颜。

因此郝姑娘只好暂时依了她的心意，继续先前独自朗诵的风格。而貌相原本就显得古典温婉的郝姑娘，此番来到历史人文底蕴深邃的邯郸，她以一身古雅梦幻却兼具新时代“中国梦”特色的中国红国服现身古老的邯郸城，她虔诚地借满载禅意佛心的声音能量，开启了一场沐浴着历史光辉的朗诵之旅——

可好景不长，在赵冬青的童年生活中，像这样相对安逸的日子并没维系多久。于是他本该无忧的童年生活却遭到成人世界的人为破坏，随着彼时重庆时局愈演愈烈，当时远离父母的赵冬青身处的城市整个弄得像战场一样，可谓乌烟瘴气、民不聊生，人民生活何等困苦可想而知，尤其老人和孩子的生活就更其困难了。此时，赵冬青瘦得就剩一个大脑袋了，简直瘦成了皮包骨，他姥姥和姥爷的身体也毫不例外地非常瘦弱，走路上时那种摇摇欲坠的样子似乎一阵和风就能把他们刮跑。他母亲从信中得知他们的实情后，她的想法发生了改变，觉得自己当初的决定未免幼稚，由是，她急得一连几天都没能睡个囫囵觉，思之再三，她决定无论如何都必须亲自去把他们接回北京来，她想，就算退一万步说时局再糟糕，但只要他们每天都在自己的视线范围内，那心里也是来得较为踏实的，因为她实在经受不住那种对亲人牵肠挂肚的思念之痛。

如是他母亲就迅速请了假，然后买票只身前往重庆。意料之中，去往重庆的路上果然如临战场，如履薄冰，供应基本停滞不说，也没有起码的社会公共安全管理，即便半路上遇到恶人被随便打个半死往火车下一推，那也是没人敢站出来过问的。这便是当时社会秩序的真实写照。一路上，他母亲就同几个一身正气的解放军战士和数位出差模样的工作人员坐在一起，由于他母亲人缘好，加之怕她面善心慈遭人欺负，他们都很关照她。并叮嘱说，重庆的前一站——九龙坡站常会有机枪无端对着火车扫射的情况发生，并说如真要遇到了这个危机突发时刻应如何躲避等等。列车行进途中，确实有几位身着戴有红袖标标志服装的男子站她跟前歪头斜眼地看着他母亲，这种情景直把她吓得眼睛不知该往何处看，她不敢和他们对视，担忧一不小心给了他们寻衅滋事的口实。就在这千钧一发之时，他母亲身边的一位战士机警地将手中的水杯递给他母亲说：“姐，你别干坐着呀，来，喝杯水解解乏。”那几个人见他母亲原来是解放军的家属就没敢惹，只是在走过她身边时轻轻“哼哼”了几声完事。后来，他们很快听到不远处传来的女人凄厉的哭喊声和大肆摔砸物品的破碎声，没有人会好奇地赶去围观，经验告诉他们，估摸是刚刚过去的那帮人干的“好事”。正是在好人们无私无畏的帮助下，他母亲顺利安全地到达了重庆。

可虽说是到站了，但下车后才发现车站内空荡荡的什么配套服务也没有，既无基本的交通工具，甚至也无往来穿梭的行人，实如一座空空如也的“鬼城”，只是列车进站了才有刚从车上下来的惊慌失措的旅人，他们悄无声息地快步离去。由于他母亲事先了解好了有位同志与她同路，所以下车后她的心显得不那么孤寂和惶恐。加上和她同行的那位同志是位彬彬有礼的中年男士，他下车后二话不说主动帮她提起旅行包径直往前走，她见对方如此热心肠就默默地紧跟他身后，此时，他母亲的心里真是不胜感激，那种临危受助的感觉真是莫可言状。总而言之，在当时备感肃杀的氛围中，一切都无心顾及了，只有埋头跟在人家后面赶路，唯一的念头就是千万别出事，必须成功到家把一家老小接回北京去团聚。与站内相同，他母亲在回家途中沿路都没遇见一个行人，不过，倒是遇到了好几辆里面端坐着搅局者并架上了机关枪的重型卡车，见此情景，他母亲立马紧张得眼前浮现出枪林弹雨的凄惨景象，她的双脚立时如灌铅般脚步明显迟钝了起来，不过好在走前面的那位同志及时低声提醒说："不要左顾右盼，不要试图逃跑，只管专心走自己的路！"这一招果然管用，那几辆断续经过的卡车仅是在经过他们身边时稍稍放缓了车速，然后来自车上的犀利目光接连扫视他们几眼后便绝尘而去，在那个无理可讲的特殊年代，或许是人家自感没发现什么异常吧，所以才让他们侥幸逃过一劫！可即便如此却也把他们惊出了一身冷汗。这位好心人执意要先送她安全回家后再离去。赵冬青的姥姥和姥爷见女儿突然安全地从天而降，真是喜出望外，特别是赵冬青更是一下子扑进了母亲的怀抱哭笑个不停，此情此景令在场之人无不为之动容。一阵喧嚣过后，家人听他母亲说了一路上惊心动魄、化险为夷的情形后，都分外感谢这位好心的同志，在庆幸这一路走来遇到了好人的同时，也都为她途中的处境感到后怕不已。

由于当时物资格外匮乏，心中对恩人的感激苦于无力表现，唯一能做的也只剩下赶紧多下点面条让他一道吃了，原因是这位同志还要接着赶路。

待送离那位好心人后，他母亲便马不停蹄地托人帮助购买回北京的车票，并一刻不停歇地整理着行装，操持着一位上有老下有小的母亲的辛劳，似乎总有操不完的心。车票买好后，他母亲松了口气，不仅如此，她细心的姐姐还煞费苦心地找了位这趟列车上的熟人帮助照顾出行的亲人们。

上官步莲的"表演画风"和郝姑娘一样，也是穿着新时代"中国梦"系列中的中国红国服，小立领，露出半截洁白丰润的脖颈，服装的图案颜色是经典黑，红与黑之间，图案显得黑亮而隽永，前后皆是满构图重复出现的圆形"中国梦"字样，她吹箫时倍显时尚活力，衬出一副浑圆新鲜的形象。魏明心忍不住多看了她两眼。

郝姑娘的朗诵终场后，上官步莲刻意回了他一眼："老看人家干吗呢，不认识了吗？"

魏明心笑说："是不认识了，换了我们设计的新时代'中国梦'国服就是好看，簇新簇新的，像位新娘子！"

上官步莲说："对对对，只是服装好看，人却不好看呢。"

魏明心说："非要鸡蛋里挑骨头，能挑得出来吗？"说完不待上官步莲回话就逃之夭夭了。只剩上官步莲自己留原地偷着乐。

旁边的人都已习惯他俩相互挤对，都吃不准他们到底是啥关系，所以也就见怪不怪了。

施勋美老人和上官步莲相处一段时间以后，已经对她有了默契和好感。老人虽已至鲐背之年，但耳聪目明思维敏捷。上官步莲和魏明心之间的对话，老人当然听得明白而仔细，却也不去管它谁对谁错。感情上，老人自是跟魏明心更为亲近，但越是这样越不能表现出来，她只是想偷偷疼惜上官步莲，所以她轻轻拉着上官步莲的手，替她拢了拢脸颊两侧的秀发，说："步莲最漂亮了，要长相有长相，要身材有身材，说话做事还贴心，有谁能比得过？"上官步莲依顺地说："谢谢奶奶谬赞！可就是有人认为步莲不漂亮呢。"老人闻言也乐了："傻丫头，人家明显是开玩笑的，可不能当真哦！"这"真"字一出口，就又想起刚才郝姑娘朗诵的真真切切的内容，忆及自己当年冒着生命危险回重庆接冬青和他姥姥姥爷回京的场景，那么多年过去了仍历历在目，可如今她目视仍沉睡不醒的冬青不由悲从中来，上官步莲一看老人又被什么触发了感情，她也就顾不上撒娇了，赶紧反转过来轻言慢语着好言相慰。

主持人李玲珑的着装也保持统一的"中国梦"风格，她身材高挑匀称，穿啥都好看，而今日之装束更是拥有盛装亮相的感觉，让她的形象气质尤显出众。她们像三朵娇艳欲滴的鲜花，各自摇曳在会场的三个方向，却又保留了某种生命的关联。她将今天的互动主题提炼为"古今大梦皆有成"，她邀请史学家韩古观就这一议题谈谈看法。

韩古观长着一张很实诚的脸，戴着一副大大的眼镜，双眼似乎总在往外窥视着什么，其实他的心思甚是沉静，说话总是不紧不慢的，就像门前的小溪流一样，总是缓缓地流淌着，随意而安详，感觉周遭的一切都跟他扯不上关系似的。但他对今天的主题显得很严肃，他用庄重的语气说："梦想看似无关紧要，其实它一定要有，而且非要不可！它对个人来说，或许意味着生活品质，可对整个人类的未来而言，很可能事关生死存亡！无论对科技，还是一切文艺，一旦缺失了梦想的翅膀，不仅将停滞不前，而且将会折戟沉沙注定成为'失梦者'的宿命！"

网友的高评是："梦想还是要有的，万一实现了呢？这就像我的人生座右铭：努力耕耘不一定会成功，但不去耕耘注定失败！"

杨大夫自从知道冬青在朗诵现场会有反应后，他几乎每场都紧盯不放，以便随时根据冬青的最新变化作出康复计划调整。果不其然，本场朗诵及互动探讨，冬青好像也被自己过往的经历及现场的“梦想”大讨论所触动而“喜上眉梢”。这次，杨大夫和护工都观察到冬青的眉端有过几次跳动，这令他们大喜过望，但为了老人的情绪保持平稳，他们没有将细节过多地告知老人，面对老人的询问，他们只是轻描淡写地说一切都在往好的方面进展。

同样忙碌的还有油画家陈立人，他每场咬紧冬青的变化细节进行纤毫毕现的情景表现，由于担心有些细节会出现表达不够准确的情况，他敢于“不耻下问”，不断咨询杨大夫关于医学方面的专业知识，请他从细从实讲述人体结构之于皮肤和感官之间的微妙关系和联结之理，希望领悟中医牵一发而动全身的辩证关系，以期将中医“辨证施治”的医道药理转化到艺术表达之中。

这次关于梦想的探讨，最大的结果或许是促成了一桩这样的事实：活动赞助方张为民先生未来意欲在邯郸紧邻“黄粱梦吕仙祠”的地方，斥资打造一个“中国梦”的主题公园，试图将古今精彩的梦想故事在此陈列激活，为人类铸造一座勇于插上梦想翅膀，敢于梦想成真的精神家园。

第六章 静若止水

从先锋队上了京哈高速伊始，魏明心的脑中不是闪过《闯关东》《夜幕下的哈尔滨》等历史剧目，就是从作为祖国重工业基地的繁盛景象到产业凋敝再到如今意欲振兴昔日的荣光的风貌。魏明心正是带着这些沉重的念想率领全队成员从沈阳、长春、四平、哈尔滨、佳木斯等地一路仔细看将过去，有几个地方是他当年做记者的时候多次关注过的地方，他甚至从中依旧清晰地读出了历史的沧桑和今时久已迟滞了的梦想！他们最终到达漠河那个极寒极北之地，当天恰逢遭遇一天中有17小时不见光明的“最长黑夜”。

负责接待先锋队一行的刘姓企业主将他们迎进了自家开办的生态庄园下榻。他们在那里度过了难忘的篝火之夜，这些“岭南客”大多是人生头一次邂逅大东北温暖的“炕床”。还有些人因有生以来首次目睹漫天翻滚而来的大雪，因兴奋过度而一夜无眠，国画焦墨山水画家穆为善先生就是这样，于是他干脆早早就起来画画了，结果灵感来得如窗外的雪花一样纷纷扬扬，一发而不可收。穆为善是目前国内焦墨山水的领军人物，曾在美国执教十八载的他，刚被引聘回国没几年即独创“焦墨千毫皴”技法，一时风头无二。焦墨画法是我国的一门古老的艺术样式，要求画者拥有极高的人文底蕴和笔墨功夫，穆为善先生数十年如一日专精于此，故多有个人见解，成就亦极鲜见。此次到了白山黑水之地，正入了他的心眼，使得他的笔墨在“黑白之间”尽情驰骋，暗合了天地之道。创作终了，穆为善看着刚完成的几幅佳作，得意之状溢于言表，他忘我地自语道：“也许，上天就是这样赐予辛勤者收获大批好作品的吧！”

魏明心亦是感时恨别之人，他也起得格外早，独自走出庄园，置身于纷扬的雪花中。雪落无声亦有声，思念无形也有形，他望着眼前雪花跳荡的冰雪世界，忽然想起了她，但其形象又如浅淡的雪泥鸿爪很快被皑皑大雪覆盖于无形。

次日，他们观看了“缤纷绚烂”地盛开在茫茫大地的天然冰花，堪比高明的画师画就的用心之作，直如童话般美好。他们在茫无涯际的边陲雪域沿着漠河公路驱车漫游，并在不经意间感受了中俄边界百里不见边防战士的睦邻之道，这是祖国东北边境有史以来相对和平的边陲之地。

这次受到雪景的启示，郝姑娘觉着说服余佳丽的机会来了，她瞅准了时机对余佳丽说：“佳丽，您是不是帮我看见了那一望无际的洁净的冰雪？”

余佳丽说：“自然是的，姐姐，我已经为您描绘了很多了呢。”

郝姑娘说：“既然如此，您觉得我们望见的那些美景是冰清玉洁的吗？”

余佳丽说：“是的，姐姐！您今天怎么了？总感觉话里有话，是不是佳丽哪里还做得不够好呢？您倒是说来听听嘛，佳丽一定可以改正的！”

郝姑娘对余佳丽的问话充耳不闻，仍接着叙说自己的心意：“你希望姐姐也像大家看到的那些雪景一样冰清玉洁吗？”

余佳丽说：“何止是像？姐姐本就是我们心中冰清玉洁的靓丽风景呀！”

郝姑娘说：“那好！我问你，要是姐姐是个贪功之人，把功劳全都自己独揽了，姐姐还纯洁吗？”

郝姑娘都把话挑明到这个份上了，余佳丽焉有不懂之理。余佳丽这才明白，就为着那么一点小事，居然让人家无端受了如许煎熬，真是位眼里容不得半粒沙子的纯粹的好姑娘。余佳丽这样想着，心里不禁自责起来，眼里瞬时已是噙满了泪花。她们沉默了一会儿，余佳丽就对郝姑娘说：“姐姐，是我不好！以后您说什么我都听您的！”郝姑娘听闻后，脸上像平静的水面忽然漾开波纹，她又恢复了往日笑意盈盈的样子，于是两人重新手拉手融入队伍中。

在欣赏美景的同时，魏明心照样得单独为郝姑娘开“小灶”。郝姑娘也不负众望，她从魏明心苦心孤诣的讲解中嗅到了浓郁孤清的“乡愁”滋味，她能体味到那种情感，犹如自己被生活抛在了一座荒无人烟的孤岛上，只能望着家的方向，却再也回不去了。所以她以同理心度之，归结出“乡情”“乡约”“乡愁”的“乡音三部曲”，冀望深情诵读魏明心笔下有关冬青成长历程的心灵小说，以此契合一个时代的孤独呐喊。

这次朗诵余佳丽果然和她并排坐在一起，两人都穿着雪白圣洁的汉服，头上亦戴着白色俏皮的瓜皮帽，宛如身上落满了得体的雪花，只剩两张俏脸闪着洁净的光亮。正当观者的眼球被这两个恍如从童话中走出来的“白雪公主”吸引时，郝姑娘令人期待的天籁再度响起——

次日，他母亲扶老携幼在她姐姐等人的帮助下终于成功登上了开往北京的火车。虽然这列火车从“火炉”般的重庆出发时还显得乘客稀少，可遗憾的是，这大热天的门窗却不知为何全关得严严实实的，想要挪动分毫都毫无办法，无奈之下，他母亲只能回归古老的方式，将备好的扇子拿出来让大家扇扇。等到饿了渴了时，他母亲照样将自己事先在家备好的水和食物拿出来让大家分享，就这样顺利地到了成都。在这期间，赵冬青表现得很乖，他多数情况下都是倚靠着姥姥坐着，或是躺着，一点也不哭闹，俨然像个小大人似的。可到了成都后情形就大不一样了，成都是个大站，车外站台上人山人海，列车尚未停稳，成片的人流便全涌上前来疯狂地敲打门窗示意他们要进来，简直像极了战乱时的“围城”的景象，所不同的是，里面没有人想出去！他们见此纷乱的场景哪敢离开位子，真担心会被人从车上推搡下去。后来车窗不知怎么被他们从外面打开了，于是不可阻挡的人流如潮水般翻涌了进来，这种身不由己的乱象把他母亲吓得脸色铁青，她不顾一切死死站在窗口挡着，嘴里不停声嘶力竭地反复喊叫：“我这里有老人和孩子，请大家多多关照，不要伤害他们……”可是人流越来越汹涌，根本不听她使唤，她有几次差点被人推倒，但踉跄中的她仍然和冬青姥姥一道拼尽全力用自己的身体护住冬青，以免冬青被大批流动人员无意中伤害。他姥爷则坐在对面的座位上，被大批的人流挤得叫苦连天，车厢内整个乱成一团。但即便是这样乱成了一锅粥，赵冬青仍然表现得像个小男子汉，他只是冷静地看着四围愈来愈多的人群，一声不吭，甚至有时还张开小手做出一副要保护母亲和姥姥的样子，让大人们见了怜爱有加。列车重新出发了，在不绝于耳的喧闹声中拥挤了半天的人们终于可以安定下来了，犹如澎湃惊心的潮水再度归于平静。可眼前的事实毕竟超越了先前的平静，目之所及，无论是座位上，还是可以被称为空地的地上，都被嘈杂的旅人挤得水泄不通，这种所有空间皆被占满的感觉令每个人都像心口压了块巨石那般喘不过气来。他母亲的这种压迫感显然更为强烈，因为她心中尚装着老人和孩子，尽管压力同时也给了她丝丝的甜蜜感觉，但甜蜜之外的安全担忧才是当时空气中弥漫着的真正的旅行味道。于是他母亲为了照顾老人与孩子，勉为其难地强挤了点地方站起身来，目的是让他们稍稍宽松一点。到了中午用餐的时间了，她姐姐介绍的熟人送了一碗面条过来，这样，中午这顿饭算是解决了，他母亲为此感激万分，直言以后再不能送饭来了，因为他母亲心里非常清楚，虽说仅是一碗面条而已，但这已经是人家冒着风险送来的。因此，往后的就餐形势自然严峻多了，都要靠他母亲自己从车窗跳下去，买到了食物后再爬上来。可问题是，她一个弱不禁风的妇道人家，从车窗上跳下去时慢点还可以，可待爬上来时就没那么容易了，需要靠同车人的大力拉拽才能回到车上，真可谓下车容易上车难，他母亲当时的艰难处境可想而知。就是在这样充满不安定因素的旅途中，他们一家老小在车上苦熬了四天四夜才回到北京——那时的火车给人的印象是经常误点，确切说，既不守时也没有能力准点——当他们统统像捡回一条命那样回到京城后，赵冬青爸爸赵野平早早地率领其他在京亲人到站迎接他们，如是，他们在提前团圆并相互嘘寒问暖中顺利地回到家里。

令他母亲倍感欣慰的是，冬青真是个早慧的孩子，他不仅一路上很乖很听话，甚至懂得同大人一起分担和克服困难了，从不曾为生活中遇到的困难哭闹过。

终于到家了，老人和赵冬青都很高兴，特别是赵冬青，他兴奋得如同一只长途迁徙归来的燕子，一会儿往东跑跑，一会儿往西奔奔，弄得大人们紧张得不得了，总担心他不小心撞上什么东西。赵冬青的乖巧还体现在他对姐姐的态度上，尽管离开家时太小，对姐姐没有任何印象，可自从回家后他姥姥拉着赵松花的手来到他面前让他叫姐姐时，他就知道原来自己家里是有个姐姐的，于是就脆生生地叫了声“姐姐”，然后不再怕生了。此后，他隔三岔五总喜欢往她跟前凑，且小嘴还时不时甜甜地唤声“姐姐”，于是小小的屋子里时常飘起稚嫩的姐姐长姐姐短的喊叫声。赵松花也很喜欢自己的弟弟，而且她对弟弟的远行也是有印象的，所以当小弟弟叫唤她时，她也不忘亲昵地捧住他的小脸亲了又亲。不过，相较而言，赵冬青却表现得更像是姐姐的“哥哥”，他在家时总是静静地自个儿玩，见姐姐玩好玩的玩具时，也从不跟姐姐要，更不会和姐姐争抢，他总是很温顺地扮演一个忠实小观众的角色。有天，姐姐兴味盎然地在玩一个掉地上后会弹跳而起，而且弹跳的过程中还擅长变色的小圆球。尽管他看着那小圆球也感觉很好玩儿，却从头至尾都是在一边默默地看着姐姐玩儿，一边还小嘴哼哼唧唧地为姐姐助兴呢。当小圆球一不小心滚到床肚子里去了时，冬青就像个小大人般不失时机在旁边插上一句：“安逸啊！”——意思是这下没得玩儿了吧，你总可以死心了——如此淡定的“闲言碎语”，逗引得姐姐哭笑不得。

上官步莲的箫声这次显得异常清亮醉人，似乎是从雪地折射而起的撩人的声波，将屋外的冰雪世界衬托得更其静寂辽远。她的肤色本就白净如雪，加之穿上素白如练的汉服，更使俊俏的脸庞在传统服饰的掩映下尽显光洁亮眼，观众不时朝她打量几眼，没想到蛰伏在会场角落的吹箫姑娘居然长得如此秀色可餐。刘姓企业主叫刘光明，为人就像他的名字一样光明磊落。他的生态庄园位于郊野之所，周围广袤之地都覆盖着厚厚的冰雪，他的庄园立于其中，犹如茫茫白色海洋中的一座“孤岛”。他将他的企业文化展览室临时改造为先锋队的直播场地。展览室的一侧有一排长长的“火炕”，人在其内活动感觉暖洋洋的，分外舒适，从屋内飞旋多圈后局促外溢的鼎沸人声，恐怕要传出老远才有机会消弭在冰雪深处。而在这样的冰天雪地之中，杨大夫需要不时为冬青舒筋活血，令其备感意外的是，他又感觉到冬青的鼻翼有过几次翕动，似乎已经闻到了冰雪散逸出的芬芳。这让紧盯冬青身体变化的几位同志又忙得不可开交。

同样，身着雪白汉服的李玲珑更显身材修长，整个人看上去玲珑剔透、冰清玉洁，她结合魏明心的建议，决定以“乡愁”为主题，展开一次了无隔阂的“乡愁之旅”的直播活动。

曾数次采访东三省的魏明心，当仁不让地担纲主讲，他开宗明义说：

“乡愁有许多种，大多打上了个人标签，而唯独东北的‘乡愁’显得特殊，这不仅是关乎个人情感归宿的所谓‘乡愁’，这里还是一个古老深邃的区域，是一个甚至可上升到国家战略层面的巨大的‘乡愁’，所以本人有个期待，希望散落国内外的东北游子要‘学会’回归，要‘懂得’回归，要替国家守护好‘共和国长子’的这片拥有独特历史情怀的‘乡愁’，这当然有赖于地方政府发扬好我们善于‘宣传’的光荣传统，充分发挥言论‘唤醒’人心的力量，让漂泊在外的游子看到回归故里的热情和希望，要笃信地告诉他们，在百年未有之大变局加速演进的国际局势下，祖国的东北边陲将迎来不可估量的大发展、大融合，既需要我们发扬‘仁者爱人’的思想自觉，也需要我们洞察‘低处承载，静而鉴之’的水的智慧，这是前所未有的时代机遇，也是筑梦家乡的不二之选！与此同时，亦要使出浑身解数去吸引来自四面八方的游客来此旅游观光，正如《沁园春·雪》所描绘的图景：‘北国风光，千里冰封，万里雪飘……’这是南国鲜少一见的场景，也是北国得天独厚的旅游资源，只要措施得当，真诚友爱，开发宣扬‘冰雪资源’，有望成为东北老工业基地一张‘撒手锏’级的引导旅游消费的文化王牌！”

末了，魏明心当场宣布一个重磅之举，也就是他和赞助方张为民先生事先商议好的一个举措：当即成立东北大振兴乡愁之约发展基金会。由张总注入首笔筑底基本金，李玲珑当天极大发挥出了她超一流的拍卖水平，所有上线的书画“义拍”作品迅速被抢购一空，魏明心承诺义拍所得将全部汇入账户，表示账目公开透明，欢迎网友全程监督落实。而后，根据后续“义拍”所得酌情分期导入。这成为当天直播引爆全场的公益义举，将活动迅速推向高潮。

直播活动结束后，先锋队的文艺家们仍意犹未尽，为感恩刘光明的盛情款待，他们以该生态庄园“高调做事，磊落为人”的企业文化精神为书画创作导向，专为刘光明先生精心创作了一批书画作品，以此酬谢他为先锋队做出的热心善举。

第七章 境随心转

从吉林辗转至内蒙古后，先锋队一行率先以满溢童心的猎奇心理游览了位于内蒙古自治区阿拉善盟额济纳旗境内的黑河。待得久闻大名的黑河水像个陌生人一样呈现在眼前时，魏明心还是多少有些如梦似幻的感觉，他指着黑河水说：

“你们看，这河里的水就被称为‘弱水’，也就是《红楼梦》里贾宝玉对林黛玉表白的那句话‘任凭弱水三千，我只取一瓢饮’中的那个‘弱水’。”

上官步莲说：“看人家宝玉多专情！黛玉也算有幸，即便只听了句应心的话，也该知足了。可惜有些人也知道那个理儿，却未必做得到。”

魏明心知道上官步莲含沙射影，又在那里操闲心了，反正她也没指名道姓，自己犯不着往枪口上撞。因此他不接上官步莲的话茬，岔开话题说：“可别不信哦，这是一条连鹅毛都浮不起来的河流，所谓‘不能承受之轻’。”他说完，从包里取出事先准备好的几根鹅毛，用小铁锤砸开并不厚的冰层，而冰层下仍旧水流湍急，然后悉数置之于水面之上，结果还真毫不犹疑地被湍急的水流卷沉而去。难怪自古及今都弱水弱水地说着，果真“弱”得一丝浮力都没有了呢。不单魏明心有好奇心，别人也一样，所以也另有人想试试的，可是没能正确理解“弱水”的意思，比如“丑书大王”小曾猴子就随手挑了块半大不小的石头，而后瞪圆了眼睛放到魏明心刚才放鹅毛的地方，大概率是想睁大眼睛看看是否也会沉将下去。结果可想而知，一入水就被水流冲得没了踪影。

别人没有从旁说破的，只有心直口快的上官步莲揶揄说：“你怎么不开一辆车下去试试？挑这么大一块石头，投哪条河都会沉下去！”

魏明心解释说：“人家没有挑错石头！错就错在他没有‘备课’，他应该放鹅毛下去的，只不过，他放的鹅毛肯定会浮起来。”

上官步莲说：“您放的鹅毛都沉下去了，人家放的鹅毛为啥肯定会浮起来？”

魏明心说："《西游记》中说：'八百流沙界，三千弱水深，鹅毛飘不起，芦花定底沉。'这种'弱水'是有指向的，特指修禅悟道到了成仙成圣的境界。为何我放的鹅毛沉下去了呢？那是因为我六根清净了，所以出现在我眼前的皆是'弱水'。而境界不够的人，看到的就都是普通水了，鹅毛自然是浮起来的。"

上官步莲撇撇嘴，故作不想搭理状。于是众人在"丑书大王"小曾猴子的尴尬表情中哄堂大笑着继续前行。

无论真相如何，传闻中的说法该体验的也都体验了，大家这才安心前往赤峰境内感受大概距今6500年至5000年历史的"红山文化"带给他们的冲击，这是一个与河南焦作的"仰韶文化"处于历史同期或稍早的已具备较高玉器审美和制造工艺的文明系统，人文精神纯粹，基于自然地域亲善意味所累积起的公共信仰理念，具有一定的世俗超越能力。他们主要参观了牛河梁遗址博物馆、女神庙保护展示馆和祭祀圆坛遗存、积石冢保护展示馆等地，实地了解到这一遗址的发现将迄今可考证的中华文明史又往前推进了一千多年。

在红山文化的整个参访过程中，"丑书大王"小曾猴子始终跟着魏明心，就像他身后长出的一根尾巴，想甩都甩不掉。上官步莲看"丑书大王"小曾猴子老跟着魏明心，影响了她和魏明心之间的交流，于是暗地里频频给他脸色看，希望从心理上给他施压，驱使他赶紧离魏明心远点。奈何"丑书大王"小曾猴子压根儿就不理她，导致她的所有"施压"尽数失效。

倒是魏明心多次发现上官步莲古怪的表情，心想："她今天是怎么了？不仅话少了，搞怪的表情却莫名多了起来。"

直到参观结束，当魏明心的思绪出离于五千年文明的影响而感慨于中华文明早在远古时期的红山文化就已拥有浑厚圆融的审美认知，这是非常了不起的，远比殷商的甲骨文带给自己对书法的审美感触还要大。但在恍惚之间，他忽然意识到了什么，于是猛然转身，发现"丑书大王"小曾猴子正紧咬着自己立于身后，如是他联想到上官步莲一路以来表现出的各种奇怪表情，前后一对照就什么都明白了。

魏明心说："原来是你在捣鬼，不好好参观学习，为何老跟着我？"

"丑书大王"小曾猴子说："我一直想黑河放鹅毛的事情，我想了一路都想不通。"

魏明心说："我们人都到了赤峰，你却还在想额济纳旗的事情，你不觉得错位了吗？"

"丑书大王"小曾猴子说："我想不通的事情我会一直想，连睡觉都想。求你了，叫您师叔还不行吗？我想知道，为啥您放鹅毛会沉下去，而我往黑河放鹅毛您却断定绝对沉不下去？"

魏明心说："想知道是吧，那我就如实告诉你，为啥弱水到了你面前就不弱了呢？是因为你累积的习气太多了，把我要求你修改的那些毛病都改掉，我保证你也能像我一样，让弱水真正成为弱水。前提是你得做个足够好的人，把那些不利于世道人心发展的糟糕做法统统扔到人生的'垃圾桶'。你要真让我看到了你的崭新变化，我答应你，我再去黑河走访的时候，我会替你完成这个心愿，我就说，'丑书大王'小曾猴子已经完全变好了，这可是他放的鹅毛，就让它快快沉下去吧！我想，那绝对没问题的，届时会有视频做证！"

"丑书大王"小曾猴子说："要真能这样，您就真是我的师叔！但我有个要求，到时您放鹅毛下水时务必说明是替我放的！"

魏明心说："那是肯定的！一言为定！"

"丑书大王"小曾猴子说："一言为定！"他说完兴高采烈地走了，像刚刚艰难地完成了一件人生夙愿。

最终，先锋队全体人员将用心丈量的脚步，重重地钉牢在了山西大同西郊钟灵毓秀的武州山南麓。那里有用人类智慧浇灌出的云冈石窟，这个开凿建造过程持续了约六十年的中国著名石窟群遗存，是北魏初期"灭佛"之后又如何大力"兴佛"的"活证据"。该石窟群"雕饰奇伟，冠于一世"，域外风格浓郁且多样，最早反映出中国石窟艺术与世界各大文明之间的渊源与融合关系，对后世中国文化艺术的包容和发展具有重要的参鉴意义。为了让只能用心灵去体悟历史的郝姑娘对云冈石窟的诞生过程有个基本认知，魏明心介绍说：

"魏晋南北朝时期是中国历史上最分裂紊乱的历史阶段，延续了三百多年'刀光剑影'，令中华文明首次濒临生死存亡的重要历史节点，而在北魏不到一百五十年的统治时期，有近百年是统一了我国北方地区的。为了修复北魏初期大肆'灭佛'的极端政策影响，以及为了缓和鲜卑族和汉族的相处矛盾和进一步安抚民众在乱世中遭受的精神创伤，于是云冈石窟在北魏文成帝治下得以开凿，这一'壮举'直到北魏消亡后仍不断有民间力量参与进来。尤其是北魏第七位皇帝——北魏孝文帝的英明汉化政策，可谓极大影响了中华文明的历史走向：他以南伐为名，迁都洛阳，全面改革鲜卑旧俗。收藏古今汉家典籍，规定以汉服代替鲜卑服，以汉语代替鲜卑语，迁往洛阳的鲜卑人以洛阳为籍贯，改鲜卑姓为汉姓，鼓励鲜卑贵族与汉人士族联姻，参照魏晋门阀制度改革北魏政治制度，并严厉镇压反对改革的守旧贵族。正是孝文帝一系列的明智举措推动了北魏经济、文化、社会、政治、军事等方面的大力发展，史称'太和改制'，有效地缓解了民族隔阂，促进文明进步和民族融合，从某种程度上说，几乎从根本上拯救了中华文脉得以赓续的危亡。"

郝姑娘静静听闻这些动人的历史典故，屡屡叹息自己未能睁眼看看眼前一幕幕雄伟壮观之历史奇迹的遗憾。正是带着这样一种敏感而热烈的期盼，她以雄浑悲壮的苍古幽情，冷静抒发了此一时段魏明心从历史的罅隙中所残存的一点点关于冬青的刻骨铭心之叙说。因之，郝姑娘仍和余佳丽联袂出现在朗诵现场，而在这个特殊的历史古迹里，她俩更是意欲凸显“汉服”的千古魅力，郝姑娘的朗诵声仿佛逆向行进灵魂深处，低沉而悠远——

可是，赵冬青无忧的童年生活终究迎来了独自接受挑战的一天，就像长期习惯了接受鸟妈妈喂食的小鸟一样，终有一天，鸟妈妈将不得不给它断食，以便让它扑棱着翅膀自主去找寻食物，以此来快速丰满和硬朗自己的羽翼去应对和接受未来的挑战。同理，为了让赵冬青更好地习惯集体生活，及早开发和启蒙他的心智，他父母尽管有些不落忍，但为了孩子的成长，他们终归下定决心替孩子联系好了到单位内部的幼儿园就读。待到正式进入幼儿园那天，赵冬青真正的挑战才刚刚开始，当父母把他送到幼儿园准备离开时，赵冬青以为父母不要他了，以为再也见不到父母了，他先是流露出绝望的眼神，而后开始试探着哭喊，并迅速哭得死去活来，犹如一场骤然而来的暴风雨那样，起先总是稀稀拉拉往下掉雨点，但很快就猝不及防地横扫天下。

赵冬青出乎意料的激烈反应让父母惊慌失措，如此伤心绝望的哭声从未有过，一度撕扯、动摇着父母敏感脆弱的心，他们差点因此改变让他提早上学的主意，即便据说这样对培养孩子的独立性有所助益。尽管父母硬起心肠“剪断”了冬青极端不舍的视线，但短暂的无助过后，赵冬青也像别的孩子一样不得不学着适应学校的生活，可对赵冬青来说，最不习惯的还是中午例行的午睡，因为他一直由姥姥陪着，大多数情况下还得姥姥抱着他才能入睡，这一下子突然要一个人单独睡了，他真的很难立马适应过来，所以到了午睡的时间，眼看别的孩子全齐齐整整地上床睡下了，唯独他一人形单影只地静静坐在床上想念姥姥，因此不要说睡觉了，他甚至连躺都不想躺下去。老师来巡视了，看他表情怪怪的坐着不睡，就问他：“赵冬青，你为什么还不睡觉？”虽然这是赵冬青第一天上学，但他似乎天生就是个好学生，尽管脑子里对老师还没有形成具体概念，不过还是跟许许多多听话的孩子一样，他也有些“怵老师”，于是他本能地回应老师说：“我在看毛主席像！”因为赵冬青床对面的墙上正好张贴着一张毛主席像。

在那个拥有独特理想信念的年代，老师是决不会不让看毛主席像的。赵冬青话音刚落，老师毕恭毕敬地朝毛主席像敬了一个标准的军礼，然后没说什么就走开了。过了一会儿，老师又转悠过来了。赵冬青不敢再说同样的话了，他感觉到了来自老师的无形压力，于是他转而跟这位漂亮的青年女老师说：“老师好，你抱抱我吧！”老师看这孩子长得胖乎乎的可爱极了，而且说起话来也好玩儿，于是果真过去把他抱在了怀中，这下他踏实多了，就像找到了“安全港湾”一般很快就睡着了。有过这次历练，此后他很快就适应了一个人的午睡，适应后一切也就安好了，如同姥姥不离左右那样。

千年前的历史光景似乎吸纳了太多天地精华，思之栩栩而生，恍如昨日之境，惊诧了所有人的情思，好像都刚从那段饱经血泪的无明时空脱胎换骨而来。杨大夫和护工都发现有股细弱的青烟从冬青的脑门冲撞而出，他们皆认为此乃“吉兆”，堪比当年北魏孝文帝的汉化政策之于中华文明的永续发展是“吉兆”一样。

先锋队的直播会场被安排在大同市区的一家煤炭公司的内部招待所内。这是一家上市公司，各项运行规划都极尽透明。魏明心十几年前曾来此采访，这次算是和该公司总经理李新枝再度重逢了。李总是位很有智慧的企业家，个头不高，脑门宽阔，操着一口浓重的山西口音，和人说话总是未语先笑。魏明心时至今日记得李总当年告诉他山西的面条有上百种吃法，食用醋也是种类繁多，都是山西的极品存在，并特意安排魏明心品尝以印证他的说法，结果果然如其所言是同类食品中的优等品，令魏明心至今想来仍回味无穷。魏明心还清晰地记得，当年山西矿业的开采比较无度，导致环境污染较为严重，他当年走在大同街上时，不经意间用手摸摸鼻子，手上就会留下黑黑的煤灰。如今故地重游，历经多年的矿业整治，生态环境早已今非昔比，但魏明心还会下意识摸摸鼻子，结果纤尘不染，可以让他放心地呼吸了。

上官步莲的箫声悲凉苍老，像一位活了千年的老者发出如泣似诉的咏叹。这样的悲情，让李玲珑闻之不觉泪流满面。而不听使唤的泪流，瞬间破坏了她美丽的妆容，迫使她在主持前不得不临时进行了紧急处理。

重新出场的李玲珑依旧显得容光焕发，表现出了一位国际拍卖师应有的职业素养。身穿古雅汉服的她和上官步莲选择了同款黑色，既显庄重肃穆，又把她本就白皙的肤色衬托得更其白净娇艳，即便以肤如凝脂描述，或许亦未能言尽其活色生香之妙韵。

李玲珑邀请史学家韩古观和作家魏明心与之对谈。

李玲珑发问：“历史和人文的发展一样，曲折而多变。但人文又是紧紧依附于历史的，请韩老师扼要谈谈为何中华文明能成为当世唯一绵延不绝的古老文明？”

韩古观说：“中华文明之所以得以生生不息，是因为每当中华文明遭遇重大危机时，都有时代的中流砥柱挺身而出，这是民族担当精神使然，是流淌在骨子里的情怀，亦是代际相传的使命意识。譬如北魏孝文帝的汉化政策，不仅影响了当时的文明走向，包括唐代的‘引佛入儒’，宋代的‘儒释道’圆融合一，乃至元代和清朝的汉化之路，以及近现代以来的中西融合，或多或少都受到北魏孝文帝汉化政策的影响。”

李玲珑说：“在魏老师眼中，孝文帝是个什么样的人？”

魏明心说：“孝文帝执政时其实暗流涌动，但他还是颇具魄力和开拓精神的，性格刚毅果敢，高瞻远瞩，胆识惊人，从他当机立断强力推行一系列具有本质影响的汉化政策就可以看出来。他对于中华文明的发展进程来讲，他无愧于‘文化英雄’的称号，对后世民族文化的融合与发展影响至深！他就是当代语境下中华文明行进到特殊阶段的‘天选之人’。”

实际上，文化融合的发轫者是东汉的明帝，他感于梦而发心求法，遂有西来佛进入中土。世事就是如此，往往在奇巧中萌生念想，从而生根发芽，进而茁壮成长。

云冈石窟之行，最大的受益者或许非王飞燕莫属。她不仅善于绘制全球各地的生态文明画卷，同时还热衷为“佛”造像。因此她是抱持一种膜拜的心理，顶礼朝觐了云冈石窟群落，这种笼罩着历史光辉的灵魂洗礼让她感触尤深，她非常庆幸半路“杀入”先锋队，要不是公益心的加持，她也不会来到云冈石窟，更不可能深入了解千年前的这段极其重要而曲折的历史，她说此行的价值，犹如让她的画功一下子往历史的纵深处掘进了千年之远。

第八章 人世无常

作为中华文明的发源地之一，洛阳始终以屹立的身姿注视着神州大地的光辉璀璨。在一个萧瑟的冬日，阴晴不定的气候模糊了历史时空，有移步隔世之感。魏明心带领公益先锋队前往客家人的祖根地——洛阳。魏明心一想到洛阳，就会油然联想到黄河及洛水，然后脑中立时浮现“河出图，洛出书”的“河图洛书”形象，而后会想起曹植的千古名篇《洛神赋》，继而忆及西晋永嘉五年匈奴攻陷洛阳，客家先祖迫于战乱首次“衣冠南渡”，洛阳成为客家先民最早也是最主要的迁出地，自此大批中原人背井离乡、以客为家，历经六次大规模迁徙，完成了中国有史以来最大规模的迁徙之旅。回望来时路，迁出之时或许没人会想到不断远去的故乡再也回不去了，也正是因为那个回不去的故乡，客家人的宗祠观念尤为强烈，慎终追远成为客家人必须恪守的底线，保留了曾子所言“慎终追远，民德归厚矣”的传统美德。

进入河洛大地后，沿着洛偃快速通道很快来到虎头山森林公园，他们缓慢而凝重地先后拜谒了“中原客家先民南迁圣地纪念碑”“洛阳客家之源纪念馆”等客家先民迁徙的重要纪念碑馆。此地的纪念文化浓厚深情，古今对视，抚今追昔，满载悲悯情怀，深敛追思性德，不单是对先民的缅怀，亦是留给后人的无限情感寄托。《地空》中有句诗如是说：“世间事，除了生死，哪一件事不是闲事。”因此来到纪念“生离死别”的重要圣地，大多客家后裔难免会催生“于我心有戚戚焉”的痛悼之感。

魏明心除了在心里悼念客家先民，还得化身郝姑娘的“导游”，把洛阳重要的见闻及历史掌故说与她听，以促其生发思古之幽情，便于更好地完成既定使命。

此行的落脚点由一位爱好艺术的民营企业家曹多金负责接待，安排在洛阳市区自行营运的一家宾馆。此人面相朴实，说话“中听”，他忙前忙后，高兴地合不拢嘴，不知者以为他家降临了天大的喜事似的。后来他自己都憋不住了，憋不住的曹多金说出了兴奋的原因，他操着地道的河南口音说："这下可行，突然来了这么多大文艺家，我俨然成了'地主'了，自然得好好尽尽地主之谊呐。"说完他也不管别人什么反应，自己先行乐了起来。曹多金还有憋着一肚子的话可没说完，可他并不傻，不然生意怎么能做那么好，他只继续在心里对自己说："以前我想向那些小画家学两招显摆显摆，不料拎着礼物去拜访人家，对方还爱答不理的，小画家就那点格局，似乎不买他的画就不叫尊重。如今好事自己找上门来了，来了这么些有本事的大艺术家，人家那是什么格局？我若服务好了老师们，顺带跟他们请教请教，人家不还得笑脸相迎给予耐心指导！而且要是我会来事，老师们一高兴还不得给我留下几幅墨宝？公益之行嘛，给谁不是公益？有此奇遇，这辈子也算是值哩！"曹多金越想越来劲儿，为公益先锋队洛阳之行提供便利自是不在话下。

既然来到洛阳，擅长画花鸟的孟吉庆，骤然想起了刘禹锡在《赏牡丹》中的诗句："唯有牡丹真国色，花开时节动京城。"于是他心血来潮地建议去看看"甲天下"的洛阳牡丹花。但负责接待的民营企业家曹多金尽管说话依旧热情，却说了句令孟吉庆大为扫兴的话，他说："老乡，现在可不是看牡丹花的时节哦，四月中旬才是最好的观赏花期，来年四月欢迎您再来中不中？"孟吉庆闻言满脸失望，心想："中不中又怎样？也只能这样了。"但艺术家毕竟是知书达理之人，心里不爽可嘴上还是连声称谢。魏明心明白这位企业家是个直肠子，说话不会绕弯弯儿，估计瞬间浇灭了孟老师的"牡丹梦想"，因此他从旁宽慰道："宋人无门慧开禅师在《颂平常心是道》一诗中这样说：'春有百花秋有月，夏有凉风冬有雪。若无闲事挂心头，便是人间好时节。'你看人家无门慧开禅师活得既洒脱又通透，这就是大智慧啊！有大智慧的人，才能得大自在。如今洛阳的牡丹无法为你盛开，这是时节不作美啊，但谁又能奈何你们这些妙手丹青？你把心里开得最盛的牡丹花画在纸上不就结了！"不过，魏明心先抑后扬地提高了语调，就又接着说，"国花牡丹不到季节无法观瞧，那是天不遂人意。但到了洛阳，龙门石窟却不能不去！"孟吉庆听闻魏明心的中肯安慰后，想想确实是这个理。后又听说还可去龙门石窟丰富一下自己的历史底蕴，何尝不是个意外收获？虽说他主攻传统花鸟，但他显然并不满足于此，近年他把着力点引向"大花鸟"的创作方向，因此明显增多了外出游历的频率，这是丰厚艺术根基的必经之途。这样想着，他原本略显阴郁的心情又开始放晴了。

在魏明心眼里，上官步莲是位很能干的姑娘，到处都有她忙碌的身影，唯一美中不足的，就是嘴上不饶人。这不，她见开始学好的"丑书大王"小曾猴子去哪儿都追着魏明心问东问西的，明明是"学渣"，却偏要摆出一副好学的样子，她很看不惯他这一点。

到了龙门石窟，“丑书大王”小曾猴子就不解地问魏明心：“我们刚离开山西的云冈石窟，洛阳这边又来个龙门石窟，在云冈石窟时听您跟郝姑娘讲解北魏历史背景，听您提到孝文帝迁都洛阳一事，不知是否与龙门石窟有关？”

魏明心说：“这次是真的有进步了，不仅表现在行为上，还体现在思考上，连这么隐蔽的信息你都能联想到。不错，不仅有关系，而且龙门石窟就是孝文帝迁都洛阳后才开凿的，只是到了唐代凿造佛像时最为兴盛，这种建造活动一直持续到清末，前后持续1400多年，是世界上造像最多、规模最大的石刻艺术宝库，代表了‘中国石刻艺术的最高峰’。”

“丑书大王”小曾猴子听了连连点头，当他还想问点什么的时候，上官步莲打断说：“有些专写丑书走火入魔的人，不知到了这种纯净的地方，是否会因自己的‘丑行’愧对祖宗而让人有所改观？”

“丑书大王”小曾猴子近来因魏明心对他的态度大有改变而心气始有提升，所以他变得不再那么“怵”上官步莲了，因此他在话语上开始不甘示弱，遂回怼说：“你当然不知了，你一个女儿家知道个啥？光知道插嘴，还会啥？”

上官步莲轻蔑地哼了一声，说：“我别的不会，只知道你所不知的，敢跟我比试吗？”

“丑书大王”小曾猴子心想，我一个大男人岂能在你面前当逃兵？于是他几乎脱口而出：“比就比，谁怕谁？”可他话一出口，倒是先为自己捏了一把汗，他知道上官步莲一向鬼灵精怪的，自己稍有不慎就可能中她的圈套。

果然，上官步莲不容他多想就抛出了问话：“既然敢比，就请接招好了。众所周知，龙门石窟最出名的佛是根据武则天的容貌雕刻而成的，那也成了唐朝以丰腴为美的证据之一，请问这指的是哪尊佛？”

“丑书大王”小曾猴子对这个问题倒是不陌生，他以前似乎听过这个说法，确实是这么回事儿，但他又具体说不上来到底哪尊佛是根据武则天雕刻的，所以他抓耳挠腮实在想不出来了，呆立在那里干着急，忽然他灵机一动说：“既然是众所周知的问题，我自然也是知晓的，这个问题太简单了，我不屑于回答，你瞧不起谁呢？”

上官步莲嘲讽道：“我知道，你的‘丑书’是写给天下人看笑话的。不过，你这装蒜又想装给谁看呢？答不上来，连承认失败的勇气都没有，枉为男人。还是我替你回答吧，连小孩子都知道是卢舍那大佛。”上官步莲言罢，将计就计又问道，“那我再问你一个不那么为人所熟知的问题，孝文帝专为谁凿了古阳洞？”

“丑书大王”小曾猴子又被噎住了，一时为之语塞。

魏明心解围道："都别胡闹了，各自用心学习即可。都是些常识，知道了不稀奇，不知者也并不丢人。但凡不是考验智慧的事情，都不值得一争高下。"

上官步莲说："像您这种解围方式，人家巴不得您赶紧说呢，不然可能有人要自觉无地自容了。既然如此，我可否问您个考验智慧的问题？"

魏明心笑说："这下倒好了，我傻傻地成功将矛头吸引过来了呀！"

上官步莲说："不是说笑，是真有个关于武则天的问题向您讨教一下，我自己也尝试琢磨过，但越想越糊涂，越糊涂就越想，然后头开始疼，如此恶性循环，就像一个怪圈，我始终挣不脱去，想喊救命啊，却发现没人应我。"

魏明心说："哦，这就奇怪了，像你有这么一种从不吃亏的性格，居然会自己让自己吃亏，着实令人费解。而且还钻了历史的牛角尖，这更奇怪了。"

上官步莲说："怎么了，有何不可吗？难道历史的牛角尖就不能钻吗？您是瞧不起谁呢？"

魏明心说："瞧不起谁谈不上，何况能钻历史牛角尖的女性都很有魅力。我只是疑惑历史这种沉重话题与你的性格不符。"

上官步莲说："说来说去还是瞧不起人，沉重怎么了？我的性格就注定和轻飘的东西关涉吗？女人就不能有沉重的一面？"

魏明心说："当然可以有，谁都有资格沉重，这是每个灵魂拥有的权利，谁都无法剥夺。我的意思是，沉重只关乎深度，与性别无关，却和性格有关，绝无分别心作祟。再者说，我也喜欢有思想的女人，说来听听吧，则天武皇都消隐在历史深处1300多年了，到底还能有什么样的历史难题困扰着你？"

上官步莲说："其实说起来也是因您而起，受您的文章影响，我也开始变得对历史上发生的一些人和事感兴趣了。忽然有一天，我莫名对武周那段历史产生了强烈兴趣，我想知道那是一位怎样的女人，很想知道身为中国'女权主义'的最有力开拓者，真实的武则天拥有哪些过人之处。特别是当我了解到'无上甚深微妙法，百千万劫难遭遇，我今见闻得受持，愿解如来真实义'是武则天为《华严经》所题的开经偈时，我有点不敢相信自己的眼睛，我既希望真是她自己思悟所得，又不太敢确信她真能有此境界，尽管武则天在李世民去世后曾在感业寺出家为尼，并在那里度过了短暂的暮鼓晨钟的生活。"

魏明心说："有一点是可以肯定的，每个人都有向善的内在愿望，这是毋庸置疑的。至于你想了解的真实，或许永远不会有答案。历史没有人们所期望的真相，成王败寇就是最大的真相，这是由人性决定的，因此没有真相的真相就是最真实的历史真相。宇宙的真相也是如此，这是由自然性决定的，永不停止的宇宙之变才是永恒不变的宇宙真相。"

未等上官步莲接话，喜欢为佛造像的王飞燕抢先说道："实干兴邦啊魏老师，此情此景，不以创作为前提的谈话有何意义？我正以龙门石窟为基底酝酿一组佛画，想就相关人文背景与您探讨探讨。"

魏明心说："王老师所言极是，您请讲，只要对您的创作有所助益，我当知无不言。"

上官步莲受到奚落，加上魏明心赞同对方的观点，直把她气得即刻甩手而去。王飞燕目视她离去后，这才像什么事也没发生一样说："我知道这里是'鲤鱼跃龙门'故事的发生地，但不知龙门石窟为什么在选择在此处开凿建造？"

魏明心说："具有重要象征意义的人文大项的选址，当然是有讲究的。如果魏晋玄学的兴起是对儒学的'补益之功'，那么，'引佛入儒'就是唐代的主流，因此尽管龙门石窟是在孝文帝时开凿的，但在唐高宗和武则天统治时期登顶石刻艺术的巅峰。仁者乐山，智者乐水。龙门山象征着儒家，龙门石窟前面的伊河象征道家，而嵌入龙门山的石窟则象征释家，所以龙门石窟的兴盛拥有巨大的寓意功能，象征着'儒释道'有了走向相融共生的社会基础，这也为'儒释道'最终能在宋代完成圆融合一夯实了根基。"

王飞燕说："经魏老师这一说，思路顿时豁然开朗。原来不止开卷有益，开言亦有益。谢谢您不吝赐教！"

"丑书大王"小曾猴子亲眼看见上官步莲被王飞燕生生逼走，他躲在一旁幸灾乐祸地暗自骂道："好你个丫头片子，你也有今天，终于领教了一山更比一山高的厉害了吧，看你以后还敢不敢整我！"

与云冈石窟等地较为纯粹的历史人文之旅不同，此番洛阳之行以寻根谒祖为主基调，在这样的追思之旅，郝姑娘和余佳丽等主要直播出镜人员都换上了深黑的汉服，面容庄重哀婉，以千古追悼之情，完成超拔时空的灵魂诵读——

其实，在赵冬青患上疾病之前，特别是孩提时代的他看上去和别的孩子并没有本质上的区别，要说有什么不一样的话，那也是他要比同龄孩子来得懂事和聪明一些，这段时期，可谓是他父母最快乐最幸福的时光了。那时的赵冬青，既顽皮又乖巧，而且还很坚强，他带给家里的希望与感觉，就像久旱降临的甘霖和驱散阴霾的阳光一样无可替代。这些美好的记忆是赵冬青用懵懂青涩的生命躁动去镌刻出来的，一个片段一个片段地宛如珍珠般随机散落在生活的任意地方，随处可见，却又无比珍贵。比如在赵冬青两三岁光景的一个秋高气爽的秋日黄昏，那时的他，在美丽夕阳的映照下活脱脱像根小弹簧般在童话般纯洁无瑕的世界里四处乱蹦，他爸爸在一旁看在眼里喜在心头，不由自主就把冬青抱在了怀里，然后调皮的冬青又在父亲的怀里开始蹦跶了，他爸爸于是就毫无防备地被动地拉着冬青的小手一下又一下地上下提拉着，冬青简直玩得忘乎所以，结果当冬青尚意犹未尽时他的小手就被爸爸拉脱臼了。可是，受伤后的冬青显得格外坚强，他并没有哭，只是被迫在玩兴依旧浓烈的气氛中悻悻地耷拉下小胳膊，小手也一并受到了连累，就像不属于他了，动不了了。小孩子嫩胳膊嫩腿的伤后自然耽搁不得，后由他爸爸慌张地骑上自行车，他母亲抱着冬青坐在车后座上，一道带他到双桥专门接骨的王老太太家去看诊，据说是祖传的手艺，一接一个准儿，天衣无缝，不必担心日后会留下后遗症。可那天赶巧王老太太不在家，是她侄媳妇给接的。她一上来，故意先边说话边给冬青接骨，猝不及防的，目的就是要让患者在完全放松的情况下接受“接骨”诊治。可以想见，接骨时是会很痛的，所幸真正的接骨高手多使用“奇袭”手段，当患者感觉到彻骨彻心的疼痛时，断骨也就被完好无损地接上了，因此当赵冬青突然遭遇奇痛袭扰狠狠地对眼前满脸堆笑的大夫问上一句“你干吗”时，那医生微笑着快速递块糖果给冬青，冬青不知不觉中用原本受伤的右手接过了糖，医生于是高兴地说：“接上了，接上了。这种事情只要小孩子听话就都好办！”他父母也是在丝毫没有煎熬感觉的情况下就亲眼见证冬青恢复了健康，所以他父母带冬青离开时，情不自禁一边惊奇地抚摸冬青的小手，一边连声感谢人家妙手施救，神往感激之情溢于言表。

无独有偶，赵冬青的坚强与懂事仅仅几天后再次得到了验证。那是个冬日的清晨，当时的空气让人觉着冷峭而干燥，但地面却湿滑无比，就连调皮的麻雀在地上行走都显得小心翼翼。就是在这样的环境下，冬青爸爸骑车载冬青上幼儿园，路上的人们为免于摔跤，无论是骑车还是步行，都得格外谨慎行事。不过他爸爸一路小心却没能挺到最后，由于幼儿园门口斜坡较大，加之路面湿滑，稍一疏忽大意就把冬青从车上重重摔了下去。彼时，尽管手上和膝盖上都蹭破了皮，血迹正从皮肤破损处快速渗出，屁股也被摔得生疼，但赵冬青并没有哭，只是很生气地望着他爸爸说：“给你告妈去！”他爸爸歉疚地对冬青说：“都是爸爸不好，爸爸又让冬青受罪了，爸爸以后一定会照顾好你的。”冬青听后开心地伏在爸爸肩膀上笑了，那一脸天真无邪的笑容，活像雨后的彩虹般惊艳动人。可他回家后伤势还是被眼尖的妈妈发现了，结果他还帮着爸爸在妈妈面前圆谎呢，说是自己不小心摔伤的，结果避免了父母之间的一场局部“热战”。

虽说小孩子都是在磕磕绊绊中长大的，但赵冬青似乎没有绝大多数孩子那般幸运，当磕碰再一次降临到他身上时，幸运之神没能呵护他化险为夷，而正是这次无巧不巧的意外伤害彻底改变了他的一生，只不过这种可怕的改变在他身上“潜伏”了十数年之久。而且也正是这次意外，或多或少地“离间”了他们家庭成员之间的和睦关系，每个人都觉得委屈，却无法消弭彼此的分歧与怨气。那么，这次冥冥中注定难以逃脱的意外伤害，又是如何发生的？当这只日后一度令赵冬青生不如死的“隐形病魔”悄然钻进牢笼后，又是怎样被释放出来的呢？对此，人类能做的顶多是还原当初事件发生时的始末，仅此而已。不过，对于那些见微知著的人，或许可以做得更多，亦可释放令人难以置信的智慧能量！

国际友人新斯诺亦对洛阳之行非常用心，他怕解读错误，反复和魏明心核实一些客家人的现状及历史由来的相关信息。而李玲珑主持的互动交流活动也越发有意思了，似乎不是交流，几近成了“解释会”。

有网友问：“客家人是少数民族吗？”

然后马上就会有网友跟帖校正：“非也，客家人是汉民族的一个支系，客家人是正宗的中原人！”

又问：“客家话是什么话？好像很难懂哦！”

有答：“客家话是我国七大方言之一，为当年唐宋中原官话，素有‘中州音韵，河洛风骨’的美誉，是古汉语的‘活化石’。”

然后又有人穷追猛打：“为啥叫客家人呢？不愿意回家的人吗？”

果然又会有热心网友义务回复：“真是啥也不懂！我不扶墙，就服你！以‘客’为家，所以叫客家人好吧，不是不愿回家，是因战乱、灾荒等历史原因，无法回到原来的故乡了，然后也就有了‘日久他乡即故乡’。”

之后的问题更具体了：“老听说客家人，到底有多少客家人嘛？”

这次网友的回复明显温和多了：“客家人遍及海内外，全球大概1.2亿人。”

而后又有网友借问：“既然这么多客家人，有我认识的吗？”

对此，有位网友的回复更诙谐：“我说了你也不认识，比如孙中山、邓小平、朱德、叶剑英、胡耀邦、他信、马英九等人皆是客家人……”

新汉画创始人王大海可说是洛阳之行最忙碌的人了，他的书画不仅深入传统，而且走的是传统书画艺术的“正道”，注重“技与道”的并行不悖。因此为了积淀历史人文底蕴，他深研诗词歌赋，其中尤喜曹植的《洛神赋》，当他平生第一次看见“洛水”时，眼前宛如闪现曹植笔下惊艳了时光的“洛水女神”。他当即决定效仿顾恺之，并以新汉画技法画一幅《洛神赋图》。王大海为了画好这幅画，连吃饭都不和众人在一起，人家送来了饭菜他也顾不上马上吃，待画到没感觉了才停下来吃饭，可仍然边吃边看着画面思考。此时，饭菜的凉热他必定是漠不关心的，人心的温度完全随画意而起伏。主体画面中，洛水女神的造型，他借新汉画独创的“没骨”技法完成，凸显新颖别致的一面，同时亦神韵撩人。画面的正上方，他将曹植的汉赋名篇《洛神赋》全文以篆籀笔法书就，可谓书画一体，很好地体现了画者的深厚修为。这幅丈二匹的大幅绘画直到李玲珑直播活动的收尾阶段才完成。所以正好作为“压轴”之作被拍卖界的“幸运女神”李玲珑以超高价“秒杀”出手。这笔钱按王大海的心愿悉数捐给客家先民的纪念地，作为日常修缮之用，聊以寄托对众客家先民的哀思，希望他们在天有灵能知晓后人已经回来替他们探视故乡了，虽世事变迁，人间无常，但洛阳还是那个洛阳，多了些历史沧桑和聚散悲欢，反倒让洛阳变得更像洛阳。

第九章 文明濡染

在中华文明浩瀚悠久的历史长河中，孔子所激起的浪花无疑是最大的，备受世人推崇，被尊为“万世师表”。当先锋队先后游览了曲阜的孔庙、孔府及孔林之后，每人都感觉这是一次神圣的“朝圣之旅”，深感这是一次与两千五百年前的孔子直接“灵魂对话”的机会，也更直观体会到了孔子关于“仁”的学说。

魏明心对郝姑娘说：“孔子关于‘仁’的学说，是中华文明最有价值的也是最核心的‘人本思想’抑或‘人文思想’。以孔子为代表的儒学认为，天地万物中只有‘人’才具有真正的‘我’的自觉或觉醒意识，是万物之灵长，亦为寰宇之内已知的最高贵的物种，秩序井然，这奠定了中国社会最基本的‘人伦’关系。当然，这与西方的‘人文主义’不同，由于强调了‘人伦’，所以不至滑向西方的极端个人主义，此为中华文明与西方文明的本质区别。”

郝姑娘忍不住问道：“我很好奇，这是不是你们小说家喜欢写人的原因呢？”

魏明心鼓励说：“你这个问题问得太好了，不仅小说家喜欢写人，其实严格意义上说，一切艺术门类都应该围绕为‘人’服务来展开，这是所有艺术的终极使命，舍此一途，所谓的艺术将毫无意义！”

郝姑娘听得有所感悟，她的眼白接连上翻了几次，似乎想睁眼看看近在咫尺的“三孔圣地”。

可正当魏明心还想为郝姑娘补补课之际，只听“丑书大王”小曾猴子对一旁的余佳丽说：“要是我扭伤的不是脚踝，而是摔坏了眼镜，余姑娘给我当‘眼睛’多好啊！”

余佳丽跟上官步莲的性格正好相反，她可不会“怼”人，平常跟人说话都是轻言慢语的，连大声说话都很少，所以一听“丑书大王”小曾猴子出言拿她取乐，她可不知如何是好，只羞得满脸通红，甚至连两只秀润的耳朵都跟着红了起来。

魏明心自是看在眼里，只气得他低声训斥："还能学好吗？怎么跟人家余姑娘说话的？还宁愿摔坏眼镜呢？我看你书没读过几本，眼睛倒是先坏了，还不赶紧向人家余姑娘赔不是！"

"丑书大王"小曾猴子只能悻悻说："对不起余姑娘，我错了，真是狗改不了坏毛病！"

上官步莲可不会跟他客气："既然狗改不了坏毛病，那就别总是当狗，能不能把自己当个人？！"

这次轮到"丑书大王"小曾猴子羞臊得不行，他不好意思再跟他们一道走了，他干脆蹲在原地装模作样地察看扭伤之处，以便分散他人注意力，尽快摆脱尴尬。

原来，也许是"丑书大王"小曾猴子心有不诚之处，当他在孔庙大成殿走过孔门弟子所言称的"生民未有"之门匾下方，进而瞻仰孔子塑像时，他却意外扭伤了脚踝，只能顺势跪在了孔子塑像前，不明真相者以为他过于虔诚故久跪不起，只有同去的画家穆为善发现了端倪，他过去俯身低声问："你怎么了？是否伤了脚？"此时的"丑书大王"小曾猴子早已疼得龇牙咧嘴只是不好声张而已，他见问便羞愧地点点头。穆为善得到确认，赶忙将他扶起，并把自己手中备用的"手杖"借他使用。画焦墨山水的穆为善多年来养成了游历山川带"手杖"的习惯，不承想正好派上了用场。这才有了刚才"丑书大王"小曾猴子打趣余佳丽的场景。

魏明心知道"丑书大王"小曾猴子有了愧疚之心，便独自来到他跟前说："你扭伤的事我知道了，别再蹲下去了，起来吧，跟上大队人马，年轻人不妨展现一下意志力，这点事算不了什么。你看大家都好好的，唯独你出了点状况，知道你为什么会这样吗？因为你一直以来不学好，对传统文化缺乏必要的敬畏之心，这次也是给你一点小小的教训和警醒，要及时反躬自省，吾日三省吾身，未来自然一切都会顺遂。否则，必然会有更大的劫难在前面等着你！"

"丑书大王"小曾猴子经此一劫，加上魏明心的反复劝诫，他终于意识到自己的问题所在了，决定此后在为人处世上修正不足，成为一个受人欢迎和尊敬的人。

郝姑娘不愧是上天对她关错了门却不得不为她开启新窗的人，她迅速领悟了魏明心的只言片语，朗诵时声音清亮，智慧彰显，实现了"人、史、意"的相融合一，如有神助般超常发挥，似乎得到了"孔圣人"的格外垂青——

显而易见，任何人生故事都与自己身处的时代密不可分，在赵冬青上幼儿园的那个年代，他父母每周顶多只休息一天，晚上还经常没完没了地开会，因此，邻居家的孩子们总是不自觉地都集中到赵冬青家玩，他们有时玩自编的节目，有时有模有样地演《红灯记》玩儿，待各人选好各自的角色了，可赵冬青却二话不说自己拿起小板凳往臂弯上一放，他嘴里大叫道："磨剪子，抢菜刀！"于是大家的情绪立马像马蜂窝被捅，瞬间欢腾着活跃开了，他们就这样一起热热闹闹地玩到大人们回家始作罢。而在这过程中，赵冬青往往是其中最可爱的一个，孩子们也都喜欢他，临走前都要照例摸摸他的小脸蛋，然后才纷纷依依不舍地有序离去。

当然了，也有时只有姐弟二人在家玩耍，每当这时，姐姐就有些害怕，于是赵冬青就带着姐姐在床上把被子打开，倒腾成战壕的模样开始修筑"工事"。待修好"工事"了，二人就煞有介事躲在"工事"里面藏好，而后"工事"中间放上一个闹钟眼睁睁地等着大人回来，要是等累了犯困了时，姐弟俩就正好把"工事"当床睡下。有次，赵冬青和他姐姐刚在等待中睡下，这时他爸爸回来了，赵冬青听见他爸爸的话声后，赶忙一骨碌从床上爬起来迎他爸爸归来，由于他姐姐怕冬青睡着了掉地上去所以让他睡里面了，这时为了能迎上爸爸他必须跨过他姐姐的身体才能实现，不料姐姐松花自小就怕痒痒，因弟弟还小一步跨不过去不小心身体失衡一脚就踩在了她腰上，松花受不了那痒痒，禁不住将身子猛然向上一拱，因为事起突然，赵冬青在毫无防备的情况下，他就势被推了个倒栽葱，左额正好重重撞在硬木凳子的尖角上，额头被撞出了足有半寸深的口子，额上顿时鲜血直流，就连凳子的尖角上都"挂了彩"，就像刚刷了层红色油漆一样惹眼。赵冬青下意识地用手捂住了伤口，那殷红的鲜血就顺着他的手指唰唰往下淌。他爸爸见此情景吓得六神无主了，好半天才晕头转向地找来烟丝去堵冬青的伤口，但好比决堤的江河用泥巴阻挡却阻挡不住一样，那原本黄澄澄的烟丝很快就被染得血红血红的，他姐姐则被吓哭了，她知道自己惹祸了只能静静守在弟弟身边寸步不离，忽然她灵机一动，教弟弟让他将手上沾上的鲜血用嘴吮吸干净，这时他母亲正好被邻居叫回来了，见状赶紧制止说："傻丫头，又不是手指扎破了，其他地方外流的血水哪能随便吃的，有病毒或细菌没有？"他姐姐最怕母亲回来问起弟弟摔伤的事了，见弟弟手上沾着的黑乎乎的血迹，于是她转而改口对弟弟说："对，妈妈说了，你手上的血脏兮兮的，可不能往嘴里吃哦，有毒！"他爸爸见他母亲终于回来了，这才松了口气，孩子们的事他总感觉自己是外行，没有丝毫主心骨。当赵冬青躺在母亲的怀抱的时候，他就安心地眨眨眼仰头问妈妈："我会死吗？"他母亲赶忙连"呸"了三声，然后抚摸儿子冬青的头安慰道："不会的，我家冬青好着呢，只会长命百岁！"可事实上，他母亲也被冬青的严重伤情吓糊涂了，她慌得没头没脑拿起红药水紧往伤口倒，待倒完红药水后就趁势抱起冬青忙不迭赶往门诊部就诊——因住区附近没有像样的医院。当时，在门诊部值班的是一位内科医生和一位外科护士，他们告诉他母亲，现在出了一种新型的医用胶，只要在伤口处胶上就可以了，不用缝针。他母亲对医疗知识一窍不通，因此只有被动听医生的份儿。于是门诊部的医生给赵冬青的伤口上完胶后，他母亲就把冬青抱回家去，伤情处理之快犹如蜻蜓点水一带而过。

赵冬青伤后的头一夜虽没哭闹，但睡得并不安稳，他母亲自然能体会到冬青定然很难受，所以她心里也是急得不行，连着三夜从旁精心呵护，一刻都没敢合眼，怕冬青睡着后无意中再伤及了伤口。后见他的伤口一天天好转起来，孩子智力也没受什么影响，也就慢慢放下心来了。

正是他母亲的这份淡忘，以及冬青在人生的路上始终像位拼尽全力且表现优异的“运动员”，才使得冬青拥有了一个相对完美的年少时光，尽管这段岁月带有残酷的“欺骗性”，恰如人们常用的空气清新剂一样，暂时似乎掩盖了原本污浊的空气，可一旦“铅华洗尽”，就又回到噩梦开始的地方，那个地方最终成了冬青生命中绕不过去的永恒的“宿命”，他的人生因此吃尽了苦头，在生命最具光华的时光，终究被拴在了那个令他父母无限痛心的“老地方”，一个宛如日月星辰般神出鬼没之地！可谓一次意外，彻底改变了赵冬青的人生方向，这也是赵冬青的母亲多年后每每提及就后悔的事情，后悔自己没能照顾好儿子的安危。

互动主持李玲珑原本就予人知性丽人的形象，加之有曲阜圣地的文化加持，使得她如虎添翼妙语连珠，越发生出智慧美人的无穷魅力，她已经年逾不惑，却让人备感朝气蓬勃，颜值气质皆在线，这或许就是传说中的“岁月从不败美人”吧。她向魏明心抛出了一个相当高端而深邃的问题，她说：

“传统文化被曲解是常有之事，今日在孔圣人的家乡，我想请教魏作家一个长期以来被严重误解的人文概念。在我们日常中，‘中庸之道’常被视作不讲原则，持此观点的人更易被贴上‘圆滑’‘世故’的标签，但‘中庸之道’可是儒学的精髓，不可能如此庸俗低能！所以必须作出正确厘定。我想替网友们请教一下：何为中庸之道？它的本质含义到底是什么？”

魏明心说：“‘中庸之道’这个词其实非常贴近事物的终极本质，人们也确实对这个概念存在极大的误区，这是因为文化大面积断层，加之受到不同程度的曲解，导致许多人一提到‘中庸之道’就把它与‘和稀泥’画等号，实际上这是自欺欺人之说。客观说，中庸之道是个极高明的思想理念，意为‘中正不变’之理，中正是中正至大之意，要求人们做人做事要保持不偏不倚、恰到好处的态度，这是个极难抵达的境界，其中要拿捏的‘为人处世’的分寸极其微妙，本质上就是提醒世人精妙地把握好做人的‘度’的问题，并认为这是永远不会变化的真理！这与‘周易’的‘易’处于永恒变化中的道理正好相反，但异曲同工，本质上说的是一回事，指向天地大道是处于永远变化中的不变之理。可以说这是人类社会最高端的思想境界了，何错之有？”

李玲珑又问："从舆论层面来说，这是个最好的时代，也是个最差的时代。说它好，是因为在这样一个自媒体时代，每个人都可以较为自由地表达自己的观点。说它不好呢，是因为这样的表达往往是无序和混乱的，存在大量泄愤和无厘头的情况，极大毁坏了当前的舆论生态。特别令人难以容忍的是，居然可以极端到攻击我们的往圣先贤，比如我们的孔圣人就遭遇到许多莫名的羞辱，理由五花八门，魏作家怎么看待这个现象？又是如何理解的？"

魏明心说："这个问题其实很好判定是非。如果是来自域外别有用心之人的攻击，那是恶意之举，完全可以无视。如果是中国人或具有中国血统的华人攻击孔子，那绝对是无知和愚蠢的行为。自汉以降，两千多年来孔子的思想及其承载的道德情怀经由历朝历代的智者所反复印证与推崇，早已成为中华民族的文化象征和精神缩影，给孔子'泼污水'，无异于玷污自己的'文化祖宗'，那就成了不折不扣的数典忘祖之徒，这种人，无论用哪个民族的标准来衡量，都是十足的小人和不肖子孙！"

魏明心的诠释博得了热烈掌声，部分原本不明本义的听众显然冰释了先前的拙劣成见。而杨大夫他们的掌声鼓得最热烈。原来，极度虔诚的洛阳之行康复进展却没啥反应的赵冬青，最终在曲阜得到了加倍回馈，他们发现冬青的手指忽然可以微微弯曲了，这说明他的肌肉神经已经有所知觉了，能够略微听从肌体意识使唤了。他们大喜过望，于是都把喜悦的情绪宣泄到掌声上了。也许是祖先的护佑和古圣先哲加持的双重效应，让冬青的身体康复明显有了加速迹象。杨大夫还认为，松弛愉悦的旅行及各地良好的天气、地气、人气的完美聚合，亦是冬青身体拥有较大改善成果的另一重要原因。

国际友人新斯诺是懂中国文化的，曲阜之行，他在收集第一手素材方面尤显忙碌，并更为关注魏明心的言谈举止。终于他瞅准了一个绝佳的采访时机，趁大家刚用过午餐都在休养调整的时候，他找到魏明心，说："我们正好来到了中国圣人孔子的家乡，您能否就孔子思想之于中国和世界的关系影响，为我海内外的粉丝们谈谈您的看法？"

魏明心说："正是在儒学'仁义'之思的长期濡染之下，中国力量对于世界人民来说就是一支'仁义之师'，是维护世界和平发展的不可或缺的重要力量。而且这一和平形象是一以贯之的，亦是有根可循的，不会因一时一事而改变。也是仰仗中华民族遵循天地大道的德性基因传承下，中国古有海上丝绸之路和陆上丝绸之路与各国人民友好往来，促进了文明的交融与发展。今有'一带一路'通达沿线各国民心，成为各国交流互鉴的桥梁纽带，是'人类命运共同体'的具体体现，这些无不是国与国之间和平友好的象征与见证，同时更是中国身为全球负责任大国的有力明证！"

新斯诺说："是的，魏老师从文明的源头，引古证今，深层阐释了全世界关心的中国崛起争议，实际上只是个和平复兴的问题。一个人的言行如何是由其思想决定的。同理，中国的文明史，而且是不间断的文明史，正是决定其国家行为走向文明有序发展的根本保障！这也是我始终热爱中国、信任中国，进而想要分享中国故事和中国文化的原因。中国不怕你了解，就怕你不愿意了解真实的中国。谢谢魏老师给予我们'釜底抽薪'式的精准解读，让我们能从文明的根上了解中国的国家本质形象！"

第十章 直抵人心

先锋队驱离曲阜圣地，魏明心感觉心里业已载满了神圣之感。但他的心思早已飞到了湖北黄冈。那是个四省交界之地，凡此地域交会之所往往人杰地灵。与安徽、河南、江西接壤，长江流经此地留下悠长浪漫的身影，向有“黄金水道”之称。这就是古时的黄州所在之地，在苏东坡的人生版图中占据重要位置。我们所熟知的《念奴娇・赤壁怀古》《赤壁赋》《定风波・莫听穿林打叶声》《卜算子・黄州定慧院寓居作》等千古佳作，以及有“天下第三行书”之谓的《寒食帖》亦写于此。

待和众人立于当年苏轼写下众多名篇佳作的那片土地，魏明心思潮涌动：既感慨历史的无情，又喟叹历史之深情，若非命运被无端改变而贬谪黄州，或许苏轼就不是那个脍炙人口的苏东坡了，而这样的命运也许不是苏轼所希望的，却是后人所愿意看到的，千百年来并对此津津乐道不厌其烦。这令人不禁要问，人生到底是为什么？是仕途得意，还是文名流芳？似乎都不是。思虑至此，魏明心想起了“以情度众”的仓央嘉措所言：“世间安得双全法，不负如来不负卿。”可是，世事从来不由人！似乎总有一双无形的手在冥冥之中操纵着每个人的命运，无论你愿不愿意，命运的车轮从不会为谁停留或为谁而改变。这就是人生的真相。既然谋事在人成事在天，也只有顺势而为方为明智之举。苏东坡宦海浮沉的一生，或许就是专为人生处于低谷时如何逆袭成功做出的绝佳注脚。

魏明心把来到黄冈的历史思悟如数传授给郝姑娘，这让她感觉到每到一处都收获颇丰，皆伴随着心灵的成长，特别是当她听到自己来到了苏东坡写下千古名篇的黄冈时，她兴奋得不时扬起脸朝天笑笑，犹如一个小孩子意外收到一份喜欢的礼物，让她视若珍宝。她开玩笑说：“感谢魏老师一路的辛勤辅导和耐心教诲，我感觉自己完成公益之旅后，大概可以成为一位不错的文化专家了！”这是郝姑娘第一次说笑，应该也是由衷之语。她是个低调谦逊之人，性格尽管温和，却少言寡语，这种节奏舒缓的公益远行，让她的心境逐渐打开，性格自然也就开朗了起来。随后在游览湖北名胜过程中，魏明心又给郝姑娘介绍了王昭君的故里湖北宜昌市兴山县的情况，以及成语“沉鱼落雁”“画工弃市”的由来始末。魏明心引领先锋队一行在感受“自然与人文”均堪称浩瀚的武汉东湖绿道之时，他尤其强调了毛泽东主席和武汉结下的不解之缘，他不禁感慨地对郝姑娘说：“自1918年毛泽东在武汉短暂停留即转乘火车北上探索救国救民道路以降，他就和武汉就此结下了深厚的情谊，从在武昌主持中央农民运动讲习所，到汉口召开八七会议提出‘枪杆子里出政权’的著名论断，再到新中国成立后的二十余年间，独特的历史渊源，使得武汉东湖宾馆成为毛主席除中南海之外居住次数最多和居住时间最长的地方之一，这一时期也谱写和成就毛主席横渡万里长江的雄阔人间佳话！”郝姑娘屏息凝神而听，历史的神来之笔在她的心灵深处激荡出巨大的情感涟漪！

而同样千古流芳的《滕王阁序》则令“丑书大王”小曾猴子学会了思考，他曾以书法形式多次书写过《滕王阁序》全文，当腿脚方便的人登览滕王阁时，“丑书大王”小曾猴子就问魏明心：“请教魏老师，王勃的这篇骈文青史留名，都说他那么年轻就走了，是因为他的使命完成了，他是专为写《滕王阁序》而生的。也有说王勃是因他父亲而死，他要不去探视他父亲，也就不会溺水而亡了。真实原因是不是这样的？”

魏明心说：“小曾现在果然懂事多了，能发问，说明你有了思考，世间事就怕思考，只怕‘有心人’，只要养成凡事独立思考、悉心钻研的习惯，许多问题都能迎刃而解！王勃的《滕王阁序》当然是骈文中的翘楚之作，而且是一篇高级的应酬之作。以王勃的聪慧和天赋，如果不是英年早逝，他的文学成就还要大得多，也许中国古典文学的版图会改写不小。王勃抵御命运多舛的能力尚显稚嫩，从他在《滕王阁序》中表现出诸多逢迎讨好的文风来看，已略显生命的颓势，如果不早亡，再假以数十年，倘能冲破命运的牢笼，他的成就丝毫不会逊色于苏东坡。如果无力勘破人生的玄机，那就不好说了。至于他被父亲连累致死倒不是，恰恰相反，他父亲被发配到交趾县做县令，倒真是受王勃连累。文变染乎世情，兴废系乎时序。王勃的后辈韩愈就在文体新创及文风改革上作出了巨大成就。”

先锋队的文艺家们到了南昌，当然不会错过参访瓷都景德镇的机会，于是经过两个半小时的车程，他们直接来到被誉为当代官窑的“工美景德镇柴窑基地”，魏明心这次来到景德镇不单是参观，他想借此机会提前鉴赏为庆祝“一带一路”倡议十周年纪念暨“粤港澳大湾区公益文艺先锋队”全国巡访圆满结束庆典而定制的“青花云龙纹象耳对瓶”，该作原件“青花云龙纹象耳瓶”（“至正型”青花瓷）

现为大英博物馆藏，是中国陶瓷史上里程碑式的艺术珍品，是鉴定元青花的标准器物，具有很高的艺术价值、历史价值、文化价值和研究价值，为践行中国特色社会主义新时代文艺观，坚定文化自信，振奋民族精神，北京工美造办公司特联合景德镇珠山国资、工美国礼创作团队共同组建专项文物复造课题组，并力邀瓷器制作各环节专家团队共同攻克所有工艺细节。主创人员则为景德镇陶瓷世家陆如父子和珠山八友王家传人王怀治。

待魏明心告知来意后，工美景德镇柴窑基地的王姓工作人员将已经烧制好的“青花云龙纹象耳对瓶”展示在众人面前，作品造型精美，高约63.6厘米，颈部有象首环耳一对，纹饰繁而不乱，极具经典况味。自颈部至瓶底共有九层，依序为缠枝、菊花、蕉叶、云凤、缠枝莲花、云龙纹、海涛纹、两层缠枝牡丹纹和杂宝莲瓣，技艺之精到令人拍案叫绝！现场负责接待的王姓工作人员介绍说：“这批作品由工美景德镇柴窑基地全程跟踪烧制，由公证处公证保障限量发行，有瑕疵的作品一律公开捣毁，确保每件出窑作品无论器型的繁复程度，还是烧造工艺的复杂程度，抑或原料的昂贵程度，甚或整体呈现出来的艺术美感，均达到官窑瓷器登峰造极的水平！”说完，他带大家共同见证了瑕疵产品现场被砸毁，以此表明所有烧制作品不仅是纯手工高标准打造，同时出窑时不容许有丝毫瑕疵，否则命运就像那堆碎满一地的瓷片。魏明心了解到这些严苛的运作规则后彻底放心了，因为参加庆典的这款具有特殊历史意义的元青花复造作品是不可有任何闪失的，只为他心中那抹永恒跃动的“蓝色符号”。

而外，为了体悟传世名画《千里江山图》在取景及构图方面如何体现“道法自然”的创作灵感，他们又分别实地踏访了鄱阳湖和庐山，从中领略了天地大道和创作主体个性情采之间的关系。

然而，上述地方都不是此行的目的地，魏明心把先锋队引向安徽安庆境内，因为那里是中国禅宗二祖慧可、三祖僧璨的道场，他们此行要去的是永基法师的道场“西来禅寺”，他是这座寺庙的主持，是魏明心多年的道友。永基法师是河南周口人，道行极深，身兼“西来禅寺”“盘古寺”等多座寺庙的住持之职，法缘广大。他喜欢魏明心的禅意书法，遂请他为一年一度“打禅七”的禅堂题写“西来禅堂”牌匾。

永基法师法相憨厚，智慧无垠，是少林禅宗祖庭的“镇寺高僧”，他虽刚过天命之年，但禅学智慧已参悟“无漏智”，是禅修界宝藏级的得道高僧。魏明心率众赶到“西来禅寺”时，只见永基法师早早就站在寺庙大门前迎接了。永基法师客气地向众人举起双手合十行礼，然后才憨笑着告诉道友魏明心：“你们来得正好，恰逢今年禅七期间，今天刚‘起七’，稍事休息，可以带你们去看看。”永基法师有一只眼睛年轻时意外受伤致盲，但看上去不仅毫不影响法相庄严，反而更显神秘智慧。他把大家邀请到茶室亲自为众有缘人斟茶，甚至亲切地和大家拉家常，就像久别重逢的亲友一样，毫无违和感。永基法师似乎对魏明心此行的情况非常了解，所以并未多问题外话。

西来禅寺的主体庙宇共三层，一层是僧众的起居室，二层就是禅堂，三层为藏经阁，不对外开放。

魏明心对西来禅寺的情况应该也是相对熟悉的，说来如数家珍。小憩之后，他在永基法师的陪同下领着众人来到二楼的禅堂，首先映入眼帘的就是他自己为禅堂敬书的“西来禅堂”牌匾。“丑书大王”小曾猴子见了魏明心书写的牌匾，不由凝神屏气，心内又对他多了一层敬畏之情。

此时，禅堂里面发出此起彼伏的脚步声，原来正值师兄们在“跑香”，当“跑香”充分淋漓时，大家又各自归于禅床“坐禅”，“坐禅”是“打禅七”的最主要形式，重在“参话头”，据说这种参禅氛围最容易获得成就，历代有不少禅师在“打禅七”期间开悟得道。禅七短则七日，长则七七四十九日。每日凌晨四时起床，晚间十一时休息。“打禅七”期间，主要功课分为“跑香”和“坐禅”两项，一切围绕这两者循环往复，其中以“坐禅”为主。随着社会发展节奏的加快，“打禅七”的规则也会有所调整，比如针对“在家”的居士到寺庙参加“打禅七”，往往只打“一七”，“跑香”和“坐禅”的具体时长也更为灵活，多由永基法师视参禅者的参禅状态酌情安排。“跑香”重在跑掉妄念，跑掉执着，跑出一个神清气爽的真我；“坐禅”则以“双盘”为最佳，初学者多为“单盘”或“散盘”，此时坐禅者“鼻对口，眼观心”，形如泥塑木雕般端坐在那里，但不是“枯坐”，要时刻升起智慧观照之心，觉照妄念，万法归于一心。目的都是专注于“参话头”，参什么话头呢？参悟“我是谁”“谁是我”“谁在坐禅”“正在坐禅的是谁”“谁在参悟”“正在参悟的是谁”“谁在思考”“正在思考的是谁”“谁在跑禅”“跑禅的是谁”“我从哪里来”“我要到哪里去”“谁要了脱生死”“要了脱生死的是谁”“谁不生不灭”“不生不灭的是谁”等直指人心的话头。在古代，“打禅七”是非常严厉的，多为七个周期四十九天，开始称作“起七”，结束称为“解七”。当已换上便衣、草鞋的住持将手中的“香板”掷于地上，嘴里大喝一声“起——”，则意味着“打禅七”正式启动，全体“打七”人员遂全神贯注于此。在此期间有专门“护七”的禅师负责照料“打禅七”的众师兄，趁他们在禅堂休息间隙适时送来补充能量的茶饮等。“坐禅”以燃香计算时间，也叫“坐香”，相较平常要多出一至数倍的时间，亦叫“加香”。“坐香”期间凡不合规矩者，譬如遇有思想开小差、心不在焉或偷懒打盹的修禅者，肉身会受到“监香师”的严厉惩罚，往往冷不丁地就会挨上一香板，古时禅堂常能听到呼啸而去的香板声，毫不手软。每年固定在冬季农闲时节亦称“冬安居”举行的“打禅七”，皆由本寺住持永基法师亲自带领众弟子参禅悟道，旨在通过至为集中的禅修，参与者在高度静寂中寻获法身慧命和对生命本质的深刻体悟，乃至明心见性。

魏明心给先锋队队员作了大致讲解后，为了不打扰师兄们参禅悟道，他就又和永基法师领着大家回到茶室交流禅宗心法之所得所悟。

禅宗道场虽不像普通佛教寺庙那般清规戒律森严，但规矩都是一样，自由的是基于禅学思想的心灵通透。

所以在寺庙用斋饭都是素食，为了随应信众的俗缘，有些素食的食材外形看上去像俗世的荤菜，实际不是，所有食材采购都有严格规范。

魏明心倒是特别喜欢素食，尤其喜欢西来禅寺的素食，吃完总感觉神清气爽，开慧增智。他自己平日里也以素食为主，此番再度重来，甚合心意，但晚餐他在西来禅寺用斋饭前，他还是提前给大众讲解了寺庙的日常要求，以免出现不如法的情况。

用过斋饭了，所有需要直播出镜的先锋队队员皆换上了事先备好的深灰素净的禅服，而后在永基法师的安排下，直播活动就顺缘安排在二楼的禅堂。这间禅堂非常阔大，四围都是坐禅的禅床，中间用于“跑场禅”开阔之地正好可以临时作为直播活动的场地。原先“打禅七”的师兄们依旧在禅床坐禅，按照永基法师的说法，公益先锋队正好赶上了“打禅七”的日子，随缘就好了，也有益于弘扬禅宗智慧，祝愿有情众生得闻正法，使正法永驻世间。正法也不离世间法，红尘亦可大修。六祖慧能在《无相颂》中说：“心平何劳持戒，行直何用修禅。”我们与此“无相偈”相对照，找出自身差距，刚好可以借机在“行住坐卧”的日常中历练一下禅师们参禅打坐的定力。正如《菜根谭》所言：“风来疏竹，风过而竹不留声；雁度寒潭，雁去而潭不留影。故君子事来而心始现，事去而心随空。”如此，方可说修得了不住心之自在无碍的境界。

郝姑娘、余佳丽、上官步莲、李玲珑四位直播出镜主角穿着禅服亦显雅致脱俗，来自禅门的高洁智慧使得蒙尘的心地顿然勃发般若智慧的光华。郝姑娘的朗诵声实如禅意清音，在听者的心头轻柔掠过——

在他母亲的印象中，冬青从小就与众不同，他什么都是先人后己，并且总是挑小的拿。他母亲为此特意观察过冬青几次，慢慢才识得个中端倪，原来他受到“融四岁能让梨”的典故的熏染，正在择善而从地效仿呢。他母亲于是暗暗窃喜，一有时间便给冬青讲些闪耀人性光辉的人生榜样故事，以供他一生模仿推陈出新。但不知不觉中，赵冬青却变得调皮好动起来，甚至还有点小小的叛逆，就像所有成长正常的孩子那样。在他四五岁光景时，他爱玩的天性越发凸显了出来，他经常与小朋友一块嬉闹，抑或一个人单独跑到单位的工作区去玩耍，有次适逢周日——那时每周只有周日是休息天，冬青玩兴正浓直到中午饭点了还没回去，他爸爸去找他，远远就见冬青正在尚未建好的新厂房楼上玩着呢，于是他爸爸忍不住说他："都几点了还不知回家吃饭？我看你是越来越不懂事了，连玩都还要大人来找你回去。"谁知赵冬青理直气壮回说："我不知道几点了，再说我又没有表。"他爸爸闻言感觉既好气又好笑，遂没好声气对他说："好好好，你这小兔崽子，难道还想让爸爸给你买手表不成？"他说完语气很快又柔软了下来，接着跟冬青说，"就算没表，你就不会抬头望望太阳吗？"冬青仍旧执拗说："你又没教我，我怎么分辨得清太阳公公何时会出现在哪里？"说完不等爸爸继续训话，就一蹦一跳地活像只小鹿般朝家的方向飞奔而去。他爸爸则在冬青身后一边跟跑一边不停朝前嚷叫着，特别是看到危险的路段，以便适时提醒他要小心看路。

上小学后，赵冬青拥有了更多小玩伴。相较于当下的孩子们时常长时间迷恋于电子游戏和电视动画片，赵冬青的课余时间运用起来则要健康得多，他上学之余常和同学们一块去吊吊单杠，甩甩双杠，爬爬大树——因为他们家所在的单位当时占地很大，在庞大的院落里自由伸展的树木也多，简直浓荫蔽日，所以孩子们就像森林中的鸟儿那样欢畅成长。然而赵冬青的胆子最大，他不仅敢于爬上高耸的大树，他甚至还敢徒手爬裸露在外墙的生活管道，就像擅长攀爬的猴子那样用双脚稳住管道，然后双手紧抓住管道的两侧一溜烟顺势往上爬，一直爬上四楼为止，而且还爬得飞快。有次被一位老奶奶看见了把人家吓得心都要从嗓子眼蹦出来了。于是她赶忙去"报告"他母亲，可等他母亲赶到现场时，赵冬青已稳稳地站在四楼向地面上的母亲挥手，当他母亲看见儿子出现在四楼高处时，她紧张得把双手放在嘴边做了个喇叭状的传音手势高喊道："冬青，你要多注意安全，赶紧从楼梯慢慢下来……"不料赵冬青并未听从母亲的话，他有意在母亲面前逞强，于是他又沿着四楼的管道顺势滑行而下，像自由落体运动那样自如回到了地面。赵冬青这样大胆的举动直把他母亲吓得面色如土，见儿子落地了，她就像丢失后重新找回了儿子那样一把紧紧抱住儿子，而后眼泪禁不住夺眶而出，她哽咽着对那位报信的老奶奶说："真是太谢谢您了，难得您这样好心，要不是您，我根本不知道冬青的处境这么危险，要是我事先知道这个情况，说什么也决不允许他这样爬上爬下的。"但貌似已闯祸的赵冬青却若无其事地挣脱了母亲的怀抱，然后调皮地朝她做起了鬼脸。

与此同时，赵冬青在小学练习游泳也是瞒着父母的，就姥姥一人知道，每次去时都是姥姥亲口跟他叮嘱几句，待他回来换好衣服后再喝上一小口酒，驱驱寒气，每次都是这样子的。这事他母亲全然不知情，否则既不会让他冒险练习游泳，亦不许他沾酒影响记忆力。

此外，相对于人类的整个活动轨迹来说，地球总也显得小如村庄一样，能够容许赵冬青“自由飞翔”的空域，同样也是来来回回就那么一小片地方。因此当他再一次徜徉于一度喜欢的工作区时，生性爱琢磨的他，无意中目睹了一台被扔在厂区外面的孤寂的皮带轮，这瞬时激起了他的好奇心，他禁不住走过去瞅瞅，并忍不住拿小手试着转了转，由于年幼无知罔顾了潜在的危险，他稍不留意小手指就忽然被卷进去一个，在这千钧一发之际，好在他少年老成，当时既不紧张，也没哭，只是双眼紧盯着自己已被夹得因血流不畅而微微发黑的手指慢慢地一点点往回退，当他好不容易将手指安全收了回来时，小手指都给夹扁了，呈紫红色，就像血快要流出来却突然受阻了凝固在那里一动不动那样，皮肤被欺负成了“透明玻璃”可观察到血液原色的惨状，定然是很痛的，但赵冬青硬是没哭出来，像一个真正的男子汉如钢铁般坚强！而且他还学着装出一副敢做敢当的样子，当他回家后心有余悸向父母复述他的英雄壮举时，大人就疾言厉色批评他，说：“下不为例哦。小孩子不应去工作区玩，更不能随便动东西，那样太危险了！”随后他母亲带他去门诊部简单包扎了一下这事就算过去了。与抵御肉体上的痛苦相比，来自心灵层面的煎熬赵冬青似乎尚难于应付。因为夹手的事情没过去多久，赵冬青便面临父亲要去河南干校劳动一年的家庭变故，此时，赵冬青的弱小无援便暴露无遗，他开始更多地依恋父亲，比如睡前不见父亲在跟前便无法入睡，一觉醒来后他第一个要找的人便是父亲，要是一时见不到的话便容易暴怒哭闹。因为隐约的意识深处，他很不放心父亲离开家人远走异地，再说也不舍得亲人离散呀。但那毕竟不是可以任由人们自由选择各自生活的时代，到了父亲不得不离开前往河南干校那天，赵冬青就把事先用泥巴捏好的一队“小兵”亲手送给爸爸，他希望自己手下的“杰作”能够替他护送爸爸平安出行，并且还另捏了一只开着屏的孔雀送给他爸爸，孔雀的头还是向后扭的，看上去既生动形象，又好看养眼，只是没能赋予它斑斓的色彩。他爸爸看后很感动，抱起儿子亲了又亲，父子及其他亲人间的离别情景真是难舍难分啊，说明了人间真情之真挚纵使山高水长亦阻隔不了的道理。

李玲珑在禅堂清净之所改变了互动模式，由双向变为单向，她只邀请魏明心为先锋队队员及直播听众讲讲禅学与做人为艺的关系。

魏明心自然明了李玲珑的要求，他直指人心说：“禅宗的智慧，是佛学辩证之至的智慧！类似于我们传统文化中儒学的中和之道，也接近道学的虚静至极。实际上，早在宋代，北宋五子之一的张载就对‘儒释道’的互参、互鉴、互补做了反复研究和论证，最终使得‘儒释道’完成了圆融合一，这对民族文化的融合发展可谓善莫大焉！通过本质比对，我们可以知道，‘儒释道’三者的终极方向皆是指向人心的，皆是擦亮人类心性的重要途径和手段，但必须明白，所谓的‘擦亮’只具备‘发现’功能，人类的心性是本自具足的，不必假于外力。于外行有不得，只需反求诸己，明心见性即可。心地澄澈透亮了，智慧就增长，犹如沾满污泥的‘宝贝’被洗净后，显露光华的样子。这无论是对艺术创作，还是别的工作，都是大有裨益的。我们可以归结为以下两点：用心若镜，映万物，而不留一物；用心如水，润十方，而不住一处。”

魏明心又说：“从做人的层面来说，知道了自己是谁，就可以放下人世间很多无谓的包袱，活成真正的自己；从为艺的层面而论，要明白中国书画是有深厚传统的，不说要有多高的觉悟了，起码也要有基本的敬畏之心吧，可我们睁眼看看我们当下的书画土壤，尽长出一些歪门邪道的东西，像书法类的射书、吼书、乱书、抹书、拖书、戳书、天书、性书等非出于艺术探索的需要，而是为‘捞取名利’不择手段博出位，简直丑态百出！古之张旭、米芾等异于常人的书写方式，是为艺术而心性，为心性而情绪，是厚实学养支撑下的真性灵的抒发，是有灵魂的真性情的书写，而非为博眼球刻意为之的卑劣之举。于书法而言，我们所说的继承，实际上是要继承古人在‘笔法、字法、章法’等方面总结和归纳出的书艺载体系统，但更重要的继承，是要用心领悟古人的书写心境与状态，以及书外功夫等相关的思想人文底蕴和道德情怀。这才是一位书家真正应该秉持的精神风骨和遗貌取神之品性，而非以毫无底线的搞怪行为肆意作践中国的文字尊严和玷污老祖宗遗留的书法艺术形象。这让我想起了一句话：艺术之乱象源于文化之乱象，文化之乱象则源于人心之乱象。这样的定义可谓一语中的。像绘画类的为创新而创新的水墨图式、为与国际接轨的拼凑型构图、因盲目媚外试图改造中国画的作品、因浅薄无知而肢解中国美术教育的行动，如此等等，不一而足，暴露出许多‘东施效颦’式的笑话，令人既感悲哀又不禁扼腕痛心。可面对糟糕的文艺景象，现实的反应如何呢？那些人仍然稳稳掌握文艺话语权，仍然稳坐主流文艺的‘钓鱼台’。这让我们不得不反思：在如此一个拥有数千年人文积淀的国度，居然不去下大力气传承优质人文底蕴，沉潜气质，定而生慧，却让一帮‘盲人骑瞎马’般的缺魂少思者在中国艺术文化的最高殿堂像小丑一样上蹿下跳，而且竟然蹦得异常欢实而毫发无损，甚至大多数带歪中国艺术文化的人捞足了名利，却无须承担任何因祸害中国文艺致其畸形发展的人为责任。”

临近末了，李玲珑说：“有位网友非常踊跃地想问魏明心，如何理解禅宗所说的：‘一法不立，万法皆空。’”

魏明心回应说："六祖慧能之前，禅宗有'不立文字，心口相传'的传统，而且依循的是初祖达摩'一花开五叶，结果自然成'的发展脉络。这里所谓'一法不立'的一法，实际上就是指要归于'一心之法'，只有在这个基础上才能一心生万法或万法归一心而含藏万有。所以只有真正理解了一心是不二真如，由此生发出来的才可能并非妄念或执念。换而言之，找到自心方能衍生万法。那么，这个'一心与万法'的本质如何理解到位呢？这就好比诞生于明代瞿汝稷编撰的奇书《指月录》所引发的比喻：天上那轮散发着明净光华的明月，原本因指见月，所见月亮象征本来无染的清净心，而愚夫却误把指月的'手指'当成了'一心'，这就是明辨'本与末'的方便法门。"

讲话结束后，魏明心又马不停蹄地组织了一场笔会，既为了便于先锋队队员之间的交流，同时也是变相以书画弘道。魏明心率先借禅意书法沐手净心后书写了一幅唐朝布袋和尚的《插秧偈》："手把青秧插满田，低头便见水中天。心地清净方为道，退步原来是向前。"他把"书为心画"的玩味之境与诗意哲思融为一体，像一团温暖和煦的饱满的阳光遍洒在观者心头，其中有位"打禅七"的面如满月的延觉师兄径自走到魏明心的面前双手合十说："今天坐禅时，我总感觉哪里堵住了不得通畅，刚才看到您的书法，就像一把钥匙，瞬间把我的'心锁'给打开了。或许这就是师父所说的我于言下开悟了吧。感恩遇见！"

魏明心回礼说："师兄吉祥！了心境界，妄想即除，妄想既除，即是无生。法性本有，有不假修。禅不属坐，坐即有着。若见此理，真正合道。随缘度日，坐起相随。戒行增熏，积于净业。但能如是，何虑不通！师兄修得一副好相貌，悟性极高，今已呈现圆满之相，无漏之智。"

延觉禅师说："师兄亦是好相貌，面相慈悲，眼睛纯净明亮，如山泉般清澈澄明，耀人眼目。双耳高过眉梢，属大智慧者，殊胜之相。"

田老庄擅长画禅画，其道学根基深厚，但近年"儒释道"皆修，使得画技日益精进。他先画了一幅《道济禅师法相》，描绘济公摇着一把极其破烂的扇子嬉笑度众的画面，吸引西来禅寺一众僧人围拢过来观赏，他们都喜欢得不舍离去。于是在众僧侣一片叫好声中，田老庄又画了一幅《六祖闻经图》，反映慧能当听闻到《心经》"应无所住，而生其心"立时于言下顿悟的悟道场景。当田老庄以为可以搁笔了时，人群中又有禅师高声出题：

"史上的王维是'诗佛'，当下的田老师称为'画佛'也未尝不可。我们今天参了个'磨砖成镜'的禅宗公案，以田老师的修为自然不用我多解释。三生万物，为着替有情众生接引无量福德，请您再赐幅笔墨如何，我们将挂于禅堂供师兄们瞻仰画中禅师的庄严智慧，今后借此悟道者当无限广大，以画弘道，与为佛造像具有同等功德福报！”

田老庄说：“师兄声如洪钟，有‘棒喝’之威，焉敢不从命？”

田老庄的诙谐逗得众人哈哈大笑。他是个和气人，自己也跟着笑笑，然后才提笔挥毫泼墨，仍旧画他拿手的大写意人物画，风格有点类似南宋梁楷《泼墨仙人图》的隽永意味。田老庄的绘画速度极快，顷刻间便掷笔离去，大有解衣盘礴之风神，所成画作《磨砖成镜质询图》遂从速呈于人前：塑造了怀让禅师因在马祖道一房前磨砖而接受马祖道一“磨砖怎么能成为镜子”的质疑。田老庄的笔墨简远浑然，画品高格宜人，作画往往一气呵成，导致不解个中原因者以为大写意画太过容易，随便挥挥笔一幅画就可速成了，如此易得之事，所以画家不应该吝惜笔墨，这不过是画家的举手之劳而已。殊不知，田老庄早已汗湿了全身，虽只画了三幅，却是他数十年历练出的智慧人生的瞬时爆发，其间的提炼概括、艰难取舍，岂是凡俗之人可解其中真味的？

田老庄离开笔会现场去换装时，所有僧众向他合十致敬！接着又继续三五成群窃窃私语地品评田老庄令人大开眼界的泼墨大写意人物画。

永基法师为赵冬青主持了一场“诵经会”，他亲自出场持咒念诵了《大悲心陀罗尼经》《观世音菩萨普门品》等经典经文，他念诵经文的声音极具穿透力，字字句句都有真力弥漫开去，止挡不住地往四处八方扩溢。念诵罢了，他说：“佛法不离世间法，谨以此举为先锋队公益之行祈福求安、消灾祛邪，也祈愿国泰民安、福祉永续，正法永驻人间！”

赵冬青自从进驻西来禅寺后，灵魂安定无虞，永基法师初见赵冬青就断言：“此人是个大根器之人，凡大根器者，必定是个有大抱负和大担当之人，也势必拥有非凡的家国情怀，即便暂时经受磨难，但定有云开日出、转危为安的那一天。”

如今赵冬青的面色看上去更显红润，说明血脉更其通畅了，杨大夫和护工给冬青做康复按摩时充分感受到了他的身体变得更其柔软了。冬青母亲看在眼里，又想起永基法师说过的话，心里满是欣慰，全程都陪护在儿子身边紧盯他的这一变化。格外关注赵冬青病情变化的写实画家陈立人亦纤毫毕现地再现了冬青病情的最新进展。

中部

人性探求谱

第十一章 世道人心

扬州有着“中国运河第一城”的美誉，因得天独厚的地理位置及优越的自然环境，自汉以降，几乎经历了“通史式”的繁荣，是中国大运河世遗和中国海上丝绸之路双荣誉之城。其中，尤以乾隆六下江南必到扬州而声名远扬。那些虽已远去却始终在后世流传且早已成为人们口中津津乐道的经典故事，犹如一处处无上的人文胜景，不仅吊足了大众的胃口，甚至成为后世窥探历史幽微的一道静谧的缝隙，抑或一剂抚慰历史创伤的良方，是非对错或许已不重要，重要的是它所铸就的以史为鉴的历史智慧如何影响未来社会的发展开拓。

扬州是赵冬青的家乡，冬青母亲回到旧时故里心情一时大好，为大家当起了向导，她声情并茂地介绍说：“当年，扬州当地官员得知乾隆要来游览‘瘦西湖’，为让乾隆帝有如在京城的宾至如归之感，于是忙不迭招呼当地盐商巨贾以北海公园的‘白塔’为原型，临时用一袋袋白盐垒砌起一座扬州版的‘白塔’，据说乾隆皇帝见了‘白塔’后甚感亲切，心情为之大好，此行遂形成了皆大欢喜之局面。事后，当地官员作难了，乾隆皇帝看过的‘白塔’可不能作废，那是欺君之罪，谁能担当得起？因此只能如实按照北海公园的白塔模样重新建了一座真正的白塔，我们现在看到的瘦西湖莲性寺白塔，就是建于清朝乾隆年间的故事中的那座，形制仿效京城北海喇嘛塔。”她略微缓了口气，接着介绍说，“当然，扬州的魅力绝不限于自然人文之美，扬州还有令人百吃不腻的扬州包子等地方特色美食，我年轻时有位闺蜜是素食主义者，在路上还说绝不碰荤菜，结果到了扬州一吃扬州肉包子，就数她吃得最多，连她自己都想不到，她几乎不敢相信地说，想不到自己长期以来引以为傲的素食倾向却被扬州包子给一举攻破了，不知是自己的毅力不够，还是扬州包子的攻击力太强。看来在美食面前，身体最诚实。”

巴人是文人画家，受陶潜的出世风骨影响，他甚喜画田园山水，对泰州兴化垛田早有耳闻，因此到了扬州岂能错失良机？所以他一直游说魏明心，希望先锋队能前往泰州兴化去看看著名的“兴化垛田”。巴人介绍说：“当地原本是片湖荡沼泽地带，由于上游来水的冲击和下游海潮的顶托，逐渐形成了一个个大小不等、形态各异且四围环水、高低错落的水中土丘，当地先民们为了抵御洪水，垒土成垛，在垛上耕种，遂有了垛田，特别是种上油菜花当其开花的时候，一片片黄澄澄的油菜花垛田高悬于水面，煞是好看。相传宋代范仲淹出任兴化知县时，因兴化饱受洪涝灾害而修建了‘范公堤’，这为沼泽转化为陆地铺平了道路。时至今日，兴化垛田传统农业系统被联合国粮农组织评定为全球重要农业文化遗产，兴化垛田灌排工程体系亦入选世界灌溉工程遗产名录。”魏明心听闻此事后也有点心动了，后经团队综合评估，认为由于主观原因限制，不便游览风光旖旎的兴化垛田。这样一来，不愿就此与兴化垛田失之交臂的巴人，只能自己联系兴化当地的朋友陪他去了趟兴化，也算替自己完成了游览“兴化垛田”并创作相关作品的梦想。

郝姑娘是河北大名县人，长相秀气婉约，酷似江南女子。她听说自己如今就站在史上繁华热闹且诞生过扬州八怪的地方，她的心情别提有多高兴了。因此，她将所有的喜悦和激情都化在了她的诵读声中，一组组鲜活的画面就从她掷地有声的朗诵中倾泻而出——

和过度侧重追求物质财富的时代环境造就的新一代青少年不同，赵冬青打小熟读《诗经》《道德经》《论语》《孟子》《三字经》《千字文》等中国古代经典名著，更令人欣慰和吃惊的是，赵冬青并不是简单地死记硬背，而是非常善于归结中华优秀传统文化中的要义与精髓，且敢于质疑传统文化中的糟粕部分，譬如对于《弟子规》中的某些愚见就绝不苟同，小小年纪却有能力弃浊扬清，尔后身体力行去实践并佐证之，实属难能可贵。因为他隐约意识到“仁者爱人”是每个人都应该做的事情，还认为“温良恭俭让”“仁义礼智信”才是人伦中的纯粹的本真面目。这种见地似乎超越了他的年龄所能做出的理性判断，却与他敏感睿智的天性相符。

其实，由于生存经历各异，每个人都会有自己独特的思考与见识，要么基于历史环境，要么源于特殊心理。比如他母亲是亲历过新中国成立后那段特殊历史的，数十年后，对于未曾亲历那段历史或对那段历史毫无记忆的我追问她会如何评价那段风云变幻的岁月时，她显得很平静，也很理性，她说：“历史就是历史，历史是没办法选择的，个人是历史中的个人，我们只能去接受和适应它，把它作为人生的一段特殊经历就可以了。其实，人一辈子经历些苦难并不是什么坏事，关键是我们以何种态度去面对它，如能正确看待，有些东西是可以实现转化的，它未尝不是座可供挖掘的宝藏。”

也许正是他母亲豁达的胸襟和开明通达的理念无形中影响和丰盈着孩子的心灵，所谓耳濡目染言传身教的家教的重要性就体现在这里。这些看似无形无迹的东西，很大程度上会如影随形地陪伴孩子一生，而且往往在孩子小时候便能有所体现和反映。让他母亲至今仍记忆犹新的，是赵冬青刚上一年级不久发生的事情，有天，她突然发烧高至40摄氏度，人很难受，头晕眩得厉害，整个人像翻滚在太空中一样难以掌控。赵冬青上学时自然不知道母亲的病情，等他回来看见母亲一人孤寂地躺在家中病倒了时，可把他急坏了，赶紧给母亲降温喝水，此前从未做过饭的他，还亲手给母亲煮了碗荷包蛋饭送到床前喂母亲吃，当母亲因高烧吃不下去饭时，他就想着法子让母亲高兴，结果他母亲还真把饭给吃完了，吃完饭后，便慢慢恢复了体力及神智，这让他母亲异常感动，觉着儿子已经俨然是个小大人了。

有了这次牛刀小试，赵冬青慢慢积累起了生活自信及对家人的爱的感觉，于是他参与越来越多的家庭劳动，以及表达对家人和他人的关爱。其中，1976年的唐山大地震是塑造他性格走向坚强和培养忧患意识的重要节点。那次天灾，由于地域毗邻震区，北京同样很紧张，加之他们家住在离通县较近的地方，所以心理层面上感觉显然要更紧张一些，那时离他们住区不远的地方许多平房崩塌了，而他们家所在的楼房也未能完全幸免，和附近大多数简易楼房一样都成了危房，需要在外搭建抗震棚，根据单位总的安排部署，他们家暂时搬到办公室住下——早结晚铺，做饭就在小学水房。赵冬青每天下课早，他每天下课后不再像先前那样贪玩了，而是先到水房，替父母将炉门打开，努力先把火烧旺，如果看到有准备好的蔬菜，再接着把菜洗净，然后自己就端坐在水房内静静地等父母下班回来做饭，那段时间，几乎天天如此，从来不需要父母教他该怎么做。

后来各家开始盖抗震棚了，都是单位划拨块地方各家自己设法盖。那时，赵冬青的父亲被派往外地出差了，他们家没什么劳动力，尽管偶尔同事们也会向他们家伸出援手，但大家都很忙，也都不容易，所以经常是他母亲像个女汉子那样独自爬到高处去搭建，赵冬青看着不放心，就在下边紧张地陪着母亲，看她需要什么材料，看好了马上递给她，多少天来始终如一，直到抗震棚盖成，从未听他嘀咕过一句怨言，抑或主动说些要求去玩耍的话，他总是一声不响地竭力陪在母亲身边，可以说为抗震棚的最终完成出了大力帮了大忙。

扬州的美景着实令所有文艺家陶醉和倾倒，他们都忙于积累素材，以便转化为自己的得意之作。他们在扬州落脚的场所是魏明心的学生倪青萍负责管理的扬州文化馆。场馆内的书画空间恢宏大气，感觉就缺少优质文艺家在其上舞文弄墨了。如今，倪青萍听说老师要带队前来扬州参访，她自然欣喜异常。一来，很久没见老师了，正好可以尽尽师生情谊；二来，来了那么多知名文艺家，自己有机会从旁作陪，也可以增长见闻互通有无。本来地方文化馆就缺少高品质的文艺活动，如此可谓一举两得。

李玲珑主持了先锋队和当地粉丝的互动交流会。这是个关于桑梓之情的话题，更是一个关乎世道人心的问题。要回答类似问题，魏明心当然是最合适人选了。因此他当仁不让地做了毛遂自荐。李玲珑于是和颜悦色地对现场粉丝们说：“感谢大家百忙之中抽空来到这里参与我们的互动交流会。刚才有几位朋友建议我们缩短互动会的时间，我想说的是，既来之则安之，但我们团队确实临时增加了别的活动环节，所以综合考虑下来，现场的朋友可以先简单地交流一下各自想问的主要问题，然后折中一下，共同推举一位代表和魏作家进行直接对话。”

稍待片刻，一位优雅的中年女性起身问道：“高尔基说过，‘书是人类进步的阶梯’。首先我对作家是非常尊重的，很荣幸能和魏老师面对面交流。我们想问魏老师的是，假如扬州是您的故乡，您从小就生长在这片土地，阔别家乡多年后，当您重新回到这里时，您对家乡的人和事会有什么期待？如果事与愿违，您又将如何看待家乡的变化？”

魏明心说：“一看您就是位知识女性，提出的问题果然直击要害！应该说，这是个非常难以回答的问题，但又确实非常切中本质，它实际上关系到每位身在异乡的游子，当然也是未来潜在的游子们应该共同关心的话题。尽管家乡话题经常在各种场合被屡屡提及，而实际上，家乡是个非常私密的话题，它更多的是关于童年的记忆，以及由此带来的牵涉一生的影响。因此从我个人的角度来说，当我回到家乡时，更多的是一种自我情感的满足与好奇，正所谓‘他乡纵有当头月，不抵家山一盏灯’。这是基于自我心路历程发展的毕生功课。至于对家乡具体人和事的期待，这应该和个体所在阶层有关，因此得到的外在反馈也是千差万别的，当然因之产生的心灵反应也迥然有别。作为我个人的情感体验而言，我会把家乡和自己关联的人和事看作是反映世道人心的一面镜子，从中去映照出属于一个时代的阶段性的缩影。从这个层面上说，如果把家乡人事的变迁看成某个社会阶段中的人心的一部分的话，那么，于个人而言是不必大惊小怪的，应该从社会公共价值观的角度去理解与包容所发生的一切。而且也只有从这一人情世故的本质出发，才能做一些有益于家乡，乃至有益于社会人生的事情。”

魏明心现身说法式的回应，博得了包括刚才提问的那位女士在内的众多粉丝们的认同与支持。同时，他们也纷纷对赵冬青这对特殊的“老乡母子”发出由衷的祝福！祈愿赵冬青的病情能够沾染家乡的福气后早日痊愈。

最后出场的是李玲珑临时组织的“书画义拍”专场。拍卖是李玲珑的拿手好戏，尤其“义拍”，更让她散发无限能量与人格魅力。这次来扬州，天地人和，书画家们创作热情高涨，打造了大批新作，她心性灵巧，顺势将互动环节临时调整为书画“义拍”，她轻车熟路一路高歌猛进，将前几站积压的作品一股脑地清空了，将筹到的义款做好登记，在公众监督下悉数汇入公益基金。

不能不说，家乡对每个人来说都是心灵深处的一剂“良药”。赵冬青也是如此。尽管他从小就生长在北京，但家乡仍然是藏在心头的一个特别的存在，他虽然年少时也曾回家乡陪爷爷生活过一小段时间，但对于家乡的认知更多来自他爸爸的讲述，也就是说，他对家乡的了解，实际上是他父亲对家乡的记忆和情感转而投射在他的心灵上留下的印痕。因此他对家乡的反应自然也是热烈和亲切的，一如他父亲对家乡的感情那样。所以赵冬青回到家乡后，他母亲偶然发现：冬青的眼睛偶尔闪出一线微弱的生机，不像此前是空洞和呆滞的。具而言之，赵冬青尽管仍躺在睡椅上，但看上去像换了副身躯，整个人变得有灵魂了。他母亲喜极而泣，数年的愁苦与煎熬大有一扫而空之势，她感受到了从未有过的来自心灵柔软地带的愉悦，她似乎一夜之间年轻了十岁，说话时不再像以前那样隐隐地带着一丝不易察觉的悲声。

当活动落脚地不便接待住宿时，先锋队的车队往往找个郊外的空旷地带按最安全的阵形“聚拢而居”。正如赞助方张为民先生所言，这些司机都是他优中选优甄选出来的，个个都是多面手，可以有效解决沿途的所有生活难题。魏明心确切地感受到了这份安心与踏实，一路走过来，到目前为止生活问题确实没让他操过心。扬州的住宿问题当然适合自行解决。但魏明心的学生倪青萍还是为他们提供了一定的便利，她让他们把房车都停在扬州文化馆内部宽阔的大院内，这就安全舒心多了。所以大家的心情都很放松，唯有上官步莲显得紧张兮兮的，她追问魏明心说：“您这个叫倪青萍的女学生跟您学啥的？”

魏明心说：“所谓的学生，只是表面的一种称谓，我曾经对她的诗文有过一些指导，仅此而已。”

上官步莲说：“不止这些吧，我怎么还听她说起，您还指导过她的书画作品呢？”

魏明心说：“那就更有限了，只是很少量的交流，友善地给予一些参考建议。”

上官步莲这才稍稍放心，接着就又逼问道：“还有那个王飞燕，她咋老找您探讨一些问题呢？她一个画画的，有啥资格和您一块探讨？”

魏明心说：“你这么说话就不对了，她怎么得罪你了？画画的怎么了？古人还文极而画呢，画画的也都是有修为之人，为何无端贬低他人？”

上官步莲不以为意说：“可现在不是古代呀，很多画画的是不学无术的画匠，甚至连称画匠都不够格，有啥文化含金量可言呢？既然无思想人文支撑，那叫艺术吗？还有啥值得品鉴的地方？”

魏明心说：“那也不对！不能因噎废食，更不能一棒子打死一个行业！任何事都是因人而异的，哪有绝对的事？凡事一走极端就容易出问题，既要考虑阴阳向背，也要关注转化融合，要懂得区别对待啊！王飞燕老师还是很有想法的艺术家，也颇具人文造诣，你要跟人家多学习才对！”

上官步莲不屑地哼了一声，愤声说：“我才不呢，她有啥值得我学的？我又不想当画匠！”

魏明心劝导说：“你们无仇无怨的，要互帮互助才好。我们先锋队的宗旨不就是要号召我们大湾区的文艺家们相互交流、互相参鉴吗？将来还得由此及彼不断推广普及呢。你为何忘了我们当初组队的规矩了呢？”

上官步莲听闻至此，不得已后退了一步，却仍辩解道：“我也没怎么着她，只是看不惯她，我不希望她老找您交流，这样耽误您的创作不说，还会影响到我们整个团队的正常运转。我是您的工作助理，我有权利从旁加以监督。”

魏明心主动和缓了口吻，说：“既然大家都是为了工作，那我以后多注意就是了。”

上官步莲见自己的“干涉”初见成效，也是见好就收。她再未言语，自己在心里唱着《得胜歌》走了。

第十二章 天道人道

作为六朝古都的南京，有“六朝胜地，十代都会”之美誉，历史人文底蕴如其母亲河——秦淮河一样深邃绵长，不仅是江南佳丽地，亦是南国文曲场，是个集人文生机与历史悲情于一身的多难之地。如宋代“衣冠南渡”的客家人就主要以南京作为落脚点，待到南京也迎来危机时，他们又再次启程南迁，因此南京很大程度上成为客家人“衣冠南渡”的首批中转站之一，为彼时的人们释放了无限悲悯之情。与迁徙之愁不同的是，“南京大屠杀”却是日本军国主义者横加给这片悲悯之地的罄竹难书的滔天罪恶！

魏明心一踏上南京这片土地，他就会油然想起《桨声灯影里的秦淮河》，想起怒沉百宝箱的杜十娘，亦会想起屡屡被战火焚毁又重建的南京夫子庙，还会想起饮弹自杀的美籍华裔女作家张纯如先生，她历经数年在全球范围内全面采访收集受害者第一手资料，以英文撰写的极尽翔实记录日本军国主义暴行的《南京大屠杀》一书，于1997年在美国一经面世，迅速登上《纽约时报》畅销书排行榜，让全世界聚焦日本极力掩盖的血腥的历史罪责！可她自己却因此受到日本右翼分子持续干扰威胁，结果被逼自杀，宝贵的生命就此永远停留在了36岁。

魏明心带领全体文艺队员在侵华日军南京大屠杀遇难同胞纪念馆前为被日本残忍杀害的30万同胞默哀3分钟。之后，他们根本无心游览名胜，而是直奔南京之旅的目的地——南京云锦研究所，专程拜访南京云锦唯一代表传承人周传喜老师，他为纪念“一带一路”倡议十周年，特意创作了“一带一路”指定官方作品《丝路华章》，而公益先锋队筹备在此行终点站西安举办“一带一路”倡议十周年纪念暨庆祝粤港澳大湾区公益文艺先锋队全国巡访圆满成功的活动！届时将和周传喜老师会师西安。

周传喜老师热情接待了先锋队一行，他介绍说：“云锦《丝路华章》用一幅展开的画卷为纽带，以古陆上丝绸之路的出发地西安为起点，途经敦煌，经过中亚、西亚，最后到达欧洲。海上丝绸之路从泉州出发，途径南亚、阿拉伯和东非沿海诸国。而后结合现代‘一带一路’经济带共建国家标志性建筑图案，呈现出一幅波澜壮阔的史诗画卷。画眼则是居于中间位置的仿制汉代织锦护臂的八个篆体汉字‘五星出东方利中国’。‘五星出东方利中国’是国家一级文物为汉代织锦护臂，里面分别用蓝、绿、红、黄、白五种颜色的织锦织就的八个汉字，喻指当五大行星同时出现在东方时，这一吉象的出现是有利于中国的国运昌盛的。汉代织锦护臂被誉为20世纪中国考古学最伟大的发现之一，于1995年10月在新疆和田地区民丰县尼雅遗址一处古墓中发现该织锦，现收藏于新疆博物馆。”

周传喜老师颇具描述意味的介绍，让来访的文艺家产生了浓厚兴趣，特别是王大海老师极其热爱民间非遗类技艺，他和周传喜老师一见如故，有意“取经”南京云锦的创意特色，以便未来在他的新汉画创作中融入南京云锦的技术特点和元素。为此，王大海和周传喜还当场敲定了将来具有可操作性的合作意向。同样，周传喜老师也非常喜欢祖国的传统书画，因此他跟到访的文艺家们聊得很是热络，并当场允诺把自己使用的工作室让出来交由先锋队交流使用。

郝姑娘从小就憧憬江南六朝古都南京，并且打小就立志长大后要去祖国各地饱览大好河山，可一场意外的眼疾彻底终结了她的梦想，真是“万般皆是命，半点不由人”啊。所幸，郝姑娘并不是个容易屈服于生活安排的人，尽管肉身的眼睛失明了，但她的灵魂之眼却因此豁然睁开了。自学盲文的成效亦由此通道进入。这是她观察和感悟这个世界的唯一可靠渠道。

魏明心南京之行较为忙碌，需要对接很多东西，于是介绍当地自然人文景观的担子就落在了余佳丽身上。余佳丽不愧是郝姑娘的“眼睛”，她把自己在南京的所见所闻所感很形象地同步传达给了郝姑娘，就像“同声翻译”一样，逗得郝姑娘一度笑逐颜开。

但她们都明白此行的基调以及自己身上背负的使命和担当之责。因此当她们再度联袂演绎魏明心的朗诵稿之时，无论着装还是语言表情，都是拿捏得恰到好处的，因为现在的网络风气泥沙俱下，越是不堪的时候，有良知的文艺人才越要做出引领时代风向的表率。

此后，但凡家中有些重活累活赵冬青都要极力抢着干，他喜欢把自己看成个男子汉，因为他切身理解了父母生活中的不易，为此赵冬青累病过多次，但无怨无悔。那么，赵冬青在处理人性的懈怠和积极协助家人渡过生活难关方面是如何进一步展现一位少年的理性抉择与担当的呢？

如唐山大地震平息后的一天，赵冬青和他父亲到通县去玩，顺便买了一大箱物美价廉的家用瓷器，足有几十斤重，那时没有出租车，再说也不舍得花那闲钱，唯一的交通方式是先乘一段公共汽车，剩下未能通达的路程只有靠脚力自己搬回家了。赵冬青是个十足的孝子，他想自己已是男子汉了，再者心忧父亲受累，硬是一路独自将沉重的货品搬了回来，而这一段路少说也有两三里地，由于赵冬青的身体一向虚弱多病，如此高强度的超负荷运载令他母亲心里甚是着急。

当然了，赵冬青的爱家表现远不止这些，在那个生活物资紧缺的年代，北京的冬天，市民都要存储大白菜，而且冬日里的大白菜，长期以来是很多北京普通市民的最爱，赵冬青家也不能例外，他们也像许多人家那样，选择在家中后院的空地挖一个菜窖以利于储藏大白菜，虽说挖时大家都一齐动手挖，但就数赵冬青的时间最充裕，加上他干起活来又格外积极主动，所以菜窖基本上是赵冬青挖的。据他母亲回忆，那时如果仅仅是每天挖挖地倒还问题不大，但险情终究还是发生了，话说有天他母亲外出不在家，菜窖是挖好了，但万事俱备只欠东风，就差个盖子了，于是赵冬青和他爸爸到外面找到了一大块青石板作为菜窖的盖子用，同样是虑及父亲会因此受累，所以赵冬青不顾危险仅凭自己一己之力双手托着硕大的石盖往上举试图放置在应放的地方，可用力过大过猛，就像失败的竞技举重运动员那样，石盖意外脱手了，他也因此受了伤，连带低烧了多日才慢慢得以恢复元气。

令他母亲印象深刻的是，赵冬青还是个生活的有心人，他待人接物细心而周到，是绝不失礼的。比如他9岁那年，他爷爷病重之际，他父亲赵野平要回老家去探望，为了让孩子接受中国传统孝道文化的耳濡目染，他父亲把冬青一起带回去给爷爷看看，此乃人之常情。于是，赵冬青就顺理成章地请了假，跟着他爸爸一道回老家探视爷爷去了。到了扬州，他爷爷看见孙子赵冬青后非常高兴，一时心情大好，病情也随之有向好迹象。赵冬青对爷爷也很是亲近，共停留了三天，其中三个白天都是一直陪着爷爷，像爷爷的小尾巴那样舍不得离开半步。家中除了爷爷外，还有一个后奶奶，以及后奶奶那边带过来的一个小姑子和两个表兄弟，那两个表兄弟的年龄与赵冬青相仿，这两个孩子下课后总在院子里尽情嬉笑玩闹着，但仍觉不尽兴，大概是稀罕从北京来的新伙伴，他们轮番抵近，招手示意赵冬青出去和他们一起玩耍，赵冬青始终不肯去，但他对他们的邀请表现得很礼貌，他主动走到他们跟前满含歉意说："对不起，我是专程来看望爷爷的，如今爷爷生病了，所以我不能陪你们玩了。"就这样，除了晚上必要的睡觉时间以外，赵冬青把其他时间都用来陪伴爷爷，正因如此，这次探访，他爷爷对赵冬青的表现非常满意，且正是基于这一直觉，当赵冬青行将返回北京的当口，他爷爷心满意足地对冬青爸爸说："在老家的几个兄弟中，我算是混得最好的了，你现在各方面情况看起来也比我好，照我看来，冬青将来亦会好过你的。这下好了，一代更比一代强，我这辈子算是知足了。”由于他父亲赵野平身上同时还带着去上海出差的任务，因此只能先买了张票将冬青送上火车让他自己回家，他母亲听说冬青是一个人从扬州回京的，她心里真是一百个不放心，但也只好无奈地接受这个现实，好不容易等到接冬青的那天，他母亲着实起了个早准时进站接他，她站在月台上，远远地就望见那辆载有冬青的火车慢慢开进站来，直到最终稳稳当当地停了下来，犹如她小时候喜欢饲养的壮硕的蚕儿那般乖顺地趴在那里一动不动。于是她如梦似幻地赶紧跑到冬青所在车厢的窗口，她恰巧一眼就看见冬青了，发现他真乖，完全像个小大人般神气活现坐在座位上，并且两眼还滴溜溜地向窗外看着什么呢，也许他是在寻找母亲的身影吧，她欣喜若狂地想。如是，他母亲很顺利地就接到了冬青，母子重逢的那一刻，他母亲喜极而泣，赵冬青知道母亲的泪是因他而流，所以他便很懂事地要求母亲稍微矮矮身，以便为她拭去泪花，之后母子俩一起欢声笑语地乘车回家。到家以后，向来老实听话的冬青跟他母亲交了底，他直言：“这几天我一直陪爷爷说话聊天，健健和康康多次叫我去玩，我一律没去，我告诉他们，我是奔爷爷去的，我只想陪爷爷玩儿。”他母亲无比欣慰说：“孩子，你做得对，作为孙辈应该是这个样子的。”末了，冬青又跟她母亲说：“奶奶做了一条小鱼，小声地偷偷叫我一个人去吃，我说什么也没敢吃。后来爸爸也来叫我吃，我还是没舍得吃。因为家里那么多人就许我一人吃，所以我不能吃，吃了我就成了吃独食的人了。就算要吃，也应该是我爷爷吃，或是让健健和康康他们吃，他们个头看上去比我矮。”他母亲帮着下了个结论说：“不吃是对的，做个好孩子就是要尊老爱幼，要时时事事懂礼貌。”

在生活小细节上与此相映成趣的是，赵冬青积攒的零花钱自己却从不瞎花，总是积少成多后交给学校捐给生活困难的学生。有时在外面看到有价值的好东西时，也会给家里买些实用的带回来，如有次他去管庄玩，就给家里买了一个小的室温计回来，不仅外观小巧精致，还经久耐用，直至前几年他母亲使起来还非常准，后因意外接连给砸了几次才给彻底摔坏了，但仍被他母亲视作珍宝收藏在家中。此外，赵冬青心疼母亲每天都要和铲子打交道，因此他还给家里买过一个在他母亲心目中最好使用的炒菜的铲子，当时市面上的确是很难买到好使的，外形做得都很笨拙不说，还不好用。因此他母亲时常在人前说：“别看我家冬青小小年纪，可他心思真是细致入微呢，虽说他不会做饭，但他买的铲子的确很好用，也很灵巧，这在当时还真不易买到。”也是在同一时期，赵冬青另给家里买过一个烧水的壶，是带响声的那种，之前他的家人还真都没见过，在他们所知道的人家也都没见过，估摸是一种新近才研制出来的产品，这把壶，样子匀称而结实，直到如今，他母亲还在用着呢。在他母亲眼中，虽然这些都是生活中的点滴小事，但足以说明赵冬青从小就很细心，很贴心，特别是他对新生事物始终保持着足够的敏感度和创新意识，不仅为家人，也为社会国家着想，这从他日后悉心创造出的事关人类生活品质与生命健康的诸多发明就可见一斑。

上官步莲的箫声，亦显凄迷恳切。李玲珑的妆容，也以哀婉之姿示人。她们四位沉静肃穆的装扮，犹如眉眼低垂的丽人，即便收敛芳容，仍然阻挡不了她们散发在灵魂内里的傲骨清香。

互动现场，李玲珑邀请一位热爱文史的铁粉提问。这位铁粉是个男青年，长相敦实，气质淳朴，站起提问时他的额上仍有汗涔涔的感觉，似乎刚从健身场所过来，但说起话来却颇具文艺范儿，他点名要魏明心解答。

他问魏明心："从先锋队启航那天，我就关注到了相关消息，盼星星盼月亮终于盼到魏老师来到了南京，更荣幸的是，居然可以现场采访魏老师，心愿已满足了。我想请教魏老师，我常听人说日本人很有礼貌、欧美人则很绅士，而中国人却既粗俗又不讲理，事实是这样的吗？"

魏明心说："当然不是事实了。我们不能用表象去定义一个民族的本质。我们常说中国是礼仪之邦，是人类文明中唯一未中断的、拥有五千年的文明。这当然不是空穴来风，而是有考证和现实依据的。因此，面对这样一个拥有深入骨髓的文明基因的民族，怎么可能是粗俗不讲理的呢？不但不能这么说，而且还应该说中华民族是这个世上最良善的民族。也就是说，中国人的良善可谓无出其右者，是遥遥领先的领路人，直到现在仍然如此。因为中国人讲的良知，是顺天应时的良知，是天道即人道的'天人合一'的良知，是源自骨子里的东西，是民族文化基因使然。所以只要中华文明没有消弭，那么，中国人早已融入血液里的良善精神就不可能改变。可有人会说，现实中确实有些中国人显得很庸俗无礼，这又是怎么回事？一方面，这是人性共有的弱点，而非中国独有的东西，不要把这种帽子恶意地只扣在中国人头上，应该说世界各民族都有这样的人，那是人类的通病。另一方面，这是由社会发展所处的不同阶段造成的。比如日本的礼仪风俗学的是中国汉唐的；佛教则是唐代时从中国和朝鲜半岛传到日本的；日本的浮世绘学的是宋画，后来又融入了西画的特点；清末民初的杨守敬则在书法方面对日本影响深远；当然日本人也学西方先进的工业文明和艺术思想。中华文明是在清末国门被西方的坚船利炮打开后，在西学东渐的人文背景下，学习西方先进的工业文明以及所谓的思想启蒙。但由于经济发展尚未跟上，西方的享乐主义糟粕思想又像野草一样疯长，加上特殊历史阶段下中华文明的大面积断层和公共价值观的紊乱无序，才造成部分中国人丧失了基本的理想信念，导致行为举止上的粗鄙浅陋和物质需求上的铤而走险。不过，绝大多数中国人仍然葆有中华民族的传统道统精神和固有良知，仍是世上最可爱的人。”

魏明心深刻清晰的论述剖解，让提问的文艺青年和多位在场粉丝眼里噙着热泪离去。看样子，这样的思想碰撞有望将他们的人生导向明净旷远的未来！

第十三章 仁者爱人

魏明心有位挚友在上海，对方时常对他说："来吧，来我们大上海多待几日，感受一下什么是真正的人间烟火气。"魏明心则回说："以前也常去，但每次都不敢待太久。上海是个容易让梦苏醒的地方，我生活在别处就像做美梦，怕到上海，更怕从美梦中不得已回到现实。"魏明心在上海的那位朋友叫万常年，是位儒商，当代已经不多的儒商，他闻言常为之大笑不已，然后免不了好言相劝："真是个从未改变的理想主义者，还是那么书生意气，得改改啰，都什么时代了，得'经济与文化'两手抓、两手都要硬才行哦，向我看齐吧！我以前也像你一样，但人总得成长吧，要学会改造自己啊，不断地改造！正如现在的我，虽然好事者非要给我扣顶'儒商'的帽子，但我自己从不这么认为，所以一直还算活得比较自在。"魏明心总是不以为然地付之一笑："我一直以来的观点都是这样的：我所有的言行，充其量只想影响有缘人，就算不能影响也没关系。我从不试图改造别人，所以别人也甭想改造我。我只想做我自己，即便爱做梦，也是力求做好爱做梦的自己。尤其不想改造成你那个样子，没完没了的经济账，那多累啊，已经矫枉过正，我还是喜欢以前的你，要再不悬崖勒马的话，很可能就堕入无底深渊了。"他们习惯以这种方式交流，谁也不会生谁的气，或许他们这种默契是想从对方说话的语气是否坚决，来感知彼此的生活状态是否向好，以及对社会阶段性认知的敏感度是否足够。

但这次为了实现公益梦想，魏明心还真得主动"自投罗网"了。他在行前，眼前就浮现出一幅上海的历史图景：十里洋场依稀在，风月无边不分时。物质泛起的沉渣，常被视作繁盛物证。遗留的历史基因，错把耻辱当夸耀。如今历史烟云早已散尽，中华盛世经济巨龙腾飞。仓廪实而知礼节，衣食足而知荣辱。孔丘举仁而示下，孟轲承仁而及人。时空易也，天翻地覆。仁爱济世，万古如一。大上海的荣耀彰显圣贤之功勋，跛足的灵魂跟不上物欲的脚步。

魏明心暗自心想：“你万常年不是自视甚高的大老板吗？既然你三番五次邀请我前往你所谓的大上海，那就顺势成全一下你的美意吧！但即便如此，你也别想改造我，我给你介绍一帮朋友认识，看你是否还有余力改造我？”可当魏明心在电话中告知万常年自己很快就要和他在大上海聚首时，对方根本没当回事儿，说：“明心兄，别拿我寻开心了，有这时间你完全可以多写几行字的，除非你双手受到了限制，不然，绝无可能跑来上海见我。”魏明心说：“敢情你低估了自己在我心中的地位，我还真要打破你的想象，让你看看我魏某人是否说话算话！”万常年是何等聪明之人，何况他又非常了解魏明心的语言习惯，他既然敢这么说话，那这次去上海肯定是板上钉钉的事了。至于魏明心到访上海的真实原因，万常年心里也猜测肯定与写作有关，这是他一生的宿命，九头牛也拉不回。但无论如何，万常年这下可开心了，电话中传来他狂笑的声音，笑够了才说：“正好我有许多文化方面的梦想要和你畅谈，商机无限！到时彻夜长谈也未尝不可！”魏明心一听说“商机无限”头就大了，他迅速摁下暂停键说：“到时见面再聊，手上还有点急事需要马上处理……”

魏明心一想到大上海，就想起“历史辩证主义”，随之脑中就浮起自1843年开埠后，成为清末半封建半殖民地的中国社会缩影之十里洋场的上海。所幸，1921年7月23日，在上海法租界望志路106号李汉俊之兄李书城住宅，召开了一次极为特殊的历史性会议，谁也不曾料想，正是那次会议，诞生了世界上庞大、深具天下观的政党。就其意义而言，不仅确立了上海成为早期政治活动核心区域的地位，而且拯救了中华民族走向复兴的梦想。即将启程前往上海时，魏明心亦不由想起海上画派中的赵之谦、任熊、任熏、任伯年、吴昌硕、蒲华、虚谷、倪田等享誉中国近现代画坛的绘画大家。魏明心感慨：那时的海上画派无论是艺术成就还是社会影响，都足以和京津画派相抗衡，可谓有过之而无不及。可反观当代海上画坛，那就不免黯然失色了。在另一重要的领域，海派文学成就及其所能造成的对思想本质的影响也是极为有限的。至于当代海派文学那就更弱了，不管文学高度，还是作品背后的人文影响，皆无太多可观之处。魏明心由此期待，在如今上海经济相对繁盛的当下，上海真应该汲取近现代海上画派的人文精神，不单在绘画上，更应该在文学上取得与经济相匹配的高尚的成就。过往都能在十里洋场的浮华里盛开人类政治版图的一朵堪称举世炫目的奇葩，而今在当代正值风头正劲的经济浪潮里，上海更该树立起足以平衡经济影响的人性价值标杆。

万常年不愧是魏明心的挚友，他就像接待来公司考察的商业伙伴一样接待了“粤港澳大湾区公益文艺先锋队”一行，他不仅亲自陪大家游览了上海东方明珠塔，还把他们接到他位于浦东新区陆家嘴的上海中心大厦内的办公区参观。万常年的公司在86层和87层，租用了上海中心大厦整整两层办公区域，足见他公司的规模之大与实力之强。那么高的楼层，但乘坐电梯时又快又稳，在乘坐时间体验上跟在普通大厦乘坐电梯基本一样，完全意识不到自己一下子来到了80多层的高空。为了让此行更舒服顺畅，万常年特意安排大厦物业负责楼层服务的人员参与引导大家上楼。当魏明心行走在万常年87层高的办公区往外看时，整个上海的美景都尽收眼底，那种居高望远的感觉确实是非常令人震撼的。但他忽然又想起了什么，他对万常年说："要是苏东坡活到今天，要是他也来过上海中心大厦，恐怕他的《水调歌头·明月几时有》里面就不会有'高处不胜寒'的灵感了。不过有次超级台风袭击上海，我关注到上海中心大厦的楼体大幅摆动时，说真的，我还是有点替你们担心的。"

万常年哈哈一乐，说："谢谢明心兄的牵挂！容我替上海中心大厦做个广告！它不仅是我们大上海的标志性建筑，更是中国最高的摩天大楼，也是全球仅次于迪拜哈利法塔的第二高楼。你想啊，这样特殊的建筑，肯定对台风是有针对性的应对措施的：可有效降低风阻的外观设计、安装摆式电涡流调谐质量阻尼器、先进的防风策略和可增强建筑物稳定性的高科技产品'上海慧眼'的运用等多管齐下的安保手段。这些措施的存在，足以令所有人安心。事实也的确如此。"

魏明心说："这些保护措施我也是想到了的，只是当我亲眼看见600多米高的楼体大幅摆动时，除了说不出的震撼，心里确实多少还是会有点担忧的。但常年兄详细介绍相关保护措施后，我以后再看到台风中的上海中心大厦时，心里肯定就有底了。"

万常年的公司是主营涉外高科技产品的创新型企业集团，不过他近年越来越对乡村振兴中关于融入科技及文化的新举措产生了浓厚兴趣，他希望打造成全球可复制的运营模式，特别是对于如何融入文化思想这块领域，他很想和魏明心深入交流，因为他意识到，文化智慧很可能成为未来最具增长潜质的动力之源，所以他希望提前布局，让智慧型文化成为与高端科技齐飞的生产力！

在魏明心的印象里，每次到上海，朋友都会安排品尝上海本帮菜，这次万常年更是安排在当地最负盛名的私房本帮菜馆，相当于是本帮菜里的本帮菜，拿魏明心的话来说，确实够"本帮"的，但在他眼中都是一个味儿，他尤其吃不惯本帮菜里那些有点"甜丝丝"的菜品，就像广东甜得发腻的"椰子鸡"一样，吃过一次，若谁再提及他都会觉得腻了胃口，真是一方水土养一方人，魏明心尝遍了天下美食，还是觉得家乡的客家菜吃着最可口，或许菜品里还含着乡情吧。总之这是说不清楚的事情，但凡感性的动物都是如此吧，并无特殊的理由。

令人意想不到的是，颇具传统智慧的田老庄似乎对上海这座超现代化的国际大都市格外感兴趣，他把传统哲学智慧与现代城市精神相结合，把两者融合后所提炼出来的精神内核作为统御画面的无形之手，将黄浦江畔盛况、上海东方明珠塔和上海中心大厦等标志性景致悉数纳入画面，画中人物借传统没骨笔法以写意精神概括之，总体则以中国水墨所特有的视觉艺术的形式表现出来，同时尚兼容了西方的光影技艺，观之，既气韵高古又满溢现代气息，是一幅古今中外相融共生的精妙的超拔生活之写照。

郝姑娘独特敏感的上海之行，让她深刻感受到了“辩证”的魅力和价值，她由此给自己的朗诵提出更高要求，力求让她的朗诵艺术与一座城市结下不解之缘，努力朝着“不偏不倚”的至高境界进发。身处这样一座早已扬名世界的中国顶级一线城市，郝姑娘她们出镜时的服装，希望既能彰显中国元素又不失国际风尚观感的款式和色彩，因此从设计理念及城市历史出发，她们最终挑选了一袭极具国际简洁风格且色彩明丽的旗袍。更令人眼前一亮的是，余佳丽这次并非作为陪衬坐于郝姑娘旁，她首次加入了演绎的行列，因她精通手语表达，她被郝姑娘的精神感动后，在上海这样一座高度国际化的大城市，通过自己出色的手语技能，纯熟地为国内外的聋哑人这一特殊群体送去一份具有特殊意义的人文关怀，她不仅表达朗诵内容，也把郝姑娘作为一位优秀朗诵家的事迹介绍给海内外的聋哑人知悉，告诉他们身残志坚者更值得尊重，希望他们知道即便是残疾人群体也不乏出类拔萃的杰出人才，期待他们保持足够的信心与耐心，活出精彩的人生！

源于人们对物质利益过度需求而快速转向的时代，这个成人世界的快节奏生活惯性正在无情地改变孩子们的一切，确切说，是正在史无前例地吞噬着孩子们的童真与童趣，而他们似乎别无选择，只能过早地肩负起来自长辈的期望，这背后是我们经常看到的扼杀孩子们心灵自由飞翔的主凶——不堪重负且不得要领的落后教育方式，而且这一对孩子们而言愈来愈畸形发展的教育模式正在反过来“绑架”着成人们的生活质量，亦让教育环节中的学业问题从未像现在这样必须深度仰赖于学生家长的配合，这到底是家长们在搬起石头砸自己的脚呢，还是学校教育已然不知不觉走进了死胡同？但有一点是毋庸置疑的，那就是孩子们正在成为多方私心博弈的时代牺牲品！关于深刻影响青少年身心健康成长的教育问题，从赵冬青的身上或许可以反映出教育的恒久性和自主性。至为关键的就是，如何在不影响青少年身心接受天性滋养的同时，顺利完成与年龄相称的受教育任务。那么，在当代最令人头痛的学校教育问题上，赵冬青又是如何做到二者均衡有序发展的呢？对于这个问题，他母亲首次向我披露了赵冬青鲜为人知、感天动地的求学生涯。

施勋美时至今日仍记忆犹新，儿子赵冬青上小学后仍然沿袭了之前贪玩好动的天性，尽管他的体质依然孱弱。不过冬青父母并未采取“堵”式教育，而是顺其自然，因势利导，因此，赵冬青不仅不用家长操心学业，成绩也始终不错，每学年都还能拿个“三好学生”回来，尤其数学更是拔尖，除课内作业全按时完成外，就连老师出的课外附加题也随时做完。据施勋美回忆，一次数学老师有意出了一道解答起来条件并不充分的附加题让他们做，那难度感觉就像让折翼的鸟儿自如翱翔一样，目的是考验学生们的生活智慧，结果这道题当然谁也做不出来，赵冬青自然也不例外。但所不同的是，赵冬青一直在思考那个与油桶容量相关的看似无解的难题，久而久之就有了所谓的灵感了。一天，赵冬青在小卖部买东西恰巧遇见了数学老师，赵冬青就如有神助般地蓦然顿悟了，于是他兴奋难抑地问老师：“那道没人能解答的附加题的答案是不是64升？”老师闻言一时惊呆了，欣慰地问：“你是怎么知道的？”赵冬青指了指小卖部的油桶上标注的容量数说：“这不是嘛！”老师听闻后不由开心地笑了，算是默认了他给出的答案。赵冬青善于观察生活的能力给老师留下了爱动脑筋、不达目的不罢休的良好印象。不过，对于这件事，心态淡定的数学老师并没有将之上升到需要与家长互动的“高度”，而是采取了更利于孩子成长的淡化处理方式。因此直到很长时间以后，他母亲在与其他老师的交谈中才偶然得知此事，后向冬青核实，才知果然是有这回事的。由此，他母亲进一步获悉原来冬青也是个性格内敛之人，小小年纪既沉得住气，又有主见，还懂得对有些事“守口如瓶”，这是日后成就大事业的先决条件。

上官步莲大概也从上海之行的独到体悟中获得了创作灵感，她的箫声虽是朗诵的“背景音乐”，却把诸如“悲喜”“聚散”“善恶”“真假”“美丑”“虚实”等带有情绪判别倾向的感触，成功演绎出了无限温和的宽广，犹如飘飘洒洒的风雨情韵，只是一味温柔地融入了大地的怀抱。

但会场的主角仍然是郝姑娘和余佳丽那对极具人性关怀的搭档，由于他们的表现太出色了，在现场许多粉丝的眼里出现了“失真”的幻觉，他们没认出朗诵者是位名副其实的“盲人”，却把手语的表演者余佳丽当成了“聋哑姑娘”，于是有人低声惋惜道：“可惜了，这么文静漂亮的姑娘，想不到却是个聋哑人，她的父母不知有多遗憾呢！”这话不知怎么就传到了余佳丽的耳里，可她非但没有澄清，反倒让她产生了一个灵感，她心想，干脆以后在公众场合自己就不发声了，就让人家把我视为“聋哑姑娘”又何妨，正好和郝姑娘“凑对”，使她不那么孤独寂寞。余佳丽甚至还为她们未来的打算做好了进一步的谋划，她私下对郝姑娘说：“待公益之行结束后，我们仍继续搭档，只要您不嫌弃，咱俩就一直搭档下去，反正您也没有别的家人了，免得我牵挂您！”郝姑娘将字字句句都听进了心里，她在心里对余佳丽说：“您是怕我嫌弃您吗？说得我多惭愧！即便无缘看见您秀美的容颜，但我也是知道的，您长得那么清秀绝伦，那么亭亭玉立，却愿意和我搭档，我还有什么话可说的？我知道您所做的一切都是为了顾及我的自尊，为了我所谓的尊严，您毫不吝惜牺牲自己的美丽形象。”她想到这里早已泣不成声，任由余佳丽怎么劝解都没用，只能默默地在一旁陪着她掉眼泪。真是一双丽人脱尘而立，宛如梨花带雨般地将彼此生命中的高度与厚度，以温热之心毫无保留地交付给了对方，在日后演绎出了一曲人间难得的悲悯大歌。

李玲珑的人生字典里亦是从没有“失望”二字。她富含国际范的个性魅力，无差别地征服了这座国际现代大都市的所有观众。她邀请现场一位颇具小资情调的都市丽人，问询魏明心一个跟上海的未来发展走向密切相关的话题。对方是那种一眼看过去就予人很精致观感的上海女人，她略微有点傲气地问：“我们大上海无论经济还是文化，在国内一线城市里都是难以撼动的存在，请问魏作家是否同意我的观点呢？”

魏明心说：“倘若单以经济论，我大体能同意您的观点。但若以‘经济和文化’共论之，我则不甚认同您的观点。上海的经济实力，乃至营商环境固然极好，但缺少一种‘偷得浮生半日闲’的务虚心理，而且正是缺少这样一种对‘闲情雅致’的深度追寻，明代文士袁宏道在《瓶史·好事》中这样说：‘余观世上语言无味面目可憎之人，皆无癖之人耳。’比袁宏道略晚的明末清初史学家、文学家张岱亦在《夜航船》如是说：‘人无癖好不可与交，以其无深情也。’这就说明，上海在经济上高度务实的同时，尚需在文化上高度务虚。只有懂得‘虚以待物’之道，才能具有大道至简之智和承载深情厚德之韵，从而把握好‘虚实相生’之间的微妙平衡，进而才能生发大的仁德；而只有拥有大的仁德之人，才可能做到‘仁者爱人’。唯其如此，昔日海上画派的宝贵精神才能重回上海，进而才可能培育、造就一批与全国一线大都市相匹配的真正值得称道的文艺大家。”

刚才提问的那位原本志得意满的精致佳人这时虽有所扫兴却也无言以对。另有一位上海的文艺家则赞同说：“魏老师的回答，其实倒也不失为中肯之言。我个人已经感觉到，与其他全国一线城市相比，上海在文艺方面的发展势头已经显出了些许颓势，如魏老师所说的问题再得不到重视的话，长此以往，未来在文化上的差距只会越来越大，那么，最终上海连目前经济发展上的优势也会逐渐丧失殆尽。”

魏明心回到宾馆长舒了一口气，多亏万常年的周全安排，心想今晚终于可以好好休息一下了，连着睡了几天的房车，加之四处奔走及创作朗诵内容，他感到自己身心有些疲惫。可他连热水都还没来得及烧一壶，他就听见轻微的敲门声。他通过宾馆的“门镜”往外观察，原来是助理上官步莲来了。于是他开了一道缝探头问：“有事吗？”

“咋了，没事就不能来了？”说完她推门而入，又顺手把门带上。

“倒不是不能来，是我想休息了。这几天有点累了。”

“就您累是吧，别人都是游玩来了。我想和您说几件事。”

“既然有事，就请讲吧。”

“别跟我那么客气。该讲的话，我照样会直言不讳。”

“那就照直说吧，到底啥事值得你这么认真对待的？”

“今天给万总画肖像时，为啥安排王飞燕？是想让她出尽风头吗？陈立人老师也是画油画人物出身的，还有许多国画人物高手，都毫不逊色于她，为啥您一眼就相中了她的画艺？”

“哦，这还真不是我有意安排王飞燕老师出面的。画肖像是万常年主动提出的，可能他对自己的光辉形象还算比较自信吧。我在和他沟通画家人选时，他说王飞燕老师曾经和他一块参加过国际生态文化活动，几年前就认识了，所以由熟人来画他，他就不会那么紧张了。而且如果能在自然放松的状态下完成作品，出来的效果自然也会好点。”

“就算这是事实，但您也没必要全程陪同吧，她王飞燕画幅画就那么重要吗？别人画画，我也没见您寸步不离地全程陪同下来的。还有，在东方明珠塔顶层时，有人透过脚底的透明玻璃看到高空下的街景时，不由发出了一声惊叫，我无意中发现您和余佳丽四目相视一笑，那种默契，那种心领神会，我见了都羡慕。我只想提醒您，非礼勿视，别把人家年轻姑娘的魂勾走了。人家可都是叫您老师的，别玷污了老师的称谓！”

“你想笑死我是吧？要是没事可说了，就赶紧回去休息，别没事找事啊。我看你这姑娘外表也是蛮漂亮的嘛，但格局是不是也忒小了点？”

“被我说中心思了是吧，终于自己都不好意思了。别跟我嬉皮笑脸的，我说的可全是严肃的事，断不可有下回，要是把我惹急了，我挥一挥衣袖，走人！”

“挥一挥衣袖，可以。走人，亦无妨。要是真想走，只是别带走半片云彩才好。”

“那岂不成了‘净身出户’？原来是急于把我撵走是吧，我偏不！不然，您和那个王飞燕更是相处得肆无忌惮了，我才没那么傻呢。”

“你怎么说都在理，有理的话儿，也都让你说尽了，我算是理屈词穷了。我认领自己疏忽犯下的‘忌讳’。现在我只想好好睡一觉。从明儿开始，你干脆把我的眼睛蒙上算了。”

“只要您认错了就行，”上官步莲总算转嗔为喜，末了接着又说，“蒙眼的事就算了，我可不想授人以柄！您要是心里还想着别人，蒙啥都白瞎，关键是您别滋生歪心思就行。就先放您休息吧，别一觉醒来又忘了我说的事哦，切记！”言毕，她脸上含着笑意一溜烟儿跑了。

第十四章 人文荟萃

自古湖湘多才俊，从来纨绔少伟男。魏明心每次到访具有千年历史、被誉为史上四大书院之一的“岳麓书院”就会产生人文荟萃之观感。位于岳麓山脚下的岳麓书院，确实容易予人这一震撼之感：刚入山门就给人先来个“下马威”，山门的牌额“岳麓书院”四字由宋真宗御笔赐书；正门两侧的一副对联“惟楚有材，于斯为甚”则自诞生之日起逾两百年来早已广为流传，举凡观者来到此处，首先映入眼帘的便是“岳麓书院”颇具历史感的牌匾及其楹联。

“丑书大王”小曾猴子日益变得勤思好问了，每到历史人文鼎盛之所他就喜欢缠着魏明心问东问西，一般也在这种时候上官步莲最讨厌他，频频给他脸色看。可“丑书大王”小曾猴子早已习惯了她的“示威”，往往装作视而不见。于是“丑书大王”小曾猴子瞅准了时机问魏明心：“这副对联挺有名的，也感觉挺有意思的，不知出自谁人之手？”

“是嘉庆年间的进士袁名曜出任岳麓书院山长期间为鼓舞治学之风，从《左传·襄公二十六年》中的‘虽楚有材，晋实用之’获得灵感，遂从中化出上联——惟楚有材，嘱咐门生续写下联。贡生张中阶套用《论语·泰伯》‘唐虞之际，于斯为盛’中的‘于斯为甚’应对之，这才有了名联‘惟楚有材，于斯为甚’的诞生。既然你问到了，说明开始懂得独立思考了。不过，做学问一定要严谨，这里的‘惟’字不作今解，在当时是句首的语气助词，并无实际意义，不可理解为‘唯有楚地人才兴盛’。袁名曜也是底蕴甚深之人，如果此处理解为‘唯一’的话，他不可能那么无知偏狭，也就不会有‘惟楚有材’这个上联了。此外，袁名曜的教育思想也颇具见地，他倡导门生须遵循：‘士先器识而后文艺。故惟德性深醇，文章乃有静气。’当然了，岳麓书院真正造成广泛影响的分水岭，还属朱熹与同为理学家的张栻论道两月有余从而留下了令人无限神往的‘朱张会讲’，不仅开创了书院会讲之先河，亦激励后世积极开展人文思想的交流与碰撞，它所激起的思想波澜要远大于‘朱张会讲’本身。时隔26年后，已逾花甲的朱熹主政湖南时再次托起岳麓书院的教育使命。”

“原来如此！别的我不懂，但这副对联我是熟悉的，我说怎么总有似曾相识之感。”

“丑书大王”小曾猴子正想继续求教魏明心时，只听上官步莲抢先说道：“我最讨厌听那些‘写字匠’说话了，言语无味，面目可憎，明明胸无点墨却要把自己装扮成文化人，还要厚着脸皮自封什么书法家，简直羞煞人也，还有何脸面在此夸夸其谈。”“丑书大王”小曾猴子自忖上官步莲这番指桑骂槐的话语是冲着他去的，便知自己又碍着人家眼睛了，于是在心里朝她“呸”了一声就识趣地走开了。上官步莲逼走了“丑书大王”小曾猴子自然也不能没有下文，她接着柔声问魏明心：“我倒是听说武昌贡院的牌楼自顺治十二年以降就有‘惟楚有材’的牌匾，后来重修时曾国藩又重新题写了‘惟楚有材’的牌匾，湖南为啥也称‘惟楚有材’？”魏明心说：“史上的楚地范畴不是现在的地界概念，它包含现在的湖北、湖南、安徽等多省交界的地方。也就是说，无论湖南还是湖北，张挂‘惟楚有材’都没有错。其实‘惟楚有材’还是个更为宽泛的概念，换在别的很多地方也都是适用的。”

之后，公益先锋队一行又游览了洞庭湖畔的岳阳楼，“丑书大王”小曾猴子当然不甘心言论掣肘于上官步莲，如果脸皮不够厚也就不可能获得“丑书大王”的“骂名”，只是逐渐学好之后的“丑书大王”小曾猴子之所以并不急于摘掉这一“帽子”，他是想以此鞭策自己不断向好，好了还要更好。所以强大的心理承受力还是胜于常人的。因此他仍试图靠近魏明心，即便听闻上官步莲“王顾左右而言他”地嘲讽某人真是“死猪不怕开水烫”之时，他仍可以自如咽下这口恶气。他心想，我若把你当成空气，你还能奈我何？于是他只管旁若无人地求索自己的答案，他又问魏明心：“范仲淹的《岳阳楼记》也是我喜欢书写的名篇，但据说他自己平生从未登临岳阳楼，难道仅凭滕子京寄来的一幅《洞庭晚秋图》就能见微知著了？那么，他是如何触发那么多感想的，而且还写得那么自然生动，给人身临其境之感的呢？”

“范仲淹不仅为官，他还是文学家，化虚为实、转实为虚的能力，自然不在话下，这都不是关键。这跟王勃写《滕王阁序》的心境其实差不多，那时的王勃也正值人生低谷之时，原本天才的他，前途可谓一片光明，却因年少轻狂付出了难以承受之重。所以虽是路途中偶然挥毫写就的‘应酬之作’，但他过早感知到了生命的无常，这才自然融入了许多自己的切身体悟。试想，如若没有宦海浮沉，他怎会发出‘关山难越，谁悲失路之人；萍水相逢，尽是他乡之客’的无奈嗟叹；又假若他没有高深的诗意哲思修为，也不可能体察到‘落霞与孤鹜齐飞，秋水共长天一色’的天人之境。范仲淹也是如此，《岳阳楼记》虽是应好友巴陵郡太守滕子京之邀请，为重修岳阳楼而创作的一篇人情之作，但创作《岳阳楼记》时，范仲淹刚刚由于‘庆历新政’受挫及仕途跌入谷底，于是顺势将人生的感悟及政治抱负倾注到了作品当中。否则，也不可能生发‘不以物喜，不以己悲，居庙堂之高则忧其民，处江湖之远则忧其君’的无我博爱之境；亦无可能携天下人抱定‘先天下之忧而忧，后天下之乐而乐’的古圣先贤的君子之风。从这一层面上说，《岳阳楼记》在言辞上虽不及《滕王阁序》来得考究工致，但在人生思想引领方面，其对后世的影响实际上要远超《滕王阁序》。”

郝姑娘一路听着余佳丽和魏明心的讲述，她甚是感动，就像一个寒门的孩子忽然收到许多梦寐以求的礼物那样，她的内心满足极了。她感怀地对余佳丽说：“佳丽妹妹，您知道吗，当我不到十岁就双目失明以后，我原先的玩伴都不和我玩了，她们嘲笑我，捉弄我，说我现在是小瞎子，长大了是大瞎子，老了是老瞎子，总之就是个瞎子，今后哪里也去不了了，她们让我乖乖地做一只成天蹲在井底瞎叫唤的‘瞎青蛙’。她们说得很对，我那时真是那个样子。如今我只是庆幸自己没有成为她们眼中的井底之蛙，我为自己的每一次小小的进步感到高兴。”郝姑娘边说边跺了跺脚跟，接着又说，“我跺脚跟了，我感觉到了疼痛，说明我是真的来到了毛主席的家乡了呢，我走在主席当年走过的路上，我与他头顶着同一片天空，这是怎样的一种幸福呵！”余佳丽安慰说：“小时候玩伴的话不当真，都是无心之语。姐姐是最棒的，我想，她们要是了解姐姐的经历和成就，也定会为您的自强不息感到自豪的！”郝姑娘说：“没事儿！童言无忌嘛，我喜欢回忆年少时的美好，凡能记住的话都是鞭策之语，还得感恩人家呢！”余佳丽竖了竖拇指，说：“那就好。人一旦优秀了，真是从内到外都显优秀呢。”

这次先锋队离开毛主席位于韶山冲的故居后，天空晴朗，万里无云，他们选择在一处空旷的郊外举办直播活动。郝姑娘自始至终都感到很兴奋，她说毛主席是中国人民心中的驻世“活菩萨”，就像观音菩萨一样专为解决人间的疾苦而来，她感觉自己受到了无边宽广智慧的加持，整个人觉着神清气爽起来。她和余佳丽穿“中国红”的汉服，而上官步莲和李玲珑则穿“中国红”的唐装，她们事先并未商议，却不谋而合遂了对方心思，寓意“汉唐雄风”的文脉承继绵延至今。郝姑娘的这次诵读，颇具“国嘴”风采，令人如沐春风。经过这么长时间的实力展示，场内外的粉丝们早已不再把郝姑娘当作“盲人”看待，而是把她视作一位实力强劲的朗诵艺术家。她每次朗诵都把握得那么恰到好处，听众都愿意听她用声音诉说心事、解读人间情绪，好像声音承载的这些故事都发生在她身上一样，迷醉了人们的心神——

转眼间，赵冬青的小学时光就到了毕业时间了，由于家长各忙各的，所以对孩子的学习前途问题的确是疏于关注的。在他母亲看来，冬青爸爸成天都有忙不完的工作，而她自己除了忙于工作，尚还有包括两个孩子的日常生活在内的一大摊家务需要她去承担，至于孩子的学习情况，只要大致过得去就行，加上他母亲又是个不善交际的人，与冬青所在班级的小学老师及学校领导又都没任何联系。再者，关于升学的消息也是格外闭塞，所以赵冬青小学毕业后，也就顺理成章地与绝大多数同学那样一块进了附近的唯一一所中学，冬青父母什么也没多想，以为事情本来就应该如此的。可是他们后来才知道，冬青小学毕业成绩其实很优秀，语文和常识都考了优，数学更是出人意料地考了120分——因为他不仅做对了所有该做的考题，而且连其他附加题也全对了，这在班上是绝无仅有的，按他这个成绩，家长完全可以给他联系一所城里的重点中学去上的。不过，由于冬青父母都不甚关心升学问题，再说也都没那意识，所以谁都没过问此事，一直到好多年后，偶尔听别人说起小升初的事情，才知道这事原本是可以更好的——据了解冬青班上就有个别学生因本人学习成绩较好，而后经过家长努力是进了重点中学的。于是冬青父母意识到他们在孩子的择校上已经错失了良机。

果不其然，很快，随着国家和社会形势逐渐转暖，并趋于稳定，学校开始大力加强学习管理，家长也开始抓孩子的学习问题了，如是在二者的合理“夹击”之下，理所当然又回过头来给赵冬青莫名其妙地玩命加压。可赵冬青本来就不是个不爱学习的孩子，经过这么一施压，弄得他整天一味沉浸在学习中，而根本无心出去玩耍了，这于他的健康显然是很不利的。例如，当时就有他母亲的同事出于好心提醒她说：“施勋美，小冬这么成天玩命学习却不参加体育活动可不行啊，时间长了扛不住的。”其实他母亲又何尝不急？只是此时她根本无力去推动什么了，似乎只能当一个忧心的旁观者。

不过，有一个念头始终在冬青父母的心头盘旋，那就是他们错失良机后不死心，总想给孩子换个好点的学校，以为所谓的“好学校”能对孩子的未来产生深远影响。可是，学了一半想中途转学谈何容易？不过，既然冬青父母动了这个心思，后来还是不经意中收获了一个令他们按捺不住兴奋的好消息，因为冬青爸爸有一个为人实诚的同事，说可以试着把冬青介绍到公安部的一所中学去读，这所学校虽说名气不是很大，但教学质量还是很好的，起码比冬青目前所在的学校要好得多。这样一来，冬青爸爸首先动心了，他很想让冬青去，于是他先与冬青谈及转学事宜，冬青考虑再三最后同意了，因为他不想辜负父亲的期望。见儿子同意后，他爸爸喜不自禁，赶紧找到他母亲欲速战速决地商量敲定关于冬青转学的事情。起初，他母亲是主张按兵不动的：“依我看，还是等初中毕业后再说吧！因为进城后随之而来的问题多了去了。”可是，他爸爸坚持己见说：“有困难很正常，有困难完全可以克服嘛。这是一个机会，人家想进还进不去呢。再说了，树挪死，人挪活，这也可以考验一下冬青的适应能力嘛。”他母亲说：“这不是考验不考验的问题，冬青毕竟还是个孩子，我是担心这会给他的学习增加不必要的压力！”他爸爸再度辩驳说：“正因为冬青还是个孩子，所以更应该在基础教育上加以重视，而中学阶段正是夯实基础的最重要环节之一。如果根基都打不坚固，将来稳固的‘知识大厦’如何能拔地而起？”于是他母亲遂不再言语了，她知道冬青爸爸已是心意已决，即便自己说一百条不赞成的理由，他也会有一千条针锋相对的理由反驳她，加上考虑到冬青本人也是默认了的，因此在这种情境下，他母亲也就不好再说什么了，最终以“默认”的方式支持他爸爸的决定。

而是否转学的事情既然像钟摆一样摆向了他爸爸那一侧，下一步就要履行办理转学手续事宜，于是分工他母亲去找教导主任谈，由于正值学校放假，他母亲不得已只能到教导主任家里去麻烦人家，可那时的通联方式并不顺畅，她只好半唐突半碰运气地抽了个星期日去了教导主任家里，赶巧那天还真遇见了，教导主任表现得很客气，当他母亲向他说明来意之后，他很恳切地对他母亲说：“同样是为人父母，我很理解你们的心情，不单你们，天下父母望子成龙心切的初衷皆是好的，可有时候往往会适得其反。比如孩子中途转学问题，这对孩子就很不利，因为即将带给孩子的全是陌生的认知，需要从零开始，这会是一个巨大的不确定性挑战。如果初中毕业后顺其自然地再换环境，那时情况就大不一样了，由于大家都是新生，都在同一起跑线上，结果就会好得多了，希望你们家长三思而行，我们的目标都是一致的，都在致力于孩子的健康成长。”教导主任的一席话说得非常诚恳，有些话直抵人心，说到他母亲心里去了。可面对现状，她又能说什么呢？她只有再三地感谢人家，说他们会再考虑考虑的。这就回去了。最后转学还是不可避免，赵冬青果然如期转学了。第一次是他爸爸领着他一块去的，后来就全都是他自己一趟趟跑办转学手续，这么做的理由是，孩子大了有必要让他锻炼锻炼了。可家中有个孩子单独在城里跑，他母亲心里是真不放心啊，但她只能屈服于现实的安排，原因是当时在单位上班请假是件极不方便的事情，她唯一能做的，就是每当冬青独自外出时总是提心吊胆地祈愿他能安全归来。好不容易一切就绪了，赵冬青就带着些许的新奇与茫然尝试融入新的课堂。

穿上唐装的上官步莲依旧令人眼前一亮，但她这次没有吹箫。活动开始前她就对郝姑娘说："郝老师，这次我就不吹箫了，有大自然的蛙鸣鸟叫、清风竹影作为底色，它们远比我的箫声更适合做朗诵女王的'绿叶'。"她说话时只针对郝姑娘一人，她不看一眼旁边的余佳丽。郝姑娘不知该如何回应，她仅是拽了拽余佳丽的手并未作声。余佳丽明白郝姑娘的意思，她也明了上官步莲的刻意冷淡，所以除了上官步莲抛下一句声明之外，谁都没有给予回应。施勋美老人静听郝姑娘朗诵魏明心写下的有关冬青在初中转学的故事时，她始终拉着上官步莲的手。朗诵结束后，她们聊得特别开心，这也是魏明心放心把关照老人的重任交给上官步莲的原因。但施勋美老人这次开心似乎是自发的，几乎不用上官步莲发力即可做到。

原来，赵冬青的病情又有了新的重大进展：冬青两岁多时即懂得向毛爷爷的画像敬礼，这次到了毛爷爷的韶山冲故居后，杨大夫兴奋地告诉施勋美说："我基本可以确定冬青已恢复了思考意识，我们的很多谈话他可能都接收到了，他只是暂时无法回应，特别是双脚的'复苏'能力取得最大进展，已经有了一定知觉能力了。这是相当好的征兆了，说明全身的气血已经开始往上升腾了，血脉在逐渐贯通，我甚至敢对此行的目标进行大胆假设了。如果说以前针对冬青的朗诵是相对模糊的'靶向给药'的话，现在的朗诵就是专为他的思考能力量身打造的定制内容，如果他现在有说话能力的话，他一定会很感动的。"施勋美闻此重要信息自然大喜过望，这比什么动听的话语都更令她开心。魏明心和郝姑娘他们听说此事后同样非常开心，这样他们开展工作时动力也就更强大了。于是魏明心原本告诉李玲珑只回答现场粉丝一个问题的，如今魏明心一高兴亲口答应可以回答两个问题了。

于是现场有位长得像健身教练的男士问魏明心："郝姑娘明明是位盲人，可我每次观看直播都发现她穿戴得非常得体讲究，她自己又看不见，为啥还能那么注重穿衣细节？"

魏明心并未直接明说，他讲了个小故事作为回复："从前有位盲人大哥，白天出行，他必穿戴齐整、皮鞋锃亮，目的是悦人眼目庄严自身。要是晚上出行，他必定手上打个灯笼，既照亮别人，又不致让路人撞上自己。如此而已。"

提问的壮硕男子带头把热烈掌声送给郝姑娘。而后，又有位大学生模样的文质彬彬的男孩问魏明心："我了解公益先锋队来湖南后的行踪，我相信肯定是收获匪浅的。您认为如何才能更好地传扬中华传统人文精神？"

魏明心说："要想传扬中华传统人文精神，首先要知道什么是中华传统的人文精神。用比较概括的一句话说，就是'中华道统精神'。这一精神源头可上溯至百经之首《易经》，然后'一花两叶'，分流为儒学和道学。自西汉'独尊儒术'以降，中国两千多年来始终以儒学为绝对主流的道统精神。然而，即便是董仲舒提出'罢黜百家，独尊儒术'之时，儒学与道学等其他诸子从属学说也是有一定程度的融合的，这也体现了儒学的强大兼容性。特别是魏晋玄学对儒学的‘补益之功’以及唐代‘引佛入儒’的成功，都表明‘儒释道’已经达到了相对程度的融合，及至宋代张载对“儒释道”的相互参鉴的深入研究与论证，使得‘儒释道’真正走向了圆融合一的高度。所以我们现在说的中华传统人文精神并非单指某种学说，而是中华优秀传统文化相互融合之后的那个部分。以岳麓书院为例，‘朱张会讲’的理学就是儒学的延续，而‘陆王心学’同样也是儒学的延续，只是到了王阳明这里，由于提出‘知行合一’这个具备较大创新理念的学说，从而被誉为‘新儒学’。但类似培育岳麓书院这样的人文土壤显然是至关重要的，如杨昌济就曾在岳麓书院求学并深受其人文熏陶，后来又培养和带动了毛泽东同志。梁启超曾提出：‘中国历史上有两个半圣人，一个是孔子，另一个是王守仁，半个是曾国藩。’前面两个圣人分别是传统儒学和新儒学的代表，被定义为完全的圣人这很好理解。而曾国藩即便是半个圣人也争议较大，但毛泽东同志在青年时期即给出了评价：‘愚于近人，独服曾文正。’湖湘自古是我国的人文重镇，是块闪光的历史人文的“金字招牌”，每个人都有责任去守护它，乃至将之发扬光大，以待再次出发，实现岳麓书院由来已久的人文精神在未来社会的‘王者归来’！”

那位大学生模样的提问者听得频频点头，说：“所言有理！”

新斯诺到了韶山冲自然尤显好奇，这是他的同胞斯诺当年极为敬重的中国革命的伟大领袖毛泽东出生的地方，而且正是他的同胞和毛泽东同志在延安结下了伟大的国际主义友谊，这才把中国革命的实情传到了当年世界上最重要的地方，这种发生在特殊时期的国际友谊，常为世人所津津乐道。如今他有幸来到同胞斯诺曾经所敬重的领导人的家乡，所以他新奇中带着兴奋，他不时向魏明心打听着什么。魏明心则挑重点告诉他：“毛主席的母亲文七妹是中国南宋末年民族英雄文天祥的后裔，信仰释家，毛主席自己也是崇尚天下大同之人，他为了让中国广大劳苦大众当家做主人，把自家的田地全部分给穷苦的众乡亲后，才带着一众至亲闹革命的。毛主席一生淳朴，总是先人后己，连自己的稿费都悉数捐给国家，为中国革命的胜利牺牲了至亲……毛主席不愧是中国人民的大救星！”魏明心说到这里，眼泪早已模糊了双眼，他猛地拭了拭泪花，哽咽着说，“我们中国人民对毛主席的爱戴是发自内心的，是至真至诚至性至情的！对于毛主席带领中国人民所缔造的丰功伟绩，我忽然想起著名社会学家、法学家、教育家雷洁琼在1994年5月29日参观韶山毛泽东纪念馆时题词‘公者千古，私者一时’，这是对新中国开国领袖客观公允的评语。正因如此，每年毛主席的诞生日，都有社会各界群众自发来到韶山毛泽东纪念馆前的‘毛泽东同志’铜像前瞻仰他老人家的风采，此时此刻，即便在雨中或烈日下，都不乏朝拜者……”

湖湘之行，当以香港画家袁山居的收获最为丰盛。他素来擅长人文山水画的绘制，这次实地踏访给他带来巨大的心灵触动和创作灵感，他以毛泽东故居和岳麓书院为表现对象，创作了两幅融人文景观和自然景观为一体的人文山水画作，两幅画的构图皆精妙恢宏，且各具匠心，意境萧散简远，加之传统功力深厚的国画家特有的予人笔墨淋漓之感，因此成作一经发到社交平台，立马就被一位有情怀的商人预订走了。袁山居对此甚是感动，他当即和魏明心商量，议定后马上联系当地慈善机构，将这两幅作品的售卖画款全部捐给一所湘西边远山区的小学，以支援落后地区的教育事业。

第十五章 圆觉大智

历史总是令人感慨的。魏明心率领公益先锋队一行特意游览了杭州西湖的“三潭印月”和“苏堤”后，他试图寻觅苏东坡的身影，但除了遗留的景致与慕名而来的如织游人之外，又去哪里捕获“苏子”勤政为民的身影呢？真是世事无常啊，魏明心不禁生发无限的历史之幽情，他猛然忆起苏东坡的《念奴娇·赤壁怀古》中的经典史实概括：“大江东去，浪淘尽，千古风流人物。”现如今，当魏明心目视苏东坡当年留下的“民心工程”时，物是人非的历史规律同样适用于苏东坡本人，他自己也已远逝近千年，早已成为他自己著名词作中的“风流人物”。

既然来到了杭州，少不得去参访天下第一名社——西泠印社。至于妙善大和尚发大愿于1997年塑造的普陀山南海观音铜像，李叔同的出家地——虎跑寺，嘉兴南湖的红船等人文胜迹自然也都是要去的，但耗时最多的地方仍要数绍兴了，其中由于艺术情结的原因，尤以问道“徐渭故居”用时最长。徐渭是有明一代屡试不第的大才子，作为常与史上绘画名家“神交”的魏明心自然对徐渭相当熟稔，他尤对徐渭在传世名画《墨葡萄图》中的题画诗印象深刻：“半生落魄已成翁，独立书斋啸晚风。笔底明珠无处卖，闲抛闲掷野藤中。”这种怀才不遇、晚景悲凉的愁绪，恰如深情的水墨，氤氲浸润在画面中千年不改其韵致。这样的感触给予一众文艺家以极大震撼。魏明心借机向文艺家们解读说：“以书画为例，我们常常一提及古人就大谈笔墨，但实际上并不知笔墨为何物，往往把注意力放在笔法墨法等技法层面，可事实并非如此。对于后人来说，我们之所以要研究古人的优秀书画作品，并不是仅仅看重古人形而下的那点技术，而是控制笔墨的那个东西，换而言之，古人的那些传世名作是在何种心境下书写绘制的？需要怎样的能力？并且是在何种风骨情怀的驱使下完成的呢？比如徐渭的《墨葡萄图》，他是在一种极度悲凉无助的情境下抒发的，我们只有理解了这种特定的创作心境，我们才谈得上读懂了这幅画的灵魂，才能领会这幅画的笔墨形式所承载的思想意境。否则，只能是盲人摸象。而且尤其有价值的部分在于，即便身处极度不堪的人生境遇里，徐渭也没有破罐子破摔，而是为我们创造了流芳千古的水墨佳作，四百多年来仍是迄今不可逾越的泼墨大写意的高峰。这就是古人卓越的道德情怀修养所带来的传世价值，也是最值得我们学习的地方。再比如苏东坡写《黄州寒食帖》的悲苦心境、颜真卿写《祭侄文稿》时的愤懑之情、王羲之写《兰亭集序》的洞悉天地大道与人生无常的玄妙心理等，都是特定情境成就了他们笔下彪炳史册的名篇佳作。当然，这所有的一切都需要强大的人文素养和道德情操予以支撑，不然的话，拿什么去抒发乃至生发特有的思想感情？这实际上也是我们当代所有书画家的'通病'，因为缺失得太多了，所以我们既不理解古人，也跟不上古人的审美情趣和生命体悟。这也是我们此行需要着重打通的学问，要立志在全国书画界，甚至文艺界立起我们大湾区的标杆形象。"

公益先锋队的游览节奏极其舒缓，他们全程与粉丝共享足迹所到之处的见闻感受，可谓立体无死角地治愈当代人的心灵暗地。每个人都朝着自己喜欢的角度和关注点奔赴而去，当然亦不乏专为粉丝考虑的队员，他们在介绍沿途实景的同时，甚至凭极富想象力的语言魅力，信手拈来地妙造一方自然或是一段横无涯际的诗意的天涯，以灵魂的光亮，照亮牵引能量所及的蒙尘的灵魂，以供屏幕另一端的有缘追随者的灵魂，去恣意游览、栖息或鉴赏。此行在着装上破除了所有的规矩与认知，让所有的想法纷纷归于平静和祥和，一切遂回到本色的样子。郝姑娘和余佳丽的演绎是如此，所有人的表现亦皆如是。郝姑娘以平朴之心编织的音声穿透着有形无形的物质的隔阻，直飘向无尽的虚空——

不出所料，赵冬青转学之后确实面临着不少看得见的困难，可以想见，一位心智并未成熟的少年刚投入到一个全新的环境，心灵的冷寂是一方面，加之还要时刻经受来自部分老师和同学的有分别心的歧视。此外，对于赵冬青来说，还需面对"长途奔波"带来的体力上的考验，每天上学途中来去共需四五个小时，每趟要换两次车，每趟车程都是长长的距离。因此赵冬青每天早上需要五点起床，六点前必须由家出发。不仅如此，由于学校不能放书，加上课表经常"变化不羁"，如此一来，赵冬青必须每天把所有的课本全部背着来回走，而且那时尚没有可以后背的书包，只能用单肩斜背着，时间长了，他的脊背就都明显侧弯了，他母亲为此心急如焚，担心因此影响孩子的正常身体发育。而当冬天来临时，赵冬青出行压力大增，那时的北京的冬天不同于现在的，确切说，那些年的气候尽管比起现在来感觉冷多了，但显然更为正常。他母亲迄今仍记得很清楚，那时，北京的冬天不仅下雪次数多，而且还时常大雪纷飞，赵冬青经常要在早上踏雪而行，历经两三里地才能到站乘车。不过，对于这些外在的困难，赵冬青从来不曾怨天尤人，都是尽一己之力去克服，包括在学校遭遇的困难也从未回家絮叨过一句，他每次回家总是稍稍休息一小会儿，然后少量进食后就马上进入学习状态。

现如今，他母亲回想起来依然唏嘘不已，她反复诉说，冬青由刚转校时的吃力境况，到经由自己的加倍努力，能达至后来的自如学习状态，他不知暗暗付出了多么艰巨的努力，克服了多少不为人知的困难，他真是太不容易了。这就是一位平凡的母亲多年后对儿子人生前半部分学习历程的评价和心声。

对于当初错误的择校理念，赵冬青的母亲是后悔的。许多年后，当赵冬青因身体原因意外坠崖被撞击成“植物人”之时，为唤醒他的记忆，由我为好友冬青撰写有关他的生命故事而需要采访他母亲的时候，她尤其对为冬青择校一事表达了深深的悔悟，其经过通盘思考后对我说：“魏作家，您是位对教育文化事业很有见地的作家，在您面前谈教育有点班门弄斧的味道，但我还是想坦诚阐述我的观点。在我看来，我和他爸爸当年为儿子紧急转校并非明智之举。因为所谓的好学校并不总能培养好学生，要因人而异，因时制宜。正如现在很多家长都一味盲目地将孩子挤进‘好学校’一样不可取，如果现行的教育体制不进行切合实际的改革，或许永远不可能出现好学校，至于早早将未成年孩子脱离文化‘母体’送往国外‘留学’的情况，则更不可取，轻则毁了孩子的一生，重则让国家损失了大量可造之才，对国家的未来发展无疑将造成负面影响！”我回应说：“的确，如不能勇敢智慧地对教育现状进行深层次改革，将掣肘国家关于文化复兴的长远发展战略。教育改革能否到位，教育动机能否回归教育本质，教育思想能否直抵人心，关系到是否有利于中华民族伟大复兴大背景下中华文化软实力全面崛起的迫切问题……”

毋庸置疑，赵冬青的中学生涯被人为划分成了两个阶段，前一阶段就读于住家附近的那所唯一的中学，后一阶段则就读于城区的那所教学质量据说是还不错的中学。但无论是哪一阶段，赵冬青都力求尊敬师长，团结同学，与此同时，他不仅自己勤奋好学热爱生活，还不遗余力地在学习和生活中无私帮助有困难的同学，其对人对事毫无分别心的博爱胸怀，受到老师和同学的一致好评。

比如说，赵冬青刚升上中学时，就在生活中和同学们打成一片，他和大多数同学一样每天骑自行车往返于校家之间。每天早上的情形大抵如此：赵冬青尚在吃早餐时，他家门外已是早早地等了好些同学了，他们谁也不开口，更不会进家催促，只是静静地站那里耐心等着，待冬青推着车出门来了，进而骑上车率先走了，他们这才一个个陆续骑车跟着走了。他母亲起先不明就里，时常跟冬青说：“早上动作能不能再放快点儿？别每天叫人家等着，这样会不会占用同学们的时间？”但每次冬青都回复说：“不会的。”他对此并没有过多解释。后来他母亲参加一次学校召开的家长会，方才知道冬青一去就当上了班长，与同学们的关系很是融洽，经常在学习上全力帮助学习困难的同学，有时上课没听懂的同学，下课后经冬青认真细致的辅导原本不懂的地方倒是突然领悟了。班主任为此很喜欢冬青，说他不但学习好，而且班级工作还非常负责任，最大的缺点是不怎么爱讲话。后来他母亲进一步和冬青的同学交流才得知，每天清晨同学们自觉相邀、集体等冬青上学完全是同学们自己的主意，就连冬青出行的时间也都是同学们事先主动和他约定的，冬青从未晚点过。

他母亲另外还了解到冬青的车技练得很不错，要是途中同学中有谁的车临时出故障了全由他给对付着修理。如有一次，一个同学的车坏了，没法骑了，刚才还转动自如的车身忽然像散架的玩具车，毫不听话地寂然停在路面上，在冬青也无能为力的情况下，他就骑着自己的车，让那个同学手拉着坏车坐他车后面，就那么像耍杂技似的将那位同学安全送回到家中。也有时，干脆把自己的车让给同学骑，自己则吃力地骑着同学的坏车回来了。

但在帮助同学的过程中，赵冬青并不总是安然无恙。有天在回家的路上，赵冬青为了给一个同学修车，耽误了很长时间，因而脱离了回家的大队人马，结果让附近乡村的大孩子打得很凶——因为冬青父母所在的单位也有些爱打架的孩子，平日里常去招惹农民朋友的孩子，于是把人家给撩拨火了，由于弄不清到底是谁打了他们，最后导致只要是“九所”的孩子见一个打一个——冬青成了他们的替罪羊。幸好某部队的战士见到后及时进行干涉，迅速帮冬青解了围，确实令他少挨了许多，但即便如此，冬青这次被打得着实不轻，脸上、颈部、胳膊、腿上到处可见血痕和瘀青。当时他母亲正在上班，冬青的同学跑去报信，说：“阿姨不好了，冬青挨打了，现正在门诊部就诊呢。”他母亲闻言急得赶忙往门诊部跑去，其时见那外科医生正拿着红药水欲往冬青嘴里倒，他母亲见状急了，赶紧制止说：“大夫，别倒，那有毒！”那医生听闻后很不高兴，尽管对着天花板翻了翻白眼珠子，但还是“手下留情”没倒，最后仅是给冬青草草包扎了一下了事。他母亲认为不能纵容那些孩子无端打人，必须让他们认识到自己的行为给他人造成痛苦是不对的。后来通过派出所很快找到了那几个打人的孩子，其后双方见了面，事情说清楚后，他们承认做得不对，与冬青还成了朋友。

由于虑及冬青自小体弱多病，因此他爸爸在冬青中学时给他买了一个拉力器，显然是希望他能加强体育锻炼，抵抗病痛袭扰。而他也很争气，常拿来练习臂力，扩展胸膛，以及自己平时坚持慢跑，还自创了一套科学练习俯卧撑的方法，他母亲就常能看到他趴在地上超负荷训练俯卧撑，练到后来一次做上百个也不觉累，这或许为他后来长成一米八七的大高个儿打下了外在基础。但赵冬青同时又是个面慈心善之人，常言说，马善被人骑，人善被人欺，于是当赵冬青成功转往北京109中学后就出现了如下这么一档子事情：他们班上有个捣乱成性的同学，成天无心学业，专门找碴儿捣乱欺侮人，不仅欺侮一些好欺负的同学，就连老师也成了他欺侮的对象，甚至有位女教师还被他当场欺哭过。对于这样一位无所顾忌的“欺侮专业户”，赵冬青刚去那会儿更是一度成了他欺侮的首选目标，可面对这位不友善的同窗，向来与人为善的赵冬青总是对他采取退避三舍的态度，原因是不想激化同学之间的矛盾，更是为了合力给同学们营造一个积极和睦的学习氛围。不过，是可忍，孰不可忍。又有一次，是个阴晴不定的日子，那位同学又无端找碴儿来了，他在众目睽睽之下对赵冬青以命令口吻说：“你给我跪地求饶，否则老子不会放过你的，非打到你跪地求饶为止。”赵冬青从对方的语气里闻不到丝毫可商量的气息，他深觉这是对人格的莫大侮辱，实在是太不像话了！大概这次实在是人家把他给惹急了，于是他情急之下伸手给了那位同学一记重重的耳光，打得对方直犯傻，一下子蒙圈了，找不着北了。此情此景，同学们心里都在为冬青暗暗叫好，老师也支持冬青的正当防卫之举。此后，这个调皮捣蛋的学生再也不敢欺侮冬青了，对别的同学也明显收敛多了。这可谓不打不相识，也许是一种双向的益处吧。

上官步莲这次尽管也是穿着便衣，但她吹箫时是极为卖力，因为绍兴是施勋美老人的家乡，她希望自己的努力不仅是锦上添花，更应该是雪中送炭，她寄望以此调动施勋美老人的“母爱能量”，为更快唤醒冬青再添一把大剂量的“薪火”。

这确是个凡圣无别之地，时光流转尤显人文鼎盛。有鞠躬尽瘁的周恩来总理、新文化运动的旗手鲁迅、倡导美育的教育家蔡元培、中国人口学第一人马演初、虎跑退隐者李叔同、博学鸿儒钱锺书、女权和女学倡导者秋瑾、有明一代的大才子徐渭、南宋爱国诗人陆游、明代开国元勋刘基、卧薪尝胆的勾践等，可谓不胜枚举。

所幸，魏明心未能办的事情，广大文艺家们进行了弥补，霍朝阳先生此番实地参访徐渭故居后，他仿佛和徐渭的灵魂进行了一场跨越四百多年的超时空“对话”，他感触良深，当即以承继徐渭“泼墨大写意”画风为契机，领衔创作了一批笔墨酣畅、雄强恣肆的大写意花鸟画作，这也打破了长期以来外界质疑他不善“大写意”的讹传。此外，霍朝阳先生当即率先承诺：用这些作品抚慰来到现场的粉丝们过去三年在全球性“口罩危机”中所遭遇的心灵创伤。并借他们的心声为所有的粉丝带去美好的祝愿！霍朝阳先生的倡议得到先锋队所有文艺家的齐声附和，许诺这一“抚慰”行动将持续下去，积极履行当代文艺家真正“以人民为中心”的创作使命和文艺良心。

江浙一带自“衣冠南渡”后，素来人文鼎盛，浙江尤其如此，众多名垂青史的人物形象早已成为画家们意欲表现的对象。因此人物画家到了这里大都跃跃欲试大展身手，包括刘徐州也是如此，他曾对苏东坡有过深入研究，曾画过逾百幅《问墨苏东坡》系列人物画作，并在全国巡回展出，形成广泛影响。这次也画了《苏东坡西湖观荷图》及展示苏东坡带领民众修筑西湖“苏堤”的历史长卷《苏堤修筑图》。这次浙江行所有现场创作的画作皆无偿献给现场关注和支持公益先锋队的广大粉丝。因之在线上线下皆引起巨大反响，让民众感受到中国当代的优秀书画家并不高高在上，虽然有那些人们印象中光喊着为人民服务，却不断抬高自己的画价和身价，重在为个人名利奔走和贴金的“伪书画家”，可是更有公益先锋队这样真正全心全意为大众普及提升中国优秀传统书画艺术素养的良心书画家。

于是经过现场坦诚的面对面交流和登记，所有家庭较困难的粉丝都获得了无偿赠予的作品，了解到还有个别粉丝本就困难的家庭由于受过去几年的大环境影响变得更其困难了，霍朝阳先生又重新提笔为他们额外画了几幅画，并亲自帮他们将画作在线上即时拍卖“变现”了，然后把相应拍得的款项交给他们带回去贴补家用。霍朝阳先生外出多以“立领国服”的形象示人，为着内外兼修，保持中国文艺家特有的风骨情怀和精神气度。当他看到家庭最困难的几个粉丝获得经济帮扶后眼里溢出的泪花时，他脑中立时闪现“人生不易”几个字，再也顾不了所谓的文艺家形象，情不自禁地流下了悲悯的泪水，簌簌而下的泪滴大面积打湿了他干净齐整的文化衫……

魏明心对霍朝阳先生一心为民众着想的思想觉悟和文艺操守甚感欣慰。一直以来，霍朝阳先生都是魏明心极其推重的当代书画家，就像当年傅雷倾力推崇黄宾虹先生的学术思想和绘画成就一样。他隐隐感觉到，国家的文艺天平开始倾向大湾区了，那里终将成为中国当代文艺向海外传播的“桥头堡”和国内外人文艺术思想交流互鉴的“集散地”。

第十六章 家国天下

闽山闽水，萦心绕怀。山环水绕的故乡的山山水水，一生都流转不出魏明心敏感的心头。对魏明心来说，故乡就是他的心门，他无时无刻不在进出，北往南来，无时无刻不在心门内外徘徊。于是兜兜转转之后，他又回归了心门之内。浙江之行后，魏明心领着他的团队来到了中国丹霞故事开始的地方；来到了他的爱恋难以割舍的天地；来到了四亿年前以降遗留的深嵌于崖壁之内星罗棋布的洞穴之所在；来到了人文与自然交相辉映，有“百里湖山，灵冠天下”赞誉的大金湖丹霞地貌国家地质公园所属的大金湖畔，他们此行就落脚在大金湖畔的一家名为“金湖艺海”的书画创作基地。该书画创作基地是魏明心的一位朋友打造的，初衷就是想依托泰宁丰厚的人文自然风光为广大书画家提供周全服务，希望他们的书画艺术思想经由“大金湖”的深度润泽后流淌成艺术的海洋，实现“金湖艺海”的创业夙愿。

魏明心以前去任何地方都会事先默默地问自己为什么要去那里。当他去过泰宁之后，魏明心的心头于是时常不自觉地萦绕一个问题：“如果说去泰宁需要一个理由的话，那么，不仅因为泰宁曾是闽西北革命根据地的重要组成部分，乃瑞金中央苏区所辖21个县之一，且拥有‘红军街’等诸多耀眼的红色文化；而且因为泰宁素有‘汉唐古镇，两宋名城’的美誉，甚至依稀仍可聆听到朱子当年退隐泰宁城郊小均坳时从岩穴传出的谆谆讲学声，如果你有足够人文雅兴，或能有幸静心品读朱熹在泰宁遗留的最重要的人文胜迹，亦即寓意春夏秋冬的四幅壁诗——《四季诗》：‘晓起坐书斋，落花堆满径。只此是文章，挥毫有余兴。古木被高阴，昼坐不知署。会得古人心，开襟静无语。蟋蟀鸣床头，夜眠不成寐。起阅案前书，西风拂庭桂。瑞雪飞琼瑶，梅花静相倚。独占三春魁，深涵太极理。’倘若你还有更深层的研学兴趣，想追溯朱子的学问生发之因缘，我们定能发现‘程门立雪’的主角将乐人杨时为闽地带回的‘理学思想火种’；并且因为泰宁神秘的岩穴里迄今尚余

70多座寺庙，其中包含最负盛名的甘露寺；而最为关键的，是曲折蜿蜒的水上漂流项目能把游人的心情熨帖得舒展淋漓，当你坐在顺流而下的竹排当中，溪流两岸长满充溢世外桃源气息的景致自不必说，然而顺着映入眼帘的别人眼中的惊奇看将过去，我们就会发现在料想之中的世上发育最完整、种类最齐全、景观最丰富、面积最大、海拔最高的水上丹霞地貌里，要数寨下大峡谷天穹岩内千奇百怪的‘岩穴奇观’最为惊心动魄，不单令人惊叹着大自然无上伟力的鬼斧神工，更让人冥想处于时间洪流下宇宙生命的‘鲜活样本’，这将瞬间顿悟人世的短暂与渺小。”

但有时魏明心又觉得想去哪里根本不需要任何理由，特别是当他从泰宁回来之后，他觉察到自己内心的秘密：当你对一个地方产生感情之后，你是不需要任何理由就可以实现故地重游的，或许那所谓的感情就是促使你行动的最大理由吧。

公益先锋队此行以“写生”的名义进驻泰宁，面对如此浩瀚壮观的自然人文遗存，文艺家们可谓忙得不亦乐乎，创作基地的缔造者郭问渠先生从来访艺术家饱满的情绪中读出了满意之色，这让他颇具成就感，亦为他将基地稳扎稳打地经营下去注入了强大精神动力。为让文艺家们真正弄懂“写生”的应有之义和弦外之音，魏明心利用写生间隙之机会，召开简短的“茶话座谈会”。他鼓舞大家说：“我们大湾区的文艺家不能沿袭当代业界的一些陈规陋习，不能为了写生而写生，我们要想引领当代文艺新走向，唯有从绘画思想本源处革新图变才有出路。那么，如何才能闯出一条符合新时代精神需求的从艺之路呢？我们需要着重注意的是，‘写生’虽是个舶来词汇，但无论面对景物还是人物，我们不能固守仅是‘写出生意’之本有目的，抑或也不能仅是满足于收集创作素材的诉求，我们大湾区的文艺家要敢为天下先，要勇于超越物象层面的东西，让提炼概括出的描绘对象承载独特的精神特质，而我们所到之处对于当地人文地理的深入了解和钻研，正是为这一‘画以载道’服务的，这是我们中华道统精神的优秀传统，也是其数千年来所能发挥的优势所在。只是，如何才能修炼出相应的文化力，进而精准传神地表达我们所认定的人文精神？这就需要我们的文艺家注重人文积淀和对于精神品格的持续锻造。由此历练出的文艺队伍，才有可能支撑起新时代中外文艺交流与互鉴的人文枢纽工程。”

魏明心说到这里戛然而止，他希望把剩余时间交给文艺家们各抒己见畅所欲言，以便更好了解大家的真实思想见地。可当他把话题抛出去后，有意无意地扫了众人一眼时，他忽然意外瞥见人群中多了个熟悉的身影，但“此熟悉”远非“彼熟悉”可比，他的眼睛像被什么牵引了一下，于是不由自主就定睛看了过去，待他反应过来那人是谁时，他浑身立时猛地颤了一下，犹如瞬时激荡起的水波，久久荡漾开去难以平息。他恍神之际，不禁心内惊呼：“她怎么来了？她是如何知道我们来泰宁的？难道真会是此生逃不过的情劫吗？”他惴惴不安地回想起上次离开泰宁后和她的隔空对话：

“那天聚会你给我夹菜，我才注意到坐我身边的你，乌黑的短发显得那么干练清爽，加上盈满笑意的白皙的脸庞又是那么亲切标致，感觉像哪里见过似的。莫非是前世的因缘，让我们今生得以再度重逢？”

“我看您一直不吃东西，我怕把您给饿坏了呢。”

“此前心不在酒食上，此后亦不在此。我一直想，我在哪里见过身边的这个人？”

“您都回去好几天了。”

“是有好几天了。你还记得我都回去好多天了吗？”

“我自然记得的，虽然工作很忙，而且还要谈恋爱。是您不记得了吧？再不联系，我都快要把您给忙忘了。”

“工作很忙还要谈恋爱，你是累了吗？”

“不累！每天有所期待的时候，或许不能叫累，也算充实吧。我只是那么一说而已，我怕自己忙忘了什么。我现在的心情变化很复杂，有时也会想起自己做姑娘时多么幸福，那是我有生以来最美好的一段时光。可婚后，却没那么幸运，也是被伤得不轻，每当遭遇来自婚姻的伤害的时候，我就会想起自己做姑娘时的幸福时光。这也许就是对心灵的自我疗伤和抚慰吧。对了，您应该也差点把我忘了吧？迟迟没等到您的信息呢。”

“是吧，要不是听你亲口所说，我怎么也想不到，原来像你这么完美的女人也会遭受生活的伤害，人世间的事真是令人唏嘘啊。不过，你还别说，我忙起来还真差点忘了回来后应该跟你打声招呼的。后来不知怎么忽然又想起来你来了，可能又想起你为我夹菜时的那种亲切感觉来了吧。”

“是吗，难道就没想起别的什么来吗？”黄玉玲欲说还休选择了矜持，她有心避谈自己的家事，轻巧地将话题拉到纯粹的情感联络上。而后又刻意提醒说，“或者因为遇到什么中意的人了，才没那么轻易就淡忘了。”

“也许有吧，有些事也会因为某个人的缘故而不容易遗忘，只是我暂时说不清楚罢了。”

“说不清那就先不说好了，敢情我是遇到木头人了吧。我就明说了，两年的挂职期限眼看就要到了，您要是真有心，我请您来泰宁看白鹭、抓老鹰，尽早成行才好！”

“看白鹭、抓老鹰可是很美的事情，我小时候最喜欢了，现在想想都无限美好。但近期俗务缠身，不见得能脱得开身前往哦，是不是错过了这阵机会就不好安排了？”

“那也不是。其实也没关系的，就算我回去了，也可以再回泰宁陪您嘛。只是……现在接待起来会更方便一些而已。”

“那好！能否赴约，一切随缘就是了。”

这不，幸好她尚在泰宁，此番果真又在泰宁不期而遇了，是缘分到了，还是巧合？魏明心想到这里，内心已是乱了方寸，文艺家们激情分享的发言，他一个字也没听进去，脑中影影绰绰闪现的尽是她的身影。但他不敢正视她，他只是独自静静地想她。待众人各自忙碌开去之后，他仍怔在原地茫然不知所措，心想：或许她也随众人走开了吧。魏明心这样想着的时候，他既希望她离去，像落叶随水流一块儿远去，又希望她能留下来，借以证明什么。他在心里盘算着，过了好一阵才敢往她就座的位置偷偷瞄一眼，可就是这一眼，把他从独自不定的揣测中瞬时拽回到眼前的世界，她也正朝他就座的方向看过来。只是两人的眼神刚接触就各自迅速逃离，似乎谁都不愿被认为是自己先看的对方，彼此谁都不想“示弱”。又过了良久，那位叫黄玉玲的她终究还是主动靠近他说：“好吧，是您来到了泰宁，我自然得尽地主之谊。晚上我请您喝‘擂茶’吧。”魏明心闻言心顿时软了下来，说：“谢谢！这话本该我先说的，上次是你请的我，这次我回请。”

他们仍相会在“丽玲茶馆”二楼那个名叫“听见自然”的小包间内。魏明心先到一会儿，黄玉玲随后便到。当魏明心和黄玉玲四目相对那一刻，彼此一句话也没有说，他们不由自主就拥抱在了一起，此时的他们，已分不清谁先向谁靠近的，一切都来得那么水到渠成，两人同时亲吻对方的嘴唇，他吻她，她也吻他。很快，她便主动把舌头伸了出来迎向他，于是两人由刚开始试探性的“唇吻”，于不知不觉间进一步演变成了深度的“舌吻”。魏明心在记忆中很少去亲吻一个女人的唇，舌吻就更其罕见了。但这次，他却吻得很自然，很尽兴，又到了一个转折点的时候，他忽然发现她脸上泛起了一片酡红，目光有些迷离，并伴随短促的呼吸和嘴里腾出的热气，犹如醉酒之状。

他赶紧轻轻推开她，结果试推了几次才勉强成功，他顺势把她扶坐在椅子上，轻声说：“我刚才交代服务员十分钟后上擂茶的，应该差不离了。上次我不懂怎么喝擂茶，这次可懂了，我要帮你好好搅拌搅拌，这样喝起来才有味道，就像写字不把墨汁调好了，就写不出好的感觉来一样。”

黄玉玲刚坐下时身子不自觉地朝他怀里歪了歪，而后才坐正，一副小鸟依人的样子。她深深地看了他一眼，然后静静地听他说话，待他话毕，才忍俊不禁接过话茬儿说：“真是三句不离本行啊，哪有把擂茶比喻成墨汁的，经您这么一比方，还让不让人喝擂茶了。”

魏明心说：“这有什么呀，所谓墨香者即是，要是你亲手给我调墨，我应该可以一饮而尽吧。”

黄玉玲听闻后略微撇撇嘴，接着抿嘴而笑，心里却甜丝丝的。她的表面景象，魏明心看在眼里，心里却乐不起来。他在心里暗自嘀咕：“看情形，现在是快乐的、无忧的，一会儿听了别的话，千万别哭才好，但愿也能轻蔑地撇撇嘴，一笑而过。”

“您在想什么呢，”黄玉玲忧郁地问，“是我给您压力了吗？我今天陪领导下乡考察，是通过郭总的朋友圈才知道您到了泰宁。既然您不知会我，我原本也想过不来打扰您的，可您知道的，我马上挂职到期就要回原单位了，感恩遇见，半年来的情感纠缠，见与不见，都已住进了心里。未来，山一程，水一程，能否再见，那就看天意了。我想来想去，还是见一下吧，省得留下遗憾，我可一直记得您明亮的眼睛呢。所以我一回到县里就赶了过来，难道是我做错什么了吗？”黄玉玲说完，眼圈已是泛红，泪珠开始在眼眶里打转。

如是，魏明心又想，果然，还未等我明说就这个样子了，这可如何是好？他的心瞬时又软了下来。他走近她，用手抚摸她额头上那道早已变浅的疤痕，他品味着那道疤痕的来历，他曾听她诉说过事情的来龙去脉。想到此处，他的心连同抚摸疤痕的手一块颤抖起来。但很快他的心肠再度硬了起来，他明白自己心意已决，只是明面上他还是选择缓和一下节奏，他说：“上次来‘丽玲茶馆’我还以为是你开的呢，在那个当口，我把你的名字玉玲想成了‘丽玲’。但马上想到你是位忠于职守的优秀基层干部，绝无可能私自经商的，所以才又清晰地想起你其实叫玉玲呢。”

黄玉玲破涕为笑说：“也只有您会那么想，还好，还能想到我不可能去经商，还算懂我呢。不过，当初确实因为‘丽玲茶馆’的名字和我的名字有点像，产生了好感，这才和您约这里来喝擂茶，人的感情嘛就是这么莫名其妙的。”

魏明心见她情绪有所回暖，遂趁热打铁说：“玉玲，知道吗？咱俩总体而言是前世的缘，今世还能重逢仅是欠你一个吻，所谓前世不欠，今世不见，这次算是还清了，我们的缘至此也就走到了尽头。因为我的‘心’已经出离世俗了，余生只是想做些尚未完成的使命，别无他求。正如李叔同顿悟人生真谛之后的遁隐一般，他说：‘爱即慈悲！’他还说：‘我当一切众生犹如慈母。’弘一生平你也甚是了解，你懂的。关于我们前世的缘来缘往，我是记得一清二楚的，大概是‘灵魂转世’经过奈何桥时忘了喝‘孟婆汤’吧！”他说完，再次俯身在她耳边轻声耳语着什么。

黄玉玲闻言大惊失色，她简直不敢相信眼前这个男人居然是自己“前世”的夫君，她有心不信，但她实在无法否认他亲口说出的藏于自己身上的隐秘记号，思来想去，除了他说的原因，再无别的可能。她想，难怪自己对他这么依恋，原来还有这么深的“世际”之间的情缘呢。这次她再也控制不住自己的情绪了，她拧转身去扑在他怀里痛哭不已。他双目久久凝视着她乌黑的秀发，双手不由自主地替她将散乱的发丝轻轻捋顺。末了，他从怀里掏出事先备好的一尊修长的“琉璃佛像”吊坠挂在她的胸前，之后又替她拭净眼角的泪痕，历经一场复杂的思想斗争后才艰难地说出：“我们走吧，权当我们从未相见，在这一世。”他边说边扫了一眼桌上动也未动的擂茶，服务员不知何时来过，并悄然完成了服务，但他们对此似乎毫无察觉，一切都如梦似幻。黄玉玲显然无法平静地离去，她的情绪仍有些激动，她啜泣着起身独自离去。魏明心没有追上去，他只是望着她渐行渐远的背影发呆。此时，他的心或许已坚如铁石，但仍抱有最后一点期待，以为她在走廊拐弯处会回头望他一眼再走的，可她没有，她动人的身姿就那样匆忙消失在拐弯的尽头处……在那一刻，空气似乎凝固了，徒留一丝失落在身后无人认领。魏明心无声地叹了口气，喃喃细语道：“长痛不如短痛，这就是真实的人生啊，谁之过？恐怕没有人能说得清，亦没有人能对此担责，只有每个人咽下各自的悲苦，如之奈何？如之奈何？”

魏明心重新坐回刚才的位置，他似乎想静静地待一会儿，以给自己动荡的情绪一个安抚的空间。魏明心似乎仍怀有一颗童心，他转念一想：“没来的时候，你倒是口口声声邀请我来泰宁的大金湖‘看白鹭、抓老鹰’的，可当我真的来了时，你却绝口不提此事，显然对我不够用心，也不够理解我的天真烂漫。当然，此次到泰宁虽不是专为你而来，但无论如何，你得有个说法吧，不能让我独自心心念念地盘算着你缘何‘爽约’的原因吧？”

魏明心还想继续往下挑对方的错儿时，房门忽然开了，他不由心跳加速，以为黄玉玲去而复返。可当他抬头的瞬间，却发现是上官步莲来了，她倚门而立，正似笑非笑地看着自己。魏明心本来心里就乱乱的，见此情景，一股无名火瞬时被点燃了，他立马脸一沉，说：“你来干吗？你一直在跟踪我吗？”

“‘丽玲茶馆’好像不是某人专属茶馆吧！您能来，别人为啥不能来？”

“别偷换概念！我再问你一遍，你是不是一直在跟踪我？”

“我也再回答您一遍，没人稀罕跟踪谁。我也有权利来品尝一下当地的特色擂茶，您能约别人来此茶叙，就不容许我形单影只地独自出现在这里？”

“就算你说得在理，但你走错地方了，我不想被人无端扰了清静！”

“我走错地方了吗？刚才有一位漂亮的女客人退了‘听见自然’包间，我可是刚接手的，不知阁下的包间叫啥名字？”

“你……”魏明心显然被她气蒙了，但立时反应过来是怎么回事了。他遂起身道，“好吧，你不走，那我走就是了。”

谁知上官步莲用身体抵住门说：“这是我订的房间，不让走！就许别人请您喝擂茶，就不能让我效仿效仿人家吗？”

“你想要怎么样？强买强卖吗？”

“没。顶多只算礼多人不怪！只想请您喝杯擂茶，然后与您茶叙茶叙，仅此而已。”

“我什么也不想喝。你想说什么你就说吧。”魏明心又一次坐回到原来的座位。

“有些话自然要说的，但也不急。”上官步莲快速扫了一眼原先两杯丝毫未动的擂茶，接着说，“人走茶凉了，何况还是个绝情女人点的。您自己看在眼里的，您在身后眼巴巴望着，她却头也不回就那么走了，真替您不值！所以我要先让服务员把它们换掉，重新来两杯暖心的。”

魏明心只是缄默不语地闷坐在那里想心事。上官步莲待一切安排好了才重新“激活”了语境，她说：“这个女人有啥好的？表面长得还算齐整，心却硬如钢铁，没有一点女性的阴柔美，就是所谓的‘冷美人’，谁和这种女人交往谁悲催！相较而言，还是王飞燕略胜一筹，人虽没她漂亮，身材也稍显矮小，但浓缩的都是精华，何况女人娇小一点，一副小鸟依人的样子有何不好？关键是人家王飞燕心地善良，还有才华，可谓人品艺品俱佳！”

“你知道个啥？你连人家的姓名都不知道却说得有鼻子有眼的，简直张口就来！谁说她绝情了？她那样做是因我而起，完全不关她的事。”

“您这是有意替她护短！怎么就不关她的事了，事情不是她做出来的吗？看她那一副毅然决然的狠心样儿，连我这个局外人都看不下去了，都想走过去好好安慰您几句。可她是怎么做的呢？她心疼过您吗？她有替您想过吗？她无情地离去就是答案！”

“你今天到底怎么了？我要是没记错的话，你之前不是不待见王飞燕的吗？怎么今儿忽然为她说起好话来了，难不成太阳打西边出来了？”

“有比较才有鉴别，我没有替谁说话的倾向，只是说了句实话而已。信不信由您，不听老人言吃亏在眼前！”

“哦，原来跟我说话的人是位老太婆吗？看来我的眼神一直不好，难怪老犯错儿。”

上官步莲忍俊不禁，扑哧一声笑场了，她说：“我本意是想打个比方的，不承想被您抓了话柄了。确实，可别把我自己给说老了，就为一个扭头就走的女人吗？那我可不干！”

“好吧，既然你想说那就掰扯个清楚，别说那些没用的，说真心话，若再有半句虚言，你就别做我工作助理了。我以前怕你离开，是考虑到施老疼爱你，是她老人家离不开你。我已把话挑明了，如果你仍不识趣，只好请你离开了，我自有办法应付你离去后的空缺。”

“那不行，我偏不走！”上官步莲闻言脑瓜子“嗡嗡”地炸响着，她忽然像个小姑娘要起赖来了，然后又拖着哭腔说，“您自己说过了的，只要我听话，您就会让我一直跟着您学习文化的。”

“是呀，问题是你听不听话呢？”

“听。我听话不就行了嘛。”上官步莲犹如再次受到宠溺的孩子，不仅止住了哭腔，而且变得有恃无恐起来。至于是否继续“变脸”，就看下一步发展形势的需要而定。

“那我问你，你对她们两个都不甚了解，为啥要捧一个，踩一个，是出于何种居心？王飞燕的德与艺，你或许有所了解，我也赞成你对她的评价，但对于黄玉玲呢？你几乎一无所知，仅仅出于嫉妒心理就对其妄加评判，你不觉得良心难安吗？公允地说，黄玉玲是位非常优秀的基层干部，挂职以来，利用自身的专业优势和对国家产业政策的透彻理解，为当地许多‘嗷嗷待哺’的好项目引来的巨额资金，为一方经济发展解了燃眉之急。反之，也为承载了政策倾斜使命的扶持资金，适时找到了优质的落地项目，可谓实现了‘资金与项目’的科学的双向奔赴。可就是这样一位美好的基层干部形象，到了你嘴里却无端变成了一个背影模糊的绝情女人形象，像你这样还算有一定艺术修养的年轻人，不经调查了解就可轻易对他人妄下定论的吗？你今天必须给我说个清楚道个明白，否则，吃不了兜着走！”

上官步莲见魏明心一瞬不瞬地紧盯着她的眼睛，自己的心思似乎被他彻底洞穿了，感觉被逼到躲无可躲之处，她只好老实交代说：“客观地说，我贬低她确实有点私心，我一看见她，就觉得她对我的‘威胁’好大呀，我感觉只有她会把您从我身边抢走。而王飞燕朴实多了，她的才情相貌与我相比也不具有优势，所以我不觉得她对我有什么威胁，我想利用王飞燕作为额外的爱情‘筹码’，来平衡您对那个女人的情感依赖。”

“抢走吗？难不成我成了物品了？你咋知道我对那个女人会有情感依赖？”魏明心说到这里把手机往上官步莲的面前一推，继续说，“你可以随便看，我把那个人的所有信息都删除了，包括记忆中的所有印迹，也都统统随之删除殆尽。我这算是彻底放下了。我觉着，我的‘出离心’已经完满地显现了，我绝不能因了世俗的情欲断了自己的‘法身慧命’，我必须作出果断的抉择！当断不断，反受其乱！人生每个阶段都有自己最该做的事情。有所为，有所不为，才是智者所该为。事实上，我做到了，她心如死灰地离去，正好反向印证了我放下过往的坚决有力！”

上官步莲并没有真的去翻看他的手机，她表面点点头赞同他的说法，却听得心内一凛：“他能这样对那个女人，将来自己的命运是否也和那个女人一样呢？”她简直不敢往下想了，但她随后又在心里安慰自己道：“人各有命，我的命运又岂能步她后尘。再说了，男人的嘴，骗人的鬼，男人只有碰到自己不喜欢的女人才会封闭自己，要是遇到了真爱，未必能收放自如吧，他真能割舍得下吗？”上官步莲思虑至此又显出一副稳操胜券的样子。

与此同时，魏明心也暗忖道：“好呀，小丫头，居然学会‘编排’我了，如果之前我说自己‘眼神不好’是句自嘲的谦辞的话，那么，她此番充满‘心机’的表演，则反证了我的‘眼神’确实不好啊！我真低估了她的‘导演’能力。”魏明心想到这里气不打一处来，他冷冷道：“你先走吧，我想独自在这里静一静，是否留你在身边的事，容我考虑几天再说。”

上官步莲也是位极有个性之人，脾气一点就着，她“哼”了一声，直把她气得连连跺着脚跟就离开了。魏明心反倒被她的举动气乐了……

上官步莲把在泰宁累积下的“怨气”带到了福州，在参观著名的“三坊七巷”时，她的目光无意中和魏明心相遇，她立时将目光弹开去，她心想：“我才不想理你呢，看谁先服软！”她和施奶奶相处得更其密切了，她走哪儿都亲自推着老人的轮椅，两人几乎寸步不离。她有意无意向老人倾诉着心里的委屈，顺便透露一些魏明心的“不是”，她希望施奶奶能出面替她“做主”，好好“修理”一下自以为是的魏明心。施勋美老人大多数时候都是含笑耐心地听她诉说各种经历见闻，偶尔也恰当地说句安慰之语。老人看她的眼神甚是柔和亲昵，犹如慈祥的奶奶充满怜爱地望着隔代亲的孙女。这使得上官步莲有了和魏明心“对抗”的底气和雄心。

福州之行由魏明心的族叔刘辉明先生负责接待。了解到大多数人都没来过福州，更未走访过“三坊七巷”，因此刘辉明先生铆足了劲期待向大家讲述“三坊七巷”的历史由来，尤其要着重详述他的祖上和“三坊七巷”之间结下的“不解之缘”。刘辉明先生是位退休的中学高级教师，老牌的中文系高才生。退休前就喜欢写点游记散文之类的闲适文字，退休后干脆顺势研究起了客家宗族文化，所以当他迎接到公益先锋队一行时，他显得特别激动，用“热情爆棚”形容他当时的心情一点都不为过。这也显示了客家人特有的待客之道。当刘辉明先生引领大家行走在“三坊七巷”的南后街时，只见步行街两边排列着规划齐整的二层营商店铺，诸多厚重醒目的牌匾散发着传统的馨香，看上去古雅别致，尤其是随处可见的一株株古老苍劲的榕树，不仅是‘三坊七巷’历史的鲜活‘见证者’，而且还是名副其实的‘独木成林’，据悉这一树种还可入药，一身是宝。

刘辉明先生惬意地环视着南后街四围介绍道：“我家就住在附近不远处，由于我们祖上和‘三坊七巷’的渊源，我对这里便产生了一份特殊的感情，于是在不那么忙碌的时候，我时常得空会来到南后街，就那么漫无目的来回地走着，当我想到先人曾行走在这片土地时，一种物是人非的伤感之情会瞬时涌遍我的全身，每每我都会想起那句著名的古诗词：‘黄鹤一去不复返，白云千载空悠悠。’因此这份心情是悠远恬淡的，恰如一股倔强的思古之风，总是不知疲倦地鼓荡在南后街上。‘三坊七巷’发轫于晋代，于唐朝、五代之时初具规模，及至明清达到鼎盛之状，虽历经历史变迁，但其古老坊巷风貌得以传承有序，是国内现存规模较大、保护较为完整的历史文化街区，有‘中国城市里坊制度活化石’和‘中国明清建筑博物馆’之美称。其中，南北向的南后街为景区的‘中轴线’。所谓三坊，指的是光禄坊、文儒坊、衣锦坊；所谓七巷，则是指吉庇巷、宫巷、安民巷、黄巷、塔巷、郎官巷、杨桥巷。从这里走出的近现代名人包括林则徐、沈葆桢、陈宝琛、林旭、林觉民、严复、林纾、郑振铎、林徽因、冰心等，有‘一片三坊七巷，半部中国近代史’的美誉。就是在这样一个人文丰沛之地，我们龙岩刘氏先辈曾在此栖息熏陶过，有考据为证：在科举时代，汀州府各县学子考举人必须到福州去参加乡试。因长汀、武平、上杭到福州路远途艰，在福州住宿又困难。为解决此难题，清嘉庆五年（庚申年）即1800年，由上杭诸生刘斐章、刘树仪等人倡议在福州买房建立‘汀州试馆’，作为汀州各县生员食住、复习应考之落脚地。筹足资金后，遂向原山东按察使司杨钟岳的夫人杨赵氏购买了坐落于原侯官县魁辅里吉屁巷地方房屋——该房原系旧镇甘国宝将军所有，后卖给杨钟岳所有——花银二千五百八十两。购买后作为‘汀州试馆’，同时亦上了神主牌位，作为祭祀祖先的宗祠。后又于民国五年即1916年向闽侯县来魁里文峰境庄细命购来元官厝屋一座，作价银台新七番银票二百四十五元正，作刘氏试馆之用。同年十二月，又向闽侯县程文琪购得坐落在闽侯官贤铺地方五柱店面楼房一间作为诸生吃宿之处，作价三百元大洋。此宗祠由汀州长汀、上杭、武平三县刘氏派人长住福州管业。一直到新中国成立后的1953年，才由政府房管部门代为管理。此宗祠除供诸生住宿、复习之用外，每年春秋两祭，盛况空前，除汀州各县刘氏派代表参加祭祀外，亦会邀请福州刘氏宗贤参加。那么，当年汀州刘氏购买的地产位于三坊七巷的哪里呢？经过与原有资料的比对和考证可找到相应之地，比如现在‘三坊七巷’里面的福建文学院、同利肉燕及其斜对的邮政银行等处所即当年我们刘氏宗族先人购置的土地资产所在地。作为‘三坊七巷’史实的一部分，相关资料我们已提交给福州相关文史研究机构，以供他们研究福州人文历史之用，所提资料的真实性得到有关机构的肯定。”

刘辉明先生边介绍边带大家到刘氏族人当年学习、生活的地方参访。那些地方现今要么是商业用地，要么是机构用地，早已不复当年之状，因此都只能以游人的身份进去转转了事，也算是与历史有一个看似合乎情理的抚触。参访间隙，刘辉明先生语重心长对魏明心说：“听说我们汀州祖上当年在北京前门购置的地产，如今由长汀县国家历史文化名城管委会出面，重新从北京东城区相关管理部门手上租了回来，三坊七巷的情况是否也可效仿北京的做法？哪怕只是租回一地也是好的，也算是对祖先置业精神的一个念想吧。”魏明心说：“这个想法很好，也不是没这个可能，只要‘天时、地利、人和’皆备，就有促成的希望。”于是叔侄俩约定此事容日后再行商议。

魏明心来到福州后总显得心神恍惚，他人是来了，心却留在了泰宁。黄玉玲临别时的态度令他颇为惦念，他的心神似乎都被她带走了，他屡屡尝试让自己的心绪就此稳下来，却往往无功而返。直到他收到一条信息，他的心才彻底安定下来。信息当然是黄玉玲发来的，她是这么对他说的：“我的脾气也不好，也确实无法面对当时的情境，我想，应该给您的公益之行造成了某种困惑吧，特此致歉！我冷静下来后深思熟虑地想了想，不是阳光下的恋情，再美也不要发生。虽然可能因此带来令人不适的剧烈短痛，甚至可能是一生的长久思念，但也好过不讲公序良俗的‘逾矩’。我想，这是人之为人的必要道德坚守，是个关乎个人品行的原则问题。何况，每个人的一生，都难免会有各种不得已的悲苦需要各自咽下，其中也包括婚恋关系。当然，如您所说，我确信我们前世具有不一般的姻缘，既然悬而未决的东西在今世已得到解决，那么，我们还有什么放不下的呢？感恩遇见！不再相欠，不复相见，如此甚好！祝愿您静心修行，早得圆满！”魏明心反复阅读了几遍才敢确认是真的。他顿时身心清爽了起来，明显感觉到随着历此“情劫”残存的那丝牵念最后被剔除殆尽，世俗的“浊气”遂悉数排出了体外。魏明心整个人看上去重新焕发出昔日的神采。

与刘辉明先生同行的一位有些愣头愣脑的后生突然插话问刘辉明：“魏明心叫您叔叔，我们‘彭成堂’刘氏都姓刘，您这个侄子为啥姓魏？”刘辉明听闻略显尴尬，但对方当众问得如炸雷般响亮，又不能不予以回应。刘辉明先生看了魏明心一眼，戏谑说：“他原来也姓刘，但现在是外姓，他从小过继给他姨丈了，跟人家姓了沈姓，他现在对外常用的姓名应该是笔名吧。”那位愣头后生听说一人用了三个姓名，就兴奋得蹦起老高，随之放言说：“这也太有意思了吧，一人还可以同时用几个姓名的，那别人该怎么叫他呢？”刘辉明先生这次不再惯着他了，训斥道：“该咋叫就咋叫，在老师面前别大呼小叫的，有这个精神头多跟魏老师学习才对。”愣头后生闻言缩缩脖子吐吐舌头再不敢言语了。魏明心友爱地拍了拍他的肩膀，然后朝他谦和地笑笑，算是给这个有趣的小插曲画个句号。

造访“三坊七巷”可谓无独有偶，适逢魏明心有位福州的画家朋友在“三坊七巷”里面搞画展，他于是按事先约定好的把整支队伍都拉过去参观学习，既助友人暖了场子，增添人气，又解决了直播场地的问题，所以魏明心顺理成章地就把画展现场用作为公益先锋队的活动场地。这次展览是福州本土画家林岩贤的大写意花鸟个展，画家本人长得高高瘦瘦的，那副身板予人纤弱之感，但观其画作却大气磅礴遒劲苍润，充满蓬勃的生命质感，与画者的形象形成巨大反差。据说，艺术的审美价值往往就存于反差之中。因为审美规律同样和万物的运行规律保持着一致性或趋同性。魏明心本想让画家自己现身说法，当面向大家介绍本次展出画作的艺术特色，以及如何才能更好地鉴赏国画花鸟的表现形式和创作特性。但林岩贤谦逊地让贤了，他说："知我者莫若明心兄也，既然您亲自来到了现场，请您指导还求之不得呢，又何须由我自吹自擂？"魏明心说："既然岩贤兄抬举，那我就恭敬不如从命了，如有不当之处，改日登门致歉！"林岩贤抱拳说："哪里哪里，专家能不吝点评，已是不胜感激了！"于是魏明心接过工作人员递过来的话筒说："这里可是'三坊七巷'啊，平常来观展的游客自是不少，我就权当冒充一次艺术导游吧，还好，我和岩贤兄相熟已久，让我可以毫无顾忌地畅言几句。大家首先宏观地看看这次展览的形式，虽然都是小品画，但大多意趣丛生，不乏精妙之作，这说明一幅画的优劣和尺幅大小无关，而与画作本身是否笔精墨妙有关。所以在这不大的尺幅上，画者经由自身厚实的笔墨能力和对传统写意精神的到位理解，画出了人与自然之间的博大气象，并经由花鸟物象很好地抒发了画家自身的思想感情。从画家现场呈现的这批大写意花鸟画作来看，我们可看出画家所具有的强悍的书写性，以及从大量自创诗文中传达出的深切的人文思考和关怀。他沿袭的正是古人'致广大而尽精微'的文人小品画传统，是种抒发极致雅兴且可供把玩的性灵艺术。当然了，从国画大写意对笔墨和文心近乎严苛的要求来看，岩贤君的诗文水平及书写能力尚有较大上升空间，这实际上也是对当代国画大写意提出的一个普遍要求，真正能以笔墨之功表情达意者少之又少，主要源于认知不足和修为欠缺，所以当代书画家尚有许多功课有待弥补和完善。"魏明心说到这里，又带领大家来到画展的一隅，他接着介绍说，"这里展出了林岩贤先生的部分白描佳作，显示了'闽派绘画'在传统白描技艺方面传承有序的发展现状。另外这几幅是林岩贤先生正处于探索中的'福州漆画'，这一颇具地域色彩的绘画形式，其源头为中国漆艺术，不仅拥有七千年的悠久历史，同时经过不断演变，竟成我国当代涌现出的崭新画种，具有多元的发展潜质。从中，我们不单可以感受到林岩贤先生对于艺术之道的旁通能力，同时也能领略到他对于多种绘画表达手段的强烈的开拓意识。不过，由于文化断层现象严重，而且在理想追求上，本末倒置已成普遍现象，我建议当代所有文艺家都要好好补补文化课，无论是人文历史的，还是传统哲学的，或是世道人心的，都值得我们不断深入地去钻研和深造，这也是我们公益先锋队此行所要彰显的最重要意义之一……"魏明心的一番宏论罢了，现场足足静默了数十秒，大家似乎尚未缓过神来。果不其然，静默之后是热烈的掌声，林岩贤和在场的文艺家们都赞同魏明心的观点，皆深觉当代人文土壤的确需要一场深刻的本质性“革命”，无论作家、书画家，还是别的艺术门类的艺术家，都需要一场深入骨髓的思想风暴的洗礼，此为文化复兴的关键之所在，亦是国运之所系，故不可不慎之又慎，不可不察之又察，不可不砥砺前行。

先泰宁后福州，从山水到人物，文艺家们既饱览了祖国神奇的丹霞山水和“三坊七巷”的景象，又创作出了大批山水及人物画之佳作，可谓收获满满，尤其我国当代巅峰级人物画家何国英先生笔下所绘郑成功和林则徐的人物形象，造型准确，笔墨淋漓，形神兼备，古今一融，何国英的人物画独辟蹊径，面貌新颖，格高品正，是中国人物画从传统走向现代的代表性画家，此番刻画具有独特历史价值和民族情结的历史人物是其最新尝试，结果大放异彩，这些力作一经直播展示，吸引了众多书画粉丝前来现场观摩学习。因之，这次福州主会场直播活动有众多网民前来围观打卡，其中就包括郑成功和林则徐的后裔。分会场则设置了两个，分别设在厦门鼓浪屿郑成功塑像前和中国台湾本岛，海峡两岸三个会场之间线上线下相结合并以直播连线的方式实现互动。郝姑娘、余佳丽、上官步莲和李玲珑皆穿上了统一为“两岸一家亲专场”定制好的红色汉服，上衣前面印有“两岸一家亲”、背面印有“同根同源、同文同种”的字样。郝姑娘和余佳丽早已磨合得天衣无缝，她们两个坐在那里神采默契得形如一人。郝姑娘的诵读声亲切柔婉却宛若黄钟大吕之音，她期待借温润而铿锵的汉语言的韵律之美，不单去熨平赵冬青转学前后发生的人生坎坷，更要去消弭两岸同胞因历史原因累积下的那些有形无形的心灵隔阂，让血浓于水的深情一道流淌在民族复兴的长路上——

赵冬青转校后在临近中考的那个学期为了有更多时间投入到学习中，鉴于学校不提供住宿，他在母亲的帮助下干脆借宿到了他母亲同事的一处闲置的房子里。只是那房子条件极其简陋，既无水，也没有冷暖设施，房子要么干冷，要么闷热。但这些困难对冬青来说都算不上什么，他的心思全扑在了学习上。

自此以后，关于赵冬青在学校中的情况他母亲知道得很少，因为当时冬青爸爸在城里的时间居多，而且他主动请缨，要求承担起冬青在城里的管理与照顾问题。按说这也是为人之父的通常想法，而且冬青爸爸的确也主动去过几趟学校探望冬青，并且也与冬青的同学有过互动交流，当他爸爸夸奖他的同学时，人家就自叹不如说：“你儿子冬青最厉害了，我们可没法儿跟他比！”于是他爸爸透过同学们朴实的语言和澄澈的眼神，便知自家儿子在校无论人缘，还是学习，应该都还不错的。

但他母亲心里总不放心，因为冬青爸爸对照顾孩子一事总是粗心大意。由于这个缘故，当冬青住进城以后，他母亲更是成天提心吊胆地过日子，有时实在想冬青，憋不住了，于是晚上下班跟着单位班车顺道进城去看看冬青，给他送点吃的，顺便问问他的生活情况，然后再乘车回家。懂事的冬青每次看见他母亲去都很高兴，但他亦每次都对母亲说："妈，你上班也挺辛苦的，那么晚了还跑学校来看我，人家知道了会笑话我还没长大呢。以后还是别跑了吧，我一切都挺好的，星期天就回去看你。"之后说什么也要把母亲送到车站，并目视着她安全上车才放心回校。基于冬青的反应，他母亲往学校跑的次数其实不是很多，不是因为工作忙，而是怕反倒给冬青增添心理负担。就这样，他母亲对冬青在校情况的消息是越来越趋于闭塞，他爸爸赵野平在城里由于忙于工作，也甚少主动与校方及老师联系了解孩子的实际情况。

由于父子间充分信任，有时，冬青爸爸即便从孩子日记中知道一些情况，他也是大大咧咧地看完即完，从不与孩子谈心，也不回家跟他母亲沟通。最后直接导致冬青在学校的许多事情，本单位的一些同志全传开了，他母亲却尚被蒙在鼓里仍一无所知。因为人家肯定没想到孩子的母亲居然会全然不知情，所以也没人当面同她说起。这里说的他母亲所不知道的许多事情，其实主要是指冬青犯病的事情。他母亲真正知道冬青在学校的这些非同寻常的情况，是冬青后来在病中给他母亲陆续说起过，而且直至看到他日记后才全面了解事情原委，这种事关孩子身心安危的无心的信息滞后令他母亲懊恼不已，后怕已是奢侈的想法。

或许，有人会说，人生不如意事十之八九。也许，还有人会说，月有阴晴圆缺，人有旦夕祸福！人生在世，没有什么是一成不变的。只不过，赵冬青的情况的确有些残酷，他的病祸一旦降临便与其纠缠终身不去，这道人生之坎，似乎远比珠穆朗玛峰更难以逾越。

因此，1982年年中往后的赵冬青的人生开始出现不可名状的逆转，他的人生转而跌入无边的痛苦中，这很可能与1982年他在毕业班故而学习压力大有直接关联。因为要强上进的赵冬青一心想好好准备准备，以期能考上个称心如意的重点高中。但话说回来，但凡有上进心的人都会面临较多的压力，为何唯独他赵冬青被生生压垮了呢？因此稍加分析便可得出：赵冬青脆弱的身体早已不堪重负，只是在如此重压之下疾病才找到了集中宣泄的突破口，换句话说，正是这种从未有过的强大学习压力给疾病的彻底爆发提供了可能。更进一步说，可以这样认为，往常看似健康的赵冬青的身上实则埋藏着一颗危及健康的"定时炸弹"，随时都可能被引爆，只是时候未到而已。

那么，赵冬青身上潜藏着的犹如猛兽般的"疾病"又是如何被放出牢笼的呢？原来，赵冬青原本平静的"班情"在初中的最后一学期发生了质的变化，本学期开学后，学校强行要求他们班必须与原来没考上高中的补习生合二为一，而且原来负责补习班的那个班主任也跟了过来，也就是说，冬青原先的班主任被顺理成章地取而代之了，这位班主任姓万，叫万江明，长得人高马大不怒而威，他深知赵冬青是原来班的班长，且向来以听话能干著称，于是他一接手班主任就一个任务接一个任务地给赵冬青压过来，什么团支部书记，班上数、理、化三科科代表，以及参加各学科的公开竞赛工作，还有一些临时分不下去的劳动任务也一股脑儿全推给赵冬青一人去干。班主任万江明似乎有意要考验赵冬青的“忠心”，他心想，你在别人手下当班长时不是无所不能吗？现在轮到在我手下做事了，你总不能厚彼薄此吧，要是胆敢有半句怨言，看我怎么在你同学面前整你！后来见赵冬青把所有安排给他的工作都完成得挺好，特别是作为化学科代表的赵冬青每次都出人意料地将实验仪器预先统统摆放到位，他实在挑不出刺来了，就有心得寸进尺，他甚至还把赵冬青叫到办公室谈话，希望赵冬青不要像别的同学那样削尖脑袋想着择“高枝”，做班长的应该一如既往不离不弃，最好能留校继续当他的“好班长”！总之万老师咄咄逼人的高压态势弄得赵冬青心情很是不好，压力也空前增大，但是他总是独自尽最大努力去完成老师吩咐的工作。

如前所述，为了多争取些复习时间，他又只身住进城来了。但住进城里后也并非一好百好，问题其实也非常多。这首先吃饭问题就很大，只是冬青应对得极其简便：由于疲劳过度，形成早上经常起晚了的局面，为了避免迟到，经常早餐就吃不成了，晚餐也是自己潦草应付一下，时常凑合吃点诸如快餐、小馄饨、火烧之类的就对付过去了。即便是中午这顿饭在学校食堂吃，那也无济于事，因为学校食堂午餐基本千篇一律，好菜总是只做有限的几个，其他都是大锅熬大白菜，冬青当然不会去和同学们争那些好菜吃，他总是默默地将就着吃些同学们不爱吃的菜，所以午餐全是素素的大白菜等着他。一言以蔽之，他是既想节约时间成本，也想省下些钱留着买好书看。

如此一来，赵冬青由于学习任务与班集体工作繁重不堪，加之营养又跟不上，特别是还面临着压力持续增大的情形，这样三管齐下同时压向他，久而久之，人便顶不住了，外加他头上原来潜藏的伤病被突然“激活”了，开始不合时宜地作祟，于是问题就全暴露出来了。

这些看似合乎情理的分析，皆是他母亲事后追加认识和探究的结果，这在当时，好些情况其实原本并不掌握，直到事情出来后，她前后一对照才豁然贯通的。总之在他母亲印象中，这一段时间冬青闷头吃了太多的苦了，这与家长监管不力是有直接关系的。因为每每回顾以前的情况，再审视冬青日记里的心灵成长记载，他母亲痛心地发现：许多地方之所以出现纰漏，完全是家长关心远远不够造成的。他母亲思忖至此，已是泪眼婆娑，然更令她惆怅难言的，是冬青从未因此对家人有过任何怨言。不仅如此，他在病痛中进行日记创作时总不忘反省自己对家人关心不够，不时进行自我总结和修正，从而不断完善自己对社会与人生的认知。

就专业能力而言，魏明心对上官步莲的表现是非常满意的，比如上官步莲在“两岸一家亲”直播专场上的表现就是如此。她自主选择的一曲《我的祖国》不仅让她收获了大批粉丝，那悠扬深沉的箫声所展现出的灵魂统治力，令在场听众无不为之折服。或许正是得益于上官步莲的良好表现，郝姑娘的这期朗诵亦堪称经典，两人的表现真正达到了互为辉映的效果，这就使得朗诵的效果对赵冬青产生“点穴”式的立竿见影之成效，杨大夫当场听到赵冬青的喉咙接连发出“咕咕”的声音，杨大夫根据数十年的临床经验判断，应该是随着赵冬青的大脑意识缓慢苏醒，他的中枢神经遭遇“靶向”冲击后，语言能力亦处于恢复的萌发期。杨大夫欣慰说：“这意味着赵冬青的病情取得了迄今为止最重大的进展！”于是这一最新变化，立刻引发了海归油画家陈立人等人的新一波的忙碌。陈立人绘制的有关赵冬青病情进展的系列“苏醒图”为他赢得了众多关注，他为此还特意开设了个人独立账号，实时分享先锋队公益之行的最新动态和创作成果，以供粉丝们在线互动交流。

李玲珑的主持风格从来都是自带国际范儿，也就是那种非常能够镇场又拿捏得恰到好处的文化节目类型的主持人，加之又是古董鉴赏专家，浑身散发着端雅沉静的知性美。这可不多见，既要有宽博的学识，还得有通透的心性，以及良好的语言驾驭和控场能力。这次三个直播会场的与会人员多为文艺界的贤能，也大都是关心中华民族伟大复兴的有识之士，因此本期“两岸一家亲”直播是典型的两岸民心“融合与沟通”之盛会。主持这种极具人文属性的大会，李玲珑可谓驾轻就熟信手拈来，她如定海神针般伫立在会议现场主导会议方向，在台湾出生的她，多么希望两岸民心早日拧成一股绳，共同牵引中华民族迈向复兴的康庄大道。于是李玲珑开宗明义说：

“‘两岸一家亲’是个历史的、人文的，也是现代的、未来的，甚至是哲学的、社会学的主题，因此对于这样一个综合而多向度的公共话题，必须邀请一位学识宏富的文化大家担纲解读职责，我想，对于这一新时代赋予的文化使命，魏明心老师是再合适不过的了，有请魏老师赐教！

“首先，我谨代表粤港澳大湾区公益文艺先锋队全体成员向出席‘两岸一家亲’专场的两岸同胞们表达由衷的敬意和感谢！其次，刚才主持人对我的溢美之词实不敢当，但我愿意抛砖引玉地谈谈个人的观点，权当为大家更好地展开在线交流开个头。同胞们、朋友们，接下来我想就‘两岸一家亲’这次直播专场当仁不让地说说我的一家之言：台湾自古以来就属于中国，是中华民族不可分割的一部分。史上除了明代被荷兰侵略殖民了38年，以及清末被日本侵略殖民了50年之外，中国台湾一直处于中国的主权治理下，因此台湾一直作为中国领土不可分割的一部分稳稳地矗立在海峡对岸，谁也拿不走。期待台湾早日回归祖国，为余光中先生的《乡愁》成功找到‘回家之路’画上完美句号！”

魏明心先生振聋发聩的别样的“文化宣言”，极大抒发了两岸同胞期待中华民族复兴伟业加速前进的共同心声，因此广受欢迎与赞誉！并在直播当场的线上线下，乃至更广泛的地方和更漫长时刻引起热烈讨论、反响与支持！

上官步莲虽然在本场的才艺表演可圈可点，但她从泰宁带回的怨气依然没能就此消除。直播活动结束后，她为此特意在王飞燕所在的房车前“蹲点”，当她发现王飞燕“落单”的身影时，她就迎将上去说：“恰好从此路过就遇到王老师了，真是有缘，能认识更是有幸，您的绘画艺术越来越出彩了，改日少不得跟您讨要一幅沾沾您的才情。”

王飞燕见上官步莲突然对自己态度如此谦恭，心内虽有些讶异，懂礼数的她却仍镇定说：“上官妹妹过誉了，艺术是我的爱好，虽不才，仍将一如既往地走下去，谢谢您的鼓励！”王飞燕说到这里戛然而止，她知道对方肯定还有正话要说的。

果然，上官步莲的脸上满是怜惜之情，她关爱地说：“所以啊，像您这么理想坚定的有才之人，一定要懂得保护自己哦。”她忽然压低了声音，接着说，“您就像我的知心姐姐，不瞒您说，我在泰宁发现了个小秘密想和您分享，就是那个表面对您很友善的魏明心魏老师，真是知人知面不知心呐，我看您也是经常和他一块探讨工作的，所以就想把无意中了解到的‘内幕’透露一下，以免您上当受骗！”

“哦，您有话直说，我洗耳恭听呢。”

“其实我不是个爱搬弄是非的人，我原本是不想说的，但转念又一想，谁没个疏忽大意的时候，还是跟您提个醒为好，否则，真要发生个什么事情，我这心里也难安不是。”

“谢谢您的好意，让我受宠若惊了！”

“说来也是个巧遇，我们文艺先锋队还在泰宁的时候，我听当地老乡说那里的‘擂茶’很有特色，古时候称为‘三生汤’，也有叫红军茶或打油茶的，据说是我们国家最古老的茶道之一，被誉为茶文化中的‘出土文物’，‘擂茶’的配料有生茶叶、生姜、生米仁等，湿润后用擂槌来回搅拌捣碎，接着会将熟花生米、芝麻、九层塔等陆续投入牙钵中擂成糨糊状，放进适量食盐，而后用煮沸的开水冲泡而成，最后如能再加放一把炒米即为称心圆满，看着热气腾腾的，甚是羡煞人也。此前，我闻所未闻，因此我可不想错过这次品尝良机，于是我自个儿找了家茶馆准备凑个热闹。结果却意外遇到一桩‘辣眼睛’的事，我刚上茶馆二楼，就迎面碰到一位漂亮的女人掩面啜泣着和我擦肩而过，当我继续朝前走时，竟看见魏明心站在一个包间前目光迷离地望着那位美人远去的背影，我走近了才发现他的眼里溢满了泪花。好个一双‘泪人’，这还用说吗，定然是负心的渣男辜负了痴情的女人，才迫使人家饮泣而去。于是联想到眼前这个男人低劣的品行，我装作不认识此人，立马扭头离去。”

“魏老师那么好的人品也会有这种事吗？不过，到底是何真相，没有证据的事情可不能乱说，要是误会了，岂不是冤枉了好人？”

“那不是秃子头上的虱子——明摆着吗？何况还是我亲眼所见，如何能冤枉他呢？当然，我也不是多事之人，不会对外声张的，我仅是私下里给您提个醒，不要被人当成‘傻白甜’给欺骗了！”

“我倒是觉着上官妹妹更需多加小心才对，您不仅和魏老师共处一辆房车，你们之间的工作关系也比常人更为密切。至于我，和魏老师之间仅是再普通不过的朋友关系，我似乎没资格也没可能成为‘受害者’。”

上官步莲万万想不到王飞燕会突然来个倒打一耙，她一时为之语塞，半晌才讪笑着说：“那是那是，大家都得多加小心才是。同为女人嘛，当然要同病相怜了。”她说完，仅眨眼工夫就溜之大吉了。王飞燕仍立在原地，她望着上官步莲狼狈逃离的背影轻轻地“哼”了一声，轻蔑说：“谁比谁傻，真还不一定呢。”

上官步莲在王飞燕那里“败走麦城”后，她并未因此收敛猜忌之心，她“如法炮制”地找到余佳丽。其时，余佳丽正挽着郝姑娘的胳膊在散步聊天呢，上官步莲一改往日遇见余佳丽时的高冷表情，她未语先笑说：“真正的美人就应该是佳丽这副模样儿，不仅美在其表，更美在其骨，这样的美人才是岁月所不能击败的！”

余佳丽显然一时未能适应上官步莲“冰火两重天”的“变脸”能力，她只是本能地朝上官步莲点了点头算是回应了。倒是郝姑娘的心思更为敏锐，她摇了摇余佳丽的胳膊，对其发出了无声的提醒。自搭档以来的形影不离，无论工作与生活，早已令她们彼此形成了深度默契。余佳丽故此反应了过来，却仍有所矜持说：“我无才无艺的，不过是路边的小草，有谁会在意呢？听了上官姑娘的溢美之词，我都有点不认识自己了。”

“这可不是我说的，是大家公认的，在队里都传为佳话了，恐怕也只有您自己不知吧。也难怪，天地有大美而不言，真正绝美之人，从不自诩自己是美人，这恰恰是美人之所以成为美人的最可贵的品质！不过，自己是否认清自己的美人品质是一回事，这种不设防的品质可能被坏人利用则是另一回事！”

余佳丽亦是聪慧之人，她当然听得出上官步莲话中有话，似乎存有弦外之音，于是她直言问道：“恕我冒昧，上官姑娘如有话但说无妨，我愿闻其详。”

上官步莲凭直觉预感到前期铺陈已然成熟，遂将那天自己向王飞燕描绘的有关“魏明心欺凌美女”的场景再次一五一十地告知余佳丽，末了，她不忘提醒道：“以前我很少和佳丽美女交流，是因为有些事情尚不明了，不想和您说太多，生怕打草惊蛇，如今证据确凿，眼见为实，所以也就毫不避讳地说与您听，大家都是姐妹，当然希望您要学会保护自己，尽量和坏人保持安全距离，以免给‘伪君子’留下可乘之机。佳丽美女务必切记之……”

余佳丽同样望着上官步莲快速遁隐的身影喃喃自语道：“奇怪，是哪阵风吹错了居然把她给吹来了？我跟她又不交心，跟魏老师也没甚交集，她为啥要特意来告诉我这些？真是躺着也中枪啊，莫名其妙的，事出反常必有妖！”

郝姑娘敏感地问：“妹妹身上是否有值得她‘惦记’的人和事？在我听来，她倒是不像来‘告密’的，似乎总想在您面前强调魏老师的人品有问题，她有意把魏老师描述成‘坏人’，目的无他，她是想在您和魏老师之间凿出一道不可逾越的‘鸿沟’，她不希望您靠近魏老师，这恐怕是她的真实目的。”

余佳丽说：“还是姐姐厉害！感觉是这么个逻辑，姐姐完全可以做个心理分析师了！不过，我除了和姐姐交往过密，和别人都没啥交往啊，为啥要‘惦记’我呢？对了，在我印象中，我们在上海东方明珠塔顶层参观时，我无意中和魏老师相视一笑，结果被上官步莲看见了，只见她莫名凶了我一眼，自此以后，她就不待见我，只要和她相遇，总感觉有股怨气朝我扑来，好像我动了她的奶酪一样，我也不知啥地方冒犯了她。”

“这就对了，我说呢，咋会有这一出！依我之见，我们就来个将计就计，她这次来倒是给妹妹提了个醒，您上次不是才和魏老师对视了一眼嘛，以后不妨多看几眼，这样她就习惯了。我们可没必要惯着她，我可是替您留着意呢，我亲口问过魏老师的，他和上官步莲可不是恋爱关系，啥关系也没有，只是普通的工作关系，就像我们一样，只是临时的松垮式的组合而已。所以大可不必对她霸道画下的所谓‘红线’退避三舍，搞得人人都欠她似的，不知天高地厚！”

“我亲爱的姐姐说话就是硬气！但我做不出来呢，我也不想和人家眉来眼去的，羞死人了！”

“那有啥呢，男大当婚，女大当嫁，人之常情嘛。魏老师恰好又是单身，我家妹妹也是单着呢，有何不可？”

“就是不嘛！这辈子都不想把自己嫁了。我不是还带着个‘拖油瓶’吗，谁敢娶我？”

“妹妹啊，姐姐何德何能，哪敢拖累您的婚姻大事呢？姐姐不是在替您着想嘛，您那么貌美如花，心地又那么纯洁善良，您跟姐姐我在一起就是徒耗青春，我于心何忍？姐姐的心里敏感着呢，别看老天对我不公，让我早早地就双目失明了，但又给了我敏感的心思啊，这似乎打开了我的智慧之窗，让我对许多事都变得异常敏感，敏感到简直可以通灵。所以相信姐姐，相信姐姐的直觉，您一定可以找到属于自己的幸福的。”

“不是那样的，姐姐千万不要有什么思想负担。我说‘拖油瓶’不是向您抱怨，即便是‘拖油瓶’，那也是让我幸福的‘拖油瓶’，千金难买一乐意，这是我自己深思熟虑后做出的决定。放心吧姐姐，我不会抛下您的，以后我们就一道做事，我就是姐姐的眼睛，您想去哪儿，我就带您到哪儿。除非姐姐先有了着落了，否则，纵使姐姐说破天我也是不会离开您的。”

郝姑娘不再言语了。她微微扬起脸庞，就像她高兴的时候习惯性朝天翻眼睛一样。这次她是为了不使眼泪流下来。余佳丽见了赶紧替她拭去泪花，然后叹了口气说：“姐姐，千万不要把自己当成弱者看待。您其实很棒，即便是身体健全的人，又有几人赶得上您的播音朗诵水平？我想和您在一块是我需要您，我想多向姐姐学习，不仅学些专业技能，更要学习姐姐乐观豁达的心态和不达目的誓不罢休的毅力。其实，上天没有不公，天地万物犹如上天扔出的一把沙子，那往外‘一扔’的动作或许是有情绪的，至于就此撒出去的沙粒，是无所谓优劣的，大家都是各安天命，各自悲喜，所谓的好坏都是我们自己遗留的分别心造就的。”

郝姑娘说：“我的好妹妹啊，您就别再安慰我了，我知道自己几斤几两的。您能来到我身边帮扶我，我唯有感恩的分儿，这是上天对我的最大恩赐了。不过，还好啦，我还不至于妄自菲薄。再说，我的心性也是自小被生活打磨了万千遍的，早已‘百毒不侵’了……”

上官步莲的“谗言”，尽管不至彻底“污名化”魏明心的个人形象，却也对他的人际交往造成了小范围的“误会”。因为无论是王飞燕，还是余佳丽，都对“他和那个美女的悲戚故事”心存芥蒂，这就是人言可畏的可怕之处。如是，当她们再看到魏明心时，眼神就不再像从前那样带有一丝崇拜和好感了。反之，却无端多了一些不该有的警惕与戒备。这对于原本彼此互有好感的人来说，当然不是个美好的交际体验。魏明心明显觉察到了这一点，但又说不出到底哪里出了问题，让他着实体验了一番有苦道不出的滋味儿。

第十七章 回望渊薮

当文艺先锋队行进到闽西境内时，目之所及，各色绿植明显多了起来，不愧是全国森林覆盖率第一的省份。相较北方冬日的遍地萧瑟，这里可说已然开始涌动春光了。大概是闽西的山形地貌与粤北的自然环境基本相似，这勾起了“丑书大王”小曾猴子的思乡之情，本次出行是他人生第一次离开家乡梅州，诚如他师父所期望的那样，这次难得的全国游历之旅，着实令他的脾性大为改善。他虽说此前未曾有过远游的经历，当然也知道闽西已离他家乡很近了，于是他的情绪越发高涨。他和魏明心同乘一辆房车，并选择紧挨着他的位置坐下。他兴奋地问魏明心：“据说我们梅州先辈当年就是从你们闽西过来的，这里才是我们的客家祖地，有没有这回事？”

魏明心说：“这样说也没有错。你们梅州客家当年确实主要是从我们龙岩上杭过去的，所以也有很多人把龙岩上杭当成‘祖地’，但上杭客家也是从宁化石壁村过来的，所以我们通常意义说的客家祖地是指福建宁化石壁。不过，在民国初年撤销汀州府之前，宁化是属于汀州府八县之一的，新中国成立后的1962年才真正划归三明管辖。再者，我们身为客家人，有些常识还是要知道的，比如梅州是世界客都、惠州是客家侨都、河源是客家古邑、汀州是客家首府、赣州是客家摇篮，赣州、梅州、汀州皆被视为‘客家大本营’，而所有客家人的祖源地则是河南洛阳。”

他们说话间不知不觉就到了已被列为世界文化遗产的永定土楼群跟前，为了突出代表性，对永定土楼甚是熟悉的魏明心选择了“振成楼”，他瞬时变身为“导游”向大家介绍说：“在永定两万多座土楼中，这座客家圆楼被誉为‘土楼王子’，顾名思义它的地位有多尊贵，其外形似一顶古代官帽，实际上传达出客家人‘耕读传家’的人文传统。振成楼亦俗称‘八卦楼’，坐北朝南，主楼按易经八卦设计，卦构之间设有防火墙及拱门，门关自成院落，门开则院落相通，此为客家人聚族而居的典型生活模式。振成楼分为内外两环，外环楼是四层的架梁式土木结构，内环楼是二层砖木结构的西洋式建筑，形成‘外土内洋，中西合璧’的别样风格，显示了客家人既传统又现代的创造意识。”

文艺先锋队成员大多是客家人，虽然对永定客家土楼早有耳闻，但大多都没有身临其境地感受过，所以一旦到了现场仍然备感新鲜与好奇，这是艺术创作的最大动力之源。这里的山色民居尤其成为巴人和袁山居的最爱，他们本就酷爱绘制田园山水和特色民居，来到永定之后，他们瞬间就爱上了这里的萌动的草木和星罗棋布的圆楼，感觉自己无意中进入了一幅无视时空嬗变的特色山水画卷之中。那些人物画家自然也不失望，勤劳善良的客家女形象在他们笔下散逸出中华女性独有的人性光辉。其中最感惊艳的当然要数新斯诺了，他的眼睛似乎看不过来了，什么都想了解，于是他干脆私人雇了位专职导游，这样他就可以安然地徜徉在当地多元交织的地域文化体系中了。

每每临近家乡，魏明心都会不自觉地想起唐代宋之问写下的“近乡情更怯，不敢问来人”的颇具哲学意味的矛盾诗句。

因此当先锋队一行参观完“古田会议旧址”及毛泽东同志于1930年1月5日写下《星星之火，可以燎原》这封长信的所在地——上杭县古田镇赖坊村协成店之后，魏明心按原计划是要直奔家乡长汀，而后转而南下梅州的，不料“半路杀出个巴人”，他急忙请求魏明心改变行程，他说：“魏老师啊，所幸临时得到好友信息提醒，让我务必前往有‘福建民居第一村’美誉的连城培田古村采风写生，我那位朋友说，培田古村落尽管有点‘养在深闺人未识’的味道，却是与宏村、周庄、乌镇、婺源古村等并列‘十大中国最美村镇’，是保存完好的明清客家古民居建筑群，被赞誉为‘客家庄园’和‘民间故宫’，如果一位喜欢民居的画家和它擦肩而过，必定悔之晚矣！您想呀，如此重要的描绘对象，我能眼睁睁看着它从我眼皮子底下溜走吗？”魏明心说：“看来巴人老师的确是位对特色民居痴迷到入心入骨的画家了，我对这样的艺术家尤其敬重，这样的请求当然有求必应了！”巴人闻言大喜过望，不由自主向魏明心拱手作了个揖：“为满足我个人诉求，只是辛苦大家了！”就这样，培田古村落理所应当地成了巴人心底里的“一个人的游戏”，随行的所有人都悄然融入他的画卷中，似乎唯有他是手执画笔的“局外人”和“审视者”。

魏明心对家乡总是既熟悉又陌生，任何熟稔的景物都可能触发他对过往的依恋之情，而任何陌生的人事亦可能予他外来人的疏离痛感。不知从何时起，家乡就是这样一个不断在他眼前“变脸”的形象。当然，这次他身为粤港澳大湾区公益文艺先锋队的领队回到家乡，一切的陌生感和隔阂感都应暂时隐藏起来，这就是人们常说的：“世间的美德，你要努力做到。”因此魏明心自然要以百倍的精神倾尽地主之谊。为了让大家感受千年古城非同一般的动静分明，他首先把大家领到最具人间烟火气的“店头街”，由于人声鼎沸，魏明心亮起嗓子说：“这里的繁盛延续了千年，有‘唐宋古街’的美称。追根溯源，是西晋永嘉之乱后大批举族‘衣冠南渡’的客家人到此落地生根，开枝散叶，造就了长汀古城今日之气象。长汀虽是座小小的山城，但国际友人路易·艾黎赞叹‘中国有两座最美丽的小城，一个是湖南的凤凰，一个是福建的长汀’。这当然不是虚妄之言，我曾为此特意参访了湘西凤凰古城，当聊到这个话题时，陪同的吉首朋友问我，同为中国最美的两个小城，凤凰古城和长汀古城有何区别时，我告诉他，最大的区别是两条江赋予两座城的气质不同，都是各自的母亲河，沱江赋予凤凰古城外向奔放的性格，然独自南流的汀江，穿城而过，不显不彰，却赋予长汀古城内敛深沉的品格，这从它们各自对应的人文传统来说也是极为吻合贴切的。”魏明心边说边指了指“店头街”的牌匾题字，而后他接着说，“你们看，‘店头街’这几个字就是清代大才子纪昀在汀州留下的墨宝。汀州自古人文鼎盛，一大批才情卓著的历史名人皆与汀州结下不解之缘。如张九龄、宋慈、文天祥、陆游、朱熹、王阳明、宋应星、上官周、伊秉绶、陈轩、黄慎、黎士弘、江瀚等人都在汀州留下了他们生命中的重要篇章。这就是一座城的灵魂和味道所在。所以正是变迁的历史人文造就了长汀这个包容博大之地，客家文化、妈祖文化、红色文化在这里互为辉映，有‘红色小上海’之美誉，被认为是红旗不倒的地方。”

游览完近500米的店头街后，魏明心又带领大家走访了众多风格独具特色的客家建筑，它们见证了这座国家历史文化名城的厚重积淀与深远内涵，譬如汀州府城隍庙、汀州三元阁、汀州云骧阁、汀州南禅寺、汀州刘氏家庙、沈家大院等，与永定土楼不同，长汀的传统民居建筑是客家建筑文化的另一特色，它继承了中原的宗族府第式建筑风格，沿中轴线两边展开，层层递进，前后左右对称，布局严谨，秩序井然，其中以长汀围屋最为典型，它和客家土楼一样，都是客家人聚族而居的“家族城寨”。

在众人中，唯有巴人最是躁动不安，到目前为止，他似乎感觉到仍不尽兴，遂来到魏明心跟前试探问：“是否还有‘保留节目’？我这手可是痒痒得不行了，这一路走下来，脑子算是被逾千年的文化给灌满了，一心试图寻找‘入画’的感觉却还‘呼之不出’，就连你们家乡的建筑文化都讲究平衡相谐，您这讲故事的能力应该也是毫不逊色的吧！”

魏明心笑说：“优秀的画家果然较常人来得敏感多思，即便我想‘雪藏’一些特色景点看来也行不通了。难怪有人说，一位出色的画家是大自然伟大而忠实的观察者，在我看来，这样的观察行为本身就具备穿透人心的力量！”

巴人哈哈一笑，愉快地说："彼此彼此。不过，我们在您面前更是一览无遗。所以对您的夸奖啊，我始终无法独乐乐，不夸也罢。"

话虽如此说，可当巴人和先锋队的其他成员跟随魏明心来到一个叫作"丁屋岭"的原始山林古寨时，那些依山而建、高低错落的客家民居，犹如"陆上吊脚楼"一样奇特，再细看都是黄泥墙、黑灰瓦、木房子、石台阶，唯独不见现代社会常见的水泥制品。走在这样苍古的街上，当踏着泛出历史光泽的老旧青石板路面，似乎每一脚下去都会氤氲回响着沧桑岁月打磨过的久远气息，街角屋边随处散落的闲适无虞的村民，感觉就像从远古走来的，那种强烈的隔世感尤令人称奇，好像他们和我们身处的世界没有任何关系，俨然自成世界，犹如四围茂密的草木一样宁静而自洽。巴人的两眼都看直了，粗糙厚重的石寨门、敞开式的老祠堂、乾隆年间的老古井，每一样都显得那么新奇，想不到老天爷会让他撞上这样一个"世外居所"，简直梦里都不太可能出现的景象却在眼前真真切切地出现了，这总算寻获重要创作灵感了，可不就自己在心里偷着乐吗?

然而，魏明心则说了个更其神奇的事件，他似乎有意高声宣讲："要是我说有个延续了近千年的客家原生态古村落，却从未出现过蚊子，你们会相信吗？"他顿了顿又说，"这个最为神奇的客家无蚊古山寨就是我们眼前的这个村落，全村都是丁氏人家。它的神奇远不止这些，但在我们这个现代文明早已无孔不入的时代，仍能保持那种淳朴天然的生活气息这已经是最大的神奇了，因此这里被称作'客家山民原始生活的活化石'，一个历经800多年的原始而古朴的村落生态，在全球化时代仍能得到完好保留与传扬，这的确是个罕见的奇迹！"

已经学会了刨根问底的"丑书大王"小曾猴子率先问道："这是为什么呢？我老家的祖宅，每到夏天蚊虫特多，就是因为附近草木茂盛的缘故，这里山高林密的却没有蚊子，难道是逆世存在吗？"

魏明心说："当然，任何事都是合乎天理，顺应人心。你们老家祖宅的环境有蚊虫是吻合自然之道的，丁屋岭千百年来皆无蚊虫也是吻合自然之道的，只不过是大自然的一体两面，并不矛盾。不过，关于丁屋岭为何一年四季都没有蚊子的原因至今仍是个未解之谜。其中，传得最广泛和神秘的一个原因，据说是因为村口的路边有只石蟾蜍蜷伏于地，嘴巴朝向丁屋岭的方向。这或许就是信仰的力量吧。事实如何，也许另有真相，但这个传说才最适合像丁屋岭这样的原始古老的神秘村落。"

"丑书大王"小曾猴子说："来的时候不知情，可没注意路边是否有只石蟾蜍，回去的时候可要顺路开开眼了。"

既然到了客家最原始的村落，自然少不了品尝最可口的原生态饭菜了，具而言之，大概是最有儿时味道的饮食了。先锋队来到丁屋岭之前，粮草已经先行了，也就是说，为竭尽地主之谊，魏明心早早就委派他的表弟先到丁屋岭筹备当地的特色餐饮了。所以算好了大家参观得差不多的时候，魏明心的表弟康守义就笑呵呵地出现在大家面前，在温和的表情下面，康守义显得拘谨而木讷，看得出是个不善言辞之人，他确实一言未发，只是不停笑着看大家。魏明心似乎很了解他表弟的个性，他看他表弟出现在大家跟前的神情，就能判定饭菜已经完全备好了，所以他无须询问表弟就直接招呼大家说："正宗的客家美食正热腾腾地等着大家去品尝呢，还不饿的人可以继续四处看看。"

魏明心说完径直朝一座两层的木房子走去。他的声音不大，却似个"惊雷"，把所有人的食欲都被勾了起来，谁还有心思再继续参观，于是齐刷刷地都尾随他而去，确比任何命令都管用。人群中的上官步莲见此情景默默掩嘴而笑，曾经的强势姿态不见了，予人一副形单影只的印象，泰宁生下的怨气，始终伴随她来到了这里，她直到现在都未能和魏明心实现"和解"。她心想："我是女性，不应该由我主动伸橄榄枝。"因此她觉着自己要学会等待，否则以后还会更被动。其实魏明心根本没想要和她一般见识，只是想借机煞煞她的锋芒。他和她理解的方向不一样，他只是把上官步莲视为一位"未遭受社会历练"的青涩姑娘，而非爱恋对象，所以他从未真正审视过她的言行。

首先上桌的都是些客家特色小吃，如灯盏糕、芋子饺、鸡肠面、炸薯饼、泡猪腰、簸箕粄、氽大肠、糖姜蛋、拌面、客家兜汤等等，大家先垫垫肚子后，便开始品饮客家米酒了。这与北方的饮酒习惯不同，不是一上来就招呼大家喝上了，而是要先关照个人的肚子，先吃点东西后，才会有人向你敬酒。魏明心当然最了解这一习俗了，所以他率先端起酒杯向大家敬酒的同时，他提醒说："虽然在座有不少客家人，但我还是要提醒大家，可别小看我们的客家米酒，千万不要贪恋入口时的绵软甜蜜，以为多喝几杯不在话下，一不小心，就可能醉倒了。当然，要是酒不醉人人自醉，那是另一回事了。"

"丑书大王"小曾猴子自从没了上官步莲的"压制"后，他表现得越来越活跃，他手里端着酒杯忽然站起来说："到了我们客家首府，哪有劝人不喝酒的，大家尽管放开喝，千万别给我魏叔省酒啊。我知道酒喝多了会醉是真的，我魏叔说的酒不醉人人自醉是啥情况？要是佳丽姑娘向我敬杯酒，不知是不是这种感觉？"他的一番调侃言论惹得大家哄堂大笑，余佳丽也是羞红了脸，但又不便发作训斥他，加之郝姑娘在桌底下用脚踢了踢她的脚，她就更心领神会了，知道在这种场合不宜破坏酒桌上的氛围，最终难堪的必定是待客的主人。如今的上官步莲显得心事重重，她确实不再拿眼神凶"丑书大王"小曾猴子，甚至连看都懒得看他一眼。她只是自己喝闷酒，也不跟别人交流，只有当她为施勋美老人夹菜时，脸上才会显露笑意，那也只是一闪而过。

此行的郝姑娘完全可以归入最开心的人之列，她在加入先锋队之前，无论如何她也不敢奢想，以自己的身体条件而论，这些原本和自己毫不相干的地方，居然一个个都成了自己足下的坚实土地，这无异于是个为自己“开疆拓土”的壮举，她最应该感谢的人除了伯乐魏明心之外，那就要数余佳丽了，一路走来要是没有她的悉心关照，那她就是名副其实的“盲人”，还有何快乐可言？不过，当她在高兴之余喝下两杯客家米酒过后，客家米酒的威力就开始显现了，她用手摸到余佳丽的脑袋，然后凑近她的耳根打趣说：“这客家文化多有趣啊，饮食也好，还有醉人的美酒，您是河南固始人，客家人和固始有渊源，您要是和魏老师好上了，您就是准客家媳妇了，我将来也好多来蹭蹭饭哩。”余佳丽闻言再次羞得脸上绯红一片。但她见郝姑娘难得开次玩笑，自然不好拂逆了她的善意，所以她并未真正生气，也知道是她不胜酒力的缘故。因此她同样凑近郝姑娘的耳朵柔声说：“姐姐，以后可不许开这种玩笑，要是外人听到了还不羞煞人了？！再说，我早在姐姐跟前许诺了，我是不会离开姐姐的，何况，一个内心丰盈的人是不需要依靠外来力量来支撑自己的幸福人生的。我能感觉到，魏老师是这样的人，而我，同样也要努力成为这样的人，希望姐姐多多给予理解和支持。”郝姑娘自非寻常之人，她当然明白余佳丽想表达什么心思，因此她啥也不说了，她让余佳丽为她斟满酒，然后举杯轻声说：“姐姐说错话了，自罚三杯，下不为例。”余佳丽哪里舍得让她多喝，同样举杯和她碰了碰说：“我理解姐姐的心情，但姐姐已经喝了两杯了，您平常可是滴酒不沾的哦，妹妹陪您这一杯，剩下的两杯留待日后再罚不迟。”郝姑娘顺势领了这个情，她清秀的脸庞也确实有了酒意，满脸已泛起淡淡的酡红，就连白皙的脖颈也已染红，看上去就像上了一个淡妆。

客家人是最讲究待客之道的，在生活困难的年代，宁可自己家人不吃好酒好菜，来了客人也要将最好的酒菜拿出来招待客人。所以“硬菜”是必不可少的，但一般放在酒席的后半段，目的很明确就是“管饱”，客家人最怕客人来了吃不饱、吃不好，那就失了客家人该有的待客之道了。因此类似白斩河田鸡、长汀干蒸猪肉、烧大块、炒猪蹄、客家焖豆腐、猪肚莲子汤等主菜都是留到中后段才上桌的，所以懂得客家饮食文化的人都要“留点肚子”静候即将到来的动真格的美食。当主菜上场后，相伴而来的必然是米饭。所谓硬菜，实际上就是“下饭菜”。客家人日常吃的米饭大多是用“饭甑”蒸出来的，那是一种用杉木制成的上粗下细的“圆桶”，主要由甑体、甑箅和甑盖三部分组成，但甑体外腰部有竹片编成的花箍箍紧着，因此这种圆桶甚是结实，而且无论“拿手”部位，还是“透气”构造，都是极其科学实用的，这样蒸出来的米饭特别香，也很养人。魏明心每次回到家乡都会细细品味“一方水土养育一方人”这句话，他总觉得概括得至为恰当。他吃遍了各种菜系，还是觉得客家菜吃起来最为舒心可口；他看遍了各地风物，还是觉得家乡的一草一木最让他流连忘返；他历经了世事纷繁，还是觉得家乡的民风最解人情冷暖。

在随行创作方面，巴人并非唯一的“赢家”。别的文艺家也斩获颇丰，诸如史自良的《瞿秋白与罗汉岭》、何国英的《多余的话——狱中的瞿秋白》、范知己的《开国上将杨成武》和王大海的《红军长征第一村——长汀中复村》等。就连“丑书大王”小曾猴子也变得讲情怀了，他以颜楷书体毕恭毕敬地书写了一副“人生得一知己足矣，斯世当以同怀视之”的联句。鲁迅先生当年就借用清人何瓦琴的这副联句书赠瞿秋白，此联见证了两人因文字结下的生死情谊。

如何才能将家乡的人文特色经由镜头语言展现？几经斟酌，魏明心还是把直播现场安排在近年遵照“修旧如旧”精神改造完成的“一江两岸”工程的核心区，那是汀江沿岸一个狭长的观景平台，为了让大家能欣赏到汀州古城璀璨流光的夜景，活动特意安排在晚上开展。几位出镜“主角”皆穿上了红色汉服，以示客家人的独特“家国情怀”。为了帮郝姑娘将朗诵前的状态调至最佳，余佳丽在给她描述当地见闻及人文传统时，往往表达得极其精准唯美，听得郝姑娘心花怒放，时时处处面对如此优秀专精的美貌才女，郝姑娘精神状态焉能不佳？因为余佳丽不仅是位盲文翻译家，还擅长中英文互译，文笔口才俱佳。有次，连魏明心看了她的译文都极为钦佩，在她身上不吝赞誉之词。余佳丽为表示礼节性回应，她允诺将来时机成熟时，要将魏明心的代表作译成英文在西方世界推广中华人文精神。

当华灯初上的时候，先锋队的直播现场果然是个绝佳的观景场所，余佳丽又及时将汀州古城当晚流光溢彩、如梦似幻的景致说与郝姑娘知晓，受这些内外相谐的才情的滋养，郝姑娘的朗诵声都宛如在彩灯下微微泛光的汀水一样，舒缓润泽着听者的心神，令人触发无限遐思——

不过，纸终究包不住火，何况病来如山倒，所以当冬青真真切切地被病魔击垮的时候，他母亲才获知了真相。其实冬青早就发病了，只是他自己一直硬撑着，既不跟人言语，也不愿放松自己，直至这次病到人事不省才让他的严苛自律戛然而止。因为冬青此番实在病得很严重，有时甚至还断续地反复说着胡话，弄得全家人手足无措心急火燎。可是，这又能如何呢？考虑到冬青所犯之病送医院效果甚微，只能先经人介绍吃点中成药压压病情，而后好不容易才找了许公岩老大夫——他是宽街中医院的一位名医，亦是北京市的一位名医，他的医道与医德皆堪称首屈一指。因他母亲曾经生病有幸挂过许老的号，后顺利在许老处治愈，可谓与许老有些医缘，他母亲忧心地把冬青的病情向许老作了详尽说明，恳请他救救这个命途多舛的孩子，就差没有给他下跪。所幸许老并不是个势利人，他一视同仁说："根据院里规定，我本来是只给成年人看病的，按年龄论，这孩子并不在我的治疗范围内，但鉴于他的病情确实很严重，好吧，那还是先带他来看看，治病要紧！"他母亲如遇大赦，头点得像鸡啄米一样辞别了许老。

回家一说，一家人对许老的表态可谓感激涕零，当即决定按时带冬青去许老处看病。由于冬青父母脱不开身，向校方请假的事情就落到了姐姐赵松花身上。彼时，他姐姐赵松花已是出落成了一位美少女，加之天资聪颖，是个自视甚高的人，之前并不觉得弟弟有多优秀，但到学校替弟弟打休学申请时发生的一个细节彻底颠覆了她此前的看法，当校方有关部门领导听说她是来替弟弟打休学申请的，其时并没太把她当回事，可随后听说她是赵冬青的姐姐时，人家态度大变，又是请坐，又是递水，立时让她感受到了被人尊重的滋味，也由此让她骄傲地联想到自己的弟弟在校表现绝对是顶呱呱的，她的心里瞬时折服不已。

令冬青父母尤为感动的是，他们每次带冬青去看病，许老大夫总是把冬青和一位脑血栓老年患者一同安排在最前面优先诊治。他总说，冬青的病同那位老人一样，也都是很严重的，应当重点关照。由于许老的这一特殊举措，他父母当时就预感到冬青的状况应是不容乐观的，但究竟严峻到什么程度，心里则是不清楚的。

如是，在许老大夫的精心治疗下，赵冬青的病情得以渐渐好转，逐步恢复了意识。神志清醒后，赵冬青于是想到学校马上就要毕业考了，他打定主意要去参加，家长怎么劝都不管用，最后只能遂了他的心愿如期参加了毕业考试。可在考前，他父母都对考试不抱任何希望，因为在这之前病了那么长一段时间根本没去复习，怎么可能会有好结果呢？因此，他父母在无奈下也只好送他去碰碰运气了！但考完后，事实并非如此，冬青的成绩仍旧很优秀，可以免于升学考试——直升本校高中。

可不幸的是，由于赵冬青参加考试，导致体力和脑力皆过度透支，于是就又病倒了。更为不幸的是，此时，许老大夫已被原单位借调去搞所谓的专项科研了，如此一来，赵冬青不时反复的"痼疾"又成了父母眼中的重大棘手问题。

也许是出于"有病乱投医"的心理，他母亲于惶恐中经单位同事介绍找到一位住在远郊区县据说专治一些疑难杂症的老中医。这也是没有办法的办法，于是就像往常看大夫那样带冬青去了，由于行程较远，天一擦亮就出发了，可这位大夫不像传说中的老中医那么让人省心，他先扬后抑说："这孩子的病到了我手中肯定没问题，只是……"他母亲察言观色，自然领悟了其中的玄机，结果钱和礼品都没少送。待看完病，开完药方，对方谈笑风生，神态自若，一副十拿九稳的样子，看上去似乎有十足把握。于是他母亲心安地带着冬青回家了。

到家中后，正巧他母亲的姐夫从外地来京，于是他母亲就忙乎开了，一方面要热情款待客人，另一方面又要忙冬青吃药及休养的事情，结果忙成了一锅粥。为了赶快给冬青把中药煎出来好让他吃了睡觉，他母亲于慌乱中打破了以往的用药习惯，没能把握住起码的安全用药规律，加之当天家中又来了客人，由于这位客人并非外人，他倒是出于好意，见药煎出来了就不由分说地端给冬青一口气吃了个一干二净。等他母亲发现药吃得过量了时，一切就都已经迟了。但好事的“客人”是她姐夫，既然已经吃下肚了，又能怎么办呢？因此也就只好听天由命了！谁曾想这一吃下去真是害苦了冬青，仅是眨眼工夫，冬青的头犹如孙悟空遭遇了“紧箍咒”般，又痛又麻，直痛得他龇牙咧嘴满地翻滚不休。常言说，知子莫若母，他母亲心里很清楚，要不是病痛得非常厉害，冬青是绝不会如此失态的。正是这样的母子连心，连累他母亲也失了常态，她捶胸顿足痛不欲生，完全忽略了客人可能产生的感受。短暂的发泄过后，他母亲马上又想到这样下去可怎么得了，必须赶快施救冬青才好呢。于是她赶紧过去安慰和保护冬青，同时吩咐丈夫赵野平快去门诊部向那位医道好些的大夫寻求帮助。虽说大夫火速地赶来了，但面对冬青的病状他也显得束手无策。庆幸的是，又过了一会儿，等药性过去了一些后，冬青的反应就不再那么激烈了，症状似乎慢慢舒缓了下来，他母亲见状这才稍稍松口气，遂小心翼翼地帮扶冬青到床上休息，并助其喝了少量温开水，他的感受似乎进一步好转起来。此前一直一言不发的冬青爸爸终于发话了：“全是看中医闹的，要是看西医，这点病早好了。以后，不能再带冬青去看中医了，明天必须去正规医院紧急问诊！”由于虑及冬青的身体仍很虚弱，为让孩子保持安静态势，他母亲显然无心和丈夫论争中西医之间孰优孰劣。再者说，赵野平早就建议送冬青去大医院接受全面检查，而且早前已跟他母亲约定：要是这个大夫依旧看不好那就尽早送医院诊治！虽说他母亲此时仍旧不以为然，甚至还满心不愿意承认此番看病失败，但这次把冬青吃成这样使得她百口莫辩，纵然她再偏爱中医偏方也只能暂时放一放再说了。

于是在现状推动下，赵冬青很快被送进了医院，最终，大夫要求冬青住院，而且不让家人陪住。院方的这个决定让他母亲甚是忧虑，因为孩子本来病得就很重，加上单单让他一人住进医院，难免不受到强烈刺激。结果不出所料，赵冬青整个人都糊涂了，连自己是谁都不知道了。可即便如此，院方仍拒绝让家长去看望，这，直把他母亲急得坐卧不安、一筹莫展。可是，这该怎么办？活人总不能让尿憋死吧！因此，就算争取陪住困难重重，他母亲仍旧整天环伺医院周围，除了坚持向院方要求允许家长陪住外，偶尔也会倚在病房窗外朝里张望，希望能赶巧看到冬青。当然，那种情形并未发生，因为实在是太难了，犹如大海捞针一般。所幸功夫不负有心人，他母亲坚持一连十数天的苦苦请求后，加上赵冬青的病情确实严重，院方基于患者的人性化需求，终于同意他母亲只身前去陪住。有家长温情陪伴左右情况当然要好得多，但是负责给冬青治病的主治医生没能负起责任，首先是她诊断错误，接着用药自然也不可避免地随之出现偏差，然后又因“执着”于写好她的所谓重要论文，继续无视事实一错再错，差点因此要了赵冬青的小命。在此危急关头，经由家人再三要求和争取，院方才勉强更换了医生和药方。结果冬青的病情略有好转，当他的头脑稍微清楚一点，看见母亲每晚因为他躺在一条硬邦邦的长形凳子上过夜时，他心如刀绞，心情难受到了极致，非要同母亲调换住所不可。这显然是不可以的，后在相关大夫及护士的合力劝说下，好不容易才同意放弃之前的一片孝心。但冬青从来都是个懂事的孩子，他实在不愿给家人增添负担，于是他要求出院，改为定时回医院会诊取药的治疗方式。就这样，又住了一小段时间后，院方终究同意冬青出院了。

魏明心毕竟是搞文字工作出身的，情感极为细腻敏感，他已感觉到上官步莲的情绪波动较为激烈，为稳定她的工作状态，他在她的箫声吹响之前就已提前来到施勋美老人的身边坐下。坐在施勋美老人身旁的上官步莲见魏明心来了仍不愿理他，她装作没看见，但心绪显然安定了不少，似乎正将心思全部倾注在演奏前的准备工作上。这种情绪上的适时修复，的确为上官步莲的箫声赋予了“深流不语”的魅力，与郝姑娘行云流水般的朗诵语势形成“琴瑟和鸣”之状。魏明心也没刻意打扰她，也深谙创作前保持孤独心境的重要性。他只是格外关心地对施勋美老人说：“施老好啊，这就到了我的家乡了。之前因忙于各项统筹工作，我也没来得及坐下来和您好好说说话，现在正好利用这个间隙向您汇报一下工作，如今各项工作都进展良好，不知您是否习惯我家乡的饮食？另外，对先锋队的工作有什么需要指导或建议的，您老尽管吩咐下来。”施勋美说：“上官步莲贴心着呢，一路都在为我介绍你家乡的情况，来这里感觉挺好的，好山好水好人家，民风还是那么淳朴，这就是最好的情况，也是一切美好的基础。以前只是了解你个人的情况，现在到了你从小成长的地方，这样体会起来就很深刻。特别是这次出行，就那样一站一站地走过来，感到自己啥也不懂，应该学的地方太多了。说到工作，你们都很尽责尽职的，我除了惭愧，就什么也帮不上忙了。所以我哪里有什么建议，我尽是受教育来了，心里装满了感动。今天下午杨大夫还跟我说来着，说冬青到了魏老师的家乡后，病情又以肉眼可见的速度在康复，可能魏老师和冬青之间有了更大的感应，所产生的能量场大大加强，这是很神奇的事儿。我当时听了特别激动，每个人都在为冬青祈祷和做事情，是大家给了冬青新的生命，你们都是冬青的再生父母！因此每看到冬青的点滴好转，我就想哭，没有你们先锋队的大爱付出，哪有他的今天？何况你们在沿途还做了那么多的好事，你们走到哪里，就把善良带到哪里，人心都是肉长的，这样的人，有谁会不喜欢，又有哪里会不需要？要是每个人都能像你们一样凭良心做事情，以奉献为先导，那我们国家未来得有多强大、多美好啊。”魏明心说：“施老已是坐望期颐之年的高龄了，仍然这么热爱学习，仍然对什么都感兴趣，真是我们晚辈学习的榜样。我们现在还做得很不够，但相信方向是对的，所以我们文艺先锋队将义无反顾地朝着正确的方向持续走下去……”

李玲珑去哪里都是自带气场的，换而言之，她人在哪里，气场的核心就转移到哪里。她出生在中国台湾，在祖国的宝岛台湾度过了快乐的童年时光。她13岁时跟随父母定居香港。而台湾和香港都有许多来自福建和广东的客家人，实际上她的父亲也是梅州客家人，虽说她不会说客家话，但还是基本能听懂的，所以这次来到客家首府福建长汀，她是备感亲切的，有种回乡探亲的感觉涌上心头。

或许正是出于对客家乡亲的天然好感，李玲珑在邀请史学家韩古观解答现场粉丝提出的“为何客家人更能吃苦耐劳，以及更为重视‘慎终追远’的宗祠文化？”的问题之前，她诙谐地问韩古观：“许多人都说韩老师多年来习惯了瞪大眼睛去审视眼镜外面的世界，但我们都注意到，您到客家地区后似乎改变了这个习惯，很少看到您瞪大眼睛努力看东西的习惯性动作，这是什么原因呢？”韩古观见问，他忽然笑得很开心，完全像个心性不受约束的自在的孩子。他说：“说实话，我很愿意回答这个问题，说明主持人也是位能发现本质问题的人。至于原因，那很简单嘛，在这里，当我走在大街上不用担心会有人抢我的背包，我去饭店吃饭也不用担心会吃到有毒的食品，从人到物都是纯天然的，好比汀江的河水一样清亮，那是万物该有的样子。所以在这样的环境下，人的精神自然也就松弛了下来，还有什么是需要瞪大眼睛去努力辨别的？”韩古观说到这里，现场的许多人都被他逗乐了，他礼貌地待大家平静下来后才接着说，“所以，来到这样的地方，别看文艺家们很忙，其实我也没闲着，甚至有过之而无不及，我利用各种机会收集了大量第一手调研资料，这是非常宝贵的了解鲜活而真实的生活的机会，依我个人之见，在书斋研究一年，也不如在这里行走一天的收获来得大些。刚才提问的那位朋友大概不是客家人吧，主持人愿意让我来回答，说明比较了解我的研究方向，我将根据已有的研究成果来尝试解答一下，仅供大家参考：客家人的吃苦耐劳精神是基因里自带的，由于历史原因，客家人大多生活在偏僻的山区，山多地少，自然环境恶劣，导致客家人的生存代价要大得多，这也锤炼了客家人百折不挠的良好品格。客家人宗族观念较强，这同样是历史原因造成的，因为以客地为家的缘故，催生了客家人思念故土的情结，因此这基本可以视为客家人的‘执念’。但另一方面，客家人亦拥有随遇而安的变通能力，‘日久他乡即故乡’的理念就是客家人心胸豁达的集中体现。所以我们经常开玩笑说，客家人就是个矛盾体，是天生的哲学家，在他们的日常生活中，对立统一的事情随处可见，客家这个概念，本身就是个极具安抚价值的辩证关系。”

韩古观的见解像汀江之水独自南去一样独特，博得了现场粉丝们的阵阵欢呼。李玲珑为了体现对客家乡亲的特殊关爱，她趁着这一波热度临时增加了一场书画“义拍”活动，她当场承诺当晚所有拍卖所得即时捐献给当地贫困的“留守儿童”，这不仅体现了当代文艺家的担当精神，更希望通过文艺家们的这份关爱，去温暖抚慰他们孤寂穷苦的童年。因此，这场特殊的“义拍”真正掀起了当晚的互动高潮，参与者的纯粹和热心，令人感慨良多！

第十八章 风骨情怀

越往南去，冬日里萌发的春天的迹象就越是明显，这是大自然的“先声”，亦是人们心里的“新望”，犹如一幅水墨山水，枯干苍茫的笔意是萧瑟的北国之冬，然笔墨淋漓之处定是南国旖旎之风光。祖国各地迥异而谐美的自然人文图景，使得神州大地因时应势地成为一幅极具传统哲学意味的高古山水画卷。于是在这样一层薄薄“春意”的笼罩中，先锋队一行在梅州林风眠纪念馆座谈了林风眠先生在“中西合璧”的艺术创造方面所取得的成就，中西合璧为人类艺术融合发展的必由之路，代表了人类文明的无界之界与精神疆域的博大无垠。

而后，先锋队辗转至千年商都广州并进驻广州艺术博物院，热烈探讨岭南画派“折衷中西，融汇古今”的“新国画”特色，这无疑与“承古、兼容、革新、图强”的岭南精神一脉相承。岭南画派在民国时即与京津画派和海上画派构成三足鼎立之势，是中国书画的重要一极，影响广泛，时至今日仍在影响和必将继续影响国人的“艺术与人生”。

由于研究艺术文化之故，魏明心受到的影响似乎较常人更为强烈，可谓“春江水暖鸭先知”。同时他对自然界的变化也更为敏感真切，当先锋队进入深圳地界后，他敏锐地发现公路边的有些树已经率先“抽条”了，这真是大自然的“冬天里的春天”啊，这种“新发”优势，难道不也寓意着人心也已进入“冬天里的春天”了吗？他脑中不由浮现刚刚看过的一个深圳的搞笑视频，视频内容展现了深圳一列地铁车厢内的实情，所有人都还穿着短袖在乘车，字幕是“全国瞒着广东在过冬，就广东还是夏天”，配上当下最流行的搞笑腔调，想想这场景所产生的喜剧效果，确实令人忍俊不禁。这次回到“粤港澳大湾区公益文艺先锋队”的大本营，魏明心的心情像大鹏湾的海浪一样起伏不定。先锋队成立之初并无固定的办公场所，后来赞助方张为民干脆把他位于盐田的一处靠山面海的私人会所改造成了“粤港澳大湾区公益文艺先锋队”的永久驻地。张为民认为，个人的荣辱兴衰算什么，跟别人有啥关系？像他这样热爱文艺的人，只有把民族文艺的价值感做出来了，才能切实体悟到实现自我价值的巨大快乐，这就是他全力支持“粤港澳大湾区公益文艺先锋队”为中华文化复兴不遗余力贡献智慧和力量的初衷和梦想！

也就是说，此番“粤港澳大湾区公益文艺先锋队”回到深圳已经有了自己的“家”了。所以当魏明心亲眼看到先锋队的这个“新家”时，他的眼睛湿润了，他对张为民的敬佩之情是无法言表的。然而，更令他激动的事情还在后面，当魏明心第一时间在办公室见到张为民先生时，张为民不单自己早早就在办公室静候他，身边还坐着一位让魏明心大感意外的“神秘人物”，或许这正是张为民在电话中有意给他“卖关子”的主要原因。其实，这位所谓的“神秘人物”就是当代著名书画家陈酿先生，魏明心对他自然是非常熟悉的，但见到他时魏明心还是赶紧上前和他握手致敬，并惊呼道：“陈老师怎么突然空降到我们先锋队的大本营了？还有，您和张为民先生也认识吗？”张为民接过话茬儿从旁解释说：“何止认识，陈老师是我多年的偶像，我之所以那么热爱文艺事业，很大程度上也跟陈老师给予我的教诲有关。”

等到大家坐定之后，一贯稳重的陈酿先生才慢悠悠说：“首先，我是来祝贺‘粤港澳大湾区公益文艺先锋队’的‘安居’之喜！另外，刚才张为民先生说的话基本属实，我就不补充了。”陈酿先生的“冷幽默”，让现场爆发出笑声，他自己也跟着笑了起来。之后他表情庄重说：“在我们这个时代，我非常支持你们正在做的事情，对此，我已在多个场合赞美过你们文艺先锋队‘敢为天下先’的牺牲精神和奉献意识，这也许是地域文化深层濡染后自觉推动的结果。本人也受益于这一传统人文的影响，所以在文艺圈混迹了半个多世纪，也算是做了自己该做和想做的事情吧。正因如此，我有个不情之请，不知先锋队能否遂了我的心愿？我想，可以先作为一个‘议题’拿出来供大家参考。我只想谈两点个人的想法：其一，首先我是作为先锋队的一名老年粉丝，我始终关注你们在各地开展的颇具时代意义的文艺工作，这次终于回到粤港澳大湾区的‘大本营’了，所以我也跟着萌生了一点私心，我想提个建议，能否把郝姑娘的这次朗诵内容临时替换成魏明心先生为我在香山个展撰写的评论，那是你们先锋队参观我在香山的花鸟个展后，魏明心先生有感而发写下的文字，我认为写得很好，没有深入研究和思考的人，是写不出那么深情和有灼见的文字的。因为我老家就是广东的，所以我想借此机会，通过你们先锋队的专场直播活动，向家乡的父老乡亲们汇报我几十年的工作情况及思想情怀。我想，魏明心先生的这篇文章基本能代表我的想法。其二，我想把我到目前为止创作的自己满意的书画作品拿出来建立一个公益美术馆，并在先锋队的名义和主持下开展工作。不知先锋队是否认可我的想法？”

魏明心说：“我谨代表先锋队先表个态：陈老师的两个要求实际上是两大贡献，是我们先锋队求之不得之事，我个人既支持又感动。当然，我们会召开一个研讨会征求大家的意见。我想重点强调的是，我们先锋队的组建初衷和工作宗旨，原则上都是想对当代文艺起到一个方向性的引导作用，激发大家走一条符合中华道统精神和艺术运行规律的正确文艺道路，最终为中国文化复兴伟业添砖加瓦。而陈酿先生的艺术之路，正好是中国传统艺术向现代转型的典型代表，无论是他的艺术实践方向，还是他的人文积淀方式，或是他秉持的传统人文风骨，皆是如此，是一个不可多得、可资效仿的身边的榜样！”

张为民说：“我想再补充一点：陈老师用于建立公益美术馆的书画作品全部是无偿捐献出来的，而且美术馆对外开放是完全公益的，永远不对参观者卖门票，全心全意服务于中华文艺发展事业和民众的审美普及！这是最令我感动的，一位八十多岁高龄的长者能如此大公无私地付出自己的赤子之心，我们这些晚辈又怎么能不被激励和感召呢？因此，陈老师一向我表明他的心意，我当即承诺筹建公益美术馆的资金全部由我个人承担，并且无条件归属到先锋队旗下管理，将来所建公益美术馆也可兼作先锋队的学术研讨基地。”

张为民先生的慷慨陈词像一面无往而不胜的冲锋旗帜，让所有自愿团结到先锋队里来的人可以心无旁骛地朝目的地疾驰而去。

这不，深圳本土的几位都市水墨画家原本是慕名来了解先锋队的具体运行情况的，结果被先锋队的强大团队精神所感染和震撼，他们开始咨询如何才能深度融入“粤港澳大湾区公益文艺先锋队”里面来，期待未来能在先锋队的指导下和大家一块砥砺前行、茁壮成长。魏明心近年对深圳都市水墨画群体里的一些代表画家有所关注和了解，见他们不仅来了，而且有意愿主动加盟先锋队，于是就把他们单独带到会议室简单座谈了一番。他谦和地告诉他们：“我对你们深圳都市水墨群体还是有所了解的，里面确实也有一些不错的画家，但想要以‘深圳都市水墨画派’的形式崛起于中国当代画坛，还有许多工作要做。一个画派要想立得住，在美术史上立得住，这是不容易的。第一，要为这个画派寻找思想人文支撑，这就要开展分版块的体系化的策划与推动，因为一个画派不可能仅仅依托于水墨图式，它应该稳稳地立在与深圳都市人文精神相应的艺术土壤上。第二，要有野心大力拓展关于‘都市’的概念与边界，绝不能简单地理解及表现为我们所习惯于认为的都市概念。也就是说，‘深圳都市水墨画’是个一体两面的概念，一方面是独具特色的深圳都市水墨图式，另一方面是要以水墨图式深度表现深圳崭新的都市人文精神。而当深圳都市水墨画群体形成一个有重要辨识度和人文影响的艺术流派的时候，我们就说

‘深圳都市水墨画派’确立了自己在当代画坛的学术地位，标志着为当代美术的发展贡献了自身创造性的成就。”

魏明心苦心孤诣的解读博得了与会的部分深圳都市水墨画家的高度赞赏和认同，因此在彼此推心置腹的交流中，基本达成了未来深圳都市水墨群体依托“粤港澳大湾区公益文艺先锋队”去强力打造“深圳都市水墨画派”的共识。

正是在先锋队群策群力的团队精神指引下，不仅陈醰先生的两个建议得以顺利通过，深圳都市水墨画派的“雏形”亦得以展望，而且几位直播出镜主角的特色服装再次引发广泛关注，不仅在于它极具现代美感的中式立领，而且在于服装上醒目的文字标识，背面是“粤港澳大湾区”，正面是“公益文艺先锋队”，这更像是个无声的“使命宣示”，它所蕴含的精神力量是无可比拟的。因之，郝姑娘在朗诵魏明心这篇评论特稿时，她自然于无形中也就多了一份亲切和崇敬之情——

如何理解文艺评论中暗含的“资格问题”
——著名画家陈醰先生花鸟画评析及其时代参鉴意义

适逢“粤港澳大湾区公益文艺先锋队”在京启动，先锋队一行有幸受邀观摩并出席陈醰花鸟画个展的专题研讨会。观摩画展确有其事，大家由此观照到一位学养丰厚的学者型画家的无限可能。至于研讨会似乎却是个“误会”，撇开文艺先锋队一行因既定香山之行而受到“特邀”不论，充其量也不过是三五好友的一次小型雅聚罢了。于是我在与陈醰先生的对话过程中瞬时迸发出三大强烈观感：其一，素以宏阔深微的裸体艺术理论和独具面貌的裸体人物画名重画坛的陈醰先生，却以其极为鲜见而又超凡脱俗的花鸟小品画再次傲视同侪。其二，与陈醰先生颇具君子之风的沉寂现场相比，有些身处“名利场”的画家办展热衷于登高而呼，“呼朋引类”的本事一个赛似一个，动辄可惊动大半个画坛的名家巨擘为之蜂拥而至，于是一幅幅“盛世收藏图”频频袭扰受众眼球，所谓权势不惊人至死不休矣！可以想见，画展主角长袖善舞之能事，着实令人叹为观止。一是两袖清风的文人艺术家办展，一是实权平台内的光环艺术家办展，一静一闹，恰似冰火两重天，细思当下艺术生态之可怖，由此可见一斑。其三，提及此次花鸟画个展，陈醰先生不无自嘲意味说：“万万没想到，我这个人物画家现在倒成了花鸟画家了。”当他言罢之际，表情的尽头，不经意间飞快掠过一丝不易察觉的无奈与酸涩。

无独有偶，我们文艺先锋队观摩陈醰先生的此番花鸟个展，我又不禁联想到文艺界的三大“资格”问题。这是因为，香山于文艺家而言，是个“情怀级”的伟大存在，那里不单文脉深广，诞生过许多名篇佳句，还与开国历史伟人结下不解之缘。而陈醲先生既是文人，又是绘画艺术家，他的最新个展之所以被命名为“香山情·陈醲花鸟画个展”，而且还有幸成为香山寒山阁美术馆的开馆之作，自是师出有名之故，盖因本期所展60幅花鸟小品画皆是其专为香山量身绘制的精品力作，是历史感怀与现实思悟的深情对视，乃艺术性灵和客观物象的无我融合，每幅画作，虽尺幅甚小，但无论应物象形，还是随类赋彩，均鉴照出画者的不俗才情，从中也透显出画家的深厚底蕴，远观近察，都深值玩味，可谓笔精墨妙，画功尽彰，使得即便熟知陈醲先生的观者亦不免大为震惊，原来一位成名已久的人物画家，也能出人意料地把花鸟画绘制得如此精妙绝伦，所以笔者因之联想到所谓的三大“资格”问题，也就衍生出些许关乎艺术情怀的憧想了。那么，文艺界的三大“资格”问题，到底都有哪些呢？

首先，是要探究什么样的画者“有资格”被称为真正意义上的绘画艺术家。显然，这个答案就藏在陈醲先生的绘画中。有意思的是，在我们身处的时代，绝大多数的从艺者并不满足于被称为书画家或艺术家，他们不仅自称艺术大师，而且还希望别人都能从他所愿称呼他为“艺术大师”，如若不然，就是对他的不敬和怠慢。事实上，所谓的艺术大师，是经过漫长的时间淘洗过后，后人对艺术卓著的、较为稀罕的前贤给出的一个较为客观公允的综合评定，是盖棺论定的结论。当然，人类的认知总有局限，即便是当初被认为是正确的结论，随着时间的推移和研究的深入，也是有可能被更替的。

在当世，满天飞的“艺术大师”头衔当然是无厘头的称谓，仅是对大众智商的一次略带滑稽色彩的小小考验而已。所以对艺术实践者的定义其实很简单，要么是艺术家，要么是非艺术家，绝无第三类可言。问题是，是否为真正的艺术家，到底该如何来界定？生活中常有人问，是否能这么认为，那些能加入美协的就叫画家？而另一些加入书协的则叫书法家？这当然不完全对，这么划分是对艺术的简单粗暴的认知和概括。美协、书协里面固然有部分是艺术家，但可以确定的是，较之古代，当今绝大多数的书画家甚至连“书匠”“画匠”的称谓都不够格，古人所秉持的工匠精神那也是需要相当深厚的人文底蕴的。对艺术家的定义，看似见仁见智，好像没有什么标准，其实自有其内在规律可循，是有一根无形的“准绳”的。我们的古人，是深谙艺术发展之道的，先修德，后学文，再旁及书艺，然后无力抵达终极文思时，便立象申义，曲尽妙理，所谓文极而画是也。直截了当说，抛开无可争议的德行不论，对艺术的格调和价值影响最深广的应该是文学，再泛而言之是文史哲，因为古人对“文史哲”是一而论之的，诗书画印在很大程度上也是相融互映的，所以也可进一步将之幻化为一个更为宏观的概念：亦即无处不在的传统人文基因当中早已深深嵌入书画艺术的灵魂！

对此，先回望一下书画界的往圣先贤拥有怎样的文化底蕴。王羲之在谈笑有鸿儒的雅集上兴之所至即兴挥写下名垂青史的《兰亭集序》；颜真卿在痛失侄子后难抑悲愤，写下千古传颂的《祭侄文稿》；苏东坡在宦海失意愁肠百结时悲戚地写下《黄州寒食帖》；恋石成癖却写就《蜀素帖》的米南宫；能诗善文的真正意义上的文人画鼻祖赵孟頫；遗世而独立且孤洁到每天为自家门前梧桐树“洗澡”的大画家倪云林；著有传世杂剧《四声猿》和首创南戏理论《南词叙录》的有明一代大才子、独自伫立起“泼墨大写意画派”以至400多年来仍无法逾越其高峰的徐文长；位居扬州八怪之首，开创“漆书”体，年过半百仅靠一支画笔行走天下，最终千金散尽死无葬身之银的金农；律宗第十一代祖师、半生红尘半世僧的弘一法师；死后50年才真正受到高度推崇的黄宾虹；乃至齐白石、张大千、潘天寿等人。这些人哪个不是被岁月淬炼成了艺术通才？正是坐拥过硬的人文底蕴，他们的艺术才能经受住时间的反复检验。

古今对照，单文学素养这一条拎出来考量，当今绝大多数画家基本被淘汰出局了，一位画家不是文人，那画家之谓还怎么叫得出口？再用书法水准去衡量一下，仍然还能立得住的国画家，其实已经寥若晨星。同理，一位国画家却不善书艺，还能算是国画家吗？为什么要着重强调“文学素养”和“书法水准”？因为文学实际上是一门应用最广泛的人文基础学问，不仅启智开慧，还能修心养德，可以毫不夸张说，任何艺术门类的从业人员都需要文学的深度滋养，否则难以行稳致远，其艺术也不可能载有灵魂和感染力。就算是理工出身的科学家，同样需要文学的深层濡染，钱学森就曾亲口承认文学对他的帮助非常大，他甚至作出了确切的裁判，认为文学的价值可以让科技更为精准严密，所以他规劝当代大学生要力求文理兼通。

与文学相类，书法也是众多艺术门类获取创作灵感的源头活水，林语堂认为书法水平的高低是衡量一个文人综合修养的集中体现。事实的确如此，在古代是没有“书法家”这一说的，彼时书法是文人的标配，是行文过程中借以抒发性灵的工具，因此要是不慎把古时大儒称为“书法家”，人家可能会愠怒着拂袖而去。书法的最大价值在于，它是一门与汉语言文字相伴而生的体系化的审美学问，是中华道统精神在哲理辩证层面的最佳体现。因此书法的朴拙、浑厚、险绝、平正、精微、呼应、灵动、虚实等美学特征是道法自然的“神来之笔”，乃辩证哲学的最佳具象化呈现，成为无数艺术美学取之不尽的创新“宝藏”。特别是对国画家而言，所谓“书画同源”，实际上不仅仅说的是笔法上的同源性，而是要求国画家应以书法的书写性为前提，具而言之，国画家在作画过程中应该是“写画”，而非“描画”。所以对国画家来说，书写能力并不是可有可无，而是必不可少的。如无法善书，则国画的格调和价值必然无从谈起。

可是，就连许多国画家都不明白，为什么要不断强调国画的“书写性”。一方面，当然是因为，只有在书写过程中才能尽情宣泄画者的情绪、状态、节奏、意念，以及各种若有若无的意趣和随时升腾而起的境界情怀；另一方面，书写性也是传统“以线造型”的基本技法要求，而且这种技法并非纯粹的形而下的技法，而是如同魏源在《默觚》中所言“技可进乎道，艺可通乎神”的“道技合一”之技，是可与天地精神相往来的灵性之艺。这就要求书写时应以中锋行笔，这个“中锋”，时至今日，仍然被普遍误解，绝大多数人没能理解“中锋”的本质内涵，不知为何要中锋行笔，不懂何时才需要中锋运笔，这主要源于对书法本质缺乏必要认知。无论是楷体归结出的“永字八法”及其变通笔法，还是传统国画人物的“十八描”，皆应严格遵循中锋行笔。中锋行笔的本质是对应书写过程中的线条质量的，中锋用笔写出来的“点画”，饱满、浑厚、立体、生动，充满了蓬勃的生命力和自然天成的造化之功。这既是传统笔墨能力的体现，也是中华传统审美心理和艺术感觉的直接外化。应该说，中锋是书写时在“笔与纸”的关系中的一个自始至终应葆有的用笔意识和审美感觉，无论中锋还是侧锋，都应灌输中锋的意识和感觉，这样出来的点画才具备如“高山坠石”“屋漏痕”和“折钗股”的高古韵味。因画面需要，国画用笔或许较之书法用笔更为丰富，也更讲求层次，但万变不离其宗，两者的书写意味是一样的，皆应秉持“中锋”触纸的走笔意识，不论何种用笔方向，都应同时与中锋用笔意念无缝交织，这是一种哲学理念，即便是上色，用笔意识也应是一样的，不应该懵懂到一味“平涂”了事。所以才有“色不碍墨，墨不碍色”这一说，所谓“不碍”，当然是有所指的，换而言之，色、墨都应各得其所，不应妨碍彼此的用笔形迹。不过，现在的大多数国画家，表面上能够遵循色、墨互不相碍的原则，但不管着墨还是上色，观者都很难找到书写痕迹，许多只见色彩，不见笔墨，沦为“装饰画”。有些也见笔墨，可惜点画品质不高，说明书艺不精，修养不足，底蕴情采已是暗淡了几分，更难言足够撑起纯正国画的品格气韵了。

如前所述，缘何说哪类画者能被称为真正意义上的艺术家这一问题的答案就藏在陈醸先生的画作中呢？现以陈醸先生的国画作品为例，这是因为陈醸先生的国画创作皆能“以书入画”，凸显浓烈的书写意味和写意精神，他的最新个展，虽说是花鸟系列，但由于是专为“香山”创作的，所以其中承载的情感色彩则尤为热切奔放，这不仅表明陈醸先生是位有情怀的绘画艺术家，而且他深厚的人文底蕴与笔墨能力，也足以助其完美呈现富含隽永个性的艺术理想。无论人物还是花鸟，艳而不俗的色彩感觉是陈醸先生的一大特点，他直言，对色彩的运用确实受到了西画的影响，因为人类艺术本来就不该有边界的，至于表现手段更是如此。他接着说，从互参互鉴的角度讲，虽然他的艺术多少受到了其他优秀艺术形式的影响，但骨子里的文化立场和审美感觉却都是源自中华道统精神的，这点是毫无疑问的，也是一位艺术家该有的人文坚守与风骨情怀。更何况，随类赋彩并非西画所独有的艺术想象，我国敦煌壁画遗留的艺术硕果就是一座取之不竭的关于色彩及造型学问的艺术宝藏。

“香山情”系列画作是陈醣先生进军花鸟画的一次成功尝试，艺术面貌和他的人物画一样，自成一家，独出机杼，所谓“浅尝即巅峰”。我以为，这一成就已然超越了绝大多数苦心摸索的花鸟画家。我想，这是底蕴使然，也是绘画技艺行走在“画道”的层面的具象体现。

毫不夸张说，陈醣先生真正践行着由来已久的中国传统笔墨精神，从形式到内容，从无形到有形，从格调到气韵，从能力到能量，陈醣先生皆能分别予以从容展现，令人过目难忘。他是位集“诗书画印文史哲”于一身且已贯通合一的真正意义上的学者型书画家，尤为难得的是，文学素养深厚，著作等身，当年的一部《裸体艺术论》一版再版，更是让他成为各路媒体争相报道的畅销书作家，及至后来陆续开掘深研的《女神的腰蓑》《世界裸体艺术之旅》《信步随风》等见解独到、文笔精妙的理论及随笔著作共同建构起他的坚实的思想人文支撑。纵览陈醣先生的艺术之路，从理论到实践，从东学到西学，皆已熟稔于心。可以确定的是，在中国当代书画界，能具备陈醣先生如此宏富学养和超凡创作能力的艺术家寥寥无几。比如他新近推出的“香山情”个展所精妙呈现的系列画作，就令观者无不备感惊艳，线条流畅，人画合一，设色清雅，文心盎然，诗情画意，今古相融，所谓画如其人就是如此，这从侧面衬显出画家是位修养全面的纯粹高洁的雅士。这一心性，恰如他的学术代表画作——“裸体人物”系列，他所恣意表现的都是天真烂漫的女性形象，或徜徉在花红柳绿之间，或聚众沐浴于清净的河川，或与同伴忘我嬉戏，或自顾自陶醉在一己天地，裸露出纤尘不染的洁净灵魂，观之，不会产生任何邪念，这是人性本真的美好，是繁华落尽后的朴素大美。

诚然，但凡艺术鉴赏，必有其审美层次的原因，各花入各眼实属正常。曾有人直言不讳向陈醣先生建议，说您画的不是美女，简直是丑女，实在太丑了。陈醣先生听了并不生气，他不紧不慢为自己的作品据理力争：“丑吗？你说说哪里丑了？”对方闻言一时为之语塞，真说不上来到底丑在哪里，只能含糊其词说，就是感觉丑，就不能画美一点嘛。于是陈醣先生只是笑笑，不再深究所谓的美丑问题。他素有容人之量，从不责怪他人的批评，只是诚恳地希望质疑者能陈述有价值的理由。所幸，陈醣先生是位深察艺术本质的画家，他知道自己想要什么，既不愿媚俗，也不想看市场的眼色，只想坚守自我的学术理想。这是个非常高标的导向问题。那么，质疑者对不对呢？陈醣先生拒不改变的坚守是否正确？其实，这不是个对错的问题，而是审美层次的问题。陈酿先生笔下的裸体人物形象，不是那种一眼看过去的美，而是要带着思考去发现它深藏着的美。他的裸体人物画多以写意的形式出现，线条简括唯美，值得深味和揣摩，人体造型丰腴生动，健康有活力，就连配饰的花草也蕴含蓬勃生机。也就是说，陈酿先生的人物画看似率性而为，逸笔草草，实际上每根线条都是具有独立审美价值的，都是有生命力的，而整体画面更是彰显人性不为外物所缚的自由不羁，以及对身处的周遭景致的深情拥抱，体现了人与万物“谐美相处，天人合一”的深邃哲思。可惜，世人的无知容不下他的这份纯粹追求，他不得不转而将更多笔墨放在花鸟画上。

环球同此凉热！西方的马奈也有类似遭遇，百余年前，当他大胆把世俗女子的裸体艺术呈现在世人面前时，他不仅遭到主流画廊的排挤，甚至还无端受到上流社会精英的呵斥。西方的哲学传统信奉神学，主流人群约定俗成地认为只有圣洁的“女神”才有资格以裸体示人，凡俗女子怎么可以如此放肆？尽管西方哲学奠基者、古希腊三贤之一的苏格拉底早在两千多年前就把对“人”的尊重意识从天上拉回到了人间，可他的后世子民虽然曾历经“文艺复兴”的反复荡涤，却仍对人性的觉醒视而不见。于是这位印象派的源头性“启蒙”艺术家终其一生都在为自己的艺术自由而不断抗争，直至死前才获得些许尊重，人世的肤浅与蛮横令人唏嘘不已啊。

与陈酿先生人文和艺术并举的成长道路不同，如今绝大多数画家的成长是倒挂的，主要以画技为主，然后发现书法不济时才想到要加强书法练习，而后又发现文化不够用了，才又开始读读书。当然，在浮躁之气日甚的当下，大多数人坚持不了几天便放弃了，因为想要回头弥补书法和文化上的不足实在太难太难了，哪一项不得扎下去数十年的苦功？所以说，这也导致了当今许多所谓“书画家”迫不得已主动沦为“书匠”“画匠”，他们基本上很少在“艺外功夫”上下功夫，成天除了应酬生活，就是练字，仿佛只要练练字就什么都解决了，甚至连最为重要的“思悟”的时间都不愿留给自己，这如何能长进？更为致命的是，由于人文底蕴浅薄不堪，书坛的现状甚至比画坛的现状更为糟糕，也更为可恶，简直无耻至极！书法是国粹中的国粹，是放眼世界独具民族特色的文化瑰宝和骄傲，我们的古人在舞文弄墨前往往讲究仪式感，先要净手焚香，而后以恭敬心书写。可当今书坛的现状是怎样的呢？许多全国知名书家却连基本的敬畏心和羞耻心都没有，常在各种公开场合刻意拿“书法”恶搞，各种玷污书写精神的“吼叫搞怪”之乱象层出不穷，较之低劣杂耍有过之而无不及，这些“小丑”不仅自身丑态百出，还乐于不分场合地域地招摇过市，此种“恶习”严重带坏了本就不佳的社会风气，影响极为恶劣，原本最具审美智慧的传统文化如今成了“空心”小丑们随意拿捏的“橡皮泥”，这一“歪风邪气”如不及时踩刹车，不封杀甚至“治罪”一批人，不足以平民愤，必将对我国一以贯之的传统人文精神带来难以估量的深重灾难。

书坛的不良倾向在文坛同样存在，虽较为隐蔽，影响却更为深远。古语常说“文以载道”，文学的教化功能，使得文学成为与时代风气关联最为紧密的“思想型”艺术，可以说是净化人类灵魂的真正的“魔术师”。因此最好的作家，一定是敢于为自己时代代言的作家，也必定是代表了时代的最大良知，而且是有能力引领一个时代的人心甘愿向上、向善的作家。遗憾的是，当代作家由于群体性的思想浅陋以及缺乏对文学本质的深刻认知，这让大多数“作家”不经意间沦为“码字匠”，至于真正意义上的文学家就更其稀缺了。所以有欧洲汉学家毫不讳言指出：中国当代文学都是垃圾！也有许多民众基于现状认为：中国当代根本没有真正的“作家”。这些言论虽有失偏颇，但在一定程度上是对的，那些言辞绝非发泄之语，而是针砭时弊的有益警醒！即便是中国当代最知名的那批作家，其实文学水准也只是差强人意，是背离文学本质的一批作家，习惯于以一己浅见及寡闻陋识喋喋不休，大多只知道为讲故事而讲故事，并以“会讲故事”自诩，大多修养不足，玩世不恭，除了因虚名欺世所衍生的所谓市场价值外，基本产生不了什么有益于人类心性建设的阅读价值。因为“文以载道”的传统教化功能已然不见影踪，“文史哲”贯通合一的本质能力也已丧失殆尽。具体来说，有些成名已久的作家习惯了吃“人血馒头”，执意把故事的新闻属性当作文学属性来大肆铺陈渲染，热衷于把未经提炼的“血淋淋”的事实捧到读者面前，终了却无所作为地独自离开，根本无力给出时代症结之“解药”。

事实上，优秀文学作品比之新闻作品来得更其“真实”，但那是艺术上的“真实”，而非不忍卒读的悲惨个案，唯其承载人性光芒的“真实”，人心才得以宽慰，因之才值得玩味与参鉴。众所周知，人世并不缺苦难，现实的不幸远比小说中描绘的更为曲折离奇，人生皆苦，读者需要的不是没完没了地“欣赏”更多同类的悲苦，那样只会往伤口上撒盐。因为一位真正优秀的作家，不仅要有能力洞悉世事，提炼出属于一个时代的不幸，更重要的是，要有能力给出人心的“解药”，给生者以慰藉，给未来以希望。这才是文学家的本质与灼见，而非沦为生活的“段子手”而不自知却还洋洋得意。还有些作家习惯于在历史的故纸堆里寻找个体的苦难，甚至极尽扭曲变形之能事，为的是把错误归结到某个人身上，或把责任推到相应的所谓时代的谬误上，仿佛天下人都难辞其咎。事实上，历史总是在起伏跌宕中滚滚向前的，是不以人的意志为转移的。人生充满了不确定性，时代发展也是如此，人世无常是常态，无所谓对错，我们能做的唯有坦然接受一切，以包容之心和敬畏之意走向未来。对于过往之事，如非亲历，若无力以通鉴古今的前瞻历史眼光予以“度量”，最好不要胡编乱造，不必无谓地去妄议，因为基于人性无限复杂之残酷现实，历史就其本质而言并无所谓的“真相”。那么，什么才是历史的“真相”呢？一言以蔽之，司马迁笔下的历史算是真相，他需要以“上帝”视角，全知全能地俯瞰每一位历史人物会如何在其关联的历史事件中真实活动，此为变相的历史的“复盘”，以此展现人性的万般可能却合乎天地大道之至理，一切事理皆能丝丝入扣入情入理，这就需要对人物的心性和时代背景作出严丝合缝的研判和把握，力求有能力超拔时空，模拟还原出最具良心与温情的历史细节，但那也不过是最接近历史本质的艺术上的真相罢了。当然，这个“真相”对人类的永续发展最为有利，也最吻合人心向背的人性进化轨迹。所以如果一位作家不具备司马迁那样的千秋文心、历史智慧和对人性变迁的精准把握，最好不要轻易触碰历史题材的创作。另有些作家则不知疲倦地迎合世俗的低级趣味，没完没了地向无辜的读者兜售低俗情爱故事。或许有人会问，文学到底能不能描写“情爱”？答案当然是肯定的。但肯定的背后也是有前提的，这就是说，只有当情节需要展现人性的欲望复杂性和矛盾性时才适合恰如其分地描写。那么，怎么理解情节需要？这当然是个“欲望之度”的把握问题，是与真挚爱恋相伴而生的真情流淌，体现为“灵与肉”的本真美好，或与现实世界的尖锐对立。更高级的描写，则是为了彰显对“人性本能欲望和现实客观束缚”之间所产生的无奈对立的无限悲悯与关怀，以此唤醒灵性觉知能力，自觉收紧“欲望”的牢笼。反观当代作家毫无节制的情色描写，除了以“占有”为目的的炫耀之外，还侧面体现了写作者使命的缺失和精神的贫瘠。当然，还有一类作家表面上以独立作家自居，往往显出特立独行的做派，但无论怎么写都显得阴阳怪气，可谓满纸戾气横飞，这不是文学家该有的温暖气质，说明入错了行当！

因此，如不能用心、用情、用力、用智改善文学生成的土壤，设立再多的奖项都是徒劳的，因为“圈子文化”严重阻滞了当代文学的发展，好作品出不来，也进不去，即便勉力给“歪瓜裂枣”戴上皇冠，仍然改变不了“沐猴而冠”的丑陋本质。

对于当代热爱文学和书画艺术的受众来说，这无疑是个充满遗憾的时代，何其不幸！当然，也是个满载希望的时代，是为大幸！因为越来越多的人正从灵魂层面觉醒过来，一切都犹未晚矣。部分时代的智者，有望从精神荒芜的心灵废墟，有序重塑温暖人心的精神家园！

来自西安的上官步莲不仅拥有令人艳羡的“绝世容颜”，同时也是个聪明绝顶的姑娘，只是因未经世事打磨，所以还藏有一点自以为是的“小心机”。魏明心当然明了这一点，所以有意“冷落”她一阵，以促她反省精进。这次在“粤港澳大湾区公益文艺先锋队”大本营的吹箫表现更是令她出尽了风头，她因自主选择了那首极富历史人文象征意义的先秦俞伯牙之《高山流水》曲调而大获成功，这首曲子的人文属性与郝姑娘的朗诵内容实现了无缝叠合，创造了“1+1＞2”的高级演绎效果。

这次在“粤港澳大湾区公益文艺先锋队”的直播活动，除了在先锋队的大本营展开直播主场外，另外还在香港和澳门分别设立了分会场，由当地的文艺骨干筹备并经由直播连线实现三地互动。所以此番线上讨论异常热烈，一度呈现关注热度“爆棚”的现象。

最终，根据大多数网民的意见，由主持互动交流活动的李玲珑代为提请“粤港澳大湾区公益文艺先锋队”的发起人魏明心先生回答广大网民最感兴趣的核心问题：“为何先锋队在这个时候想到要‘北上’弘道？在这样处于转型期的时代节点，作为先锋队总部基地的深圳又是如何应对的？”

魏明心说：“应该说这个灵感最早来自我在广东云浮国恩寺参观时的一个感悟，那时我想到慧能大师说过的一句直抵人心的话语：‘人有南北之分，佛性却无南北之别。’于是就有了最初的设想，后来各种机缘成熟后才促成了‘粤港澳大湾区公益文艺先锋队’的成立。我想，‘弘扬’文艺正道是每位中华儿女的应有之责，不仅可以‘北上’，亦可‘南下’，凡我神州大地之治所，皆是我们弘扬中华文艺大道的恰当之地。我们先锋队的理想追求是‘为神州立传，与人民连心’，这是我们矢志不渝的终极奋斗方向。如果让我大胆预测的话，我十分确信，未来的粤港澳大湾区将会在‘科技与文艺’两大板块崛起于世界的东方，成为各自领域的世界级版图的核心存在，亦将因此在‘科技与文艺’两大层面，成为连通中外、互鉴融合的桥梁纽带！就让我们拭目以待吧！至于在当下会如何应对的问题，显然是各界关注的焦点话题。身为文艺家的我们，理应对此足够敏感，也应该拥有极其明确的方向和应对之策。事实上，深圳具备相当雄厚的转型基础，无论物质上还是人文精神上皆是如此。所以深圳在历经改革开放40多年后的今天，作为当年经济改革的窗口城市，深圳又一次站在了自觉改变赛道的十字路口，于是深圳顺应时代发展需要，在国家战略层面被推到‘中国特色社会主义先行示范区’的重要位置，故此，往后的发展方向显然是有别于过往的，这是在新时代背景下面向国内国际发出的一个强烈信号，这一在率先探索中的崭新实践，当然不可能再实施当年对标香港时的一些做法，因此随之而来的转型，既是深圳内在发展的需要，也是积极面向粤港澳大湾区发展的需要，这种‘内外相激’的良性落点，只能在‘科技与文艺’两大领域迸发出无穷的活力，这是由深圳自身的发展规律决定的。”

由于先锋队成员大多对粤港澳大湾区内的景观较为熟悉，个别成员的参访雅行多以“结对子”的形式自行开展，在此无须赘述。

魏明心由于事务缠身，便留在办公室处理工作。上官步莲虽对当地美景憧憬已久，但她似乎无心外出游玩。她终究主动找到魏明心打破了这段时间互不理睬的局面，她有点怯生生地问：“您不是福建客家人吗？为何这么热衷大湾区的文艺事业？”魏明心见她主动找上门来说话，似乎一点都不觉意外，他微笑说：“这有啥奇怪的？不是每个地方都适合做事情的，大湾区有想法、有胸怀、有远见、有雄心，它就像一位勇闯天涯、目标明确的拓荒者，关键是有一颗永不懈怠、勇猛精进的创业决心，不来这样的地方做事还能去哪里？”上官步莲似乎还听不太懂，她只能连连点头，表明自己已经领悟了言者的良苦用心似的。魏明心无意和她继续这一话题，他终于软下语气关心问：“大家都出去参观学习去了，你为啥不和他们一道出去走走呢？比如这里的大鹏所城、深圳湾公园、大梅沙海滨公园、玫瑰海岸、深圳世界之窗、深圳东部华侨城、深圳锦绣中华民俗村、深圳红树林自然保护区等地都是不错的游览选项。机会难得哦。”上官步莲不为所动说：“是有听说过，原本也很想去饱览一下大湾区的自然人文美景。但想想还是先调整一下自己的心态为好，以便用更好的状态迎接先锋队接下来的工作。再说，只要有心想去，未来机会多多呢。还有个事情我想请求您帮忙，不知是否可以？‘来了就是深圳人’，深圳这句极具人性温暖的城市宣言对我产生了不可抗拒的吸引力！这次公益之行结束后，我还想继续留在先锋队效力。我有一技之长，需要我出力的时候我保证无条件义务参与。没事的时候，我可以在当地找份对口工作锻炼自己，不是为了挣钱，我爸妈说了，不需要我挣钱，但希望我对得起自己的能力和智慧。不过，我从来不啃老，您是知道的。我爸妈给我的钱，我也从来不花。我凭能力足以养活自己。”魏明心说：“有此觉悟是好事！我原则上同意你的申请。至于具体如何安排工作，留待以后根据现实形势另行调整吧。”

上官步莲得到肯定答复后显得很开心。她自顾自抿嘴笑着，未曾和魏明心打招呼就自行跑开去了。

此行文艺家们的创作对象可包括整个大湾区内的人文及自然景观，如田老庄的《“三足鼎立”之岭南画派》、王大海的《小蛮腰的文化活力》、史自良的《深圳人文蕴藉——爱阅之城与书香社会》、王飞燕的《梅沙踏浪》、袁山居的《1997年的维多利亚港》及孟吉庆的《忠诚的大三巴牌坊》等数十件精良之作。按张为民的设想，先锋队“大本营”为这批出彩佳作组织一场展拍活动，所得金额用以设立大湾区深圳文艺“未来之星奖”，以奖掖深圳乃至大湾区的文艺新秀，为粤港澳大湾区和中国特色社会主义先行示范区储备并打造科学而完备的人才梯队！

第十九章 心灵观照

先锋队一行历经湾区“大本营”的休整过后，似乎为每人都加满了“精神养料”，于是他们从山水甲天下的桂林一路杀到有“世界长寿之乡”美誉的巴马。这让大家深切体会到大自然的馈赠不仅和我们的艺术审美和幸福指数发生关系，更直接与我们的健康息息相关。这次负责接待的是巴马一位民营企业家，他缔造了“巴马圣水”这一品牌，魏明心曾为这家企业做过品牌定位与内涵策划，并为此撰写过一篇推介性质的企业报告文学，因此他和这家企业的老板韦志和先生私交甚笃，他听说魏明心要带先锋队前往巴马参观访问，他当然乐于承受这一特殊的接待任务。一方面是好友魏明心来了，该尽的地主情谊；另一方面，商人的敏锐商业嗅觉又让他同时感觉到了某种推广品牌的商业契机，如果利用好了，可谓皆大欢喜。如是，黑黑瘦瘦的韦志和成为先锋队里面最醒目的“合格导游”，他不仅成功介绍了自己的“巴马圣水”品牌在业界的知名度与美誉度，还当场为大家讲述了小分子水的价值，以及水的酸碱度在何种区间值才是最符合健康需求的。然后他带大家参观了巴马独特的喀斯特地貌，他指着能长出树木的岩壁说：“你们看看，我们巴马的石头是可以长出树木的，巴马的水之所以好，就跟水中溶解了许多人体稀缺的矿物质有关。”更为神奇的是，为了表明喝巴马的水确实可以长寿，他亲自带领大家拜见了当地一位在世最长寿的老奶奶，这位1904年出生的世纪老人，已经整整120岁，但眼不花耳不聋，她甚至可以和大家自由顺畅地交流，她让大家看她新长出的黑发，这应该就是返老还童的物质明证。根据现场人员的提示，上官步莲甚至颇感荣幸地轻轻抚摸了老人的手心手背上的皮肤，确实感觉像婴儿的皮肤那样滑嫩，上官步莲感叹道：“这太不可思议了，120岁的老人却拥有婴儿的皮肤！”

这次现场直播活动自然安排在韦志和先生的公司会议室里，其中最大的“亮点”是，郝姑娘和余佳丽的桌前都摆放了一瓶“巴马圣水”牌矿泉水，郝姑娘朗诵前就先拧开盖子喝了一口才开始工作，“巴马圣水”牌矿泉水的包装形象还是很有个性的，颇有圣洁感，这和直播主角的形象相得益彰，也让她们在直播时多了份神圣的感觉——

为了延续此前的疗效，虽然冬青回家以后继续采纳西药治疗，但这种药治标不治本，只能起到短暂控制作用，仍会不定期地发病，有时发病后父母见冬青实在痛得不行了，就灵机一动应急性地出道难题让他解答，尤其是与文学相关的“文字游戏”，殊不知，这倒大大缓解了冬青的疼痛感，他立马专心一意地调动浑身智力解答难题，只不过父母看在眼里仍心疼不已。然最令赵冬青绝望的是，用药期间基本什么也看不了，就连报纸也看不了了，整个人看上去和过去判若两人，这给一向热爱学习的冬青造成了莫大的痛苦和打击！为此，他多次试图了结自己的生命，先是亡命往自家院子后面的轨道跑去，大概是想一卧了之，后被跟随的父母成功化解。于是，没能死成的他，又于街边散步时，猛然朝汽车撞去，所幸再次化险为夷。原来，这些失常之举是冬青在患病时不由自主做出的自虐行为，待清醒后，他就声泪俱下地向父母道歉，可他父母又何忍责怪于他？他们明知最为苦不堪言的还是冬青自己。

因了这个缘故，他父母总想给冬青找到一位能为他祛病除灾的好大夫，这一想法源于他母亲在医院陪住时，听说这医院有一位院长叫沈渔邨，此人本事很大，医道医德皆非寻常之辈可比，而且对病情诊断更是绝对错不了的。据说她不仅是国内的知名专家，而且在国际上亦享有盛名。可是，要想请到这样一位著名大夫谈何容易？因为她每周仅接受挂一次号，并且有机会应诊的人数也很少，原因是她主要集中精力看老病号。也就是说，只要能挂上她的号，以后再找她看病就都是可以预约的。

由是，为了挂上沈渔邨的号，冬青爸爸在前一天晚上在医院附近先期找了家旅馆住下，并于凌晨四点即起床去医院门口排队，可即便如此，当时门口也已经排了几个人了，为着确保万无一失，冬青爸爸紧接着又跟他们一道翻越医院的铁门栅栏爬将进去，然后在挂号处门口眼巴巴地耐心等着。经过这番如同“窃贼”般的努力，号总算是挂上了。从此往后，冬青也就能安心地在沈院长处就诊了。

沈院长接诊果然不同凡响，她首先仔细询问了解冬青的基本病情，接着做了一系列检查，仅脑电图就做了两三种，找到了疾病的瘤疾所在，最后她得出了个充分而权威的结论：冬青是外伤后癫痫。关于这个结论，是冬青父母从未想过的，当然，冬青病在头部，这大概能想到，因为之前有家医院将冬青病情确诊为“散发性脑炎”。但冬青父母怎么也没想到事隔那么多年后，冬青儿时头上留下的伤疤为何突然又“坏”了呢？但是出于对沈院长高超的诊疗水平和严谨的工作作风的高度认可，冬青父母对她的诊断可谓深信不疑。可经过一段时间调养后再复诊时，沈院长还是那么细致谨严，检查结果却发生改变，结果不再是确定不移的，也就是说，这是种“模糊不清”的病，为针对性治疗带来了更大的挑战。沈院长亦说：“这种情况太少见了，但这就是事实。为我们带来了挑战，但也提出了新的课题，说明人类的疾病远比我们想象的要‘狡猾’。不过，病根还是大体如此的，只是表现出了游离之状，药还是先那么用吧，我们会密切跟踪他的病情变化的。”事实上，正是在沈院长的精心理疗下，冬青的病情于不知不觉中又见好转了。

更为幸运的是，他母亲是个生活中的有心人，过不多久，在一次由城区回家的342公共汽车上，他母亲听到邻座的两人在谈心，说北京有一位老中医还真行，只用了一服药就治好了多年未曾治愈的疾病，如此等等，他母亲听闻后瞬时动心了，因为她正梦想着能为冬青找到一位神奇的中医高手，于是就忍不住插嘴问道：“敢问这位大夫姓甚名谁，家住在哪里？”对方随之告诉她说，这位名中医叫刘润田，不过住处却不敢确定，好像是在北太平庄一带吧。铭记下这个姓名和大致地区，他母亲遂安排了一个阳光明媚的星期天前往北太平庄一带去找寻那位叫刘润田的大夫。估摸费了大半天的周折，他母亲终于如愿找到了那位传奇中医。据传，他是我国硕果仅存的一位大方派中医，是位中医世家传人，深得祖传中医学之精髓，曾担任国民党于右任的保健医生，特殊时期曾被下放到农村劳作。可虽说如此，其实他从未参加过与他不相干的劳动，因为当地需要他的精湛医术，他只需发挥他的特长即可免于劳动，因此他选择了在农村帮助有需求的人们治病，既发挥了治病救人的职业精神，又隐藏起了自己内心深处对于时代的莫名惊恐。后来一朝平反进城，他不再愿意去单位上班，他更倾向于自行开设门诊部，以非营利的性质，用过硬医术去布施天下患者。这正切中了他母亲的心愿，她如实详细介绍了冬青病情的来龙去脉，问他可有办法没。刘润田大夫若有所思说：“不瞒你说，这种病我治过多例，确实较为复杂，变数很大，而且因个体的差异性会有所区别。但是，既然患者用上了西药还是先不停为好，等中药药效陆续发挥了作用，待身体渐好时，再慢慢减量也不迟，不过丑话说前头，这病想要根除可是千难万难啊！”俗话说“久病成医”，对于大夫的弦外之音，他母亲心中自然也是洞若观火的，但他母亲仍然抱持无限期待之情先行交了挂号费，并约好了就诊时间，这才忧喜参半地抽身回家。

上官步莲经过这趟行程洗礼后，心灵又恢复到纯粹可爱之状，这从她吹奏的箫声即可判断出。那悠扬清净的乐音，丝丝流淌，绕梁不绝，犹如美好的空气和水那样沁人心脾。

浸润在这种轻松惬意的氛围中，人与自然是和谐的，人心与人心也是毫无隔阂的，正可谓“志合者，不以山海为远；道乖者，不以咫尺为近”。

于是现场的粉丝就问负责和网友交流的魏明心：“您如何看待美好的大自然之于人类的价值？”

魏明心说：“对于人类，纯净美好的自然环境及物质赠予，不仅是生理健康的需要，更是心灵纯洁向好的巨大启示。因此当我们面对自在悠然的纯美自然世界时，不仅会产生呵护自然的良好动机，更有由外而内加强自身心灵建设的逆向美化动力，从而达到内外一统的良性互动格局。比如我们这次公益之行的初衷之一，就是拯救民间科技发明家赵冬青先生，他就是因为不忍心看到地球上大量宝贵的可用水资源被污染后无法再利用，于是他不顾自己身患重疾的现实，全力钻研实验，发现将生大黄、山楂、陈皮、浙贝母、柴胡、茯苓等十数种中药材经高科技萃取浓缩后，可产生巨大的排毒和净化功能，这样处理后的水，不仅可食用，而且具有超乎想象的保健功能，于是发明了‘中医多功能净水法’。但据说这个方法当时尚缺少最后一个实验加以佐证，只要再次成功便可实现转化和量产。正在这个紧要关头，冬青就出事了！或许是他的善举彻底感动了上苍，即便现实使他意外摔成‘植物人’后，他还能重获希望，如今正不断康复中，将来痊愈后仍有望实现最终的突破！也就是说，韦志和先生通过自己的努力，将最好的水推荐给大众食用。赵冬青先生也是反复尝试摸索，终于找到了无限接近‘变废为宝’的方法，有望最终为人类带来生活福音！他们都是我们这个时代了不起的创造者。他们的创造性劳动，增进对人类水资源的全面利用！善功皆彰矣！”

韦志和先生是懂宣传的，也是注重企业文化建设的，于是他找魏明心商量：“能否把文艺家队伍都拉到企业去创作创作书画，既为公司赋予一点传统文化魅力，同时又能留下一点作品作为纪念。”末了，他强调说，“当然，我愿意承担一些费用，因为文艺是用来尊重的，更是对他们劳动的认可，这点道理我懂的。”

魏明心说：“我们是公益先锋队，您自愿承担的经费我们不会带走分文，而是全部直接捐给百色革命老区的贫困户或有困难的烈士家属。”

韦志和说：“太好了！你们活成了人间的榜样！说实话，虽然我们公司不缺钱，但不是谁的作品都想拥有的。你们团队都是些灵魂干净的人，有公益心就是有社会担当，就是有使命情怀，这样的作品才是有灵魂的，才能带给人温暖，也才值得收藏！”

就这样，他们谈得一拍即合皆大欢喜，在过往友谊基础上再立“新功”。

第二十章 返璞归真

在中国历代的文化名流中，要是从世俗层面的作为来论的话，魏明心最喜欢和钦敬的人无疑是苏东坡了，无论为官为文都是如此。海南儋州是个被苏东坡称作“故乡”的地方，那里是他的流放之地，也是他的留恋之所，他遇赦离别时感慨万千地写下了《别海南黎民表》。

魏明心尤其拜服苏东坡在渡海归途中于《六月二十日夜渡海》一诗末句表明的心迹：“九死南荒吾不恨，兹游奇绝冠平生。”魏明心一边默想诗句一边暗自思忖：“如此‘以苦作乐’之襟怀，放眼古今，又有几人能做到？又有几人能写出此等俯瞰死生的超脱诗句？”

因和昔日友人章惇不睦，苏东坡从“日啖荔枝三百颗，不辞长作岭南人”的惠州，再次被贬至更为荒芜的海南儋州，几近要了他的性命。彼时，儋州的教育荒废萧瑟，教师无心施教，学生无意上学，学舍亦破败不堪，从物质到精神皆呈现一片颓势。苏东坡本着“为官一任，造福一方”的仕途精神，他从社会发展的本质着眼，以其学识和人格魅力潜移默化地改变着儋州的蛮荒无知。在苏东坡的言传身教影响下，海南琼山出了第一个举人姜唐佐和儋州第一个进士符确。自此，苏东坡遂被认为是儋州文化的播种者和拓荒人。时至今日，苏东坡曾经授业讲课的学堂，仍是儋州学子心中的圣地。苏东坡于人生风雨飘摇时，仍不忘在儋州振兴教育的努力被传为佳话，这也成为后世研究苏东坡超逸人生态度的绝佳案例。此外，苏东坡尚在传播中原农业种植技术、介绍治病良方及治理民风等方面有所建树。为怀念这一心里装着百姓的千古文士，先锋队转乘轮渡到达海南儋州参观“东坡书院”，以纪念东坡居士留给当地的这份千秋事业。

面对苏东坡这样一位在各方面都深受后人景仰的名士，加之进驻东坡书院，所以直播主角们的装束皆较为含蓄保守，一律穿着严严实实的黑色唐装，神情凝重肃穆。郝姑娘的朗诵声亦莫名有些戚然，不知是感怀自己的身世，还是生发了对前贤遭遇无边坎坷的悲悯之情——

从今往后，赵冬青就承载着父母的期待与希望，忙碌辗转于两位大夫之间治疗，在大夫的精妙调理下，他的病况看上去的确较从前要好转多了，虽说有时还是要发病的，但他头脑清楚的时候明显多了起来。这样，赵冬青的病情切实好些之后，他不仅有意识地考虑自己的工作和学习现状，而且对家中与身边之事也多了许多关心，参与热情与日俱增。要知道，这对于一个正与病魔作殊死搏斗的青少年来说，是何其之不易啊。由于父母都是具备较深传统文化底蕴的知识分子，赵冬青自小受到良好的家庭教育，这使得他的心性朝着善的一面茁壮成长，胸襟得以不断扩展，其意志品格犹如坚硬的历史车轮般毫不含糊地滚滚向前。我以为，尽管赵冬青并未做出什么惊天动地的人生伟业，但人类灵魂基于人性的尊严和对等，从不因所做之事的巨细而区别对待，亦不因碎成一地的琐事而变得卑微，并且恰恰从平凡和细微中彰显不凡的青春励志精神，他母亲含泪向我进一步介绍了如下令我无限唏嘘的有关冬青如何与家人亲睦相处的一幕幕温馨往事：

让他母亲至今仍难以忘怀的是，她父母之所以能顺利来北京养老，亦完全是冬青私自拍板的结果。这要回溯到1988年初，大致也就是刚过完元旦的样子，他母亲突然接到她姐姐的来信，信中说她们的父亲病重，母亲亦因心脏不好而几次昏厥过去，她看完信后心里非常悲痛，她想，父母有难儿女岂能坐视不管？可自己一旦去了重庆，她又能把病魔缠身的冬青交给谁看管？毕竟此去路途遥远，这往返所需的时间不可谓不长啊，她该怎么办呢？他母亲思虑至此，躁得整天心神不宁，唉声叹气。这事不知怎么传到了冬青耳里，他按捺不住自己对姥姥和姥爷的担心，于是主动找到母亲对她说：“妈，如今姥姥、姥爷全病了，你赶快去一趟吧，快快把他们都接过来，由我来伺候他们好了。”他母亲说：“孩子，你的想法是对的，可是，当我离家后，你怎么办？”冬青出于思念亲人心切，遂说：“妈，给您六天时间，快去快回。您放心好了，我一定会照顾好自己的。”她母亲紧盯着他的双眼说：“你自己真的能行吗？”言外之意显然不放心他的自理能力。冬青见母亲疑虑重重，就又坚定地说：“真的，妈，我肯定能照顾好自己。不过，您不要超过六天回来，否则我会想念您的。”语毕，他就去给两位老人写了一封热情洋溢的邀请信。此外，为着关照老人的心情，并打消他们的顾虑，冬青爸爸也亲笔写了封情真意切的信函。

他母亲怀揣着这两封满载亲情与情义的信件动身了，动身前她再三叮嘱冬青爸爸要格外细心地照顾好小冬青，这才与身边的亲人辞别，而后将思绪柔软地延展至千里之外的父母身上。

为了能确保及时赶回北京，他母亲一上火车就主动找到列车长及列车主任，当面阐明了自己的特殊困难后，要求跟他们列车一道返回北京，请他们务必予以帮助，她说，返回时如上车前能买到票那自然好，怕就怕万一买不到票时，也请他们能允许她上车后再行补票。列车领导获悉了她的特殊家庭困难后毫不犹疑地给了她道义上的支持与协助。

抵达重庆见到双亲时，他母亲首先拿出随身携带的两封信给父母过目，并从旁解释说，冬青和其他亲人都热切期盼接他们到北京去养老。冬青姥姥原本不想去北京，原因当然是怕拖累自己女儿女婿的生活。可当她看到铺展在眼前的一切都是那么地诚恳时，她被感动了，加之确实也别无选择，所以便很快应承了下来。于是他母亲就请姐姐帮他们买了最早可以返回北京的火车票。那些最紧急的事项安排妥当后，细心的他母亲还特意找来大夫把脉他姥爷的病情及旅途中的注意事项，顺便帮他姥姥也看了看，其后大夫给开了个长长的药方。万事俱备的当口，施勋美又于上路前抽空开了个家庭会，她姐姐一家倒是全参加了，然她的哥哥由于在外地却没能赶回来参会。不过，施勋美的哥哥和姐姐的意见似乎在很大程度上不谋而合，他们都希望把老母亲留在重庆养老，而老父亲由于治病需要，则可跟她去北京生活。对于哥哥和姐姐的意见，尽管中肯，且合乎情理，但他母亲当然说什么也不会同意。她悲戚地想：两位老人自从走到一起后，那可是大半辈子都生活在一起的，难不成到了晚年却要让他们生生分开？这可不行，断然不行！幸好经他母亲一番絮叨，她的哥哥和姐姐也没过分坚持己见，转而支持两位老人和施勋美如愿地按时上了车。

对于当年苏东坡在儋州的表现，无论线上线下皆出现了两种截然相反的争议结论：一种认为苏子这位超然世外的“神仙级”人物，宦海沉浮完全不能影响到他的心情与作为，因此他是古今最了不起的文人雅士；另一种声音则认为，苏东坡也是俗人一个，即便屡屡被贬谪，他仍舍不得世俗的功名利禄，因此不得不向现实低头，即便跌入人生的“谷底”仍不忘要“建功立业”，他在儋州极力推广教育就是证据。

针对走向两个极端的“争鸣”，李玲珑请魏明心发表身为一位作家、评论家的专业看法。

魏明心公允说：“这个问题需要理性地辩证看待。一方面，我们在评价一位历史人物时，不应该脱离他所处的时代，以及那个时代的社会公共价值观对人心的影响。我们传统上，‘立功’‘立德’‘立言’是最主流的价值评判，苏东坡恰好处于那样的价值传统下，他当然无法置身事外。换而言之，苏东坡对于世俗功名利禄的追求是合乎人性发展需求的，我们不能把他单独拎出来以‘圣人’的标准对其进行指摘，这是不公正的。另一方面，尽管苏东坡也有对功名利禄的深切眷恋，但他又不‘唯利是图’，否则他也不可能屡屡被下放乃至流放。值得一提的是，苏东坡被贬谪和流放后，他的世俗欲望是很少的，基本又回归到人性质朴的一面，并以真性情造福一方百姓。而且苏东坡在面对自身的艰难挫折时，确实表现出了非凡的韧性和智慧，具有超越时代的参鉴价值。至于苏东坡是否真的放下了‘现实的苦难’，这是个人灵魂层面的修为，更多的是对自我的要求。因此检验一个人的社会价值，需要从人类共性出发，把他放在一个‘人’的层面来综合考量，而非罔顾事实吹毛求疵。”

到了苏东坡所生活过的人生最奇绝之地，自然少不得邀请绘制苏东坡形象的“丹青圣手”刘徐州先生出场，由他亲手“点亮”苏子温暖博爱的人性形象。东坡书院内无论书写环境和条件都不错，据说是由一位喜爱苏东坡的爱心人士赞助提供的，画案使用上佳的海南黄花梨特殊定制而成，赞助方的说法是专为苏东坡打造的，他想象着苏东坡从未离去，随时可能来到画案前挥毫泼墨书写华章，因此再好的材料都不为过，他希望自己奉献的这份“诚心”能感动东坡居士在天之灵，护佑这方水土从此得以“忠厚传家久，书香继世长”。这次先锋队来到东坡书院，刘徐州正好可以供他使用。事实上，一切早已准备就绪，就等他“落墨生花”了。刘徐州自然也是有备而来，当李玲珑邀请他为大家现场绘制一幅苏东坡在海南儋州的生活景象时，刘徐州便健步来到画案前，他的表情甚是恭敬严肃，但身心却调剂到了绘画所需的松弛状态，当然这也是一种哲学层面的放松，以便更好地生发笔墨的隽永味道。刘徐州的人物画多为大写意，他以书法中的篆籀笔法入画，并结合自己对中国传统笔墨精神的独到理解和把握，所以他总能以形写神，把所绘人物的风采神韵生动地刻画出来。迄今他已画过逾百幅的《问墨苏东坡》系列人物画，多年前就已在全国巡展过，引发巨大关注和争鸣，成为当代绘制苏东坡形象最具影响和权威的人物画家。他在绘制《问墨苏东坡》系列画作前，不仅深入研究有关苏东坡生平的资料和文献，而且依照苏东坡的生活足迹，他依序前去实地考察、研究、比较和体悟，目的就是彻底吃透苏东坡的人文精神和思想理念，使笔下塑造的人物丰满立体、鲜活耐品。正是这种丰厚的积淀，让刘徐州在绘画时显得胸有成竹，他从起笔到收笔，在前后不足半小时的时间内，一幅《东坡讲学图》便跃然纸上，没有任何多余的笔墨，似乎每一笔都是恰到好处的。画完后刘徐州神情轻松，他当众承诺，这幅新绘制的《东坡讲学图》是赠予东坡书院的。受赠方东坡书院的负责人对刘徐州笔下的苏东坡形象大加赞赏，他愉快地接受了这一珍贵的馈赠，并当场和刘徐州合影留念。

可事情还没有完，他随后又拿出一个大大的圆形画筒，从里面取出10幅精心绘制的反映苏东坡在各个历史阶段的人物画像。他饱含深情说：“这批画是我专门为儋州之行准备的，我自己得益于苏东坡的精神感召，很大程度上说，苏东坡的形象也成就了我的绘画事业，所以我总想为苏东坡做点什么。当我听说这次公益行要到访儋州时，我马上眼前一亮，于是就想继承发扬东坡的教育精神，以便更好惠及儋州人民。所以我认为，我们要继承好东坡的‘遗愿’，持续关注儋州的教育现状，让东坡生前生活过的甚至和他同生死共患难的这片热土越变越好！所以我捐出这批画，而且都是我代表作中的精品，希望用拍卖所得资金帮扶当地贫困家庭的学龄儿童。另外，我个人再捐助一笔现金作为‘苏东坡奖学金’的基础金，用来激励品学兼优的学生，助推儋州的教育事业沿着东坡闪耀千古的人文精神不断前进！”他说完把画作交给李玲珑义拍。先锋队的队员全都不是喜欢看热闹的人，能加入里面的皆是些乐善好施的文艺家，因此继刘徐州之后，其他队员纷纷出钱出物，有捐书画的，有捐现金的，总之都在尽己所能地付出，现场的许多观众都被刘徐州等人的无私义举感动了，掌声似乎不足以表达他们此时的心情，人群中有不少人开始不自觉地抹眼泪，变相以此致敬“粤港澳大湾区公益文艺先锋队”所有成员的大爱之心。

施勋美老人是老一辈知识分子，但多年来她对文史哲也多有涉猎，而且热爱学习，所以现代社会的快速发展并没有把她落下，尽管已是耄耋之年，却仍感觉自己和这个时代是同步前进的。因此从她踏上儋州的那一刻，她就在心里默默祈祷，希望先锋队的这片真心实意能感应到东坡先贤的灵知，为冬青带来好运。她不再害怕所谓的“死亡”，同时对冬青的“物质生命”的好转和“灵魂生命”的永续充满信心。世间事就是神奇，也许上苍真的被她的诚心打动，她的心心念念换来的是冬青更具震撼力的病情进展。杨大夫和护工都已告诉她，冬青全身上下都变得更柔软了，说明全身血脉逐渐贯通。并且他们都说，冬青甚至有了配合的意识和部分能力，他个子高大，以前替他翻动身体时感觉很吃力，现在明显轻松了一些，帮他护理一套动作下来，不再像以前那样累得大汗淋漓了。施勋美老人闻言又是一阵打心底里的感动，她一时激动得说不出话来，直任老泪纵横。上官步莲赶忙帮她用手帕擦干净，并用空心的手掌轻拍她的背部，轻言慢语地规劝她不能激动。半晌过后，施勋美老人才仰头喃喃说道：“老祖宗说的‘举头三尺有神明’是错不了的，肯定是善良且热心肠的东坡感知到了冬青的可怜，所以才站出来护佑他的。感恩东坡在天有灵！感恩万物赐予冬青的又一次‘新生’！”

下部

实相真空录

第二十一章 问道文学

对于“春城”昆明，魏明心最想去的地方“西南联大旧址”，他希望带领先锋队去那里感悟一下当年培育“自由之思想，独立之精神”的神圣之地。因此他提前就和昆明的优秀企业家焦家良先生打好了招呼，希望他为先锋队一行提供必要便利。焦家良先生是位很有“禅心”的企业家，也是位作家，因此他满口答应，他不单亲自带领大家去参访“西南联大旧址”，甚至提前就为魏明心的个人喜好单独做了周密安排。

当焦家良把魏明心领到汪曾祺当年读西南联大泡过的茶馆时，他甚至言之凿凿说：“我翔实考证过了，当年汪曾祺先生就是坐在您坐的这个位置构思小说的。”

魏明心闻言心照不宣地笑着说：“知我者，家良兄也！”

巧合的是，这家茶馆就叫“汪曾祺茶馆”，魏明心在这家茶馆泡茶聊天，久久不愿离去，他不断回味和揣摩当年的汪曾祺在这里泡茶是作何感想的，以及他是如何构思出那些空灵有趣的、充满生命意味的优美故事的。这真是一件美好的事情：这里曾经有位有趣的灵魂作家来过，并在这里“泡出”了人性中最唯美的篇章，这样的灵魂永远值得与之对话和景仰！

末了，魏明心对焦家良说：“家良兄，我最后有个请求，您能否帮我请这家茶馆的老板出来和我们见个面，我想看看这是怎样的一个人，居然如此有情怀开这么好的一间茶馆。”

这次轮到焦家良笑了，他只好老实交代：“不瞒您说，以前确实有位老板经营这个茶馆，只是不叫这个名字，后来由于经营不善挂出了转让告示。我发现后马上接手了，并把它改为现在的名字。我的龙润茶做得很好，如今我又把湖南的一家黑茶收购了，这里完全可以作为释放情怀的交流平台，只为以文学的名义致敬汪曾祺先生。我的这个想法，贤弟以为如何？”

魏明心闻言不仅佩服他的“生意经”念得好，更赞赏他以最纯正的方式致敬纯净美好的灵魂。魏明心认为，文学为何伟大？因为它除了给予人类温暖，还是温暖，因此温暖的行为就是对古今中外所有优质文学的最佳诠释！

不过，在魏明心的心目中，以前的焦家良可没这么灵巧，确切说还有点“轴”。魏明心记得那是数年前的一个周末，他忽然接到焦家良来电：“贤弟，是否在京？”魏明心以为焦家良到了北京，于是就顺口说：“在京。随时欢迎家良兄过来茶叙！”焦家良听后再未多言就挂了电话。不承想，焦家良当天傍晚就赶了过来，这是他首次到魏明心住家做客。

魏明心出门迎接时说：“难得家良兄这次有空过来，您前几次来京倒是说得更恳切，却始终未能成行。”

焦家良说：“是啊，人总是要有点什么事逼迫一下，不然时间好像不是自己的。”

魏明心说：“好，不管有什么事，我们先坐下来喝茶，慢慢说。”

可当魏明心要把他引进客厅就座时，焦家良却站着不动，换了一种极为恭敬的口吻问：“您家的院子在哪里？带我去一下。”魏明心闻言虽有所诧异，但也未多问，就领着他往主院去了。焦家良紧跟在魏明心身后边走边看。很快，他就看见了位于院子中心北侧的那尊石佛雕像。于是他径自朝石佛走去，端详了好一会儿，然后才极尽恭敬地在石佛前磕了三个大头。魏明心见状直言：“这是我家石佛迎来的最虔诚的信徒！”焦家良没说话，他默默地随魏明心去了客厅。主宾坐定后，焦家良的神情总算放松了下来。魏明心没再问他，魏明心只是专注于为焦家良泡茶，脸上挂着淡淡的微笑。魏明心在等焦家良自己说，为何这趟来访搞得神神秘秘的。正如魏明心所料，焦家良确实是想落座后再行解释的。他首先说：“这尊佛像的开脸果然很殊胜，很有灵性，气场也很强大，这是个很棒的道场！如有机会，我会经常过来拜佛的！”魏明心说：“是的，来过的好些朋友都这样说。对了，家良兄是如何知道我家院子还有尊石佛的？”焦家良这才吐露真言：“我前两天在合肥开会，昨晚从一位朋友那里获知，还看到图片，感觉甚是吉祥殊胜，故我当即订好了今天的机票，特意飞过来朝拜，要的就是一颗恭敬心！”魏明心说：“是够虔诚的！您诚意十足地专程拜石佛，可惜石佛不会感动。要是专程来看我，我大概会感动得一塌糊涂！石佛只是石佛，自心才是真佛！何必外求？”未料焦家良听闻后立马起身朝魏明心磕了个大头，魏明心被他的举动吓了一跳，赶紧过去把他扶起来，说：“这可折煞我也！不要乱磕大头啊，是不是刚才拜石佛拜出了惯性？”焦家良不急不躁说：“想得美！我磕大头可不是因为您，我是拜您刚才说的那句话。您刚说完那句话，我就感觉自己于言下顿悟了！所以趁话音未落，我就朝那句话拜了下去。”魏明心有些哭笑不得，但仍真心实意说：“您要真听懂了那句话，而且确实是冲着那句话朝拜的，那真要祝贺您了，这可是相当高的境界啊，可与天地精神相往来了。这让我想起法国浪漫主义画家欧仁·德拉克罗瓦说过的一句话：‘我不是在画钢刀，而是在画钢刀的闪亮。’这样的表述，既浪漫又有诗意！”焦家良说：“我算是听懂了，如同我国的大写意画，要得意而忘形……”

此后，焦家良果真明晰了认知，不再耽于执念。这次昆明之行，魏明心再与他相会后，对他言谈举止上的改变也在预料之中。

在世人眼中，文学也许是最没用的东西，但对于生命的抚慰来说，却又是最有用的东西。文学也往往于无用处，体现实用、大用与妙用！焦家良自身也是作家，他自然深谙此理，因此当他听说先锋队此次“昆明行”还要组织一场“问道文学”的高峰会时，他明白自己应该给予文学足够的体面和尊重，于是他让先锋队把直播现场直接安排到自己的奢华会馆，那里的软硬件设施和服务配套都是超五星级的，是他召集全国各地高级代理商洽谈商务的地方。

郝姑娘虽目不能视，却也感受到文学带给她的巨大冲击和洗礼，以及有识之士对文学表现出的喜爱之情。她当然也是热爱文学的，否则她的朗诵也不可能那么深入人心，如果不是有颗钟爱文学的敏感的心，她的声音也绝无可能拥有那么强大的感染力与穿透力。此次经过魏明心向她进一步传达文学创作的心得体会，以及文学源于生活高于生活的艺术规律后，内心无比颖悟的她，朗诵时的声音明显更显本质和亲和力了——

如前所述，他们上车后，列车长及其他工作同志都很是关照，一路上顺顺当当地就到了北京。到北京后，冬青、冬青爸爸、冬青的姐姐及姐夫全来迎接了，令人感动的一幕是，列车长和列车主任亲自用担架把他姥爷抬下车去，冬青见了率先快步过来把他姥爷背上汽车，此时他姥爷激动得连说：“有救了！有救了！”就是在这样一种“胜利大会师”的轻松氛围中，大家一路说笑着回到家中。

他姥爷来京后，由于心情愉快，加之又在冬青帮助下针对他的病情进行精心调理，因此身体恢复得很快，由刚来时坐都坐不稳的病况，到不久后就可以自行下地走几步路了，天气好时还可以在人陪同下，到室外晒晒太阳。而且冬青对姥爷的照顾可谓细致入微，他了解到姥爷从年轻时候起就养成了个习惯，每天清晨会有一支笔和一张便签齐齐整整地摆放在书桌上，等待他写下一天要做的大小事。于是冬青每天清晨早早地就把纸笔齐齐整整地替姥爷摆放在书桌上，就是这个小小的细节让他姥爷感觉像生活在自己老家一样，成天乐得合不拢嘴。人就是这样奇怪的环境动物，有些习惯、有些记忆似乎一辈子都难以更改。

但他姥姥的情况却截然不同，由于原来劳累过度，外加精神又很紧张，这到北京后情绪一放松下来，反闹了一些本不该闹的病症。刚开始是犯年轻时的老毛病，这病他母亲曾听她老人家说起过，犯起病来头痛得厉害不说，眼睛见风就不停流泪，而且病情一经发作就要持续几个月才能好转，看过好多医生都无法痊愈。他母亲见老人旧病发作只能干着急，她想到老人家年轻时犯这病，无论痛苦程度和时间长短或许都还能撑得住，可现在老人家却是快奔90高龄的人了，要是痛得狠了再把心脏病勾起来那怎么得了？正当她束手无策之时，冬青支了一招，他把土霉素片用纸片包好然后借重物碾压成粉末状，而后用温开水调匀并用心地擦在姥姥的痛处。他母亲当时压根没当一回事儿，心想反正是外用，不会碍事的，就随他试吧。可令她始料不及的是，只用了两次，他姥姥还真不痛了。就这样，冬青轻而易举地帮母亲解决了一道难题。

可难题并未因此戛然而止。又过了一阵，那是一个普通的清晨，庭院里早起的鸟儿精神抖擞地不停上下雀跃翻飞着，并自如哼唱出人类永远也无法企及的歌唱境界！但在这个习以为常的清新一天，他姥姥在洗脸时却突然休克了，这下可着实把他母亲给吓坏了，她痛心想：老人家接到北京才一个多月，要是出了任何差错，这可怎么向哥姐交代？他母亲为此急得慌手慌脚，直奔地段医生而去——那时的她显然还不懂向120求救。此时，赵冬青更为理智，他主动找到对门大哥寻求帮助，用速效救心丸把姥姥及时救醒了，等他母亲带大夫回家时，老人已经苏醒过来了。他母亲回想起来仍甚感后怕，因为来的那位大夫其实心中也没底，只敢答应来看看再说。没承想，赵冬青又一次帮他母亲排忧解难了。

自此以降，赵冬青在头脑清楚时除了醉心于看书学习之外，每天尚会抽时间陪姥姥下楼遛弯儿，亦会留在家中逗姥爷开心展颜。此外，要是家里有点什么好吃的，抑或是好玩的东西，他总是先拿来孝敬两位老人。不言而喻，老人来京后始终过得十分愉悦，后来家庭和睦的名声享誉小区内外，还被评上了区里的五好家庭呢。当然了，由于赵冬青的病况时好时坏阴晴不定，有时难免也要犯病，而一旦犯起病来，他的情绪容易瞬间失控，失控后的他，遂理智尽失，时常大呼小叫地念叨着“不想活了”的极端话语，这一犹如沉渣般不时泛起的突兀举止，着实让两位老人跟着提心吊胆不已。但总体而言，现阶段的赵冬青的病情相对于后一阶段而言，显然还算是程度较轻的，起码尚未落到山穷水尽的地步，所以家庭成员的心理情状，可说是有苦有乐，抑或说尚有余力苦中寻乐。但冬青身为男子汉的耐力和气概最终在他姥爷和姥姥相继去世的时候被激发了出来。两位老人过世时都是冬青一人独自为他们守灵，由于虑及冬青的身体不宜熬夜，亲人们都希望能与他替换为逝者守灵，但冬青不允许任何人替下他，亲历了两次和亲人生离死别的痛楚磨砺后，他感觉自己已被历练成了这个世上最坚强最强大的人，这也足见他和姥姥姥爷的感情无比深厚！

按照既定议题，由李玲珑现场主持了一场主题为“问道文学”高峰会，要是在平常，文学议题往往很难起到“出圈”效应，人们似乎已经很久不甚关心文学了，认为文学太过遥远，跟自己毫无关系。所以不知从何时起，文学悄然淡出我们的生活视野，变得无关紧要，甚至还有人把谈论文学或进行文学创作视为“不务正业”。这是怎样的对于文学的“曲解”？因此，对于当今的文学现状及走向，有许多关心和支持当代文学发展的网友总结出一个关乎文学本质的“时代之问”，那就是：“文学到底是什么？”所以当这个问题被热烈讨论而毫无结果时，李玲珑便请魏明心为大家解答“文学到底是什么？”。

魏明心简明扼要说：“这个问题看似很宏大，其实可以很简约。文学就是我们生活的一部分，甚至可以把它看成是我们生活本身，而且是我们生活中偏向柔软温馨的那部分。因此我们可以直截了当说，文学是为我们的心灵营造独特温暖感觉的东西，它不揭开伤痛，而是抚慰伤痛，以便让我们拥有继续前行的勇气和力量！”

魏明心简短的话语犹如向受众投掷出的“重磅炸弹”，它炸醒了许多昏睡的灵魂，瞬间让人们领悟到：原来，每个人都需要文学。原来，生活可以因为文学而变得更其美好。原来，文学不是厉声斥责，而是温暖相伴的良师益友。

焦家良的产业布局跨度很大，横跨生物制药、大健康产业、建筑、文旅等领域，直播活动后，他就把先锋队一行安排到他自己的酒店吃住。但吃饭时他自己没出现，他给出的理由是，即便做善事也是会辛苦的，为了让大家能放松地吃好喝好，所以他这个“外人”就不跟大家凑热闹了。但魏明心了解他的情况，他没有陪大家吃饭的真实原因，其实是他的生活习惯改变了。和大多数的企业家不同，焦家良近年极为注重修身养性，他常年吃素，不抽烟，不沾酒，不应酬，不熬夜，是常人眼中企业家里的“苦行僧”。不过，他并非真正缺席，他离开前跟魏明心撂下话说：“您替我陪大家好好吃饭！饭后张秘书会把大家领到我的书房，那里有专业的画案，有许多书画名家来我这里都会留下墨宝。我把那里视为升华主宾情感交流的‘宝地’。我就在那里恭候大家！”

待张秘书带领大家来到焦家良的书房时，魏明心远远看去，果然看见有个人坐在“遥远”的一隅。因为他这个所谓的“书房”实在太大了，走过了长长的空旷地带才靠近那个角落里的“书房”，而且除了有扇屏风略微加以装饰之外，基本算是开放式的超大空间的“书房”吧。魏明心到了这个靠近的位置立马就认出正坐在那里看书的人确实是焦家良，对方果然没有食言，早早就候在书房了。焦家良见大家到了，他就放下手中的书，然后招呼大家往摆放在空旷地带正中央的那张修长宽大的大画案走去。因为来的人多，角落那个真正的“小书房”根本容不下，而来此的目的正是写写画画。所以他很自然地就起身带大家走向画案。那个画案虽然很大，但如果空荡荡的时候看过去不会有什么直观印象，可当来的二三十人都往画案跟前一站时，才发现这个画案实在太大了，来到这里的这么多人只填满了画案的一小片地方，仍有大片大片的“留白”无人问津。魏明心于是不解地问：“家良兄，我到了这里，给我的第一感觉，就是无论怎么闻，都有一股土财主的味道，为啥要搞得如此夸张？”焦家良毫不讳言笑着说：“又被贤弟言中了，什么小心思都瞒不住您。如您所说，我在筹备这个书房时，的确是抱着‘土财主’的心态，我当时认为，书房一定要又大又豪华，以便先给那些来我这里交流的作家艺术家一个‘下马威’，让他们以崇拜的心理和我交流。现在回想起来，感觉那时的自己实在幼稚可笑，简直俗不可耐！因为什么啊，那时的我根本没开悟，才会把外在的物质看得很重。其实现在看来不值一提，你有钱是你自个儿的事，跟别人有啥关系？再者说，到了一定年龄有了觉悟后才会明白，在生死面前，其他东西都不叫事儿，只有‘明心见性’后的生活才叫人生，只有活在灵魂层面的人类，才是个真正的人！”魏明心说：“这些年家良兄确实精进了，如此甚好！”焦家良说：“贤弟请放心！下次您再来时，我肯定挪回小书房了，到时这里改作他用。”魏明心说：“也好，物尽其用才是正理。我们还是欣赏文艺家们如何挥毫泼墨吧。”

焦家良先生似乎对画不是很上心，他对画家们的创作都只是礼节性地看几眼就走，没发表任何意见。转到“丑书大王”小曾猴子身边时，他倒是停下来认真地看他写字，他看了半天忽然朝魏明心招手，等魏明心过来后他就说：“要是这位小兄弟写的书法能像您那么好，我就请他为我的茶馆题写牌匾了。”魏明心说：“家良兄有话请直说无妨，我是这位小兄弟的师叔，该批评就批评，该教育就教育，没有不能说的话！”焦家良说：“那就好！我的性格也让我成不了委婉的人。我呢，怎么说呢，这么多年接触的书画家多了去了，但对画这块儿始终还没找到兴趣点，虽然这里有不少好画家，但我看不出啥门道，所以也就学会了如何当观众！但对书法我却是喜欢的，没事的时候我自己也照着字帖随机练练。多年前，想请人指导嘛又抹不下这张老脸。如今，羞怯的想法通畅了，却又没有合适的人选了。虽然我自身书写水平不过硬，但我认为自己的认知和审美还是在线的，所以看见这位小兄弟写字的情况，我就有感而发了。”魏明心说：“您的感觉是对的！他的书写习气太重，都是被网络上那些‘歪风邪气’给带歪了、带偏了，他的师父也拿他没办法，所以才委托我带他出来给予强力修正，毕竟外来的和尚好念经嘛！他的外号是广大网民赠予的，叫‘丑书大王’小曾猴子。虽说书法之道不能停留在美丑的浅表层面，但所谓的‘丑书大王’，在这里实际上就是对他书写现状的形象概括！”“丑书大王”小曾猴子闻言在心里撇撇嘴却不敢插话。焦家良说：“既然是您晚辈，我也就直言了，他确实需要专业指导，否则越跑越偏，偏到一定程度可就尾大不掉了，就连我这样的半吊子都能看得出来。但我有一个疑问想向贤弟请教，为何我们传统的文人大多能写一手好字，但现在的许多作家却基本不懂书法？另外，虽然现在专业的书法家多如牛毛，却大多不是文人，而且写出来的字让人看了很难受，有些甚至到了面目可憎令人生厌的地步，这又是为何？到底作何解释？”魏明心说：“这个问题问得很好，基本切中了时代书艺的本质！因为古代文人写字是德和文之余事，兼具实用和把玩双重功能，而且古代文人各方面的修养是到位的，所以书写行为往往是发乎性情的产物。但现在的大多数作家严格意义上说并非传统性质的文人，当代作家的修养往往是单一和局限的，而非传统道路上学问通透的文人，所以导致审美能力和认知水平相对欠缺。同时，也缺乏必要的技能训练，他们不像古代文人那样经常以毛笔书写。至于专业书法家为何大多不是文人，这个问题本质上也是一样的，方向搞反了，很多书法家不读书、不修文、不养德，综合人文底蕴浅陋，所以写出来的字，书卷气严重不足，笔性生硬，不再是‘书为心画’的表达结果，所以这是很令人遗憾的事情，有些学科是要专精的，但唯独作家艺术家是不能走‘专精’之路的，一旦‘专精’了，也就变得不‘专业’了，导致文学艺术再也无力专精！”焦家良说：“真是听君一席话胜读十年书啊，有种醍醐灌顶的感觉。既然话说到这份上了，我就不客气了，我想替我的‘汪曾祺茶馆’向贤弟求幅墨宝，顺带也为我们现场示范一下书写要领。不瞒您说，此前我也就茶馆的题字问题和一位朋友探讨过，对方建议我找位‘大名家’题字，认为那样才有影响和面子。我当时就不以为然，我问他所谓的‘大名家’有多大？其实，很多都是虚名欺世，待时过境迁，大多都会湮没无闻，而且其题字毫无价值！”

盛情难却下，魏明心便提笔挥写了一幅“汪曾祺茶馆”。他见焦家良和“丑书大王”小曾猴子都在旁边看得很认真，知道他们确实有心想在书艺上有所进步，于是解读道：“除了我刚才讲的那些内容，在创作实践中，书法首先要解决笔法问题，也就是点画书写运笔过程中的笔法问题，这是重中之重，对此，最核心的认知，是要遵循自然之道。比如传统书论说的‘屋漏痕’‘折叉股’‘锥画沙’和‘印印泥’等都是运笔中的重要方法，既是技能，也是书写境界，所谓技道合一也。同时，起笔、收笔一样重要，都带有形而下和形而上的双重意味。另外，结字、章法和墨法也很重要，既有常识上的东西，也有审美感觉上的东西。总之，书法的总体法则是要讲求‘变化’。那么，何为‘变化’？譬如对《周易》中‘易’的认知，既包含永恒变化的东西，也蕴含永恒变化中那些不变的法则，本质上是个极其辩证的哲学问题，这点要能心领神会。以‘丑书大王’小曾猴子的错误书写为例，书写时笔是不能胡乱摇摆的，更不宜大幅摆动，包括身体的用力情况也是要相当节制的，所谓‘差若毫厘，谬以千里’，书法是一门‘微才妙’的妙到毫颠的艺术，所有的难度和味道皆藏于微妙之间！”魏明心说完，他亲自手把手教“丑书大王”小曾猴子校正书写毛病。

焦家良偌大的画案上，其中有一角摆放了成堆上等品质的未雕刻章料，主要以寿山石为主。待大家忙得差不多了，焦家良就指着画案上的那堆章料放话说：“大家都不是外人，有需要章料的朋友请自行挑选。或许将来能派上用场呢，那是我的荣幸！”“丑书大王”小曾猴子听说允许把章料拿走，他喜出望外，说：“我正缺两枚好章料呢，我自己挑一枚，然后替我师叔挑选一枚，他家的画室挺多好印章，他要是不缺，我可以费点心替他收藏好。”大家听了都想发笑，唯独魏明心训斥道：“别贫嘴，没大没小的，做自己该做的事！”“丑书大王”小曾猴子挨训后吐吐舌头躲了开去。

可事情并未到此结束，有几位队员陆续向魏明心打“小报告”，直言“丑书大王”小曾猴子私下里偷偷写了“丑书”送给他们，虽未收钱，但听了魏老师讲解才知道他的书法问题，如替他隐瞒实情，可能不仅不利于他的成长，甚至还可能变相助长他的虚荣心。魏明心于是又把“丑书大王”小曾猴子叫过来当面批评教育，他说：“不是说不许你送人书法，而是说你现在还不到送人书法展示自我实力的时候，待你将来成材了，你会为自己送出去的作品感到羞愧！所以，你现在要做的是端正态度，修正不足，时机成熟了多的是表现机会，何必急于求成？”“丑书大王”小曾猴子听得脸上红一阵白一阵，虽然嘴里唯唯诺诺地应承着，心里却想：“您咋啥都知道？我自己反倒被蒙在鼓里吗？看来队内师叔的眼线众多，以后还是好自为之吧。”

众人离去时，焦家良把魏明心单独留书房又继续聊了一会儿。魏明心若有所思地提醒说：“到了家良兄的公司，才知道您的商业版图做得很大！但在当前复杂多变的国际国内环境下，战线还是别拉太长，别太冒进，以免陷入不必要的困境。”焦家良说：“感谢贤弟提醒！要是几年前，这样的商业布局对我来说可能会是个问题。但现在不同了，我从长期的打坐冥想中收获了巨大的‘利益’，对很多事情都能自如把握和应对！”魏明心闻言点点头，他自己对此也深有体会深信不疑，打坐冥想的益处是无处不在的，也是真实不虚的，现在即便是门外汉似乎也懵懵懂懂地知道它的好处，他联想到和黄玉玲谈恋爱时的情景，他有次向她吐露思念之情，她则风趣地回信息说：“去打坐！去打坐！”现在回头想想，打坐冥想的用途实在太广泛了，就连谈情说爱的问题也能解决。想到这种玄妙之处，魏明心忍不住笑了，焦家良以为他不信自己的话，就说：“贤弟也看到我的经营现状了，应该对我有信心的。”魏明心摆摆手，说：“非也，家良兄多虑了，我是忽然想到以前的旧事应心了，故此忍俊不禁。你我皆修行之人，焉有不信之理。”于是焦家良转而又对魏明心的题字大加赞赏，他说：“茶馆题字的事，算是找对人了，越看越耐看，越看越有味道，我现在才知道百看不厌的意思，这才叫书法！”

魏明心回到酒店时，在走廊遇到上官步莲，她说：“偏心！‘丑书大王’小曾猴子您都手把手教他写书法，我也要跟您学！”魏明心口吻坚决说：“不教女弟子，男女授受不亲！”他说完径自回房间休息去了，徒留上官步莲在走廊暗自跟他发狠较劲儿。

第二十二章 心与世同

当先锋队实地踏访遵义茅台镇赤水河畔的红色遗址，认真体悟当年毛泽东主席指挥“四渡赤水”的经典战役时，所有人无不为开国领袖雄视古今的神机妙算之作折服。这已经不能用天才来形容了，唯有“天意”作解才能令人满意和回味。这里得天独厚的自然环境不仅利于红军当年行军打仗，亦有利于酿出驰名中外的国字号美酒。据说茅台镇就像“聚宝盆”的底部，四围都是山，这样的地理环境空气不易流通，利于培育空气中的菌群，这是佳酿所需的天然气候条件。而且这种顶级的酱香型白酒非但好喝不上头，甚至还可以治病救人，红军长征时，可爱的红军伤员因为缺医少药，就靠这酒消炎治病。正是得益于这一优良传统，当地的酿酒业发展得如火如荼，在我国白酒业绝对独占鳌头。因此在茅台镇的酒业棋局中，除了领头品牌之外，尚有数百家手工作坊性质的酒厂有序发展，早已共同支撑起当地领跑全国的产业集群。当地中小酒厂大多生产基酒及自有品牌，光“茅台镇”这一“外围品牌”就够它们生存得很好了，这也是它们均非常爱惜自身“羽毛”的重要原因。所以在茅台镇，尽管品牌影响力有天壤之别，但酒的品质却差距不大，是无所谓“假酒”一说的。因为影响酒品的主要因素基本一致，要说有啥稍微影响品质的细节上的区别的话，唯有“酒窖”的窖龄差异及酿酒用心度和质管严谨度上的差别，仅此而已。

顺着这样的神秘之感，先锋队来到贵阳修文县，亲历王守仁当年逆境“龙场悟道”之地，这是另一重无法言明的“天意之作”。同样都是客观上“置之死地而后生”，一样的“绝处逢生”，此后两位各自领域的至人都缔造了自己的巅峰事业：一位是新中国的开国领袖，中国人民的“大救星”；另一位则登顶宋明理学的巅峰，成为“新儒学”的代表。

在所有先锋队成员中，郝姑娘显然最需要类似“龙场悟道”这样的心灵点拨，因此魏明心在给她传输相关心学思想时，她听得异常认真，常细细品味后，又不厌其烦地和魏明心确认理解得是否正确。这样一通“恶补”下来，她犹如古代的武学奇才偶得“武林秘诀”，她因此“功力大增”，最直接的检验效果是，本就穿着传统服饰的郝姑娘，满溢着古典美，她的朗诵声突然有了“辩证”的味道，那些朗诵声辨析起来是声音的哲学，而且真气弥漫，可谓元气淋漓，予人“一声生万法”的美妙玄音——

虽说赵冬青身上旷日持久的“痼疾”像大自然一样变幻莫测不可捉摸，但他的好学多智，还是很快派上了用场，而且还是现学现卖，并取得了立竿见影的效果。事件的原委是这样的：在赵冬青利用一切清醒时间疯狂学习的那段时间，恰巧他姐姐创建的公司刚刚起步，他除了积极为姐姐出谋划策外，适逢有个法律学习班招生，他虑及自己的实情，就请一位朋友帮他买一部法律书籍，兴味盎然地准备自学。待拿到新书后，他高兴极了，于是，忘情的他抱着这本厚厚的书本聚精会神地看了起来，并且久久坐那儿岿然不动，仿佛他和手中的书籍早已融为了一体，似乎他与手中之书就是世界的全部，以至学习之外的一切事物他都可以充耳不闻视而不见。别人也都知道他的脾气，自是无意去打扰他。足足过了好半天，他终于很轻松地站起来说，虽然只是粗略地过了一遍，但学习新知识就是过瘾。家人见他看完了，既为他感到高兴，更为他松了一口气，知道他终于可以歇息一会儿了，但无论如何也始料未及的，是他看这一遍书哪能派上多大用处？不承想，考验他学以致用能力的机会恰巧在这节骨眼上不请自来。

原来，他姐姐的公司由于挂靠问题始终举棋不定，后来她经由深思熟虑后决定换一家挂靠单位。这样一来，原先被确定的那家挂靠单位不干了，非要向她索取3万元赔偿金不可。由于当时公司刚起步，就像刚学走路的孩子一样，又哪里有能力“快步”奔走？所以根本赔不起那么多的钱，即便有错，也是赔偿能力不允许啊。可这该怎么办呢？要是不赔，人家就要逼着打官司，他姐姐为此急得无计可施，无奈之下只好使唤他姐夫去给人家说好话，希望人家能法外开恩地少要一点，并愿意倾其所有承诺给对方凑够8000元——其实当时8000元对他们来说也是笔巨额开支，要尽快拿出来也是很吃力的——可是所得到的答复是，对方怒不可遏地接连拍桌子，说少一分钱都坚决不行。还说要是不能按时给钱，就法院见！别无他途！态度可谓是非常之强硬的了。这一下，他们就更着急了，有种被人逼上绝境的感觉。赵松花急得无路可走了，结果是一路哭回了家。她爸爸见女儿如此委屈状，甚感不解，待问明了缘由后不免也跟着着急起来。可正当他们一筹莫展之际，赵冬青由里屋缓步走了出来，说：“姐，你把合同给我看看再说吧。”此时，赵冬青就像位指挥若定的“大将军”，当他平心静气地看完合同后，他说了句极其专业的话：“我们既没有任何经济收入，也没有给对方造成实质性损失，根本谈不上赔偿。别急，随他告去，这类案件法院不会受理的！”后来，身为父亲的赵野平就按照冬青的说法与对方周旋，并撂下话说：“随你们告，你们告到哪里都行，我们奉陪到底！”有意思的是，这件事从此就这样烟消云散、不了了之，再也没人上门找他们赔偿所谓的3万元了，更没有人上法院去告他们。历此一劫，化险为夷后他姐姐的公司得以顺顺当当地步入了发展正轨。

可是，正所谓其祸不单行，当赵松花的公司可以开始正常开展工作后，公司的业务运行似乎进展顺利，很快有一个商业合同面临签署了，公司所有员工看了合同样本都说好，说这样的合同当然能签了。赵松花自己反复看后也觉得挺不错的，但毕竟万事开头难，她现在可不敢大意，她略微不放心，将之拿回家让爸爸给把把关。赵野平接过合同看了看，凭直觉认为合同有问题，不过他不能确定问题到底出在哪里。于是他转而叫冬青给审视审视。冬青取来合同仔细一看，他的眼睛像放大镜一样看出了不少常人不易察觉的问题，并明确标注了14处有问题的地方，坚定说：“姐，这个合同我们绝不能签，否则后悔莫及！”后来赵野平也同意这个看法，最终促使赵松花放弃了这个合同。过了好些时日，事情终于有了定论，原来要合作的单位真是个骗子公司。

正是弟弟赵冬青的鼎力相助，才使得赵松花的公司成功战胜了创业初期的艰难险阻，为此她曾动情地对弟弟说：“有好些事情还真是多亏了有你相助呢，否则姐姐绝对得吃不了兜着走的。所以说啊，等将来姐姐的公司赚钱了咱们姐弟俩对半分！”赵冬青听完姐姐的话，他纯真地笑着，好半晌才说：“姐，我接受你的好意，但我帮你不是为了跟你分钱，因为我是你弟弟。以后再不要和我提钱的事情，你有困难尽管找我就是了，任何时候我都不会虚与委蛇半心半意的。”他姐姐当场感动得泪眼婆娑。由此可见，赵冬青是个重视亲情远胜于重视金钱的朴素青年，他始终谨记“好男不吃分家饭，好女不穿嫁时装”的古训。这表明，他不仅是个纯粹的人，而且志存高远，特别是到了20世纪90年代初那段时间，他明显感觉到自己的知识储备得八九不离十了，加之这一时期犯病概率的确相对较低，所以他拥有无比强烈的工作渴望和表现欲望也就不足为奇了。因此，只要一同他谈到各色发明，抑或商谈解决什么生活中的具体难题，那他是最起劲的了，感觉全身上下拥有排山倒海般的力量需要释放，似乎浑身充溢着绵延不绝的内驱力。为此，他可以立即忘记一切，包括病痛，而且执行力强得似已有明确方向的脱缰之野马。

和郝姑娘的稳步嬗变一样，上官步莲也不甘人后，她也学会了谦卑，不时伺机向魏明心请教。在魏明心看来，愿意学习是好事，所以他是有求必应，尽量满足先锋队成员的求知欲。“心”的力量自然是无穷的，但常人要理解正确也是无比艰巨的。李玲珑首次在主持时感到有点力不从心了，网友们无数的难题和刁难一股脑朝她涌来，她有点招架不住了，但在众目睽睽之下又不便寻求声援，她只能无声地望了魏明心一眼。所有这一切，当然逃不过魏明心的慧眼，他主动出面替李玲珑解围，他开始掌控现场局面，他主动出击道：“我看了听了许多网友的问题，但很遗憾，都没说到本质。”魏明心当头泼出这一盆“冷水”后，线上线下都寂静了下来，半晌过后又有人开始“挑刺”道：“既然我们都不知道什么是‘心力’，那就请魏老师替我们大众说说，也好让我们从中学习学习。”尽管面对这些充满挑衅意味的言论，魏明心仍镇定自若，他微笑着回应：“所谓心力者，是自心生发的力量，是自内而外关联产生的不可思议的神力，而非挑战别人时产生的威力，那种蛮力往往容易被反噬。独立于心外的东西，是无所谓好坏的，真理不是绝对存于世界的某个地方，而是存于每个人的真心之中。确切说，你的自心的样子，就是世界的样子。因为只有当你发现或感知某件事物时，目标事物才因此有了意义和价值，抑或有了我们所认为的形象。反之，当我们沉入睡梦中时，尽管己心之外的客观世界仍然鲜活存在，但对于睡梦中的我们而言，皆如消逝在时光隧道里的万千物事一样空寂而毫无存在感。所以我们首先该做的是要荡涤自己这颗心，而后才去度量世间万物的短长或辨别其真伪，这就是心力的价值，或是心力唯一可以成为标尺的不二之途径。”

魏明心的一番言论彻底征服了成心“搅局者”。当然，在魏明心眼中，所谓的“搅局者”也是不存在的，所有这些皆是源于“未开悟”，都是值得悲悯的对象，因此魏明心希望所有人都能认清“心”的真相，了解“心”的价值和威力，从而让自己的人生从中获益，进而变得美好。

令人称奇的是，就连尚在“半沉睡”状态的赵冬青也有“闻道”的需要，他似乎比此前更为具有正常人的神韵了，从他的眼睛及面部表情，好像与常人无异了，而且表现得甚为专注，他应该始终在聆听魏明心正在说些什么，生怕落了某句话一样。如此一来，赵冬青的更进一步的加速康复，无疑为先锋队的巡回动力再猛添了一把熊熊火炬。

因昆明之行焦家良的热情款待，“丑书大王”小曾猴子到了贵州就不习惯了，沿途山路蜿蜒，且吃不好睡不好，让他心生烦恼了。他向魏明心抱怨说：“师叔，我肚子里没油水了，您能否安排好的饭店慰劳一下？再不济，您也得给我们做点能解馋的饭菜吧。”魏明心不容商量说：“不行！不吃饭店！由我做饭可以，但只做素食，这趟是‘悟道’之旅，要多用脑，不是为了满足你个人的胃口！”“丑书大王”小曾猴子辩解说：“对呀，师叔！就因为要‘悟道’，才需要加强营养嘛，我正是为大家着想的。”魏明心说：“少废话。一切听师叔安排！‘悟道’所需的能量主要由碳水化合物提供，素食就能满足。你想吃的荤菜只会让你迷糊和肥胖，要是你消耗不及时或不彻底的话。所以，你家孩子将来考大学时，千万别把你自己的‘口福’复制给孩子，你让他考前大鱼大肉地吃，他将给你回报一个无精打采的成绩！”“丑书大王”小曾猴子似乎被魏明心的话给镇住了，在心里细细琢磨开去，好半天不再作声。

第二十三章 显露心性

一想到成都，魏明心的脑中很自然就闪现如下画面：先秦时李冰父子领衔修造的“都江堰”，无疑是项千古一如的民心工程，成就了成都“天府之国”的古今美誉。魏明心站在都江堰南桥上望着翻滚而过的滔滔江水，他禁不住钦佩古人的智慧，想不到2000多年前的古人居然能修建出依据季节轮转而自发调节水流方向的水利工程。这显然是静定而慧的智力，恐怕今人多数处于“力有未逮”的尴尬境地，一言以蔽之，是喧嚣的自然与人文环境渐次蒙蔽了人民的智慧，不仅科技是如此，人文艺术领域亦然，亟须在这方面加大研究力度，方可阻止人们思考力的丧失与弱化，以修复人们的思考力。

但在这片神奇的土地，还诞生过许多不可思议之事。比如刘邦退守成都时，不仅因韩信之功为后世留下了“明修栈道，暗度陈仓”的人文认知，更因此为刘氏缔造了大汉400多年的罕见伟业。而当汉皇室后裔刘备挥师驻守成都时却没那么幸运，只是成就了一段“三足鼎立”的历史佳话。

而今，成都这片热土同样不可小觑，不单传统文化传承有序，艺术氛围浓郁，而且在极富时代创业精神的“新文艺”创业领域更是领跑全国，已以产业集群形式全面崛起。这代表了时代发展的大势，无疑将在该领域乃至更多领域促使成都成为“未来之王”。这不同于成都历史上任何一项惊世之业，它可能看上去更为缄默不语，如能走得坚实从容，当能建构支撑起当前发展着的成都作为另一个永载史册的“历史上的成都”的宏伟蓝图。

如果你因此认为作为当今行政区域意义上的成都所诞生的文明是四川“天花板”级别的存在的话，那就大错特错了！事实上，当先锋队驱车近40公里来到位于全国重点文物保护单位“三星堆遗址”东北角的“三星堆博物馆”时，一个更为久远的中华主流文明样态鲜活伫立在先锋队眼前，它被誉为“长江文明之源”。它就是“三星堆遗址”，距今约5000年至3000年，是迄今在我国西南地区发现的范围最广、延续时间最长、文化内涵最丰富的古城、古国、古蜀文化遗址，被称为20世纪人类最伟大的考古发现之一，表征着长江流域和黄河流域一样，两者同属中华文明的“母体”，这构成了华夏文明已知的两大支撑。

先锋队一行随熙攘的参观人流进入三星堆博物馆，为便于成员之间相互照应，魏明心让每人手上都举着事先备好的橘黄色旗子，旗上印有“粤港澳大湾区公益文艺先锋队”字样，看上去很是醒目，一看到这种旗子，立马就能识别是自己的队员。对于这样的上古文明，魏明心看得格外仔细，往往边看边思考文明遗存背后的人类的生存状态及思维方式。在展出的这批古蜀秘宝里面，他欣赏到高2.62米的青铜大立人、宽1.38米的青铜面具，甚至高达3.95米的青铜神树等，据说均称得上是独一无二的旷世神品。另外亦欣赏了以“金杖”为代表的金器和以满饰图案的“边璋”为代表的玉石器，也多为前所未见的稀世珍宝。此时的魏明心思维非常活跃，他认为从已看到的展品材质及工艺来看，三星堆文明基本和黄河流域诞生的商周文明有许多共通之处，据此可清晰断定：在我国商周时期，黄河流域的文明与长江流域的文明应该有一定程度的交集和互动，不是完全割裂的两大区域文明。这再次印证了，人类文明的融合与发展，不仅频繁存在于本民族内部，亦是国际不可或缺的交流与互鉴。因为在不同历史发展阶段，民族和国家的概念是动态变化的，只有融合发展是不变的生存法则。

走出三星堆博物馆后，大家都还沉浸在中华古老文明带来的震撼中，为趁热打铁，就着这股热乎劲儿做完直播，先锋队紧急行动，迅速地完成了直播场地的布置。不得不说，这趟漫长的旅程开房车出行确实方便，从生活到工作，各种需求都能满足！经过这趟文明之旅的心灵感知，郝姑娘的另一扇灵性之窗似乎又被打开了，她的性情重新从高格调至平实之境。魏明心在为她讲解三星堆文明的价值属性时，以书法的三重书写境界作比，他说，学书贵在参悟三重境界：初级阶段以平正稳当为宜；中级阶段务求险绝；高级阶段则又复归平正。因眼疾原因，郝姑娘虽没练过书法，但个中道理她好像领悟到了其神韵。智者就是这样，具备一通百通的变通能力。

于是在全然古雅的装束和气韵中，广大受众从郝姑娘的朗诵里面听出了人性本真的意味与情境、孩子般的天真和直率——

但无论如何，生活还得继续，已到了谈婚论嫁年龄的赵冬青，似乎已被生活逼迫到了一个不得不严肃面对的新阶段，而且最好能有所突破。他父母也正有此意，希望即将确立的婚恋关系能给他带来好运，以弥补因长期工作无着落而产生的心灵缺憾。

赵冬青有过两次刻骨铭心的恋爱经历。第一次是经老中医刘澜田大夫介绍认识了一个煞是招人怜爱的女孩子，两人相处甚欢，可谓两情相悦。尤其是女孩爱冬青爱得胜过自己，无怨无悔，对于他的病情，乃至对他的喜怒哀乐亦都关怀备至呵护有加，并且人也很能干，将来在生活上和工作上都会是冬青的好帮手。两人就这样卿卿我我地相处了半年，可正当他们准备结婚时，不料却有一只意外的“拦路虎”跳了出来——原来婚检发现女方是某种传染病病毒携带者，于是婚检自然没通过。但赵冬青不愿也不忍放弃这段恋情，他主动要求大夫同意他们结婚。大夫听闻后被他的言辞感动了，马上递给赵冬青三支预防该病毒的疫苗，并嘱咐他需按时注射。如是，即将成为小两口的他们异常高兴地携手回家。可始料不及的是，树欲静而风不止，他们的婚约再次遭遇困境，原因是赵冬青的家人大都不同意他们结婚，为此千方百计地试图做通冬青的思想工作，坚决要求冬青与女方分手。这可如何是好呢？赵冬青素来是个孝子，宅心仁厚，他怎能经得起家人的再三劝阻？后来为了听从家人的安排，他只好无奈地忍痛割爱，含泪与女方分了手，执手相看泪眼的那一刻，赵冬青哽咽着说：“亲爱的雪儿……实在对不住了……不知……是我冬青无情……还是老天绝情，往后我们恐怕再也无缘互诉衷肠了……”雪儿亦珠泪闪烁，但她眼里没有丝毫怨恨，心里装的永远是他留给她的爱与欢乐，因此即便是在自己万分心碎的时刻她依然微笑着，像喜极而泣那样安慰说：“听话，我们谁都不怪！何况，爱情从来就没有对错之说，我们能相爱一场已是多亏老天的眷顾了……”这幕“埋葬”爱恨的别离场景，曾无数次像刀砍斧琢一样摧残着赵冬青的身心。

其实，赵冬青的家人又何尝不因此心痛万分？他们自然愿意看到相爱的人儿能够实现“有情人终成眷属”的夙愿，但又格外担心冬青现存的健康隐忧，因为他这个病所用之药本来就对肝脏形成巨大的负担，如再染上相关病毒，那对他的疾患来说无异于雪上加霜！正是基于多层面的综合考量，赵冬青的父母才最终选择了“棒打鸳鸯飞”的无奈举措。赵冬青当然清楚家人也是为他好才出此下策的，但深情善良的他，还是为此自责不已，并因之犯了两次大病。这使得他的脑力及体力又遭受到了莫大损伤。对于这个结果，赵冬青的父母事后把所谓的“罪责”全都揽在了自己身上，认为是他们在冬青的婚姻问题上因人为干涉犯下的第一桩罪孽。

时至1996年初，经亲戚热情介绍，赵冬青又被动认识了一个女孩。在交往过程中，他没能收获像上一次爱情的感动和喜悦，但迫于亲戚的情面，他将一切不快都独自承受。无独有偶，赵冬青的父母尽管对女孩的印象不佳，但碍于亲戚的面子同样不便横加干涉这桩婚事。接下来，赵冬青和父母不约而同地将心思一同聚焦到了一处：皆认为恋人之间的感情是可以培养出来的，而完全忽略了人格魅力是情感基础这一事实。

于是，赵冬青和这个女孩遵循着“先结婚，后恋爱”的婚恋路径，起码从赵冬青这一方来说是勉为其难地同对方结婚了。婚后，这女孩子成为人妻后，其自私本性暴露无遗，总是无端地惹丈夫赵冬青生气，而且更为关键的是，她看上去对冬青也没什么感情，几近冷漠，不仅对冬青的健康状况熟视无睹，反倒叫冬青来照顾她，经常半夜起来硬说自己头痛，然后不管不顾地把冬青叫醒给她按摩，还处心积虑地屡屡逼冬青拿出所剩无多的余钱。彼时，冬青每月收入本来就不多，这给冬青造成了经济和精神方面的双重压力。有意思的是，此女当时自己每月收入也不少，但她似乎是个“有心人”，自己在外挣来的钱全部私自存了起来，吃住在家自不待提，而且自己买任何日常用品也是不带漏出一分钱的，全让冬青给她包圆了。更有甚者，她家中有什么难处也都一并让冬青解决到位。而最让赵冬青无法忍受的是，她经常无缘无故挑衅，并着意和冬青争吵不休，因此婚后的冬青，明显受到了更大程度的刺激，经常莫名地不想活了。可反观他老婆的反应，她却表现出一副若无其事的样子。赵冬青的父母见此情景显然是看在眼里急在心上，时常规劝她要多关心些冬青的身体。每每这时，她会毫无情意地立马驳斥说：“要我多关心他吗？那谁来关心我呀！”

就这样，直到1997年冬，在突然迎来一场酣畅冬雪的翌日，这段短暂而凄凉的婚姻终于彻底消融在了无边的雪泥里，赵冬青在忍无可忍的情况下终究向她提出了离婚诉求。当一切烟消云散过后，他的父母照样把这一婚恋悲剧“归罪”于他们的监管缺位与照顾不周。

上官步莲的心性经过魏明心一段时间以来的刻意磨炼和提点之后，掌控自身情绪的能力愈来愈趋于稳定，尽管内在脾性仍偶有起伏。但在工作上始终都能和郝姑娘形成默契配合，她们就像直播活动的“双核”动力之源，让魏明心备感欣慰和放心。

相较而言，李玲珑的表现略有不足，因为她的任务对能力的要求是巨大而不确定的，容易人为制造硬伤。因此魏明心对工作的顾虑更多集中在她身上，所以随时都要做好“救场”的意识和准备。譬如在这次参观完三星堆博物馆之后举办的直播活动中，许多观众就故意刁难她说：“你们主持人总是问别人各种问题，想要索求各种答案，今天我们对三星堆文明也有疑惑，所以我们想请问李主持人一个问题，三星堆文明带给人类最大的启示是什么？”李玲珑被问得愣怔在当场，这个问题太大了，她感觉自己驾驭不了，不知该如何回答，这个时候撂挑子似乎又有点难为情。

所幸，魏明心已有准备，他从容接过话茬说：“过于谦让的主持人容易变得矛盾，他们总想把发言的机会留给嘉宾，这既是礼貌，也是职业素养，但又不忍无视观众的提问，好在碰到我这样爱表现的、当仁不让的嘉宾，这样不仅主持人不用为难了，还顺带解答了受众的提问。刚才的提问很有水平，问出了文明存在的最本质的价值，那么，三星堆文明带给人类最大的启示是什么呢？它使自身像一面古老的'魔镜'，它照出了人们最本然的心性，这也昭示着，人类的心性有多朴素，它离天地大道的距离就有多近。同时，三星堆文明还衍生另一个启示：古蜀文明既不会因闭塞而迟滞不前，亦不会因秦岭和大巴山的阻挡而停止与外部文明融合互鉴的步伐。”

魏明心的及时“干预”，既解除了李玲珑的尴尬，又照顾到了观众的情绪，可谓游刃有余。关键是他的回答直击问题本质，让所有人心服口服。

第二十四章 止于至善

在毛主席一生涉险无数的遭遇战中，发生于抗日战争胜利后的“重庆谈判”，是最令魏明心为之钦佩的了。面对凶险未知犹如与虎谋皮的现代版“鸿门宴”，毛主席的果敢无畏和智勇双全，甚至赢得了生死对头的由衷叹服，因此不仅在生杀予夺上拿他毫无办法，而且在生活细节上还关照到了他爱吃辣子的习惯，此等人格魅力可谓举世无匹！后来发生的一桩桩改变世界发展格局和方向的大事件，无不将他推向古今中外鲜有人能与之比肩的崇高地位。

与此同时，《在烈火中永生》《红岩》《江姐》等文艺作品亦让魏明心一踏上重庆这片热土，他就仿佛听到了从历史深处传出的重庆渣滓洞的惨叫声，以及被囚禁于渣滓洞集中营，新中国成立前夕遭国民党特务杀害的江竹筠、徐建业、何雪松、罗世文等革命者。他永远忘不了这些惨剧所写满的人性之恶和为了大多数民众的新生而甘愿抛头颅洒热血的革命者视死如归的大无畏精神。

魏明心把新中国成立前在重庆上演的一幕幕可歌可泣的伟大故事讲给郝姑娘听，这些将生死置之度外的英雄气概和威武不屈、从容就义的牺牲精神，进一步磨炼了她的性格，滋养强壮了她的灵魂，使她本就多变灵动的朗诵气质，平添了一重女中豪杰之气势，教人品读出南北朝乱世巾帼不让须眉的花木兰的精神品格——

赵冬青明白，光靠以前接受的那些教育和日常零星的积累是远远不够的，人的一生就是不断学习和完善的一生，为着不断提升自身的文化涵养和审美情趣，他平时也常于忙乱中极力挤出时间来写写诗文，或广涉一些专业杂志，诸如军事、舰船、航空、武术、拳击知识，以及阅读大量好的文学书籍等。更为重要的是，他买回大量杂志并不是用来随便翻翻以供消遣解闷的，而是想深入了解掌握人类的最新科技成果，特别是对个别让他兴趣浓厚的重要成果仔细认真地阅读研究，如看到了一款新出的舰船，他能一个人坐那里废寝忘食地揣摩半天。而有时，他花大半天时间冥思苦想就为了思考一个看上去微不足道的科学小细节，而且只有等他思路理顺了才舍得放下那颗追逐的心。当然了，他最为倚重的还是文学类书籍，他的想法与一般人不一样，确切说是很不一样，他始终认为伟大的文学类书籍熔铸了人类最优秀的文明成果和最崇高的道德良知，绝非等闲之书，不仅如此，甚至还是美好人生最不可或缺的精神养料，否则，人心不是荒芜萧瑟，就是结出可怕的人性恶果！

为了更好实现人生价值和获得生存意义，赵冬青多次提出想要工作的想法。可是，家人向来各忙各的事，很少有人会顾及他的真实想法和立场。他母亲倒是虑及冬青想要工作的现实，因此她内心也甚是着急，但他母亲的关心，似乎于事无补，她整天除了忙家务外，对外联络的能力实在有限，在工作的事情上基本起不了作用。当看到冬青为工作问题而变得越来越寝食难安后，他母亲不得不和赵野平开诚布公地谈了多次，最后赵野平摊牌了，他说："如果非要让冬青参加工作，我的意见是可以给他弄个书摊，让他看书摊。这样既让他有事可做，又不耽误学习。"他母亲听闻后一言不发，她觉着赵野平根本不了解冬青的心思，权且不论冬青是否喜欢这份工作，就算他能接受，长远来说这对他的健康也是极为不利的。冬青对于这些安排不置可否。知子莫若母，他母亲知道冬青心里非常苦，他不表态不是默认，而是无声地抗拒。不单如此，在他爸爸常常迎来送往的一些客人中，大家有事没事地谈起来尽是谁谁风光出国了、某某又开了分公司之类的豪言壮语，这些亦对冬青形成不同程度的刺激，他常感到空有浑身本事却英雄无用武之地。正当冬青位处人生低谷的时候，原本是有位伯乐相中了冬青的才华的，对方愿意投资帮助他成立一家"金点子公司"，但这个美好的计划后来由于种种原因终究胎死腹中。

经历了这些磨难后，他母亲更其了解冬青难以言状的苦楚了，可是，她想尽了一切办法也无力帮助他走出人生的迷惘与困惑期，因为行不通啊。于是在万般无奈之下，她甚至决心给有关领导写封信，恳请领导能向冬青伸出援手，给他份工作干干，让他有机会报效祖国和人民。但她最终因不忍给领导添麻烦而不得不打消了这一朴实的想法。

魏明心在重庆坐镇直播时，他的心情显得很轻松，他一点都不担心李玲珑会遭遇刁难。果不其然，魏明心是极为了解重庆人的性格的，刚烈、直率而正义，同时又不乏机智，他认识的许多重庆人都是如此。所以提问环节李玲珑很轻松就接起来了，她邀请魏明心回答粉丝的提问。于是现场一位"平头哥"既克制又友好地问："那就问个生活常识吧，您对重庆印象最深刻且又最意外的是什么？"魏明心几乎脱口而出："我印象最深刻的是，在全国直辖市中，重庆市的人口最多，3000多万，我记得比上海还要多出700多万人口。另外，在全国众多所谓的山城中，我以为重庆也和别的山城一样，只是城市处于群山拥抱之中，不料去过重庆才知道，重庆才是真正的‘山城’，随处可见起伏的山坡，是‘城在山中’‘山中有城’的典型，独一无二。当然，重庆解放前的历史也存在重大警示意义，说明人类务必要朝着‘止于至善’的方向行进，否则，人性之恶的惨剧将被历史所牢记，会遭到后世的长久唾骂！”毫无疑问，魏明心和粉丝的互动顺利而愉快。现场掌声、笑声此起彼伏。

自从施勋美老人知道儿子的健康状况不断好转之后，她的精神状态出奇的好，她总是想方设法寻找能够有效刺激冬青的辅助办法。比如在重庆直播时，除了惯常为冬青量身定制的朗诵版“灵魂按摩”法之外，她还通过关联事件试图刺激他的记忆，于是她俯身温情地告诉他：“冬青，我们到了重庆，你小时候和妈妈来过的重庆，你还有个小名叫‘金巢’呢。”她这样接连和冬青“对话”了几遍，发现有两次冬青的眼神凝住了片刻，似乎是在使劲地倾听着什么。对此，杨大夫解释说：“说明冬青已经有了倾听的意识和能力，或许他已能听懂，只是还不会回答罢了。另外，似乎不是每次都懂得倾听，说明这种意识还不是全时段贯通的，我们尚需继续努力，希望就在前方了！”有了杨大夫以科学为依据的温暖激励，大家的干劲就更足了。这就犹如“望梅止渴”，也能催生不可小觑的情绪价值。

第二十五章 证悟自性

进藏是件极其严肃且谨慎之事，为安全计，魏明心预约好了唐卡艺术家格拉仁波切带领大家进藏。格拉仁波切是位生活在甘孜藏区的藏族艺术家，他曾多次入藏交流唐卡艺术，对沿途及西藏的所有情况都非常清楚。比如该提前做好哪些安全准备，该备好哪些药品等，都是些与安全息息相关的问题，也是大家最为关心的事情。格拉仁波切虽是藏民，但会说汉语普通话，口语基本能沟通，只是不会写汉字。格拉仁波切是从甘孜来重庆迎接大家进藏的，年龄五十开外，高高的个子，身穿藏族传统服装，为人非常朴实亲切。

魏明心是这样向大家介绍格拉仁波切的，他说："格拉仁波切是位很有成就的唐卡艺术家，在国内外都有一定影响力，去世界多国做过展览和艺术交流，其作品广受国内外藏友喜爱。他还是位热衷慈善的艺术家，迄今靠自己的一支画笔，收养了上百位孤儿，将他们视如己出，并秉持'授人以鱼，不如授人以渔'的家教理念，亲自培养他们学习唐卡绘制艺术，教给他们一技之长。他的画室就在甘孜州泸定县泸定桥附近，那座'泸定桥'就是红军长征时由杨成武指挥的红四团'飞夺泸定桥'那场生死血战中的'目标桥'，当年英雄的红四团急行军一昼夜走完了240余里并成功夺占了泸定桥。我多年前在一个两层楼的部队小院采访杨成武夫人赵志珍时，她就亲口提到这场战役，她说杨成武几乎经历了红军长征途中的所有大战、恶战，她还说有次毛主席得知杨成武又要出发去打恶战了，于是临行前，他把杨成武叫了过去，毛主席什么话也没有说，他从破棉袄里掏出剩余的半个馒头塞到杨成武手里，然后拍了拍杨成武的肩膀，并用满含信任的目光望着他年轻的背影快速赶赴前线。那座见证了长征路上生死争夺战的'泸定桥'至今仍在，只是现在成了凝聚新时代力量的爱国主义教育基地。为方便游人行走，泸定桥已经在铁索上铺了木板。我前几年去甘孜州泸定县拜访格拉仁波切，就在泸定桥上体会了一把当年红军战士冒着枪林弹雨在铁索上匍匐前进的生死较量场景。”

魏明心介绍的时候，格拉仁波切就和他并排站在一起。格拉仁波切始终微笑着望向大家，当魏明心讲完大家鼓掌时，格拉仁波切双手合十向大家致谢，并以一句“扎西德勒”结语。据说这是藏区用于祝福的吉祥话语。

动身前，大家讨论最激烈的莫过于如何安置施勋美老人的问题。有些人认为施勋美年事已高，担心她无法应对高原反应，因此可以先把老人和冬青寄居在格拉仁波切的画室。但现实困扰是，先锋队进行的是巡回之旅，进藏完成使命后，下一站将前往青海。也有些人建议应该带上他们母子，认为这趟公益之行很大程度上就是为冬青而设的，如果因惧怕带来安全问题而改变行程，这无异于“半途而废”，从启程到现在，冬青的病情之所以能逐渐好转，也许就是上苍被先锋队的诚心所感动，不说惊天地泣鬼神，起码也是数十人义无反顾的爱心叠合而成的“善能量”，这是可与宇宙能量相感应的“心能量”，是“量子纠缠”意念在现实世界的具体互动。另有些人在去与不去之间摇摆，始终拿不定主意。正当他们争得不可开交之际，施勋美老人轻描淡写的一句话立马有了转机了。原来，上官步莲见大家争执不下，遂暗暗将争议之事告知老人，想试探一下老人自己是何种想法。不料老人听闻后很淡定，她平静说，谢谢大家的关心！并当即决定让上官步莲把她推到众人跟前，她要把自己的心意向大家表明一下。所以当大家看见施勋美老人被上官步莲推了过来时，现场立时鸦雀无声。大家都在猜测老人或许已经知道自己面临的艰难处境了吧，既然如此，都想听听她自己是怎么说的。老人平常很少和大家说话，基本局限于和身边个别照顾她的人交流。老人具有老一辈知识分子的传统美德，她总是那么谨小慎微，生怕自己一不小心给别人带去麻烦。因此当老人见大家皆以期待的眼神看着她时，只听她平静而简洁地说了一句话：“不好意思！我知道打搅大家清静了，都在为我的事担心。我的意见是：我和冬青都去！必须去！我们身体都没问题，到时会需要我帮忙的！”老人说话声音不大，却很坚决有力，而且逻辑清晰简明。她说完就示意上官步莲把她推回所在房车。大家听老人说得那么干脆利落，虽有些不敢相信自己的耳朵，但总算听到了一个坚定有力的声音，并且大家不需要再为此争论不休了。

但大家需要等魏明心回来后再最终定夺，因为在众人商议此事前，他临时陪格拉仁波切出去办事了，他们当时走得很匆忙。也就是说，大家刚才只算是擅自商议了。魏明心回来后马上听说了此事，他找到施勋美老人了解实情，然后他凭直觉和经验当机立断作出决策，就按老人的想法办，本来他也没想过中途要落下谁。

马上要启程了，格拉仁波切把七位司机都找过来，他先双手合十向他们问好，然后叮嘱道：“我只说三点：1. 川藏线比较险峻，以安全速度行车；2. 多山路，多拐弯，遇盲区要记得摁喇叭提示；3. 川藏线许多路段都是紧贴大山而过的，要注意观察靠山的一侧，发现山坡没有安装防护网的路段看准时机后要快速通过，以防有高山坠石滚落。”尽管司机们的技能都非常棒，却大多没有长期开山路的经验，经格拉仁波切这番提醒，无异雪中送炭。

为做好“向导”工作，格拉仁波切选择和魏明心同乘一辆房车，他们的车率先开道，既利于引导车队前行，同时两人又相熟，正好可利用这个机会探讨艺术文化。

川藏线确实是条凶险重重之路，车队尚未翻越二郎山，就遇到一处险情，当他们的最后一辆房车刚过去时，山上就滚落一块巨石将公路切断，后面的那辆小轿车差点被砸中，他们事后谈起来皆吓出一身冷汗。所幸上苍护佑，此后他们再未遇险，尽管车队耗时两天多慢了点，但安全抵达西藏后，大家无不长舒了口气。进藏后，大家才反应过来为何施勋美老人说话那么坚决自信，要是没有她的帮忙指导，现在有些高反强烈的人恐怕要遭大罪了，这不，他们沿途就看见几位游客呕吐得不行，还有些难受得干脆趴在地上的，一副生无可恋的样子。每当这时，他们就感恩施勋美老人对大家的“呵护”。

原来，知道此次公益之旅要进藏，她事先就做好了充分准备，她备好了许多冬青发明的小瓶“森林空气”，这批产品加入了多种中药，这些中药散发的气息正好可以“平衡”高反带来的不适，所以看上去都像没事人一样。唯有年轻气盛的“丑书大王”小曾猴子意外遭了罪，他为逞能，把供他使用的“森林空气”弃置一边，摆出一副不以为意的样子，结果他很快就感到不适，开始呕吐，直吐到肠子都感觉要翻转过来了。同车队友有意要帮他把挂式“森林空气”用上，奈何他呕吐的动作太大，氧气瓶根本挂不好，直到他吐得精疲力竭反应不那么大了时，旁人才瞅准时机赶紧帮他重新挂好了吸氧装置。至此，一场“惩罚性”的危机总算挺了过去。有了这次教训，“丑书大王”小曾猴子保护自己的意识比谁都自觉和老实了。

文艺家们游历山川风物自有其独特之处，他们既讲视觉形象，又重精神感知，意欲将人间美景悉数纳于方寸之间。先锋队一行先观赏了雅鲁藏布江，要是避开封冻期来此，必然是一条无比湛蓝纯净的“天河”鲜活真切地呈于眼前，魏明心十几年前专程来此拍过雅鲁藏布江的风光专题片，它有着“西藏粮仓”的形象化比喻。但冬天的雅鲁藏布江显然是另一番景象，江岸边的冰层较厚实，像透亮的水晶直晃人的眼睛，越往江心看过去冰层越薄，甚至局部有流冰在游走，可谓动静分明。总之，目之所及皆是清心圣洁的，来到这样一个仿如世外净土的地方，人的神思是清朗明净的，听觉亦极其敏锐好奇，魏明心就静心听去，隐约听到从雅鲁藏布江的远岸传来断续的钟声，入耳时却一下下结结实实地敲在了心坎上。他恍惚间感觉自己又到了已去过数次的苏州姑苏区，每次到那里，他都会在心里一遍遍吟诵张继的《枫桥夜泊》：“姑苏城外寒山寺，夜半钟声到客船。”人间的景致何其相似，魏明心想象着，在雅鲁藏布江两岸，应该有许多类似僧人寒山那样在附近寺庙住持吧，又有哪位诗人把他们寺庙的钟声也传到无数人的心里？诗暂时没看到，但画却已诞生。就在参观完雅鲁藏布江的当晚，魏明心就看到禅意人物画家田老庄最新绘制的写生佳作，说是写生，其实他是当作创作画来画的，以意作画，形神兼备，从中深度彰显出提炼、概括、想象、抽象、典型、虚实、诗性、哲思等中国传统绘画手段的意义和价值，这才是真正意义上的中国画的“写生”。画的名字就叫《雅鲁藏布江的钟声》，画面主体描绘的是冬日里的雅鲁藏布江，远观，江面整体被雪白的冰层所覆盖，但近察，同是冰层，却有诸多细节刻画得极其深入，复杂而多变。江的两岸是虚景，远处是位行走在江岸的藏族僧侣，似乎正在倾听来自更远处的寺庙的钟声。特别是画中红白相间的墙面，蓝黑的屋瓦，让画中的寺庙醒目而隽永，显得无比庄严殊胜。

到了拉萨，布达拉宫当然是参观的重点，但魏明心与别的文艺家关注的侧重点也不相同。如喜欢画建筑的巴人就在布达拉宫前来来回回转悠了无数遍，别人都奇怪，他就那么转悠来转悠去，到底转悠个啥？难道是想把布达拉宫精准地绘制出来不成？可是，当他把作品画出来之后，大家却发现他仿效电影蒙太奇手法，把雅鲁藏布江和布达拉宫同置于一个画面中，看上去亦非常谐美，这就是艺术有别于生活的地方，可根据艺术家的理解和创造，为人们提供别样的美好。而魏明心则更关注无形的东西，他脑中始终闪现着仓央嘉措的诗意形象，即便是走进布达拉宫内景参观，他也仅是揣测着仓央嘉措在300多年前入住布达拉宫时是如何生活的，仓央嘉措曾说：“住进布达拉宫，我是雪域最大的王。”可他自己明明清楚，他并不是雪域最大的王，就算住进了布达拉宫也不是，而且他的本心也并不想成为雪域最大的王。这样矛盾的似是而非的生活，对他的人生产生了怎样的影响？特别是当大家徜徉于现今的拉萨街头，他的心里还是在惦记着当年的仓央嘉措流连在拉萨民宿酒坊的情景，仓央嘉措亦对此毫不讳言：“流浪在拉萨街头，我是世间最美的情郎。”始料不及的是，仓央嘉措这一世间最纯净的表达，却因其特殊身份，成为被后世非议的证据。但非议者有所不知的是，在这样一个信仰与灵魂合为一体的圣洁之地，人们非议之处，恰是仓央嘉措化身“情郎”，燃烧自己，度化世间情劫的牺牲之旅。他用自己亲历的故事“示现”世人，人世再美的爱情都是短暂的，皆有别离，唯有坚守自己心中的美好，才能超越“众生皆苦”的现实，登上圣洁彼岸。

魏明心委托格拉仁波切找了个有供氧的场所开展直播活动。格拉仁波切在拉萨有许多朋友，这种事情快速搞定了。

先锋队入场后，施勋美老人又往活动现场摆放了几个冬青发明的“中药空气包”，不仅可优化室内空气，增加氧气含量，而且从药包中散逸出的复合中药气息，可大大减轻高原反应带来的不适感。正因冬青发明的系列“森林空气制造法”具有自动调剂人体需氧量的功能，加之又有中药“保驾护航”，所以不会产生使用困扰。上官步莲对施勋美老人说：“太好了！您老真是我们的‘保护神’，这趟西藏之行所幸您来了，不然还不知会闹出什么乱子来呢。”她说完，接着又补了一句，“想不到冬青这么了不起，难怪魏明心老师把冬青视作民间科技发明家的代表，原来他所致力的发明方向，都和我们的生活息息相关，空气、水、土壤，我们的生活哪样都离不开。”施勋美老人说：“都是大家的抬爱！目前，冬青关于空气和水的发明成果基本成熟，部分实现了社会成果转化，但土壤这项，冬青昏迷前还处于研究阶段，希望老天爷给他这个继续完成心愿的机会。”

魏明心游览拉萨后，他突然觉得应该在朗诵前增加一项朗诵“前奏”，也算是这次西藏之行朗诵活动的一个“引子”，这个“引子”的内容，取自网传是仓央嘉措最具情感灵魂与魅力的一首情诗《那一世》。可事实并非如此，据信该诗脱胎于作曲家何训田的词作《信徒》。《信徒》这首歌曲收录在朱哲琴1997年发行的音乐专辑《央金玛》中。为澄清事实，也为了纪念俗世自行发酵出的朦胧诗意，仍继续诵读和仓央嘉措间接发生关系的充满美感的《信徒》。为让郝姑娘精妙理解该诗的创作背景和内容，他反复向她讲述何为“诗性美学”，让她快速理解人性、诗性、世俗性如何达成完美的契合点并通过诗歌表达出来。接受了“诗性教育”的郝姑娘，她朗诵诗歌时的情状与此前是截然不同的，她朗诗时完全进入了角色，就像朗诵者自己就是词作者一样，那种深情到无法言喻的语态美感，令人闻之怦然心动——

信徒

何训田

那一天，
闭目在经殿香雾中，
蓦然听见，
你颂经中的真言；

那一月，
我摇动所有的转经筒，
不为超度，

只为触摸你的指尖；

那一年，
磕长头匍匐在山路，
不为觐见，
只为贴着你的温暖；

那一世，
转山转水转佛塔啊，
不为修来生，
只为途中与你相见。

当现场听众似乎仍沉浸在作者笔下的美妙诗境中时，身穿绣有“汉藏一家”字样汉服的郝姑娘已然抽身而出，开始进入另一重角色境界了。而这，正是郝姑娘近年历练出的出类拔萃朗诵技巧的具体体现。相当于她一人在同一场合“分饰”两角，显得驾轻就熟——

正是在经历了因无法参加社会劳动而变相远离社会的痛楚，以及那段苦不堪言的婚姻之后，赵冬青再一次把整个身心投入到浩瀚惊艳的文学海洋中，犹如一叶扁舟游弋在心灵的“圣海”，既是疗伤，亦是寻求渡向彼岸的可能。彼时，赵冬青从一本文学杂志上偶然读到我的文章，他似乎很震撼，于是鼓起勇气热情洋溢地以读者身份给我写了封信。我依稀记得他的信写得很朴实，但同时也把自己隐藏得很深，大概是担心万一言语有失无法获得他所看重的作者认同。他在信中仅是淡然地摆明自己是位普通读者，但很喜欢文学，尤其喜欢有见识有思想的文学。然后他话锋一转，恳求我这位大作家能和他见上一面，说他平常也喜欢写些东西，有些写作上的困惑想向我当面请教。他有所不知的是，其实那时的我仅是位在校大学生，刚刚踏入文坛而已，根本不是什么大作家，可我由于虚荣心作祟就默认了他的恭维。于是我以“大作家”的口吻给他回了封信，故意强调自己创作很忙碌，但考虑到读者的要求，可以挤出点时间简单见个面。

就这样，我和赵冬青在我学校门口站着见了个面，当他见到我时，他的表情甚是惊讶：“您这么年轻吗？我还以为文章的作者是位大学教授呢。”他显然是个很会表达的人，见我面现尴尬，就又替我解围道：“其实，有志不在年高嘛，是不是大学教授其实并不重要，关键是：是否真正拥有真知灼见。是不是大作家也不打紧，重要的亦是：能否写一手漂亮的文章。”我见他把话说到我心里去了，便也释然了，就挑明着说：“那倒也是，关键是看本质，如果活不出本质，那一切都枉然啊。说吧，虽然我还是大三学生，但有些事或许可以为你答疑解惑。”他犹豫了片刻，遂有些难为情说：“您的文笔很老辣，我是抱着一颗崇敬之心来见您的，虽说我比您少说也要大上八九岁，但您的思想、文章实在我之上，如蒙您不嫌弃，我们以后就以兄弟相称，愚兄尽管多枉活了几年，但我确实有几个写作上的难题想请贤弟帮忙指点迷津呢。”我见他一副极尽诚恳的样子，忍俊不禁说：“你要再这么客气，我都不好意思站你面前了。既然是兄弟就不必客套，何来请教一说，权当是文友之间的正常交流嘛，不存在高下之分哦。”他闻言往后挺了挺高大挺拔的身躯，而后又稍稍前倾着身体对我说：“是这么回事，我呢，信中不也说了吗，平常也喜欢舞文弄墨什么的，但写出来的东西大多不符合人家的阅读口味，寄出去的稿件要么石沉大海，要么就与退稿信一并给退回来无情打击我一下，我实在想不通是什么地方出了问题，所以想向您请教一二。”我听闻后直截了当说：“虽说我没看过你写的作品不好妄加评论，但从你给我的信的质量，以及你的谈吐来看，表达能力甚佳，文学素养也还不错。不过，人太朴实了，所以应多从外在找找原因。我可以给你两条建议：其一，当你想投某一家杂志的时候，一定要对那家杂志已发表的文章做些必要研究，起码得了解人家的用稿风格吧，所谓知己知彼，方能百战不殆；其二，最好能有针对性地把稿件寄给该杂志的某位编辑或主编，就说你是他们杂志多年的忠实读者，期期必看，而且素来很欣赏他编发的文章，所以特把自己写的拙作寄给他斧正，并期待能得到他的栽培，若能如愿以偿，幸甚之至！”赵冬青如梦初醒地拍了拍脑门，说：“原来如此啊，难怪那些水平不如我的人都不断有作品发表出来，唯独我字斟句酌却屡屡碰壁，徒成笑柄，看来各行业都是讲门道的，只有进入了圈子才能识其真面目啊，而且无论干什么工作，人性皆表现得惊人地一致。今天听君一席话，大有茅塞顿开之感，真是受益匪浅，受益匪浅啊……”虽然赵冬青的外形看上去魁梧俊朗，但难掩一脸病容，我自然看在眼里，道别时特意叮嘱道：“赵兄，身体是革命的本钱，其他都是身外之物，只有身体能忠实地追随自己一生，所以千万要多保重啊！”他似乎对自己的健康状况比较敏感，我话音刚落他便强打精神掩饰道：“我的身体并无大碍，写作嘛，可能是最近熬夜比较多的缘故吧。倒是贤弟务必多加保重，您是拥有极高智慧之人，假以时日，必成大器！”

果不其然，我和赵冬青分别不足两个月他便亲自找上门来，这次我们不再伫立在校门口浅浅地交流几句了事。他整个人看上去精神爆棚，见面后不容分说硬把我请到他家做客。到他家之前，我不知他的情绪为何如此亢奋，我见他不愿明言便也不好相问，于是便稀里糊涂地任由他掌控我的行踪。可待我到他家后，他就再也藏不住秘密了，他迫不及待地冲进卧室然后出来时手上就多了本杂志，我瞬时明白是怎么回事了，此时只见他异常兴奋地微颤着双手翻到刊登他一首组诗的地方对我说："这首组诗可是我最得意的力作，今天刚发表出来的，这不，就把您请来家庆祝了。不瞒您说，以前人家每每叫我诗人我都感觉怪不好意思的，连首像样的诗都没发表过又怎么能被称为诗人呢。这下好了，以后这本杂志可要随身携带，要是谁再叫我诗人，我就可以骄傲地让人家看看我的大作，我要让人家明白，他们没有白叫我这个诗人，关键是，我这诗人也不是吃素的。当然了，这一切荣誉都源于贤弟的出现，否则，我这块'美玉'很可能永远被深埋在地底见不到天日呢。"我谦逊说："我仅是做了我该做的，赵兄能有所收获完全是自己努力的结果，也是你天赋超群的表现，似乎跟我关系不大。再说了，是金子总会发光的，我们实在应该相信上苍提供给每个人的机遇是均等的。"赵冬青没跟我展开争执，他很善解人意，细心地连连给我斟茶，我感觉得出来，他是想用一些不为人所察觉的细节来表达对我的感激之情，我当然也能洞察到他做事时的自然与诚恳。

历经西藏之旅的心灵荡涤及对冬青成就的进一步了解，上官步莲的箫声中悄然融入了一份圣洁与崇高感，施勋美老人都听出来了，不时朝她竖大拇指予以鼓励。她们到西藏后感情更深了，以前是上官步莲关照施勋美老人，但到了西藏，上官步莲发现自己却成了施勋美老人关照最多的对象，心里既羞愧又感动，她们之间的关系就在这样的互动和感动中升华着。

李玲珑个子高，来西藏似乎在高原反应方面的体会比别的女同胞更为强烈，但好在先锋队的准备还是比较充分的，所以也没有给她带来不可承受的挑战。实际上，她在主持互动节目环节最大的挑战不是环境，而是来自她对诗歌掌控力的不足与茫然，她忽然感觉到一个人真的不是万能的，没有谁是全知全能全觉的，这一刻带给她的无力与无助，尤其让她痛感人力的渺小和无知。魏明心早有布局，未等她显出疲态，他就"接住"了她的困难。于是他开始主动出击，他说，虽然郝姑娘诵读的不是仓央嘉措的诗作，但因为仓央嘉措的缘故，赋予了《信徒》和郝姑娘的诵读以别样的美感。既然这是一场关于"仓央嘉措的诗歌审美讨论"，那么，此前将错就错的独特朗诵举措不也恰好彰显了仓央嘉措无可替代的巨大魅力？就请线上线下的所有粉丝畅所欲言，我来为大家解答应该解答的疑问。因此当魏明心摸清了参与议论的大多数粉丝的心思后，他就做了一个总结性发言，他说："这里有些问题我想澄清一下，有许多人认为仓央嘉措是位有'争议'的诗人，但我想说的是，仓央嘉措不存在任何'争议'，他是位伟大的诗人，300多年来早已得到国内外的广泛尊重和认同。对于在历史中已经沉淀下来的杰出成就，我们不能因为现在是自媒体时代就可以凭个人身份去随意‘争议’。应该说，仓央嘉措并不需要我们去‘争议’，而是需要我们更好地理解和鉴赏他的诗歌。另外，我还想给出一个建议而非答案，对于自己所不知的东西，不要仓促地去否定它，更不该去毁谤它。而完全可以等到自己有能力理解它时，再去尝试分析和接纳它。因为仓央嘉措以诗歌明道，从诗歌中见性，他短暂的一生就是人性大美的化身，他的信仰就是唯美诗歌本身，无论如何理解对命运的叛逆与叛变，都不能以割裂思维去看待一颗圣洁的灵魂！”

新斯诺对西藏之旅投入了大量精力，他将自己自由行走西藏的所见所闻及当地充满生机活力的真实生活情状，详尽介绍给西方世界的粉丝们，以打破那些“谣言制造者”的荒谬言论。

生命有限，信愿无穷。西藏这个被认为一生必须去一次的地方，先锋队就这样离开了。先锋队和格拉仁波切分道扬镳，他自行回了甘孜，而先锋队一行则驱车前往青海湖。

第二十六章 无所从来

先锋队风餐露宿地来到青海湖，只为一个美丽的传说，据说当年仓央嘉措年轻诗意的身影就是从青海湖消失的。当然也有一些别的说法，历史从来都像一个多变的十字路口，没人能给出确切的答案。冬天里的青海湖已经封冻，湖边的冰层绿中透白，颜色略浅，中间深层的大部像极了一枚硕大无朋的绿宝石，表面覆盖有一层薄薄的雪白的冰花，煞是好看，在阳光下发出幽光，犹如雕刻大师精心雕琢而成，自然而规整，真乃天工之作。当大家一眼又一眼看不够眼前美若仙境的青海湖的时候，还是相信仓央嘉措就是从青海湖遁形的，因为只有这么干净的地方才配接纳他高洁的灵魂。

没有冰封时的青海湖同样美到极致，魏明心曾在夏季来青海湖度假写作，碧绿的湖面水天一色，让人顿时忘却了俗世的浊念。

但如今即便是冬日，除湖面结冰把青海湖装扮出另一副姿容外，别的大体相同。头顶飘着的朵朵白云，依然又大又低，好像一只只灵性之眼在注视着大家的一举一动，似乎踮起脚尖就能抓住似的。魏明心于是就又联想，仓央嘉措从青海湖是走得清净的，可他一尘不染的灵魂又是从哪里来的呢?

为了寻找这个答案，魏明心又领着先锋队赶往德令哈，就是1988年暑假海子去过的那个德令哈。

魏明心依据查过的许多资料，在德令哈按图索骥，找到了一个据信是海子当年写下那首著名诗歌《日记》的地方。魏明心为此心情大好，一如在拉萨朗诵时的“双重奏”，他同样为郝姑娘增加了一项朗诵“前奏”，至于需要朗诵的诗歌内容，到了德令哈当然非《日记》这首诗莫属了。有了之前的诵诗经验，魏明心和郝姑娘交流时就不再那么辛苦了，她已经有了相当的处理能力，只需魏明心从旁稍加点拨即可。

所以大家都能感受到仅凭听觉营造出的世界，不可思议的是，一个从未谈过恋爱的盲人姑娘，在朗诵海子的经典诗篇时，却诵读出了绝望、决绝、无助与深情的“自白”的感觉，犹如她朗诵时从未见过她的观众长什么样子，但她每次都把自己收拾得齐齐整整的，而且一派儒道仪表，尽显风雅，其声其容皆是对中华精神的反复强调与宣扬——

日记

海子

姐姐，今夜我在德令哈，夜色笼罩
姐姐，今夜我只有戈壁

草原尽头我两手空空
悲痛时握不住一颗泪滴
姐姐，今夜我在德令哈
这是雨水中一座荒凉的城

除了那些路过的和居住的
德令哈……今夜
这是唯一的，最后的，抒情。
这是唯一的，最后的，草原。

我把石头还给石头
让胜利的胜利
今夜青稞只属于她自己
一切都在生长
今夜我只有美丽的戈壁　空空
姐姐，今夜我不关心人类，我只想你

为进一步深化郝姑娘的朗诵能力，魏明心告诉郝姑娘：在真情朗诵过程中，对于前后不同内容之间要想自如切换，既要有朗诵天赋，同时更要有理解所诵内容的能力，即要有格物致知的本领，这样才能精准传达出被朗诵内容承载的思想感情。这就好比我们在临摹古人的书画作品时，不是要在外形上临摹得一模一样，而是要领悟古人彼时的创作意图、创作心境及作品神韵，从而抓住作品的特征及本质，进而形神兼备地表现出来。由于本次公益之行为她创造了大量接触类似创作理念的机会，郝姑娘很快对魏明心所辅导内容心领神会，因此她能迅速吃透魏明心笔下的冬青故事精神，以正雅之声塑造出故事中两位文学青年的坚定理想信念，以及为人父母者的辛酸与无助——

我很享受赵冬青因为发表诗作后所发生的一系列美妙的连锁反应，也很愿意看到一位辛勤的写作者经由写作收获快乐与满足，因此我很认真地拜读他发表在杂志上的新诗，因为我深知每位写作者都很在意别人对自己作品的态度和观感，他们珍视自己的作品有时胜过珍视生命。

赵冬青今天显得甚是意气风发，由于我去他家时正值午餐饭点，或许也是他有意为之的，于是他拉我入席说：“上次见面没有环境，没办法细聊些文学观点，这次好不容易把您请来了，我们可要聊出点质量来哦。”我是个不善于交际的人，平常也很少去人家里做客，所以我显得很拘谨，不怎么吃饭，但却很专注地倾听冬青说话。冬青大概也没把心思花在吃饭上，他若有所思问：“文学真的会被边缘化吗？我怎么越来越感觉到很多人都不把文学当回事了，以前普遍影响大众生活的文学，现在正在不断变得小众化，不仅看文学类书籍的人逐渐缩减，而且人们对待文学的态度也正悄然生变，也包括诗歌。文学真会像有些人预测的那样终有一天会消亡吗？”他说完神情满是忧虑。对此，我语气坚定说：“看得出来，赵兄是位有强烈社会责任感和使命意识的写作者，但请你不必忧心，只要还有人类在，文学就不可能消亡，因为文学之根早已伸展到生活的方方面面，早已经深入到人类的灵魂深处，想要把它连根拔除，除非把人类自己消灭掉。其实所谓的边缘化也是相对而言，犹如人生会有起伏跌宕一样，属于变化中的常态。但有一点是毋庸置疑的，文学不但不会消亡，而且它对于人类的影响是广泛而精微的，就像茫茫大海一样望不到尽头。为什么我对文学这么有信心呢？这主要是源于对人性的信心，因为人性是向善的，良善这一禀性是人类生存、发展和诗意栖居的基础，而良善的特质除了通过他人正确的言传身教获得，主要还是靠人类个体阅读那些承载‘真善美’的文学作品间接浸润濡染而得。正因如此，我一直有个主张，真正伟大的文学作品，绝不在于揭露了多少人性的阴暗面，而是如何擦亮人性，为人类模糊的认知润物无声地植入真善美的思想基因，共赴终极善境，这才能从根源上剔除人性之恶！”赵冬青是良善的性情中人，他钦敬地听完我的回话后，就自顾自激情澎湃地给我鼓掌，他表情生动地说：“这是我迄今为止听到的最有价值、最具眼光的文学定论。”说完，平常滴酒不沾的他破例为自己斟满了一杯一口喝下。但他保护性地不让我陪酒，他幽默地说：“对于不喝酒的个性文人，不让他喝酒是给予他的最高级别待遇！哈哈哈……”

估摸是赵冬青养成了定时午休的习惯，他父母似乎不允许他有所耽搁，于是就耐心劝他，说：“冬青啊，你是懂事的人，现在是午休时间，魏老师需要休息休息，你也一样，完了后你们再行畅叙不迟。”他看上去是个十足的孝子，听父母发出了指令就立马站起来向我暂别，然后径直朝他自己的房间走去，临走时不忘带上那本杂志社寄来的唯一样刊，他得意道，睡觉时把杂志放身边不仅睡得踏实，肯定还睡得香甜。我对着他的背影笑了笑，感觉这是个很有趣很有抱负的年轻的逐梦者。

我料想得不错，赵冬青走后，他父母果然有话要对我说。当然，他父亲说话较少，他父亲的意思主要由他母亲代为表达。他母亲是个说话很和气的人，看得出来很有修养。她轻言慢语说：“魏老师，难得您对冬青这么好，对我们一家人这么友善！有件事我要跟您说说呢，冬青其实是个病人，而且现阶段还病得很严重，您现在看到的冬青不是常态下的冬青，这是他接触文学时特有的状态。我们也不知道怎么回事，当他生病时，文学似乎比药还管用，有时他的眼睛不适宜看书，他就安心地写日记、写诗歌或写小说，总之文学活像他的命根子，所以我们常说是文学给了他第二次生命。我们希望您能帮帮冬青，他在思想上有很多苦恼，可我们又没能力帮他。现在的许多人都无法理解他，冬青为此很伤神，很无奈，也很无助，我们又爱莫能助，您现在是我们唯一能抓到的那根稻草了，期待能对冬青的病情有所帮助。说实话，我们现在是眼前一片漆黑的，不知道该怎么去面对冬青的未来……”他母亲说着说着不知不觉就泪流满面了，我被这种情景弄得手足无措起来。他母亲很朴实，边用手背蹭蹭泪迹，边反过来安慰我，然后又一五一十地为我讲述冬青的人生遭遇，以方便我和冬青下一步的交流，无论出于对冬青健康的呵护，还是利于文学交流，莫不如此。我想，这大概就是他母亲向我讲述冬青过往事迹的初衷吧。

由于婚恋的坎坷多变，加之难以把握的客观原因，赵冬青的病情雪上加霜，每况愈下，已对自己的健康隐忧不再抱有任何幻想的他，开始拒绝所谓爱情的“眷顾”，因为他清楚地明白，自己实在无力给予对方爱的温暖及生之希望，甚至还果断确认自己原则上已“丧失”了爱的能力，自此，他主动放弃了自己爱的权利，因为他不想殃及无辜。但这并不妨碍他继续有尊严地活下去，“清空”了自己的赵冬青，把所有残存的宝贵时光都献给了自己心爱的发明事业，因此他备感照耀在自己身上的光愈来愈金贵而稀薄了，他一度为此感到万分惊恐，也许这是人类在死亡面前通常都会摆出的胆怯的宿命吧。后来，渐渐地，赵冬青的思想在孤寂中顿悟了，它绽放出摄人心魄的生命光彩，那生命之上的花朵啊，隐约在风中飘来了阵阵馥郁清香，有时，还能传来充满禅意的欢快赞歌。于是，他瞬时明白了一个亘古不变的道理：人类的生命倘若缺失了灵魂，所谓的生命，其实就已自行画上了终结的句号。反之，只要灵魂不泯，一切都将继续，就像延绵不绝的中华文明一样生生不息，又如有灵魂的高妙书法似断实连！

于是，赵冬青释怀了，释怀后的赵冬青争分夺秒地去创造属于自己的人生价值，他时常被看见刚从昏迷中醒来就一刻不停地投入到紧张有序的工作中，他有几本记载着科技发明事项的闪光“日记”正是在这一时期完成的，那可是用鲜血和智慧熔铸而成的真正意义上的生命结晶啊。赵冬青曾说：“人类文明是靠一点一滴累积并往下传承的，即便我们终其一生创造的个人文明无缘成为后世显学，但只要能为后人的文明进步提供哪怕一丁点借鉴或启迪，那也是有益的，就算是作为铺路石的价值而存在，亦是值得的。”

此前，上官步莲的箫声仅配合郝姑娘的朗诵，朗诵一结束，她的箫声就戛然而止，不蔓不枝。但随着李玲珑的表现问题频现，上官步莲的心思开始活泛开了，自己何不以合作之名和李玲珑走近一些？这样也不至于形单影只啊，予人不好交往的印象！上官步莲似乎意识到了友谊的珍贵，但在和魏明心“交恶”前，她可不这样想，那时的上官步莲和魏明心关系融洽，她甚至懵懂地把他视作恋人性质的“男朋友”，他的喜怒哀乐就是她的世界的全部，别人对她怎么样她可不管，也毫不在乎。因为在她看来，这个世界有他就够了，别的都是生活的“搭头”。但现在不一样了，一切都被半路上杀出来的那个漂亮女人给打乱了。她有时一想到这里就生气，可也无可奈何。所以她现在有意和身边的同事交好，而且随着她和魏明心的逐渐“疏离”，她对身边这些漂亮姑娘的敌意明显减弱了许多。因此当看到李玲珑的某些主持显出力不从心之感时，她也是看在眼里急在心上，她首次对身边这些共事的队员有了恻隐之心。于是她用心寻找着能和李玲珑套近乎的契机，这对她当然不算什么难事，一个能把厚重沉闷的直箫驾驭得随心所欲的人，自然不会太笨。如是她很快找到了“突破口”，她联想到和自己合作默契的郝姑娘从未有马失前蹄的时候，于是顺着这一逻辑，冰雪聪明的上官步莲终于发现了“端倪”，问题就出现在她自己身上！因为她通过细致观察和前后比较得出一个高下立判的结论：同一场直播活动，同样的环境，同一群人，但前后的情绪波动是比较大的。有她箫声参与的活动，受众的情绪是稳定而恬静的。相反，当她停止吹箫后，那些人的情绪开始起伏而躁动。待摸清了这一规律后，她就向李玲珑讲明了自己反复分析比对的结果。李玲珑听明白其中原委后，长长地“哦”了一声，然后傲娇地说：“我说你李姐近来到底是怎么了？从来都是叱咤风云的人物，咋就突然阴沟里翻船了呢？原来如此啊！要不是我上官小妹机灵负责，我现在还蒙冤含恨呢，去哪儿说理去？人家指定认为是我自己水平不行呗，我要是敢反驳，人家就会拿郝姑娘说事，大家都是同场竞技，人家怎么就万无一失？现在好了，事实胜于雄辩，一切尽在不言中，有妹妹的‘玉箫’加持，我的表现好了，自然可以封住闲言碎语。”李玲珑说到这里忽然压低了声，接着又说，“我看得出来，魏哥这段日子对你不太感冒！放心吧妹妹，我找机会跟他好好说道说道，保准你俩和好如初！”上官步莲越往后听越感动，她没想到自己的好心还真得了好报，真是有心人天不负啊！

正是青海直播前的这次破天荒的交流，让上官步莲和李玲珑的关系首次亲如姐妹。其实，并非李玲珑势利眼，见对自己有利就讨好她，而实在是上官步莲自己刻意摆出一副拒人于千里之外的架势，只要是身边能靠近魏明心的年轻女人，她怎么看都像是“情敌”，如此醋意熏天妒火中烧，说话做事，自然不会对人家有什么好声气。

所以在本场直播会上，上官步莲一改过往的规则，当她完美配合完郝姑娘的朗诵会之后，她仍继续支援李玲珑的互动环节，李玲珑见她果然信守承诺，也是情意相通信心大增，于是在这样的心理暗示下，李玲珑的表现越发行云流水，一切都如意料中的节奏行进。本次互动，受众是以海子作为主要评议对象的，而且主要关注点都集中在海子的死亡原因上。人们莫衷一是，众说纷纭，动机更是不一而足。所幸，大家尽管争议激烈，但都是就事论事，没有出现针对主持人的刁难之举，李玲珑在心里暗暗松了口气，她这次真的有点佩服上官步莲了，这么玄虚的事情居然被她坐实了，也活该人家高冷，人家的智商的确比自己要略高一筹呢！

于是根据线上线下粉丝的总体反馈情况，李玲珑提炼出一个广大网民想问的焦点话题，然后提请魏明心为大家作答。这次粉丝们没有把李玲珑抛出来的“球”踢回给李玲珑自己，一切都顺理成章地进行。魏明心原本还有些忐忑的，生怕李玲珑又无法掌控局面，因此他随时准备着出手相助，但看到今天的场面竟然柔柔顺顺地铺展开去，虽有点意外，但心里终归是欢欣鼓舞的。他心想，粉丝也是人，不打不相识嘛，碰撞多了，慢慢也会理性务实的。他可不知道上官步莲和李玲珑之间发生的“插曲”。所以他把这次互动顺利完全归功于李玲珑主持有方，因为在他最初的预测中，受众对海子的“争议”会很大，甚至会大大超越仓央嘉措，所以他是做好了“应战”的准备的，未曾想一切都显得风平浪静。他不费吹灰之力就接到了李玲珑踢过来的“临门球”，只要粉丝允许自己拿球，这就意味着一切争议都将得到圆满解决，因为他确信自己就是全场那个拥有临门一脚必杀技的“球王”。因此魏明心看待问题、分析问题乃至解决问题的心态向来都是从容不迫的，他拿住李玲珑递过来的话题后缓缓说：“就古往今来人类的总体表现看，人无完人，既是客观事实，也是智慧总结。所以对于不同人的迥异表现，我们只需欣赏他们的优点就够了，至于缺点，那也是生成优点的基石之一，似乎无法把它单独抽取，否则优点也将一同埋葬。海子也是如此，他当然也有缺点，所有诗人也都有缺点，但有缺点并不影响海子成为海子，别人成为别人。每个人都是独立于他人存在的，无须在人类的异同上纠结。但海子是真诚的，这才是问题的关键！真诚的海子写出了一些令我们印象深刻的好诗，这是他献给这个世界的礼物，也是他生命的本质，这就够了！这里探讨最多的，是关于海子死亡原因的各种猜测，我想，所有的猜测都是无谓的，我们应该尊重诗人自己的选择，不必在他身后掀起无谓的波澜，让他安息即可。因为我们不是海子，我们无法替他作出人生的选择。他的人生轨迹是他的宿命，他的人生本就是一首诗，该如何结束，关系到他的诗歌该以何种方式收尾，这当然是诗人自己的事情。总之，喜欢海子的人，就请去读他的诗就好了；不喜欢海子的人，也请去做自己喜欢的事情就好。不必自己为难自己！人类的事情，活像烹饪美食，众口难调是常态！”

至此，魏明心的心境彻底澄澈了，无论仓央嘉措，还是海子，一个融入了青海湖，一个消逝于铁轨，留下了两个散发诗意光芒的传说。那么，他们都是从哪里来的呢？魏明心已不再追问，他洞悉，通透的灵魂是无所从来的，不管人们是否能理解，他们始终都在那里。

魏明心的一番直抵人心的阐述，彻底捻灭了那些躁动的“争议声”，在如此响亮的心灵震响下，再去争议就显得无趣了。所以大家的表情随之换以平静而友好，生怕被人瞧出心里尚存有一丝不忿。

文艺家们对诗人的故事自然也很上心，诗画一家嘛！再者，尽管当代文艺家的人文底蕴较之史上大家已然大为逊色，但还是有部分文艺家是追求进步的，他们仍追求诗书画印的相互生发与辉映，比如人物画家何国英画出了《仓央嘉措的青海湖》、范知己则画出了《海子与德令哈》，他们的画作清雅温润，都是对“诗情画意”的绝佳注释。

第二十七章 亦无所去

魏明心曾在一个论坛上发表过一场关于“时空与人的关系”的演讲，他认为，在冷兵器时代，除了思想有光，人心温暖，大多数事物都以清冷疏朗的形式出现，也包括生活方式，那时的岁月悠长深沉，而人心同样浩瀚深邃。这就可以想见，2000多年前的汉武帝时代，张骞出使西域，其首次出使西域时往返历时13年，可谓九死一生的“凿空”之旅，首开陆上“丝绸之路”，是真正的筚路蓝缕，出发时100多人，回来时只剩领头羊张骞和向导堂邑父二人，几近用生命代价，为促进中外经济文化交流作出了彪炳史册的贡献。即便如今的高科技时代，从青海到此行的目的地新疆双河市也有两千多公里，所幸，先锋队是不需要赶路的，他们要做的工作是记录、交流和奉献三大内容：记录祖国的大美河山介绍给没机会出游的粉丝们，让他们一同欣赏神州大地是何等的壮美辽阔。交流内容主要侧重思想人文领域，这不仅关系到文艺的发展本质，也关乎时风的走向。先锋队内部交流，有望为“粤港澳大湾区公益文艺先锋队”打造一支过硬的骨干队伍；对外交流，则是为了履行时代赋予的人文使命和责任担当。奉献方向重在关注民间疾苦，抚慰人心，扶危济困，展现新时代文艺家的情怀、品格与良知。这些都是魏明心筹备成立“粤港澳大湾区公益文艺先锋队”之前反复思量过的，也成为先锋队的重要精神支撑。

但漫漫长路，征途中也有急躁的队员，当他们问魏明心何时才能抵达目的地时，魏明心就微笑说：“快了快了，没多久了。”可当车队跑出几百公里仍毫无到达的迹象时，人家又跑来问了：“快了快了？这又跑出几百公里了，咋就那么经跑呢？”魏明心又说：“确实是快了，用不了多久就到了。”人家只好又回到座位上眼巴巴地望着车窗外在疾驰中漫卷而过的沙尘。好不容易熬过了心理预期的底线值，询问者又带着最后一丝耐心过来了。这次对方没再发问，而是站在魏明心身边一言不发，他想看看魏明心是否还能平心静气地继续“故技重施”。如果魏明心还再一次说“快了快了”，询问者决定不等他说完立马转身走人，以此抗议魏明心的不实之言。不料，这个人的心思被魏明心一眼看穿了，所以魏明心的表现又让对方失算了，只见魏明心赔着笑脸说：“少安毋躁！我给您讲个来自新疆的故事！话说几年前我去南疆拍一家生态庄园的纪录片，由于拍摄对象比较分散，为便于统筹安排工作，我需要知道去往每个地方的时间，于是启程后我就问负责配合我们工作的受访单位员工：‘到目的地大概有多远？’对方很轻松地说：‘很快，一会儿就到了。’可是，跑了将近200公里还在路上，我就忍不住又问：‘您说一会儿就到了，怎么跑了这老半天还在路上？’对方闻言就笑了，说：‘老乡应该是第一次来新疆吧，这里太辽阔了，这点路程对我们来说确实是很近的，所以我们习惯了这么表达。但对你们来说或许是远了点。’”询问者听到这里，自己都忍不住笑了起来，只好悄悄地回到座位上继续耐心等待。但看得出来，有了这个故事垫底，估计对方不至于熬出毛病来。

大西北本就荒芜，加之冬日的萧瑟，似乎把时间给无端拉长了，长到让部分队员有了窒息的感觉，也许是某种孤寂感压迫所致，而与行程的绝对时间无关，这也证明“粤港澳大湾区公益文艺先锋队”把首批文艺骨干拉出来进行身心淬炼是非常必要的。因为选择了文艺作为事业，实际上就是选择了一份漫长的孤寂，没有足够的定力与坚守，想要交出一份无愧于时代和人生的答卷几乎是不可能的。所以魏明心就是这样寻找各种时机从旁观察队员们的所思所想，然后他就会施以相应的对策加以因应，以便让对方有所悟。比如当队员失去耐心试图一蹴而就时，他偏以各种由头放缓行进速度，以此磨去容易急火攻心的队员的狂躁之气。又如当某些队员不经意间显出贪恋沿途的表面游兴时，魏明心就要找时机予以敲打敲打，提醒他们要时刻保持文艺家的必要的责任担当和使命意识，因为文艺家的游历不是简单的游玩，而是细致入微地观察生活和感悟万千物事承载的只可意会不可言传的道的精神。他就像一支队伍的总教练，既要着眼局部补足短板，又要着手谋划整体布局，使其形成合力打造出新时代文艺的坚固堡垒。

当先锋队的车队又一次停滞不前时，魏明心率先下去，别人也陆续跟了下去。迎面走来几个人，他们朝先锋队挥手打招呼。于是就听有队员说：“到了到了，这次终于到了！”魏明心走在最前面，他和对方领头的那人相互都紧走几步，然后彼此紧紧地握手寒暄。那人长得清瘦沧桑，皮肤黑黝黝的，看上去是位吃苦耐劳的工作能手，是一副常年待在大西北的模样。魏明心称呼对方为丁主任。这位丁主任将大家迎进单位礼节性参观时才知道，此行的目的地就是位于新疆维吾尔自治区第五师的双河市。丁主任叫丁一元，河南平顶山人，20世纪60年代初，他的父辈所在师部根据祖国戍边需要，为发展屯垦事业，西进开发博乐垦区。他说在那个年代，为响应国家发展边疆的伟大号召，他的许多河南老乡都带着人们的期望来到这里辛勤耕耘，他们不计回报、舍生忘死为祖国西北边陲打下一片基业。如今大多都已在兵团扎牢根基。他又说这里虽距离家乡遥远，但由于老乡众多，所以并不觉得孤单寂寞。

简单参观五师所属的办公环境后，丁主任走路领着大家往附近的一家宾馆下榻。也就短短的数百米脚程，魏明心就发现了几座“治安岗亭”，街头井然有序，一派安居乐业的景象。进入宾馆时，每个人也要先过安检再登记身份。于是魏明心就想，如今祖国强大了就是好，这样才有能力保护人民的生命财产安全，走到哪里都令人安心。

一切就绪后，丁主任就问魏明心：“魏老师，考虑到大家初来乍到的，是否先休整一下，再安排下一步工作呢？”魏明心说：“谢谢丁主任关心！不过没关系的，现在时间还早浪费了可惜。我明白您的意思，您大概是看到我们这里有些特殊人员需要关照吧！放心好了，我们自有安排，适合拉出去的队员才会去的，主要是文艺家们，我们之所以在全国展开公益巡回，目的就是锤炼队员们的意志力和韧性，让他们感同身受基层民众的艰辛和不易，这样锻造出来的文艺队伍，才不会使‘以人民为中心’的文艺创作宗旨流于形式和口号化。”丁主任也是位业余文艺创作的爱好者，在当地也是小有名气，他能领会魏明心的用心。因此，既然魏明心如此明确地表明了态度，他当然只需做好“向导”工作就可以了。因此丁主任就顺着魏明心的意思简短说：“那就辛苦大家了！”然后该去的人员就随丁主任展开了密集走访活动。

文艺家们主要参观了五师的新型农业基地，冬季的果蔬培育种植都在大棚内进行，已采用现代“物联技术”，可达到大棚内的恒温控制要求。魏明心看见基地内到处都是纵横交错的水管，他不解地问：“为啥要拉设这么多的水管？只有冬季才这样吗？”丁主任解释说：“不是的。一年四季都是需要这样的，因为新疆最缺的就是水了，这里的水都是从远处引来的，所以哪里都需要水管来接引。另外，这里都是盐碱地，一般的蔬果和树木都是不好生长的，都是因地制宜选择性的结果。当然，这里的光照很好，所以结出的哈密瓜和葡萄都很好吃。”魏明心这才恍然大悟，也才感觉到在新疆发展屯垦事业是极其不易的，其中所付出的勤劳智慧也是难以想象的。

而后，丁主任又带先锋队一行参观了阿拉山口市的盐湖和阿拉山口口岸，每年有数千中欧班列从这里出发。在邻近中国阿拉山口市边防检查站不远的地方，立着一方巨石，上书红字：中国阿拉山口。丁主任踏了踏脚下的国土说：“我们现在就站在祖国的边界了，再往北就是哈萨克斯坦了。”这就让到访此地的先锋队文艺家们切实感受到站在祖国的边界的那种难以言状的荣耀，这种油然生发的爱国情怀，势必深深融入他们的血液和文化基因中，长久影响他们的日后的创作生涯。

都说艺术家的眼睛是用来发现美的，焦墨山水画家穆为善和田园山水画家巴人都不约而同地发现途经的山形太美了，既雄伟又多姿，甚至彩色的山石，于是几个喜欢画山水的画家找到魏明心商量，能否从丁主任那里协调一辆运动型多用途汽车供他们使用，并说如果是吃饭的事情就别叫他们了，他们要自由活动一段时间。既是为了创作需要，焉有不支持之理？于是魏明心迅速满足了他们的要求。

就这样，他们带上画具，来回来去地找寻他们想要的奇山妙水，然后转化成自己心中的“丘壑”，并将之挥洒创作出一幅幅笔墨精湛的国画佳作。但他们在捕获创作灵感的过程中差点迷失了归途。原来，“阅山无数”的穆为善先生发现了一处绝妙之境，他有意带领同去的几位画家爬上那座“神山”去领略一通该山的灵秀之气，但车是开不过去的，于是他们就把车停在了路边，数人徒步前往目的地。但令他们后怕的是，这山确实非同一般，如同有世外高人以整座山为“诱饵”事先摆好了“山阵”，他们一旦钻进去之后似乎进入了山的海洋，很快就迷失了方向。更可怕的是，几乎所有人迷路后试图拿出手机定位时，却发现手机几乎没了信号。此时，已彼此走散又都发现自己已然成了“聋子瞎子”时，差点把他们吓得魂不附体！所幸天无绝人之路，他们中尚有一人成了唯一的“漏网之鱼”，巴人的手机还有信号！应该说，巴人前不久买这部手机时纯粹是为了赶时髦，他听说华为推出最新款手机“华为Mate60 Pro”将会被市场抢购一空，于是他托关系买了一部，想法很简单，就是满足一下好奇心，想看看卖得如此火爆的手机到底长啥样子。还有，就是想亲自体验体验传说中最好的国产手机品牌到底好在哪里。不料，巴人在平时没能完全体验出的“好处”，这次到了深山却自动露出了“真颜”，巴人不仅发现自己的手机有信号，而且还能精准定位，这帮助巴人逐个找到了失散的队友，完全依靠国产手机的力量找到了“回家的路”。这次“教训”虽然事后想来仍心有余悸，但却让他们越来越相信民族品牌的力量，相信这股力量犹如民族复兴之路一样是不可阻遏的！

在新疆的街头巷尾有许多“一带一路”和“丝绸之路”的关联宣传资料，古今超时空对接的氛围浓郁。因为无论是古代陆上“丝绸之路”，还是当今“一带一路”，我国新疆地区都是个绕不过去的重要联结点。

有了丁主任的密切配合，先锋队在新疆的工作开展顺利而高效。直播场地直接就安排在五师的一个多功能厅，演出氛围感十足。郝姑娘主动找魏明心商量事情，她说：“魏老师啊，我有个建议不知当讲不当讲？”魏明心说：“郝老师请讲，只要我办得到的事情，定当全力配合！”郝姑娘说：“您当然办得到，太办得到了！

感恩魏老师这段时间以来的辛勤培养！我想要一首魏老师的现代诗，最好也是情诗，这样连着三场都有诗歌朗诵，三生万物嘛，连绵繁盛之象，吉祥！”魏明心不好拂逆郝姑娘的善意，便满口答应了，遂挑了首现代情诗交给余佳丽译成盲文。

毋庸置疑，郝姑娘的变通能力是相当强大的，上苍为她关上了视觉之门，却又怜悯地打开了她的灵性之门，这才使她拥有了异于常人的灵敏感觉，以至即便如魏明心笔下极为隐秘的情感宣泄，她也能经由声音细腻地予以捕捉再现。这次来新疆穿的汉服款式与在西藏朗诵时穿的一样，只是新疆绣的是“56个民族是一家”，这些量身定制的各式“国服”，可谓平添了不少传统文化的气息，也为她的极具文艺气质的朗诵打上了“灵魂诵读”的标签——

布谷鸟的爱情箴言

魏明心

忽闻布谷鸟叫醒的时候
我们的爱情就已然扎根
窗外的雨滴
全无头绪地
轻慢打湿着向爱而暖的呢喃
我始料不及
经年未有事
布谷鸟会在爱情降临的清晨
声声叫响
为爱证言
我只是一味沉醉在神秘里
但记取布谷欢鸣热血沸腾
在布谷鸟天意般鸣响之前
我的爱情
似汪洋里的一叶孤舟
尚在找寻停靠的港湾
你的爱情
亦如随风而动的风铃
脆响于我的想象之外
布谷鸟未吐露爱情箴言时

炎炎烈日灼伤了我的望眼
我未敢奢望
传奇被书写
布谷鸟会赶在烈日前
郑重其事地为爱宣誓
当布谷鸟如鬼斧神工般奏响
我的爱情
顺势修正了原本茫然的航程
你的爱情
也朝着心仪的风向为情而转
多情的神思
若高山大海
承载了岁月的沧海桑田
时光的无意
如日月星辰
升华了人世的痴痴恋恋
是不期而遇的心照不宣
温暖着人心眷念着多情
从此布谷声声萦绕耳际
爱情的缰绳摇曳在心空

虽说前诗后文均出自魏明心笔下，但作为朗诵艺术，要从一种极度个性化的私密情绪里瞬时切换到另一种外化而坚硬的生死考验中，仍是极具挑战性的，可郝姑娘不负众望，凭天赋神力完成了看似不可能完成的任务——

令人难以想象的是，在赵冬青行将“油尽灯枯”的当口，他仍努力微睁着眼睛问他母亲：“现在国家……怎么样了，有什么困难……没有？”他母亲俯身尽量将耳朵贴近冬青的嘴，生怕漏听了哪怕片言只语，待她听清了儿子的心意后，瞬时泪如泉涌。半晌过后，她极力稳住自己的情绪，才缓缓柔声说：“孩子，小小一个家庭尚且有那么多困难，何况我们那么大个等着发展的国家呢，所以困难自然是有的，尤其是现在发展的外部环境仍很不太平。同时，世易时移，世道人心也变得更复杂了，据说这个情况是个世界普遍的现象，个人很难能有所作为的。”他母亲有意把困难说得很大很吓人，似乎既想让他知难而退，以便死而瞑目，又想激发他的斗志继续与死神抗争。没承想，此时将死未死的赵冬青居然把母亲的话听得真真切切，他忽然双眼泪流不止，说：“妈，我不想死，我还想……继续为祖国……为世人……做些力所能及的事……我还有许多……想做……而没有做的事情……我……还没有……活够……我……还想做您的儿子……”他说到这里，似乎用尽了生命的最后一丝气力，甚至连脸上的泪都懒得流了，像可爱的晨露那样，就那么静止般凝固着，似结了层朦胧的霜。他母亲见此场景，再也抑制不住悲痛之情，她的手始终紧紧地攥住冬青的双手不放，似乎一撒手，儿子立马就会掉进万丈深渊似的。而当赵冬青的灵魂在家人看来已于俗世出离，走到了“灵魂出窍”的那一步的时候，他的亲人们或许还不知道该通过何种渠道才能再与他交流。

毫无疑问，他的亲人们——也包括绝大多数的世人——尚未能真正理解赵冬青眼中关于“生命与灵魂”的终极意涵究竟作何解释，以及他的无边的善良与德行是如何历练成的。因此他母亲始终不愿面对冬青“病逝”的事实，直至冬青“离世”好几天了，他母亲仍继续把他当成病中的样子去“照顾”。说来也怪，冬青的“遗体”时至多日后仍如生前那样平静柔软，且无“腐臭”的迹象。但他母亲的不舍毕竟不是长久之计，俗话说死者“落土为安”，当所有的亲人们劝说无果后，我就去对他母亲说：“人的一生应该分为两个层面：一是生命，作为生命层面的人都有消亡的一天，冬青也不例外；二是灵魂，身为有价值的、已修得异常良善的人的灵魂是永世存在的，冬青就是这样的人。所以我们应该坦然接受冬青的肉身消亡这一不幸，只需记取他的灵魂赋予人世的价值就足够了，因为冬青的灵魂还在，您并未真正失去他！”所幸，经我这样一说，他母亲的心结暂时算是解开了，遂答应了我的请求。她说：“您是冬青生前知己，您最懂他了，我听您的。”简短有力的几句话听来令人动容。

“如今，一切都尘埃落定了，”她母亲绝望的表情像书画大师笔下的水墨一样在宣纸上汪洋恣肆地浸润开去，“只是可怜了那孩子，无论什么事情，他总是首先为别人着想的。”她像是在跟我说话，又像是喃喃自语。我自然能够领悟她的悲苦，乃至悲怆的心境。但此情此景，我自感不便出言点醒“梦中人”。

因此，我唯一能做的，就是在一旁“漫游”似的憧想，以期去洞察和剖解所有关于赵冬青及世间万物的因果循环。我记得，她多次提及，最令她始料不及的，是曾经一次不经意间形成的伤害，竟成了冬青日后学业无法完成的真正“元凶”，甚至是导致他“英年早逝”的罪魁祸首。冬青“病故”后，她每每回想冬青受伤的经历，都恍如一场从天而降的梦魇，追悔莫及之余，她总是眼里噙着泪花默默地想：“这么积极向上的一个孩子，我怎么就没能照顾好他呢？我对不住冬青，对不起含辛茹苦陪我一道把冬青照顾得那么好的年迈的父母，更对不起我深爱着的伟大祖国啊！要知道，国家现在这么需要人才，如此重视人才，而我却轻易地亲手把一个国之可造之才给彻底毁了……”想到这里，她又禁不住悲从中来，老泪纵横不已。

我和冬青是故交，亦为知己，和他家人倘从情感沟通顺畅程度来说也是亲如一家，所以我对冬青“生前”的真实境况并不陌生，我以为，他母亲没完没了的无端自责，除了能证明她是位爱子心切、了无私心的伟大母亲外，实无多少益处。试想，斯人“已去”，且已尽了人力之所能为，一味地情感自虐显然有失理性，也有违冬青的“遗愿”。因为冬青“生前”是个极度豁达之人，连常人都不忍轻易责备，更何况是给了他生命的父母？因此要是冬青“在天有灵”，他自然不乐意看到，年迈的父母历经丧子之痛后，仍长期深陷无谓的对错纠结中不能自拔。这一留给父母的“生死后遗症”，恐怕是冬青始料未及的，即便是在遭遇生命最黑暗的时刻，他对自己的存在价值也是深信不疑的，他不觉得有必要停下脚步对生死问题本身予以特别看待，相较而言，他更在意如何高效利用生命的最后一秒去创造本该有的价值！

但似已参悟生命真谛的赵冬青，偏又无力干预身后的亲情困局，于是身为冬青生前的知己，我无形中被赋予了“善后”的责任与使命！这不单是为了治愈他父母的心病，同时也为了告诉世人，生死不仅由命，也由人类自己亲手创造的价值决定，而与所谓的生命短长无关。

由是，为了进一步巩固刚才的对话“成果”，以免她过后又拒绝为冬青办理“丧事”，我决定和施勋美老人展开一场不设防的灵魂对话。我相信这不会沦为争论，而是对生命是非曲直的有益辩白，宛如刚从淤泥中捞出的莲藕一样，只需用清水简单冲洗，即可还原其本来面目。因此我满含敬意地对他母亲说：“正是人类一点一滴的文明遗留，共同塑造了冬青的大爱无我的价值观，对于冬青来说，无我才是真我，这一伟大的人生价值观让他真正拥有了合格人类的良善灵魂，从而使得他在人前人后都能具备美好的道德品行，而且正因有了良善这个基石，才使他能够禁受住任何诱惑腐蚀。反观现在人类中的绝大多数人，由于遗忘性缺失了正确的人生价值观，没完没了地盲目崇拜物质享受，无视更为重要的深层精神需求，没能夯实良善的人性根基，导致灵魂泯灭和道德败坏之事屡见不鲜，在这种情境下，科技越发展人类就越不得安宁，人们正用自己粗陋无知的行为惩罚人类自己！所以冬青的有关人性修炼的故事价值连城，振聋发聩，您值得为他骄傲，您值得世人尊敬，而不必无谓地一味责罚自己。”

他母亲亦有同感说：“如今这世道人心的确令人忧虑，有些人为了钱什么事都干得出来，感觉大家都是闷头奔着钱去的，别的似乎都不重要了，是该适时调整调整生活方向了，否则未来形势堪忧啊！”他母亲显然是位很有传统文化底蕴的知识分子，她自然能深刻理解和接纳我的意思，因此她的脸上破天荒漾出了平静的微笑，于是我预感到，或许因“丧子之痛”而困扰她的情感症结就此一去不返。我确定她不会再反悔了。

于是，当眼前一切的郁结都渐渐消散开去时，我辞别了她母亲，却再度忧心忡忡地打量起眼前仍旧雾霾深锁的长空，但肉眼可见的雾霾已是不堪重压，更有令人猝不及防无孔不入的“心灵雾霾”需要用一生去层层抵御和驱离，恍惚间，我仿佛看到一个身残志坚的青年仍在为人类能够享用洁净的空气和水源而苦苦求索战斗不息……思虑至此，我慨叹着赵冬青那位“半命英才”的幸与不幸，于是我向内咬紧了自己尚可遇见的灵魂，倾情回望赵冬青并不算长却满载纯真、才华和困苦的人生路时，我欣慰地发现，他的灵魂于不知不觉间已然不屈不挠地开出了芬芳馥郁的高洁花朵，或许，现时的花朵仅是遍插在墨香萦怀、满口生香的字里行间，但假以时日，赵冬青灵魂上开出的圣洁花朵，势必盛开在人们思念不屈年华的心坎上，那是一种何其宝贵的灵魂觉醒意识啊，我们已经许久未能感受到如此赤诚的智慧情怀对人心应有的冲击了！

我辞别他母亲时，已是心力交瘁的她没有起身送我，只是目送我离开后，就又全神贯注于“生死两茫茫”的儿子身上，虽说心结已解，但情何以堪？因此她不忍心在我说服她后的当天就把冬青推去火化，这样又挨了一天，终究再无“借口”了，只能同意将冬青推去火葬场，但前提是她必须亲自陪同前去，以便看他最后一眼。家人原本是不赞成的，说无论是出于风俗，还是出于她的健康考虑，她去都是不合适的。不过，所有的不支持都被她一一驳回了，最后她总结说：“哪儿来那么多的合适不合适？这世间的规矩还不都是人定的吗？既然是人定的，为什么就不能改改呢？”一番唇枪舌剑的结果，他母亲胜出了，她得以如愿护送冬青走完人世间的“最后一程”。

可当冬青被缓缓推进火葬场行将交由前来接应的工作人员时，他母亲显然又后悔了，她真想不顾一切地用自己的身体去保护儿子的“安危”，事实上，她也是这样做的，她只身挡在工作人员和冬青之间不肯让步分毫，她冲着工作人员疾言厉色说：“你们全都是一副重手重脚、粗声粗气的样子，这样会吓着我家冬青的。”工作人员闻言面露尴尬之色，皆有进退两难之感，当他们表示理解此时此刻家属的复杂感受后，只好委婉地向其他家属求援。就在此时，他母亲敏锐地叫唤了起来：“我就知道，冬青果然被吓着了，他的眼睛感觉不舒服了，他的眼皮在跳动，还有他的手指，手指也明显在反抗。”他母亲的这句话犹如晴天霹雳，把在场的所有人都吓了一大跳，因为这只有两种情况，要么是“活见鬼”，要么是“起死回生”了，而这两种情况似乎哪一样都不沾边儿啊。

有了青海之旅的试探性磨合，上官步莲的新疆之行便不再孤单，她除了悉心照顾好施勋美老人外，她和李玲珑的交往显而易见地多了起来。正是有了情感上的接近与融洽，上官步莲在与李玲珑配合时，其箫声又新添了一层令人难以抗拒的温情与喜悦，这就如同一股激浊扬清的神秘的力量，促使受众皆能以温和宽恕的能量观看李玲珑的互动演绎。加之她从上一场重拾自信后，她的信心又开始明显回升，因此她再度侃侃而谈，向大家详述了“楼兰古城”在我国古代陆上“丝绸之路”中的重要地位和价值。所以她很自然就把“楼兰古城”确定为此次互动的“关键词”，希望大家踊跃发言，为我国正在稳步推进的“一带一路”倡议这一“人类命运共同体”建言献策！

大家都听从了李玲珑的引导，没有出现意欲“踢馆”的风凉话。李玲珑时刻紧盯着线上线下的反馈信息，看到涌现的多是经过思考的言论，心里也就踏实了。她把那些关于“楼兰古城”消亡原因的多样而分散的疑问归结出一个核心问句：“为何一度繁荣的楼兰古城历经数百年后会彻底消失在历史长河中，这样的消亡意味着什么？”然后她提请历史学家韩古观回应此问。

这次出场的韩古观，他眼里透出的神秘色彩仍然穿透了厚厚的眼镜映照在众人身上，令现场笼罩着一层不经意的魔幻色彩，极具摄受力！

韩古观以历史之眼解读说：“我们现在身处北疆，而楼兰古城位于南疆若羌县城北数百公里处，也就是罗布泊的西面，因综合原因考量，我们先锋队无法前往实地考察，但基于我数十年的中国古代史研究经验，我可以尝试为大家提供一个相对可靠的答案。众所周知，楼兰古城在古代位于中西方丝绸之路的要道，是中国通往波斯、印度、叙利亚和罗马帝国的贸易中转站，商贾云集，驼铃不断，有‘沙漠中的宝贝’之称，这足以证明其自身价值。虽然后来被沙漠湮没了，但到底是什么原因导致其消失的呢？它的消亡真的意味着‘楼兰古城’的消失吗？对此，我简要谈谈我的看法：综合来看，经过时空的纵向及横向比较，楼兰古城的物理意义上的消亡，是世界范围内的自然环境恶化的结果，犹如某些物种的灭绝一样，属于自然现象。但从精神文化层面来说，楼兰古城并未消亡，比如‘量子纠缠’理论，以及陆续发掘出的汉文、佉卢文木牍、纸文书、粟特文书及各色带有时代特征的文物都说明，楼兰古城的精神性灵魂仍鲜活地存在着，或仍以某种形式影响着现代人类的意识和想象空域。即便楼兰古城的相关文物没被发掘出来，仍然并不意味着它的消亡，也许是以我们所未知的形态存于宇宙间。由此可见，楼兰古城的表象的消失原因的问题，实际上是个‘哲学之问’，它在本质上是‘亦无所去’的。换而言之，楼兰古城的灵性存在，始终存于它所该存在的维度，并无增减，无有生灭。”

韩古观的充满智慧的言论，在受众耳际激荡起无声的画外音：的确，岁月悠悠，然灵魂不泯，“一带一路”正是沿袭这一不朽使命，架设铺陈出中外民心相通、文心隽永的康庄大道！

紧接着，李玲珑又气势若虹地配合丁主任做了一场新疆特色农产品推介会，人气爆满，反响热烈，订单如雪片般飞来，让丁主任直感叹网络带来的神奇力量与便利，同时也感谢先锋队让他们的优质农产品有机会结缘广大粉丝。活动末了，先锋队向丁主任所在单位捐献了一批在新疆当地创作的写生作品，以此致敬他们为祖国的屯垦事业所作出的巨大贡献！

要说此行最兴奋、最具激情的人，当然要数新斯诺了，他就像发现“新大陆”一样高兴得合不拢嘴，他心想：“这下好了，说一千道一万，都不如我镜头下展示的新疆和谐有序的真实生活来得有说服力，让那些‘闭门造车’的不实言论不攻自破，让那些‘谎言制造者’无处遁形！此前，无论我怎么为新疆辩解，人家都能找出各种理由怼我，这次在我的无可辩驳的‘镜头武器’面前，看你们还有何话说！”所以新斯诺的忙碌，就在于他要掌握尽可能多的第一手资料，以便后期制作更多宣传新疆真实生活的纪录片，以不虚此行，更在于告诉世界一个真实美好的新疆是完全可信的！

第二十八章 应无所住

先锋队刚作别广袤的新疆大地，魏明心的思绪就已提前飞到“塞上江南”了，但他并非憧想那里的美景，而是有位宁夏的朋友很快就要与他见面了。他们是鲁迅文学院的同学，已经整整25年未见面了。他们在鲁院就读时关系就走得较近，那时大家都是文学青年，对文学的纯粹的喜好与追求迅速拉近了彼此的心理距离，只是在那个通信并不普及的年代，自此一别后就失去了联系，待到反应过来友谊的珍贵时，沉重的生活便出手封堵了各自的心门。直到前不久，才又通过别的同学有了联系方式，因耽于工作，始终未获见面机缘。如今，昔日故知即将再叙同窗之情，那份如同儿时才有的欢呼雀跃之情，久违而润心。也许是双方心念之间确有感应，正当魏明心在心里想象久未谋面的同学之间再次聚首之后的情形时，他便接到石得清打来的电话，石得清问：“明心弟，动身没？我已腾出一颗真心，准备为你接风洗尘！昨晚想到我们很快就能见面了，我一宿都没睡好，老友要来了，望眼欲穿呐，感觉很久没这么惦记一份友情了，关键是失散那么多年了再没有联系上，我就没想过这辈子我们兄弟俩还有再见面的一天！”魏明心听到前半部分还行，当他强忍住眼泪听完时，未语先哽咽了，竟然一句话也说不出来，他赶紧先挂了电话，待情绪略微平复后，才又重新拨通了对方电话：“得清兄，不好意思啊，刚才嗓子有些干涩，可能跟北方气候干燥有关系，喝了几口水好多了。您的意思我听懂了，这次不仅我自己去看您，还顺便带了一帮艺术家朋友随同，不知是否方便？”石得清说：“明心弟，你这叫什么话？还有不方便这一说吗？你能来看我，我已是很知足了，还带上一干高朋，那是求之不得的事！”魏明心说：“好嘞，得清兄还是那么大气，我一眼看远了二十几年呢！车上颠簸，就容见面后畅叙！”

一路无话。按导航到了石得清指定的地址后，魏明心开始在脑中搜索石得清的形象：个头不高，偏瘦，炯炯有神的大眼睛，说话时的语气总是一副诚恳坚定的样子。魏明心确信，要是对方来了，准能一眼认出来。可是，待魏明心下车后，左看右看愣是没发现石得清的身影，他有心打电话问问，但要是人家来了自己居然没发现却还要打电话相认，怕给对方留下不好的印象。于是他又扫了一眼50米开外站着的一位小老头，他再次确认后还是感觉不可能，他第一眼发现对方时就排除了是石得清的可能性。于是他又等了几分钟还是不见石得清的身影。他终于忍不住了，因为还有那么多先锋队员等着要下车呢。当他拨出电话之后，50米开外的那个人手上的电话铃声就应声响了起来。这时就听那位小老头说话了："明心弟，我一直在你导航的目的地候着呢，可是不见你的身影啊。"魏明心简直有些不敢相信自己的耳朵，心想："咋回事？那位小老头就是石得清吗？我都看了他好几遍了，没有一眼是为'石得清'投过去的，我压根没想过这个人会和石得清有啥关系，难道他竟然衰老成这个样子了吗？"魏明心毕竟是眼明手快之人，他立马反应过来了，紧走几步再定睛端详了一下那位已然伫立了良久的小老头，眼睛果然像，还是又大又亮的，只是整个人的貌相完全塌了下去，一位五十挂零的人，怎么看上去像六七十的小老头呢？但临近了多看几眼时，脸型特征确实也像，再进一步往深里看几眼时，这才与从前的形象慢慢叠合了起来。石得清这时也认出魏明心来了，说："我是老得不成样子了吧，估计你不敢认了。你倒是还跟以前差不多，身材还保持得那么好，一看就是很自律的人。我是没有把你想成以前的样子，想着现在生活条件变好了，你也是接近50的人了，肯定有点发福了吧，所以我是照着膀大腰圆的样子找你的。再者，你又戴了帽子，戴了帽子后，感觉你连脸型都改变了，所以我看了你好几次，没想过你会是魏明心。还有，你身后跟着一溜房车，我想也不可能是你啊，开那么多房车干啥呢？"魏明心说："我是照着25年前的样子找您的，敢情我们是相互想岔了，我眼拙啊，看来看去就没想过要过来问问您。但说实话，您确实沧桑了许多，但另一方面也说明得清兄在创作方面确实是下足了功夫的，不然也不会有那么大的文学成就，哪像我一事无成。"石得清说："话不能这么说，老了是真的，至于创作上谁比谁强还真不好说，只能说各有优长吧。"魏明心说："得清兄，我可不是说客气话来了，您确实是写得好，特别是短篇小说，文字甚有张力，耐读！"石得清说："明心弟喜欢就好，到这个年龄了一切顺其自然，我倒是还惦记着我们在鲁院彻夜聊文学的光景。多想还有这样的经历啊，现在这社会，已经很难找到能聊到一块儿的人了。好了，明心弟啊，我之所以站在这里跟你多说几句，是因为我突然有个想法但又说不出口。"魏明心说："都二十几年的朋友了，还有啥不能说的？"石得清说："我想的是另一层！关键我们是二十几年没见面的老朋友了，我原本猜测你人不会多的，所以把你约市区，想先好好款待一下，毕竟多年不见了。可现在才知道你带了一个团队过来，这样的话，还是去我郊区的房子自在，那里有个大院子，各方面都宽敞，正好你们的车也多。不知这样安排，是否会令明心弟失望？”魏明心说：“得清兄言重了！其实，我心里也是这么想的，我并不喜欢住宾馆吃饭店，还是家里好点，安心。只是来的朋友您都不认识，我怕让您为难呢！”石得清说：“哪儿来的那么多事。你的朋友就是我的朋友。再说，你不说了都是艺术家嘛，大家都属于文学艺术类的，都是纯粹之人，没那么多事！就这么定了，抓紧随我走，你那些朋友正叽叽喳喳地说开了，估计在议论咱俩是不是想把他们倒卖掉呢。”魏明心闻言笑笑，一路小跑着回房车安排工作去了。

说是郊区，其实半小时车程就到了，充其量也就是近郊吧。石得清家的院子确实大，大得像个跑马场。他让房车都开进院子里停着，七辆房车也就占了一个大角。他跟大家介绍说：“这是我们家族的宅基地，祖上来自西海固最南端的固原，这份祖业本来是兄弟几个都有份的，但他们习惯了城市生活，不喜欢郊区，而我偏偏喜欢回到这里写作，越偏僻越静谧，对我来说就越便于安心写作，所以兄弟们就都扔给我使用。这里原来是有一大片平房的，我把它们都推了盖成现在的两层楼房，这样感觉上不是安全一些嘛。”石得清说完把大家迎进屋去泡茶。

楼房里面，空间也是很阔大，基本是大开大合的格局，主要是建筑面积大了使用面积怎么设计都好使。石得清领着魏明心楼上楼下转了一遍。别人都在一楼的大客厅坐着，只是在可视范围内扫上几眼，似乎不太好意思跟着看。魏明心参观完室内布局后说：“总体感觉还可以，传统中式红木的陈设，彰显文人清雅之气。最应该注意的书房和卧室，也都考虑了聚气和精巧，最应该改变还是客厅的布置，现在有一种流行的说法，叫‘重装饰，轻装修’，也就是说，装修不一定要砸进去很多钱，但要讲究装饰的品质，体现的是一个家庭的文化软实力，更多的是彰显主人的审美和格局。当然，比如同样是讲究装饰，也有观念上的本质区别，有些愿意花几千万买件家具，却不舍得花任何钱买幅字画回家挂挂，家庭装饰是门艺术，不仅是品位问题，更是心灵建设，特别是有孩子的家庭。得清兄的家具都不错，但墙可都是‘白墙’啊，要注意‘补白’了。”石得清说：“难得明心弟坦诚相告，给我普及家装文化了，说实话，这些我还真不懂，我也想过要挂点字画，但又不知挂什么好。对了，我餐厅那幅风景画就是印刷品，在贤弟眼中是不是太没品位了。今天‘长知识’了，我改天撤掉它。当时就是感觉墙面太空了，随便挂个东西填补一下算了。”魏明心说：“得清兄是个醉心文学的人，再说也是隔行如隔山，我不挑明了说，您是不会在意这些的，永远不会，我知道的。另外，我说明一下还有啥好处。”魏明心快速扫了众文艺家一眼，接着说，“有这么多画家在场，又怎么可能继续让您的墙一直‘白’下去？我直接点将了，巴人老师负责画石老师客厅挂的作品，他家附近生态环境挺好，就把这他家及四围环境画下来，画幅田园山水，我看就挺好！我们澳门的孟吉庆老师画幅花鸟，注意和餐厅气质匹配，要挂餐厅的。”孟吉庆的发际线长得有点高，脑门锃亮，他不太言语，却很幽默，他说：“遵命！”巴人老师是位很健谈的画家，他说：“能给石老师画画是我的荣幸！我经常在文学期刊看您的小说呢，获益良多！您是真正的大作家！我也喜欢写点小文章，有机会向您请教！”石得清遂抱拳说：“那就给诸位作家、艺术家添麻烦了！先由魏老师陪大家坐坐，我今天特意把我妹妹叫过来掌勺，她是开饭店的，厨房那一套可比我专业多了。我去安排一下，一会儿陪大家喝几杯，粗茶淡饭而已，权当是为新朋旧友接风洗尘了！”

作家艺术家聚一块，酒风自然是较文明的，也不怎么劝酒，有个别性格活跃的也许会起身向大家敬酒，但那也是点到为止的，每个人似乎都自带那么一点矜持与孤高之气。石得清家里临时促成的这个“家庭晚宴”的氛围，大概就是这个样子，淡淡的，自在的，却真实得令人安心。所以从始至终，大家都很愉快很清醒，谁也不会给谁带去麻烦，更不会为难谁，用不着如履薄冰，也无须尽欢而散，一切都在温馨随意中落下帷幕。

由于阔别重逢，石得清和魏明心不自觉就比别人多喝了一点酒，石得清的妹妹在客厅为大家端茶递水。他们两人则已然移步书房“煮茶论道”去了，这时的石得清说话就变得干脆多了，他对魏明心直言：

“我这房子是够大，但床铺可跟不上，我平常多在这里写作，根本不让别人来的。咋办，兄弟们是安排到市里住呢，还是怎么安排？”

“住宿就不劳得清兄费心了，房车嘛，移动的房子，我们一路多是这样住过来的，已经很好了。我们今晚一到车里，和您就是邻居了。”

“你今晚可没资格做我邻居，更没资格睡觉，今晚只有一种选择，彻夜长谈！唉，已经很久没跟人谈文学了，没法谈，仿佛是件羞于启齿之事！”

“难得得清兄还是那么纯粹，我也很久没聊文学了，那就舍命陪君子好了！”

“一言为定！对了，我这书房在明心弟眼中，是否也是‘白墙’？改日可否向贤弟求幅墨宝？我可是在别的同学那里见过你的书法，有味道，我喜欢！写好了就挂书房，待我读书写作累了，我抬眼就能看见！见字如人！”

“如果得清兄不主动提及此事，我是无论如何不好意思写的。说实话，我现在很少为他人提笔写字了，我怕被别人误认为是‘书法家’，更怕被误会有商业推广的嫌疑，所以我近年既不为人题字更不卖字。我想，文之余的事情，只适合在书房遣兴一下。当然，能得到得清兄认可，乃弟之荣幸！当在离开前写好请您指教！”

“有啥可怕的？怕误会就是怕不正确的舆论导向。我对明心弟的反应感同身受，我也有过类似经历，以前也有人找我题写斋号什么的，于是就有人公开指名道姓批评我，说你一个作家写什么字？你又不是书法家，写字的事情是你们干的吗？作家怎么可以随意去抢书法家的饭碗？乱套了！明心弟，你瞧瞧，那些玩意儿都说的什么话呢？人家请我题字，我盛情难却，怎么就变成抢书法家的饭碗了？我们题字分文不取，完全是为了满足读者的需求。再说了，谁规定我们作家就不能写字？啥时候写字成了书法家的‘专利’了？简直乱弹琴！我当然不想为自己辩解，我本来就无心于此，对书法确实也没多少研究，但自感并不输于那些所谓的‘书法家’，就那帮不学无术的家伙，能写出啥好字？我看过很多所谓职业书法家写的字，除了满纸躁气，几无可观之处，我们西北人性格率真，看了直想骂娘！明心弟和我们不一样，我和一位混迹书画圈的同学聊过你，人家说你的书写水平比那些所谓的书法家专业多了，我看了你的书法，确实很有书卷气，很值得玩味，这不是书匠们能写得出来的。试想，所谓‘书为心画’者，不就是书写宏富的内心品格、才情和学养吗？肚子里没有多少墨水的人，如何能滋养出值得品味的‘心画’呢？古今真正的书家都是学问通透之人，我以为贤弟就是这样的人，你都没资格书写，谁有资格？能者多劳嘛，一专多能其实并非坏事！所以说，很多事情都是观念造成的，谁说当代文人就不能写字？回溯传统，真正的书法皆出自古代文人之手。很多大画家本身也是文人，文人都没资格写字，谁才有资格？反观现在的书法家，又有几人能勉强够得上文人的称谓呢？所以才导致现在遍地是俗不可耐的‘书法’，只因无法载道也！”

魏明心静静地听着，时不时喝口茶压压酒气。他慢悠悠问：“得清兄说完没有？”石得清说：“说完了。我怕你插话断了我思路，所以一口气全说了，不吐不快。”魏明心说：“哪能呢，我知道您喝了点酒，性格开始活跃了。其实，一吐为快也要看什么事。就您刚才说的那点事，何足道哉！皆是俗务俗念，就这种事情我们去跟人家较真，永远不会有结果，而且也不值得说道！很多事情看似有对错高低，其实没有！为何？因为对牛弹琴的话，从一开始就找错了对象。不瞒您说，我所谓的怕人误会，不是指那些破事，而是我想沉下心来好好写点东西，因为越多人知道我会写字，就有可能更多地耗损我的精力，就目前的情况，许多亲朋好友纷纷索要我的书法已经让我不堪重负了，写还是不写？写吧，我要不断付出无谓的心血，经常打乱我的计划；不写吧，又得罪人，人家会认为不给面子。所以这样的‘虚名’还是不要为好，只图个清静，这样才能安心创作。”石得清说：“原来如此！我本想为你出气的，谁知出了一个寂寞。也是，‘宁与智者争高下，不跟愚者论短长’。钦佩贤弟对世事洞察秋毫！好吧，言归正传，咱兄弟俩可以多叙叙鲁院一别以来的经历。”魏明心说：“这就对了，还是说点值得探讨的事情。只是，面对得清兄的累累硕果，愚弟一事无成，深感惭愧啊！”石得清说：“贤弟何出此言？我又有多大的成就呢？人生百年也就那么回事，非要说我多了些所谓的成果和虚名，那也只不过是沾了平台的光，我从鲁院回去后，一直在家乡从事自己喜欢的文学创作，加上又在作协主持工作，机会当然多了些。也就是说，我的兴趣恰好和工作有机结合到了一起，这是让我感觉很幸福的事情，也是很幸运的地方，仅此而已。可能正因如此，我看上去似乎做出了些名堂，其实也不过是些世俗的名利罢了。”魏明心说：“得清兄的轻描淡写之处，却是我们望尘莫及的地方，我既钦佩您的成就，也羡慕您能做自己喜欢的事情。愚弟就没那么幸运了，离开鲁院后，为生活所迫，一度离开文坛多年，几乎荒芜了十几年的大好时光。直到近年，才有机缘重新拿起笔来接续旧梦。人生不易啊，我有时面对自己已然荒废的人生，不禁潸然泪下，内心虽有不甘，但又能如何呢？既是无助，也是无奈，但知道这就是自己的命运，非人力所能为，只能顺其自然了。我也反省过自己，为什么同时起步的人，别人都取得了那么多成果，而我呢，总是与成功无缘，问题到底出在哪里呢？没人能告诉我答案！后来我想明白了，谁也不怪，要怪就怪我自己才疏学浅，既是才疏学浅就不配有什么成就。我想明白了之后，也就不再伤心难过了。”不曾想，刚说完不再伤心难过的魏明心却伏在书桌上“呜呜”哭了起来。石得清被魏明心的哭声刺激了一下，酒就醒了三分，他赶紧安慰道：“贤弟啊，你这是醉言醉语，你怎么就才疏学浅了？如果连你都算才疏学浅的话，那么，你能否告诉我，谁能称得上才高八斗？”魏明心仍拖着哭腔说：“我没有说醉话。都说酒后吐真言，我这算是酒后吧，酒后吐的不就是真言吗？所以我就是才疏学浅！”石得清闻言心想，再按他的逻辑说下去，到天亮也跟他扯不清，于是心生一计，说：“对，贤弟说得很对，你就是才疏学浅！这样好了，为兄也陪你才疏学浅，这样总可以了吧？”魏明心忽然停了哭声：“这还差不多！”说完自己坐那里傻笑。石得清拍了拍自己脑门说：“贤弟啊，还是个长不大的孩子，真拿你没办法。不过，贤弟也道出了一部分实情，你真得沉下心来好好写点东西，不然人家真认为你是才疏学浅呢，只要不到盖棺论定的时候，总有办法证明自己的！”魏明心长长地叹了口气，说：“唉，人生已到半百，又何须证明自己呢，毕竟不是每个人都能做那个手捧鲜花接受掌声的人，我为什么不能做那个人群中鼓掌的人呢？不求有功，但求问心无愧吧！”石得清说：“当然！你想做什么样的人都可以，前提是做一个真实的自己，做好自己该做的事情。正所谓‘人生哪能多如意，万事只求半称心’呐。其实，我也没想到，你那时那么有才情，如今却……”魏明心闻言心又一紧，半晌才痛定思痛说：“是的，我败给了生活，败给了我自认为无比正确的生活，可回头看才知道自己活反了。确切说，是我自己把我自己给打败了，我没资格怨天尤人！也许我刚才是借了一点酒力，在能够纵容我‘撒野’的兄长面前，放心地倒出了一点多年积攒下的苦水罢了。这就是人生，人世皆苦啊！”

于是石得清又安慰了魏明心一通，才算把这页翻篇。两人不知不觉聊到接近凌晨三点，魏明心下意识看了一下表，猛然说：“得清兄，要失陪一会儿了，我每天都要在寅时打坐，雷打不动的！饭可不吃，觉可不睡，唯寅时的坐不能不打！”魏明心说完，立马双腿盘起，凝神闭目端坐在那里岿然不动。石得清看得有些愕然，他见魏明心微闭双眼盘坐在宽大的长凳上不知在想什么，但又不便打扰他，于是也坐他身旁有模有样地学他盘腿的样子，其实双腿也没能盘上去，可即便如此也疼得他龇牙咧嘴的，遂赶紧把腿放下来，自言自语道：“看来我这老胳膊老腿的，做不来这些动作了，那就只能陪贤弟静坐一会儿了。”魏明心打坐之后就再没理会他。石得清苦等苦熬了足足两小时，魏明心这才睁眼“下坐”，而后两人又重拾话题，谈兴依然浓郁，直聊到天亮仍未尽兴。

最早来打扰他们清谈的，是“丑书大王”小曾猴子，他可不管你那么多，探头进来就说：“师叔，这里树上的小鸟好多呀，我一早就被吵醒了，可能是昨晚喝酒了肚子也饿了吧。”他话音未落，石得清勤快的妹妹也过来对石得清说：“哥，早餐准备好了，招呼大家准备准备，可以用餐了。”这样，魏明心和石得清两人才重新融入集体行动中。

作家有时的确不按常理出牌。石得清没有乘房车一块走，他自个儿开着他那辆香槟色的运动型多用途汽车。他的身材瘦小，车身却很高大，眼神不好使的人看他这部行驶中的车辆，好像无人驾驶，当人们疑惑时再定睛辨认，才能看明驾驶员像极了一个孩子，人与车的合体看上去甚是滑稽。石得清开车在前面引路，带着大家马不停蹄地接连参观了中华回乡文化园、镇北堡西部影视城、贺兰山岩画、青铜峡黄河大峡谷、石嘴山沙湖国家湿地公园等风景名胜，沿途他一根接一根地抽烟，几乎没断过。最后还是“丑书大王”小曾猴子跳出来“拯救”了大家的双脚，他嚷嚷道：“哎哟喂，我的双脚都快要跑断了，可能我穿的鞋不对，你们感觉怎么样？”魏明心闻言大笑起来，说：“你小子有时虽不懂礼数，但也学会含蓄了，有进步嘛！”石得清也被逗乐了，他拍了拍“丑书大王”小曾猴子的肩膀说：“小曾，你没说错，是我这只领头羊跑快了，怪不了大家。”魏明心说：“也难怪，作家都是‘独行侠’，习惯了单干。不过，你这烟瘾也太大了吧，一根接一根地抽，是否影响健康呢？而且，您自己是提了神，我们可是光看着您吞云吐雾呀。”石得清说：“也就剩这点爱好了，只要不封笔，这烟恐怕是戒不掉了。主要昨晚彻夜长谈，不靠烟来支撑一下，我估计早倒下了。对了，贤弟怎么还这么精神，也不见你有丝毫困意？”魏明心说：“我是只要让我寅时好好打坐，一天的能量也就足够了。”石得清说：“哦，看来我才是真正的舍命陪君子了，下次再通宵畅叙，我也得向你取取经，学会了这招，每天可为我节省不少时间呢，变相延寿啊。”石得清说到这里又猛吸了一口烟，但未及吐出烟圈他便顿了一下，忽然，他从背包里拿出一杯自家冲好的咖啡递给魏明心，不好意思说：“来时为你准备好的咖啡，怕你昨晚没睡觉犯困，没想到刚记起来。”魏明心说：“还好，我真是钦佩您没把它背回去。”石得清哈哈一乐，自我解嘲道：“人这心里一忙乱吧，就不是自己了，总是错漏百出。实话说，我也是存有私心的，听你说纪念‘一带一路’倡议十周年庆典的日期已经定好，我就想尽快把重要的地方跑完，以便多匀出一点时间来和贤弟谈天说地，也不枉25年来的首次重逢。”魏明心说：“是的，我们先锋队再顺访一下甘肃敦煌，就要直奔本次公益之行的最后一站了。得清兄这样安排也没错儿，您是重情重义之人，已经让我们感到很温暖了。何况，如此紧凑的行程也是歪打正着，正好让我们的文艺家们体悟‘应无所住’的俗世内涵。当然，‘应无所住’不是什么都不住，而是应住在天上，这样才能生起无为心，进而生出无为法。古往今来，一切贤能之士皆因无为法而成就一番事业。反之，一切有为法皆如梦幻泡影。这就是缘起性空的本来真相。大家要是悟到这一人世本质也就值了。因此此行虽略显仓促，但已经领略到了‘塞上江南’确实名不虚传，也让我发现了大自然的‘秘密’，说明自然界的山川风物并非完全按地域来生长的，就像人的性格，无论南方人北方人，其性格也可能是倒着来的。这也透显了宇宙的规律，世间万物实无一定之规，要辩证地看待问题。”石得清笑说：“那是当然，没有两把刷子就妄称‘塞上江南’，岂不欺世盗名！所以欢迎大家常来宁夏走走啊。此次一别，新朋旧友就都是老友了，大家要多亲近才好！”魏明心说：“是的，得清兄所言极是！所以说一位优秀乃至伟大作家的温暖文字不是凭空来的，有人批评陀思妥耶夫斯基看似矛盾得离谱的双重人格，是他们还不懂陀思妥耶夫斯基的本心真相，如果读懂了作家的真实使命，也就不会轻易妄下结论了……”

在石得清偌大的院子里开展的先锋队在线直播，显得很接地气，有种文化下乡的感觉，一股“最是人间烟火抚凡心”的质朴而动人的气息迎面扑来。主播们的服饰依然亮眼，并不因环境的改变而降低要求。石得清观摩现场后，他低声对魏明心说：“这才是当代文艺家该有的样子，做什么就得像什么，干一行得爱一行，内外兼修，形神兼备，好样的！祝贺贤弟组建出如此完美的团队！看来你昨晚说的确实是醉话！而我受你感染也随你说了醉话！”魏明心说：“人生就是在半醉半醒之间，但无论是醉是醒，都要清醒地前行。所幸，此次相聚，让我体会最深刻的是，珍贵的友谊不会因时空的隔绝而淡薄，这才是最重要的。”石得清说：“那是肯定的，真正有情怀的人都是同频共振的，绝不因一时一事而生变。对了贤弟，我有个疑问，你们先锋队试图拯救的那位诗人、科学家真能被‘唤醒’吗？要是将来有机缘邀请过来畅叙，那就太好了！他要是真能醒转过来，那就是从‘鬼门关’走过一遭的人了，不瞒你说，到了这个年龄，我是越来越对生死问题感兴趣了，并非畏惧死亡，而是三五好友除了共话俗世追求，还能一同探讨生命本质，不亦快哉！”魏明心果断说：“绝对能！他的病情恢复非常顺利，我有种良好的预感，相信得清兄的问询很快就能得到答案。我也确信，在未来某个时间节点，得清兄的愿望一定能够实现。”正在这时，郝姑娘天籁般的朗诵声骤然响起，多舛命运，非凡才情，纵使是才华横溢的石得清亦听得目瞪口呆，那如百灵鸟般的空灵之音，瞬时点燃了听众心头熄灭已久的渴望——

很快，我听到了一个令我无比吃惊的消息：赵冬青居然死而复生了！我的第一反应是，这怎么可能呢？上天真能那么眷顾冬青吗？正当我半信半疑之际，是冬青母亲给我来电报了个天大的喜事。她说：“魏作家，我之所以没有第一时间告知您，主要是这个事情，就连我自己也有点不敢相信是真的，所以想留出一点时间差，以便确定真没问题了，才敢向您报喜。”我连声称赞冬青母亲做事细心与善解人意，又说这是比天还大的好事，改日，待时机合适，我亲自上门给她全家道喜。

万万没有想到，好景不长，也许是乐极生悲吧，当我们庆幸冬青又回归人世的喜庆气氛尚未消散，冬青却在一个晚上入睡之后再未醒来，就像人梦了却忘了醒来那样，始终处于酣睡状态。更奇怪的是，冬青全身器官并未出现衰竭之状，如同睡着了一般。这次，赵冬青却从死而复生意外跌入到“生而复死”的境地了，生命从此就像“冻结”在了睡梦中一样，无论梦里怎生闹腾，他的肉身却像个没事人一样毫无反应。其神态又如直插云霄的“大树”，不管世情动荡如何波谲云诡，永远充耳不闻、熟视无睹地伫立在那里，只呈给世人一副波澜不惊的样子。

或许人们不禁叩问：为什么人世间只有很少的一部分人有幸拥有令人艳羡神往的“灵魂”生活，然绝大多数人终其一生都无力抵达真正意义上的灵魂生活呢？人与人之间为何会有如此大的差别？这神秘的所谓灵魂，到底源自哪里呢？这一连串的问询，也许在许多人的脑海中都或模糊或纠结地浮现过，但人们要么“没时间”去思考，要么无力解答一些重要的社会现象，结果皆不知不觉地令自己的生命无谓地沉沦了下去，沉沦后的人生，自然令人扼腕痛惜。只不过，痛惜本身就宣示了无奈与失败，因此对于如此关乎人类个体生命觉醒本质的问题，人们有必要搞清楚人生的意义和价值，否则即便个体生命的出现是个偶然现象，那也是对自己人生存在状态的极端不负责任。知所从来，方明所往。试问，一个连对自己生命都可以不负责任的人，有何资格说会对其身处的世界负责？

赵冬青反复“假死”后，我开始研究和追踪人类的灵魂生活到底来自哪里？这种幽微的“灵性”生活到底依附于什么？当人的肉体消亡后，我们所寄予厚望的有别于一切所谓虚幻信仰的“灵魂”还能独存于世吗？虽然此前为了说服赵冬青的母亲放下表面“失去”爱子的悲痛，我曾在她面前诠释过“生命与灵魂”的关系，解决了人的灵魂的去留问题，但却没能作出更进一步的探究。

为了厘清这个人世间的“超本质”问题，我首先对赵冬青名下的科技发明逐项展开人文层面的研究，结果表明，无论是对于人类呼吸“健康空气”的终极发现，还是对于人类“安全饮用水源”的极度反思，都淋漓尽致地展现了赵冬青对于人类社会永续发展的极致人文关怀，而且正因这些发明和思考承载了发明者温暖绵长的人性体悟和人文关爱，才使得原本索然寡味的自然科学探索，真正变得有生机和有品位，这就犹如一位有血有肉的人与冰冷生硬的机器人的区别，无关能力，似乎只与人性的温暖感知及审美旨趣有关。如此有温度的“人文与科学”无缝联结的发明创造，无疑是赵冬青灵魂生活的延续，那种“延续”是向宇宙深处的空域自觉拓展，从相互激发的能量场域来说，是无限性的，他试图为人类的健康生活带去无穷呵护，亦想为人类的无尽未来带去启迪。然而，他仅仅是位再普通不过的“平民百姓”，甚至还是位疾病缠身的残疾人，这在世俗之人看来，他应该属于需要别人特别关怀的弱势群体中的一员，这种人行走在人世犹如过河的泥菩萨，自身尚且难保，遑论惠及他人？可是，赵冬青却表现出了优于常人的坚韧与卓越。

其次，在对赵冬青创作的诗歌、小说和日记进行梳理的过程中，我极其真切地感觉到了一个“鲜活”的他正与我对话，就像我们当初的交往一样，他似乎并未“沉睡”在病痛中，已准备好随时和“有缘人”对话。经由那些用心血凝成的文字，他的思想在真诚洗练的字句中流淌，他的智慧在字里行间闪烁，上承中华优秀传统文化文以载道、文以化人的高远理想，下启价值信仰引领世道人心的春秋伟业，此正应了“文章乃经国之大事”的智慧箴言。这倒不是说赵冬青的道德文章取得了多高的成就，而是重在凸显他的价值取向、执着追求和人文关怀对人类经济社会发展的参鉴意义，因为人文普适价值和真善美审美导向是人类社会诗意生存的永世基石！

正因如此，才有了《冬青诗选》《冬青短篇小说选集》的出版，当我颇有感触地翻阅这些作品时，我深感自己居然全面抵近了他的灵魂，觉着冬青其人正如他笔下的诗歌一样，品读起来充满了诗情、画意与格调，经他双眼所致，笔触所及，似乎天地万物皆有了生命灵性与觉知能力，这种推己及人、无我利他，乃至于爱及苍生的悲悯情怀，只有历经止于至善的文明濡染方能孕育得之。后来我又意外获准看了赵冬青的私人日记，于是他的心窗被我彻底地打开了，我看到了一位富含哲思的、真诚的心灵使者从这世间尽心尽力地走过，于是在他母亲的授意下，我将他的日记命名为《心灵日记》，并着意为这部特殊的日记写了篇《灵魂才是生命》的推荐序言，而后推动《心灵日记》付梓出版。

不过，赵冬青“昏死”期间，除了他母亲雷打不动的“固执己见”，其他人大多认为冬青再也不会醒过来了，所以才会从速帮他把“遗作”整理出版。我也认可冬青母亲的“执念”，我相信冬青身上充满了无限可能，或许令人惊叹的奇迹还会再次眷顾冬青。我同样确信，即便再没能苏醒过来，他“身后”留下的文化财富也远不止这些。赵冬青的父亲赵野平年轻时是位资深的文学青年，也是他所在单位出了名的笔杆子。有次，我专程去探望他父母，顺带也看望了“居住”在另一套房内的冬青。他由于长期“昏睡不醒”，只能由专职护工细心照料，因为需要用到许多专业手段去帮助冬青重新“苏醒”。据说有位亲戚曾去探望冬青，见冬青始终呈现一种“熟睡”之状，为表示关心，她就问冬青母亲：“冬青这种状况有没有可能成‘植物人’了？有没有可能醒来？”冬青母亲闻言，当场气得脸色铁青，一句话也说不出来。受此刺激，冬青母亲甚至连着两三天都茶饭不思。事实证明，冬青母亲的敏感并非多余，不料亲戚的一句无心之话却一语成谶，日后冬青还真应验了亲戚的前言，意外坠崖成了名副其实的“植物人”。事后想来，冬青母亲当初虽然极度气闷，但冬青未来的走向也是她始料未及的，有时越是怕什么越是来什么。

这次探访期间，我和他父亲饶有兴致地聊起了文学话题，我们聊得天马行空，从他江苏老家的文化底蕴聊到我福建老家的诸多神奇，他说起话来甚是诙谐幽默，他说他之所以喜欢读我的文章，不仅因为我的文章有思想、有感觉、有担当、有味道，还因为读来很亲切。话说到这里，没承想他这位耄耋之年的老者思维却甚是敏捷，他生怕我误读他的意思，于是特意补充说：“你的文章读来很亲切还不仅是因为小老弟与我熟识多年，情同莫逆之交，还因为你的文章质朴深情，一句话——读你的文章能咂摸出人情味来，这才是关键。当然了，最最关键的，是我还在你福建老家当过许多年兵呢，我时常听热情的当地老乡给我讲些有趣的风土人情、奇闻轶事。因此我对福建还算是了解的。”听到这里我们相视一笑，然后他又接着说，他对那片热土怀有深厚感情，在他的印象中，福建山清水秀人杰地灵，涌现出了许多旷世才子，之后他有意强化说：“你就是其中的佼佼者，你不单文笔优美，思想也非常深刻通透，读你的文章令人酣畅淋漓、醍醐灌顶，是当代作家中难得的智者。”我见他把我抬得如此之高，急忙谢绝说：“老人家喜欢我的文章实属人之常情，但您的评价我实在不敢当，即便是私下交流也是受之有愧。平心而论，当代优于我的作家比比皆是，我在文坛只是个后生晚辈，很多地方还需要向前辈高人和优秀同侪学习借鉴呢。”

他父亲知道我脸皮还不够厚，就主动岔开我们正讨论的话题，他说：“冬青跟你一样，都是很内敛极低调的人，但你们的文风却都不失张扬，且张扬出了极强的个性。”于是，我们很自然就聊到了冬青的诗歌，以及他笔下文采斐然的日记。对此，他兴致颇高说：“我年轻时候其实心底里是非常想当一名作家的，只是由于种种原因，终究与这一梦想擦肩而过。”说完，他那保养得很有光泽的脸上浮现了少许失意之情，但几乎又在同一时间恢复了平静，于是他接着说，“不料几十年后，我的儿子却帮我实现了这个梦想。”他说到这里情绪略显激动，遂颤巍巍地将目光投向书架上齐齐整整摆放着的赵冬青的《冬青诗选》《冬青短篇小说选集》《心灵日记》等著作。“这些都多亏了魏作家帮忙整理，不然哪有冬青今日的成就。”说着说着，他的声音就哽咽了，在他哽咽的声音里，略微回响着掺了些许历史沧桑感的沙哑音声。于是，赵冬青的形象就从他的沙哑的声音里隐约走进了我的心里，如同一个影子般从模糊的存在，到牵引出主人清晰的身形容貌。又仿如人类对地球之外的地外文明和生命迹象展开的永无休止的猜想与追寻那样，似乎总能从人们的口中得到似是而非的答案，因为所谓的外星人及外星文明的结论很快又会被科学证据所推翻，但这并不等于说地球之外的生命活动从此就不存在了，因为在银河系里宜居的星球高达400亿颗，目前尚被人类认知能力遮蔽的盲区不等于虚无，犹如有些人认识不到自己的错误并不等同于错误就不存在了，这是显而易见。我们有智慧肯定，地球之外的文明轨迹一定很自主和逍遥地存在那里，就像地球上的人类文明一直很自主地存在于其他星球之外一样。但无论如何，人类都还要不断朝着科技高峰登攀，因为作为太阳系的中心天体，太阳近100亿年的寿命已经耗去近50亿年了，未来越逼近太阳的终极寿命，地球接收到的热量就会越高，直至被太阳彻底吞噬。所以寻找地球摆脱太阳系危机的科技手段，可谓是人类的极限“安全观”。

因此想到赵冬青，我就不禁联想到他对科技发明的苦苦追求，以及畅想更广泛意义的科技价值。只是此时赵冬青的形象“入侵”，是内外环境共同作用的结果，是必然中的偶然“引爆”，否则不具备宛如“核裂变”般的能量，也就是说，正是出于对当今世界道德良知大面积坍塌产生的巨大隐忧，才促使赵冬青纯正贤良的人生形象不断在我的心中积聚升腾，表征越普通质朴的生命越是凝聚着“道”的品质，即所谓“为学日益，为道日损。损之又损，以至于无为，无为而无不为”，以至最终我对他的人性故事产生了浓厚兴趣，决定写一部书来深层解读“文明与道德”的内在关联，所以我有必要对赵冬青的生命故事展开全面而深入的求索。

因此我期待自己的想法能获得他父母的认同与支持，毕竟对于常人来说，那是一个早已嵌入灵魂的伤心往事，实如被造物主划出的一道难以愈合的血口无时无刻不“伫立”在心头最柔软的地方，有时觉得事情过去了，其实只是岁月制造的一个弥天假象，哪天倘若真的揭开一种叫作“光阴”的包扎物，曾经误以为早已“结痴”的伤口依然还在那里汩汩地涌血呢。

所以既然笃定了创作的设想，我需要先试探一下他父母的情感反应，以及因此带来的阻力大小，才能最终决定是否实施这项写作计划。对于摆在面前的同质阻力，一般来说，我们会偏向于先说服阻力较小的一方，于是我暗有所指地问他父亲：“老伯，您对现在的社会生活满意吗？比如衣食住行等方面。”他父亲是个直率的人，他听了我的问话，思想无意拐弯抹角，而是直言不讳：“一方面，现在我们国家的发展大势非常好，这是前所未有的新现象，可喜可贺。但另一方面，作为我这辈人来说，也有许多地方是我看不惯的，最难以理解的，是现在的年轻人对待生活的态度，似乎都没什么大的抱负，成天只知围绕基本的生存问题在玩命转，这是最要命的，也是最可怕的，因为国家的未来终有一天需要靠他们去支撑。想想我们年轻的时候，虽说也没有实现个人的美好抱负，但我们是为了国家的需要不得已才放弃个人的追求的。然而现在的年轻人似乎没有这个问题，他们拥有宽松得多的、自由发展的外部环境，可是，他们明显缺乏精神追求，就像一部车一样，连‘发动机’都按兵不动了，还能指望这部车能把我们带往想要去的目的地吗？显然不能！”

我说：“除了从大局考虑这种思维定式会有不好的发展结果外，单一的价值评判标准还会对我们每个人产生怎样的影响呢？”他父亲忧心说：“那影响当然很大了，无论是对个人与国家来说，还是国与国之间的相交来说，乃至于全人类范围之内的互动而言，都是很难置身事外的，没有谁能够独善其身，这种基于思想认识方面的影响看似无形无迹，其实却又无处不在，影响深远。比如现在的世道人心就对我的个人生活产生了不良影响，我平常主要帮我闺女打理生活，由于我对人不设防，以为全天下都是好人，所以我去菜市场买菜时常常成为受害者，后来吃亏多了也就开始当心了，但仍然摆脱不了黑心商户的算计。再拿我闺女来说，她是文化商人，免不了迎来送往那些商务应酬，因此在外吃饭是常有的事，而且还尽是挑那些档次高的餐饮店消费，但我闺女却没有因此收获安心，她时常在我面前抱怨说，现在真是没有一处可以安心用餐的地方了，不时曝光的食品安全问题让食客心惊肉跳，不仅酒水品质没保障，菜品同样危机四伏，没想到为了健康花了重金还这样，让人情何以堪！由于这个原因，我总是劝我家闺女少在外面乱吃一通，每次她都无奈地摊摊手说，爸，如今就这交际风气，不把谈判搁餐桌上，那样客户会觉得我们不懂人情世故，会显得待人接物诚意不够，要是给人留下这样的印象，还怎么和人深入交往？因此我特别理解我闺女的难处，明知唠叨了没用，但仍忍不住要说，有些东西需要天长日久地去提醒，对于买卖双方都是一种有益的提醒呐。”

我亦忧虑说：“真是难为老伯了，原本是到了安享晚年的时候，却还要为一些不该出现的日常琐事担惊受怕，那些缺德的恶行，为时代蒙上了浓重的悲剧色彩。可是老伯啊，那些无良奸商远不是提醒提醒就可以从善如流的，这要从做人的根本上说起，人性的初始状态可以理解为是善的，起码是无善无恶的，犹如一张白纸，就看周边的人文环境怎么在其上描绘了。再者，因为人心经过至少百万年的修炼与传承，那种对于苦难的记忆和对幸福的向往，使得人性都有向善的本能意愿，诚如‘食色性也’的本能欲望，是人类与生俱来的本性一样。只不过，人性本质上更像是居中的不偏不倚的钟摆，一边是善，一边是恶，而世风则像是促使钟摆摆向善恶两边的外来助力，当世风呈向好态势的时候，钟摆会倾向于摆向善的一边，而当世风不堪时，则会倒向恶的另一边。所以做人比做事更重要，也更难做好，需要人们持续不断地通过人文修炼去培育和强化人间善念，树立爱己及人、益己利他的正确价值观，从而影响人的天然心性，也就是经由后天的人文道德教化去塑造引领人类的先天自然品性。因此我们推行怎样的人道教育和实施何种人生价值取向显得尤为关键，这对全人类来说都是一个难题，因为在这个问题上，人类从未形成真正意义上的共识，迄今，甚至连貌合神离的所谓共识也没能达成，人类的‘人道’始终无法实现有助于人类共同发展进步的终极合力，人心处在令人痛心扼腕的分裂状态中无力弥合。这就是我想写写关于冬青的人文故事的起心动念，希望通过‘文明与道德’这一人类社会最具生存价值的小说主旨，言说文明熏染下的价值信仰对人类永续发展所具有的不可替代的压舱石价值，以期让人们更好地认清人类美好道德品行衍生的来龙去脉，以及因此形成的正向道德力量对人类生产生活产生的深远影响。”

他父亲近乎屏息静气说：“当代人大多都在削尖脑袋想着怎么才能赚大钱，难得你有这份雅兴和担当去造福社会民生，对于此类公益事业我自然是极为支持的，”他说到这里脸上流露出赞许之色，但他似乎读懂了我的期待，遂愧疚地接着说，“我明白你的心意，我知道你想了解更多有关冬青的故事，可遗憾的是，在冬青的成长路上，我没能尽到一位父亲本该给予儿子的足够关爱，我实在不是位好父亲！关于冬青，我很难为你提供有价值的细节，不过，我可以向你郑重推荐一个最佳人选，她一定可以给你提供所有你想要的原始素材，这个人就是我的老伴施勋美女士。”他说完忍俊不禁。我亦被老人的幽默所感染，心情一时大好，大概也是因为想为冬青“著书立传”的外部障碍看似已经被部分移除了的缘故吧。

正是在赵冬青父亲的力促下，我开始尝试和他母亲探讨为何要挖掘冬青背后的人文价值取向，以及如何去做好“文明与道德”这篇大文章！他母亲是位很有传统文化修为的女性，见人总是面带着亲切的微笑，因此未谈及冬青之前，她脸上的微笑是一如从前的，但当我一提及有关冬青的字眼时，她的神色立变，变得无比自怨自艾，她不断地在我面前自我反省、自我批评，说她真是对不起冬青，把好好的一个人才就这样“弄没”了，仿佛冬青就坐在她跟前一样让她情不自禁地倾诉着。为此，我必须先稳住她的情绪才有办法和她继续沟通。

我知道她对冬青的遗憾和不舍，不仅仅因为冬青是她唯一的儿子，还因为她心底里非常器重冬青的为人与才华的缘故。于是我对她说：“要是让世界知道，冬青比这个世上的绝大多数人都优秀，您还会对他的意外‘昏睡’耿耿于怀吗？”她简言说：“不会。”我接着问：“如果让世界知道，冬青是个拥有灵魂生活的人，因此他的灵魂将永不消弭，那么，您还会执着地、痛苦地思索他肉体现在的存在状态是鲜活如初，还是昏睡不醒吗？”她依然淡淡地但却坚定着回说：“不会的。”如此，我心里就有底了。

我趁热打铁说：“那我们双方合力帮冬青做一件未了之事，让冬青的灵魂故事有能力去造福社会，让他的灵魂生活可以影响千千万万的人们，您愿意配合吗？”她果敢地点点头说：“可以的。只是不知道冬青的故事有没有那个价值？我也不知道该如何来配合你的工作。”我闻言，知她尚未真正读懂冬青的人生价值。

为了让她的配合更其高效，我耐心为其解读冬青故事的潜在价值，于是我遂问她：“在您看来，作为一个社会人，是应该竭尽所能地为个人积累物质财富呢，还是更应该志存高远去为更多人的幸福贡献自己的智慧？”

我刚言罢，她便言语激越说：“当然是后者啦，现在的人的想法可不得了，张口闭口都是钱，满脑子想的都是如何去更好地钻营牟取利益，弄得整个社会都乌烟瘴气的，又有多少人真正拥有公德心和大局意识？这可不好，特别是年轻人更要保持‘耳聪目明’才好，站得高才能望得远，只为满足私欲的人永远得不到别人的尊重，常言说，独乐乐不如众乐乐！”我惊诧说：“难得您老已至耄耋之年头脑却还如此清醒，可怜现在许多正值风华正茂的青少年却不懂这些朴素的道理，若不知悔改，难免终生不被私利所绑架。我再问您一句，您觉得冬青是怎样的一个人呢？”这次，他母亲似乎真真正正明白了我的价值指向，她轻着声说：“说到做人做事，冬青可是个实诚人，他很少想他自己的那一亩三分地，多是为家人、社会和世界大局着想，这不是我在替儿子唱高调，他就是这么个人，你是他的知己好友，他是什么样的人，你应该能感觉得到的。”

我说：“那是自然，冬青的为人自是没得说的，我之所以这么问，非是基于不信任，而是想了解更多有关冬青在做人做事方面的真实故事，细节化的故事，您不是常问该如何配合我吗？您要做的就是像照相机拍照那样，如实将冬青过往的故事原原本本地还原给我，让我触摸到它的真实温度，然后我用这些第一手的原始材料做文章。这个文章做出来后是用来干吗的呢？它将告诉我们，人类只有确立了诸如高远通透的生命文明——那种一心向善的价值信仰，才能成长为一个有灵魂的人，从而拥有人类至高无上的灵魂生活，进而让人丈量生命长度时，不再愚昧地以肉体存亡的标尺去衡量，而是依托灵魂影响力，因为一个人是否具有灵魂觉知能力，直接左右着他的道德走向，这才是关键中的关键。而这一切皆拜心力感召下的文明所赐，是‘心力’文明孕育了价值观，而后衍生了灵魂自主力，最终作用于道德行为。因此‘文明与道德’置于良善人类的两端，一为肇始，一为终极，但又相辅相成。显而易见，‘文明与道德’避无可避的诗意联动，实属人类幸福蛰居的最紧要事！”

他母亲很认真地听着，不时若有所思地点点头。末了，她露出了会意恬淡的微笑，看似终究彻底领悟了我的意思。而后她欣欣然说：“那真是难为魏作家了，我一定会按你说的意思去好好准备。原本我该主动去找你说的，只是我的腿脚不方便，改天只能请你过来采访我了，我能做的就是知无不言，言无不尽，至于能否说得有价值，望你自行斟酌才好。”我见她母亲竟满口应承下来，心想余下的更为强大的阻力也被抵消了，遂如释重负说：“这就够了，只是让您老费心了。我想，我能为冬青做的，恐怕也就剩这些了。好吧，我等您电话，在您方便的时候。”其实，我本想再多说一句确认的话，但闪念间又咽了回去。我想说的是，我对这件事充满了期待和信心，我的心里已然升起了一轮智慧的太阳。如果采访日那天真的来临，无论面对风雷雨电，还是沙尘雾霾，我都将如约而至……

可是，当我一切就绪，准备全力创作时，冬青的母亲却突然反悔了。她抱歉说：“魏作家，真是辛苦您了！听一位懂风水的老先生说，冬青本来就‘沉睡不起’，这个时候是人体最虚弱的阶段，因此人还活着的时候最好不写传记，这样容易进一步耗损阳气而折寿。所以为了冬青的健康，还是不写为好吧。只是耽误您那么多宝贵时间，实在太不好意思了！”我一听就明白了，肯定是受了别人的蛊惑，不然说得好好的怎么突然就变卦了。但转念想到老人对风水先生的话似乎很信任，怕她因此担忧此事对冬青健康的影响，所以只好作罢。这样，原本期待已久的对冬青的首次采访就此半途而废。所幸，这次所谓的半途而废却“换来”了好消息。就在我把写作计划搁置后的数日，我接到了冬青母亲的“报喜”电话，她一开口就难抑兴奋说：“冬青醒了，真的醒了！目前除了身体还虚弱，别的都在慢慢转好。谢天谢地，不仅救了冬青，我死了的心也算又‘复活’了。”我听到这么天大的喜讯，直为他们一家高兴，真是吉人自有天相，冬青母亲的状态听上去一下子像年轻了十几岁，这些年冬青的健康问题对他父母来说的确是巨大的身心摧残，真是可怜天下父母心啊。我当时就想，冬青的苏醒要真是因为我的创作计划及时取消的缘故，那真是太神奇了，我宁可相信它们之间存在因果关系。

又过了些时日，正如冬青母亲报喜当日所说，一切都在不断好转中，冬青已经可以在室内自如活动了，只是为慎重起见，暂时没敢让他迈出家门半步。于是冬青邀我上门一聚，当我们见面那一刻，我们就像生死重逢那样热烈拥抱庆祝。因此直到我们坐定那一刻，才想到久别的挚友重逢是需要相互寒暄的。如是，刚入座的冬青重新站立，走过来紧紧握住我的手说：“贤弟，真是辛苦您了，要不是您的辛勤付出，愚兄那点拙作哪能如愿出版？这下好了，当我看到那些作品时简直爱不释手。从装帧设计到校对，都令我非常满意。”我说：“冬青兄满意就好，我只不过是举手之劳，不敢贪功啊。倒是您的突然康复让我惊喜万分，这就好了，我们又可以畅谈文学了。”冬青说：“感觉刚从鬼门关走了一遭，现在又重新回到了人间。都是你们的功劳，是你们反复的牵挂和念叨，又把我从地府生生给拽了回来，现在想来仍觉如梦初醒……”

自那次和冬青会面后，为减少他的能量损耗，我们主要通过电话进行交流。我记得冬青说得最有激情的一段话是：“贤弟，经过一段时间的积极调整，我的身体是眼看一天比一天好了，看来有件大事可以提上议事日程了。我那几部拙作不是出版了吗，近期我母亲帮我找了一位很棒的健康养生专家，跟我的理念不谋而合，我感觉可行，所以决定跟随他试试效果。我想，待我健康再恢复得好些，我打算联手贤弟，一块儿筹备一场特殊的新书发布会，我想当众把贤弟介绍给天下文友认识，以表愚兄的感激之情。同时，借此良机，召集一场文学高峰论坛，畅所欲言，为而不争，天下文友一家亲，期待能碰撞出独属我们当代人的文学智慧！”我说：“不瞒冬青兄说，这是我近年听到的最激动人心的一段话！我衷心为您的如期康复和初心不改的文学情怀感到高兴。我相信，那会是冬青兄的高光时刻，热切期待那一天尽快到来！”直至后来，当我回想起我和冬青曾经所期望举办的令人心动的“文学之约”，我才彻底明白“谋事在人，成事在天”这句话并非虚言，一切宇宙自然的规律着实诚不我欺啊。也许“好事多磨”是上苍所能给予人类的更大诚意的动力和机会吧！

鉴于李玲珑和上官步莲配合默契相互照亮，魏明心对李玲珑负责的互动交流环节越发放心了，因此他才能安心陪同石得清观看在他家院子正如火如荼开展的直播盛会。这次现场来了许多石得清的读者朋友，其中有位“耳聪目明”的读者指名要当面请教画家巴人一个问题，对方看上去弱不禁风其貌不扬，但提出的问题却异常尖锐，尽管如此，对方的口气却极为温和有礼，他说：“本人极为仰慕李主持人的个人风采及魅力，故特来现场捧场！如今夙愿得偿，深感幸甚之至！只是有个问题也想烦请李主持人代劳，帮忙邀请我同样钦敬的画家巴人先生回答我一个问题。”李玲珑听到如此恭敬的请求，心里自然很是受用，因此亦礼貌地回说：“这位先生客气了！感谢您拨冗来到现场支持我们先锋队的直播活动！我这就邀请巴人老师为您答疑解惑。”

只见长着一副颇具喜感面相的巴人应声从座位站起，他朝那位希望和他对话的观众点点头，示意对方有问题可以问了。提问的观众虽然身形瘦弱，声音却洪亮有力，他问：“久仰巴人老师大名，我想当面请教一个问题，据可靠信息，您是为了参加此次的公益之行才决定辞职的，这我就不明白，当代艺术家削尖脑袋都想在主流艺术平台谋得一份职务，以便提高身价，最终为自己谋取更多利益，可您却为了社会公益而主动放弃一己私利，您图的是什么？另外，我曾看过一个采访视频，有位最高等级画家平台的院长在接受公开采访时说：‘文艺要以人民为中心，我为此号召广大画家要积极行动，人民需要什么就画什么。’请问巴人老师，您又是怎么看待‘以人民为中心’的创作原则的？谢谢！”

巴人说：“身为艺术从业者，首先我们要搞明白，艺术的终极诉求是真实而正确地表达自我的思想感情和理想抱负，而非为了名利大搞投机钻营。我辞职加入公益先锋队完全出于个人原因，常言说‘道不同不相与为谋’，我担心长期身处一个不以发展文艺正道为追求的平台会污染自己的身心，进而严重侵蚀自己的艺术生命和价值。因为如果一位艺术家，为了满足个人欲望而沽名钓誉、浑身散发铜臭味是万分可耻的！因此我更愿意进入先锋队这样拥有正确文艺思想和为艺之道的公益平台，动机纯正，志向高远，这有利于我为文化复兴伟业贡献绵薄之力！至于‘以人民为中心’的文艺导向是非常明智的，实际上道出了文艺创作的立场和方向问题，以及解决了表现对象的基本指向性问题。但绝不能变成人民需要什么就画什么，这是违反艺术规律的，也是投机媚俗的。以人民为中心，应该是心中装着人民，情系社会，无私奉献，以为人民服务的赤诚之心和真挚情感投入到个体的文艺创作当中，从而创造出具有感染力和时代灵魂的精品力作！”

画家巴人的真知正见博得了受众的高度认可与赞誉！但直播活动结束后没多久，上官步莲就气喘吁吁地跑来向魏明心报告说：“魏老师，不好了，‘丑书大王’小曾猴子和陈立人打起来了，正在院子外面打斗不止呢。”魏明心闻言急忙和众人跑出院子了解情况，结果一出去果然看见“丑书大王”小曾猴子和陈立人缠斗在一起，由于他们决斗的地点紧挨着院外的那口池塘，两人一个大力拉扯便双双掉进池塘。这口池塘呈半月牙形状，是当地村民共享的多功能池塘，既能养鱼，遇上火灾也可抽水救火，同时还可调剂一方风水。所以池水较深，两人入水之后脚未能触底，于是都有点慌了，赶紧各自分头逃命，所幸都会点水性，几经挣扎过后便自己爬上岸来。他们见众人围拢过来观瞧，已成“落汤鸡”的他们如飞一般地狼狈逃回房车换衣服去了。

魏明心朝着他们逃窜的背影摇了摇头，然后随众人回到院内。上官步莲果然学乖巧了，她又主动上前问魏明心："要不要我去把'丑书大王'小曾猴子叫过来问明情况？"魏明心说："不用了，他一会儿自己会找我的。"他刚说完就又补了一句，"不过，还是要给你记上一功，幸好没出啥状况！"上官步莲听了心里美滋滋的，小跑着回房车去了。

石得清正陪魏明心在客厅泡茶聊天时，"丑书大王"小曾猴子很快就找了过来。他低头站在魏明心身边，沉默了一小会儿才说："师叔，这事不怪我，是他的错，他瞧不起人！"魏明心扫了他一眼，说："哦，说说，他怎么个错法？""丑书大王"小曾猴子说："他每次都把那个随身小包挂脖子上，我实在看不惯他的做法。刚才我又看他把小包挂脖子上了，我就说，是不是你们这些从海外回来的人都瞧不起没出过国的人？难道你们见谁都是贼吗？为啥不把包搁房车上呢？每时每刻都挂脖子上累不累啊？这种做法，简直是对同胞的侮辱！他听了就训斥我，说我多管闲事。我一气之下，就把他脖子上的小包摘下来扔车里去了。就这样，我们相约到院墙外单挑，结果就打了一架。就这么回事，是他非要把包挂脖子上侮辱人造成的。"

魏明心听完哭笑不得，责备他："还人家的错吗？错啥错？人家说得没错呀，你可不就是多管闲事吗？你有啥权利要求人家按你的想法去做？再说了，你咋知道人家往脖子上挂个包就是怀疑别人是贼？或许这是人家的习惯不行吗？""丑书大王"小曾猴子仍辩解说："问题是我提醒了他的行为有侮辱同胞的嫌疑，他不但毫不悔改，还训斥我，那岂不是错上加错？还能怪我吗？"魏明心见他还拒不认错，就来气了，斥责道："简直胡搅蛮缠！还不快去跟陈老师诚恳地道个歉！你要做的不是挑别人的毛病，而是多反躬自省，尽快修正书写中的陋习，多参鉴古人遗留的书写经典，并利用这次难得的巡回机会从大自然中汲取创作灵感，这样的话，我已经三番五次地和你说起并督促，到底做到了多少？你自己心里清楚！如果到时我对你的考核仍不及格，我将把你此次公益之行的表现，一五一十地通报给你的师父！""丑书大王"小曾猴子见魏明心动气了，赶紧一溜烟儿跑了。石得清笑说："现在的年轻人不管教是不行，有时他们自己比警察管得还宽，关键是不知反省，还专把目光盯别人身上找不是。"

正当他们刚想聊点未来文艺交流方面的事情时，杨大夫来了，魏明心赶紧起身让座，他知道杨大夫来了准有要事商量！确如魏明心所料，杨大夫一见魏明心就忍不住惊叹："此行太有福气了！堪称神乎其神！"他边说边起身去和石得清握手，他继续说，"石老师家真是一块宝地啊，为我们的公益之行开启了'幸运之门'了！"石得清听来人如此夸耀自己的家庭风水，心里自然甚感欣慰与荣耀，但又不便询问缘由，只是笑着为对方斟茶。魏明心知道杨大夫后面还有更重要的话要说，所以只是一味地洗耳恭听。杨大夫果然快速从铺垫切入了正题，他正色对魏明心说："魏老师啊，救人一命胜造七级浮屠，您将立下首功！冬青的各项健康指标在石老师的院子里出现了'暴涨'之势，但似乎也遭遇了最后贯通的'瓶颈'，可以说现在是真正到了黎明前黑暗般的至为关键时刻。进则胜，冬青将活蹦乱跳地回到我们身边；退则前功尽弃，一切努力将化为乌有。何去何从？这是摆在我们面前的最大挑战，所以需要慎之又慎，因为这个原因，我特意来找您商议此事。"

魏明心闻言喜忧参半，平素不抽烟的他，主动跟石得清要了根烟，石得清明白事关冬青生命安危，遂无言地为他点燃香烟，而没敢打扰他的思路。不会抽烟的魏明心却猛吸了几口，他深锁眉头缓缓吐着烟雾，陷入沉思。待稍有思路之后，他就问杨大夫："杨大夫，您是冬青技术康复方面的'第一守护人'，冬青的任何康复进展都逃不过您的'法眼'，我想先听听您的想法。"

杨大夫说："要让我说的话，我也只能说个思路和建议。我最早是从传统中医出来的，后来又搞了康养，系统研究过《黄帝内经》，所以对养生之道乃至生命规律，是有一定感悟的。我凭直觉预感到，冬青目前处于最大的'临界值'，从药理学角度而论，现在的冬青需要'一剂猛药'，这个'引爆点'的价值，有点类似于武学上打通'任督二脉'的功效，甚至有过之而无不及。因此我建议：魏老师在撰写下一期朗诵内容时，既要跟此前内容关联，又要大大加强情感及灵魂注入的力度，这样才能带来足够强大的冲击力，一举助力冬青冲上'涅槃重生'的彼岸。至于如何写，在这方面您是专家，我只能给出参考建议。另外，魏老师见多识广、善缘广结，在下一场'唤醒'冬青的活动现场，您不妨多调动一些具有高维能量的奇人异士到场，同时激活先锋队所有队员的心力磁场，让现场笼罩在强大的能量场中，集'天时、地利、人和'为一体，毕其功于一役，做好'临门一脚'的万全准备！"

魏明心眉头舒展说："如此甚好！英雄所见略同，正与我的心意相通，我们各自分头行动，我相信我们大家心往一处想，力往一处使，愿往一处发，定能大功告成！到时把好消息告知得清兄！"石得清是位中规中矩的文人，尚未接触到深层的"本心"修行，但在这种生死大事衍生出的神秘氛围和强大气场熏染下，他亦不自觉地双手合十说："但愿一切顺利！期待冬青能出现奇迹！我等着日后明心弟带着冬青及诸位好友，一块来寒舍畅叙行走在生死边缘的传奇故事！为此，我在银川祈祷诸事圆满！"

第二十九章 无有生灭

《战国策》云："行百里者半九十。"魏明心越到最后的关键阶段，他就越发回味这句古语的深刻内涵。这一意识时刻提醒他，必须使出浑身解数去调动最大限度的主观能动性，以期完成原本被认为几乎不可能完成的公益任务。按既定行程，从银川到敦煌的千里驱驰中，他既要紧锣密鼓地调动高能量的人力资源，又要穷尽心力去构思撰写被视为即将到来的"生死战"的小说朗诵稿。上官步莲眼里有活，她主动为魏明心冲泡咖啡，怕他腻了口味，待他喝完时，细心的上官步莲又会变着花样为他沏上一杯热茶，如此交替进行，循环往复，确保魏明心始终保持最佳的创作状态，而且不需要为琐事分心。魏明心看在眼里，感激在心头。每当上官步莲为他端上饮品时，魏明心都要客气地说声"谢谢"。但在魏明心想来，这个度要是从"表演"层面来说是挺不好拿捏的：既不能表现出丝毫暧昧，让她产生无谓的幻想；又不能过于敷衍，以免无端激怒心思敏感的她，使她在紧要关头甩手不干，这样势必在应付生活时损耗大量时间与精力。最终，魏明心索性选择以"诚恳"之心应对，这是种智慧之策，进退有据，不偏不倚，也最适合他，近乎本色出演。因为他平日里就是这么待人接物的，接续的是传统的"慎独"之思，无论人前人后，待人接物，他都以无分别的"恭敬心"虚以应之，日复一日，长此以往，这让他对人类乃至天地万物皆能一视同仁。从结果来看，魏明心的决策是对的，这让他安然度过了紧张忙碌的千里之途。

其实，最令魏明心感到心安的，还是一到敦煌就能即刻安顿下来这件事。这对先锋队此行得以顺利开展工作产生了几近与"保驾护航"无二致的重要价值。这是一处位于敦煌市区偏西北方位的院落，距离敦煌莫高窟二十多公里，出行便捷，生活配套完善，无缝进驻这样一处堪称高墙大院的处所，让人到了传说中的敦煌突然就有了一种莫名的踏实感。原来，这里是何国英先生位于敦煌的画室，已成立多年。何国英先生画务繁忙，他平常当然没时间在这里打理，画室是个人性质的，只有开展特定活动时才会对外开放。魏明心走进这个院落第一眼就喜欢上了，感觉甚是雄伟壮观，既聚气，又安全，最令人意外的是，这个院子的院门还非常宽大，而且未设置门槛，是能进出车的，哪怕再小一点，房车就进不来了，好像院门在设计之初就考虑到了先锋队将来要造访这里一样。魏明心对此备感神奇，待车队都整整齐齐停在院子里后，神清气爽的魏明心特意来到何国英先生面前致谢，他感激说：“何老师啊，真是太谢谢您了！您这块宝地对咱们先锋队此行太重要了，气场很强大，对明日清晨举办的‘生死’大唤醒活动意义重大！”

何国英谦逊说：“魏老师，其实也别谢我，这个地方也是一位敦煌当地的朋友帮我筹备的，说起来也是一桩传奇，大概八九年前吧，那时我刚承担了一项定向的研究绘制敦煌壁画的课题，需要由我带领几位博士生来完成。那时，对我们来说最大的困难就是要在当地找到一个能落脚并适合研究创作的地方，但谈何容易啊，我们这个课题组经费又不多，当时完成课题的时间又紧迫，这事真把我急得够呛，连正常创作的心思都没有了。就在我一筹莫展的时候，有位敦煌的朋友给我来电，他一开口就说：‘国英啊，您不够朋友！’我当时听了一愣，几乎条件反射般回问对方：‘我怎么就不够朋友了？’对方这才说了缘由，他说：‘我听说您要带领几位博士生来敦煌搞课题创作，问遍了其他朋友却唯独忘了我这位敦煌的朋友，您说说，是不是没把我这个朋友放在心上？’我这才恍然大悟，一方面是知道了人家生气的原委，另一方面是也才真正知道对方就是敦煌本地人，而且在敦煌当地是很有影响力的人。其实，我跟他熟识的那些年，他是从敦煌去了兰州发展的，所以在我的记忆里并没有把他和敦煌挂钩。但即便说起兰州，我也真忘了兰州还有这么一位朋友。所以人家那么一说，我真是哑口无言，当即真诚地向人家道了歉！您知道的，我们这些真正搞创作的人，所谓的社交其实都是被动的，一旦投入创作，社会上的很多事情就都忘了，所以很少会主动去联系朋友。因此确实有好些关系还不错的朋友，一个不经意，就有可能几年没有互动，这都很正常的。就是这样一个机缘，那位朋友解决了我的燃眉之急，由他帮我筹建了这么一个画室，课题完成后，这个地方就作为我的个人画室被长期固定了下来，也算是我在敦煌的一个形象窗口吧，我不使用的时候，由我那位朋友帮忙管理，他也作为一个艺术文化的交流平台，时常邀约一些朋友在此喝茶论画。所以我这画室啊，也取之于社会，用之于社会，我们先锋队的宗旨不就是为时代服务的嘛，因此非要说感谢的话，那就感谢我们遇到了一个好时代！”

魏明心说：“那也是您人缘好，一切都基于您的人格魅力，所遇困难才会迎刃而解！”何国英先生说：“谢谢魏老师抬举！当然，能够为咱们先锋队贡献一点微薄之力，我这心里也是很自豪和荣幸的，不说别的，唯愿此行上天眷顾，顺利完成既定任务！”

有了这样一处与想象中相比无限抵近敦煌莫高窟的“风水宝地”，工作开展起来那都不叫事了。先锋队很快就如愿实地观摩了莫高窟部分窟洞的壁画，他们先是在第159窟西壁龛外北侧参观了一幅中唐时期绘制的壁画《文殊变乐队》，智慧的象征，尤为殊胜。最幸运的是，他们在参观莫高窟第323窟时居然观看到了《张骞出使西域图》，这是一幅绘制于初唐时期的壁画。刚离开新疆不久的他们对张骞的故事并不陌生，到此又遇见《张骞出使西域图》，感觉就像故友重逢一般，那股新奇的兴奋劲儿别提有多魔幻了。之后，他们又延展性地参观了莫高窟周围的生态环境，这个曾经的丝路重镇，史上多元文明在此交汇生发，孕育出举世瞩目的、璀璨华光的莫高窟。但由于置身荒漠戈壁，恶劣的自然环境也成了传扬文明的巨大障碍。所幸经过多年逐步落实的强力保护措施，如今也有成片绿植映入眼帘，这是人类既与自然作斗争又和自然和谐共处的绝佳范例。这也让先锋队员们切身感受到保护民族人文遗产任务的艰巨性和长期性，可谓任重而道远！

“丑书大王”小曾猴子历经魏明心反复调教后，虽“猴性”依然未能完全消弭，但学习思考的能力却长进不少。参观完莫高窟之后，他完全被古人的人文壮举给震撼到了，他似乎忘记了自己在银川的无厘头造次，所以他仍像往常那样没心没肺地缠着魏明心追问：“师叔，为啥进到洞窟里面看壁画却黑咕隆咚的，还要让讲解员用手电照着看，还看不太真切，打开灯光多好啊，亮堂堂的，也方便大家看个仔细。”

“难道你没发现吗？很多壁画都已经褪色或有剥落迹象了，日常使用的灯光会对壁画产生破坏作用。想要亮堂也不是不可以，啥时等你发明了不会对壁画产生破坏作用的电灯就可以让莫高窟灯火通明了。”

“我说呢，原来灯光还会破坏壁画，我当时还心里纳闷，讲解员怎么那么傻，不知开灯，却让我们四处围着她的微弱的手电光亮参观壁画。我可没那本事，等冬青醒来了他或许有那本事，他不是发明家嘛！发明是发明家才能干好的事，我一个写字的，冬青把发明成果弄出来请我写祝贺条幅还差不多。”

“我看你现在说起话来头脑也挺清醒的嘛，怎么有些事情做起来比牛还倔强，就是不知悔改呢？”

“师叔，我已经改了很多了，跟您出来也学到了不少东西。可能我人生的底子差，还得师叔多栽培。对了，您刚才提到壁画剥落，我倒是注意到了，好些地方都已经斑驳不清了，甚至有人为破坏的痕迹，有的地方的壁画还被人为切割走了，是谁那么坏呢？这么好的艺术瑰宝搁在这里供人学习参观多好，为啥要搞破坏呢？国家应该对这些坏人严加惩罚才能以儆效尤！”

“直到新中国成立前的1944年1月1日才正式成立国立敦煌艺术研究所，新中国成立后的1950年将之更名为敦煌文物研究所，并于1984年扩建为敦煌研究院，直到2017年才真正建成‘一院六地’的管理和运行格局。也就是说，直到新中国成立后才谈得上严格意义上的保护和研究。这就是民族人文遗产在传承过程中所遭遇的历史之痛！当一个国家落后和混乱之时，也可能就是国家文物遭到无情毁灭的悲剧阶段。这是教训，也是警醒，更是对民族精神的激励！”

“要说灯光会破坏壁画的话，听说游客频密的呼吸也会对壁画产生某种破坏作用，那为什么还要对大众开放呢？把它全部封闭进行管理不是更利于保护文物吗？”

“那不行！一个国家的文物是国民的公共精神家园，社会大众享有鉴赏并从中获取精神力量的权利，不能一封了之。比如像宋代国画青绿山水的代表作《千里江山图》，虽然很珍贵，每次展出都是限时展览，就连游客参观该画的时长也有限定，比如驻足观展时间不能超过5分钟，但还是时不时地要拿出来向全社会开放展出，一方面显然是为了尊重国民对于文物的观赏权利，另一方面也是为了普及、提升全民的艺术审美眼界和能力，满足民众对艺术文化基本的精神需求，而且这也是文物存在的社会价值所在。甚至可以说，一国的文物虽然在所有权上是属于所在国的，但文物所产生的人文价值是全人类共有的精神资产和人文宝库！”

“张大千为何愿意拖家带口地在敦煌一待就是两年多，他图个啥？敦煌壁画真有那么好吗？”

“当然有那么好了，不然怎么会被誉为我国文化艺术的瑰宝呢！就张大千来说，他本来就喜欢佛学，年轻时又曾短暂出过家，所以他认为敦煌壁画是‘佛之敦煌’，是必须去的地方。当然，真正吸引张大千的还是敦煌壁画本身所蕴含的艺术人文价值，那飘逸的人物造型、丰富浓重的色彩，让他如获至宝，他不仅从中获得了重要的创作灵感，对他后来的创作产生了重要而深远的影响，而且还严苛地进行临摹，为此不惜动用一切资源，不仅雇用了许多帮手，而且还得了当时上海市市长的支持，动用直升机为张大千空投了许多优质绘画颜料。这些都为张大千的出色临摹创作打下了必不可少的重要基础。另外，敦煌壁画也例证并澄清了中国绘画没有重彩或不重视重彩的历史误解。”

“师叔啊，既然文物会不断遭受损毁或破坏，会不会有消失的那一天呢？如果终有一天会消失，那我们还保管它干吗呢？又或者说，既然迟早都会不存在，那我们的古圣先贤为什么要创造它们呢？”

“你这话虽然问得很傻，但还是有很多人会产生和你一样的疑问。文物的根本属性是精神性的，它所蕴含的精神属性是可以得到有效继承和弘扬的，这样文物存在的社会化的价值得以实现。与此同时，文物又具有不可复制性。因此从这一层面来说，在经历足够长的时间以后，任何文物的本体都最终会彻底消失，但他们在不同历史阶段都有各自存在的价值，我们所说的消亡也仅限于物质形态，它们的人文影响或许将和人类共存亡。这就好比我们每个人的肉身最终都会消亡，这是所有生灵的宿命，但不能因此就认为我们每个人从一出生就不需要活着了。因为小众高维群体需要‘究竟真相’，而普罗大众则需要赋予俗世以最高理想的人生价值，这样人世才有更好地活下去的理由，而非本能地生存下去。正因如此，人类以繁衍的形式实现传宗接代的过程，也是一个人性基因不断进化与优化的过程。更何况，人类的灵魂属性是否会消亡，现在尚未有定论，起码从‘量子纠缠说’到‘灵魂纠缠说’的理论演进，其探索精神与实例印证，迄今为止还是值得肯定的。”

“谢谢师叔！这些我还听不太懂，以后遇到适合我理解的问题，我再向您请教……”

先锋队一行经受沙漠中的“艺术精灵”莫高窟的“灵魂洗礼”之后，他们顿觉身心为之一轻，却轻便得有些身不由己，有种回溯历史纵深仿若游历了数千载又再度降临当下的隔世错觉，一时间恍惚了生命的感知能力。直至回到何国英老师的敦煌画室，先锋队的成员们似乎仍未从瑰丽灿烂的历史轨迹中跳脱出来。身为先锋队“领头羊”的魏明心立时捕获了这一超越时空的心灵敏感力，他不由联想到德国浪漫派作家赫尔曼·黑塞于1922年出版的《悉达多》一书，该书书写悉达多一生的历练，深刻诠释了人类如何认识自我和探寻生命真谛的觉醒过程。如同《悉达多》的作者赫尔曼·黑塞不顾一切依照自身心性坚韧成长一样，人类个体只有顿悟了自我心性与万物自性具有“同一空性”时，才能深切生发同体共悲之情，从而真正认识自己，进而迈入无我永恒之境。

当魏明心在顷刻间意识到自己的重要思想转变之后，他立马改变了先前的设想，率先让自己的身心完全松弛下来，然后逐个建议所有先锋队成员都遵循这一方式清空自己的“内存”。魏明心在具体给大家提供建议时并未喋喋不休地解释，仅在末了附带说上一句苏轼在《论书》中的立论：“无意于佳乃佳。”谁知他信口言说的一句叮嘱之语却收到奇效，在当时独特情境之下，似乎所有人都明了这句话的真实意涵，就都知道该怎么做了，就连“丑书大王”小曾猴子也破天荒地安静了下来。一直以来皆难得缄默不言的“丑书大王”小曾猴子，他突然的沉默自得意外引起众人好奇，倒是给现场增添了几许喜剧效果。

于是，魏明心原本以为这会是“粤港澳大湾区公益文艺先锋队”致力于全国人文艺术巡访以来最具挑战，也最紧张的一段行程，未料，于不知不觉间却演绎成了最为宽松宁静的一次心灵体悟之旅。也许这就是大道至简的直观外化吧，所以越是到了至关重要的时刻，就越是以令人意想不到的朴素形式出现，所谓“大象无形，大音希声”。

当然，魏明心对此有自己的独特理解，他眼中的无为而治不作一般之见，不等于什么也不去做，而是不刻意去做事，转而以自然而然的心态与情思去做自己该做的事情。犹如千古不变的潺潺流水，一任前行，何其奔放；亦如天上凭风而起的云卷云舒，恣意收放，分外洒脱；又若迎面拂来的丝丝缕缕的和煦春风，亘古如斯，何曾更改。因此一切都是自然舒展的样态，人世最美好的模样，莫过于成为本该成为的样子。魏明心厘清这些思路后，他就知道，他现在需要做的就是顺势而为，而且是从根源上真正实现乘势而上。正如西晋文学家潘岳在《藉田赋》中如是说："正其末者端其本，善其后者慎其先。"因此魏明心不敢有丝毫怠慢，他谨记前贤的教诲，以洞悉天机之心施以"谋篇布局"，所谓"天命之谓性，率性之谓道，修道之谓教"。他明白绝不可紊乱顺天应时之行为，是故虑及人体亦是个"小宇宙"，其气血的生发轮转和元神的阴阳消长是与天地运行规律相一致的。

凌晨三点寅时，正值人体阳气开始生发之际，所以魏明心机智地把这一天中的重要时间节点作为工作部署的肇始之机，而把正式的直播活动安排在凌晨五点卯时全面展开。

为了便于余佳丽照顾郝姑娘，她们两人一直挤在一张床上，真正情同姐妹。由于次日凌晨五点就要开始直播活动，她们受魏明心影响，凌晨三点就起床了。按魏明心的说法，这个点起床有利于让身心在一天阳气始发之时实现同步苏醒，这符合宇宙运行规律，因此亦是个健康的起居习惯。她们平常当然不打坐，今日难得起了个大早两人就学着试了试，但坐不住，稍微忍耐下便觉双腿酸麻得不像是自己的了，于是就都放弃了。

余佳丽开始像平日那样用自制的茶叶替郝姑娘"洗脸"，其实所谓用茶叶"洗脸"，就相当于用护肤品做美容。这个方法是余佳丽自己摸索出来的，她想，茶叶既然能喝，泡完的茶叶就那么倒了可惜，何不变废为宝再利用一下敷自己脸上试试功效呢？这一试，从此一发而不可收，不仅让余佳丽不再使用化学护肤品，而且效果奇佳，她脸部肤色看上去清净透亮，予人吹弹可破的既视感，加之骨相清奇，遂呈现立体柔润的精致貌相且隐隐泛出茶香，有一眼万年之美。所以结识郝姑娘之后，她又用自己揣摩出的一套以茶洗脸的方法帮助郝姑娘清洁脸上的皮肤，这样既省钱又安全，不用担心有丝毫副作用。因此，她每天早上都是自己做一遍，然后为郝姑娘做一遍。这常常让郝姑娘非常过意不去，当余佳丽为她"洗脸"时，她便说："我自己也是大姑娘了，您却每天为我洗脸，我这是哪辈子修来的福气？这恩情哪辈子才能还完呢？"每当这时余佳丽就说："姐姐多虑了，我们不是缘分嘛，再说我这也是捎带手的事情，不值一提。以后千万不要再这么说了，您要老是那么客气，往后的日子还长着呢，我还怎么照顾您呢？”由于这个原因，郝姑娘念叨了几次果真不再言语了。

这次遇上特殊时刻，当佘佳丽又一次为郝姑娘用自制茶叶“洗脸”时，郝姑娘终于忍不住问她：“一直以来我心头就有个疑问想问您，但您从不向我提及，我又不太好追问，今天凌晨受此环境和气氛的影响，我思来想去还是想问个清楚，不知妹妹是否介意姐姐的鲁莽呢？”佘佳丽似乎已有心理准备，便淡淡回说：“好吧，姐姐想问什么尽管问来，佳丽知我不言就是。其实没什么的，您就算今天不问，我迟早也要向姐姐交代的，不然岂不是隔心了？”郝姑娘稍微犹豫了一下，最终还是忍不住问：“姐姐问您，您为啥愿意长期和我结伴而行，您就不考虑自己一生的幸福？还有，您爸妈不督促您的终身大事吗？”佘佳丽沉默了一小会儿，然后才清了清嗓子说：“我爸妈不在了，在我不到两岁时就不在了。他们都喜欢旅游探险，有次出游担心我太小，不想让我在路上颠簸受罪，于是就把我寄宿在我姑姑家里。结果我爸妈双双出了车祸，从我记事起，我就生活在我姑姑家里。我对我爸妈一点印象也没有，直到我长大了我姑姑拿照片给我看时，我才知道我爸妈长啥样子。说实在的，当我看我爸妈的照片的时候，我只是呆呆地看着，一滴眼泪都没有，我不知道人世为什么那么苦，为什么会那么不幸，为什么那样的不幸偏偏会发生在我们身上。我一直想不明白。也许是受此影响吧，我打消了任何结婚生子的设想。我常想，人生有‘七悲’：生、老、病、死、怨憎会、爱别离、求不得。前面四项从生物学角度来看谁也没办法选择，但后三项我们是可以选择的，所以我选择放下，不想涉足尘世俗念。”郝姑娘静静地听着，佘佳丽叙述得很平静，就像在转述别人的故事，可郝姑娘却听哭了，她悲声说：“我亲爱的妹妹，我怎么感觉您比我还苦呢？我虽然自个儿的命运不济，但好歹是在父母身边长大的，可您……”郝姑娘说不下去了，已是泣不成声。佘佳丽说：“姐姐不必为我难过，其实我姑姑待我挺好的，我姑姑没有女儿，她也是把我当亲闺女养大的。况且我姑姑和姑父都是大学教授，家境也不错。我的选择完全是我自己的心意，跟家庭幸福与否无关。我姑姑对我可好了，什么都依着我，她说只要我自己喜欢的事情她就支持我。但我自从大学毕业后再未花过他们一分钱，我只想靠自己的能力活下去。”郝姑娘说：“是因为省钱的原因才学会自制茶叶洁肤的吗？”佘佳丽说：“那倒没有那么惨。我的翻译收入足够让我自己活得很好，我还有余钱常给我姑姑买好多东西呢。用茶叶净脸只是出于安全考虑，也是尝试的结果，因为我的皮肤很敏感，一般的化妆品我不敢用，以茶洗脸也是无心插柳歪打正着，我没想过会这么适合我。通过这段时间的测试，我感觉也挺适合姐姐长期使用，我正好每天早上一分为二，省钱益肤，何乐而不为……”

“你们这是在干啥，何时把寝室改美容院了？”魏明心开始挨个儿敲门，提醒大家起床做好准备。到了郝姑娘和余佳丽的房间，见房门开着，知道她们已起床，不经意从门外往里扫了一眼，正看见余佳丽手里似乎拿着树叶子一样的东西给郝姑娘擦脸，感觉很好玩，便好奇地问了一句。余佳丽说：“我正用茶叶为郝老师‘庄严’面容呢，让她以最好的形象出现，为活动增光添彩！”魏明心说：“哦，还有这回事，茶叶也能美容吗？这倒新奇啊，我这是孤陋寡闻了。”郝姑娘此时半躺在椅子上，她听不太真切谁来了，便小声问余佳丽：“谁来了？”余佳丽说：“是魏老师，估计是怕大家睡过了时间，提醒大家来了。”郝姑娘于是大声说：“魏老师早啊，啥时也让佳丽用她自制的茶叶替您洗洗脸，效果好着呢！”余佳丽闻言羞红了脸，赶忙低声制止说：“姐姐，快别乱说，根本不是一回事儿！”不料郝姑娘的“大声宣告”没换来魏明心的回应，却招来了上官步莲的声音，她径直走过来问：“郝老师让谁给谁洗脸呀？我也自作多情地问问，有没有我的份呢？”魏明心见上官步莲来了，心想：“这都是女生们的事情，自己在这里掺和啥？”于是他转而巡视别的队员是否起来了。

余佳丽对上官步莲说：“郝老师的真实用意，应该是由我教会上官老师一套用自制茶叶美容的方法，然后您去给魏老师洗洗脸，试试效果，男士不也需要美容吗？有了好的互动方式，还利于增进彼此感情呢。”上官步莲听得脸上乐开了花，说：“还是佳丽姑娘对我好，也了解我，可魏老师就别提了，谁知人家的心思又往哪里飘去了，我可没那本事，抓不住！要是哪天您有闲工夫了，我倒真想学上两手，是否能派上用场那就看缘分了。”上官步莲见好就收，她说完就走开了。郝姑娘大概感觉上官步莲走远了才说：“佳丽啊，她对您那么苛刻，您为啥还给她一副好脸色呢？您甚至还想着成全人家，可对方是怎么待您的？”余佳丽叹了口气，说：“姐姐，不瞒您说，她是小肚鸡肠的，以前我也对她看不惯，可事后想想，其实我挺可怜她的，她是被感情困住了，有些言谈举止是不由自主的。本质上她还是一位挺优秀的女孩，人也漂亮，又极聪慧，只是不幸掉进了感情的漩涡无力自拔而已。我才不想成为那样的人，所以我现在看到她呀，心里就生出悲悯心来，我希望她能够尽早摆脱感情的束缚，活出真实的自己，那该多好啊！这样她也不会那么不招人待见了。”郝姑娘说：“要真如妹妹所说，姐姐也就无话可说了。其实大家真应该像姐妹一样和平相处才好，可能是姐姐对妹妹的偏心吧，您的做法才是如法合道的，显得姐姐格局小了。”余佳丽说：“我知道姐姐心疼我，姐姐的格局并不小，是佳丽的身世让我多了一份悲天悯人的思虑罢了。其实都没关系的，能进入公益先锋队的人，哪个不是妥妥的爱心大使？”这样一说开，姐妹俩都心照不宣地笑了。

本场活动由魏明心亲自主持。他对活动现场的气氛和能量场感到满意。他的主持具有仪式感，活动一经启动，他就提请所有人共同为冬青默默祈祷3分钟，然后才请出郝姑娘和余佳丽步入朗诵舞台。今天直播主角的服饰是黄色的汉服，这个颜色本身就承载圣洁神秘的能量。上衣正面绣有“敦煌学”三字，背面绣上“世无双”字样，是专为此行量身定制的，满满的虔诚心！郝姑娘也是以最佳状态释放出所有天性，以富含能量的声音去传播灌满能量的文字，将所有人的情绪与心力一并调动和激发出来，让人唯有循着她的心一字一句地辨听进去——

虑及活动一旦启动，纷乱颠簸的旅途生活自是不适宜采访的。为全面细致地摸清赵冬青人生过往的诸多细节，我和他母亲约好了具体的采访日期，趁便借机探讨一下此次公益行程的路线问题，以便完满履行“粤港澳大湾区公益文艺先锋队”的相关文艺宣扬和“拯救”使命。

于是在大疫不过三年的“口罩问题”放行之后的某天上午，我仍习惯性地戴上口罩出行，放眼望去，路上的行人也大都自觉地戴着口罩。相较数年前，虽说现在的京城大多数时候还算空气清新，天高云淡的，但我似乎养成了某种习惯，出门要是不备个口罩，好像缺了点什么似的。

这和赵冬青首次遭遇病危时我去探访不同，我深深记得，那次去他家我并非戴着口罩去的，我甚至连包里都不曾准备。那是一个下着微雨的秋日黄昏，我像一个“隐形人”般急速穿梭在雨雾和雾霾强力编织下的灰蒙蒙的京城街头，天地之间除却幽然飘落的纤细的冷硬雨丝外，看不到任何风吹草动荡漾出的可能的自然生机。我有一种突然被人强行摁住鼻嘴而几近窒息的绝命感觉，但我仍强忍着感官上的诸多不适，没敢稍作停留。所幸，我的鼻子偶尔尚能嗅到微微透着湿润的空气，这使我葆有余力在这个世上“苟延残喘”。根据过往经验，按理说，雨天是可以多少缓解一些雾霾的危害的，即便是心理安慰也是好的。可那天的情形并非如此，犹如世界末日般到处沙尘漫天、满目荒凉，人们不得不在清醒中吞下失望的苦果，这就好比有些人直至行将就木时才备感岁月蹉跎一样，一切都显露出积重难返的迹象，因为当雾霾越来越频仍持久地造访我们生活的时候，传说中可怕的危害节点终于浮现出了些许端倪，结果正如我们所看到的那样，天地为之凝固，人心开始滴血，这是否是老天爷在无声地警醒我们人类呐？预防胜于事后弥补，无论出于何种目的，铤而走险地糟践人类自身赖以生存的自然环境，结果只能陷入不可逆的恶性循环死结中——自作孽不可活啊！

可问题是，这种近乎常态化、全球化的恶劣景象，会是贪得无厌的人类在未来生活中需要长久直面的残酷现实吗？我简直不敢想象，但愿人类能够在渐趋惨痛的现实中彻底悔悟，并及时修正自身贪婪无知的非理智行为！在如此恶劣环境裹挟下，那天，我同样注意到随处可见用口罩将自己面部严密“封锁”起来的人们，而在十多年前，这种情形通常只有在医院或是严重疫情暴发时才会出现。思虑至此，我内心禁不住隐隐作痛起来，是什么让我们丧失了随心所欲呼吸清新空气的自由？但我并未仿效社会大众遵循的、实际上也是最简单有效的做法——那就是经由口罩把自己的鼻嘴与外部世界安全地隔绝开来，至于成效如何权且不论，起码也得像表面看上去的那样懂得被迫呵护一下自己的健康嘛。但我偏不，那么，我为何敢于把自己的“健康通道”完全裸露于环境杀手面前？这并非源于我缺乏自我保护意识，也不是我拥有视死如归的生命境界，而是因为我深深觉着，造成当代环境危机的根源，其实每个人或多或少都有责任，皆难辞其咎，我们不该以各扫自家门前雪的方式来处理人类公共环境危机，理应对自己的行为怀有负罪感，而后自觉融入大自然中与它同呼吸共命运！唯其如此，才可真切体察身处深重的环境灾难之下，人类该如何联手就治污问题达成共识，深刻反省，重拳出击！所幸，近年经过全国上下一盘棋的系列协同治污举措，包括北京在内的诸多城市均取得了举世瞩目的治污成就，并向世界庄严承诺我国到2030年前实现碳达峰，2060年前则实现碳中和。

当然，彼时，我之所以偏要罔顾健康，勇往直前地去全身心“拥抱”不再洁净的自然界，除了一贯采取的自我责罚之举外，尚因为我当天的任性行为不会给别人带来伤害。不像刚过去的那三年，即便个人敢于冒险，也不可以“直面”公共空间，不仅是公德问题，也是公共卫生问题，那样“无所畏惧”的结果只会害人害己，而且在全球绝大多数地方都是不被允许的。

受疫情持续影响，许多人都减少了无谓的应酬，现在出行路况较之正常年份有所好转，可我还是提早出发，我真心不愿让那位特殊的老人因我而等待，我实在于心不忍啊，哪怕是迟到一分一秒都是不可以的。我深知，她是一位想来令人心碎的伟大母亲——每天都把目光无助地望向一个混沌的世界，那里有他可爱善良的儿子——赵冬青，他现在只能昏睡在那里不知何日才能苏醒过来。在她眼中，他显然仍在人世顽强地和病魔鏖战到底，他尚在念念不忘祖国的发展和人类的幸福，他仍然值得她时刻为之魂牵梦萦，他甚至还是那个鲜活得足以令她以假作真并在无数个“白日梦”中反复念叨的懂事正直的儿子……只不过，此时她的儿子恰如茫茫戈壁中的一棵孤苗，虽还在无声地抵御绝望的荒凉，却可能随时被连根拔走……

当我赶到施勋美位于北京市区的家中时，我不禁庆幸自己比约定时间早到了半小时。可是，老人却坐在轮椅上慈祥地对我说：“魏作家，我怕您太忙，以为您可能提早许多过来的，所以我也提前了两小时等候在这里。”我闻言心内不由“咯噔”一下直往下沉，我能理解老人的心情，却没想到自己终究还是来迟了，以致让老人等了这么许久。不料善解人意的她随后又体察入微说："这可不算是魏作家迟到，是我行动不便造成的，我想早点过来静静地坐在这里等着才算踏实。"我转念一想，她说的也是实情，她腿脚很不便，平常住对楼那套房，冬青第一次昏迷时就是这样，待想冬青了的时候，她就独自拄着拐杖慢慢挪到楼对过的另一套房内，那所谓另一套房指的就是我们现在见面的地方。这里摆放着所有与赵冬青清醒时相关联的东西，完全与他健康时生活在这里的场景一般无二。

因此我颇有感触说："谢谢老人家的理解和厚爱，我知道的，一般客人来探望您，您是不来这里和人家见面的！"她用手背蹭了蹭眼角，悲声说："是的，是的，是魏作家太抬爱我家冬青了，我才特意选择来这里见您的，也好让您也见见冬青，还望您不要介意才好。"我诚心实意说："怎么会呢，冬青是个拥有文化灵魂和科技才干的有为青年，我确信他从来没有真正昏迷过，他心里什么都明白，包括我们现在说的话，他也是听得见的，只是他暂时不会说话，目前尚无法和我们交流罢了。我在来的路上还想到了冬青现在的样子呢，就像我呼吸到污浊的空气时就会不由自主想到他一样。以前每当我遭遇雾霾天气时，我总幻想，要是能在我被雾霾逼得快要喘不过气来的时候，让我呼吸一下冬青发明的'森林空气'，那该有多惬意呀，那将是为有需要的人们倍添活力的。其实，大自然原本给人类的馈赠是足够丰厚的了。如今，是我们人类自己将自己无知地扔进了'毒气层'生活。可这一切，思想具有前瞻性的冬青早替我们想好了应对之策，所以他早在二十五年前就有先见之明，从而率先申请了'森林空气法'专利，既是对环境污染的警醒，也是为人类的终极生活幸福做出了必要的补救措施。"

施励美听闻后双眼湿润了，她轻微哽咽着说："谢谢魏作家的认可，难得您这么理解冬青，您一直都是冬青的知己，冬青曾跟我说过，我们也都这样认为的，真是谢谢您了，谢谢您的爱心。只是冬青发明的'森林空气法'一直没能找到真正的伯乐，以前倒是谈过几家合作伙伴，但都因为对方太过功利而告吹。"我安慰说："是呀，洁净的空气对于人类来说，犹如干净的水源一样，丝毫功利不得。但我想，一切都会好起来的，毕竟我们人类因贪欲糟践了环境但又不能摆脱空气而独立存在啊！"施励美接过话茬儿说："对，不急不急，千万不能急功近利。我现在唯一想做的，就是想尽一切办法让冬青苏醒过来继续完成他的心愿，然后利用最后这段风烛残年的岁月，帮着冬青把他的发明实现转化，进而成功造福人类！"老人说到这里用手轻轻抚触着赵冬青数十年前斩获的数个已然泛黄的发明专利证书。我观之，心内亦有凄然之感，恻隐之情油然而生。心内暗想，一定要把冬青唤醒！

施励美双手紧攥轮椅扶手，嘴角微微翕动着，似在默默地与儿子专注地"对话"，我不愿袭扰她浑然忘我的清静神思，恨不能立时像"土行孙"那样在她眼前遁地消失才好呢。但老人也仅是沉思片刻后便向我道歉说："不好意思啊，魏作家，刚才冷落您了吧，不瞒您说，自从冬青再次人事不省后，我只有看到这些东西，才感觉这身边的一切还是真实的，才觉着自己还是个活人。很难想象，要是没了这些东西，我还怎么能活得下去……"我寻思着，这真是位细心而伟大的母亲，可怜天下父母心啊，我思忖至此，不由得向她深深鞠了三躬，以示对天下无私母爱的最最崇高的致敬！而后才说："多年来，冬青的健康屡屡出现变故，想不到里面的陈设布局和冬青自己生活时的情景几无二致，而且家具也纤尘不染，人气不散，这得有多大的耐心和爱心呀。"老人略有不满说："以前可没这么完整，他们都认为冬青再也不会醒过来了，所以有很多东西都被他们扔出去了的，说是派不上用场了，幸好都被我及时发现捡了回来。这些可都是冬青曾经用过和喜欢的东西啊，放在这里或许对他最终苏醒有帮助，怎么能说扔就扔掉呢？所以我坚决对他们说，只要我还活着一天，冬青的东西就得替他保留一天！当然，我没能力照顾冬青的日常，这里专门雇了一个负责康复的护工照料他的生活。我只是要求她除了照顾冬青，不要碰家里的任何其他物什，那些东西，仍由我自己每天过来打理。我希望冬青醒来的那一刻，看见的一切仍是原来的样子，一丝一毫都不曾变化，就像我们等他苏醒的心情一样。"老人说到这里，已是浊泪溢满了眼眶，我宽慰着说："据我所知，其实他们也都是爱冬青的，或许他们是在用另一种不为常人理解的方式在爱他吧！"老人说："我承认他们也都是爱冬青的，冬青日记里也是这样说的，但我总感觉自从他再次陷入昏迷之后，他们爱冬青就爱得不是那么深切了。可是，冬青却是始终深深爱着我们这个家庭的，也非常热爱他的祖国和我们身处的这个世界，我绝不允许他们还在冬青的生命未有定论的时候这样对他！"

交流至此，我已知道他们家庭成员之间其实是拥有真爱的，常言说"久病床前无孝子"，这是人性使然，可能无关家庭成员之间是否真心相亲相爱。如是，我默默为他们的家庭和睦祈祷，期待我的探访及后续努力，终能搭建起一座理解的"金桥"，为他们各自的人生带去祥和与美好！

我这次来探望施勋美老人，除去着意了却她的心愿并祝福她健康长寿外，也是顺便来采访她的，希望她能毫无保留地谈谈有关赵冬青的成长细节，这些当然是我们事先约定好的。因为我们都有一种强烈的共识，现在的青少年尽管物质条件大为改善，但却总体上缺失了高远的追求、自由的灵魂和超脱的信念，因此逐渐偏离人性运行轨迹的社会风气，正像一张不断收紧的"巨网"，毫没来由地束缚着他们的手脚，让他们既爱又痛，几近无法自拔。如果他们心灵的眼睛因此被无端蒙蔽，他们的大爱之心因之被扼杀，那将对人类的优质繁衍生息造成颠覆性的巨大损失，因为他们是人类未来的希望啊！因此我和施勋美老人协商一致，有意通过赵冬青的真实事迹来鼓舞和感动年青一代，寄望他们能从中有所感悟，树立正确目标重新出发，共同撑起祖国及人类未来的美好蓝天。这也是赵冬青健康状况恶化前的愿望，他曾亲口对我说，希望我能如实写写他的真情故事，如果为着塑造人物形象的需要，甚至可以不出现他的真名实姓，只要故事能对年轻人有所启发就是好的，这就已经足够了。因为他一直在忧虑着当代青少年的教育问题无法从根源上得到改善。在我印象中，赵冬青就是这样一位朴实的青年，他总是首先想到别人，希望为他人做点力所能及的事情；却严于律己，自律程度近乎严苛。但出于对人物原型和事实真相的尊重与认同，我还是倾向建议保留他的真实姓名，目的不是彰显他的光彩，而仅是想保留故事中丰满感人的思想内核与原始生发土壤，以便人物与故事水乳交融，让故事葆有真实情状，变得更有灵魂，更其鲜活，也更为动人！

当然，这次采访及之后的写作，还有一个与赵冬青更密切的使命，那就是通过采写与他关联的事件，以诵读的形式，经由声音承载的独特“内质”去“刺激”他的知觉，从而达到“唤醒”他的目的。但这次创作事关赵冬青的“生死”大事，因此不得不和他母亲“约法三章”，我说：“老人家，这次创作可不能又生变化啊，几年前的采访，我可是准备了好些时日啊，结果还是半途而废了。虽然不是您的问题，而且变卦的初衷也是为了冬青好，但那些说法是民间个人迷信，并无科学依据。您的耳根子软，这次可不能再被别人误导了，如果您配合我的工作，我是有信心完成您的心愿的！”施勋美闻言眼圈立马红了起来，紧接着老泪瞬间夺眶而出。我以为自己说错了话，一时不知所措怔在那里。施勋美似乎想到了我可能尴尬，她用手背快速蹭了蹭眼角，充满歉意地解释说：“这不关您的事。您一提起上次采访的事，我就想起老头子来了。您是知道的，您上次来的时候，他还硬朗着的，后来不知怎么就生病了，住进医院后，年轻人哪有时间照看他呀，什么都指望护工，结果一口痰没能出去，一条命就那样没了，可惜了一个人。也怪我自己，之前我还去照顾他了的，偏偏那几天我自己生病没去，就出事了。”我安慰她说：“您自己都需要别人照顾，怪不上您呐。再说现在的社会节奏确实也很快，年轻人自己都忙得晕头转向的，照顾不周情有可原。只能说人的命，天注定，他老人家走时临近九十了，已经是高寿了。”施勋美心里明显宽慰了不少，嘴上却说：“也只能这么说了。总之，是我们没把他照顾好才走的，待冬青醒来后，我都不知如何向他交代。”她说话时眼睛又泛起了泪光，接着强忍悲声说：“不会的，您放心好了，以前是我太相信风水先生的一面之词了。因这事，我老头子还在时就数落过我好几次。后来想想，确实是我的错，是我对冬青的健康问题太敏感了。”我点点头，那页就算掀过去了。

采访开始前，我征得老人同意后，就轻轻推着她到卧室静静地看了一眼冬青。

我注意到，冬青就像熟睡的婴儿，面容红润安详，就从这点看，护工是付出了巨大努力的。虽只是礼节性地探视了一下，但我发现冬青的眼皮极其细微地颤动了一下。俗语有言，希望越大，失望越大。为不刺激老人的情绪，对此，我如同勘破天机一般没敢言明，不过，对未来的行动却据此有了信心。我们很快退回客厅说话。我不动声色地问："这次出行虽然定性为公益活动，但却是个系统工程，既要满足各界粉丝们提出的人文关切愿望，也要符合冬青的康复需求，所以还是要拟定一条最佳路线为好。"施勋美应和说："别的事情我不太懂，没什么可建议的。冬青这里我倒是有个建议，他一直有个美好心愿，就是想走遍祖国的大好河山，为神州赋诗，为山川喝彩。您知道的，只是由于健康原因，冬青没多少机会走出去。可能越是办不到的事情，就越想去办，人就是这样的。"我闻言眼前亮了一下："好了，问题迎刃而解了。我这几天还一直在琢磨该如何确定行程呢，您这个信息给出了一个最好的参照。这样好了，我们分别从祖国的每一省级行政区和相似地区中遴选至少一个最符合我们当前公益方向及文艺研究方向的地点展开访问，不仅为祖国山河立传，同时也把我们的中国故事、中国形象、中国精神、中国文化等深具中华特色的中国元素介绍给全世界，即使个别观众不便到达，也可以通过线上直播的形式，完成相关话题的'面对面'探讨。如此行程，既能反映当今的社会价值取向，又能圆了冬青走遍神州大地的美好梦想，关键是能以一种最贴近灵魂的行进方式'为人民服务'，这样集聚起的排山倒海的能量也更能触动和唤醒冬青，即使冬青短时间内看不见我们带着他踏遍祖国山山水水的百般努力，但我相信他一定能感应到，这也许对冬青的最终康复至关重要。"施勋美听闻儿子存在苏醒可能，激动得半晌说不出话来，良久才接上话茬儿："太好了，原来魏作家也是这么认为的。我曾不敢奢望这会成为事实，虽有过设想，但您果真是这么认为的，不愧是冬青的知己，认识您是冬青的福气呐！"我不无恭敬说："您客气了，为了冬青能再次回归奋斗不止的上进生活，值得为他做一切事情。何况您还是位永远值得尊敬的伟大母亲，您对冬青的爱，已经远远超越了普通的母子之情，满溢着人间大爱，是我们大家学习的榜样呢。正因如此，许多爱心人士才纷纷伸出援手，将共同撑起我们这次公益活动，使之圆满完成。""谢谢大家的抬爱！可我只是个残疾人，我什么也做不了，一切的一切，全有赖于你们的关心和帮助！"说到这里，施勋美的眼里盛满了期待和感激之情，"关于采访的事情，我还是想当面过问一下魏作家，您想通过什么方式能更好地让冬青感觉到正在发生的事情呢？"我回应说："与冬青相关的小说陆续出来后，根据既定行程及时间安排，分章节进行实地朗诵，朗诵任务由一位特殊的'朗诵家'负责，至于怎么个'特殊'，您到时自然知晓。当然，之所以我们说她是个特殊的人，只是从俗世的视角来看待她的，她其实是个内心极其丰盈的人，而且她的朗诵水平也确实是很高的，这个机会，简直是为她量身定制的。我想，她一定会不辱使命的，同时我们大家带着冬青环绕神州大地跨省游览，她也可以通过‘特殊’的方式开阔视野，历练真知，而且每到一地，我们团队都会根据当地人文自然特色召开书画笔会，予以浓墨重彩的表达，并配合朗诵内容及当地粉丝文艺诉求，开展相关线上线下的粉丝见面交流会等。”“那就好！”施勋美放心地说，“这世上还是好人多呐。关于冬青的生活点滴，除了您以前了解到的，还想了解什么，我这就和盘托出，至于是否有价值，您看着取舍，我想，这也必定是冬青想告诉您的，我只是替冬青说出了他的心里话。”

施勋美这下听明白了，当她得知这次特殊的旅行需要一站站逐步完成有关冬青的小说创作时，她的眼里绽放出慈母的光芒，声音明显轻柔了许多，有莺声燕语之感，犹如面对冬青儿时那样，她为此首次向我讲述了许多赵冬青鲜为人知、催人泪下的生活细节及心理活动，于是无数的具象的影像形象不断在我脑海中碰撞交织着，这极大触发了我的创作灵感，让我鲜明果敢地意识到：人类生活的本质，其实全然在于如何处理好“人与人”“人与天地万物”和“人与自我”之间的全方位生态关系。在其中，人类内部的人性文化发展和综合价值引领是根本之所在，这与文学创作中以人物形象塑造为主轴的做法并无二致。然而，试图了解“人”的本身，就必须深入人类玄妙无穷的“人性世界”，并得有足够能力推进到灵魂深处去观照和掌控全局。

与此同时，也让我对“人与自然”之间唇亡齿寒、互为辉映的生存智慧与生命相依关系有着切肤之痛般的深刻认知。因此，为描摹出人类灵魂的真实样貌，或是为着凸显灵魂可以通过文化修炼所能达到的艺术上的真实模样，从而为驾驭人性乃至于大力改造人性做好前所未有的深层铺垫关系。于是，这才有我此前的突发奇想，有意以己度人以点带面地择取个体人性道德高地俯瞰芸芸众生，此后当我甄选并渐次读懂了赵冬青曲折而洁净的生命历程的时候，我就进而确信自己捕捉到了人类灵魂中最接近“事实真相”的那个类型与典型，可谓不期而遇心有灵犀，这一“事实真相”或许并非我们肉眼看上去的所谓“眼见为实”，因为事物无时无刻不在发展变化中，眼见未必为实，真正意义上的真实是指超越物质表象之上的“本质性真相”。这个妙手偶得的惊心发现，令我既震撼又兴奋，感慨万端之余，不禁由此联想到构成这个世界的万千物事之间，总是不期然地因阴阳对立统一而生成或消弭，犹如所有物种和事物在“运行”过程中，皆有可能在未知的某个时候显现好坏参半的“双刃剑”特性一样。

譬如混沌宽厚的地球，在没有人类时即已被清晰地分割成了水为阴、陆为阳的水陆两界传奇；又比如可精细丈量人类个体生命周期存在短长的如梭光阴，将人类昼起夜伏的作息，凝练为昼为阳、夜为阴的昼夜更替规律；即便是在人类内部，为顺应人类繁衍生息需要而产生的以男为阳、女为阴的生命结合韵律，也远早于任何人文学说的兴起时间……这些都是直接呈现于世的世界单元，彼此之间相辅相成、互成犄角的本真形象，但无论这些朴实的样子未来如何生变，最终怎生转化，有一点是毋庸置疑的，即那些支配现实世界阴阳共生的自然伟力到底是何时发生的，迄今恐怕尚未有人能给出一个确切的答案。唯一明确的是，宇宙间确实存在一股神奇的力量，这一无形之手始终致力于为世间万物的自然生发运行提供稳固平衡的作用力。赵冬青也曾持续关注这一现实，尽管他也同样无力探究其答案，但他对于关系到人类生死存亡的阴阳转换关系却甚是敏感忧虑，并于二十年前率先在神州大地上如有先见之明般发明了人类须臾不可离的洁净空气技术——一种在空气高污染时代科学采集使用优质“森林空气”的方法，其使用范围之广有望遍及人类生活一切需要健康空气的地方。

无独有偶，对于人类水源的保护和水质净化问题，赵冬青同样以特有的生命热情和舍身忘我的奉献精神探究相关科学手段，并取得积极进展，只是应对水源污染似乎远比应对空气污染来得复杂得多，可惜上天不解人意，而这个“不解”亦是天道公平之所在，外部规律是恒定的，是不以人的意志为转移的，唯一能改变的，只能是人类内部的发展方式及其内部运行规律，因此反求诸己应是不错的应对良策。而赵冬青意外昏死成“植物人”，令他突然中断了终日牵肠挂肚的人类健康问题，让他试图创造出另一大发明“如何从无处不在的受污水源中获取可靠生命之水”的努力暂时搁浅了！

尽管“粤港澳大湾区公益文艺先锋队”的全体成员对此尽了最大的努力，但最终结局如何，是否能真正唤醒赵冬青，以便其能继续完成他所未竟之科技发明事业，则没人能事先预料，只能尽人事听天命了。可是无论如何，赵冬青都已把他难能可贵的终极人文关怀永远地书写在了人世间，所有爱他的人也都倾己所能做了该做的事情，可谓苍天无情人有情，此乃不幸中之万幸！不过值得商榷的是，所谓的苍天“无情”，那也是低劣之人性倒逼的结果，人类若持续缺乏温情和自律，终将暗淡宇宙之光。所以说不首先解决人类自身的问题，那么，一切所谓的繁华必将沦为虚弱的表面浮华，迟早终将如梦幻泡影般于瞬间破灭一空。因此，要想从本质上解决有情众生的“德性”问题，必须从中华道统的哲学源头《周易》中去找寻。对此，虽说赵冬青曾尝试界定许多事物阴阳互现的起止时间无果而终，但并不影响他的生命价值凭一己之力舞出炫目光彩。当我用心审视赵冬青的个体人生运行轨迹时，却意外窥见发生在他身上的“阴阳学说”倒映出令人揪心的精准的生命刻度，它犹如一颗危及生命健康的“定时炸弹”，深深嵌入他的肌体之中，以至于当不幸骤然改变这位好学上进的年轻学子之命运轨迹时，身边的所有人瞬时不知所因，无所适从。所不同的是，赵冬青毕竟是位与众不同、灵魂透亮的年轻人，同样是面对阴阳天成不可逆转的“基因突变”，当他的生命体征冥冥中被不可知的细胞神力强行割裂成残疾为阴、健康为阳的人生阴阳两极时，出于对自我人生终极“命运共同体”的敬畏与宽容，他的人生节点因之闪耀出金属般的质感，回响着生命的赞歌。由此可见，赵冬青对于生命的态度，以及他对于“修身、齐家、治国、平天下”的通透理解，也许只是亿万普通民众的一个个案，但或许能给我们以某种启示，这为平民如何在朴实的“平凡土壤”中坚韧地耕耘，无疑树立起了一座于生死垂危中坚毅开展自我救赎的值得尊重和参鉴的“人性丰碑”！从这一层面上说，“粤港澳大湾区公益文艺先锋队”的所有付出都是值得的，即便赵冬青再也无望回到他所深爱的、抱着羸弱之躯为她奋斗了短暂一生的热土。

魏明心在撰写这次朗诵稿之前，杨大夫就告知他，说冬青从宁夏站开始就能全程听懂朗诵内容的意思了，所以这种冲击效果对冬青来说从无意识变成了有意识，这是对冬青的双重情感冲击，绝对是一次质的飞跃。所以魏明心写这篇稿件时严格按杨大夫交代的那样，要给出“一剂猛药”，所以他就想把此次公益之行中采写朗诵稿件的前因后果、来龙去脉向冬青及大众“和盘托出”，这势必对冬青的感知形成巨大的心灵震动，因为他太了解冬青的心性了，谙熟冬青的悲喜忧戚和理想情怀。

杨大夫亦全程密切追踪冬青的任何变化，事态完全按他的料想发展着。杨大夫不时朝魏明心点点头，示意他一切正常进展。因此当朗诵结束，魏明心开启互动环节时，冬青的气血恢复得与常人无异了，只差翻身坐起了。

魏明心根据网友的疑问，现场提请哲学家邓思奇回答“敦煌壁画的终极创作意图到底是为了什么？”这个问题。邓思奇长相清癯，思想往外鼓胀，本身就给人一副很哲学的观感。他接过魏明心的话说：“敦煌壁画的伟大之处就在于，无论是为佛造像，还是描绘历史画卷，其实都是为了寄托人类的美好憧想和愿景。从这一层面上说，当我们感受到佛性的广大无边时，实际上也是人性广大无边的投影。换而言之，佛性即人性，也可以说即心即佛，心佛无二。这是一种非常重要的境界和认知，关系到个体能否幸福安详地活着。真正理解了，我们就能正确面对生死了，就不再惧怕死亡了，即便是死亡，那也不过是肉身的消亡，获得灵魂觉知力的我们，其实心性就已是佛性，是没有生灭的！也就是说，当我们觉醒并征得了无上菩提之后，就知道自己是拥有金刚不坏身的，了无形迹，无须依托，无有来去，自在无碍，如如不动，本来清净！”

邓思奇的言论激发了一波探讨热潮，现场的人们热情依旧，没有人退场，没有人急躁，大家都在静候奇迹的发生！也许正是在这样齐心合力、期待奇迹发生的能量波的助推下，当中午12点来临之际，在一天阳气生发最为旺盛的时刻，此前并无异样的冬青突然喷出一大口黑血来，他随之缓缓睁开双眼，但由于不适应光线，又不自觉地闭上了眼睛。这可把杨大夫激动坏了，但数十年的从医经验仍然让他足以保持镇定，他说，这是瘀血，吐出来就好了，然后细心的他又把一块薄纱盖在冬青脸上，以避免强光刺激。很快，冬青又挣扎着坐了起来，由于身体还有点虚弱，他没有继续站起来的意思，只是靠在带护栏的躺椅上。施勋美老人更是惊喜得不知说什么好了，她不敢和冬青说话，怕惊扰到他。她也不敢和别人交流，害怕这是一场梦，要是和别人一说话这梦就醒了咋办？在一旁照顾施勋美老人的上官步莲也是大气不敢出，她甚至害怕看冬青，心里有点发毛，但她不敢把心里话说出来，她怕施勋美老人生气。慢慢地，适应了现场的变化后，施勋美老人知道发生的一切都是真实不虚的时候，她挣扎着要从轮椅上下来给大家下跪，上官步莲赶紧阻止说："奶奶，使不得，这里您最老，会折煞众人的。再说，您别激动，别吓着冬青！"施勋美老人听闻上官步莲搬出冬青才作罢。魏明心已经知道发生的一切变化了，他仍然处变不惊，他知道现在需要做的是给冬青腾出一个能清静调养身体的空间，因此他有序地指挥大家悄悄离场，以免嘈杂的环境影响到冬青的安宁。

但现场有一位奇怪的老者没有走，身着粗缯大布却气度非凡，看不出是何种出身。他走到魏明心跟前说："这位小兄弟，我想见一下刚才朗诵文章的那位盲人姑娘，您给个方便，我10分钟后就离去。"魏明心见对方没有自报家门，也没有向他多问什么，只是想见一下郝姑娘，于是心想或许他们之间有什么机缘吧，加之迫于对方的强大气场，他几乎没说什么就安排老者和郝姑娘见了面。大家都没把这件事当回事，老者也是说话算话，还真是不足10分钟就不见了踪影。正当大家疑惑之际，更让他们吃惊的一幕发生了，郝姑娘的眼疾居然出人意料地痊愈了，一开始大家见到郝姑娘时没认出是她，只是感觉有点面熟，但一听声音才缓过神儿来，这不是郝姑娘吗？她的眼睛怎么没事儿了，难道此前是装瞎的吗？是为了卖惨而不择手段地打造弱势人设？那也不可能呀，有谁会无端扮成盲人逗人玩儿呢？其实更焦急的还是郝姑娘，她只在眼睛逐渐恢复过程之中隐约见到正为她治疗眼疾的老者的模糊身影。待她的眼睛在最后阶段重陷"黑暗"，而后几乎又于顷刻间彻底"复明"后，当她睁眼欲辨老者的身形样貌时，他早已踪迹杳然，此后就再未现身。于是她逢人便问："看到刚才那位老者没有？看到刚才那位老者没有？"可是问遍了所有人却一无所获，郝姑娘于是又跑回刚才的直播会场，只见偌大的会场人迹夭夭，空气凝滞却悠然，哪里还有老者的身影？最终还是魏明心给她吃了颗定心丸，他说："既然老人家不想见您，就不用费心找了，再找也没用。如果你们真有缘，将来自会相见。我看得出来，那真是位世外高人，身形气度犹如闲云野鹤一般，这种人只做自己该做的事情，一切都是定数，郝老师不必挂怀才好。从另一角度看，这也是您的福报现前了，说明您这么好的姑娘却意外成了盲人，就连老天爷都看不下去了。所以，如您真有心感谢的话，您就朝着天空的方向，虔诚地叩拜三个响头即可！”郝姑娘闻言觉着在理，遂依魏明心的指点照办了，也算是图了个心安。此时的郝姑娘，虽说眼睛已经恢复了正常，但她的心理却尚未适应过来，眼前时而光明，时而黑暗，就像有只无形的手在自动调节切换着“光明和黑暗”之间的模式。不过，她已切实感觉到，含藏在她心灵深处的那只灵魂之眼，已在暗夜中完全睁开了，也许这才是掌控她眼前一切的神性之手。

醒转后的冬青，在杨大夫的及时干预下，他的体力得以迅速恢复，已经可以正常下地行走了。许多人对冬青苏醒后存有失忆风险的担忧，所幸这并未发生，他的记忆状况良好，昏迷前的经历他都记忆清晰。一般而言，成为“植物人”后再恢复如初的概率极低，劫后余生的冬青甚是珍惜和母亲相处的机会，母子俩几乎形影不离，大多数时候，冬青都是恭敬地倾听母亲讲述他昏迷后发生的家里家外的事情，冬青偶尔也会插句话，目的也是引导母亲吐尽愁肠。他知道母亲太不容易了，现在没有比做她的忠实听众更合适的身份了。冬青也在醒后的第一时间和魏明心相认了，他紧紧地拥抱魏明心，动情地说：“贤弟，大恩不言谢！我什么都不说了，就归纳为一句话：一辈子的兄弟情！其实，沿途的很多事情我都知道，心里很明了，只是当时说不出话来而已。”可以想见，兄弟俩劫后重逢，其中的欢欣不言而喻，那份情谊，不是手足胜似手足。

赵冬青的最终被“唤醒”，对于一路风尘仆仆的“粤港澳大湾区公益文艺先锋队”的全体成员来说，无疑是个巨大的喜讯，甚至在此刻，人世间所能想象到的最好的喜讯的样子莫过于此。于是能见面的队员不自觉地就相互拥抱在一起，以示最热情的祝贺，相拥的男女似乎在此时此刻没了性别差异，所有人脑中浮现的都是赵冬青被最终“唤醒”的那个注定终生难忘的时刻，旅途中的艰辛劳顿似乎皆被预期达成的喜悦占领了，一行数十人在漫漫征途中的倾情付出，都在此时收获了回报，回想黎明前的黑暗，再苦痛的煎熬都值了。但凡事都有例外，“丑书大王”小曾猴子就“错抱”了上官步莲，慌乱中还脸对脸地贴了一下。上官步莲尽管也和大家一样，沉浸在一片少有的喜乐祥和氛围中，但素来古灵精怪的她，反应起来似乎也较常人快了一拍，她未及推开他，就先嫌弃地给了“丑书大王”小曾猴子一个大大的白眼。或许虑及先锋队正处于天大的喜事当口，她不便“破口大骂”。“丑书大王”小曾猴子这才意识到踢腿踢到铁板上了，于是触电般松开了她，估计他也同样预感到在如此重大的特殊场合下，她不至公开动怒的，因此他也就大胆沿袭了此前爱耍贫嘴的习气，他壮着胆子冲上官步莲说：“按照古人的习俗，你应该嫁给我了！”“你……”上官步莲气得脸色煞白，但她的确不能扫了大家的兴，故只能强忍着把无名怒火压了下去，她还是扬起手掌，连连朝“丑书大王”小曾猴子做出扇耳光的动作。即便上官步莲没有大发脾气，“丑书大王”小曾猴子还是吓得连滚带爬而去。

面对先锋队迄今取得的最重大成果突破，魏明心又一次亲自掌勺犒赏大家。唯一不同的是，他的身边多了一个默默打下手的高大身影，他就是刚刚苏醒过来的赵冬青先生。虽然魏明心三番五次要求赵冬青暂时以休息为重，但还是没能阻挡他为大家尽点心意的想法，最终双方各自退一步，赵冬青不干活，但允许他陪伴在魏明心左右，也算是他为先锋队的“恩人们”尽了一份感恩之力。

在这次互动交流会上，以何国英为主导的文艺家们所捐助的艺术品因冬青苏醒后的特殊境况没能完成“义拍”流程，后续将交由李玲珑在线上继续完成相关“义拍”活动。活动所得善款悉数交由敦煌当地慈善机构，目的不仅在参与敦煌莫高窟的文物保护工程，更在于呼吁尽可能多的社会力量共同关注和支持我国的文物保护事业，造福子孙后代，普惠人类文明！

从神州公益巡访活动起始就紧盯冬青病情并见证其逐渐向好的陈立人，这次终于让他一站站为艺术而“守望”的努力获得了“圆满之功”。由于他笔下的“冬青苏醒”系列画作颇具神性色彩，且在每个巡访站点的直播活动中广受关注。随着冬青在敦煌之旅的“催化”下真正实现“神奇复苏”，陈立人的“冬青苏醒”系列人物画亦就此“封神”。他因此成为先锋队预测最神准和最会抓点的文艺家，他的这一系列绘画遂被一家艺术机构看好，当先锋队的全国巡访活动结束后，这家艺术机构积极介入，赞助陈立人的“冬青苏醒”系列人物绘画自敦煌始在全国陆续巡展，最终被一家博物馆高价收藏！陈立人联袂巡展赞助机构设立“敦煌学”研究公益基金，用以支持祖国“敦煌学”研究事业的深化发展！

第三十章 安住当下

三秦大地数千年的历史深蕴令魏明心心向往之，魏明心的眼里闪耀出历史的光芒，他从仰韶文明中的半坡人想到西周文明，从秦帝国想到西汉，再从南北朝时期的西魏北周想到大唐盛世，在这片共同孕育璀璨中华文明的热土上一再诞生不可思议的文化壮举，也就不足为奇了。华夏文明也正是从这里首次走向中外文明的融合互鉴，魏明心的耳畔隐约回响着响彻人寰的驼铃声，相较于先锋队不疾不徐的行进速度，他的心思早已飞到了那片神奇的黄土地。

赵冬青的劫后回归和郝姑娘的双目复明，的确为先锋队带来了无限喜气和生机，所有人脸上都洋溢着若隐若现的神性光彩，这或许就是“如有神助”在现实世界的具体彰显吧。魏明心逐渐收敛了思绪，亦是蓄意铆足了劲儿也要把最后一站的“压轴之作”写好。自公益出行以来，尽管山重水复前路崎岖，但行前愿景皆已如期实现，感觉一切的付出和辛劳在这一刻都值了，这也暗合了“好人终有好报”的古训！

为更好带领先锋队前往西安参加“一带一路”倡议十周年庆典，魏明心抢在动身前就已为活动的召开及未来前景展望撰写了一首名为《山海守望》的七律。

山海守望

魏明心

物阜民丰众望归，
湾区气概鉴精微。
德馨致胜人间乐，
艺湛积优故土威。

尽揽奇怀通大道，
遵凭赋韵裹星辉。
遥知古训融时势，
拈掇今朝万象晖。

近年已较少抒发古典诗情的他，一想到当前盛大恢宏的时代气象，以及波谲云诡的世界局势，他仍不免感慨古人所开创的谨严规整之文风，时至今日同样可以借古观今，于是不由忆起李白《把酒问月》的经典诗句："今人不见古时月，今月曾经照古人。"此情此景，真可谓"寂然凝虑，思接千载；情焉动容，视通万里"，中华文脉照样流淌在同一条今古互映的时光洪流中。

按照杨大夫的交代，这最后一站的朗诵仍不可疏忽大意，因为冬青已经持续接纳到了这股能量，从医学药理学来分析，这最后一针仍不可或缺，是一剂"巩固型"良药。所以杨大夫又建议魏明心，撰写朗诵稿时可以多从冬青昏睡后的当下文艺现状切入，既调动他的兴趣和猎奇心理，又能促进他的思考，予他感同身受之思。依此理据，魏明心敏锐地把笔锋及笔力指向了当下既恢宏壮观又光怪陆离的文艺现状。他想，倘能借此剪除枝蔓，夯实根基，何愁当代文艺不繁荣兴盛？只不过，他是按自己所期待的发展方向以点带面地予以呈现，其中既有他推崇的当代文艺个案经典，也有他所批评的不尽人意的晦暗之地。他遵循的文艺宗旨是，文艺精神对文化复兴至关重要，局部允许犯错，但大方向不能错，否则就本末倒置、南辕北辙了。所以他倡导的原则是让一切力量朝着有益于新时代文艺发展的方向砥砺前行！

先锋队进入黄土地后，先到延安革命摇篮"朝圣"，其中要数新斯诺最是兴奋和激动，他最敬仰的同胞埃德加·斯诺曾分别于1936年和1939年先后两次进入陕甘宁边区政府首府延安采访革命领袖毛泽东，新中国成立后，斯诺又突破重重阻碍分别于1960年、1964年及1970年来到中国，每次都受到毛泽东主席的亲切接见。斯诺根据历次访问搜集到的第一手材料，相继撰写了《红星照耀中国》《为亚洲而战》《大河彼岸》等鸿篇巨制的报告文学，详尽介绍中国革命和建设情况，书中多次提到毛泽东主席，称赞他为"历史上最大的人民救星"。正因如此，斯诺被誉为"最了解中国和毛泽东的美国人"。正因同胞前辈的这一永载史册的传奇经历，使得新斯诺不管走到哪里都感到有种说不出的快意与幸运，他仔细询问当年斯诺是在哪里采访红色革命领路人毛泽东主席的，确认之后，便开心地在他的直播镜头前开展神采飞扬的介绍，甚至还在镜头里展示了有埃德加·斯诺亲笔签名的他的代表作品《红星照耀中国》。

魏明心则始终陪着冬青参观，并不时触景生情地为冬青介绍一些延安的人文历史，其中着重介绍了那些已被“国家名片”邮票推介过的具有广泛影响的革命遗迹：延安枣园、杨家岭中央大礼堂、毛主席在延安枣园的办公住址、王家坪大礼堂、陕甘宁边区参议会会场、延安宝塔山等。另外，在参观新华社延安旧址时，魏明心还向冬青介绍了2011年新华社成立80周年之际中国邮政曾专门发行过一套四枚的纪念邮票，该套邮票由蒋蔚设计，邮票图案分别以红色中华通讯社旧址、延安清凉山新华社编辑部旧址、西柏坡新华社旧址、北京新华社新闻大厦为主图，浓缩了新华社成立80年来所走过的光辉历程。冬青听得津津有味，身边一道参观的有心的文艺家则把魏明心介绍的那些特色景点冠以“革命圣地——延安”的总主题，再分系列借绘画的形式予以多层面、多角度的立体呈现。

而后，先锋队又前往延川县郭家沟村参访“路遥故居”，据说那里也是电影《人生》的取景地之一。路遥本名王卫国，出生于陕北榆林清涧县王家堡村，7岁时因家里生活困难被过继给延川县郭家沟村的伯父。“路遥故居”尚存两孔窑洞，画家巴人对窑洞特感兴趣，在延安所能参观到的窑洞也都令他大饱眼福。巴人相信这一颇具历史韵味的民居文化，将对他的创作起到一定程度的促进作用。

继到访延安之后，先锋队又走访宝鸡博物馆，参观史上第一次用汉字记录“中国”和“德”字的器皿，那就是被誉为“大国重器”的国宝级文物——何尊。他们还在博物馆现场拜访了中国青铜器铸造技艺非遗传承人王登飞先生，他这次接手完成了一项“大国重器，国宝再造”的制作工程，就是以宝鸡博物馆的镇馆国宝“何尊”为制作原型的。这一工程的目的就是响应国家关于“藏宝于民”的时代号召，让国宝何尊这样的“国宝再造”非遗产品进入寻常百姓家。先锋队对这个推广项目进行了现场直播，把珍贵的文化和产品介绍给广大粉丝。

再后，又接连参观了秦始皇陵兵马俑和西安碑林博物馆等，特别是在参观西安碑林博物馆时，“丑书大王”小曾猴子一改素来浮皮潦草的性格，他看得尤其仔细认真，并若有所思，他问魏明心：“自清代兴起碑学之后，帖学、碑学之争就相伴而生，师叔怎么看待这种争论，孰优孰劣？”魏明心说：“碑学是清代特殊历史阶段的产物，碑学、帖学之争，也是这一特定历史阶段的衍生品，本质上不存在孰优孰劣的问题，从传统上来说，帖学是主流审美认知，碑学也有其补益和可借鉴之处，应该包容辩证地予以看待。”

黄土地的厚重与深邃恰如一幅鲜活久远的历史画卷丝丝入扣地温润着队员们的心田。大家都感知到了历史之于当代的价值，也就此展望出当代之于未来的价值。“一带一路”倡议十周年庆典暨粤港澳大湾区公益文艺先锋队全国巡访圆满落幕活动由西安一家文艺机构和先锋队联合筹办，来自南京的周传喜老师携南京云锦《丝路华章》、来自景德镇的国宝再造负责人持海外遗失国宝“青花云龙纹象耳瓶”的同比例仿制产品、持有景泰蓝第一人张福禄大师遗作“珐琅千年·宗师绝响”天下泰平景泰蓝链瓶的嘉宾等全部邀约嘉宾皆已聚首西安。待所有筹备事项尘埃落定后，魏明心所统领的先锋队就闪亮登场了。在这样继往开来的喜庆场合，“中国红”唐装仍是不二选择。上衣正面的宣传标语是“丝路情怀”，背面则是“一带一路倡议十周年”字样，皆是“匠心设计”之物，只为此行画上完美句号，亦为未来对海外“一带一路”沿路国的巡访做好铺垫。

为纪念毛主席130周年诞辰，致敬开国领袖的革命乐观主义精神和展望未来回望来时路的豪迈之情，同时也为了在伟大恢宏的、有史以来最接近民族复兴的新时代纪念毛主席建立的丰功伟绩，魏明心特意在正式朗诵前为郝姑娘安排一项具有特殊意义的“红诗朗诵”节目，所诵诗歌是毛主席于1965年5月重回井冈山视察工作时有感而发写下的真情喟叹，那就是《水调歌头·重上井冈山》。魏明心甚至畅想未来，待到他日对海外“一带一路”沿路国家的巡访成功归国时，也要摹写一首词致敬毛主席的前词，词牌名就叫《水调歌头·丝路凯歌还》。

已双眼复明的郝姑娘，整个人看上去更显婉约端庄，明眸皓齿，纤柔秀润，较往日平添了几许顾盼生姿之韵。既然已不再需要盲人翻译，朗诵时余佳丽原本是不愿意出场的，但拗不过郝姑娘的执意邀请，所以她还是像往常那样娴静地坐一旁陪着郝姑娘诵读。经过这次巡游神州大地的反复淬炼，郝姑娘朗诵前的“入境”效率是相当高的，几近抵达信手拈来即可随心所欲地表达的自由之境。

当郝姑娘又一次深研《水调歌头·重上井冈山》的词意时，她忽然获得了演绎灵感，由是她悄声对余佳丽说：“妹妹，由于我的视力恢复了，又是朗诵这样一首极具历史价值和人文情怀的重要词作，所以我不能陪您坐这里诵读了，我必须站起来，勇敢地立于舞台中心去表现，不如此不足以淋漓展现该词的深刻意涵！但您既来之则安之，还是坐这里吧，权当是本场朗诵的‘评委’，我期待继续获得妹妹的无声支援！”郝姑娘说完后就落落大方地来到了舞台中央，其丰富的肢体语言与抑扬顿挫的朗诵艺术互为辉映，给人强烈的身临其境之感受，为大众奉献出一场超越她此前所有朗诵的饕餮视听盛宴——

水调歌头·重上井冈山

毛泽东

久有凌云志，重上井冈山。千里来寻故地，旧貌变新颜。到处莺歌燕舞，更有潺潺流水，高路入云端。过了黄洋界，险处不须看。

风雷动，旌旗奋，是人寰。三十八年过去，弹指一挥间。可上九天揽月，可下五洋捉鳖，谈笑凯歌还。世上无难事，只要肯登攀。

刚刚诵读完毛主席高度自信细腻的词后，郝姑娘又自如切换到魏明心对当下文艺现状的深度剖析中，或慷慨陈词，或贬斥沉疴，或雄强激越，或忧郁低吟，凭借自身出神入化的对于神情语言的表现天赋，演化出一曲新时代文艺的滚滚洪流之乐章，个中滋味，孰优孰劣，细加品听自见分晓矣——

当代文艺的审美及走向

——魏明心纵论当下文艺舆情并对话国画家王大海

美的事物终归是美好的，不染不妖，且往往清净恒定、令人难忘。美好的艺术尤其如此。譬如霍朝阳先生的绘画艺术就予人如是观感，是当今画坛鲜少有之的大美艺术，我深以为，其审美价值和高度已登顶我国当代花鸟画创作的极则。但这种源自灵魂深处经由审美心得和灵魂省悟而铸就的美学品质，大雪无痕，道法自然，因其异常简静凝练，反倒极易遭受曲解，所谓曲高和寡，可也绝不会因一时外来的恶意诋毁而稍作沉沦。此为达观者特有的品性，犹如静栖荒僻深处的幽兰，纵使山野薄情，仍只顾独自芬芳于世。因为真正的艺术，不仅饱含深情，而且意味蕴藉，唯其美善，直抵人心，受众不单心喜之，亦可吸纳它用以完善自身心性，倘能借此传扬开去，更可造福大众，所谓他山之石，可以攻玉也。

与此相类，譬如某些原本利于愉情悦性的艺术成果，由于种种原因，导致恒定的大美之思，却在特定的历史阶段未能得到客观看待，以至璀璨的艺术瑰宝只能自敛光华，倘若就此隐匿乃至消弭，那么，暗淡的不只是一个时代的审美智慧和体悟，更有许多因与其失之交臂而无缘升华的嗷嗷待哺的灵魂。直言不讳，我们当下的艺术生态及其公众舆论环境就处于这样一种混乱不堪的情境之下。特别是当下愈演愈烈的舆论乱象，表征着大众的理性认知“大厦”已轰然坍塌，民众价值观的撕裂与盲从，简直到了不可思议的地步，往深里说，人们的个体思考能力正呈断崖式下降之状，这就表明：民众的眼睛已经不再“雪亮”，轮番上演的一哄而上、不明所以的“胡言乱语”和“疯狂谩骂”，极大逾越了民众进行正常舆论监督的边界，几近理性所能容忍的极限，早已上升到了恶意人身攻击的可悲境地。这在一个文明的时代，抑或在一个着力推进文化复兴的宏阔时代背景下，是不该有的粗鄙现象，起码因不分青红皂白的言论产生的非理性舆情不应成为一种普遍现象，因为艺术审美或文化认知全然依托于不与人同的个体经验与感知。

正是在这样一个信息高度智能化的时代，尤其在虚拟世界，生性淡雅从容且卓有成就的霍朝阳先生的艺术和言论就受到极不公正的评价。其中，既有剑走偏锋的网络喷子一如既往地对文艺名家施以无差别恶意攻击，也有部分不懂装懂的所谓网络艺术批评者对自己尚不太了解的领域“敢于”妄加评议，这类多是自以为掌握了“流量密码”的无知网红为蹭流量而无所不用其极。近年来，不知从何时起骤然刮来了一股专门“批评”艺术名家的风潮，而被无端贬损的书画名家中就有霍朝阳先生。细细想来，在一长串被骂的名单当中，尽管有许多人“背负”的骂名或许与事实并不相符，但想来仍觉情有可原。然唯独霍朝阳先生亦被猛烈攻击让我颇觉意外，其也算是躺着中枪吧，被莫名破空而来的舆论浊流无差别针对了。

众所周知，霍朝阳先生是当今中国写意花鸟画界最负盛名和最具审美价值的美术教育家、艺术大家之一，德艺双馨，底蕴深厚，其审美取向源自宋元，写意精神可上溯至中华道统精神之本源，笃定坚实，内敛华美，在中和冲淡的意象中呈现出“尚意”与“放逸”之存在，这就是我们常说的现当代文人画的审美法则以取法宋元为上乘，如能得其精髓实乃时代之幸。霍朝阳先生就是当代文人画硕果颇丰的一位，德艺双馨，施教以德，这本该是件颇值赞誉和宣扬之事，但他为何时至今日频频遭受网上诸多宵小之辈的无端攻击甚至肆意辱骂？出现这种糟糕情形的深层原因，到底是嫉贤妒能，还是对传统文化的无知与蔑视，抑或自身修养不足信口开河所致，甚或受浮躁风气影响借泛化批评之名宣泄一己私愤？笔者以为，以上诸多因素或许皆有叠加。那么，就本质而言，导致网络暴力频发背后的人文土壤及相关社会人文心理到底是怎样形成的，以及如何有效应对之，这确实是迫在眉睫要解决的现实难题，如不能将之“见光”，并很好地予以解决，那些令人不忍卒视的网络“野蛮”事件就会持续发酵，结合无孔不入的自媒体时代所能引发的综合影响力，由此可能滋生越来越多无法预料的社会问题。长此以往，其集聚而成的认知破坏力势必空前强大，值得深思和警惕！

总体来看，当前的网络舆论现状呈现出两个令人费解的极端走势，这与中华传统人文思想“中和之道”的思维方式严重相悖，反倒和西方传统的神学至高论行至文艺复兴时进而滑向个人中心主义的哲学脉络无缝相契，这是极其危险的意识形态反转，如不能得到正确引导和修正，必将深刻影响中华民族的文化复兴进程和人文战略安全走向。我深研霍朝阳先生其人其艺多年，当我不时看到网络上那些铺天盖地流传的对传统人文艺术及其创造者毫无敬畏之心的极端言论时，我不禁感到深深的悲哀与汗颜，竟一时为之脊背发凉。

为何说网络上对霍朝阳先生的批评有失公允，以及那些被贬损的文艺名家到底错在哪里？现就主要的争议焦点阐释如下：

首先，有非常广泛的群体认为霍朝阳先生的花鸟画过于简单，有时就那么单花只鸟的，且枝简叶稀，还大都是小幅写意花鸟，谁不会呢？原来，他们所认定的“简单”，以为就是一抬眼的见闻，执拗得近乎不假思索，所以经常会有不知天高地厚的晚辈自诩比霍朝阳先生画得还要好，只是没机会脱颖而出罢了。对此，我举个非常相似的例子，弘一法师的书法同样被许多人认为用笔太过简单，稚拙如孩童写就，据此认为弘一的书法成就被严重高估了，以致有许多受众认为弘一的书法根本不值一提，不能称作书法。由此可见，大众的书画审美感觉和审美能力已经下滑到何等地步！如果知不足而虚心进取，这是情有可原无可厚非的，大众的书画审美变化确实是不同时期文化渐次断层造成的后果，也说明当代的美育事业任重道远。但如果因无知而肆意妄言，那就另当别论了。因为艺术之良莠，并非有繁简本身来定义，有时简单至极的一个点画，它所蕴含的生命旨趣和天地大道，以及由简驭繁所承载的难出天际的审美体悟，或许绝大多数人终其一生都无法企及，因此也就无力玩味潜藏其中的深意了，古往今来无数英雄相惜的故事证明，如俞伯牙和钟子期那般“高山流水遇知音”是绝对需要双向能力的。

当然，现今荒谬的舆论环境所造就的“网红”评论者完全可以例外，他们可以不需要学术成果，亦无须艺术实践累积认知，甚至不必讲求职业道德，只要符合他们的利益需求，就可以任意臧否前贤或名家，张口就来，夸夸其谈，往往令外行听来甚觉有理，也因此收获了大批不明就里的粉丝。这正是流量时代能够许给他们的无厘头“红利”，至于是否言下失德、殃及无辜，那是不足挂齿之事。

论及尺幅大小，则从来与艺术高下无关。比方说，崔琢磨先生不仅认为自己的画幅之巨远超前辈、前无古人，而且还认为指墨书法亦属其“独创”，如此形而下之的赤裸裸的“炫技”言论，当然是认知肤浅之故，确与其身份不相匹配，但倘若因此把他批得一无是处也有失偏颇。他在鉴赏和收藏方面的成就还是有目共睹的，即便于艺术本身，虽泥古而化，面貌不甚突出，却也渊源有自，他的作品中除了隐现传统花鸟的影子，还是能看出深受李苦禅先生的笔墨影响的，只是没能像霍朝阳先生那样从古人的偏方中开出自家的花朵，这是自内而外散逸出来的独特笔情墨韵，温润华雅，清逸出尘，此种艺术样貌皆拜厚德慈心所赐，自然天成，生机盎然，非刻意为之，亦非一众水墨图式所能望其项背。这在当代花鸟画界是绝无仅有的孤例存在。崔琢磨先生的差距就在于此，盖因内在修养不足所致，这从他的眼神和样貌中亦可窥见深浅，因为真才实学的文艺大家的眼睛都是明亮而深邃的。当然了，崔琢磨先生的最大优势是深谙运营之道，这本身就是艺术价值的一部分，在当今艺术环境下运营价值的外溢效能更是前所未见。另外，崔琢磨先生虽然对中西艺术都极为了解，但骨子里也是偏向传扬中华传统文化的，从未诋毁过自己的民族文艺，且常做公益积累善德，这点也是值得尊重的。所以，总体而言，崔琢磨先生还是一位卓有成就的、有良知的书画家，不能“一骂了之”，如欲评价他人，要有能力作出恰如其分的品评才行，否则最好免开尊口。

其次，还有一种较为普遍的说法，认为霍朝阳先生自1977年和他的恩师高为峰先生合作《春花璀璨》引发广泛关注后，就再无好作品出现了，他似乎一直在“啃老”，即便像当年那样和恩师保持亲近，也被解读为“作秀”。这种说辞当然是对霍朝阳先生其人其艺不了解造成的。客观说，霍朝阳先生起步阶段确实受益于恩师的提携，但他并不是个故步自封的人，他的目标感和执行力非常强，行稳致远，一直处于不断进取中。如今他的艺术面貌及市场影响早已超越了他的老师，可他又是个懂得感恩的人，从不自视过高，即便已经名满天下了，但在与人交谈时仍时常会不自觉地提及恩师高为峰先生的教诲，他总说：“我的老师高为峰就是这么教导我们的。”每在这时，他说话时的神态看上去就像一位学生那样谦恭有礼。其实，我们应该改变一下观念了，当我们如实述评霍朝阳先生的艺术成就超越了他的恩师时，本质上并非对他恩师的冒犯，而是意指在霍朝阳身上体现了“青出于蓝而胜于蓝”之事实，学生的成功，实际是为人师者的骄傲与幸运，应是老师所期盼的。师者，传道授业解惑也，无关高下之分。何况，每位艺术家皆是不可替代的，各美其美。我以为，如今的霍朝阳先生必定也对他的学生寄予厚望。

所以说，如非要说霍朝阳先生习惯于“啃老”的话，我觉得他所“啃”的这个“老”，应特指以“孔子”为代表的古圣先贤会更为恰当。因为在霍朝阳先生的画室，他把“孔子画像”挂在了最醒目的位置，只要走进他的画室，我们就能看到那幅标志性的“孔子画像”永远挂在他身后的墙上，这在当代画家中是罕见的，说明他时刻把“尊师重教”放在心上，这在师德淡薄的当下是尤为难能可贵的。

说到爱国与深情，霍朝阳先生同样让人印象深刻。早年他随代表团去美国做人文艺术交流时，对方有意邀请他留在当地发展，霍朝阳当即婉言谢绝。事后他解释道：“艺术没有国界，但艺术家有国界。我是画国画的，越是枝繁叶茂，文化之根就越要扎向祖国厚实的土壤。”霍朝阳先生既是这么说的，也是这么做的。他不单具有家国情怀，就连小草遭遇除草剂“荼毒”都令他痛心疾首，他还怀有人类悲悯之情，他说高科技的快速发展是柄双刃剑，要是掌握在坏人手里世界就危险了。此外，数十年来，他始终把身心浸淫在祖国浩瀚无垠的传统文化中，根植沃土，培育清气，遂使艺术之花常开不败，不新而新，以不争的事实例证了艺术本无所谓“创新”，艺术的本质是审美，解决了审美也就解决了“创新”的问题，以及通过具体的艺术实践，精准诠释了文人画为何并无新旧之别的千古不易之内因。这些以生命轨迹缔造的艺术传奇，是许多后学最该汲取的智慧养料，倘能如此，将为国画花鸟擎起真正“守正创新”之大旗。

再次，还有部分人群从“书画同源”层面质疑霍朝阳先生的书法能力，甚至进一步指出就连他写字时的执笔方式也有问题。对于受众的这种疑问，我觉得不能算吹毛求疵，并非有意为难，应该是一种中肯的艺术理解方面的探讨。这当然是个见仁见智的问题，古往今来尚无定论，所以才会争议不下。我于几年前在和霍朝阳先生对话时，也曾注意到霍朝阳先生写字时的执笔细节。因为他在落笔前自谦地说他不太会写字，所以当我看到他执笔落墨时，单从感觉上说，我也暗自认为他确实像当今的许多画家那样不太会写字。可当我认真观察他书画的全过程之后，所有的疑问立马烟消云散了。原来，在这个问题上，他是真的自谦了。他的执笔方式看似松垮，还微微地倾斜，但行笔却极见功力，实现了力道与温雅的辩证统一，因此他的书法具有哲学思辨韵味，富含文人气息，真正写出了书味画意，他的章草与他的绘画相得益彰，可谓书画合璧、文质相谐也。我想，他执笔方式之所以如此风格，应该是多年来受他绘画创作影响造成的，只不过，因他的审美感觉和书写能力是在线的，所以他采用何种执笔方式并不会对他的书画结果造成不良影响。比如梅兰竹菊“四君子”是传统文人画中最招人喜爱的题材，但对画者的书写能力要求也最高。所以又叫写“梅兰竹菊”，其中又以写兰写竹的难度为最大。而霍朝阳先生笔下的兰竹堪称当代之最，无人能出其右者，这除了得益于他对生活观察的细致入微之外，尚受益于他不俗的书法造诣。退而言之，要是他的执笔方式也是正常的大范围开合方式的话，那么，他的成就恐怕不仅在小写意花鸟画界独领风骚，就连大写意花鸟画界也应是他拔得头筹。当然，所谓的大小写意之别，也是“好事者”有意为之的说辞，其实并无本质区别，完全是性格使然，心格粗犷者，书画状态可能是解衣盘礴的，然心格谨严者，则是内敛含蓄的，没有好坏之分，各成一格，各美其美。

在当今画坛横向比较一下，霍朝阳先生的书法已算出类拔萃的了。书法是最讲涵养，也是最需要磨炼的艺术，能写到脱俗，写出味道，已是极为不易了。在这方面霍朝阳先生显然做得很出彩，书画都风格卓然。

最后，也是最为关键的一点，一幅书画作品的优劣最终还是要落实到审美鉴赏上面，而审美鉴赏的背后靠什么来支撑，也就不言自明了。正因如此，霍朝阳先生刚出道那会儿就弄明白了一个道理，那就是他再也不想往热闹的地方扎堆了，他知道自己走上的这条艺术之路注定是曲折而漫长的，想要让自己能够行稳致远，必须静得下来，于是他开始沉下心来深入研读传统经典著作。此后，他不仅画技大增，而且见闻学识也变得圆融通达了，最终成长为当代文人画的标杆人物。当他登顶艺术高地之后，他就拥有了真知灼见，能轻易俯瞰一切文艺现象背后潜藏的人文本质。对于何为人文底蕴的问题，他曾一语道破天机："不是你会写几首诗就叫有文化。"由此可知，霍朝阳先生对于文化的本质已是了然于心了。而当自己成功以后，他把这一切的心得体会悉数贯彻到教学过程当中，提倡"技与道""德和才"的齐头并进，不仅让艺术从业者获益匪浅，对别的行业践行者亦有所启迪。这才是代表中国当代美术教育的绝对高地，是古今美育正道，乃"教与学"的大道之行。

因此，我觉得霍朝阳先生首先是我国当代卓有成就的美术教育家，然后才是中国当代写意花鸟画的领跑者。从这一角度而言，他的学生是幸运的，他所供职的美院也因拥有这样的教授而拥有无限荣光！

每论及书画业，我们不免钦羡古之书画大家的风采，再不济也只把目光投于近现代书画家中的出类拔萃者，而甚少会感佩当代书画家。这是为何？是我们厚古薄今吗？当然不是，乃人格与人文使然。试想，能让后人超拔时空去记挂的，定然不是那些过眼云烟似的荣华富贵，而是那些可以滋养和静谧我们灵魂的独特才情。具而言之，假如前人遗留的艺术作品及其彰显的人格魅力不能带给后人不可替代的重要启迪或无力引发深层共鸣与激励，那肯定难以传世，更不可能千古流芳。这就是为什么"大师"之谓要留给后人去判定的根本原因。反观今人，大多迷恋外在物象的丰盛，而忽视内在精神的富足，这正好映衬出古今艺术家成长路径恰巧相反的事实。也就是说，古人是先讲德性，后修文，进而书艺，最终文极而画的。个中逻辑，阐释了所谓"书不尽言，言不尽意""圣人立象以尽意"的为艺正道。毋庸置疑，中国书画所立之象，亦在此尽意之列。由此可见，在中国书画家之列，古今最大的区别就在于"才情"二字。而"才情"的深浅，取决于人文思想的厚薄，然其终极指向，还是要看隐藏在艺术文化背后的审美主体书画家是个什么样的人。换而言之，在具备了必要技能的基础上，只有当书画家有思想有造诣，这个人，才可能有神韵有味道，其笔下的艺术，也因之才有了灵魂有了深意，如此人艺合一者，绘事才能承载佳话，往往可促人反复玩味。

但不幸的是，因人文思想无有形迹，屡被忽略者是它，无用方为大用者亦是它。它实为"心源"动力之母体，至大无外，至小无内，一切据此而成。人文思想的存在，也是人与人之间，艺术家和艺术家之间最大的不同之处。看不见摸不着，其影响却无处不在无时不有。它也是决定艺术鉴赏与收藏的最本质的标尺。既然如此，我们应如何消除当今的不利局面而向往圣趋同乃至见贤思齐？这就是彼得·德鲁克提出的"木桶原理"所必然生发的"短板效应"，当人文底蕴成为当代文艺的"短板"之时，文艺价值势必随人文思想的缺失而漏个底朝天。于是尽可能"补齐"人文思想的短板成为难得的"共识"，只是在功利主义思潮的冲击下，多数人选择投机取巧替代追本溯源。所幸，仍有部分清醒而真诚的当代书画家愿意数十年如一日地去“追补”文化课，王阔海先生就是其中极具典型意义的一位，甚至他的自省能力、进取意识及所获成就，已成当代书画艺术仍值玩味和尊崇的生动缩影之一。

如今，在书画领域皆斩获大成的王大海先生，自愿站出来现身说法，以期影响和带动更多书画家正视不足、补齐短板，进而勇攀艺术高峰。为此，魏明心专门就当代书画家为何需要寻求文化支撑的三大问题和王大海先生展开深度对话。

一、导致当代书画家皆需恶补文化课的历史缘由

魏明心：王老师好！记得多年前我们就是在探讨文化理念和时代流弊时产生了深度共鸣，从而促成了多次对话。多年后，如今再度因近百年来文化上的陈陈相因而重启话端，尤其感慨您在文化层面上持续不断地自我解剖与自我批评，且能数十年如一日地积极修补文化课，终于成就了“诗书画”皆擅的大家风范，这在当代美术家中是不多见的。尤为难能可贵的是，您在实现自我提升的同时，还能自觉关注当代书画艺术走向，观照人心之变，并诚恳呼吁书画同行们不仅要勇于正视自身文化不足的弱点，还要敢于补齐短板，迎头赶上。鉴于古今书画巨大落差之根源已然明了，至于当代书画家孱弱的文化力是如何形成的历史原因，王老师既是亲历者，也是“修补文化课”的实践者和倡导者，想必您有深切体悟！

王大海：魏老师好！我非常认同您的观点，我们的价值观可说是相当趋同的了，不仅合作过几篇深度美术评论，还一块做过数期电视节目，正是有了数度思想碰撞这个基础，相信我们这次聚焦话题的对谈定能取得预期的效果。从历史的角度看，比如“五四新文化运动”，现在平心静气地回望这段历史的时候，人文精神层面的“革故鼎新”，是有益和必要的，但在具体操作时有些地方走了极端，像“打倒孔家店”等就是过激行为，甚至还有人提出要从根上灭绝汉字，改用罗马字母表情达意，虽然如此疯狂的想法没有得逞，但足以说明彼时全盘否定祖国传统文化的做法有多可怕！当然，也有部分人在“打倒孔家店”的同时提出要“救出孔夫子”，只是理性的声音还是小了些，所以简化字的普及盛行，也减弱了国人的思考力和自信度，这是由汉语言的文化特性决定的。于是“西学东渐”蔚然成风，“改良中国画”的言论及实践亦肇始于此一阶段，却不幸忽略了先贤“中正至大”的道统精神，加之硬笔字替代毛笔字，而后电脑又代替硬笔书写，使得毛笔书法真正成为“小众艺术”。由于传统书法的晋级路径，间接承载着独特的笔墨文化和品格修为，日常的弃用与松懈，对于“艺外功夫”的尊崇和认知，直接拉低了当代书画家的笔墨能力与品行格调。另外，诗词歌赋能力及意识亦不断弱化，导致当代书画家

普遍存在人文底蕴偏弱的问题。这是不争的事实。正因如此，我始终强烈建议：当代书画家都要花大气力补齐文化“短板”！唯其如此，才能真正接续传统笔墨精神，守正创新，直指未来。以我自己为例，幸运的是我很早就意识到这个问题，当我自认为画得不错的时候，我发现书法不够用了，于是我持续习练书艺，迄今坚持不辍写了50多年。后来我又感受到诗文跟不上了，而后我又一头扎进传统诗词鉴赏与创作的汪洋大海，转眼30多年过去了，现今总算对自己有了一个较为满意的阶段性成果，我的涵盖绘画、书法、诗词三卷合一的“大红袍”画集近期将由天津人民美术出版社推出，也算是对自我综合素养的一次大检阅吧。

二、什么是文化？怎么才算拥有较深文化底蕴？

魏明心：我知道王老师多年来一直在为“当代书画家需要弥补文化课”而持续发出自己的声音，您自己也是这么一路走过来的，可以说身先士卒，言传身教，成为当代书画家高效弥补文化短板的“活教材”，特别在践行“书画同源”理论方面更是取得了显著的成效，成为当今书画界格高品正、书画互映的绝佳典范。但对于“以书入画”或“以画入书”的传统认知，更为重要的关键前提，是要把“书法”搞明白。而且正因不解“书法”的要义，就连许多当代书画名家都不明白为何要紧咬住“以书入画”的古训。因为“书为心画”之语并非空穴来风，书法解决的不单是关键的笔法问题——这个问题不解决书画几无可观之处，还承载了诸如“偃仰、聚散、收放、顺逆、抑扬、进退、提按、朴茂、奇绝与平正、揖让和舒展、广大与精微、圆融和稚拙”等充满辩证哲思的人文内涵，因此古代的优秀书法大多出自大文人之手，追根溯源，以古为鉴，当今书法家要先让自己成为文学家，而不是“文学博士”。譬如清代学者刘熙载在《艺概》中说：“书，如也。如其学，如其才，如其志，总之曰如其人而已。”这就说明，书意决定书象，不解决人的思想感情的问题，一切的书法表现和艺术成就都无从谈起。确切说，文艺家最要紧的是拥有深厚思想和人文情怀，这是一个人是否有文化的集中体现，也是一个民族是否能践行文化安全观的具体体现。文化是一个人所能蕴含的综合而深厚的人文素养及其卓越的人生应对能力，对天地万物具有穿透性的本质认知，是先天的浑然圆融通透无虞的思想见解。那么，如何才算是有文化有修为的真君子？先贤孔子如是解读：“质胜文则野，文胜质则史。文质彬彬，然后君子。”此乃不偏不倚的“中正平和”之道，代表了“为人为文”的至高境界。文化的体现之于书画领域亦然，王老师是当代书画界推陈出新的实践家，可结合自身创作谈谈体会。

王大海：应该说，历经数十年的文化进补，我是深受其益的，正是在“诗书画印”的齐头并进中，我深刻体悟到真正的艺术表达是个不断向自我发掘挺进的过程，而修补文化的过程，也是提升认知并生发表情达意的能力的过程，然后我又认识到任何艺术都是特定时空下的产物，是承载和依附的关系，亦即“本与末”的关系。于是我更进一步地深刻认识到，一位真正的书画艺术家，光懂“诗书画印”还不够，还要广涉和参研“文史哲”，在学习过程中，思接千载，视通万里，我猛然发现汉画像石刻所彰显的“雄强博大”的大汉风采和特质，与我们当今的恢宏盛世古今相应，加之不断夯实的文化底蕴让我有能力深入思考，并在古人创造的艺术内美基础上，结合当世的发展进步，实现了“以笔代刀”的现代创新，我开创的新汉画技法与张大千泼墨泼彩后再顺势勾画不同，我保留了传统的骨法用笔，但在造型和设色上更为精准浑一，可谓上溯梁楷，下起新风，于技法层面完成了中国画的首次商标注册，填补了行业空白，也丰富了中国画的表现内涵。这一创新，是我个人艺术生涯的巨大蜕变，亦是中国画在现代社会取得艰难进步的组成部分。需要说明的是，任何创新都不是凭空起高楼的，它是在扎实深入传统的基础上，于方寸间经过无数次的思想碰撞才闯出的新路。深入传统，不仅意味着要追求形式上的齐整谐美，更要探求精神境界上的承古开今，因此我在将汉画像石刻的“刀意”转换成水墨的“笔意”时，自然融入了雕塑、剪纸、皮影等民间艺术样式，它们在形式上存有共性，都是平面艺术，我以中华固有的写意精神将有机他们统一到新汉画的创作中，这就是我缔造新汉画的缘起与始末。

三、为何要坚守民族文化立场，以及如何回归中华文化复兴的正道？

魏明心：当代文艺要想真正繁荣兴盛，首先要关注人文土壤是否健康肥沃，所谓皮之不存毛将焉附。若以经济体量而论，如今的的确确是有史以来最接近中华民族伟大复兴的历史阶段。因此为与我国日益开放的经济形态相匹配，当代文艺界有必要重温并效仿毛主席当年开展的“延安整风运动”，在文艺思想领域深度开展批评与自我批评，努力践行传统文人特有的“为国荐才”的胸襟气度与风骨情怀。正如范仲淹所言：“居庙堂之高则忧其民，处江湖之远则忧其君。”真正大公之人，应放下尊卑意识，永揣利他之思。不过，这一切并非空穴来风，皆需根植于相应哲学传统之中。这是我们经常说的，艺术没有国界，但艺术家有国界。现以中西方两位具有突破性创造意识的哲学家王阳明和萨特为例：法国的“存在主义”哲学家萨特的观点认为，存在决定本质！他剖析了人的生命存在将呈现何种意义，完全是由自己选择后的自由创造决定的，与别人无关。反之，失去了自由创造，自己什么也不是！萨特用铁打的事实经历，深刻诠释了绝不接受那些带有立场和前提的“荣誉”的重要性，以及由此带给个体生命的“原汁原味”的生机和价值。他笃定地认为，那些外来的光环只会束缚和改造他的人生，而他绝不允许外部世界涂抹改造他的生命，更不容许自己背叛自己的价值观，哪怕是思想意识领域的“脱己念想”也不可以有。这就是一位真正践行自我意志的思想者所应拥有的高尚情操和独立坚守。从自律程度而言，有点类同中国传统文化中的“慎独”，要求真君子的言行在人前人后都要保持一致。萨特的一生都在践行与印证他的生命哲学观，理念上和王阳明正解的哲学经典“岩中花树”颇为接近。在王阳明看来，只有当观者亲眼见到了“岩中花树”，那花树之姿彩才真正为之明丽动人起来，否则，即便再繁盛终与未涉之心一同归于静寂。这和萨特揭示的因个体在忠实于自我生命实践中衍生的“存在与虚无”有异曲同工之妙。但就其本质而言，萨特的哲学观对应的是自然主义和经验主义的西方哲学传统，要实现的是完全真实可靠的自我生命价值。而王阳明阐释的是东方“心即宇宙”的大哲学观，心与物齐，物我一如，实现的是“无我中的妙有”，这就是宇宙人生中的空性实相，直抵天地万物的本性。不同的哲学思想就使得根植于各自哲学传统之上的东西方艺术，水到渠成般有了“写意与写实”之别，完全是土壤迥异之故，与之对应的表现力和精神层次，可谓高下立判：写意者“重道而轻技”；写实者“重技而轻道”。应该说，中华文化坐拥丰厚的人文史，促使我们有底气喊出“文化复兴”的口号，然西方中世纪的所谓“文艺复兴”，其实就其哲学本质而言，毋宁说是“人性复兴”更为恰当，且复兴之初受《马可・波罗游记》影响，西方人首次感受到来自东方的神奇与美好，于是洞开了东方的神秘之门，丰富了他们的人世智慧，这才助推了遍及整个欧洲的文艺复兴狂潮，由此真正接续了苏格拉底“把人从天空拉回大地”的古希腊哲学源头。此前，西方人并未体味到“做人”的尊严，人只是西方传统“神学”的附庸，结果一旦“人性复归”后，失之偏颇的灾难再次降临，由于西方人不太懂得“道”的高度辩证之奥义，随着人性欲望的渐次膨胀，复又迅速单向滑入极端个人主义的欲望深渊。这些都是西方哲学不够圆融、无力闭环的现实投影。反之，东方中国却拥有人类迄今最高级的文明形态与智慧识见。既然如此，当代文艺家理应拥有高度的文化自信和坚如磐石的文化立场。但鉴于现实情势，理应把文艺作品的价值评判标准往多元和合乎艺道的方向引领，从而走向“各美其美，美美与共”的融合共生之大势中去。

王大海：就我个人的体会而言，与书画家需要找补文化课一样，书画家文化立场的“沦陷”也是有其根源的，我甚至可以毫不讳言，这两者的根由如出一辙，都是拜特殊历史节点所赐，造成了文化的断层与变迁。它改变的不仅是汉字的形式，随之一同改变和消失的，还有我们老祖宗亲手缔造的会意精神与天人合一的“天机意识”，其中许多损失是无可挽回的。汉语言是全球公认的最优美深邃的文字，拥有最形象生动的表意功能和最为宏阔精准的表达能力，且承载了宇宙人生的一切密码。身为当代书画家，我有一种不言而喻的紧迫感，希望我国的民族文艺不能一味地“媚外”，我们可以借鉴，可以参照，可以融合，但唯独不能失了主心骨，不可舍本逐末，要笃定坚守中华民族的文化内核与文化立场，像什么“改良中国画”就是一个很不成熟甚至极为有害的提法。中国画是一门追求形而上的囊括宇宙万象的艺术，以追求“天地大道”为极则，如此高级而意味隽永的艺术门类为什么要“改造”呢？这是中国画发展史上不该出现的一幕。反观西方，西画发展史仅近千年，要远远短于我国两千多年的绘画史，但即便西方印象派受到东方智慧的启迪，却从未有人提出过要用中国画去“改造油画”的言论。两相比较，我国有些人的文化立场是不够坚定的，文化不自信的问题显而易见啊。归根结底，这是文化基因的继承与弘扬问题，关系到一个民族的荣誉和尊严，可谓兹事体大！诚然，交流互鉴是人类文明融合发展的必由之路，我并不反对正常的人文交流和互参互鉴，我自己也是主动学习人类一切优秀的文艺成果的，其中就包括西画技法。比如我把西画素描演化为“中国素描”，我用它去绘制动物系列，结果发现画得非常出彩，这也是我自己通过不断比对中西绘画的各自优势，认真学习、总结和创新，而后才结出的硕果。只不过，无论我们如何学习借鉴他国的文艺成果，有一点是不能变的，那就是要怀有本民族的人文“主心骨”，我深以为，即便是中国油画家也应贯彻中华传统人文精神和辩证哲思，如能谙熟传统笔墨技能及精神那就更好了。必须牢牢谨记的是，本国文艺始终是“体”，外来文艺终究为“用”，应坚如磐石地延续中华民族的优秀文艺血脉，高擎中华文明的旗帜，大力推行人文哲思，矢志不渝地固守本国的文化立场、民族精神、优秀传统和家国情怀！

当魏明心和王大海先生完成对话出来，迎面吹来一阵和煦的春风，于是瞬时就把刚才饱满的思绪吹了个踪迹杳然。寰宇浩瀚，人类渺若烟尘，人生百年转瞬即逝。或许，适才那些纷繁芜杂之世事根本不值一提吧。但话说回来，再庸俗的风物人情又何尝不是文学艺术自身显化的一分子？如同不期而遇的清风明月，也能悄然成为我们生命中不可剥离的一部分那样。

此外，在我们的文艺生态里面还有一个极端也要不得，即便是善意的也不行。比如某些娱乐歌曲所带来的汹涌舆情就是个典型案例。本来诞生一些好歌是好事情，喜欢的人可以尽情去欣赏和体验艺术之美，但有很大一部分人非要自作多情地认为歌手新推的歌是专为我们老百姓写的。可事实上呢，艺术创作者谈不上为谁创作，他们永远在为自己创作，仅仅是表达个人的情感而已，要是凑巧契合了别人的情思，那个别人又恰巧是你，那你就多听几遍好了。但有为数众多、娱乐至死的粉丝不甘寂寞，他们众口一词地把某位娱乐歌手誉为“当代孔子”，把他奉为时代歌者的“圭臬”，认为此歌手的文学修养太深厚了，他代表了我们这个时代的思想高度，并认为所有人都应该无条件认可该歌手取得的、前所未有的成就。这显然是直接把这位歌手强行架到火上去“炙烤”，是许多网友的“一厢情愿”，别人是否认可该歌手的成就，任何人都无权道德绑架，无论出于何种目的。话说回来，有志于探索求新且成绩斐然的歌手当然是一位优秀的歌手，但也不能信口开河地把他说成代表了我们这个时代的思想高度，倘若果真如此，我们身处这样一个恢宏壮阔的盛世却莫名被几首“娱乐歌曲”给代表了高度，那么，我们伟大的新时代也未免太浅薄了吧。而外，就事论事说，该歌手的许多作品虽然是对传统文化的深入挖掘，对于当下溯源传统的努力功不可没，但内化的能力和高度显然是不够的，好的借鉴不单是简单易行的“拿来主义”，还要有能力“泥古而化”，内化到无有形迹，而后推陈出新，从而让人从作品中看不到具体出处，但能感受到无处不在的高古之意和自成一格的个性情采。至于是否代表了“时代之最”等溢美之词，最好交给后人去盖棺论定。

所以我们发现，本来最该影响生活、引领人心向善的文艺，却躲在了生活的最边缘玩小圈子“游戏”，本来素以弘扬传统文化为己任的书画艺术却不幸沦为了书画匠们的“手工技艺”，所以不管是文学事业，还是书画艺术，已经多年发不出有益于时代发展和提升人类幸福指数的声音了，“空山”一般的寂静！令人徒增怅然之情。但寂静下面暗流涌动的，是各色利益之争，熙来攘往的“铜臭味”已成尾大不掉之势。不过，偶尔也会有“炸雷”袭来，但不是书法“乱象”袭扰大众的眼球，就是某些艺术院校的教授级画家数十年掩人耳目的肆意“抄袭”行为，彻底颠覆了人们的认知。当然，比之绘画，书法“乱象”有过之而无不及，几成失控之态势，我们的国粹艺术正遭遇史无前例的肆意玷污和恶搞！这才是问题所在，说明在重要的文艺岗位，需要一些具有强烈时代使命和担当意识，且坐拥深厚人文底蕴的思想型文学家和艺术教育家去履职。这些人应彻底廓清个人与行业的利益边界，还文艺以清朗和希望。因为只有业界领导摆正了立场和方向，才能统领出一帮时代所需的“英才”，不拘一格降人才，大师“发现”大师，所谓物以类聚人以群分，古今皆然。

因此，在“一带一路”倡议提出十周年纪念的时代背景下，我以为，如果要向世界举荐一位能真正代表中华文化和中国精神的绘画艺术家的话，那么，霍朝阳先生无疑是最佳人选，正如当年傅雷先生大力推举宾翁的艺术成就及其学术内涵一样。因之，我也不遑多让，愿意仿效先贤大胆预测，如果这个时代只能沉淀几位有传承价值的代表画家去垂范后世，亦非“霍朝阳们”莫属，因为人如其名，“他们”就像一轮新时代的艺术朝阳，一轮如日中天的朝阳，不仅承继了祖国深厚的人文学养和风骨情怀，而且集合了新时代绝大多数艺术家所缺乏的诸多文化积累与品性修习。可即便如此，与古之文艺贤能相比仍然大为逊色，仍有很大的提升空间！

这是个最好的时代，也是个“你方唱罢我登场”的多元芜杂的时代，恰如曹魏思想家阮籍在《晋书·阮籍传》中所言，“时无英雄，使竖子成名”，如此醍醐灌顶之句，虽跨越千年仍具有强烈的现实指向意义！待世人足够觉醒之后，或许会如期验证我的预言！

上官步莲看似柔美的外表，其实却蕴藏着强劲的内在气息与充沛能量，这点，先锋队的队员们都能感觉出来，似乎再长的朗诵她皆能予以轻松“护航”，完全具备“千里走单骑”的强悍能力，这对于一位女性吹箫手来说，是尤为难能可贵的。即便后来每场再度加码继续与李玲珑展开配合，也丝毫难不倒她。本场压轴大戏，她就有这种“单刀赴会”的气概，一大一小两场殊异的朗诵，紧接着又是李玲珑的互动交流会，她都是毫无怨言地全力配合。魏明心对她的表现虽未明言，也是暗暗称赞不已。面对最后一场的“收尾之战”，李玲珑一开始表现得战战兢兢、如履薄冰，随着上官步莲悠扬洗练的“心曲”荡涤了她的患得患失的浮躁之气后，她的心绪慢慢得以平复，加之魏明心也来到现场“坐镇”，她也就心安多了。这次的互动“民意”主要集中在对路遥的评价上。李玲珑最怕网民提些文学方面的专业问题，她感觉自己多数时候吃不准，暴露出力不从心的一面。每当出现这种内耗的局面，她就以韩愈《师说》中“闻道有先后，术业有专攻”的名言警句来宽慰自己。幸好，西安现场的粉丝对文学表现出极强的“专业”素养，他们需要“专业”的答案，所以他们直接绕过主持人，直接点名魏明心来回答。因此主持人只需要做好“穿针引线”的工作就好了。于是李玲珑终于彻底放下了心上悬着的最后一块石头，这身心一旦松弛下来，她感觉自己的身材往上拔高了一截似的。

李玲珑于是不紧不慢、字正腔圆地报出了网民的焦点之问：“许多人都对路遥生前的贫困遭遇感到痛心，并非常同情甚至可怜他的处境！请问魏明心先生，同为作家，您怎么看待这个问题？以及如何评价路遥的文学成就？”

魏明心不动声色说：“一方面我很感动！在这个多元化的时代仍有那么多人在关注中国文学的发展。另一方面，我觉得对于一位作家最好的关注，就是去读他的作品。想和作家有一个最好的交流，还是去读他的作品。至于现实中的作家的种种遭遇，很多是局外人自行解读的结果，或许与作家本人的真实想法和心境并不相符。应该说，无论哪个时代，真正杰出的作家都是能够安住当下的作家，而懂得安住当下作家，其实是无所谓穷富苦乐的，写出了自己想表达的满意作品，就是他最大的快乐源泉；写出了令自己感动的作品，就是他此生最看重的财富。反之，物质再富足，生活再精彩，如果缺失了我前面所说的前提，那也是贫瘠和悲伤的！至于评价一位作家的文学成就，恐怕不是某个人嘴上说说或要要笔杆子就能定论的，而是需要足够长的时间去淘洗。因此，只要有好的作品，历史和人民自会给出公允的评价！”

魏明心滴水不漏的答复不仅给出了正确理解文学的方向性指引，也指出了文学之所以能千古不衰的本质原因。基于此，具有专业文学素养的网民们自然能从中梳理出自己想要的答案，对于曾经争议不下的重重迷雾也就可以拨开了。

参加本次庆典的还有许多来自收藏界的朋友，他们也推选出一位城府深若“古董”的老先生当面和魏明心展开对话交流。那位城府深不可测的老者简化了无谓的试探，他开门见山便问魏明心：“在‘一带一路’倡议十周年纪念活动中，‘粤港澳大湾区公益文艺先锋队’为何唯独推举被誉为‘大国重器’西周青铜器国宝‘何尊’的再造产品、南京云锦《丝路华章》、景德镇柴窑再造的海外遗失国宝‘青花云龙纹象耳瓶’、‘珐琅千年·宗师绝响’景泰蓝链瓶等几件艺术品，有何深意吗？”

“特殊的庆典当然要推举具有独特历史意义和价值的人文杰作，何尊是国家一级文物，是我国西周早期一个名叫‘何’的西周宗室贵族所作的祭器。最具历史价值的是，何尊内底铸有铭文12行共122字，其中‘宅兹中国’为‘中国’一词最早的文字记载。当然，此处的‘中国’一词是指‘中央之国’的意思，特指当时天下的中心，王朝的中央，新建的都城成周，是现在的河南洛阳一带。铭文中提到周武王在世时决定建都于洛邑，即‘宅兹中国’，与《尚书》中的《洛诰》《召诰》等文献记载可互相印证，起到证实补史的作用。如此具有历史象征意义的‘国宝重器’交由中国青铜器铸造技艺非遗传承人王高飞先生开展现代意义的国宝再造项目，这对于普及文物知识和实现当代语境下的‘藏宝于民’具有重要时代价值；而由周传喜亲手织造的南京云锦《丝路华章》，不仅融合了古代‘丝绸之路’和新时代‘一带一路’的诸多重要元素，而且完美再现了国家一级文物汉代织锦护臂的人文风采，极具承前启后的交流和传播价值；海外遗失国宝‘青花云龙纹象耳瓶’简称至正瓶，共两件，于元代至正十一年即公元1351年在景德镇烧造。这对花瓶是现存最重要的青花瓷样品之一，是世界上唯一以姓氏命名的中国瓷器，是中国陶瓷史上具有里程碑意义的器物，是鉴定元青花的标准器，也是世界上最著名的瓷瓶。有一种说法认为，外国人称中国为‘China’，就是因中国盛产陶瓷。也有人认为中国得名‘China’要早得多，是由‘秦朝’而来，但由于发音问题演变成了‘China’。还有一种说法认为‘China’的由来与古印度有关。其实，无论哪种说法道出了‘China’一词的真实出处，但是都无法真正定义文脉深广绵长的中国，充其量仅道出了某个历史阶段对中国的局部性认知。如今，由北京工美集团和世界瓷都景德镇珠山国资联合推动国宝复造系列工程‘青花云龙纹象耳对瓶’，这是一个国家级推广项目，是对元青花标准器的复造，历经72道制作工序，2050个细节处理，可谓‘淬火而生’，历史地位和价值无与伦比；‘珐琅千年·宗师绝响’景泰蓝链瓶是‘中国景泰蓝第一人’张福禄先生生前设计创作的最后一件作品，他也是中国当代唯一掌握了景泰蓝所需历经的制胎、掐丝、点蓝、烧蓝、磨光、镀金等108道工序的业界泰斗，该工艺尚需经由800度高温烧造数十次入火淬炼方可制作完成，这也是景泰蓝工艺自元代舶来中国至今能够长盛不衰的魅力之源。综上所述，正是鉴于这些艺术品拥有的独特历史人文价值，才自然而然成为活动的‘天选之品’。”

“常言说：‘盛世收藏！’在我们新时代的恢宏时代背景下，收藏各类别艺术品可以说越来越成为我们生活不可或缺的一部分，那么，面对越来越频繁进入我们生活视野的收藏事业，我们该如何实现‘生活与收藏’的并行不悖，以及怎样看待收藏行为本身的正确性呢？”

“随着物质文明在现代社会的不断丰富，人们对精神文明的需求也在相应扩大之中，‘艺术收藏’的确进入了寻常百姓家。越是这样的时候，越要警惕人性的‘贪欲’，因为‘收藏’普遍带有双重属性，既能满足艺术鉴赏的需求，也能满足投资的需求。既然如此，对于绝大多数人来说，收藏是要讲前提的，即所谓的‘收藏’不能影响藏家的生活品质，也就是要在‘生活与收藏’之间达成可靠的平衡，否则，将给原本平静美好的人生带来倾覆性的可怕后果，导致理性收藏‘堕入’难以收拾的境地。所以我们才会说，收藏行为本身是偏向于‘藏’的，你要‘藏’得住，要量力而为，要为人文鉴赏而藏，为丰富精神需求而藏，为缘分际遇而藏，这样一来就会冲淡藏品的物质金融属性，不会为满足人性的贪婪而铤而走险。因此，收藏行为本身实际上是对现有人生格局的一种补充和丰富，或是一种人生境界和精神层次的提升，是为幸福生活加分的，而非患得患失，甚或因收藏而把生活搞得鸡飞狗跳、凌乱不堪，乃至因不计后果的收藏将生活带入万劫不复之境，那都不是真正意义上的收藏，而是人为制造的一种破坏性行为！”

先锋队本次环绕神州大地的公益巡访圆满落下帷幕后，当所有人都准备随车队返回北京时，“丑书大王”小曾猴子却出事了，他从何国英敦煌画室二楼的一处观景阳台摔了下去。人虽然没事，却摔断了左腿，这多少为本次巡访活动蒙上了一层阴影。奇怪的是，该处观景阳台安装有护栏，且足有1米高，正常情况下，在阳台活动的人是不会掉下去的。事情发生后，魏明心顾不上去查明原因，他第一时间亲自将“丑书大王”小曾猴子护送到当地一家专业骨科医院治疗。“丑书大王”小曾猴子从二楼摔下去后，被医院鉴定为小腿骨局部粉碎性骨折，他当时就痛得昏死了过去。魏明心暂时无法从“丑书大王”小曾猴子口中得知事故发生的原委，但和主治医师确认他除小腿骨局部粉碎性骨折外其他并无大碍时，魏明心的心里不由踏实了许多。可何国英先生是非常谨慎负责的人，这从他穿戴所体现的精干气质就能管窥一斑而见全豹。因此何国英对魏明心说：“魏老师啊，既然事故发生在我的敦煌画室之内，无论如何我不能置身事外，务必查明原因，该我承担的责任，我绝不会推诿卸责，请您放心好了！”魏明心说：“给何老师添麻烦了！那个观景阳台的安防措施我大概知道，主人是尽到了防范责任的。至于事故具体原因，容我查明后再行告知！”魏明心于是又来到事故现场“勘探”任何可能存在的蛛丝马迹，但他似乎并无重大发现，唯一能确定的是，若非主动翻越护栏，是绝无可能由此失足掉落的。魏明心也曾想过直接找“丑书大王”小曾猴子当面问个明白即可。但他略微思考并决定先不“打草惊蛇”，因为一旦“丑书大王”小曾猴子矢口否认的话，事情可能永远不会有真相。因此他想再等等看，待从外围寻获一些证据后再当面找“丑书大王”小曾猴子当面对质，到时不怕他不承认。

可是，如何才能获得必要的证据呢？魏明心正为此无计可施时，上官步莲给他送来了一个有望获得“破局”的信息，她明确告诉魏明心：“‘丑书大王’小曾猴子是故意从这里跳下去的，他这是‘苦肉计’，我们千万别低估了他的‘坏心思’！”魏明心说：“有依据吗？要是没有的话可别乱说啊，他已经摔坏了一条腿，别因为我们的无端揣测又把人家的心给误伤了，这可不好！”上官步莲说：“我没有任何理由冤枉他，他掉下去之前，我曾无意中看到他在观景阳台徘徊过几次，甚至还看到他爬到防护栏上往下探头看了看，然后又回到阳台。估计当时也是做了一番激烈思想斗争才最终跳下去的。”魏明心说：“可是依据呢？他好端端的为啥要这么做呢？据我所知，近期队里又没人跟他闹过矛盾。”上官步莲说：“我通盘想过了，我也是意外看到他出事之前的奇怪举动才由此产生合理联想的，而且我估摸可能性非常大，您还记得山东曲阜之行他的表现吗？他曾公开嫉妒郝姑娘有余佳丽形影不离地陪护关照，那次去曲阜摔了一跤，他当时就曾说过类似的话，他说真希望把眼镜给摔碎了，这样余佳丽就可以做他的‘眼睛’了，可以像照顾郝姑娘一样照顾他。看来他还是‘贼心不死’，这才有了这一出所谓的‘苦肉计’，但就凭他那拙劣的思想认知，除了自找苦吃、自取其辱外，如何能得逞？”魏明心说：“是有这么回事。但前后能是一回事儿吗？不管怎样，此事不宜声张，以免无端伤害余佳丽，被人稍有曲解，那才真是躺着中枪呢！”魏明心言毕，他突然轻扣了一下阳台的护栏，接着说，“有了，我自有办法！感谢步莲带来‘及时雨’般的消息，我相信这会是一个重要的突破口！”上官步莲听到这久违的“温言软语”，内心欢喜得像盛开了一朵娇羞的莲花。

魏明心于是独自买了“丑书大王”小曾猴子喜欢吃的水果去医院探望他。刚见面时，魏明心见他除了不能下地，面色红润，一切如常。可刚过了一会儿，“丑书大王”小曾猴子就“哎哟”连声地叫唤开了。魏明心见状不动声色，他关心问：“刚才还好好的，这会儿伤情发作了吗？”“丑书大王”小曾猴子眼珠子转了转，说：“对对对，师叔，还是您心疼我，一出口就说到了我的痛处！可能是刚才和您说了句话，伤口又被震痛了。”魏明心说：“这可怎么得了？近段时间，你肯定是走不了的，但团队那么多人，自然是要先回的。我只是想知道，你希望谁留下来陪你？”“丑书大王”小曾猴子闻言立时来了精神，他近乎哀求说：“我就知道我师叔最心疼我了，肯定舍不得扔下我一人在这里。要说我希望谁留下，我酌情考虑了多次，唯有余佳丽最适合！一方面是她做事认真细致，有她照顾，我的腿伤会好得更快；另一方面，郝姑娘已经不再是盲人了，不需要她照顾了。余佳丽喜欢扶危济困，我的腿伤正好给了她一次机会；再说了，她又是孤身一人，无牵无挂的，留下来照顾我也不至影响她的生活。”

魏明心听闻其言，心里已是明白了大半。他心想：“人家上官步莲果然没有冤枉你，不争气的东西，气死我了！”但魏明心表面仍保持必要的耐心，他说：“我听懂了！不管谁留下照顾你，那都是后话。这样好了，我先给你讲个故事吧，也好缓解一下你的疼痛。”“丑书大王”小曾猴子听魏明心说话轻松胜意，以为他答应了自己的要求呢，遂开心回应道：“师叔愿意给我讲故事，那是求之不得的事情，我又有机会学习进步了。要不是师叔太忙，我真愿意您留下来陪我。当然，龙无头不行！您是不能留下来的，我只是开个玩笑罢了。”魏明心不由在心里“哼”了一声，心里说：“你小子倒是装得挺像那么回事嘛！要是艺术上真这么沉心静气地去追求就好了，只可惜连做人都还不合格，遑论别处之优劣短长？”可明面上，魏明心还是继续不急不躁说：“东汉末年，著名学者应劭在《风俗通义》中讲了这么一个故事：话说齐人有女，二人求之。东家子丑而富，西家子好而贫。父母疑不能决，问其女，定所欲适：‘难指斥言者，偏袒，令我知之。’女便两袒，怪问其故。云：‘欲东家食，而西家宿。’此为两袒者也。在这个故事中，待嫁之女贪得无厌一厢情愿，但好歹有‘二人求之’的前提。而现实中，有些人的贪婪和一厢情愿是缺乏前提的，更别提可操作性了。”魏明心突击问他，“就你所知，在现实中，我说的那种不顾前提的一厢情愿之人多不多？”“丑书大王”小曾猴子似乎错愕了一下，他没想到魏明心会突然问他，他明显感觉到魏明心的眼睛紧盯着他，他的脸上莫名滚过一阵热辣辣的烧灼感，于是他的眼神开始飘忽，他含糊其词说：“也许吧，我也说不清楚，这个世上什么人没有？师叔见多识广之人，不应对此感到奇怪。”

魏明心并未接他的话茬儿，而是从手提袋拿出一份骨科CT检测胶片，然后指着CT片子对“丑书大王”小曾猴子说：“这份CT片子是你受伤那天拍的，公益之行的所有材料都交由余佳丽保管，今天她得知我要来医院看你，她就让我带上这个片子让你看，刚才那个‘东食西宿’的故事也是她说给我听的，她说看到你这个片子，就想到那个故事。她还说看到你这个腿部的片子，就又会联想到你脑部的片子也是这样的，她说身体所有部位的片子都是由脑部片子决定的！”“丑书大王”小曾猴子默默地听着，眼里逐渐泛出绝望的光芒，他末了耗尽余下的气力发出绝命一问：“师叔，不兴骗人的，余佳丽真这样对您说的吗？”魏明心说：“那还有假？我原话奉出，只字未改！”“丑书大王”小曾猴子精神几近崩溃问：“这么说来，她认为我脑子有病啰？”魏明心说：“大概就是这意思，也只有这个解释能说得通了！”魏明心的话成了“压死”骆驼的最后那根稻草！“丑书大王”小曾猴子终究绷不住了，他当着魏明心的面痛哭流涕，他哭诉说：“郝姑娘眼疾痊愈后，我原以为机会来了，所以我才狠下心来从二楼跳了下去。我以为她知道后会心疼我的，以为她会像照顾郝姑娘那样照顾我的，谁知她却那样看我，把我当傻子看了，太令人心寒了！”他说到这里更是悲从中来哭得伤心欲绝。魏明心只是表情平淡地看着他哭，未加劝阻。待他哭得差不多了就说：“傻孩子，感情这种事需双向奔赴才有价值！否则，做任何傻事都是毫无意义的。”“丑书大王”小曾猴子待积蓄了一点气力才说：“师叔，放心吧！当我听到这些话，又看到我自己的粉碎性骨折片子时我就彻底看开了，一切都是不牢固的，就连听我自己使唤的身体都会随时粉碎，何况不听我使唤的呢？所以我以后不再一厢情愿了，也不再沽名钓誉学什么‘丑书’了，我会踏踏实实过好当下的每一天，我一定会对得起我身边的所有亲朋好友的！”魏明心点点头，又鼓励性地说了一通话语并交代他安心养病这才离去。

最终，魏明心给了何国英先生一个调查结论：“丑书大王”小曾猴子是因为童心未泯，在翻越阳台护栏抓蜻蜓时不慎跌落受伤，责任自愿承担。而外，魏明心又找到上官步莲，他对她说：“我已告诉何国英老师，‘丑书大王’小曾猴子是因为童心未泯，他在翻越阳台护栏抓蜻蜓时不慎跌落受伤的。切记！这是唯一正确的调查结论，别的事情就不要对外说了！我留在这里照顾他伤愈出院。先锋队由冬青带队回京，你配合冬青做好后勤服务工作，顺利回京后此行就算圆满完成任务了！”当上官步莲获知魏明心要留下来照顾“丑书大王”小曾猴子时，她脸上的笑容僵住了。这次随先锋队回到家乡，上官步莲不仅没有留下来的打算，而且原本是想借在回京的归途中和魏明心进一步发展感情的，不料却又落空了，她心头不禁掠过一丝不祥的预感。如此一来，她只能遵照魏明心的安排，先护送先锋队成功回到北京后，冷静下来观察一下事态的发展再做谋划。

当先锋队的车队回归北京基地时，此次公益之行也就暂时告一段落了，众人将各自回归自己的生活。余佳丽直截了当对郝姑娘说：“姐姐，原本我是打算不离不弃地关照您的。现如今，您重获光明了，未来是否打算组建一个幸福的家庭呢？”郝姑娘当然知道余佳丽这是在试探她未来人生的打算和规划，所以她也斩钉截铁说：“妹妹，您多虑了！反倒是这次重获光明的特殊经历让我彻底放下了对人世的贪嗔痴！我绝无可能去组建所谓的幸福家庭，那是损耗自己累世福德之事，我不做那样的蠢事。我还是原来的我，只是多了一颗持续消除贪妄念头的坚韧之心。”余佳丽被郝姑娘的开悟之言感动得热泪盈眶。于是姐妹俩彼此再无顾虑，商定去了一家“女子禅修院”一同清修永不退转之金刚心。

“死而复生”的赵冬青，罕见幸运地“捡”回一条命后，他并未沉溺人间的世俗享乐。他短暂陪伴母亲并极力抚平她心灵创伤的同时，顺势做通了她的思想工作，允许他放下已有的一切和魏明心一道走了。他母亲只知道儿子要外出继续完成科学“治理土壤”的发明创造，为后世子孙留下祖国大地上值得依附的干净沃土，以及转化和推广他在“昏睡”中就已破解的如何从无处不在的受污水源中获取可靠生命之水的科技成果。至于别的事情，他母亲就听不明白了，但她相信自己儿子的选择肯定错不了。

魏明心把“丑书大王”小曾猴子护送回梅州后，在彻底放下尘世执念之前，魏明心经由多途径的敏锐感知，仍隐约感受到来自俗世情感的顽固纠缠，于是他借助自己强大的心念作用力，经多次反向安抚消解，终于断绝了无明的量子纠缠感应。对此，魏明心经多方印证，确认自己的努力是畅达圆满的，这更让他坚守了修持无上菩提心的初衷，故而才能明心见性地履行自己立下的觉醒大愿！

“丑书大王”小曾猴子从他师父那里率先获悉魏明心的坚定思想信念后，他惊得把手中的茶杯都扔了出去，他也因此被他师父臭骂了一顿，说他没出息，一点小事也能让他惊魂不定，责罚他要继续追随魏明心学习“心法”。但“丑书大王”小曾猴子对师父的训话并不服气，他觉得这是不可思议的事情，是人一生最重大的命运抉择。所以当他又一次在他师父那里见到魏明心时，他明面上倒是表现得很谦逊，他说：“师叔，不瞒您说，我这段思想很紊乱，活到现在不知人生为啥而活了，因此还被我师父臭骂了一通呢。我想斗胆问您个事，像您这么有文化的人，为何要学那些‘四大皆空’的出家人？您要是啥都不想了，您学那么多知识文化岂不白白浪费了？我尤其想不通这一点，这也是我挨骂的原因，您能否发发慈悲，告知缘由，让我脑子开开窍，以后不再挨骂。”魏明心微笑道：“谁让你没事掺和这个？该骂！不过让你思考这个问题，也确实难为你了。”“丑书大王”小曾猴子说：“还是师叔对我好，什么都替我想到了，不像师父稍不顺心就劈头盖脸骂将过来，我的心都被他骂虚了。他还逼我要继续跟您学习呢。说实话，我还真更愿意跟师叔学习，什么都能解释得通。还请师叔帮我解解燃眉之惑！”魏明心只能举重若轻说：“好吧，看在你还算识礼的份上，我就跟你说说。首先要了解‘四大皆空’的本义是什么。它的本义是指‘地水火风’，从物质及能量构成角度来说都是‘空性’的，因为构成物质的最小单位已经到了‘夸克’，迄今来说已经不能再往下分解了，正如《庄子・天下》中所言：‘至大无外，谓之大一；至小无内，谓之小一。’而在这大小之间，存在着无限的‘空疏’，所以我们的肉身每时每刻都由无数的暗物质穿过我们的身体，可我们却浑然不觉。这就是‘物性’的奇妙之处，与‘神性’有异曲同工之妙。比如我们身体的骨骼和肌肉是属地大的、血液和水分是属水大的、体温是属火大的、呼吸是属风大的，这就是所谓的‘四大’，它们都是变化不羁的，所以本质上就是我们所说的‘四大皆空’，因此我们精神乃至灵魂领域的‘四大皆空’仅是回归而已，充其量只是合于天地大道的属性而已，没啥可大惊小怪的。你若懂得了这些事物的本质，还有什么想不通的呢？”“丑书大王”小曾猴子闻言又是惊讶得抓耳挠腮，他讶异地说：“谢谢师叔教诲！只是想不到我这么结实的身体，居然还能被别的物质所穿行，关键是我自己还感觉不到。天下之大无奇不有啊，我算是服了，真是长见识了！”

上官步莲的人生梦想不仅是大踏步融入公益先锋队，她更希望魏明心能接受她的感情，最终喜结连理。但很快，有个准确的、令她心碎的消息落入了她耳中，她据可靠消息得知：魏明心在完成已立下的公益梦想后，他将和赵冬青同步生发“出离心”，效仿驻世的道济禅师践行飘忽不定的灵魂苦修之旅。这犹如当头一棒，击碎了她的情感寄托。她听说魏明心是受到赵冬青的“开示”，魏明心才最终下定出离之心的。据说赵冬青的“开示”智慧，之所以能令魏明心因言“开悟”，是因为赵冬青从生死边缘洞悉了不可言说的“天机”。上官步莲因此痛恨赵冬青，她认为要不是赵冬青多管闲事，横生枝节，她和魏明心的情感走向本来一切皆有可能的。可如今，所有的希望都戛然而止了，犹如刚吹出的五彩缤纷的肥皂泡，未及欣赏就早早破灭了。她因此认定是赵冬青变相夺走了她的爱情，她把失去真爱的原因统统算到了赵冬青的头上。为此，她有些后悔，后悔自己还错误地参与了对赵冬青的救援。她甚至还因此迁怒于赵冬青的母亲，认为她没有管教好自己的儿子，不懂得感恩，害得她失去了人生的最爱！但当她冷静下来后，她想到这或许不是施勋美老人的意思，她那么善良，怎么可能会针对自己，进而剥夺自己的挚爱呢？她也许更可怜，儿子刚刚“失而复得”，但很快又“得而复失”，一位耄耋之龄的老人了，还要屡屡经受这种生离死别，这是怎样的不幸呵！想到这里，她更放不下老人了，通过公益之旅的数月交心相处之后，在她的心里，其实早已把老人视作自己的“亲奶奶”了，于是她按分别时互留的地址，打算到北京去探访施勋美老人。

上官步莲此番来探望老人恰巧遇上人间马上就要到来的重要节日——甲辰春节。古语云“每逢佳节倍思亲”，可她宁愿放弃回家和父母团圆的机会，也要照顾老人，与老人一起把节日过好！她为此特意给老人捎去了种类繁多的过年礼品，吃的用的皆想到了，甚至连春联和红灯笼都准备好了，可谓齐乎着呢。当上官步莲见到施勋美并说明来意时，老人感动得老泪纵横，她紧紧握住上官步莲的双手，嘴唇翕动了半天才颤声说：“上官姑娘，这怎么使得呢？让您大老远地赶过来看我也就罢了，您还大包小包地带了这许多东西来。这么重的人情，我何时才能还得上哩！”上官步莲摆摆手说：“奶奶待人接物总是这么谦卑客气，这是我们晚辈永远值得学习的。不过我这点小事实在不劳奶奶挂心，您一路上留给我的爱，我现在想来还暖心呢！”

自全国公益巡访归来一别，虽离别日子不长，但施勋美老人看上去日渐形容枯槁，有一日千里的衰颓之感，这让上官步莲不禁悲从中来，眼里瞬时满溢伤感之情！再者，她见老人和自己重逢后竟然如此动情，不由想到自己刚刚无疾而终的爱情，也是鼻头一酸，禁不住哭得泪流满面……此时，哭得梨花带雨的上官步莲甚是惹人怜爱，这样凄楚的情状，忽然就激活了施勋美老人的情感记忆，刚逝去的那段岁月里，可是上官步莲“扮演”了称职的孙女形象，适时温润了她老来沧桑的心灵，令她重拾柔软的灵魂。而今老人怎忍看上官步莲把自己哭得像个泪人儿似的，于是她顺势一把将紧紧倚靠在她轮椅扶手边上的上官步莲搂进怀里，用布满青筋和斑点的老手抚摸着上官步莲清爽利落的发丝。老人似乎还想做得更多，她先是努力倾斜身姿，而后挣扎着从邻近的桌上扯来一张面巾纸，这才小心地替上官步莲擦拭眼泪。上官步莲伤心落泪的时候，那是真情流露的，是情不自禁的，自是忘我之状。可当上官步莲真切地感受到来自老人的疼爱之举时，她反倒不好意思起来，她立时接过老人手中的面巾纸快速拭去泪花后说：“是步莲让奶奶受累了，我是来照顾您的，却反过来成了受照顾的对象，这像啥话呢，怎能当好奶奶的‘亲孙女’？”早已一脸若无其事的上官步莲自顾自笑了，受其感染，老人历经人世辛酸的脸上也充满童真地乐开了花。她们之间的默契，即刻接续上了巡访路上的光景，那时空偏离所带来的短暂隔阂很快为欢乐所湮没，又如一块可见的坚冰被暖暖的情意所消融一样。

正是在这样暖意融融的氛围中，上官步莲陪施勋美老人度过了一个传承久远万家团圆的美好春节。可是，幸福的时光总是在不知不觉中如流星划过天际般流逝，只在我们的印象中留下一抹光亮以供日后回味。因此当上官步莲推着施勋美老人在楼下的花园散心时，她猛然发现，不仅枝条早已抽心，而且已有零星争春的花朵绽放在人前，率先标示着冬后的早春已然莅临人间。上官步莲心想：“敢情这是到了春暖花开的时节了吗？我怎么感觉大年还没过过去呢？”她遂把这一想法和施勋美一说，老人亦感慨说：“谁说不是呢，咱祖孙俩亲如一家，没有血缘胜似有血缘，说不定哪世是亲人呢！”上官步莲说：“是的呢，想来必定如此。”

她甚至还亲昵地告诉老人：“奶奶，我下一阶段还要去‘粤港澳大湾区公益文艺先锋队’继续履行公益事业，您啥时想我了，我随时都会回来看您的！”上官步莲说这话时神情恰似儿时老屋前的流水一样亲切自然。她之所以要如此承诺，就是想让老人不再因儿子的出离而悲伤无助。

郝姑娘和余佳丽来到“女子禅修院”，主事的院长是位年逾古稀却精神矍铄的老太太，她们来之前就听说这位老太太有神通，她们听闻后有点不以为然，心想哪来那么多的“神通”？估计是想赋予一点神秘色彩，以便吸引更多同道前往该院修禅吧。殊不知，这位据说拥有神通的老太太给了她们一个瞠目结舌的“见面礼”，老太太问她们：“你们来了三位，还有一位呢？”郝姑娘和余佳丽闻言皆大吃一惊，她们相互对视了一眼，几乎同时猛地往身后看了看，却什么也没看见，心里不禁有点毛骨悚然起来。她们也几乎同时在心里纳闷：“我们明明是两个人来的，何曾有过第三人？”因此她们又几近异口同声说：“我们是两个人一块来的，从始至终只我们两人，再无别人！千真万确！”这时，老太太又说了：“我问话的目的，不是让你们转身去搜寻什么人，而是要你们思考，明明还有一位要跟你们同来的，为啥还没到？”他们听了心里又是一惊：“还能有谁？我们自己怎么不知道？出家人不打妄语的，这老太太为何刚见面就尽说胡话？”尽管心里仍不认可老太太的说法，可嘴里还是礼貌说：“我们实在想不起来还有谁要来，也许是您认错人了吧！”这次老太太却再不言语了，只是默默地把她们引进禅堂稍事休息。

不承想，她们屁股还没坐热，上官步莲就来电话了，余佳丽一看是上官步莲来电，就接了起来，说：“上官姑娘，别来无恙？”上官步莲问：“您和郝老师今日是到了‘女子禅修院’吗？”余佳丽闻言虽觉得有点奇怪，但还不算太意外，只是以为指不定是哪位熟人跟她提起了此事呢。但仔细想想，彼此相熟的人里面，除郝姑娘以外，再没有人知道她们今天去了“女子禅修院”的。奇怪归奇怪，但此时她仍能平静问：“您是怎么知道的？难道您有千里眼、顺风耳不成？”谁知上官步莲并未理会她说的话，她继续说：“听说现在这家‘女子禅修院’的禅位很是紧俏，您先帮我和院长通融一下呗，就说还有位同修不久后也要来，原本今天是要一同去的，因尚有俗务缠身暂时脱不开身，故没能一道前来，但这是确定无疑的事！”余佳丽这才对老太太说的话恍然大悟起来，直把她惊得差点从椅子上蹦起来。但她毕竟也是有见识的人，仍然尽量抑制住震惊的情绪，故作平静问：“据传闻，您对魏老师不是一往情深的吗？为啥突然想到要来‘女子禅修院’和我们一起同修？别忘了，我和郝姑娘都是无牵无挂之人，可进可退，不怕被人曲解。而您不一样吧，况且您也从来没和我们说过呀，不会是玩笑话吧！”上官步莲说：“何来的突然？树叶不是一天黄的，人心也不是一天凉的。”上官步莲遂一五一十地将自己近来的所知所感所遇所思直言不讳地予以陈述，然后又强调说：“我正是从这些充满戏剧性的瞬息万变的事件中悟出了生命的真谛，那些平素看似真实无比的东西，其实是虚妄不可得的。我由此顿悟之后，心境澄明无碍了，凡事看得清，听得明了，也就有了您所说的千里眼、顺风耳。”余佳丽听她话语诚恳逻辑缜密，不像是玩笑话，于是也坦诚相告：“据我们所知，是魏明心说服了赵冬青，而非相反。他们约定待冬青完成参加文学高峰论坛及发明出可大面积推广的高效土壤改良专利等夙愿后，将一道出离尘俗遁入心门。”上官步莲说：“我差点错怪冬青老师和施奶奶了，所幸我的决定是对的。那是不是意味着，魏老师也要完成公益梦想后才会离去？”余佳丽说：“那可不一定哦！其实一切都存在变数，那些拥有大慧根的人，一旦证悟了自性，是没有善恶对错的。当然，这种所谓的‘没有’，是超脱之后的‘无’，是更高维度更高级的‘实有’，亦即无相乃实相，是为妙有。至于‘粤港澳大湾区公益文艺先锋队’的运行，那是制度性的产物，即便魏老师离开了，先锋队也照样能顺利完成它的历史使命的。”上官步莲应心说：“恕我从前眼拙，多有冒犯，最近才看明白你们都是非凡之人呐！或许这也是我累世修来的福气，总算找到同道中人了……”

如是，当余佳丽和郝姑娘再度见到“女子禅修院”院长时，她们对眼前这位看似凡朴毫无威严的老太太骤然升起无边的敬畏心，不由想起宋人张俞在《蚕妇》中所言称的社会现象：“遍身罗绮者，不是养蚕人。”拿此诗来鉴照当前之人，不难得出“至人无己，神人无功，圣人无名”的可靠人生境界结论。她们的内心无比自责：“如此具有通透智慧的人在我们面前现身说法，我们不仅一无所知，甚至还以凡俗之心度之，可悲可叹之至矣！”

虽后知后觉令她们难堪，但还是如实把上官步莲的请求向院长作了报备。老太太似乎什么都知道了，照单全收。她既没有询问上官步莲的具体情况，也未对事件进展显现任何惊讶之色，对待她们的态度也如初见时一样平和淡然。

上官步莲获悉魏明心的终极人生抉择后，她曾心灰意冷地决定“放虎归山”。不过，历经前期痛彻心扉的煎熬，她还是想当面问个清楚，这样方能做到“心如死灰”。于是她多次试图联系魏明心，并设想好了见面时可能的对话场景，可是均联系未果。后来有一次她和魏明心终于如愿“相见”了，她不关心他们是在哪里相见的，她的心思全在他身上。那次“相见”，她对他说了许多话，但她自己一个字也记不得了。魏明心则只对她说了一句话，包括说话前的两句赠语，充其量也就三句话，但对方说的每个字句她都记得清清楚楚，恍如阳光般了然照进了心里。她犹记得魏明心当时是这么跟她说的，他说：“我先总结一下此行的心得体会吧：‘上船不思岸上人，下船不提船上事。’希望每个人都能把握住当下，皆能安住在当下！我再送你一句赠言，那是曾文正公的座右铭：‘物来顺应，未来不迎，当时不杂，既过不恋。’”语毕，他半晌无言，接着又说，“郝姑娘和余佳丽都去了‘女子禅修院’，你也去吧！”上官步莲正想问他让她去“女子禅修院”做什么时，她被自己的问话问醒了，原来自己是在梦中和魏明心相见了。于是她只恨自己发问，不问也就不会醒来了，不就可以继续和他相处下去了吗？“可恨！”她骂了自己一句，但所幸她的反应足够快，比骂自己更重要的是，她需要及时把他梦中说的话原封不动地记录下来。

结果，梦醒的当天，上官步莲就从余佳丽嘴里印证了梦中魏明心所言的真实性。梦境和现实居然贴近得如此天衣无缝，梦里梦外，简直呼应得分毫无差，她算是亲自领教一回，直把她惊得几近窒息。于是她又暗忖：“可是，他为何偏要赠我曾国藩的座右铭呢？那些话又与‘女子禅修院’到底有何关联？”

为此，上官步莲陷入了无尽的沉思中……她不知答案最终会来自哪里。

“或许来自四面八方吧！”末了，上官步莲怔怔地想，她试图以一种无可指摘的模糊的念想帮助自己从一团乱麻中挣脱出来。

但世事就是这样，总在悄然中不断逆转，以一种常人难以想象的方式行进。上官步莲对于人生未知事项的设想大抵也是如此，当她未及替自己可能的猜想方向寻找生活的实据之时，她就意外接到“丑书大王”小曾猴子的来电，于是她条件反射般地质疑：“你怎么会给我打电话？说，是谁在背后指使你的？”起初，“丑书大王”小曾猴子不知是被她的气势所压制，还是慑于她此前的强势性格，他嗫嚅着半天没说出一句完整的话来。可在经历短暂的期期艾艾后，“丑书大王”小曾猴子犹如败军之将忽然获得强援一样，他变得敢于和她正面对抗了。他刻意提高了声量说：“不错，这次由我负责联系您，确实不是我的本意。我也是受人之托，忠人之事，希望您接到这个电话后及早赶回公益先锋队总部报到，据说有重要任务安排！”也许是“丑书大王”小曾猴子的语气过于强硬，上官步莲何曾见过他敢如此底气十足地和自己说话，遂引得她疾言厉色说：“怎么？你在命令我做事吗？”“丑书大王”小曾猴子闻言心里咯噔了一下，他担心自己驾驭失控吃她的亏，只好老实交代说：“我不说了嘛，我也是传达别人的意思。再说，我哪里敢命令您呀。我照实说吧，是我师叔魏明心让我给您打电话的，一切都是他的意思，跟我没啥关系哈。”上官步莲得知原委，语气顿时柔和了下来：“这么说，你师叔也会去公益先锋队总部啰？”“丑书大王”小曾猴子说：“那是当然。除了施勋美老人，包括我在内的所有公益先锋队的原班人马都会到场！”上官步莲得到确认后，她象征性地“嗯”了一声便飞速挂了电话。与此同时，她以最快的速度告别施勋美老人，然后直奔机场而去。在她自己的印象中，这算是今生有史以来最为急促仓皇的一次出行，以十万火急喻之亦不为过，仿佛慢了一步就可能与生命中的“救命稻草”失之交臂一般。

“丑书大王”小曾猴子给上官步莲去电话的时候，其实他已经到了公益先锋队的总部。这里是企业家张为民先生深耕多年的地方，依山傍海，风光旖旎，如果把它视为深圳盐田山海间的一块“风水宝地”似乎也无可辩驳。如若并非如此，以张为民极为挑剔的眼光而论，这里也入不了他的法眼。但就是这样一个被张为民视作难得的灵魂栖息地的宜居场所，为满足公益先锋队的办公需要，他慨然让了出来，只是现在这里又多了一重身份，即将成为大湾区的一个充满梦幻色彩的创意型影视拍摄基地，依托的正是此地得天独厚的山水人文胜景。这个项目当然是在公益先锋队的统领之下。今非昔比，“丑书大王”小曾猴子的身份似乎实现了跃升，魏明心甚至为他安排了一间办公室，不过与其他人一样，每间办公室由两人合用。因此“丑书大王”小曾猴子的办公室里同样也有一张桌子是“虚位以待”的。他刚分到这间办公室的时候，他曾大胆问来访的魏明心，他瓮声瓮气说：“师叔，到底是谁和我在这间办公室共事呢？要是不合心意者，那可不行！这次我不仅是公益先锋队成员，还是全权代表我师父过来的。”魏明心直截了当说：“上官步莲。”他说完径直朝门外走去，语气甚是干爽磊落，毫无商量的可能。

“丑书大王”小曾猴子听闻后又惊又喜，见状急忙一溜小跑地追上前拽住魏明心的胳膊说：“我知道师父心意已决，我不求换人就是了。我只是有两个问题想当面向师叔请教，我师父可是提了要求的，希望我继续追随您左右学习。”魏明心以为他会在人事安排上纠缠不休，听闻他是为了学习叫住自己，这才缓和了神色说：“好吧，既是为了学习，倒是值得赞许。那你说说看，还有哪些疑问需要师叔替你解答的？”

“丑书大王”小曾猴子说：“暂时就三个问题，其中两个是关于您的，另一个是关于我自己的。”

魏明心不动声色说：“哦，就连师叔也成问题了吗？而且还是主要问题哦。”

“丑书大王”小曾猴子笑说：“师叔责问得对，经您一提醒，说成问题还真不合适，确切说是关于师叔的两大谜题罢了。首先，我一直百思不得其解，在我心目中，我师父已是我所能认知的天花板级的能人了，据我所知，他老人家很少公开佩服谁的，唯独对您推崇备至，还屡屡叮嘱我要踏实地跟随您学好本领呢。这可是署天下大雪——少见。我想知道，师叔是如何炼成这些本事的？”

魏明心说：“首先，我是学新闻出身的，在从事记者生涯的那些年，早已习惯了通过各种报纸杂志去查找工作所需的新闻旧闻，加之广泛而深入的各色采访，所以知识面上自然较常人更为宽博；其次，我从大学时代就开始了文学创作，在这过程中我始终牢记‘见贤思齐’的古训，并效仿古人‘文史哲’不分家的惯常做法，因此学识上是贯通无虞的；再者，我还有多年从事文艺评论的经历，这让我对各种文艺理论有深入研究和把握，当然，更为关键的是，我较为注重理论与实践的有机结合，促使我更容易直抵文艺本质。至于形式多样的文化策划活动自然也不在话下。正是这些广袤而充分的历练，全方位砥砺着我的真知灼见，强力塑造了我自由茁壮的心性形象，不断夯实我的综合人文素养和创造活力，使得我在处理各种事务时显得游刃有余。”

“丑书大王”小曾猴子叹服说：“我说呢，为何师叔什么都懂，原来是历尽了各种艰难险阻才淬炼出来的，您让我懂得了成长的本质和代价，这世间没有人能随随便便获得真正意义上的成功！同时也明白了成功是可以有不同定义的，有时甚至是分层级的，不可一概而论，也不能单一刻板地固守成见。”

魏明心说：“这就是你师父希望你走出去增长见闻的良苦用心之所在，若能懂得珍惜每次来之不易的学习机会，那么，个人的成长将会以肉眼可见的速度得到提升。反之，则会在疑虑重重中贻误良机，进而使自己错失人生最佳的成长期。现在的你就是一个鲜活的成长范例，你的变化，你自己应该比谁都明白。”

“丑书大王”小曾猴子说：“事实的确如此！感谢师叔总是不吝赐教和无私提携，知遇之恩，没齿难忘！其次，我尚有一事不明，据传闻，您和赵冬青不是已经超脱世俗决意归隐山林了吗？当时我还为你们感到深深地惋惜呢。但你们为何突然又借助筹备影视基地一事携手重出江湖？这一进一退之间，是否暗藏什么玄机？”

魏明心说：“何来的玄机？大湾区拥有绝佳的人文山水，为今之计，完全顺应天时地利人和之大势，我们只是想认真做事而已。再者说，你从哪里听说我们要归隐山林了？我们崇尚和追求的，是要在红尘中精进大修。其实，所谓的红尘俗世包含我们想要的一切，也包括我们传统文化中所有最高深的学养和思想，诸如儒家的仁者爱人、道家的天人合一、释家的了脱生死等皆在其中矣！‘愚人求佛不求心，圣人求心不求佛。佛在灵山莫远求，灵山就在汝心头。’既然如此，又何必舍近求远乃至缘木求鱼呢？当然，这只是我们自己的一家之言，每个人的求道之路都是渊源有自的。但无论如何，终极目标却是殊途同归的，这是毋庸置疑的。”

“丑书大王”小曾猴子神情肃然道：“师叔所言极是，看来道听途说的东西还是少听为好，特别是不能往心里去，否则很可能误人误己。今后我定当以师叔为榜样，认认真真做人，踏踏实实做事！”

魏明心欣慰说：“你现在能有这样的觉悟当然是值得称赞的。但另一方面，我们也要认识到，但凡世人皆有其不完美的地方，你师叔也是这样，我也仍要在事上不断打磨自己，觉知自我和世间万物的关系，不认识到个体的局限和人类的渺小，导致没有充盈自己，放大格局，那么，总有迷失的一天。师叔能有今天，和你的区别只是隔了一个‘认知能力’的问题，以及由此形成的实践能力和驾驭能力的不同。相信未来的你也能做到，甚至强于师叔也未可知。”

“丑书大王”小曾猴子讪笑着说：“我知道是师叔又鼓励我了，晚辈哪敢和您争雄啊。说实话，此生能有机缘聆听师叔教诲已是万幸了。这不，还有个与我自身相关的问题期待师叔为我指点迷津呢。我现在的书法学习似乎陷入了可怕的‘死循环’而难以自拔，我尽管仍有耐心甚至不厌其烦地遍临诸帖，但很难获得我想要的东西，既无法深切领悟古人的书写精神，也无力变法出自己想要的艺术样貌，好像总在从一种形式到另一种形式的赶场中无谓消耗着自己的热情和能量，这样的体验让我备受煎熬和折磨。就像深陷一座书法迷宫，以我目前的能力，我终于意识到自己尚无法独立走出现有困境。”

魏明心点点头，沉思片刻方才说：“能意识到自己进入到创作的瓶颈期，已经是进步的表现了，说明你在创作上是投入了真心的，只是学习路径还不太清晰。我看过你的许多作品，你现在的问题不是一味盲目地临摹古人的作品就能解决的，所以你目前亟须解决两个源头问题，才能摆脱原地踏步的困局。首先，你需要解决笔法问题，而破译笔法的关键在于深入钻研‘晋唐书论’，唯其如此，你才能真正解决好书写问题；其次，你需要揣摩透彻古人在何种心境下进行书写，抑或古人的那些名帖是在何种心境下书写出来的，这就牵涉到书写精神的问题，然而要吃透这一精神，必定要在‘字外功夫’上做足文章，比如多读书，读好书，多悉心精读乃至研读一些传统经典篇章，如能在人文思想上实现文史哲的贯通合一，加之还能写得一手好诗文的话，那就更好了，就可以将‘技和道’统一到魏源所说的‘技可进乎道，艺可通乎神’的境界层面，从而实现与天地精神相往来的终极追求。因此想要真正领悟古人的人文精神及思想情怀，需要拥有久久为功的耐心！”

“丑书大王”小曾猴子恍然大悟说：“真是行万里路不如名师指路啊！师叔又为我指明了道路，令我茅塞顿开。下一步我知道自己该怎么做了，相信不会辜负师叔的期待，我同样相信像我这样的草根书家，在贵人的点拨下，经过持续不懈的努力，也终会有逆袭的一天。”

魏明心说：“世上不缺有梦想的人，人生贵在将理想付诸行动，并在行动中百折不挠地前行。既然你问了我几个问题，不管出于什么原因，年轻人谦虚好学终归是好的。所以借这样的对话氛围，我也想反问你一个问题，听说当初粉丝们合力甩给你‘丑书大王’这顶帽子的时候，你顺势就给自己戴上了，而且戴得那么心安理得。我想知道，你是怎么理解‘丑书’这一说法的？”

“丑书大王”小曾猴子言辞恳切说：“晚辈虽才疏学浅，但师叔这一问是难不倒我的。当然不是我有什么本领，原因可能连师叔都会出乎意料，因为我向您偷过艺！”

魏明心闻言感觉甚是好玩，微笑说：“哦，还有这回事吗？那你倒是说说看，到底怎么个偷法？”

“丑书大王”小曾猴子忽然想起了什么，又变得讳莫如深起来，他脸上漾出一副委屈状说：“我不敢说！我担心说了以后，师叔不再关心我的成长问题了。”

魏明心忍俊不禁说：“我刚刚还感觉你变得成熟了，怎么一下子又变回了‘小可爱’的样子？你是想和师叔讨价还价，还是想拿捏师叔？照直说来，师叔自会给你一个公道。”

“丑书大王”小曾猴子被魏明心这么一激，躲无可躲之处，只好和盘托出：“我在师叔面前可不敢隐藏任何心机，我说的句句属实。我所说的担心，是生怕师叔因此高估了我的自学能力，从此对我采取‘马放南山’之举。我还是如实说吧，我说的‘偷艺’师叔也是事实，我曾有一段时间无比迷恋师叔写的书画评论，我总不厌其烦地反复阅读并细加揣摩，以期从中汲取有益养料。其实，我曾一度对网友批评我的书法为‘丑书’一说是很敏感的，甚至这些批评常把我激怒，致使自己在无边的消极情绪中苦熬度日。直到有次看了师叔写的有关‘丑书’的时评，我才如获至宝，也因此把我彻底从无谓的思想桎梏中解脱出来。于是终究释然了，放下了，因为我知道了‘丑书’的本来面目，深刻理解了师叔关于‘丑书’的说法是‘伪命题’的精妙之论！”

魏明心说：“关于‘丑书’，我的论说或许也并不深刻，你对并不深刻的东西倒有了深刻见解，也算青出于蓝而胜于蓝啊。”

“丑书大王”小曾猴子极为鲜见地正色道：“师叔莫要取笑于我，别看我有时傻里傻气的，可对于有些问题，特别是我喜欢的书法，我却表现得非同寻常的有主见和有想法，是正见还是邪说，我自有分辨。我是真从师叔这里获得了真知灼见的，且听我从简道来：一方面，您认为‘丑书’一说很荒唐，纯属‘伪命题’，因为从艺术审美层面而论，书法是点画的艺术，承载了诸多极为微妙的禅哲辩证关系，是一门高度演绎‘自然之道’的、关于‘变化’的艺术，所以具有永恒的精神审美属性，对鉴赏者的审美能力要求甚高，因此就审美本质而言，是无所谓美丑之分的，只有优劣之别，这在书法史上已有定论；另一方面，您认为艺术不意味着墨守成规、故步自封，在守正的同时，要敢于创新、勇于创新，让艺术在全面表达个体性灵时，彰显必要的情怀、品格、使命和担当，从而使艺术成为艺术，而非异化为别的什么东西。自从我如饥似渴地暗中消化了师叔的艺术思想后，我忽然就变得通透了，既然‘丑书’是不存在的，我又何必惧怕它呢？所以当网友们再朝我飞来所谓‘丑书大王’的帽子时，我确实是欣然接纳的，而且还要牢牢戴稳，直到过时的‘丑书陈念’被无情扫进历史的垃圾桶。”

魏明心随喜赞叹道：“如此甚好！你能有这种认知，‘丑书大王’这顶帽子是戴是弃，已经不重要了。如果你想修正‘丑书’的偏见，你的心头自动立起了标靶。假若你想摆脱‘丑书’的纠缠，其实它早已离你而去，这一切心境的转变，都源于自身心念的纯度和高度。我不能不说，你是个有心人，这真是值得称赞。常言说‘世上无难事，只怕有心人’，成了有心人之后，还有什么事情做不成的呢？”应该说，此前魏明心是很少直接夸赞“丑书大王”小曾猴子的，他略微顿了顿，接着意味深长说，“上官步莲是位好姑娘，你们以后就要在一个办公室共事了，无论是工作上，还是生活中，都要天衣无缝地合作才好！”言毕，魏明心一脸轻松地独自离开“丑书大王”小曾猴子的办公室。

“丑书大王”小曾猴子听闻魏明心说完最后一句话时，他明显有些愣神了，他甚至忘了和师叔魏明心道别。他就那样呆愣在座位上，待魏明心走远了才回过神来，他本能地站起身来试图追出去，可他转念一想又不禁一屁股坐了回去。于是他开始一遍遍咂摸魏明心的末句所隐藏的深意。他几乎逐字逐句揣摩魏明心的良苦用心之语：“无论是工作上……还是生活中……都要天衣无缝地合作才好！”“丑书大王”小曾猴子借此展开了合理想象：“如果师叔仅暗示我和上官步莲工作上的合作愉快，完全没必要延展到生活中，而且还都要天衣无缝，要不是特殊的关系，单单生活中，又如何能天衣无缝？难道……可上官步莲并不喜欢我呀！”他想到这里，脑中不由浮现出上官步莲凶自己的场景，使他寒气顿生，情不自禁地往回缩了缩脖子。

当上官步莲匆忙赶到位于深圳盐田域内的“粤港澳大湾区公益文艺先锋队”总部的时候，郝姑娘和余佳丽也几乎同步抵达。她们之间的微小嫌隙，已经由“女子禅修院”一事冰释前嫌。尽管上官步莲事先已知悉除施勋美老人外的其余先锋队成员都会到场，但当她遇见她们时，她还是忍不住问余佳丽：“你们不是决定余生栖身‘女子禅修院’潜心修禅了吗？为何会出现在这里呢？”余佳丽亦是反应奇快之人，她闻言反问道：“如果我没记错的话，有人特意嘱我向院长报备来着，还说务必为她在‘女子禅修院’谋个禅位的？想想她那去意已决的口气，至今仍言犹在耳！今儿，您怎么也出现在了这里？真是好不奇怪啊！”上官步莲不经意间仿佛被带刺的玫瑰扎了一下，她立马意识到是自己首先在言语上冒失了，所幸公益巡回之旅的诸多历练令她增长了不少智慧，于是她急忙赔着笑脸改口说："都是步莲的不对，是我慌不择言了！"余佳丽也没惯着她，紧咬不放："哦，好端端的为何要慌不择言？是怕我不小心多看一眼魏明心老师吗？无巧不巧的是，我偏偏恰巧和魏老师分到一个办公室共事，以后天长日久的想不看都难，如之奈何？要不，借您的金口帮我调剂一下，省得我横竖不好做人！"上官步莲脸上泛起一片绯红，她首次感觉到自己变得嘴笨了，此时她脑中开始变得一片空白，不知该如何应对了，只好服软了，她长话短说："我知道的，佳丽姑娘今天肯定遇到了不顺心的事了，既然如此，我们姐妹之间还是改天再说说彼此的心里话吧，不好的时机相遇说话总没个头绪的。"她说完不待余佳丽回应便自顾自落荒而逃。见此情景，余佳丽忍不住抿嘴而笑，她瞥了一眼上官步莲落寞的背影，而后对郝姑娘说："我以为都自称要到'女子禅修院'修心的人了，灵魂哪能跟不上嘴巴呢，谁知还是我想多了，我一气之下也就顾不上那许多了，先治治她再说。"郝姑娘亦附和着笑说："也只能这样了，不关您的事。她就这种欺软怕硬的性格，您越让着她，她反倒越来劲儿，多半还得理不饶人。难道您没发现吗？她还把我当盲人呢，自始至终没正眼瞧我一下。这样也好，我还懒得理她呢，有啥了不起的，谁还不是个宝贝！"余佳丽闻言又忍不住一阵窃笑。她们高兴够了，又相约去看海，但目的不是去玩儿的，而是想借助观海的沉浸式体验，尝试激发工作灵感，抑或生发新奇思路。因为根据公益先锋队的新一轮工作导向，每个人按既定时间抵达先锋队总部后，前半月属于队员之间自由交流和思考的时间，在此期间，每人都要以"粤港澳大湾区影视基地"的揭幕为契机，拿出一份可行的工作计划，先锋队予以汇总，从而诞生可操作的方案，进而指导各自的工作方向。换而言之，影视基地启幕行进的过程，也就是工作计划汇聚叠合的过程，两者既平行又互有交集。

上官步莲回到办公室后，似乎窝了一肚子气，她莫名地朝"丑书大王"小曾猴子发火："您知道吗？余佳丽居然和魏明心分到了一个办公室，难道和魏明心一块办公的不应该是我吗？上次公益巡访活动我可是他的工作助理，再怎么说，我和魏明心的关系总比她余佳丽更亲近一些吧！""丑书大王"小曾猴子不敢违逆她的意思，只能唯唯诺诺说："就是的，她余佳丽凭什么呢？论能力论相貌，她都远不及您，或许只是运气好罢了。唉，也怪我，我曾主动找魏老师要求把您和余佳丽的位置对调的，可奈何人微言轻，人家没答应，这才有了现在这局面！"上官步莲说："此话当真，你果真这么要求了？""丑书大王"小曾猴子眼里掠过一丝狡黠之色，心想："反正是善意的谎言，不这样说还有我好果子吃？好汉不吃眼前亏，只能硬撑下去了。"他飞快地切换着念想神情，斩钉截铁说："句句属实，如有半句虚言，枉为我‘丑书大王’之雅号！”上官步莲扑哧笑了：“还枉为‘丑书大王’之雅号，你以为那是什么美称吗？真是人不知自丑马不知脸长！”“丑书大王”小曾猴子又是涎着脸说：“就是就是！步莲姑娘所言极是，正因如此，我师父和师叔没少贬斥我，可惜我生性冥顽不化，常沦为笑柄而不自知。”上官步莲经“丑书大王”小曾猴子那一番自嘲调侃下来，气就消了大半，于是看着他那副可怜相，就趁势摆摆手，说：“你虽然不长进，工作也低能，但还算识好歹！你先出去转转，让我独自静静地待一会儿。”

郝姑娘则和一位新近加盟先锋队的成员同分在一间办公室共事，此人比较特殊，既是新成员，也是郝姑娘最最忠实的拥趸。回望公益巡访中有关朗诵的环节就会发现，这位不到而立之年的小伙子表现出了不同于普通粉丝的狂热激情，只要有郝姑娘出场的活动，小伙子都准保时刻在线，这让余佳丽甚是感动，于是她积极促成了小伙子和郝姑娘的良性互动，自愿成为屏幕两端两位有情人的传书“鸿雁”。特别是当郝姑娘的眼疾治愈之际，小伙子更是喜出望外，第一时间向郝姑娘致电祝贺！郝姑娘也顺势把“泼天”的喜悦和他分享了，这也是郝姑娘首次见到自己这位风雨无阻地出现在生命中的“铁粉”，两人都有一见钟情的快慰，犹如见到失散经年的故人，彼此隔着屏幕都能感受到空中飘散着的浓浓的爱意。但这毕竟只是发生在虚拟世界的典型个例，看似只隔着一片薄薄的屏幕，实则远隔万水千山。所以无论郝姑娘还是余佳丽，其实都未把此事真正放在心上，只是权且把它视作公益途中发生的美丽的邂逅而已，因为类似的感人事迹还有很多，就像金秋时节空中随风飘零的金黄的落叶一样，人们大多只是欣赏自由舞动的美景，以及因之散逸出的诗情画意，而甚少关心落叶最终会飘向哪里。即便有这样多愁善感之人，顶多生发“一叶落而天下秋”的悲情，仅此而已。然现实中的情感并非如此轻描淡写，它不单关乎彻骨的疼痛，甚至关乎生死，乃至灵魂的沉沦与否！生活中真实的境况的确如此，虚拟中的无限美好往往“见光死”。正是出于保护郝姑娘免受现实伤害的需要，余佳丽时刻不忘提醒郝姑娘要懂得区分现实社会与虚拟世界的不同，且随时准备好充当她的“保护伞”。具而言之，投身“女子禅修院”潜心闭关修行，就是余佳丽使出的“敲山震虎”之计，她希望借此机会将郝姑娘的俗世情感放置在无上清凉的“冰水”中反复激发淬炼，如能“去伪存真”终成正果，那么，足证郝姑娘慧根之深而成天选之人。倘若尘根未净，也可过滤掉许多尘世陷阱。此行虽最终定格于后者，但当郝姑娘真正培育起了这种自我保护意识之后，余佳丽也就逐渐看淡了粉丝们的热情所带来的现实“威胁”，郝姑娘自身同样也就葆有了一份“雾里看花”的闲适与从容。直到重新受到公益先锋队的召集，那位小伙子也闻风而动，不仅亲临总部现场，而且还果断加盟先锋队的公益事业之时，余佳丽才预感到这两位曾经的“屏幕有情人”对彼此的好感绝非一时心血来潮，而是有着很深的情缘的，或许是早已注定之事，非人力所能阻断。事实上，在现实中相见的那一刻，他们确实也是一眼万年，那曾经望眼欲穿的眼神直抵彼此心扉，似乎双方都已在对方心里占据了最为特殊位置并幽居了久远的岁月。余佳丽看在眼里，终于如释重负般地放手了，并在心里予以默默祝福和祈祷，为这个历经人世坎坷的善良的姑娘，也为这对有望终成眷属的有情人送上祝福！小伙子姓杨，名立春，是位能干之人，不仅擅长写诗和朗诵，同时还经营着一门不错的生意，因此他有足够的经济实力支撑他的爱情和公益事业。他虽未戴眼镜，却尽显儒雅本色，且无丝毫迂腐习气，反倒彰显几分干练之意，这显然是一位儒士在商海搏击中历练出来的时代风霜。于是在一个清朗的月夜，他满含深情地对郝姑娘说：“我不仅要为您写诗，还要陪您并肩朗诵，一块走向生命的无穷，以灵魂的底色相托举。总之，只要有我杨立春陪在您身边，我决意抱持‘零落成泥更护花’的情意，执意为您立起一整个繁花似锦的春天！”如此掷地有声的爱的宣誓，除了能直接俘获郝姑娘的芳心之外，也是让余佳丽可以备感放心和欣慰之处。

杨立春实际上是以助理身份和郝姑娘共事的，目的当然是想从生活到工作为她提供全方位的贴心照顾，所以他们尽管刚确立恋爱关系，但在感情上却一泻千里，早向对方的心里走出了很远很远，走得全然忘我，走得义无反顾，也许这就是《牡丹亭记题词》中所言的传奇爱情：“情不知所起，一往而深。生者可以死，死可以生。生而不可与死，死而不可复生者，皆非情之至也。”

所以当郝姑娘和杨立春的爱情以笃定的姿态长驱直入的时候，余佳丽适逢其时的点缀性的来访，即时令杨立春心领神会，他马上起身向她们告辞说：“这段时日，她的时间一直被我独霸着，您是她的好闺蜜，想必会有许多知心话要说。我呢，恰巧有件要事出去办理一下，就不陪你们聊天了。”她们会心地相视一笑，谁也没说多余的话，只是静静地目送他的身影快速离去，而后余佳丽才说：“说话听着顺耳入心，既体贴又懂事，您就等着幸福吧！看来我的担心是多余的了，也算是上天赐给您的一份厚礼！”郝姑娘只顾一味低头笑着，她明白即便是好闺蜜，个人幸福的事情那也是绝对不宜多谈的，因此她也就点到为止：“托妹妹的福，我的运气总那么顺遂，让我遇到的都是对的人，这一路走来，我最要感恩的人就数妹妹了！”余佳丽倒是被她夸得不好意思起来，她避重就轻说：“一个人会获得什么样的福报，都是跟随自己种下的因而来的，姐姐也是如此。佳丽只是做了自己认为对的事情，没什么值得姐姐额外挂怀的地方。这不，当我以为余生可以和姐姐相互关照地度过一生时，不料却半路杀出个程咬金。当然，祝福的话语才是佳丽此时最想说的心里话！”郝姑娘闻言半晌没言语，忽然眼里闪着泪花道：“也许是姐姐这几十年来心里积蓄的苦太深重了，这突如其来的幸福让我迷失了自我，我几乎未及抵抗就沦陷了，我忘了身边还有个恩重如山的妹妹也需要我的关照，是我冷落您了！我知道的，要不是因为受我的拖累，妹妹早已经有了知心爱人了。”余佳丽微微叹了口气，说：“我是个内心极素净之人，拿现在通俗的话来说，就是我这个人活得很‘佛系’。所以没关系的，我看着您幸福就行。而我更喜欢独处的自己，在别人看来或许那是难熬的孤寂，可于我而言，却是难得的奢享生命静静绽放的美好时光……”

郝姑娘的情绪起初如温水般微漾，预热了好半天方才把余佳丽拉到自己怀里，然后紧紧拥抱她，而后边用手指捋顺她的发丝边说：“以前当姐深陷暗无天日的世界的时候，是您无条件地陪姐苦煎苦熬，这份深沉的爱，姐每每想起就落泪。我也想要您幸福，快告诉姐姐，魏老师到底对您怎样？您是咋考虑的，是进还是退？”余佳丽苦笑说：“姐姐想哪里了，瞧把您急的，不然何至于出此言？情感之事又岂是可以勉强的！”郝姑娘双手挽住她的胳膊轻轻摇了摇说：“妹妹此话当真？这我就有点看不懂了，他有意把您搁身边，我总以为此中有深意呢！要不然，他为啥要冒着上官步莲找碴儿的风险呢？真是多此一举！”余佳丽又是轻叹道：“其实也不是多此一举。他自有他的考量，也有他的难言之隐。好吧，我就如实道来，省得您再为我无谓地操心，以便全力经营好您自己的情感。我是真没事的，从小就明晰了要在因上努力，在果上随缘的道理。在情事上，魏老师表现得甚是诚实，他直言，他的情爱之心，已被他心爱的女人带走了，可谓被洗劫一空！徒留一副躯壳尚在人世间浮沉，也许就是使命还没完成吧。但他同时又说，他亦是幸运的，幸运地发现身边有个我，因为我长得像极了那位和他不得不分手的他心爱的女人，他每看我一眼，犹如有只温暖的纤纤玉手在抚触着他的情伤，仿佛在温情舔舐着永难愈合的心灵的创伤。他还说，尽管他自感已经放下了那段似已飘远的情殇，但有时还是需要一个具有象征意味的支撑，借此帮助他顺利到达彼岸。他最终还总结说，他已经没有再爱他人的能力了，有的仅是被架空的爱恋。关于这点，我从他的眼神中看到了若隐若现的无奈与歉意。平心而论，我对他的好感是基于崇敬，虽说也曾有过幻想，但皆在上官步莲一路的严防死守中被捻灭了。可当同处一室的机缘降临的时候，也许是他怕我受到伤害，因此早早地就向我吐露了心声。说实话，我当时是感觉到那么一丝无言的痛感的，但也仅此而已，在萌芽状态就被无情扼杀的爱欲，是很难燃成熊熊烈焰的，因此一个未真正入心入骨的人，是较容易驱离的。从这点上来说，我真是要感激他的，是他拯救了我的爱情灵魂。否则，留给我的也许就是一生无尽的撕心裂肺的痛楚。相较而言，我很乐意当他的一个无关痛痒的过客，权当是帮他渡过俗世情劫罢了，虽是不求回报，至少也能为自己留份人间福德吧！”郝姑娘听得唏嘘不已。末了，她还是鼓舞余佳丽说：“过客怎么了？谁还不是谁的过客？人只有收获内心的宁静和自洽，才是真正行稳致远之途。人间情爱也就那么回事，外求的一切回归自我心灵，兴许才能获得本源力量呢！不执着，不贪恋，不辜负，不自轻，事来顺应，情去不留，含藏万有，一心自足！这是我在‘女子禅修院’结束禅修之旅后的自我总结。我想，该来的正缘终归会适时降临，我笃信妹妹有这个福报！”余佳丽没再接她的话茬，她掏出习惯了随身携带的那柄由泗水之滨的砭石制成的梳子，这种梳子的功能在《黄帝内经》早有注释，故此声名大彰。几乎是瞬时之间，余佳丽还是像以前那样麻利地帮郝姑娘编了根好看的辫子，两人一时又沉浸在过往那段温馨、充满默契的时光中而不愿醒转于现实。

或许正是忆及往日的那些柔软的日子，因之生发的情愫不断柔化着她们的心性，郝姑娘和余佳丽都一致同意同步改善和上官步莲之间关系，尤其是余佳丽，当她从自己的遭遇中顿悟了爱情的本质之后，她希望传递一种“拯救”的能量，以免无辜的心灵遭受无端摧残，因为大家“同是天涯沦落人”，又有相同的梦想和追求，做好姐妹才是正理。因此在一个春风和煦的午后，她们联袂来到上官步莲的办公室主动向她示好。上官步莲似乎略感意外，向来强势的她表现出了从未有过的拘谨，她甚至忘了请她们就座。好在她们也不见外，自行在待客沙发上坐了下来。从进门伊始，上官步莲的心理活动就悉数写在了脸上，郝姑娘和余佳丽全然了然于心。三人都在想原来大家都是你敬我一尺我让你一丈的好姑娘，既为同道中人又何必相互为难？如是，她们仨的眼神几乎同时汇聚到了一起，一切的龃龉的想法尽数消弭在无声的对视里。原本闷坐一旁的“丑书大王”小曾猴子冷不丁站起来说：“三个女人一台戏，我大概率会成为那个多余的甚至是不受欢迎的看客，所以还是识趣点先告辞为妙，走得慢了估计有位高冷的主角就要朝我甩鞋帮子了！”郝姑娘和余佳丽闻言忍俊不禁，只有上官步莲习惯了“丑书大王”小曾猴子的“胡闹”，而且也只有她有办法拿捏他，所以只听“丑书大王”小曾猴子的话声刚落，上官步莲的一个眼神就应声过去了，也就一个眼神，却胜似千言万语的训斥，把“丑书大王”小曾猴子吓得缩着脖子一溜烟逃跑了。上官步莲见状朝她们友好地笑笑，然后顺手把门关上了。郝姑娘和余佳丽憋了半天这时才释放性地笑了起来。余佳丽说：“他虽说看似滑稽，却也挺可爱的。敢情平日里步莲姑娘没少欺负人家，以后可得改变了哦，再调皮的人都希望得到善待。”上官步莲回应道：“其实我也不想理他，都是他自找的。你们可能不知道，他就这德性，就是我们古话说的‘三天不打，上房揭瓦’，他就是这种人。你们说跟这样的人同在一个屋檐下共事气不气人？”郝姑娘说：“人有古怪相，必有古怪能！再说，人无完人嘛，很难说什么样的性格是好的，只要人的品质是良善的就可以了，不必太过追求完美。”她沉默半晌，遂把头扭向余佳丽接着说，“我就不赘述了，佳丽应该有话要说，且听她的良言吧！”她们来之前显然是相互通过气的，因此余佳丽自然明白该怎么做，她于是将魏明心的隐秘情感故事毫无保留地悉数说将出来，上官步莲听得数度愣神，但还是强打精神把话听完了。可话是听完了，失望与绝望交织成的复杂之情如锋利的针尖般不失时机地刺穿了她的每根神经，随之而来的是汪汪的眼泪，几要夺眶而出，她一再强忍着终究按捺住了一切冲动的情绪宣泄，她最后对她们说了句清醒的话，也是她在此过程说的唯一的一句话，她说：“那位女人我见过，确实很有女性阴柔之美，外形也确实长得和佳丽很像，但的确又是不同风格之人，凭什么让佳丽替人受这委屈？”上官步莲说到这里，似乎再也支撑不住了，她急转直下说，“刚才没来得及告诉你们，我昨晚没休息好，一早又吃了点药，有点嗜睡，我要先回寝室休息了，对不住你们了，各自请便吧。”她说完径自恍惚着摸回宿舍。郝姑娘看她走路有些摇晃，本想追上前去搀扶她的，但被余佳丽及时阻止了，她对郝姑娘说：“我理解您的善良，但这时候的女人最脆弱，最不希望被人打扰，无论是谁。不过，大可不必担心，莫名的情伤能长期折磨和困扰一个人，却不会瞬时击垮一个人，她是有些魂不守舍的，可毕竟酒醉尚且心明，何况她还是个并未丧失理智的人，放心好了！”郝姑娘有所于心不忍，但还是照做了。

果不其然，上官步莲确实不至一下子跌入“地狱”，但也因此大病了一场。郝姑娘听说后就对余佳丽说：“佳丽妹妹，人家上官步莲本来生活得好好的，却被我们一通话说病了，我们要是躲着不见，是不是有失道义呀！”余佳丽说：“姐姐的善心如菩萨一样，我理解姐姐的善意，但姐姐有所不知的是，但凡漂亮姑娘在生病特别是大病一场的时候，是最不希望见外人的，主要不想别人看到她不美的一面。您就不必操心了，我已经交代‘丑书大王’小曾猴子代表大家全心全意去照顾她了。也许，这会是一段良缘的开端呢！”郝姑娘恍然大悟，说：“还是妹妹想得周全，我怎么就没想到这层关系呢，妹妹真是人小鬼大！”余佳丽笑说：“某人真把自己当大姐大了？谁又比谁小多少呢！还‘人小鬼大’！我这人吧，怎么说呢，轮到自己的事准不行，所以只会瞎操心，还请姐姐以后多指导！”郝姑娘做出一副要上前拧她嘴巴的姿态，余佳丽嬉笑着跑远了，也算是顺势解除了彼此的尴尬。

上官步莲病愈后，她的性情为之大变，简直判若两人。习惯了听她呼来喝去的“丑书大王”小曾猴子反倒显得有些不自在，不，确切说，他显得很不自信。当上官步莲又一次对他温言慢语说话时，他再也扛不住了，甚至几乎央求般地直白说：“步莲，还是回到您以前的样子吧，千万别对我这么客气，您要是心里有气或不快乐，您就扇我几耳光，我绝无怨言的。我只想看到您本来的样子！”上官步莲闻言扑哧笑了，说：“傻瓜，世间竟然还有这种傻瓜！人家对你好还不行吗，难道非要对你非打即骂才算本来样子？”“丑书大王”小曾猴子不自在了，他摸着自己的脑瓜子不解地问："其实，谁不希望别人对自己好点。我只是不明白您为何突然对我以礼相待了，我有些受宠若惊，心里真是没底啊，所以才宁可看到您原来的样子，也不想面对不测的变故。"他这句话似乎戳中了上官步莲的痛点，她的声音有所哽咽，但还是温柔解释说："人总是会变的，而且终归是需要成长的，无论通过什么途径。我现在睡醒了，也想通了，不仅现在对你好，以后也一直会对你好下去，至于好多久，就全看你了！"别看"丑书大王"小曾猴子平常大大咧咧地没个正经，其实却是个心思极其缜密之人。他焉能听不懂这句话的弦外之音呢？因此他不假思索地因应道："我也是！只要您愿意，我永远都会对您好，只想对您一人好！"上官步莲不自觉地点点头，算是默许了。她已经在心底真正认可了他，觉得这傻小子没有那么讨厌了，开始变得越看越顺眼。于是她就在心里默默地想，爱情这东西真是神奇，当初心思不在他身上的时候，怎么看都别扭，每次看到他都希望他立马从自己眼前消失，稍有碍眼之处便恶语相向，毫无耐心可言。如今同样是这个人，一旦心思转移到他身上时，面对同样的境遇，可结果却发生了逆转，这个人不仅不再令人生厌，甚至还变得可爱起来。神秘的爱情，似乎存在一股无形的力量，虽然说不清道不明的，却可轻易左右局中人的情感走向。

上官步莲成功渡劫后，她整个人的心智可谓发生了崭新的质变，她再遇见魏明心时，就像什么也没发生，眼神干净得恰似如洗之碧空，丝毫未见昔日的残踪旧迹。魏明心也是配合得恰到好处，心情倒显得轻松了起来，特别是在公众场合，不必再像以前那样需要提防她是否使性子了。但即便如此，他也不禁暗暗惊叹她的蜕变之快。当然，他随之暗自感激余佳丽的助力之功。显然，他深知，若没有余佳丽从中斡旋，就没有上官步莲的成功上岸，她的一个善举，很可能连锁改变了几个人的生命历程。同样，当魏明心再在办公室与余佳丽共事时，除了新添的感激之情，额外又多了一份敬重。尽管悄然发生的桩桩件件大家皆未言明，彼此间却心照不宣，相处起来反倒更显轻松惬意。

对于赵冬青借此次影视基地落成之机趁势加盟公益先锋队，实属意外之喜！至此，他也由原先的"被服务对象"转身成了"服务主体"。赵冬青此番随队"归位"原本是个孤立事件，张为民先生不单甚感欣慰，且有意单独为他安排一间办公室。不料，赵冬青却极力反对，他觉着尚需经由"实习期"的严苛考核，不仅如此，他强烈要求自己以义工的身份为张为民先生及众队员提供生活服务，他希望通过自己力所能及的贴心服务来回报张为民先生和公益先锋队全体队员的救命之恩，他曾在多个场合公开表态，他说张为民先生及先锋队就是他的"再生父母"，因为没有他们集体当仁不让的慈善义举，也许就没有他的"涅槃重生"！最终，赵冬青的执拗得到了大家的理解，他因此成为队员中最为忙碌的人，队员们时常能看见一个高大的身影在各办公室间穿梭，这个人就是赵冬青，他适时为队员们送去热水、茶点等日常需求，乃至收发室的快递物品也由他派送，甚至队员们需要在线下采购一些生活用品时，也由赵冬青统一登记后亲自购回。张为民先生在事业成功前曾做过多年的基层业务员，为客户提供基础服务是常有之事。因此正是这种感同身受的情感共鸣，张为民先生感动得泪流满面，他万万没想到，一位刚从死亡线上被拽回来且长期蛰伏于基层的民间科技发明家这么懂得感恩，居然表现得如此有温度，这样有情有义，这不就是发生在我们身边的“为人民服务”的生动体现吗？尽管张为民先生也知道赵冬青是位身残志坚之人，但那都是从别人嘴里听说的，如今呈现在他眼前的赵冬青立体而精微的过硬人格力量，以及琐碎却扎实的细节，恰到好处地应了他的心，这令他有所参照地反思现实：过河拆桥的人难道还少吗？正因如此，张为民先生极为看重赵冬青“勿以善小而不为”的优良品格，他认为日常行为是一块最好的“试金石”，犹如一个人处于素颜状态下一样，那是毫无遮挡的，透明的，是瑕，还是瑜，抑或瑕不掩瑜，甚或瑜不掩瑕，皆是品性通透的。这份难能可贵的感动，促使张为民先生主动找到魏明心诉说感受，他直截了当说：“魏老师啊，您知道我此时此刻最大的感受是什么吗？”魏明心回应说：“我虽不敢说完全知晓您的具体感受，但以您的务实风格来推测，肯定是有所行动而来呗，起码不会是找我茶叙来了。”张为民先生闻言也不再卖关子了，他说：“魏老师果然是高人，无论什么事情都把控着方向呢。我确实找您有要事相商！您知道吗？我此时此刻最大的感受，其实也就是粤港澳大湾区全国公益巡访活动留给我的感觉，我用两字概括，就是‘值得’，具体说就是事情值得做，人值得付出。既然都是些值得的人和事，那是不是应该继续去创造价值？所以我是这么想的，冬青是属于有诸多发明成果的民间科技界的特殊人才，我们是不是得联手想尽一切办法把他引进到我们大湾区，所谓车之双轮嘛，他完全可以统领我们公益先锋队的科技之轮这个领域，与您掌管的人文之轮并驾齐驱，这样我们公益先锋队的‘拓荒车’就可以行走得稳当了！”魏明心感慨说：“张总果然是当代社会舍利取义、一往无前的良心企业家！昨天傍晚，当大家在办公区共同抵御风雨交加雷鸣电闪的古怪天气时，我偶然发现您望着冬青匆忙的身影陷入了沉思。当时我就预感，在冬青的身份问题上，您肯定会有所行动的。应该说，我们时下的一些僵化的用人机制，是到了重新审视和改变的时候了，否则遗珠之憾会不断重演，这是对人才的浪费及对时代使命的不尊重……”

正是在张为民和魏明心的合力推动下，赵冬青作为特殊人才引进的问题幸运地有了眉目，相关事宜有望在符合人才引进机制的前提下得到高效落实。魏明心对此感到异常兴奋，他站在海风猎猎的大鹏湾岸对张为民说：“冬青的‘用武之地’

解决后，不仅仅是我们公益先锋队的幸事，也是一座城或一个区域鲜活用人机制的具体体现，极具象征意味，表明在促进祖国民族复兴伟业征途中，深圳乃至大湾区将颇具前瞻意识地率先驰骋在人文和科技并进的领跑赛道上。”张为民先生颇为赞成魏明心的看法，他即刻附和道：“时间会证明事实的确如此！当改变与胸怀祖国的未来联系在一起时，这种改变，必然深得人心，深孚众望，至于耀眼的成功，只是历史赐给智勇双全者的一个恒久的思念！”魏明心就此打趣道：“就凭张总这句话，您更像是一位具有历史情怀和哲学思辨之底层逻辑的文学家。”张为民哈哈大笑，他双手轻轻在魏明心的肩上压了压说：“明心兄，过誉了哦，逞逞口舌之能罢了。即便侥幸言中，那也是这座城的高度栽培了我，这与‘唯手熟尔’的卖油翁并无区别！”魏明心轻巧切入他的语境中替其辩解道：“说是无区别，其实却有天壤之别，天与地的距离，恰好是形而上和形而下之间的距离，分毫不差的。我甚至还想再大胆预测一个可预见的未来事件：您所践行的公益思想的出现，将为深圳及大湾区的商业世界，清晰地划设出一道汹涌着人文关怀浪花的分水岭，有望为数十年来过度物化的经济形态赋予更多的温度、灵魂和意义。这当然需要仰赖一个典型事件加以烘托，然‘粤港澳大湾区公益文艺先锋队’恰在这一特殊历史节点应运而生。至于诞生成因，既有偶然因素，亦有其内在必然性。”

当影视基地揭幕前的时间“留白”进展到这一步的时候，又触发了魏明心对个体生命的思考，在人生体悟和现实世界之间，因灵性的参与而完成了工作和生活的无缝黏合。当事先预留出来的看似无序而自由流淌的半月时光即将走向限定的终点时，却因至人遗落人间的智慧，得以自如且完美地汇入了“粤港澳大湾区影视基地”盛大开启的高光时刻，于是到场的所有人都把灵魂集聚到这场活动中来，与以往公益先锋队的活动有所不同，这些活动不许任何人开启现场直播模式，目的就是想召开一次幽静而深邃的会议，希望大家能在静定中尽情开启智慧之门而不受外界所扰。

真正重要的揭幕日来临了，欢呼雀跃的群鸟从清晨就开始绕山鸣叫，似在报喜，又像是宣誓，如此应景的鲜活场景，感动着众人，连鸟儿都被动员了，何况人乎？因此群鸟绕山而鸣被大家视为良好开端的绝佳征兆，像极了活动的引子，又似极了一幅水墨画的动漫图景，当天风云突变，进入淅淅沥沥的下雨模式。而且越接近揭幕时间点，风雨就越发恣意飘洒，表现得愈加狂放无度，简直无孔不入，无从遮拦。因了这一无常气候，无形中增添了活动生发变数的魅力。魏明心就当众直言：“这不就象征了人生的无常吗？但生命的价值，正是在无常中找寻有常而得到切实体现。”他于是当即做出了一个重要的决定，他坚定说：“活动不仅要如期准时在户外开展，而且我带头不使用任何避雨工具，就让人与自然风物无惧无忧地融为一体吧，让灵魂尽情嵌入风雨中，愿与时代风雨同舞共蹈，凸显未来公益旅途中风雨无阻的应有情状！”有了魏明心将身心拱手交与自然的纵情表率，先锋队员们纷纷效仿，集体展现了共担风雨的坚强决心！

深圳的夏天显然来得尤其迅捷，春色尚未褪尽，夏情已然翻涌，那种浑然一体蒸腾向上的交替之状，如同“粤港澳大湾区公益文艺先锋队”深圳总部的坐落之姿，依山面海，象征着儒学的仁山和道学的智水，而位处山海之间的总部基地，则以背靠梧桐山的庄严色相喻指释家“入世出世”的红尘大修之境。魏明心在得天独厚、天人合一的水光山色中为“揭幕”致辞：“这里没有尊卑，大家都是志趣相投的灵魂相合者，我们投身于这样的山水福地、人文胜境，要做的就是寄情山水，陶冶性灵，静心感悟这个时代的丰盈与困惑，竭尽心力拍出一部反映‘现实世界和虚拟空域’互为虚实的公益影片，展现社会现实——现代社会随着科技的不断发展进步，彻底模糊了现实和虚拟的边界，人们似乎已经很难搞清哪儿是现实生活，哪儿又是虚拟世界，有时现实生活更像虚妄世界，而虚拟世界倒更像鲜活可感的现实生活，一切都失了边界，好像都是真实的，又似乎皆遥不可及，这个时候，唯有静定之后的智慧方能给出本源真相，考验的是一个时代所能抵达的高度和定力。题材内容完全可以就地取材，就以公益先锋队全国巡访的核心故事为表现对象，演员们皆由本色出演的先锋队队员组成，这样不经刻意渲染的故事，才能演出人性的本真和时代的本质。据说我们公益先锋队的文艺家们历经全国公益巡访后，因他们不管不顾的公益爱心付出，他们的身价和作品市场都不同程度遭受冲击，但所有人都无怨无悔，他们自觉选择把个人利益放到了责任和使命的后面，坦言只要人民和时代需要他们，他们已准备好只要一息尚存，就会永远把公益做下去。所以我们幸运地目睹了文艺家们品格的升华和一己私利的淡化，这样的气质，是与我们深圳乃至大湾区的气质正相吻合的，预示着经济新增长点的出现和城市及城市集群人文方向的改变。这些新情况、新变化，都是我们在执导此片时需要格外关注的，也就是说，我们要把‘编剧’的价值和地位提升到前所未有的高度，使其成为该片及剧组的‘绝对灵魂’存在！这当然是认知问题，需要大家对此做出认真的研讨、探究，得出敞亮的见解，拿出可行的方案，并加以严格执行，如此才能拍出超越于时代的影视佳作，不单能聆听人们的心声，更能导航人心的方向，这也是时代赋予我们的职责和使命……”继魏明心之后，各位致辞的代表也都发出了独具视角的醒世之言，张为民先生则以压轴身份出场，他的发言仍然代表了以深圳为核心城市之一的大湾区企业家的良好人文底蕴和精神高度，这类企业家已经具备了自觉转向的能力和意识，他们已经跨越了纯粹着眼于经济层面的企业主阶层，正朝向藏匿于经济背后的人文支撑进发，因为他们洞悉了发展经济的本质问题不在经济本身而在人文，所以才有了张为民先生的压轴之语："我们当代企业家要有全局观，要用人文的温度去丈量经济成就，而非一味地就事论事；要发现经济发展背后人心的沉浮，因此任何时代都不存在单纯的经济问题，人文的巨大价值是否得以彰显，跟所处时代的人文理想和思想高度直接相关。事实上，人文的意义与价值，不仅在于其自身就是强大的经济增长点，而且还能为经济产业和科学技术赋予不可估量的文化附加值，所以人文智慧是第一生产力的时代，正随着不可逆的多向度影响加速到来！"

应该说，大自然借助暴风骤雨发出的风雨声，几乎同时湮没了四围躁动不安的声响，让人顿生敬畏之情，它犹如苍天打出的一套组合拳，凌厉生动，在天地间千变万化，令人左支右绌无法招架。可即便如此，大湾区影视基地"揭幕"活动上的一番番高论，却轻易击穿了风雨声的"围堵"，如同大珠小珠落玉盘般结结实实地滑入听者的心田，那些承载了能量体的话语各自完成使命后，顺势遁入众人眼皮底下波涛汹涌的海浪里，瞬时消隐得无影无踪，由此构建了人际与宇宙之间的情感纽带，于是先锋队队员和万物的循环与联结就此形成灵性闭合。他们好比今时种下的智慧种子，有朝一日必定开遍人心的漫山遍野。

活动现场，众人沉浸在一种独特的人文语境中久久不愿离去。他们已然忘却了风雨的有形侵袭，只是感觉到外在于我的自然的神力仍在渐次强化，放眼望去，涌动着生命气息的海平面，亦以肉眼可见的涨幅陡然提速，表明此次降雨是大范围覆盖的，源自四面八方、汇聚入海的翻滚水流，以无我之姿，共同托举了海洋的高度，以及赖以依托的深广之势。这个孕育生命的肇始之物，也成了涵养八方生灵的巨量宝藏，无数疲惫失落的灵魂，皆可从中汲取所需的生命养料和性灵智识，从而成就了万古以降、永不枯竭的智慧之源！

当晚，魏明心做了一个深沉的梦，梦见自己走进一座苍茫幽密的深山，其间采得一段木枝，看似凡朴，其形若蛇，于是突发奇想，他在它背上题词，边念边写"本自天然，不假雕琢"。而后仍意犹未尽，就心血来潮地将此枝木寄给"西来禅寺"的永基法师。永基法师观后，很快回复道："本色住山人，且无刀斧痕。"魏明心反复琢磨永基禅师的复语，带着未尽的思考醒转了过来。如此一来，反倒贯通了他的思维边界，于是他从梦境想到现实，再由现实推及天地万物，不论物我虚实，他发现，皆以"自然和无痕"为极则，这样想着，他感觉到自己和先锋队一道，悄然融入了混沌肃穆的苍穹。